Perfecte prooi

Van Helen Fields verscheen eveneens bij Ambo|Anthos *uitgevers*

Perfecte resten

Helen Fields

Perfecte prooi

Vertaald door Ernst de Boer
en Ankie Klootwijk

Ambo|Anthos
Amsterdam

MIX
Papier van verantwoorde herkomst
FSC® C014496

ISBN 978 90 263 5129 7

Oorspronkelijke titel *Perfect Prey*
Oorspronkelijke uitgever Avon
Omslagontwerp Studio Jan de Boer
Omslagillustratie © Roy Bishop/Arcangel Images

Verspreiding voor België:
Veen Bosch & Keuning uitgevers nv, Antwerpen

Voor Brian en John – de vaders en opa's – die in het grote onbekende de krant zitten te lezen en zich afvragen waar al die drukte daar beneden om te doen is. Veel liefs van degenen die jullie nooit zullen vergeten.

Deel 1

1

Er waren wel ergere plekken om te sterven. Maar slechts weinig gruwelijkere manieren om de dood te vinden. Een idyllische zomeravond vormde de achtergrond: aan de ene kant het stadsgezicht, en in de verte het silhouet van de allang uitgedoofde vulkaan Arthur's Seat. De zon ging begin juli laat onder in Edinburgh, en de hemel was één grote schakering van roze, goud en feloranje. Je voelde de muziek al voor je haar hoorde, de dreunende bas drong door tot in je botten en liet je vlees trillen. Misschien kwam het daardoor dat niemand iets in de gaten had toen het gebeurde. Of het kwam door de cocktail van drank, drugs en algehele euforie. Het festival was al een poos aan de gang. Al drie dagen lang zagen de feestvierders hangend, vrijend, etend en drinkend de ene na de andere band optreden, ze voelden zich steeds vrijer met minder kleren aan hun lijf en bekommerden zich steeds minder om hun hygiëne. Als je extase op een foto zou kunnen vastleggen, zou dit daarvoor de volmaakte plek zijn. De vervoering golfde door de ritmisch op en neer springende menigte, die daardoor op één uitzinnig beest met duizenden grijnzende koppen leek.

Te midden van dat alles had de moordenaar rondgelopen, lichtvoetig en ongrijpbaar als een rooksliert, en in één vloeiende, zwiepende beweging een mes tot aan het heft in het slachtoffer gestoken. De snee was kaarsrecht en diep. Er was een enorme hoeveelheid bloed op de grond terechtgekomen; de jaap was te groot om de bloedstroom met de handen te kunnen stelpen. Niet dat er tijd was geweest om het slachtoffer een ambulance in te krijgen, want zijn verwonding werd pas opgemerkt toen hij al bijna was leeggebloed.

Inspecteur Luc Callanach stond op de plek waar de jonge man zijn laatste adem had uitgeblazen. Zijn identiteit was nog niet vastgesteld. De politie had in het uur sinds het overlijden van het slachtoffer nog opmerkelijk weinig kunnen reconstrueren. Het was ongelooflijk dat ze in een duizendkoppige menigte geen enkele bruikbare getuige konden vinden, vond Callanach.

De man was gewoon opgehouden ritmisch op en neer te springen, was tussen de andere festivalgangers langzaam in elkaar gezakt, en was uiteindelijk met zijn handen tegen zijn buik gedrukt op de grond gevallen. Sommigen hadden zich aan hem geërgerd omdat hun aandacht erdoor werd afgeleid. Eerst dachten ze dat hij dronken was, of onder invloed van drugs. Pas toen een meisje op haar blote voeten was uitgegleden in de bloedplas werd er alarm geslagen, maar door de harde muziek duurde het nog een hele poos voor de boodschap overkwam. Uiteindelijk had het geschreeuw de muziek overstemd toen de arme ziel op zijn rug was gedraaid en zijn uitpuilende ingewanden als een vreemdsoortig diertje naast hem lagen, glinsterend in de zon door de overdaad aan dieprood bloed.

De politie was niet ver weg. Het was een enorm evenement, en ze hadden alle mogelijke voorzorgsmaatregelen getroffen. Dachten ze. Maar toen de politie zich een weg door de menigte baande, gevolgd door ambulancepersoneel, bleken de ontruiming en het veiligstellen van de plaats delict een logistieke ramp. Callanach keek zuchtend omhoog. De plek was zwaarder belopen dan de toiletten van een nachtclub op oudejaarsavond, en er zwierf genoeg DNA rond om een nieuwe planeet te bevolken. Door de chaos was sporenonderzoek onmogelijk.

Het stoffelijk overschot was al onderweg naar het mortuarium, nadat het ter plekke was gefotografeerd, hoewel daar niets van werd verwacht omdat het al ettelijke keren was verplaatst door goedbedoelende, in paniek geraakte omstanders, door politiemensen en ambulancebroeders, voordat het uiteindelijk op een bed van platgetrapt gras en aarde was komen te liggen. De patholoog-anatoom, Ailsa Lambert, was ongebruikelijk stil en had slechts opdracht gegeven het lijk zorgvuldig en met respect te behandelen en het snel over te brengen naar een plek zonder opdringerige camera's en hysterisch gejammer.

De korte blik die Callanach op het slachtoffer had kunnen werpen, maakte alles duidelijk. De jongen had zijn ogen stijf dichtgeknepen alsof hij zichzelf wilde dwingen wakker te worden uit een nachtmerrie, zijn openstaande mond hield het midden tussen een laatste ademtocht en een schreeuw. Had hij een naam geroepen, vroeg Callanach zich af. Kende hij zijn belager? Hij had niets bij zich waaruit zijn identiteit kon worden afgeleid, alleen wat kleingeld in de zak van zijn korte broek en zelfs geen polshorloge. Verder had hij alleen een sleutel aan een touwtje om zijn nek. Hoe snel de dood ook was ingetreden, de doodsangst in het besef dat het met je gedaan was en dat alle hoop vervlogen was terwijl iedereen om je heen stond te dansen en te zingen, moest een gruwelijke grap hebben geleken. En op het allerlaatst had hij alleen gegil gehoord, en had hij paniek en afschuw gezien in de zee van gezichten boven hem. Hoe moest dat zijn geweest, vroeg Callanach zich af, om eenzaam te sterven op de harde grond in het felle zonlicht? Het laatste wat het slachtoffer gevoeld moest hebben, was pure angst.

Callanach keek naar het overkapte podium vol belichtings- en geluidsapparatuur en bad dat een van de camera's die er waren opgehangen een bruikbaar fragment had opgevangen. Iemand die er haastig vandoor ging, zich in een andere richting begaf dan de menigte. The Meadows, een uitgestrekt park met sportvelden in het zuidelijk deel van de stad, lag er gewoonlijk prachtig en vredig bij. Moeders wandelden er met hun peuters, mensen lieten er hun hond uit en joggers hielden er hun rondetijden bij. Flarden van 'Summer is A-Coming In' uit de film *The Wicker Man*, waar inspecteur Ava Turner hem een paar maanden geleden mee naartoe had gesleept, speelden door Callanachs hoofd. Hij was gefascineerd geweest door het spel van Edward Woodward, en de beelden van de met dierenmaskers uitgedoste mannen en vrouwen die op het punt stonden een mensenoffer te brengen waren hem nog lang bijgebleven. De bioscoop lag niet eens zo ver van het pandemonium in het midden van het park waar deze jonge man was neergestoken.

'Sir, de mensen die achter het slachtoffer stonden zijn opgespoord. Ze kunnen nu worden gehoord,' zei een agent. Callanach liep achter hem aan naar de rand van het veld terwijl de technische recherche een tent neerzette om de plaats delict die avond af te schermen. Geleund tegen een boom stond een stel met betraande gezichten en met een enkele deken om zich heen geslagen. De vrouw trilde zichtbaar, de man probeerde haar te troosten.

'Merel en Niek de Vries,' las de agent uit zijn notitieboekje op. 'Een Nederlands stel dat hier op vakantie is. Ze zijn inmiddels tien dagen in Schotland.'

Callanach knikte en liep op de toeristen af om rustig met ze te kunnen praten.

'Ik ben inspecteur Callanach van de Schotse politie,' zei hij. 'Ik begrijp dat jullie erg zijn geschrokken en het spijt me dat jullie dit hebben moeten meemaken. Jullie hebben vast al een paar keer verteld wat jullie hebben gezien, en dat zal nog wel een paar keer meer moeten gebeuren. Willen jullie het alsjeblieft nog een keer voor me herhalen?'

De man zei iets tegen zijn vrouw wat Callanach niet kon verstaan, maar ze keek op en haalde diep adem.

'Mijn vrouw spreekt niet zo goed Engels,' begon Niek de Vries, 'maar ze heeft meer gezien dan ik en ik kan het vertalen.'

Merel ratelde een paar zinnen, onderbroken door gesnik, en Niek vertaalde wat ze zei.

'Ze zag hem pas toen het meisje begon te gillen. Toen boog Merel zich over hem heen en wilde hem heen en weer schudden en tegen hem zeggen dat hij moest opstaan. Hij zat voorovergebogen op zijn knieën. We dachten dat hij dronken was of dat hij zich niet goed voelde. Toen ze weer overeind kwam, zat Merels hand onder het bloed. En zelfs toen, zegt ze, dacht ze dat hij misschien had overgegeven of zich verwond had. Pas toen iedereen ruimte had gemaakt en we hem hadden neergelegd, zagen we de wond. Het was alsof hij in tweeën was gesneden.' Niek sloeg een hand voor zijn ogen.

'Hebben jullie iemand gezien voor hij viel, vlak bij hem, die hem aanraakte, zich langs hem heen wrong? Heb je misschien gezien dat er iemand van de plek wegliep? Of kunnen jullie de mensen om jullie heen precies beschrijven?' vroeg Callanach.

'Iedereen bewoog voortdurend,' antwoordde Niek, 'en we keken naar het podium, naar de band, begrijpt u? We waren hier niet met vrienden, dus we letten niet echt op. Mensen sprongen op en neer, schreeuwden, en liepen alle kanten op om naar de bar of de toiletten te gaan. We probeerden vooral bij elkaar te blijven. Ik had die jongen voor ons niet eens opgemerkt tot hij viel.'

'Heeft hij nog iets gezegd?' vroeg Callanach.

Niek speelde de vraag aan Merel door.

'Ze denkt dat hij al buiten bewustzijn of dood was toen ze hem aansprak. En het geluid stond ook zo hard dat ze het niet zou hebben verstaan.'

'Ik begrijp het,' zei Callanach. 'Jullie worden nu naar het bureau gebracht om een officiële verklaring af te leggen, daarna leveren we jullie af op je logeeradres.'

'Niet Brits?' stotterde Merel, die Callanach voor het eerst direct aansprak.

'Ik ben Frans,' zei Callanach, 'nou ja, half Frans, half Schots. Sorry als mijn accent moeilijk te verstaan is.'

'*Le garçon était trop jeune pour mourir.*' Die jongen was te jong om te sterven, zei ze en ze ging verder in het Frans, maar voor Callanach was het net of hij het in het Engels hoorde, zo snel had hij tussen de twee talen leren switchen.

Merel de Vries herinnerde zich nog iets. Boven de muziek uit had iemand in de menigte zo hard gelachen dat ze het zelfs hoorde toen ze zich over het slachtoffer heen boog. Wat Callanach opmerkelijk vond, was Merels beschrijving van die lach. Het was geen vrolijke lach. Hij klonk boosaardig.

2

'De wond is toegebracht door één wapen, maar wel een dat is aangepast door iemand die weet wat hij doet,' zei Ailsa Lambert. 'Twee identieke scalpels moeten tegen elkaar zijn gebonden met iets ertussen zodat er een ruimte van 4 millimeter tussen de lemmeten zat. Daardoor zou het praktisch onmogelijk zijn geweest om de wond met hechtingen te sluiten, ook al was hij op tijd naar het ziekenhuis gebracht. Die twee sneden waren...' ze zweeg even terwijl ze een meetlint pakte, '28 centimeter lang en ze stonden behoorlijk ver open, waardoor een gapende wond ontstond die een aanzienlijk trauma heeft veroorzaakt. Zijn organen werden niet meer op hun plaats gehouden, waardoor ze naar beneden en naar voren gleden, zodat de meeste ingewanden in de buikholte naar buiten kwamen toen hij viel en over de grond rolde. Hier en daar kun je er zelfs duidelijke voetafdrukken op zien van de mensen om hem heen. Door het bloedverlies heeft zijn hart het begeven.'

'Ik begrijp het,' zei Callanach mat. 'De doodsoorzaak staat wel vast. Zijn er nog andere dingen die ik moet weten?'

'De uitslagen van de toxicologische tests laten nog even op zich wachten. Hij heeft geen andere zichtbare verwondingen, lijkt oppervlakkig gezien gezond, en aan zijn longen kan ik zien dat hij geen roker was. Brave jongen,' zei ze met een wrange glimlach, en ze gaf met haar gehandschoende hand een klopje op de hand van het lijk. ‘Maar dat wapen was niet bedoeld voor zelfverdediging, Luc. En je vindt zoiets ook niet in een gereedschapswinkel. Iemand heeft dit met heel veel toewijding in elkaar geknutseld. De sneden zijn diep en gelijkmatig, en toch lijkt er heel weinig kracht voor nodig te zijn geweest om diep in de buikholte door te dringen. De dader was er trots op, heeft nagedacht over de doeltreffendheid en begreep het mechanische principe ervan. Dit was geen impulsieve steekpartij of een provisorisch steekwapen dat iemand ergens vandaan trekt tijdens een hooglopende ruzie.’

‘Een liquidatie dan?’ vroeg Callanach, zich over het lichaam buigend om nog eens goed te kijken.

‘Eerder een ritueel, als je het mij vraagt,’ zei ze. ‘Dit is bedacht, er is op geoefend en het is perfect uitgevoerd.’

‘Hoe oud is hij?’

‘Tussen de achttien en tweeëntwintig, denk ik. Een meter tachtig. Actief, geen overtollig vet, stevige spiermassa, maar niet zo’n type dat praktisch in de sportschool woont. Schoenmaat 44. Bruin haar, lichtbruine ogen. Geen afweerverwondingen. Hij heeft het totaal niet zien aankomen.’

‘Dus hij heeft zijn belager niet als bedreiging gezien?’

‘Dat lijkt me niet waarschijnlijk. Je ziet er trouwens niet zo goed uit, Luc. Slaap je wel genoeg?’ vroeg Ailsa, terwijl ze haar handschoenen uitdeed en aantekeningen maakte.

‘Ik slaap prima,’ loog hij.

‘En eet je gezond? Je ziet bleek en je hebt gesprongen adertjes in je ogen.’

‘Ik bel je morgen voor de uitslag van het toxicologisch onderzoek,’ ontweek hij de vraag. ‘Als er voor die tijd nog iets is, dan heb je mijn mobiele nummer.’

‘Doe inspecteur Turner de groeten van me. Ik heb haar al in geen tijden meer gesproken. Vroeger zag ik haar moeder regelmatig als we met een groepje operaliefhebbers naar het theater gingen, maar haar heb ik ook al een poos niet gezien,’ zei Ailsa, terwijl ze haar rug strekte. Ze was halverwege de zestig, klein en vogelachtig, maar ze stond haar mannetje.

'Dat zal ik doen,' zei hij, en hij trok zijn beschermende kleding uit en gooide die in de mand bij de deur.

Bij terugkeer op het bureau werd hij in de briefingruimte opgewacht door een somber kijkend welkomstcomité. Callanach richtte zich meteen tot rechercheur Tripp.

'We zijn bezig een telefonische melding na te trekken, sir,' zei Tripp. 'Er belde een jonge vrouw om te zeggen dat haar vriend en zij elkaar op het festival uit het oog zijn verloren. Hij is nog niet boven water. Ik heb een auto gestuurd om haar op te halen.'

'Heeft ze een naam gegeven?' vroeg Callanach, terwijl hij koffie inschonk en achter een computer ging zitten.

'Sim Thorburn,' antwoordde Tripp. Zoals altijd was hij hun al een stap voor en drukte een paar toetsen in om een foto op het scherm te tonen. Binnen een paar seconden verscheen er een socialmediasite met een groot aantal foto's. Op elk daarvan was een zorgeloos lachende jongen met een open gezicht te zien. Op de laatste stond hij hand in hand met zijn vriendin. Het was zonder enige twijfel de hand waar Ailsa Lambert net nog een klopje op had gegeven.

'Dat is hem,' zei Callanach. 'Dus wat weten we tot nu toe?'

'Alleen wat op zijn homepage te vinden is. Hij heeft geen privacyfilters ingesteld, dus de hele wereld kan het zien. Hij is eenentwintig, Schots, woont in Edinburgh.'

'Strafblad?'

'Hebben we niet kunnen vinden.' Achter Tripp ging een telefoon, en iemand gaf hem een briefje. 'De vriendin is er, sir. En hoofdinspecteur Begbie wil u spreken zodra u hier klaar bent.'

'Natuurlijk wil hij dat,' zei Callanach, en hij stond op. 'Heb jij een idee waar inspecteur Turner is, Tripp? Ailsa Lambert vroeg naar haar.'

'Die is vrij,' riep rechercheur Salter vanuit de hoek. 'Ze zei dat ze morgen misschien ook pas later zou komen. Moet ik een boodschap doorgeven, sir?'

'Nee dank je, Salter,' riep Callanach haar na. 'Het heeft geen haast.' Dat gold vast niet voor Thorburns vriendin, die al het ergste vermoedde, maar beneden nog op een wonder hoopte. Ze hoopte waarschijnlijk dat er een vergissing in het spel was, dat haar vriend misschien een paar bekenden was tegengekomen en was weggelopen zonder haar te waarschuwen. Had waarschijnlijk allerlei scenario's in haar hoofd zitten om zijn verdwijning te kunnen verklaren. Tot ze Callanachs gezicht zou zien, dacht hij. Mensen wisten het meteen als ze je aankeken.

'Het spijt me,' zei hij zodra hij haar zag. Het had geen zin om zich aan haar voor te stellen. Ze zou zijn naam binnen een paar seconden weer vergeten zijn.

'U kunt nog niet zeker weten dat hij het is,' fluisterde ze. 'U hebt me nog niks over hem gevraagd.'

'We hebben verschillende foto's van jullie op een internetsite gevonden.' Hij hield een foto omhoog die Tripp had afgedrukt. 'Is dit Sim?'

Ze begon te snikken en liep van de foto weg alsof het een dodelijk wapen was.

'Hebt u hem gezien?' vroeg ze.

Callanach trok een stoel voor haar bij en ze ging zitten.

'Ja,' zei hij. 'Ik weet zeker dat hij het is.'

'Wat... wat...' Ze kon de woorden niet over haar lippen krijgen.

'Hij heeft een messteek opgelopen. Die bleek fataal. Het moet heel snel zijn gegaan. De ambulance kon niet op tijd bij hem komen.'

'Een steekwond? Ik dacht aan een acute blindedarmontsteking of een bloedpropje of zoiets... Is hij neergestoken? Dat is idioot. Dat zou niemand Sim aandoen.'

'Zat hij in de problemen dat je weet? Iets alledaags als een familieruzie, geldproblemen, iemand die een oude rekening wilde vereffenen?'

'Doe niet zo belachelijk!' beet het meisje hem toe. In aanmerking genomen wat ze doormaakte was dat een begrijpelijke reactie. Maar wat ze niet begreep, was dat de kans dat het spoor doodliep met de minuut groter werd. 'Hij was welzijnswerker. Hij verdiende het minimumloon en toch stond hij elk vrij moment klaar om extra hulp te bieden waar hij niet voor werd betaald.'

'Kun je me daar wat meer over vertellen?' vroeg Callanach.

'Hij werkte in de daklozenopvang, organiseerde soepkeukens in de stad en zamelde geld in. Sim was de zachtste, aardigste jongen van de hele wereld. Hij gaf zijn laatste centen nog weg. Dat was het enige waar we weleens ruzie over hadden.'

'En er is je gisteren niks vreemds opgevallen? Niemand die hem volgde of zoiets?'

Het meisje schudde haar hoofd, en Callanach zag dat de shock haar in z'n greep kreeg. Hij begreep op dat moment ook dat hij weinig meer uit haar zou krijgen. Hij liet het aan Tripp over om de formele identificatie van het stoffelijk overschot te regelen en het adres van Thorburns familie te vragen. Callanach moest aanknopingspunten hebben, en snel. De dader had het wapen ongetwijfeld al verstopt en ieder belastend forensisch bewijs vernietigd.

'Salter,' riep Callanach op weg naar de briefingruimte. 'Zoek uit wie het beeldmateriaal van het concert beheert. Ik wil het vanavond hebben. En hou de baas alsjeblieft uit mijn buurt. Ik heb werk te doen.'

'Ik ook, inspecteur,' zei hoofdinspecteur Begbie vanuit de deuropening. Hij leek de laatste tijd elke keer dat Callanach hem zag, dikker te zijn geworden. Het was niet gezond om zo snel aan te komen. De baas was al niet bepaald slank toen Callanach een klein jaar geleden bij de Schotse politie was komen werken, maar nu leek hij zonder aanwijsbare reden af te koersen op een vroegtijdige dood. 'Is er iets, inspecteur Callanach?' vroeg Begbie.

Callanach realiseerde zich dat hij naar de op springen staande knopen van Begbies overhemd stond te staren. 'Nee, sir, ik was even afgeleid.'

'Dat klinkt niet erg geruststellend, moet ik zeggen. Welke aanknopingspunten hebben we?'

Callanach probeerde te verbloemen dat ze tot nu toe geen enkel spoor hadden, maar kwam niet uit zijn woorden.

'O, is het zo beroerd? Iemand moet iets hebben gezien. Duizenden potentiële getuigen en toch zitten we vast. Dat hebben wij weer. Zeg tegen de afdeling persvoorlichting dat ze een persconferentie regelen. Dat kunnen we net zo goed meteen doen. We moeten voorkomen dat de mensen op straat bang worden. Er valt vast wel een redelijke verklaring voor te geven. Niemand loopt op een volslagen vreemde af om hem neer te steken. Zorg dat je antwoorden krijgt, Callanach. Ik wil dat je binnen achtenveertig uur iemand in hechtenis hebt.'

'Chef...'

'Ik weet het. Je houdt niet van persconferenties. Genoteerd.' Begbie liep puffend weg. Callanach overwoog zijn baas te vragen of hij zich wel goed voelde, maar bedacht zich toen hij besefte dat dat weleens het einde van zijn carrière zou kunnen betekenen en ging terug naar de briefingruimte. Hij was uitgehongerd, maar werd misselijk bij de gedachte een fish-and-chipsmaaltijd uit een krant te moeten eten. Het zat er niet in dat hij de komende twaalf uur thuis zou komen, en het gezondste eten op het bureau was waarschijnlijk een pakje crackers, achtergelaten in een kastje omdat het over de houdbaarheidsdatum was. Callanach was net bezig zijn gedachten op een rijtje te zetten om een briefing te kunnen geven, toen iemand een papieren tasje in zijn handen drukte.

'Hou eens op met alle etende mensen aan te kijken alsof ze vergif naar binnen werken. Daarmee stoot je mensen af. En je doet er je reputatie van Franse snob geen goed mee,' zei inspecteur Ava Turner, en ze duwde een vork in zijn vrije hand. 'Garnalensalade. Niet zelfgemaakt, dus daar bof je weer mee.'

'Ik dacht dat je vrij was en dat je morgen pas laat weer aan het werk zou gaan. Ben je gedegradeerd naar de catering?'

'Je mag het ook teruggeven hoor,' zei ze met een fronsende blik op haar telefoon.

'Te laat.' Callanach scheurde de verpakking open en begon te eten. 'Ailsa Lambert vroeg naar je. Moet ik daaruit concluderen dat de Edinburghse elitaire kringen niet meer zo goed functioneren?' vroeg hij met een glimlach.

'Hoe zeg je in het Frans dat iemand z'n kop moet houden?' reageerde ze zonder van haar telefoon op te kijken. Ava had al haar hele carrière geprobeerd zich te distantiëren van haar bevoorrechte achtergrond. De verwachting dat ze arts, advocaat, actuaris of iets dergelijks zou worden – in ieder geval tot ze een gezin zou stichten en haar ouders de felbegeerde kleinkinderen zou schenken – had een rebellie ontketend waardoor ze in de groezelige wereld van de misdaadbestrijding was beland. Maar zelfs op haar werk kon ze zich niet onttrekken aan het feit dat de beste vrienden van haar familie zich in de hoogste regionen van de Schotse politie, de politiek en het bedrijfsleven bewogen, en dat een van hen zelfs de eerste patholoog-anatoom van de stad was.

Rechercheur Salter kwam aangelopen en overhandigde Callanach met een blik op haar horloge twee A4'tjes. 'Hoofdinspecteur Begbie zei dat hij wist dat u het druk had, dus dat hij die persconferentie voor u regelt.' Salter probeerde haar gezicht in de plooi te houden. Turner bedierf haar poging door hardop te lachen. 'Ik heb wat aantekeningen voor u op papier gezet, sir. De media verzamelen zich hier over een uur.'

'Wauw! Nu al veroordeeld tot het bespelen van het mediacircus? Morgenochtend vallen alle vrouwen in katzwijm als ze je gezicht in de krant zien staan. De pin-up van de Schotse politie trekt weer ten strijde!' zei Ava. Callanach zat nu acht maanden bij de afdeling Zware Misdrijven in Edinburgh, en al die tijd had Ava geen kans voorbij laten gaan om hem op de hak te nemen. Hij was nu eenmaal een makkelijk doelwit omdat hij vroeger een poosje fotomodel was geweest.

'Dat was niet mijn idee,' mompelde Callanach. '*Merde!*'

'Ga je mond spoelen,' zei Ava bestraffend.

'Ik dacht dat je geen Frans sprak,' zei Callanach.

'Het feit dat ik je negeer wil niet zeggen dat ik niet versta wat je zegt. Dat zijn twee heel verschillende dingen,' zei Ava.

'Moet je niet aan het werk?' vroeg Callanach hoofdschuddend terwijl hij de grijns op haar gezicht breder zag worden. Ava was het soort vrouw dat mannen op het verkeerde been wist te zetten. Ze zag er onschuldig uit met haar warrige bruine krullen en haar grijze ogen die afhankelijk van de lichtval van kleur veranderden. Maar ze kon ook in een oogwenk ter zake komen. Ze leek alleen maar direct te kunnen zijn. Toen hij net uit Frankrijk kwam was hij er slecht aan toe geweest. Er was te veel gebeurd en emotioneel was hij er niet ongeschonden van afgekomen. Maar de afgelopen maanden hadden een helende uitwerking gehad, en Ava had daar een belangrijk aandeel in gehad, voornamelijk omdat hij bij haar gewoon zichzelf kon zijn.

'Aarde aan Callanach,' zei Ava, met haar hand voor zijn gezicht wuivend. 'Ik zat maar te pesten, hoor. Is het echt zo erg? Heb je echt geen enkel houvast?'

'Inspecteur Turner!' riep Begbie vanaf de gang.

'Ik ben vrij, sir,' riep Ava terug. 'Goedbeschouwd ben ik helemaal niet in het gebouw. Ik ben er alleen in uw fantasie.'

'Jammer voor je dat ik zo'n levendige fantasie heb. Zoek een ploeg bij elkaar en ga naar Gilmerton Road. Er is nog een moord gepleegd.'

3

Het huis aan Gilmerton Road was een bescheiden, halfvrijstaande woning met een eenvoudige maar goed onderhouden tuin en een oprit waar een Mini op stond. Een hoge houten poort voerde naar de achtertuin. De ramen van de bovenverdieping waren klein, maar langs de hoek van het huis, vermoedelijk op de plaats van de trap, liep een smal, hoog raam over beide verdiepingen dat uitzicht bood op de oprit van de buren. Twee geüniformeerde agenten waren bij het hek neergezet, en het hele circus van sporenonderzoek, pathologisch onderzoek en het fotograferen van de plaats delict moest nog beginnen. Op straat was het rustig, de mensen sliepen nog.

'Wat is er gebeurd?' vroeg Ava aan de agent die de voordeur bewaakte.

'Een buurvrouw hoorde hard gebonk, gevolgd door geschreeuw, en belde de politie. Toen we aanklopten werd er niet opengedaan, dus gingen we achterom en zagen dat de keukendeur openstond. Het lijk ligt in de slaapkamer, mevrouw. Wilt u dat ik met u mee naar binnen ga?'

'Nee, blijf hier maar. En hou de mensen uit de tuin. Wie is het slachtoffer?' vroeg Ava.

'Mevrouw Helen Lott, halverwege de veertig, woonde alleen; haar man is een poos geleden overleden. De buurvrouw kende de overledene vrij goed. We hebben haar nog niet verteld wat we hebben aangetroffen...'

'Goed. Waar is de rest van het team eigenlijk?'

'Nog op The Meadows bezig met die festivalmoord. Niemand verwachtte een tweede moord op dezelfde avond,' zei de agent in zijn handen wrijvend. Zelfs in juli was Schotland niet een land om in de kleine uurtjes buiten te staan.

'Nee, zeker niet. Dit is Edinburghs moordquotum voor het hele jaar. Verdomme, de pers zal er wel weer van smullen,' mopperde Ava. Ze liep al over het smalle pad naar de achterkant van het huis.

Het slot op de achterdeur was doorgeslepen. Als het een inbreker was, dan was het wel een professionele klus vergeleken bij de gebruikelijke gelegenheidsinbraken, waarbij een ruit werd ingetikt en alleen spullen dicht bij het raam werden meegegraaid. De dader had duur, degelijk gereedschap bij zich gehad en moest hebben geweten wat hij nodig had. Ava haalde handschoenen en overschoenen uit haar tas en liep voorzichtig naar binnen, erop bedacht om niets aan te raken. Het slot was gemold, maar er zat geen veiligheidsketting of andere extra beveiliging op. Ze kon er niet bij hoe weinig waarde de meeste mensen hechtten aan het beschermen van hun leven.

Het huis was donker, net als toen de indringer er binnensloop. Ava liet het licht uit, om een idee te krijgen van hoe de moordenaar er zijn weg had gevonden. Door het binnenvallende licht van een straatlantaarn was dat niet al te moeilijk. Geen enkele traptrede kraakte. Alle kans dat de dader tot in de slaapkamer van Helen Lott was gekomen zonder dat ze iets had gemerkt. Donkere vegen op de traploper en een glimmend spoor op de trapleuning vormden een voorproefje van wat ze te zien zou krijgen.

De geur van braaksel was vanaf halverwege de trap te ruiken, aanvankelijk als een scherpe, zure lucht, maar naarmate ze dichterbij kwam werd de geur ranziger en vleziger. En toen Ava de deur naar de grote slaapkamer openduwde, rook ze nog iets anders. Een stank van verrotting. Menselijke uitwerpselen.

In de slaapkamer deed ze het licht aan om een goed beeld te krijgen, en deed onwillekeurig een stap achteruit bij de aanblik van het bloedbad op de grond. Het lijk was eerst moeilijk te zien omdat het schuilging onder een houten ladekast. Kleren waren alle kanten op gevallen, zodat alleen de rechterarm en de rechtervoet van de vrouw zichtbaar waren. Ava liep er op haar tenen naartoe en lichtte een hoekje van een trui op om het gezicht te kunnen zien. Uit haar mond, neus en oren was bloed gedropen. Het braaksel koekte al aan het vloerkleed en was al bijna opgedroogd in de rimpels en plooien van haar huid. De ogen van het slachtoffer, een levendige en ongebruikelijke kleur blauw, puilden uit hun kassen en staarden naar iets boven Ava's schouder alsof ze in doodsangst wachtten op de terugkeer van de aanvaller. Van haar oogwit was niet veel meer te zien: door de bloedingen leek het op het craquelé op een antieke vaas. Haar nek en gezicht waren sterk opgezwollen en zagen donkerpaars. Het was of ze vanaf haar hals door een boze peuter was beschilderd in alle kleuren van razernij.

De ladekast, een breed, zwaar geval, lag dwars over haar heen, en dat was geen toeval. Ava nam de schade zorgvuldig op. Het achterpaneel van de kast, dat nu naar het plafond wees, was ingetrapt. Op het pastelkleurige beddengoed met een bloemetjespatroon waren flauwe voetafdrukken te zien. De aanvaller was vanaf het bed op de ladekast gesprongen om nog een schepje boven op het moorddadige gewicht te doen dat alle lucht uit de longen van het slachtoffer had geperst dat daar in doodsnood onder lag. Het been van Helen Lott dat zichtbaar was, lag in een onnatuurlijke hoek, en de nagels van haar vrije hand waren bebloed en afgebroken. Ava vouwde de hand omhoog, naar waar hij de ladekast zou hebben kunnen aanraken, en daar waren inderdaad overeenkomstige krassen op het gepolitoerde oppervlak te zien. De arme vrouw was op dat moment voldoende bij bewustzijn geweest om die laatste paar minuten nog al het mogelijke te doen om zich te bevrijden. De dood was haar enige genade geweest, dacht Ava. Mevrouw Lott kon alleen dankbaar zijn geweest toen de duisternis haar ten slotte had opgeslokt.

'Goeie god,' klonk een klein stemmetje vanuit de deuropening, 'wat is dít nou weer? Ik zei net nog tegen Luc dat ik je al een poos niet gesproken had. Maar het was absoluut niet de bedoeling dat we elkaar onder deze omstandigheden zouden treffen.'

'Ik wil graag dat je me zo veel mogelijk info over de moordenaar geeft, Ailsa. Was hij alleen of was het een groep, is er een wapen gebruikt? Zorg ervoor dat ik zo snel mogelijk aan de slag kan,' zei Ava.

De patholoog, die van top tot teen in een wit pak was gehuld waardoor ze nog kleiner leek, deed haar tas open en haalde er een thermometer en een aantal verschillende wattenstaafjes uit.

'Het is een lastige plek, er is niet veel ruimte. Hou je mensen buiten tot ik klaar ben. Zorg voor fatsoenlijk licht en ik heb meteen een fotograaf nodig.'

'Komt voor elkaar,' zei Ava terwijl de patholoog naast het lijk knielde.

'Ze is nog tamelijk warm, dus de aanvaller kan niet erg ver weg zijn. Ik kan nog niet zeggen of het om een of meer aanvallers gaat,' zei Ailsa, terwijl ze met een lampje in de ogen, oren en mond van Helen Lott scheen en ondertussen foto's maakte met haar eigen kleine camera. 'Voor zover ik nu kan zien is de dood in de afgelopen drie kwartier ingetreden. En als de dader in z'n eentje was gok ik erop dat het een grote, sterke man is. Hier is bijzonder veel kracht en een onvoorstelbare razernij voor nodig geweest. Deze verwondingen zijn enkel en alleen door die kast veroorzaakt. Maar de dader zelf moet ook onder het bloed zitten. Die blijft wel uit het zicht tot hij zich heeft kunnen schoonmaken. Deze klap in haar gezicht – zie je die zwelling en de verkleuring hier?' zei Ailsa, en ze wees naar de zijkant van het hoofd van Helen Lott, 'heeft haar jukbeen waarschijnlijk gebroken en misschien ook haar kaak, waardoor ze op de grond is gevallen en hij die kast boven op haar kon gooien. Door het gewicht van de kast werd de lucht uit haar longen geperst, en omdat ze ook een gebroken kaak had, kon ze niet gillen. Ik kan niet vaststellen of dat toeval was of dat het zo gepland was. Het is een ongebruikelijke plaats delict. Zeer persoonlijk. Ik heb zo'n dood door verplettering eigenlijk alleen bij auto-ongelukken en bedrijfsongevallen meegemaakt. En vanwege deze bloedspetters, hier en hier,' – Ava volgde Ailsa's blik van de ladekast over het kleed naar de muren en de kledingkast – 'denk ik dat die druk niet continu en gelijkmatig was.'

'Wat wil je daarmee zeggen?' vroeg Ava.

'Dat degene die dit heeft gedaan keer op keer op en neer is gesprongen, waardoor hij telkens als hij neerkwam afzonderlijke verwondingen en bijna explosieve bloedingen veroorzaakte. Wanneer we de kast en het stoffelijk overschot hebben weggehaald, denk ik dat we een stervorm om haar heen zullen zien.'

'Klootzak,' zei Ava. Ze liet haar hoofd hangen en zette haar handen in haar zij.

'Ik denk dat je dat soort taal niet gebruikt waar je moeder bij is,' zei Ailsa met een vriendelijke glimlach. 'Laat me nu maar voor mevrouw Lott zorgen.'

Ava liep de trap af en deed alle lichten aan terwijl ze via haar radio orders gaf. Technici kwamen al binnenlopen met lampen en afdekfolie voordat ze bij de keukendeur was. Ze liep naar buiten, de straat in, en keek om zich heen. Het was een woonwijk zonder bewakingscamera's, en de bewoners waren ook weer niet zo rijk dat ze zich een eigen beveiligingssysteem konden veroorloven. Met de auto zo laat op de avond op de oprit was het duidelijk dat er iemand thuis was. De inbreker – als het tenminste een mislukte inbraak was geweest – zou op z'n hoede voor de bewoners zijn geweest.

'Agent,' riep Ava naar de politieman die ze op weg naar binnen had gesproken, 'ontbreken er duidelijk spullen of is het huis overhoopgehaald?'

'Haar handtas met haar portemonnee erin ligt nog op de keukentafel, mevrouw. Verder wilden we niet al te veel dingen aanraken.'

Ze ging terug naar haar auto en belde met Begbie.

'Turner hier. Ziet er niet goed uit, chef. Vrouwelijk slachtoffer, alleenstaand. Geplet onder een meubelstuk.'

'Dat meen je verdomme niet,' zuchtte Begbie. Ava zag bijna voor zich dat hij op zijn hoofd krabde en met zijn pen op het bureau tikte. Hij klonk uitgeput. 'Is ze verkracht?'

'Geen idee. En dat krijgen we niet bevestigd voordat er een volledige autopsie op mevrouw Lott is uitgevoerd. Haar bovenlijf en haar ene arm en been zijn vrijwel volledig verpletterd.'

'Verdachten?'

'Nog niemand. De patholoog is nog met haar bezig. Iedereen was nog bij The Meadows, dus het heeft wat langer geduurd om de zaak op gang te krijgen. Vrijwel zeker een mannelijke aanvaller. Het is nog niet zeker of het er meer dan een was. Gewelddadige moord, brute kracht. We hebben een voetafdruk. Er zijn agenten bij de buurvrouw om een verklaring op te nemen. Na dat incident op The Meadows zal de pers wel –'

'Weet ik, weet ik,' zei Begbie. 'Maar ze moeten het wel weten. Ze komen er toch snel genoeg achter. Beter dat ze het van ons horen.' Ava kon de zware ademhaling van de chef door de telefoon horen. Het leek of hij na elk woord weer op adem moest komen.

'Sir, vanavond gebeurt er toch niks meer. Misschien moet u maar gewoon naar huis. Callanach en ik zijn er allebei om telefoontjes aan te nemen.'

'Begin jij nou ook niet, Turner. Als ik nog een vrouw nodig had om tegen me te zaniken, had ik wel bigamie gepleegd. Zet de plaats delict af en zorg dat je bruikbare info krijgt. Ik verwacht op z'n minst honderd procent meer dan waarmee Callanach op The Meadows op de proppen is gekomen. Niet dat ik de lat daarmee erg hoog leg, trouwens.'

4

Callanach zat naast een uitdrukkingsloos kijkende video-operator en probeerde de stapel kranten te negeren die iemand hulpvaardig op zijn bureau had gelegd. Hij moest beelden van vier verschillende camera's doornemen op mogelijke aanwijzingen. Gelukkig wisten ze het tijdstip van de moord vrij precies, zodat de klus redelijk snel geklaard kon zijn.

De eerste twee films waren van vaste camera's zonder cameramensen. Die waren allebei gericht op de voorste rijen van de menigte, en de plek waar Sim Thorburn had gestaan was daarop niet meer dan een vage vlek. Op de overige beelden was het lastiger om je te oriënteren. Eén cameraman had over het podium gelopen, en had beelden van de band afgewisseld met shots van de menigte. De andere had op een hoogwerker gezeten om vanuit dynamischer standpunten te kunnen filmen. Het duurde tergend lang, maar uiteindelijk ving hij de eerste glimp op van Niek de Vries, die gelukkig lang was.

'Zet het beeld hier 's stil,' zei Callanach, naar voren leunend en aandachtig naar het scherm turend. 'Kun je dat gedeelte uitvergroten?' De operator drukte op een paar toetsen en leunde achterover, met de handen achter het hoofd gevouwen.

'Is dat alles?' vroeg Callanach. 'Dat is te vaag.'

'Ja, ken je die scènes in films waarin ze opeens inzoomen en alles superscherp blijft en je kunt lezen wat er op een briefje staat? Dat is allemaal onzin,' zei de operator. 'Er is één beeld, en dat bestaat uit een aantal puntjes. Die kun je van dichterbij bekijken, maar dan wordt het beeld minder scherp. Kon ik maar een pond vangen voor elke keer dat ik dat moet uitleggen.'

'Zoom dan maar weer uit, en dan een beetje naar links,' zei Callanach. 'Dat is Sim,' zei hij. 'En speel dan nu weer verder af.'

Toen het beeld weer tot leven kwam, zag Callanach Sim op en neer springen, en daarbij steeds eventjes uit het kader verdwijnen. Het beeld was niet erg duidelijk, maar het was ontegenzeggelijk het slachtoffer. Zijn bovenlijf was ontbloot, zoals dat van veel mannen in de menigte; vermoedelijk had hij zijn T-shirt uitgetrokken vanwege de warmte van de zon en de mensenmassa. Sim zong mee en maakte met zijn ene arm pompende bewegingen in de lucht, op de maat van de muziek. Hij zag er ontspannen en vrolijk uit. Achter hem, iets naar rechts, stond Merel de Vries.

'Hij heeft geen idee wat hem boven het hoofd hangt,' zei Callanach in zichzelf. De camera pande naar rechts en Sims gezicht verdween naar de andere kant van het scherm. 'Nee!' riep Callanach. 'Het staat op het punt te gebeuren. Bevries het beeld of zoiets.' De operator tikte op de spatiebalk. Callanach zocht het beeld af, maar zag niets nieuws. 'Speel maar af,' zei hij. Nog een toetsaanslag en Sims gezicht verdween al uit beeld, maar net op het moment dat het volledig uit beeld zou verdwijnen, leek het of iemand die voor hem langs liep, tegen hem opbotste. 'Stop! Daar! Dat is het.'

Callanach vulde zelf de hiaten in. Iemand bewoog zich onopvallend door de menigte, haalde een mes uit zijn zak, trok het uit de schede, sneed met het vlijmscherpe lemmet in het voorbijgaan Sims blote buik helemaal open, en had een doek klaar om het mes af te vegen om te voorkomen dat andere mensen onder het bloed kwamen te zitten. Nog voordat het slachtoffer op de grond was gevallen, was hij al weggeglipt. Waarschijnlijk was hij al zigzaggend door de menigte weggekomen. Het zou te veel zijn opgevallen als hij in een rechte lijn dwars door de menigte naar de buitenkant van het terrein was gelopen.

'Speel dat deel nog eens af,' zei Callanach. Toen hij het fragment voor de tweede keer bekeek, was nog duidelijker te zien dat Sim niet eens zijn hoofd had omgedraaid. Er was geen verwarring te zien, geen gesprek, geen herkenning. Als er vlak voor hij op de grond viel niet een paar vage, donker gekleurde pixels te zien waren geweest, die langs het onderste deel van zijn gezicht voorbijgleden, zou het een moord door een geest kunnen zijn geweest. 'Je gaat me vast vertellen dat we dat deel van het beeld niet kunnen verbeteren, hè?' De operator trok slechts een wenkbrauw op. 'Ik heb de best mogelijke afdruk nodig van alle beelden waar zijn gezicht en die vage beweging op te zien zijn.'

Tripp kwam binnen met een document dat hij aan het lezen was. 'Uitslag van het sporenonderzoek, sir. Net binnengekomen via de mail. Er staat niks in.'

'Hoe bedoel je, niks?' vroeg Callanach.

'Alleen wat we al wisten van de autopsie. Slachtoffer had geen drugs in zijn bloed, lage alcoholwaarde. Gezond, geen eerdere verwondingen op een gebroken been in zijn jeugd na. Hij was clean. Doodsoorzaak is zoals we al verwacht hadden,' zei Tripp.

'Nog nieuwe info sinds de persconferentie?' vroeg Callanach.

Tripp keek nerveus. 'Hebt u het nog niet gehoord, sir? U had uw mobiel zeker weer uitgezet?'

Callanachs hand ging naar zijn zak en haalde een mobieltje met een zwart scherm tevoorschijn.

'Iemand heeft een pagina op de sociale media aangemaakt en mensen hebben filmbeelden van het festival vanaf hun telefoon geüpload. Er zijn duizenden uren film te bekijken. Verder zijn er geen bruikbare aanwijzingen. En dan hebben we nog de publieke verontwaardiging. Ik denk dat hoofdinspecteur Begbie zich in zijn kamer heeft verschanst. Persvoorlichting heeft geprobeerd u te pakken te krijgen. Er is een journalist die een interview wil.'

'Denk je dat dat zal helpen?'

'Daar ga ik niet over, sir. Maar ik geloof dat een van de kranten u heeft omschreven als de Brad Pitt van de Schotse politie, dus misschien wilt u liever niet...' Tripp zweeg.

'Dat is alles, dank je wel, Tripp. Is de hoofdinspecteur beschikbaar?'

'Alleen voor mensen met goed nieuws, zei hij,' luidde Tripps antwoord terwijl hij wegliep.

'Dan lijkt het erop dat dit voor iedereen een teleurstellende dag wordt,' mompelde Callanach.

Hij liep naar Begbies kamer, waar de chef net een stapel papier overhandigde aan een politieman in burger die Callanach nog nooit had gezien.

Begbie wees naar een stoel, maar Callanach besloot te blijven staan.

'Geen idee hoelang we hier blijven,' vervolgde de man in burger, die geen acht sloeg op Callanachs aanwezigheid. 'We zullen natuurlijk samenwerken met uw regionale team. En misschien hebben we ook een paar van uw mensen nodig voor eventueel onderzoek ter plaatse.'

'Ik vrees dat sinds gisteren al mijn personeel bezet is,' gromde Begbie met gesloten ogen. 'Tenzij inspecteur Callanach onverwacht nieuws voor me heeft.' Callanach staarde uit het raam. 'Goed dan, u kunt alle kantoorruimte krijgen die u nodig hebt, gebruikmaken van alle faciliteiten en van onze plaatselijke kennis. Maar de mankracht is uw probleem.'

De man bromde iets vaags, waar Begbie geen acht op sloeg terwijl hij de waterkoker aanzette die hij op zijn kamer had staan, vermoedelijk om zich het loopje door de gang te besparen om thee te halen. Callanach maakte van de gelegenheid gebruik om de nieuwkomer op te nemen. Diens accent was duidelijk herkenbaar als upper class-Engels en de bijbehorende houding sloot naadloos aan bij de toon waarop hij sprak en zijn lichtjes opgeheven kin.

'Goed, dan ga ik maar eens aan de slag. We gaan nog nadenken over wat we nodig hebben en de kwestie van de mankracht bespreken we later nog wel, hoofdinspecteur Begbie.' Hij liep weg zonder te bedanken en deed geen moeite de deur goed achter zich dicht te trekken. Dat deed Callanach voor hem.

'Is er iets wat ik moet weten, chef?' vroeg Callanach.

'Vandaag niet,' mompelde Begbie. 'Heb je al een verdachte?'

'Donker haar. Klein, tenger, maar dat is een gokje, omdat de omstanders amper gereageerd hebben toen de moordenaar zich langs hen heen wrong. Het kan net zo goed een man zijn als een vrouw. Als ik een omschrijving zou moeten geven, zou ik het woord "prof" in de mond nemen.'

'Dank je inspecteur, maar zorg ervoor dat je dat woord nooit tegenover een ander levend wezen gebruikt. Inspecteur Turner probeert op dit moment in haar kamer een onderzoek op gang te brengen naar een moordenaar die ze net als jij al een ongepaste bijnaam heeft gegeven. Jij mag dan met een prof te maken hebben, Turner noemt die van haar De Pletter. Vrijwel zeker een man, sterk, meedogenloos en een losgeslagen psychopaat als we op de resultaten van de autopsie mogen afgaan.'

'Twee moorden op één avond? Dat is toch wel heel ongebruikelijk voor deze regio.'

'Ongebruikelijk? Het is een ramp van monumentale proporties! Heb je de krantenkoppen vanochtend gelezen?' Callanach had nog niet de moed gehad de kranten in te zien. 'Nee? Nou, laat me je dan even inlichten, want gedeelde smart is halve smart. "Niet veilig op straat, niet veilig in ons eigen huis. Edinburghs Nacht van Verschrikkingen." Bekt niet lekker maar slaat de spijker wel precies op de kop, vind je niet?' Begbie liet zich zo hard in de stoel achter zijn bureau vallen, dat hij een halve meter naar achteren schoof. 'En ik heb voor de rest van het jaar geen budget meer voor overuren. Doe er iets aan, man! Ik heb twee lijken in het mortuarium liggen en ik durf de telefoon niet eens meer aan te nemen.'

Callanach wachtte niet tot Begbie was uitgeraasd en liep de kamer uit. Het leek erop dat Ava het nog beroerder getroffen had dan hij. Hij liep naar haar kamer om even te praten en zich samen over hun lot te beklagen en nam niet de moeite om eerst te kloppen. Toen hij de deur opendeed, zag hij dat twee mensen zich snel van elkaar losmaakten, Ava deed een stap achteruit en stootte haar heup tegen de hoek van haar bureau, maar de man met wie ze was keek eerder geërgerd dan gegeneerd. Callanach herkende de politieman in burger die hij net in de kamer van zijn baas had gezien.

'Begbie heeft ons niet aan elkaar voorgesteld. Hij lijkt het vandaag behoorlijk druk te hebben. Ik ben hoofdinspecteur Edgar,' zei de man.

'Callanach,' antwoordde Luc, en hij stak zijn hand uit om die van de hoofdinspecteur te schudden. 'Ik stoorde jullie. Excuses.'

'Nee hoor. Wat is er, Luc?' vroeg Ava, terwijl ze een pluk haar uit haar gezicht streek.

'Ik wilde even horen hoe het ging. De baas zei dat je een akelige klus op je bord hebt.'

'Dat zijn de beste, toch?' mengde Edgar zich in het gesprek.

Ava liep om haar bureau heen en ging zitten.

'Joseph komt van de National Cyber Crime Unit in Londen. Er is een cyberaanval ophanden en alles wijst erop dat die vanuit Edinburgh wordt geleid.'

'Het is beter om dat niet van de daken te schreeuwen, Ava. Ik denk dat Callanach wel genoeg aan z'n hoofd heeft.'

'Dat klopt,' zei Callanach. 'We zien elkaar nog wel. Goed om kennis te maken.' Hij deed Ava's deur achter zich dicht, vertrok zijn gezicht tot een grimas en veegde zijn rechterhand onder het lopen af aan zijn broek.

5

'Een of andere lul heeft de samenvatting van het autopsierapport gelekt!' riep Ava woedend. Ze stormde Callanachs kamer binnen, knalde de deur achter zich dicht en liet zich in een stoel ploffen. 'Dat betekent dat iemand in Ailsa's kantoor of een agent hier op het bureau z'n mond voorbij heeft gepraat. Alsof het al niet moeilijk genoeg is!'

'Heb je wel geslapen?' vroeg Callanach.

Ava gaf geen antwoord op die vraag en zei: 'Moet je horen.' Ze sloeg de krant open die ze bij zich had en begon te lezen. '"Helen Lott, een zesenveertigjarige verpleegkundige in de palliatieve zorg, is opzettelijk doodgedrukt in haar eigen slaapkamer." Ik heb met een heleboel smeerlappen te maken gehad, maar wie zou nou een verpleegkundige willen vermoorden die voor terminale patiënten zorgt? "Haar verwondingen bestonden onder andere uit meerdere gebroken ribben en een gebroken borstbeen, een in elkaar gedrukte luchtpijp en ernstig beschadigde organen die inwendige bloedingen en verstikking tot gevolg hadden. Een buurvrouw waarschuwde de politie omdat ze 's avonds laat lawaai in het huis hoorde. Uit het autopsierapport valt op te maken dat de moordenaar een sadist is die zijn slachtoffer zo veel mogelijk pijn wilde laten lijden. De dood van mevrouw Lott wordt betreurd door collega's en patiënten, die haar omschrijven als een engel die haar leven aan de verpleging heeft gewijd." Wist je dat er door de hele stad graffiti over de moorden op de muren verschijnt? God weet wie daar nou weer mee begonnen is. En we hebben net gehoord dat bezorgde burgers een protestmars willen organiseren in de geest van Take Back The Night. Alsof we al niet genoeg werk hebben. Wat de fuck is er aan de hand?'

'Heb je het lek gemeld?' vroeg Callanach.

'Natuurlijk. Twee agenten zijn bezig iedereen bij het mortuarium te ondervragen die toegang tot de informatie heeft, en iemand van technische ondersteuning is bezig de digitale route van het document na te trekken om uit te sluiten dat het lek bij de Schotse politie zit. Bovendien zijn alle gebruikelijke mediakanalen benaderd met de vraag of iemand hun die informatie tegen betaling heeft aangeboden. Tot dusver geen geluk. Waarom is het eerste wat er gebeurt altijd het laatste waar je behoefte aan hebt?' riep Ava nijdig uit.

'Wil je koffie?' vroeg hij.

Ava schudde haar hoofd. 'Sorry van gisteren. Met Joe. Het was...' Ze maakte haar zin niet af.

'Dat gaat me niks aan,' zei Callanach.

'Joe en ik kennen elkaar van onze studententijd. Hij belde een paar weken geleden om te zeggen dat hij hier waarschijnlijk gestationeerd zou worden. En soms pak je de draad weer op alsof je elkaar niet jarenlang uit het oog bent verloren, je kent het wel...'

'Laat maar. Heb je zin om op weg naar huis iets te gaan eten samen? Als ik niet snel een douche neem, stink ik straks een uur in de wind.'

Ava keek omlaag naar haar handen.

'Geen probleem hoor,' zei Callanach, toen Ava's onuitgesproken plannen in de lucht bleven hangen. 'Dan zie ik je morgen weer. En maak je nou maar geen zorgen over de pers. Elke dag is er weer een nieuw verhaal, dat weet je toch?'

Dat bleek een goed advies te zijn, want ondanks het feit dat twee moorden op dezelfde dag genoeg stof voor een eindeloze berichtenstroom boden, ging het de volgende dag alweer over heel andere dingen.

De grootste briefingruimte op het bureau werd in beslag genomen door een heel contingent goedgeklede politiemensen in burger, frisgewassen en -geschoren, die duidelijk niet de hele nacht waren opgebleven om eindeloze, met mobiele telefoons gemaakte filmpjes en foto's van het festival te bekijken zonder dat het iets opleverde.

'Is er vannacht nog iets gebeurd?' vroeg Callanach in het voorbijgaan aan brigadier Lively.

'Fucking snobs paraderen hier rond of ze de dienst uitmaken. Op jacht naar een stelletje nerds waar niemand met gezond verstand een donder om zou geven. Je zou je bijna een godvergeten inboorling gaan voelen.'

'Je zou je bijna een godvergeten inboorling gaan voelen, *sír*,' bracht Callanach hem in herinnering. Lively gniffelde.

'Aye, wat u wilt.' Lively liep door, een broodje in zijn mond proppend. Callanach en hij hadden het van meet af aan met elkaar aan de stok gehad. Lively, een brigadier die er al heel wat dienstjaren op had zitten, had zijn eigen kandidaat in gedachten gehad om de vrijgekomen functie van inspecteur te vervullen, toen Callanach van buitenaf op de positie was aangenomen. Heel waarschijnlijk was Lively ook degene die een afzeikcampagne had georkestreerd en roddels had rondgestrooid die Callanachs positie hadden ondermijnd, tot hij zijn eerste zaak bij de Schotse politie had opgelost. Tussen hem en de brigadier was het bijna tot een handgemeen gekomen maar uiteindelijk was de relatie in zoverre verbeterd dat ze elkaar gedoogden, hoewel Lively hem nog regelmatig beledigde. Wat dat betreft was de komst van het eliteteam van Scotland Yard in zoverre gunstig, dat Callanach daar nog gunstig bij afstak.

Callanachs telefoon ging toen hij zijn kamer binnenliep. Hij gooide zijn jasje op zijn bureau en nam het gesprek aan. Het was te heet om, als je goed bij je verstand was, meer dan een korte broek en een T-shirt te dragen. Overhemden en dassen waren een van de nadelen van promotie maken.

'Callanach,' zei hij.

'Inspecteur Callanach, ik heb verscheidene berichten op uw voicemail ingesproken,' was de openingszin. 'U spreekt met Lance Proudfoot. Ik ben redacteur van een online nieuwsblog. Ik hoopte op een verklaring van u over de festivalmoord.'

'Hoe komt u aan dit nummer?' vroeg Callanach.

'De receptie heeft me doorverbonden.'

'Dat zal de carrière van die telefoniste dan geen goed doen,' zei Callanach, en hij dacht al aan het gesprek dat hij straks zou hebben met de idioot die het telefoontje had aangenomen. 'Geen verklaring. U hebt op de persconferentie alles kunnen horen wat we naar buiten willen brengen.'

'Om heel eerlijk te zijn kan ik bij de jongedame van de receptie de indruk hebben gewekt dat ik een familielid was,' zei Proudfoot. Callanach zuchtte. 'En de mensen van jullie mediadesk vergeten de online media nogal eens voor persconferenties uit te nodigen, vandaar de noodzaak tot een zekere... inventiviteit van mijn kant om informatie te vergaren.'

'Ik weet niet zeker of u en ik wat betreft het gebruik van het woord "inventiviteit" in plaats van het woord "liegen" dezelfde mening zijn toegedaan, meneer Proudfoot. En ik moet nu helaas verder met mijn werk,' zei Callanach.

'Dus u wilt ook geen commentaar geven op het hackschandaal van gisteravond? Ik heb anders gehoord dat Scotland Yard een eliteteam van rechercheurs naar Edinburgh heeft gestuurd.' Dat laatste zei hij met een stem waar het sarcasme van afdroop. Callanach moest zich enorm inhouden om het niet spontaan met hem eens te zijn. In plaats daarvan opende hij een nieuwssite op zijn mobieltje en scande de koppen. Een groep die zich The Unsung noemde, had de accounts gehackt van diverse bankiers en investeerders die onlangs waren beloond met schandalig hoge bonussen, en had hun geld weggesluisd. 'Een sterk staaltje ontregeling van de gevestigde orde,' vervolgde Proudfoot.

'In mijn ogen is het ordinaire diefstal,' riposteerde Callanach.

'Daarover verschillen we dan van mening. De hackers hebben het geld overgemaakt naar de rekeningen van verscheidene goede doelen, van kinderhospices tot instellingen voor dierenopvang. Bovendien hebben ze maar 25 procent van elke bonus ingepikt, dus ze waren niet eens zo hebberig. Ze wilden alleen duidelijk maken hoe schandalig veel die grootverdieners binnenharken vergeleken bij de non-profitinstellingen die stelselmatig te weinig subsidie krijgen,' zei Proudfoot.

'Hoe dan ook, het is geen zaak voor het team Zware Misdrijven, dus daar kan ik helaas wéér geen commentaar op geven,' zei Callanach, die popelde om het gesprek te beëindigen, maar niet op een beleefde manier van de vasthoudende journalist af kon komen.

'O, dus ze hebben de hulptroepen erbij gehaald. Dat verbaast me niets,' zei Proudfoot. Callanach kon zichzelf wel voor zijn hoofd slaan om zijn loslippigheid. 'Pak de uitkeringen van alleenstaande moeders en invaliden af en er kraait geen haan naar. Maar als je een paar rijke stinkerds plukt, schiet de overheid opeens in actie.'

'Dat neemt niet weg dat het nog altijd een misdrijf is. Wij vellen geen moreel oordeel over de misdrijven die we onderzoeken,' zei Callanach.

'Geef toe dat het slim is bedacht. Nu moeten die sukkels elke ongeoorloofde overboeking aangeven als diefstal, en op die manier krijgt de pers gedetailleerde informatie over de misdrijven. En vervolgens moeten de zogenaamde slachtoffers hun geld terugvorderen bij de betreffende goede doelen. Wat zou u doen, inspecteur Callanach? Stel dat u een bonus van vier miljoen pond toucheert boven op uw salaris dat toch al de pan uit rijst, en dat van die bonus gewoon nog steeds drie miljoen op uw bankrekening staat? Gaat u uzelf dan voor schut zetten door te eisen dat de plaatselijke vereniging van oorlogsveteranen u dat miljoen teruggeeft? Dan wordt u aan de schandpaal genageld, en daar blijft het niet bij, want dit soort lui heeft geen enkel krediet bij het grote publiek. Ik vind het wel een goeie stunt, u niet?'

Callanach gaf geen antwoord. Het was absoluut een goeie stunt, en het verklaarde ook het haantjesgedrag in de briefingruimte.

'Hoe dan ook, ik wil graag één officieel commentaar noteren,' vervolgde Proudfoot. 'De mensen willen weten of hun stad veilig is. Grijpt u deze kans niet aan om hen gerust te stellen?'

'Dit is een moordonderzoek,' zei Callanach. 'Het is geen spelletje en geen buitenkansje om wat publiciteit te bedrijven. Ik vraag u om respect.'

'Hoor eens, ik doe dit werk omdat ik nieuws wil brengen. Ik werk niet voor een krant die mijn woorden zo verdraait dat ze aansluiten bij de politieke agenda van de eigenaar of dat ze de advertentie-inkomsten maximaliseren. Ik ben mijn eigen baas en ik ben verantwoordelijk voor wat ik schrijf. Doe me een plezier. Eén keer maar. We zijn niet allemaal slechteriken, hoor.'

Callanach opende het onlineprofiel van Lance Proudfoot. Zijn nieuwsblog had bijna honderdduizend volgers en het leek erop dat zijn stukken zo nu en dan door een paar grotere mediakanalen werd overgenomen. Hij zuchtte. Het was de moeite waard om de populaire pers aan boord te houden. En wie weet kon dat contact nog eens van pas komen.

'Goed,' zei Callanach gelaten. 'Maar niet met naam en toenaam. Een anonieme bron bij de politie. De festivalmoord lijkt geen motief te hebben. Het leeuwendeel van de moorden wordt gepleegd door iemand die het slachtoffer kent, maar dat lijkt hier niet het geval te zijn. We vragen het publiek waakzaam te blijven en zich meteen te melden als ze informatie hebben.'

'Is dat alles?' vroeg Proudfoot.

'Ja, en kijk uit,' zei Callanach. 'Als u mijn naam gebruikt, praat ik nooit meer met u.'

'Betekent dat dat ik nog eens kan bellen als ik vragen heb?'

'Nee. En als u nog een keer tegen de receptie liegt om te worden doorverbonden, laat ik u arresteren.' Eindelijk kreeg Callanachs gezonde verstand de overhand en hing hij op. Hij bladerde terug naar de hoofdpunten van het nieuws om het verhaal over die hackeraanval wat aandachtiger te lezen.

Ava's vriend Joseph Edgar zou zijn handen vol hebben om door het pr-moeras te laveren. The Unsung had weliswaar op grote schaal fraude en diefstal gepleegd, maar Callanach kon zich moeilijk voorstellen dat veel mensen hun daad ook werkelijk zouden veroordelen. En het verhaal was net groot genoeg om de aandacht van de media af te leiden en hun enige adempauze te geven zodat ze wat vooruitgang konden boeken in de moordzaken. Dat zou hem leren, dacht Callanach, en hij vroeg zich af hoelang Joe Edgar Edinburgh als basis voor zijn onderzoek dacht te gebruiken. Hij pakte zijn koffie en zocht naar een Gauloise om onaangestoken tussen zijn lippen te steken.

6

Rechercheur Christie Salter wenste Callanach zachtjes een fijne avond en ging naar huis, naar de man met wie ze kortgeleden was getrouwd. Ze had haar brigadiersexamen op de lange baan geschoven vanwege haar bruiloft en huwelijksreis. Toen Callanach haar dat had afgeraden, had ze alleen maar gelachen. Max Tripp ging naar de flat die hij met zijn tweelingbroer deelde. De baas ging naar huis naar de vrouw die hem al dertig jaar lang tolereerde. Zelfs die ellendige brigadier Lively had iemand die op hem wachtte zodat ze samen konden eten, een tv-programma konden uitkiezen en de buitenwereld even konden vergeten.

Maar Callanach keerde terug naar een leeg appartement.

Schotland was een nieuwe start voor hem geweest, een terugkeer naar het land van zijn allang overleden vader. Maar het betekende ook dat hij zijn vrienden, kennissen en familie in Frankrijk had moeten achterlaten. Hij deed zijn best, zeker. De sportschool, werk, een goede wijnwinkel, plekken waar mensen zijn naam kenden en waar hij met een glimlach werd begroet. Maar buiten dat was de poging om oude vrienden door nieuwe te vervangen een tijdrovende en treurigstemmende aangelegenheid.

Hij zette zijn laptop aan en wachtte tot de e-mails binnenkwamen in de hoop dat er een van zijn moeder bij zou zitten. Ook moest hij controleren of Astrid Borde nog had geprobeerd contact te zoeken. Sinds ze hem valselijk van verkrachting had beschuldigd toen ze allebei bij Interpol in Frankrijk werkten en ze hem daarna naar Schotland was gevolgd, had hij zich elke dag zorgen gemaakt dat de hele nachtmerrie weer van voren af aan zou beginnen. Dat de aantijging van verkrachting uitsluitend een verzinsel van haar verwrongen geest was, een symptoom van haar obsessie met hem, deed niet ter zake. Hij was het stigma niet meer kwijtgeraakt. Mensen met wie hij jaren had samengewerkt, hadden hem gemeden. Zijn beste vrienden reageerden eerst voorzichtig, daarna afstandelijk, en waren ten slotte helemaal uit beeld verdwenen. Hij had aan den lijve ondervonden dat de vraag of je schuldig of onschuldig was er feitelijk niet toe deed in verkrachtingszaken. Hoe vaak hij zichzelf ook had voorgehouden dat hij in het hier en nu moest leven, het verleden bleef hem altijd achtervolgen. Al helemaal omdat de kwestie hem fysiek nog altijd parten speelde.

Omdat hij te rusteloos was om te gaan slapen en te moe om de deur uit te gaan, wierp Callanach nog eens een blik op de nieuwsblog van Lance Proudfoot. Hij vond een kort overzicht van Proudfoots loopbaan in de Verenigde Staten en Canada, en bij enkele grote Britse kranten. Zijn verslaggeving was niet slecht. Minder sensatiebelust dan de schandaalbladen en minder geneigd tot navelstaren dan de kwaliteitskranten. Callanach las een interessant redactioneel commentaar over de recente cyberdiefstal en een achtergrondverhaal over de National Cyber Crime Unit, waarin werd uiteengezet hoever de politie achterliep op de capaciteiten van de hackers, niet in de laatste plaats vanwege de krappe budgetten en het gegeven dat talentvolle programmeurs veel meer geld konden verdienen in de private sector. De naam van hoofdinspecteur Joseph Edgar werd een paar keer genoemd, en omdat hij toch niets beters te doen had, trok Callanach hem na. Privéschool, gevolgd door een afgeronde rechtenstudie, voorzitter van de debatclub, geïnteresseerd in cricket en rugby. Nooit getrouwd, had gestaag carrière gemaakt. Callanach pakte zijn mobieltje om Ava een berichtje te sturen. Hij was halverwege toen er op de deur werd geklopt. Het was laat, en bovendien klopte er nooit iemand bij hem aan.

'Wie is daar?' riep hij, terwijl hij langzaam naar de deur liep. Callanach tuurde door het spionnetje. Op de gang hoorde hij wat gestommel en toen gekletter, maar hij zag niemand. Op zoek naar een wapen pakte hij een wetstaal uit de keuken en liep terug naar de deur. Er klonk nu nog meer lawaai vanuit de gang, net buiten het gezichtsveld van het kijkgat. Callanach schoof de grendel zo zacht terug als hij kon, trok de deur open en stapte met het wapen geheven de gang op.

'Alsjeblieft, doe me geen pijn,' gilde de vrouw in de gang. Ze stak haar handen omhoog en viel naar achteren tegen de muur.

Callanach liet het wetstaal vallen en stak zijn armen ook omhoog.

'Het is al goed,' zei hij. 'Ik ben politieman. Heb je je pijn gedaan? Klopte jij nou net op mijn deur?'

De vrouw begon zenuwachtig te lachen, een beetje bang maar tegelijkertijd geamuseerd.

'Ja, dat was ik. Je deed niet open, dus ik dacht dat er niemand thuis was. Nee hoor, ik heb me niet bezeerd. Ik ben hier net komen wonen in het appartement tegenover dat van jou,' zei ze, wijzend op de enige andere deur op dezelfde verdieping van het gesplitste en verbouwde herenhuis. Zijn nieuwe buurvrouw was lang en slank, had blond haar dat ze in een paardenstaart droeg, en een brede glimlach. 'De elektra in mijn flat is uitgevallen. Ik heb geen idee waar de stoppenkast is, dus ik probeerde het luik van de vliering omdat ik dacht dat hij daar misschien zat. Als jouw appartement dezelfde indeling heeft als dat van mij, dacht ik, kon je me misschien helpen. Het spijt me. Ik heb je vast laten schrikken.'

'Nee, nee, het ligt aan mij. Ik ben overdreven voorzichtig. Natuurlijk help ik je. De stoppenkast zit waarschijnlijk in de gangkast. Ik haal even een zaklamp.'

Even later stond hij in het appartement tegenover dat van hem, stak zijn hand uit naar de stoppenkast en zette de schakelaars om. En toen was er licht.

'Leuk met je kennis te maken,' zei ze, en ze stak haar hand uit. 'Ik heet Bunny. Mijn echte naam is Roberta, maar mijn kleine zusje kon dat nog niet zeggen. Ze noemde me Rabbit, vandaar die bijnaam. Dank je voor je hulp. En ik praat te veel. Luister, ik heb niet veel in huis, maar ik kan je op z'n minst een biertje aanbieden. Ik heb er genoeg in de ijskast staan.'

'Ik moet gaan,' zei Callanach met een blik op zijn horloge. 'Je moet echt een veiligheidsketting op je deur laten zetten.'

'Ga ik doen, vooral omdat ik alleen woon. En jij?' vroeg Bunny.

'Ik heb een ketting.'

'Nee, ik bedoel: woon je ook alleen?'

Callanach zweeg terwijl Bunny de deur van de ijskast opende. Tegen de tijd dat hij bedacht had wat hij moest antwoorden, duwde ze hem een flesje koud bier in de hand.

'Ja,' zei hij. 'Ik woon alleen. Maar ik ben niet vaak thuis, dus je moet echt zorgen voor goeie beveiliging.'

'Ik zal eraan denken. Maar het is wel een prettig idee dat je precies tegenover me woont.' Ze wachtte tot hij iets zou zeggen, en Callanach realiseerde zich dat hij zich nog niet had voorgesteld.

'Callanach,' zei hij. 'Luc.'

'Luc, dat klinkt als een buitenlandse naam.'

'Ja, Frans,' antwoordde hij.

'O mijn god. Mijn vriendinnen vallen flauw als ze je ontmoeten. Nou, *slàinte* dan, gezondheid, Luc Callanach,' zei ze, en ze stootte met de hals van haar flesje tegen dat van hem. 'Op vele avonden met vrienden en een biertje erbij. Vertel me eens wat over jezelf. Woon je hier al lang?'

'Niet zo heel lang,' zei Callanach, om zich heen kijkend. Het appartement stond vol dozen, die uitpuilden van de kleren, elektrische apparaten en allerlei accessoires.

'Wat een rotzooitje, hè?' zei ze, terwijl ze zijn blik volgde en een paar dozen dichtklapte. 'Ik heb het zo druk met mijn werk dat ik er nog niet aan toe ben gekomen om alles uit te pakken. Ik ben visagiste. Ik doe van alles, van trouwerijen tot films. Jij zou acteur moeten zijn met zo'n gezicht.'

'Bij de politie mag je niet schnabbelen,' zei Callanach snel. 'En over een paar uur heb ik weer dienst, dus ik moet nu echt gaan. Bedankt voor het biertje.'

'Dat zal vast spannend zijn, om bij de politie te werken. En die arme mensen die afgelopen week zijn vermoord. Verschrikkelijk hè?'

Callanach begon naar de gang te lopen.

'Hoor eens, we zijn buren. Ik geef je mijn nummer voor het geval je iets nodig hebt.' Voordat hij haar kon tegenhouden had ze een pen uit haar zak gevist, pakte ze zijn hand en schreef haar nummer erop. Callanach weerstond de neiging zijn hand terug te trekken. 'Zo, dat is mijn nummer. Ik slaap heel slecht, dus je kunt altijd bellen. Het wordt gezellig om hier te wonen, dat zie ik nu al.'

Het kostte hem nog tien minuten om daar weg te komen.

Toen hij weer terugkwam in zijn appartement, zag hij dat hij een e-mail van Tripp had gekregen.

> Sir, ik ben onderweg. We hebben een paar videofragmenten die u vanavond misschien wilt zien.

Het bericht was een kwartier geleden verstuurd. Hij propte de vuile vaat in de afwasmachine en deed een paar deuren dicht. Hij zat te wachten tot Tripp aanklopte toen hij stemmen op de gang hoorde. Kennelijk had Bunny haar deur niet dichtgedaan na zijn vertrek en had ze Tripp aangeklampt voor hij bij Callanach kon aankloppen.

Hij stak zijn hoofd door de deuropening en riep: 'Agent, ik heb begrepen dat het belangrijk is. Laten we beginnen.'

'Sorry, Luc,' riep Bunny. 'We raakten aan de praat. Hij is echt een schatje.'

Tripp leek niet te weten hoe snel hij weg moest komen.

'Kom binnen, Tripp,' zei Callanach. 'En je kunt je deur beter dichtdoen, Bunny. Het is al laat.'

Eenmaal veilig binnen had Tripp een vuurrood hoofd.

'Nieuwe buurvrouw, sir? Ze lijkt me behoorlijk eh... enthousiast.' Tripp trok zijn wenkbrauwen op en leek de grootste moeite te hebben om niet te grijnzen.

'Was er iets belangrijks, Tripp? Want ik hoopte voor het eerst sinds een paar dagen wat te kunnen slapen.'

'Ja, natuurlijk. Maar ik kon die bestanden niet via internet versturen. Ik had geen tijd om ze veilig te versleutelen. Alstublieft.' Tripp opende een laptop en klikte op een map met twee bestanden erin. Bij het afspelen van de eerste video hoorde Callanach het ondertussen vertrouwde nummer dat de band speelde toen Sim Thorburn op de grond viel. Het filmpje was gemaakt door iemand die een paar rijen voor het slachtoffer stond en met haar mobieltje een selfie maakte terwijl ze meezong. Gedurende een fractie van een seconde gleed er op de achtergrond een schaduw over Thorburns gezicht. Toen de schaduw was verdwenen zag je Sim, enigszins onscherp, verbaasd omlaagkijken naar zijn buik. Toen gleed hij naar opzij, en uit beeld.

'Is dat alles?' vroeg Callanach. 'Die beelden vertellen ons niks nieuws over de dader.'

'Nog een klein stukje film,' zei Tripp. 'Kijk naar de rechterbovenhoek van het scherm.'

Tripp drukte op play. Nog een filmpje van een mobiel, dit keer kennelijk bedoeld om te laten zien hoeveel publiek er was. De telefoon was hoog boven het hoofd gehouden en draaide driehonderdzestig graden in het rond. Na een paar seconden zette Tripp het beeld stil en wees.

'Daar,' zei hij. 'Hij is maar een seconde in beeld, maar duidelijker dan op de andere opnamen.'

Callanach boog zich naar het scherm toe. Sim Thorburn was uit beeld verdwenen, maar nu zag hij Merel en Niek de Vries. Links van hen zag hij en profil gefilmd een volwassen persoon langslopen, met donkerbruin haar dat voor zijn of haar gezicht hing. De dader droeg een grote, donkere zonnebril. Tripp speelde het filmpje verder af om te laten zien dat de dader plotseling een andere kant op liep, weg van de camera, de menigte in.

'Man of vrouw?' vroeg Callanach.

'Moeilijk te zeggen,' antwoordde Tripp, en hij sloeg de laptop dicht. 'Maar niet erg lang, en heel slank, waardoor hij of zij zich relatief makkelijk onopgemerkt door de menigte kon bewegen. Blank. Het haar kan de natuurlijke kleur zijn, of geverfd. Wie weet zelfs een pruik. De kleren zijn nogal non-descript, dus daar hebben we niet veel aan.'

'Perfecte camouflage,' zei Callanach, terwijl hij achteroverleunde en zijn ogen sloot.

'Zou het iemand van de daklozenopvang kunnen zijn, denkt u?' vroeg Tripp. 'Thorburn kwam dagelijks in contact met labiele mensen. Mensen die door niemand in de gaten worden gehouden, en door niemand worden herkend.'

Callanach schudde zijn hoofd.

'Dat zou ik graag willen geloven, Max,' zei hij. 'Want vroeg of laat wordt zo iemand voor iets anders gearresteerd, stort in en bekent. Of ze laten in een dronken bui iemand anders het mes zien. Hier was planning voor nodig. Dit is weloverwogen en zorgvuldig gepland. En je hebt er vooral stalen zenuwen voor nodig. Stel je de psyche voor van iemand die zich door een duizendkoppige menigte beweegt, een wapen trekt en hard, diep en precies snijdt en vervolgens niet wegrent, maar langzaam en rustig verderloopt in de zekerheid dat hij de klus tot een goed einde heeft gebracht en alle tijd heeft om weg te komen, het mes weg te stoppen en ervoor te zorgen dat hij of zij niet onder het bloed zit. Deze persoon wist hoe je iemand moet opensnijden. Misschien is de dader een psychopaat, maar hij of zij is zeker niet psychisch gestoord, niet op de manier zoals wij ons een psychisch gestoorde voorstellen. Dit is iemand die helemaal niks voelt. Geen paniek, geen angst, geen gevaar. Helemaal niets.'

'Hoe kunnen we de dader dan pakken, sir, als hij werkelijk zo goed is?' vroeg Tripp.

'Weet je, Tripp, ik heb geen flauw idee.'

7

Begbies gezicht had een wasachtige, grauwe kleur toen ze bij hem binnenkwamen voor een briefing. Callanach zag aan Ava's gelaatsuitdrukking dat zij zich ook zorgen maakte. Even later kwam Ailsa Lambert binnenlopen.

'Goeie god, wat heb jij de laatste tijd gegeten, man?' riep ze uit. Ailsa, die in tegenstelling tot Ava en Callanach geen last had van enige terughoudendheid, liep meteen op de chef af en bestudeerde zijn gezicht aandachtig.

'Hou maar op, Ailsa,' zei Begbie. 'Het is nou niet zo dat ik tijd heb om op de loopband te stappen.'

'Je hebt zo te zien anders wel tijd om grote hoeveelheden vet en suiker naar binnen te werken. En hoeveel drink je?'

'Je vindt het vast niet erg als we het daar niet over hebben waar mijn inspecteurs bij zijn. Bovendien hebben we andere zaken te bespreken,' gromde Begbie.

'Als je niet snel wat aan je leefpatroon verandert, heb je straks helemaal niks meer te bespreken. Dan vindt het volgende gesprek plaats als je roerloos op een roestvrijstalen aanrecht ligt en ik mijn bevindingen inspreek in een opnameapparaat,' zei Ailsa.

'Zo, je hebt je zegje kunnen doen. Ga je nu zitten?' Begbie wees op een stoel.

Ailsa mompelde wat in zichzelf, maar ging toch zitten, trok een tablet uit haar tas en begon er verwoed op te tikken. 'Goeiemorgen, allebei. Het lijkt erop dat we hier al eerder zo hebben gezeten. Wie wil er eerst?' Geen van beiden had tijd om antwoord te geven voor ze verderging: 'Helen Lott. Eeuwig zonde. Ik ken een paar artsen met wie ze heeft samengewerkt. Dit is een groot verlies voor de stad. Er zijn er niet veel die haar werk zomaar kunnen overnemen. In haar geval is brute kracht gebruikt, en er is moedwillig een hoeveelheid letsel toegebracht die ik nog nooit eerder heb gezien. Een afschuwelijke manier om te sterven, en ze moet het allemaal hebben gevoeld. Het goede nieuws is dat we denken dat we zijn DNA hebben.'

Ava mompelde iets wat leek op een dankzegging aan een onbekende godheid, en onderbrak de patholoog: 'Is dat al door het systeem gehaald?'

'Ja. Geen hits helaas, maar we kunnen wel zeggen dat het van een blanke man afkomstig is. Als je een verdachte arresteert, kunnen we in elk geval nagaan of er een positieve identificatie is. Afgezien van het DNA was de plaats delict brandschoon. Geen vingerafdrukken. Het staat vast dat hij handschoenen droeg. We hebben geen haren gevonden.'

'Waar is het DNA gevonden?' vroeg Ava.

'Op haar voorhoofd, net onder de haargrens. Daar zat een druppel speeksel, vermengd met wat bloed. Op een zeker moment heeft hij zich over haar gezicht gebogen. Blijkbaar was hij heel erg opgewonden en heeft hij op haar gekwijld of gespuugd, misschien terwijl hij tegen haar praatte of naar haar keek. Ik vermoed dat hij op zijn tong of wang heeft gebeten, vandaar de bloedcellen. Die waren in elk geval niet van het slachtoffer en ze waren vers, dus moeten ze van iemand zijn die bij haar in de kamer was toen ze stierf.' De patholoog trok twee stapeltjes kopieën van foto's uit haar tas en gaf een ervan aan Ava en het andere aan Begbie. 'Je kunt aan de foto's zien dat hij tijdens de aanval door het dolle heen was, maar hij heeft het wel goed voorbereid en gepland. Vermoedelijk heeft hij tijdens de aanval zijn zelfbeheersing verloren. Eerst kreeg ze een klap in het gezicht, zo hard dat ze viel en zich niet meer kon verdedigen. Daarna heeft hij de ladekast boven op haar gelegd. Ik zeg met opzet "gelegd" en niet op goed geluk gekieperd. De kast werd boven op haar lichaam gelegd, zodat ze precies in het midden lag en niet meer op kon staan. Door de zorgvuldige plaatsing werd er maximale schade aan de vitale organen toegebracht. Het lijkt erop dat eerst haar ribben het begaven, en dat vervolgens haar borstbeen is verbrijzeld toen er extra gewicht werd toegevoegd. Vanwege de druk op haar buik moest de arme vrouw overgeven, en dat, in combinatie met het feit dat ze geen lucht in haar longen kon krijgen, heeft ertoe geleid dat ze uiteindelijk stikte. Ze had nog een heleboel andere botbreuken en kneuzingen over haar hele lichaam. Een van de gebroken ribben heeft haar rechterlong doorboord, wat haar dood heeft bespoedigd, en misschien was ze daar tegen die tijd wel dankbaar voor. De beschadigingen aan haar inwendige organen waren in dat stadium al fataal en gingen gepaard met hevige bloedingen, zoals je ook zou verwachten. Op het moment van sterven verloor ze de controle over haar darmen. Wat de dader betreft: alleen al voor het verplaatsen van de kast was enorm veel kracht nodig. Hij moet heel groot zijn, doet mogelijk aan krachttraining en fitness. En het is iemand die daar specifiek naartoe is gegaan om een daad te stellen.'

'Ik geloof niet dat ik ooit iets gruwelijkers heb gezien,' zei Ava, in haar ogen wrijvend.

'Dat ben ik geloof ik wel met je eens, Ava,' zei Ailsa Lambert.

'Dus helemaal geen goed nieuws?' vroeg Begbie.

'Voor het geval je dat was ontgaan, ik ben patholoog. Als ik bij jou binnenkom, heb ik nooit goed nieuws.'

'Ik bedoel natuurlijk wat betreft het identificeren van een verdachte,' zei Begbie geprikkeld.

'Het is iemand die zo enorm groot is dat hij in een menigte zou opvallen. En toen hij de plaats delict verliet, had hij haar bloed en mogelijk haar braaksel op zijn kleren zitten. Hij heeft geen kleding of handschoenen achtergelaten, dus er moet ergens zeer belastend bewijs liggen. Als je de hulp van het publiek wilt inroepen, kun je vragen of iemand die avond zijn echtgenoot, zoon, broer, huisbaas of wie dan ook stinkend, uitgeput en onder het bloed heeft zien thuiskomen. Ik geef je op een briefje dat hij een spoor heeft achtergelaten,' zei Ailsa tot slot.

'En de festivalmoord?' vroeg Begbie op een wat rustiger toon. Hij zat onderuitgezakt in zijn stoel, met zijn kin bijna op zijn borst.

Ailsa nam hem nog eens aandachtig op voordat ze antwoord gaf. 'Ik kan alleen bevestigen wat jullie al weten. De snee zat net boven de band van zijn shorts, die hij laag op de heupen droeg. Het slachtoffer droeg geen T-shirt, zijn bovenlijf was ontbloot. Een ongelooflijk vakkundig staaltje werk, vergeef me de smakeloze woordkeus in deze context. Die twee moorden zijn absolute tegenpolen. Heel merkwaardig dat dat op één avond is gebeurd, maar is het niet zo dat juist de meest onwaarschijnlijke toevalstreffers zich altijd gelijktijdig voordoen? Dit lijkt me echt een zaak waarbij er weer ouderwets gerechercheerd moet worden.'

'En met één persoon minder dan je normaal gesproken in je team hebt, Callanach,' voegde Begbie eraan toe. 'Hoofdinspecteur Edgar heeft een rechercheur nodig die de plaatselijke situatie kent. Ze intensiveren het onderzoek naar die cyberaanval.'

'Brigadier Lively dan,' antwoordde Callanach onmiddellijk, wat Ava eindelijk een flauw glimlachje ontlokte. 'Hij kent de stad als geen ander.'

'Hij is ook de grootste digibeet van het team. Zelfs ík heb meer kans een briefing van het cyberteam te begrijpen dan hij. Ik leen Max Tripp uit. Je hebt zelf gezegd dat je op dit moment geen aanknopingspunten hebt. Jullie zitten maar te wachten op goddelijke interventie. En Tripp begrijpt al dat digitale gedoe. Je kunt hem best een paar weken missen.'

'Niet Tripp, sir. Hij is een goeie rechercheur. Ik heb hem nodig.' Tripp was Callanachs steun en toeverlaat. Hij kwam altijd vroeg op het werk en ging laat naar huis, en wist zelfs als hij doodop was nog een glimlach op zijn gezicht te toveren. Af en toe kon zijn aanwezigheid wat vermoeiend zijn, maar het was een welkom tegengif tegen het cynisme van de oudere agenten.

'Het is al gebeurd, Callanach. Als je resultaat boekt, kun je komen klagen wat je wilt, en misschien luister ik dan. En op de afdeling persvoorlichting zijn ze razend omdat gisteren iemand met de pers heeft gesproken zonder dat eerst met hen te overleggen. Zoek uit wie het was en geef hem namens mij op z'n lazer.'

Begbies telefoon ging, en als één man vatten ze dat op als het sein om op te stappen.

Ailsa legde op de gang haar hand even op Ava's arm. 'Hoe gaat het met je, lieverd?' vroeg ze.

'We gaan stug door,' antwoordde Ava.

'En je ouders? Ik ben heel slecht in het contact onderhouden met oude vrienden. Daarvoor zitten er niet genoeg uren in een week, je kent het wel. Wil je mijn excuses aan ze overbrengen?'

'Niet nodig, Ailsa, ze weten hoe druk je het hebt. Daarom zal ik je niet langer ophouden.'

'Sorry, Ava, maar je weet hoe snel mensen van alles gaan vermoeden.' Ailsa kwam wat dichterbij en dempte haar stem. 'Je moeder heeft al een paar afspraken gemist met de clubs waar ze altijd mee optrekt. Onze gemeenschappelijke kennissen maken zich zorgen. Sommigen hebben me gevraagd of ik misschien weet waarom ze niet meer komt.' Ze liet de vraag in de lucht hangen, en op haar gezicht stonden slechts medeleven en bezorgdheid te lezen.

Ava wilde eigenlijk liegen, omdat ze wist dat de waarheid een sluis openzette en ze dan moest praten over iets wat steeds meer mensen overkwam. En daarover praten betekende dat ze er nog meer over zou nadenken dan ze nu al deed.

'Ze heeft kanker, Ailsa. Ze is onder behandeling. Iedereen staat voor haar klaar.'

'Arme vrouw,' zei Ailsa zachtjes. 'En arme jij. Ik vraag je niets meer. Niet hier. Maar ik zal aan jullie denken. En laat het me weten als ik kan helpen...'

'Dat weet ik. En dat zal ik ook zeker doen, dat beloof ik,' zei Ava, om het gesprek zo beleefd mogelijk af te sluiten.

'Goed dan. Bel maar als je vragen hebt. En doe voorzichtig in deze zaak. De moordenaar van Helen Lott heeft het begrip "geweld" een heel nieuwe betekenis gegeven.'

Ava had een lastige zaak onder handen, vond Callanach. Politiewerk waarbij je in de huid van de dader moest kruipen en te maken had met extreem geweld, kon iedereen opbreken. Hij deed of hij de autopsiefoto's van Sim Thorburn doornam die Ailsa voor hem had achtergelaten, maar hield Ava vanuit zijn ooghoeken in de gaten. Ze was moe en niet in haar gewone doen. Haar beste vriendin Natasha werkte een semester lang als gastdocente aan een Amerikaanse universiteit, waardoor Ava het een tijdlang zonder haar gebruikelijke vangnet moest doen, en Callanach was te zeer afgeleid geweest om dat op te merken. Maar als hij eerlijk tegen zichzelf was, was het eerder zo dat hij Ava opzettelijk gemeden had. Hij wachtte tot Ailsa weg was.

'We hebben die hengel die je me ooit cadeau hebt gedaan nog niet ingewijd,' zei Callanach. 'Als dit allemaal achter de rug is en we eindelijk een paar dagen vrij hebben, kan ik je misschien houden aan je belofte om me de lochs te laten zien. Wat denk je?'

'Ik weet niet of mijn hoofd daar nu naar staat,' zei ze. 'Er is nu te veel aan de hand.'

'Dat begrijp ik,' zei Callanach. 'Anders een film vanavond? We kunnen allebei wel wat afleiding gebruiken.'

Naast hen dook een gestalte op. Callanach had niet gemerkt dat hij tijdens zijn gesprek met Ava in het oog werd gehouden, maar hoofdinspecteur Edgar had kennelijk de strekking van hun conversatie begrepen.

'Dat is mooi. Altijd goed om te zien dat collega's elkaar steunen.

Maar jammer genoeg gaan Ava en ik vanavond bij haar ouders eten. En ik heb Percy en Miranda al in geen jaren gezien. Ik kan niet wachten om ze te vertellen wat ik in de tussentijd allemaal heb gedaan,' zei Edgar. 'En ik heb die jonge rechercheur van je naar mijn kamer overgeplaatst. Het is beter dat hij fulltime in mijn team meedraait. Maar hij zal wel z'n best moeten doen. We leggen de lat behoorlijk hoog. Ik hoop dat hij niet al te erg schrikt.'

'Hij redt zich wel,' zei Callanach, terwijl er een spiertje bij zijn onderkaak begon te trekken. 'Je moet Tripp niet onderschatten.'

'Mooi, bij dit soort klussen hebben we slimme, alerte mensen nodig. Tot vanavond, schat,' zei hij, en hij gaf Ava een klopje op de schouder. 'Callanach,' hij knikte hem even toe en liep weg.

Callanach stopte zijn handen in de zakken en ademde diep in terwijl Edgar wegliep.

'Hij is gewoon een vriend,' zei Ava, en ze haalde de schouder op die Edgar net had aangeraakt.

'Eten bij je ouders? Ik dacht dat je daar een hekel aan had. En aan je ouders zelf ook, trouwens.'

'Wat weet jij verdomme over mij of mijn ouders? Godver, kun je je commentaar niet 's voor je houden? Weet je, Luc, je bent de meest gesloten figuur die ik ooit ben tegengekomen, en nou ga jij me de les lezen over familieverhoudingen? Je hebt wel lef.' Ze keek hem zwijgend aan. 'Ik heb werk te doen.'

Callanach bleef staan tot ze om de hoek was verdwenen. Hij hield zijn glimlach strak in de plooi, liep met afgemeten passen naar zijn kamer en gooide de deur dicht. Toen schopte hij hard tegen het onderstel van zijn bureau. Het hout versplinterde. Zijn voet deed zeer. Hij griste zijn jas mee en liep naar buiten, de stad in.

Het was een eind lopen naar The Meadows, maar hij kon de frisse lucht goed gebruiken.

Er was meer politie op straat dan gebruikelijk. Begrijpelijk, gezien de omstandigheden. Als er weer een moord zou plaatsvinden was er natuurlijk een kleine kans dat de politie op het juiste moment op de juiste plek zou zijn, maar mensen waren nu eenmaal geruster als er veel blauw op straat was. De realiteit was dat het leven ondanks alle protesten en woede gewoon doorging. Maar niet voor de vriendin van Sim Thorburn; voorlopig niet, althans. En evenmin voor de familie van Helen Lott, die op het journaal verklaringen had afgelegd over haar afgrijselijke levenseinde.

Het meest zichtbare litteken dat op de stad was achtergelaten, was waarschijnlijk de graffiti. Het was begonnen met een krabbel die een oplettende journalist de dag na de eerste moord had opgemerkt. Callanach was er nu naar op weg, bij wijze van bedevaart. Dicht bij het stadscentrum, waar Guthrie Street uitkwam op Cowgate, stonden op de gekromde muur van een hostel in helderblauwe verf de onsterfelijke woorden: EEN WELZIJNSWERKER! Het feit dat de graffitikunstenaar de moeite had genomen om er een uitroepteken achter te zetten, sprak boekdelen. De pers had die eenvoudige bewoordingen overgenomen en gebruikte ze als symbool om uiting te geven aan de algemene publieke verontwaardiging.

Sim Thorburn was geen drugsdealer die één pil te veel had verkocht. Hij was geen illegale immigrant met een onuitspreekbare naam, geen prostituee die allang onherkenbaar was geworden voor vrienden en familie. Hij was het symbool van Schotlands hart en ziel. De onschuld van het slachtoffer maakte dit tot een extra zware misdaad – zoveel had de pers wel duidelijk gemaakt. Callanach liep door tot hij de graffiti had gevonden. Daaronder stonden nu de woorden: EEN PALLIATIEF VERPLEEGKUNDIGE. Dit keer zonder uitroepteken, en de letters waren kleiner, en rood.

Vanaf dat moment waren na-apers ermee aan de haal gegaan en hadden alle muren in de stad gebruikt om uiting te geven aan hun woede over de verstoring van hun vreedzame leventje. Callanach kon het ze niet kwalijk nemen. Deze mate van geweld was ronduit schokkend. Hij had al veel akelige zaken aan de hand gehad – handel in kinderporno, drugs die op Oost-Europese wezen werden uitgeprobeerd, wapenexperimenten vermomd als godsdienstoorlog – maar in die gevallen ging het altijd om geld. Dit was iets heel anders. Misschien ging het hier puur om de kick. Dat was wat hij las in die woorden op de muren van de stad. De zinloosheid ervan.

8

Thuisgekomen was er een briefje onder de deur geschoven.

Klop maar aan. Veel te veel stoofschotel gemaakt. Ik hou het warm.
Bunny.

Callanach overwoog even stilletjes zijn appartement in te sluipen, maar hij realiseerde zich dat hij zich dan de hele avond schuldig en lomp zou voelen en koos voor de weg van de minste weerstand. Bunny deed de deur open op het moment dat hij aanklopte.

'Geweldige timing!' zei ze. 'Ik wilde net kijken of je al thuis was. Heb je m'n briefje gevonden? Ja, natuurlijk, stom van me, daarom ben je hier. Kom binnen. Ik wilde net een flesje rood openmaken. Het is veel leuker om niet in je eentje te drinken.'

Callanach mompelde enigszins onverstaanbaar dat hij ontzettend moe was, maar Bunny had ondertussen al een stoel voor hem klaargezet en duwde hem een glas in de hand. De wijn was goedkoop, maar drinkbaar. Hij was een wijnsnob, dat hoorde bij de Franse cultuur die hij van zijn moeder had meegekregen, maar het eten rook lekker en hij had honger na kilometers door de stad te hebben gelopen.

'Nou, ik heb eindelijk opgeruimd. Ik heb nog een paar dozen te gaan, maar het ziet er al meer uit als een thuis. Er is tomatenketchup als je wilt. Ik kan niet zonder.'

'Nee, dank je,' zei Callanach. 'Dus je begint je al een beetje thuis te voelen?' wist hij uit te brengen, omdat hij zich herinnerde dat de beleefdheid vereiste dat er over koetjes en kalfjes gepraat moest worden.

'Ja hoor, ik ben er de hele dag mee bezig geweest. En volgende week zaterdag geef ik een housewarmingparty. Dan kan ik je aan mijn vrienden voorstellen. Kun je dan?'

'Dat weet ik nog niet zeker,' zei Callanach, die ter plekke besloot die avond op zijn werk te zijn, of hij daar nu nodig was of niet. 'Ik ben vrijwel altijd oproepbaar, en je weet nooit wat er gaat gebeuren. Maar klinkt leuk.'

'O, maar ik heb ze al alles over je verteld,' zei Bunny, die ondertussen nog meer worstjes in een krachtige tomatensaus op zijn bord laadde en hem onder het eten alle details over de levenswandel van haar beste vrienden uit de doeken deed. 'God, dat was ik bijna vergeten. Er stond vandaag een vrouw voor je deur. Ik vroeg me af wat ze daar deed omdat ze niet aanklopte. Ze stond daar maar, alsof ze ergens over nadacht. Ze schrok zich rot toen ik mijn hoofd naar buiten stak.'

Callanachs maag draaide zich om. Hij legde zijn vork neer. Als Astrid weer was opgedoken, moest hij verhuizen. Hij kon het niet aan weer overal te worden gevolgd.

'Heb je haar naam opgevangen?' vroeg Callanach.

'Ze heeft niet veel gezegd. Mompelde dat het niet echt belangrijk was. Dat ze je morgen wel zou spreken.'

'Kun je haar omschrijven?'

'Natuurlijk. Gemiddelde lengte, vrij lang, krullend bruin haar. Grijze ogen. Maat 36/38. Ik vroeg me af of ze je vriendin was.'

'Ik heb geen vriendin,' zei Callanach, die onmiddellijk spijt had van die uitspraak.

'Ik ben ook single,' zei Bunny, en ze hief haar glas om met hem te toosten. 'Dat is mooi. Dan kunnen we elkaar gezelschap houden.'

'Ik moet maar eens uitzoeken wie er bij me aan de deur is geweest,' zei Callanach, die al zeker wist dat het Ava was, en zich afvroeg wat ze kwam doen. 'Dank je wel voor het eten, maar dat had je niet hoeven doen.'

'O, het is geen moeite hoor. Dat moeten we regelmatiger doen.'

'Ik ben vaak weg,' zei hij. 'Regelmatig werkt niet voor mij. Maar we komen elkaar vast nog wel tegen.' Bunny keek teleurgesteld, en Callanach voelde dat hij het onhandig had aangepakt. Hij had het vriendelijker kunnen zeggen, maar vriendelijkheid was niet altijd de beste manier om vrouwen af te poeieren.

In zijn appartement keek hij op zijn mobiel of er berichten waren. Niets. Als Ava hem over belangrijke politiezaken had willen spreken, had ze wel ingesproken. Hij keek op zijn horloge. Waarschijnlijk zat ze nu met Joe Edgar bij haar ouders te eten. Toch, redeneerde hij, moest het belangrijk zijn geweest als ze speciaal bij hem langs was gekomen. Hij schopte zijn schoenen uit en belde haar.

Haar mobiel ging twee keer over voor ze opnam. Hij hoorde op de achtergrond een gesprek en de hoge stem van iemand die afkeurend reageerde op het feit dat ze haar telefoon opnam.

'Turner,' zei Ava. 'Een ogenblik.' Er werd een deur gesloten en hij hoorde voetstappen op hout.

'Ava, met Luc,' zei Callanach. 'Is alles goed?'

'Alles goed,' zei Ava zakelijk. 'Is er iets gebeurd waar ik van moet weten?'

'Nee.' Callanach had het gevoel dat hij door de modder ploeterde. 'Ik dacht alleen...'

'O, ik snap het al. Die vrouw heeft je gezegd dat ik langs ben geweest,' zei Ava. 'Het was niet belangrijk. Ik wilde alleen even met je praten over...' Ze zweeg even. 'Over de chef. Ik maak me zorgen om hem. Maar dat kan wachten tot ik je weer spreek.'

'Dat was het?' vroeg Callanach. 'Sorry, ik was naar The Meadows gegaan om de plaats delict nog eens te bekijken.'

'Je hoeft niks uit te leggen, en excuses als ik je buurvrouw misschien een verkeerde indruk heb gegeven. Ze zei tegen me dat ze zat te wachten tot je kwam eten.'

Callanach gooide zijn hoofd naar achter en liet het van de ene schouder naar de andere rollen.

'Ze is hier net komen wonen. Ik denk dat ze nogal eenzaam is. Ik heb er echt...'

'Nou, zoals je waarschijnlijk wel hoort ben ik bij mijn ouders, dus ik kan niet echt kletsen. Tot gauw.' Ava hing op.

Callanach gooide zijn telefoon op de bank en schonk zich een aangenamer glas wijn in.

'Fuck,' zei hij, en hij trok zijn pak uit om onder de douche te gaan. Hij stelde het water zo heet af als hij kon verdragen en ging eronder staan met zijn glas nog in de hand, net buiten bereik van de straal.

Kon hij de deur van het bureau maar achter zich dichttrekken en zich ontspannen. Hij draaide in gedachten de klok terug en haalde herinneringen op aan gelukkiger dagen in Lyon. Hij woonde toen in een appartement waar hij zich thuis voelde, met een balkon dat uitkeek op het park vlak bij het hoofdkwartier van Interpol. Er waren vriendinnen geweest. Niet dat hij van de een naar de ander vlinderde, maar altijd iemand om lekker mee te eten, er met de auto een weekend op uit te gaan, of een uitstapje naar de kust te maken om te waterskiën of te zeilen. En seks zat ook in het pakket. Niet het soort seks dat hij had toen hij begin twintig was en soms werd verteerd door de drang een vrouw in bed te krijgen. Toen hij zijn knappe uiterlijk en intellect inzette om elke vrouw te versieren die hij maar wilde. Vrijblijvende seks zonder de emotionele strop die hij nu alleen al bij de gedachte aan seks voelde aansnoeren. Dat Astrid Borde hem valselijk had beschuldigd van verkrachting, had zijn einde betekend als inspecteur bij Interpol én als man.

Hij draaide zijn gezicht omhoog naar de hete waterstraal, legde een hand om zijn lid en probeerde het stijf te laten worden, terugdenkend aan de laatste keer dat hij met een vrouw was geweest. Hij riep beelden op van de dagen en nachten dat hij uitsluitend met lichamelijk genot bezig was geweest. Seks in de duinen, aan boord van vliegtuigen en boten en in hotels over de hele wereld. Maar nu was er niets. Het was of de spiermassa die ooit de gewoonste zaak van de wereld was geweest, niet meer bestond, waardoor er een nutteloos zielig aanhangsel overbleef dat de spot met hem leek te drijven.

Plotseling verscheen er een ander gezicht voor zijn geestesoog, van een vrouw die hij had geprobeerd uit zijn hoofd te zetten. Maar de gedachte aan haar ging gepaard met de plotselinge opflakkering van een gevoel waarin hij al bijna niet meer durfde te geloven: er trok een kleine stuiptrekking door zijn lid, een kort gevoel van opwinding voordat het weer verdween.

Callanach pakte de handgreep van de douchedeur alsof hij die wilde verbrijzelen, grommend van de inspanning om zijn lid weer leven in te blazen. Maar de hoop dat zijn penis ooit nog normaal zou kunnen functioneren, was alweer vervlogen.

'*Merde!*' schreeuwde hij, en hij ramde zijn vuist tegen de glazen deur, wat alleen maar een doffe dreun en pijnlijke knokkels opleverde. '*Je suis pathétique!*' Hij viel terug op het Frans, zoals altijd wanneer hij zijn zelfbeheersing verloor, hoewel de boodschap in alle talen dezelfde was. Hij was een stakker, een zielenpoot. Maar zijn lid was heel even tot leven gekomen, al was het maar een seconde. Dat was voor hem het bewijs, voor zover hij dat nodig had gehad, dat er geen fysieke schade was. 'Genoeg,' zei hij. Hij pakte een handdoek en gooide die over zijn schouders.

In de slaapkamer bleef hij even voor de spiegel staan. Hij was nog steeds goed in vorm. Zelden gingen er meer dan twee dagen voorbij zonder dat hij zich in de sportschool pijnigde, hij at gezond en verbaasde zich voortdurend over de bergen friet, gebak en witbrood die op het bureau werden verorberd. Hij had een hekel aan een opgeblazen, zwaar gevoel. Zijn moeder had hem al alles over gezonde voeding geleerd, nog voordat hij oud genoeg was om ertegenin te gaan. Fruit, groenten en eiwitten. Al het andere was overdaad.

Maar daar was ze al een hele tijd geleden mee opgehouden. Sinds hij korte tijd in de gevangenis had gezeten en daarna in afwachting van de rechtszaak op borgtocht was vrijgelaten, had ze alle contact met hem verbroken.

Hij had zijn olijfkleurige huid van zijn moeder geërfd, net als zijn donkere haar. Hoelang hij ook in Schotland zou wonen, zijn huid zou nooit zo wit worden dat hij voor een Schot kon doorgaan. Het was net of de Schotse genen van zijn vader aan hem voorbij waren gegaan.

Hij haalde een hand door zijn haar, trok zijn schouders naar achter en inspecteerde de spankracht van zijn spieren, alsof hij een stuk vlees wilde kopen. Hij had zijn lijf te lang door zijn hoofd laten regeren en had van alles geprobeerd, behalve psychotherapie, afgezien van die paar gênante, verplichte sessies met de bedrijfspsycholoog van Interpol voordat hij daar ontslag had genomen.

Vastbesloten om het over een andere boeg te gooien, klapte hij zijn laptop open en bekeek een paar websites tot hij er een vond die er min of meer professioneel uitzag, en hij haalde zijn portefeuille tevoorschijn. In minder dan een minuut had hij een medicijn zonder recept gevonden en hij liet zijn creditcardgegevens online achter. Het was geen briljante actie, maar hij zou er niet door in de problemen komen, zelfs niet als hij werd gesnapt. Wat hem meer zorgen baarde, nu hij eindelijk had besloten het middel te kopen waarbij hij gebaat zou kunnen zijn, was iemand te vinden met wie hij het kon uitproberen.

9

Er waren drie weken verstreken sinds de moord op Sim Thorburn. Eenentwintig dagen waarin een toenemende gelatenheid en frustratie zich van Callanachs team meester maakte. Maar vandaag was de stemming op het bureau anders. Niet in zíjn briefingruimte, maar wel in die aan de andere kant van de gang. Een groep mannen en vrouwen had zich op het bureau verzameld. En uit hun kleding en de tastbare spanning kon Callanach maar één ding opmaken: ze kwamen hier voor een briefing voor ze tot actie zouden overgaan. Rechercheur Tripp ving zijn blik, en Callanach kon hem nog net toeknikken voordat de uit zijn team geplukte rechercheur weer naar het whiteboard keek waar hoofdinspecteur Edgar naar de plattegrond van een gebouw wees en instructies blafte. Hoeveel geld de hackers ook hadden gestolen, of 'een andere bestemming hadden gegeven', zoals The Unsung het zelf in een persverklaring noemde, het was voldoende om de hoge overheidsuitgaven te rechtvaardigen om ervoor te zorgen dat de hackers werden gepakt. Callanach vroeg zich af wat het verschil was tussen deze hackeraanval en zijn onderzoek naar de moord op Sim Thorburn als het om overheidsmiddelen ging. Misschien was het maar beter om dat niet te weten, dacht hij. Dat zou maar tot bitterheid en desillusie leiden.

Hij had leren accepteren dat het lauwe spoor naar de moordenaar van Sim Thorburn ondertussen koud was geworden. Het begon er steeds meer op te lijken dat het een willekeurige aanval was geweest, misschien wel een vergismoord, of iemand met wie Thorburn te maken had gehad zonder dat hij het wist. Sinds de begrafenis was zijn vriendin uit Edinburgh weggegaan en weer thuis bij haar ouders in Newcastle gaan wonen, met achterlating van een adres en een bericht waarin ze liet blijken hoe teleurstellend ze het vond dat ze geen stap verder waren gekomen in het onderzoek. Callanach kon zich dat goed voorstellen.

Sindsdien was hij nog twee andere mensen van zijn team kwijtgeraakt, die onderzoek deden naar een poging tot verkrachting buiten een nachtclub, en zelfs Begbie had al een paar dagen niet meer om een voortgangsrapport gevraagd. Callanach zag het team van hoofdinspecteur Edgar de briefingruimte uit komen en door de gang marcheren als een peloton soldaten dat het groene licht voor een geheime missie heeft gekregen, zij het dat ze gewapend waren met laptops en huiszoekingsbevelen in plaats van met vuurwapens. Tripp keek een beetje verlegen en verveeld terwijl hij op weg naar de trap in de pas probeerde te blijven met de rij.

' Sir,' zei Salter achter hem. 'We kregen dit doorgespeeld van de uniformdienst. Het gaat om een oudere man die de hele nacht niet is thuisgekomen. Zijn vrouw is in alle staten. Hij is nooit eerder een nacht weggebleven.'

'O, dus het team Zware Misdrijven krijgt de vermiste personen nu ook al op z'n bord, hè?' verzuchtte Callanach.

'Het lijkt erop dat er meer aan de hand is. Zijn mobieltje en portemonnee zijn op een bank in het park gevonden, boven op een stapel boeken. Hij heet Michael Swan. Vanochtend is hij niet komen opdagen bij de uitreiking van een prijs. Hij zou een prijs krijgen voor de alfabetiseringscampagne voor kinderen die hij in de hele stad heeft opgezet. Zijn vrouw zei dat hij daar al weken naar had uitgekeken.'

'Lijkt er meer op dat hij is ingestort en is weggelopen. Nou, kom op, Salter, dan gaan we erheen. Als hoofdinspecteur Edgar tenminste nog een auto voor ons heeft achtergelaten.'

Ze reden in oostelijke richting door de stad naar de Craigentinny-golfclub. Michael Swan moest de uitgestrekte groene velden vanuit zijn slaapkamerraam kunnen zien, realiseerde Callanach zich, terwijl zijn vrouw vertelde dat haar man, die gek was op golfen, er altijd van had gedroomd na zijn pensioen naast een golfbaan te wonen. Ironisch genoeg werd hij vervolgens zo opgeslokt door zijn aanvankelijk nog parttimebaan als bibliothecaris, dat hij sindsdien nauwelijks meer een golfclub had aangeraakt.

'Voelde hij zich de laatste tijd weleens niet goed, of gedroeg hij zich vreemd, mevrouw Swan?' vroeg Salter, nippend van de koffie die haar was aangeboden door een volwassen dochter die haar moeder was komen steunen.

'Nee. Mijn man is een gewoontedier. Hij gaat en komt op vaste tijden. Hij heeft kleren voor zijn werk en kleren voor het weekend. Als hem iets dwarszit, vertelt hij het altijd. En ik merkte het ook altijd aan hem, begrijpt u. Zo gaat dat nou eenmaal als je al zo lang getrouwd bent. Maar om zijn portemonnee en telefoon zomaar ergens te laten liggen? Zo slordig is hij nog nooit geweest.' De dochter reikte haar moeder nog meer papieren zakdoekjes aan uit de doos die snel leeg raakte, en Callanach keek op zijn horloge. Normaal gesproken ging de bibliotheek pas later open, maar ze hadden met de huismeester afgesproken dat hij hen daar zou opwachten en binnenlaten. Als Michael Swan ergens een briefje had achtergelaten, zou het waarschijnlijk op zijn bureau liggen.

In de bibliotheek werd bevestigd dat Michael Swan de vorige dag om 20.37 uur met zijn pasje had uitgeklokt. Salter zocht via de radio meteen contact met het bureau om na te vragen of er beveiligingscamera's waren op de route naar de plek waar hij zijn portemonnee en telefoon had achtergelaten. Callanach stond op toen de huismeester hem wenkte en nam de documenten door die op een moderne receptiebalie waren achtergelaten.

'Brengt meneer Swan hier de meeste tijd door?' vroeg hij.

'Aye, hier zit hij om boeken te registreren die ingeleverd of uitgeleend worden. Het gebouw heeft twee verdiepingen. Hier beneden is de bibliotheek, boven zijn de vergaderzalen die worden gebruikt voor educatieve programma's en zo. Soms komen schrijvers er een praatje houden over hun boek. Op andere avonden worden hier vergaderingen gehouden, u kent het wel, bijeenkomsten van de historische vereniging of een dieetclub.' De beheerder boog zich voorover en fluisterde in Callanachs oor: 'En de plaatselijke vereniging voor alcohol- en drugsverslaafden zit hier op woensdag, maar dat mogen we eigenlijk niet zeggen. Dat ligt wat gevoelig bij de deelnemers, begrijpt u?'

'En dit is alles? Hij heeft geen kluisje, of een plek voor zijn persoonlijke bezittingen?' vroeg Callanach.

'Er is een kleine ruimte voor de medewerkers achter die glazen wand. Die wordt gebruikt voor de administratie, maar ook voor jassen, mokken. Het is een plek waar je je kunt concentreren zonder gestoord te worden.'

De beheerder deed de deur van een langgerekte kamer aan de zijkant van de centrale hal van de bibliotheek van het slot. De ruimte was afgescheiden door wanden en getint glas, met aan de ene kant bureaus, en het lag er vol rommel die drukke, hardwerkende mensen achterlaten.

'Dit is het, jongen. Dit was de mok van meneer Swan. Het is vast allemaal een vreselijke vergissing. Hij is een goeie vent. Er is hem vast niks overkomen.' De huismeester pakte een versleten, licht beschadigde mok op met het opschrift EET, DRINK EN LEES VERSTANDIG, en drukte die iets te theatraal tegen zijn borst.

'Dank u,' zei Callanach. 'We kijken hier nog even snel rond en dan laten we u verder met rust.' Aan de andere kant van de centrale hal was de ingang, waar ze waren binnengekomen. Bij de trap naar boven stond een wegwijzer naar de vergaderzalen. Bij een andere deur aan de zijkant stond geen bordje. 'Wat zit daarachter?' vroeg Callanach aan de beheerder.

'Die deur leidt naar de kelder. Daar staan boeken die momenteel niet in de bibliotheek staan, boeken die hersteld of vervangen moeten worden, oude affiches, overtollig meubilair. Eigenlijk meer een opslagplaats.'

'Had meneer Swan daar ook een sleutel van?'

'Zelf had hij die niet, maar er hangt er altijd een bij de receptiebalie voor het geval dat, zodat de medewerkers er naar binnen kunnen als iemand om een boek vraagt dat niet op de plank staat.'

'Kunt u die alstublieft voor me pakken?' vroeg Callanach.

'Ik zou niet weten waarom hij daar nou iets zou hebben achtergelaten. Maar ik maak hem voor u open.'

De huismeester ging hem voor en Callanach liep met een korte blik op zijn horloge achter hem aan. Hij had een afspraak met iemand van de mediadesk voor een zinloze update in de zaak-Thorburn, maar hij kon altijd bellen om te zeggen dat er iets was tussen gekomen. De zware deur zwaaide open en de huismeester reikte opzij en knipte het licht aan. Er gebeurde niets.

'Stoppenkast?' vroeg Callanach.

'Ik loop er even heen,' zei de man. 'Een ogenblik.' Hij ging terug naar de centrale hal en Callanach liep verder de trap af, de kelder in. De deur was zwaarder dan hij had verwacht en viel achter hem dicht. Het leek alsof hij in een raamloze ruimte stond. Het enige half doorzichtige raam in het vertrek was al tientallen jaren niet meer schoongemaakt en was bedekt met een aangekoekte laag bruingroene mos en modder, en van onder de deur boven aan de trap scheen alleen een heel smalle streep licht. Het leek of er iets lag te rotten, alsof de kelder te dicht bij een rioleringsbuis was gebouwd die de atmosfeer met zijn zwavelachtige rottingsgeur vervuilde.

Callanach haalde zijn mobieltje uit zijn zak en schakelde de zaklampfunctie in die de batterij binnen de kortste keren zou leegtrekken, maar het gaf genoeg licht om zich te oriënteren en geen tijd te verliezen. Hij liep tussen de rijen keurig geordende boeken door, met aan het eind van elke rij dozen met de gebruikelijke rommel en rotzooi. Speelgoed, kostuums, oud meubilair waarvan nog niet was besloten wat ermee moest gebeuren. Hij sloeg een hoek om en scheen met zijn telefoon op de vloer omdat hij eerder voorvoelde dan zag dat er obstakels lagen toen hij van de keurige rij boeken wegliep. Achter hem klonk een geluid. Hij draaide zich geschrokken om, gedesoriënteerd. Zijn ene voet gleed onder hem vandaan en hij stak zijn hand uit om steun te zoeken. Zijn andere voet gleed ook weg, waardoor hij met zijn vrije hand omhoog reikte in plaats van opzij, en zich vastgreep aan het eerste het beste. Het leek iets van textiel, glad en glibberig, dat aan de ene kant nat aanvoelde. Callanach slaakte een kreet toen het stuk textiel waaraan hij zich had vastgeklampt uit zijn handen glipte, waardoor hij keihard op zijn rug terechtkwam. Hij kneep zijn ogen dicht toen hij een hevige pijnscheut door zijn stuitje voelde trekken. Een paar seconden later richtte hij zich op en scheen met zijn mobiel omhoog.

Boven hem hing een lijk, zonder twijfel dat van Michael Swan. Hij was met zijn nek en zijn samengebonden voeten horizontaal opgehangen tussen twee stalen draagbalken. Callanach kon steeds maar een stukje van hem zien terwijl de lichtbundel zich bibberig langs het lichaam bewoog. Degene die hem daar had opgehangen, had Swans gezicht vrijwel volledig gevild. Callanach had er talloze artikelen over gelezen, maar was nog nooit een geval tegengekomen. Rond het hele gezicht was een incisie gemaakt die aan een kant bij de onderkaak begon, via het jukbeen naar boven liep, over het voorhoofd, en aan de andere kant weer naar beneden ging. Tot slot was de gezichtshuid weggetrokken als bij een gevild konijn.

Callanach voelde dat zijn handpalm plakkerig was en besefte dat hij zich aan de flap gezichtshuid had vastgegrepen toen hij uitgleed. Hij had het licht van zijn mobiel niet nodig om te weten dat hij in een plas bloed lag.

'Politie, leg je wapens neer,' riep Salter vanuit de deuropening, die ervan uitging dat hij was aangevallen en mogelijk gewond.

'Het is oké, Salter. Er is verder niemand hier.' Hij had de opslagruimte weliswaar niet minutieus onderzocht, maar hij was er zeker van dat de dader het gebouw gisteravond had verlaten, met medeneming van Swans mobieltje en portemonnee.

'De stoppenkast is in orde, waarschijnlijk zijn de lampen doorgebrand.' Callanach hoorde de stem van de huismeester dichterbij komen.

'Salter, hou iedereen uit de kelder. Sluit de plaats delict af en bel onmiddellijk de patholoog en de technische recherche. Niet binnenkomen. Ik heb het bewijsmateriaal al verpest.'

Hij hoorde haar op dringende toon instructies geven en daarna het geluid van wegstervende voetstappen.

'Weet u zeker dat u niet gewond bent, sir? Het klonk nogal ernstig,' riep Salter.

Callanach maakte de veters van zijn hoge schoenen los en liet ze ter plekke staan om niet nog meer bewijsmateriaal te verspreiden.

'Ik bevestig dat de vermiste persoon is overleden. Ik ben ongedeerd. Het sporenonderzoek hier wordt bijzonder lastig. Ik wil dat de uitgaande communicatie compleet wordt stilgelegd.' Callanach bewoog zich voorzichtig naar de deur en voelde bij iedere stap zijn pijnlijke onderrug. Hij was hard gevallen, en zijn benen waren deels gevoelloos geworden.

'Wat de fuck!' riep Salter uit. Ze liep naar voren om hem beet te pakken, maar Callanach stak waarschuwend zijn hand op.

'Raak me niet aan,' zei hij. 'Als er vezels of ander bewijs op de grond lagen, kleven die nu aan mij.'

'Tjezus, sir, u zit helemaal onder. Weet u zeker dat u niet gewond bent? Dat is wel heel veel bloed...' Ze viel stil.

'Haal maar even diep adem,' zei hij, 'en bel dan Begbie voor me. Hij moet dit met eigen ogen zien. Ik wil dat het hele gebouw hermetisch wordt afgegrendeld. Niemand mag iets aanraken. Zorg ervoor dat de huismeester niet meer de kelder in gaat.' Hij hoorde dat zijn stem trilde.

'Hoe erg is het, sir?' vroeg Salter.

Callanach staarde haar alleen maar aan.

'Zal ik een paar agenten langssturen om mevrouw Swan te waarschuwen?'

'Dat is helaas onze taak, maar dit gaat wel even duren,' zei hij. Er klonken sirenes die snel dichterbij kwamen. Salter ging naar buiten om ervoor te zorgen dat niemand het gebouw meer in kon.

Callanach bleef daar roerloos staan omdat hij wist dat al zijn kleren nu als bewijsmateriaal in zakken zouden verdwijnen en geanalyseerd zouden worden. Hij probeerde niet te denken aan het bloed dat van zijn broekspijpen en zijn handen droop. Het was niet voor het eerst dat hij een gruwelijk tafereel zag, maar het afschuwelijke van deze moord zat 'm in de mise-en-scène, de gruwelijke toewijding waarmee dit allemaal gepland was. Zelfs de lampen waren met opzet kapotgeslagen, realiseerde hij zich nu, zodat de creatie van de moordenaar alleen bij het licht van een zaklamp kon worden bekeken. Michael Swans gezicht, waarvan alleen nog een afschrikwekkend masker restte, nog druipend van het bloed, zou voor altijd in zijn geheugen gegrift staan. Hij voelde zich duizelig en misselijk, en dwong zichzelf adem te halen en zich te vermannen.

Er verschenen mensen van de technische recherche met plasticfolie en acculampen om de kelder te verlichten. Ze zeiden weinig terwijl Callanach de plaats delict aan hen beschreef zodat ze zich goed konden voorbereiden, zowel praktisch als mentaal.

Ailsa Lambert arriveerde ter plaatse en gaf met een bezorgde blik in haar ogen op zakelijke toon allerlei instructies.

'Je houdt je rug vast,' merkte ze op terwijl ze Callanach van top tot teen opnam.

'Niks aan de hand,' zei hij. 'Gewoon uitgegleden. Ailsa, dit zou weleens de ergste...'

'Ik regel een auto om je naar huis te brengen, Luc,' zei ze, en ze pakte haar mobieltje.

'Daar hebben we geen tijd voor,' zei hij.

'Dan moet je je door een ambulanceverpleegkundige op shockverschijnselen laten onderzoeken. Als je de komende twee uur zelf achter het stuur gaat zitten, zorg ik er hoogstpersoonlijk voor dat jou een disciplinaire maatregel wordt opgelegd. Begrepen?'

Callanach overwoog tegen haar in te gaan, maar besloot het niet te doen.

'Goed,' zei Ailsa. 'En nu dit. Is het marteling?'

'Ja. Ik weet niet zeker of het pre of post mortem is. Hij is evenwijdig aan het plafond opgehangen.'

'Mijn werk zou eenvoudiger zijn als mensen geen fantasie zouden hebben. Goed, trek je kleren maar uit. Ik laat wel iemand een pak brengen. Ze moeten ook monsters nemen van je handen en gezicht. We willen geen enkele vezel over het hoofd zien,' zei Ailsa.

'Wat is er met je gebeurd,' bulderde Begbie, die op hen af kwam stormen in een beschermende overall waar hij bijna uit barstte. 'Is deze hele stad gek geworden?'

'Met dat geschreeuw bereik je niets,' zei Ailsa zachtjes tegen hem. 'En ik wil zo min mogelijk verstoring van de plaats delict, dus ga alsjeblieft voorzichtig naar binnen.'

'En we hebben geen idee naar wie we op zoek zijn, klopt dat?' vroeg Begbie aan Callanach.

'Tot nu toe niet, sir,' antwoordde Callanach. De baas wrong zich al door de deuropening van de kelder en liep naar beneden, waar ze nog bezig waren om licht te maken.

Vanuit de opslagruimte hoorde Callanach hem luidkeels vloeken met zijn zware, Schotse accent vol keelklanken. Begbie was woedend en verbijsterd tegelijk – een combinatie van emoties waar Callanach in mee kon voelen. Het bleef even stil, en vervolgens hoorde hij een luid gekreun en een doffe klap. Andere stemmen riepen om hulp en Ailsa en Callanach kwamen aangerend. Begbie lag op zijn zij op de vloer, met één hand greep hij naar zijn borst en zijn voeten trappelden wild van de pijn.

'Roep de hulpverleners,' riep Ailsa tegen degene die het dichtstbij stond. Begbies ademhaling leek meer op die van een marathonloper dan op die van iemand die net een paar honderd meter vanuit een auto had afgelegd. Hij hapte naar lucht en ademde zwaar uit. Ailsa maakte zijn stropdas en overhemd los terwijl Callanach een langslopende agent een zaklamp uit de hand griste. In het licht zag Begbies gezicht er krijtwit en bezweet uit. Hij had zijn kaken op elkaar geklemd en zijn ogen wijd opengesperd. Callanach pakte Begbies rechterhand, in de verwachting dat zijn chef zich geïrriteerd los zou rukken. Maar in plaats daarvan kneep de chef juist hard terug en hield hem stevig vast. Door de val had hij zijn knieën en handen opengehaald, waar nu bloed uit druppelde, en hij zag er plotseling uit als een slachtoffer: verward, bang en hulpeloos.

'Help me hem rechtop te laten zitten,' zei Ailsa tegen Callanach. Ze hielpen Begbie overeind en zetten hem met zijn rug tegen een stapel dozen terwijl iemand van de technische recherche een deken haalde. 'George, dit zijn aspirines. Ik wil dat je die langzaam stuk kauwt,' zei ze, en ze stopte twee pillen in Begbies mond. Zijn gezicht vertrok, maar hij deed zijn best en zijn handen trilden terwijl hij rechtop probeerde te blijven zitten. 'Allemachtig, man. Het is niet de bedoeling dat ik hier voor jou moet zorgen. Alsof ik nog niet genoeg te doen heb. Je hebt me behoorlijk laten schrikken!'

Begbie probeerde te antwoorden, maar kon alleen maar piepend ademhalen en ging verder met kauwen. Ailsa keek of hij nog andere verwondingen had en streek met haar hand over haar gezicht toen de chef zijn ogen even dichtdeed. Als Callanach niet beter had geweten, zou hij hebben gedacht dat ze tranen wegveegde.

Het ambulancepersoneel was al binnen voordat iemand hun een overall of overschoenen had kunnen aanreiken. Het kostte hun slechts enkele minuten om Begbie op een brancard te leggen met een zuurstofmasker over zijn neus en mond, maar ondertussen zag Callanach dat de bezorgde uitdrukking op Ailsa Lamberts gezicht omsloeg in diepe frustratie. Over de hele vloer liepen nu bloederige voetstappen. Begbie was precies op de belangrijkste plek van de plaats delict gevallen, waardoor de hulpverleners die zijn leven hadden gered, de plek noodgedwongen nog verder hadden verstoord. Iedereen stond met de handen in de zij hoofdschuddend toe te kijken, in het besef dat hun taak zojuist oneindig veel lastiger was geworden en waarschijnlijk geen resultaten zou opleveren.

'Ik ga wel met hem mee naar het ziekenhuis,' zei Callanach. 'Zou jij Ava willen bellen, Ailsa? Zij kent de vrouw van de chef. En iemand moet mevrouw Begbie ophalen.'

10

Callanachs telefoon ging net toen hij bij de Royal Infirmary aankwam.

'Hoe is het met de baas?' vroeg Ava.

'Weet ik nog niet. De artsen zeggen niks tot het onderzoek is afgerond.'

'Wat is er in godsnaam gebeurd? Waar waren jullie?'

'Op een plaats delict,' zei Callanach.

'Dat meen je niet. Het moet er wel gruwelijk zijn geweest als de chef er zo heftig op reageerde.' Er viel een ongemakkelijke stilte. 'Goed, ik ben er over twintig minuten. Ik heb de commissaris al aan de lijn gehad met de vraag wat er aan de hand was. Zij is ook onderweg, dus zorg ervoor dat alles onder controle is.'

Er ging een pijnscheut door Callanachs onderrug. 'Ik moet ophangen,' zei hij, en hij greep zich zwaar ademend vast aan een deurkruk om overeind te blijven.

'Is alles goed, meneer?' vroeg een verpleegkundige.

Callanach probeerde te knikken en zocht naar een grap om haar gerust te stellen, zodat ze verder kon met haar werk. Maar wat eruit kwam was een jammerkreet toen hij eindelijk aan de pijn moest toegeven.

'Ik heb een bed nodig!' riep de verpleegkundige. Er kwam al een verpleeghulp aanrennen die Callanach opving door zijn arm om hem heen te slaan terwijl de verpleegkundige een gordijn opzijtrok waarachter een leeg bed stond.

Enkele ogenblikken later was er een dokter bij hem die hem uitkleedde, hem op zijn zij rolde en voorzichtig met zijn vingers zijn hele ruggengraat aftastte.

'Kunt u me niet gewoon wat pijnstillers geven?' zei Callanach kortaf. 'Ik ben hier met die man die net met een hartinfarct is binnengebracht. En de commissaris kan hier elk moment zijn. Ik kan hier echt niet op bed liggen als ze aankomt.'

De arts wierp hem een verveelde blik toe en maakte tegelijkertijd een paar aantekeningen.

'Bent u akelig gevallen?' vroeg hij.

'Ja,' zei Callanach. 'Ik ben uitgegleden, maar dat was allemaal niet zo dramatisch.'

'In ieder geval wel zo dramatisch dat u uw stuitbeen hebt gebroken. U bent behoorlijk hard op de rand van uw stuitje gevallen. Het zal de normale activiteiten niet hinderen, maar u zult wel een week of zes pijnklachten houden,' zei de dokter.

Een autoritaire, ongeduldige stem echode langs de rij bedden.

'Ik ben dan wel geen familie, maar ik heb hier toch wel enig gezag. Hoofdinspecteur Begbie is onwel geworden op een plaats delict, waarvoor ik als zijn directe leidinggevende en vertegenwoordiger van zijn werkgever verantwoordelijk ben. En waar is inspecteur Callanach?'

Callanach rolde met zijn ogen en beet op zijn tanden toen de arts wat harder op de onderkant van zijn rug drukte om de diagnose af te ronden.

'Pardon, wie?' vroeg een verpleegkundige van achter het gordijn.

'Jezus,' gromde commissaris Overbeck. 'Politieman, Frans accent, tamelijk lang, populair bij de vrouwen.'

'O, die,' antwoordde de verpleegster. 'Hij wordt ook door een arts onderzocht. Hier achter dit gordijn. U kunt hem spreken zodra de dokter klaar is.'

‘Klaar? Niks klaar,’ zei Overbeck. Ze trok het gordijn opzij en stapte naar binnen.

‘Ik ben hier met een patiënt,’ zei de dokter. Callanach probeerde wanhopig, maar vergeefs zijn billen te bedekken met de punt van het laken waarop hij lag.

‘Ontsla hem, dan is dat probleem opgelost,’ beet Overbeck hem toe. ‘Begbie heeft een hartaanval en jij krijgt hier een gratis rugmassage, Callanach. Trek wat kleren aan, man. En tenzij je echt op sterven ligt, wil ik dat je onmiddellijk verslag uitbrengt.’

‘Deze patiënt heeft een gebroken stuitje. Het is behoorlijk ernstig en hij heeft veel pijn. Ik vraag u beleefd om ons met rust te laten,’ zei de arts.

‘Het is goed,’ mompelde Callanach. ‘Ik kom er zo aan, mevrouw.’

De verpleegster gaf hem een operatiehemd aan.

‘U hebt medicatie, rust en nader onderzoek nodig. U kunt absoluut niet aan het werk,’ zei de arts. ‘Ik geef u ziekteverlof.’

‘Klopt het dat er alweer een lijk onderweg is naar het mortuarium, inspecteur?’ vroeg de commissaris.

Callanach knikte.

‘Kunt u dan aan het werk, of zal ik iemand vragen om u ingepakt in een warme deken naar buiten te karren?’

‘Dat is niet nodig,’ zei Callanach.

De dokter staarde hem aan. ‘Ik geef u een injectie tegen de pijn en ik schrijf een recept uit om u de eerste paar weken door te helpen. Ik raad u af om langdurig te zitten. U mag verder niet fietsen, roeien, gewichtheffen en andere sporten beoefenen waarbij het stuitbeen onder druk komt te staan.’

‘Wat is er aan de hand?’ vroeg Ava, die haar hoofd door het gordijn naar binnen stak.

Callanach zuchtte.

‘De inspecteur vond het kennelijk nodig een dutje te doen,’ zei Overbeck. De dokter wierp haar een blik toe die de meeste mensen het schaamrood naar de kaken had doen stijgen. Maar de commissaris leek het als een compliment op te vatten. 'Ik ga zo mijn oprechte bezorgdheid aan Begbies vrouw overbrengen. Hoe heet ze ook alweer?'

'Glynis,' zei Ava.

'O ja. En jullie twee wil ik over vijf minuten spreken.' Ze beende weg, en de dokter vulde de injectiespuit. Ava draaide zich om toen de injectie werd toegediend.

'Hoe is het met de baas?' vroeg Callanach.

'Stabiel. Het was meer een waarschuwing dan een serieuze hartaanval. Hij kan vanavond niet naar huis en zijn vrouw is erg geschrokken, maar hij komt er wel weer bovenop.'

'De commissaris zal de Begbies vast en zeker op hun gemak weten te stellen,' mompelde Callanach. Ava grijnsde. De arts liep weg en trok het gordijn dicht om hun wat privacy te geven. Ava bleef met haar rug naar het bed staan terwijl Callanach de overall van de TR weer aantrok.

'Ben je weer toonbaar?' vroeg ze even later.

'Toonbaarder dan toen Overbeck hier zonder enige waarschuwing kwam binnenstormen. En ze bleef gewoon staan terwijl ik hier halfnaakt lag.'

'Je hebt het wel voor de kiezen gekregen vandaag,' zei Ava. 'Ailsa heeft me teruggebeld. Ze heeft verteld wat je daar hebt aangetroffen. Geen wonder dat de baas zo heftig reageerde. Gaat het wel goed met jou? Als je wilt, excuseer ik je bij Overbeck en regel ik een auto om je thuis te laten brengen...'

'Ik denk dat ik dan morgen zonder baan zit,' grapte Callanach. 'Maar een drankje na het werk zou me wel goeddoen, als je tijd hebt. Dat is leuker dan alleen pijnstillers slikken.'

Ava wachtte even voordat ze hem aankeek. 'Dat lijkt me een goed plan. Ik zie je wel op het bureau, dan gaan we van daaruit.'

Het was al twee uur 's middags toen Callanach eindelijk uit het ziekenhuis weg kon, en van daar naar het mortuarium reed. Ailsa wachtte hem op met koffie toen hij haar kamer binnenkwam.

'Je loopt raar,' zei ze.

'Ik ben op m'n kont gevallen en heb m'n stuitje gebroken,' zei Callanach.

Ailsa schoot in een lachstuip, wat hij niet had verwacht.

'Sorry, lieverd, ik mag helemaal niet lachen. Afwisselend warme en koude kompressen aanbrengen. En zorg dat je matras zacht genoeg is. Het is erg pijnlijk. Is dat gebeurd toen je uitgleed onder het lijk van die arme meneer Swan?'

Hij knikte.

'Sorry, maar ik had het even nodig om te lachen. Het is een zware dag geweest, en ik ben bang dat hij nog niet voorbij is. Drink je koffie op. En neem wat pijnstillers als het nodig is. Straks moeten we samen nog naar het stoffelijk overschot kijken.'

Callanach wist wel dat hij niet zou wegkomen met een mondeling verslag van de autopsie. Hij had in zijn carrière al honderden lijken gezien en tal van autopsies bijgewoond, maar deze zou een onuitwisbare herinnering achterlaten. Hij volgde haar raad op en slikte een paar pillen voordat hij een schort voordeed en naar binnen ging.

'Is mevrouw Swan al geweest om het lijk formeel te identificeren?' vroeg Callanach.

'Ja, maar dat had ik haar graag willen besparen,' zei Ailsa. 'Ik had de huid weer over zijn gezicht gelegd en heb m'n best gedaan om haar man eruit te laten zien zoals hij er bij leven uitzag, maar het bleef een harde klap voor haar. Toscane zou een mooie plek zijn om van je pensioen te genieten, denk je niet? Warm klimaat, olijfbomen, lekker eten. Ben je er weleens geweest?'

'Ja,' zei Callanach. 'Maar ik wist niet dat je van plan was met pensioen te gaan, Ailsa.'

'Ik ook niet, Luc. Maar vandaag kwam voor het eerst de gedachte bij me op dat het leven, of de tijd die mij nog rest, toch wat meer te bieden moet hebben dan dit. Goed, laten we beginnen. Kijk eens goed naar de sneden die rond het gezicht zijn gemaakt. We hebben de randen van de huid weer tegen elkaar aan gelegd en hebben wat foto's gemaakt om het duidelijker te kunnen laten zien. Dit zijn de snijwonden van dichtbij.' Ze deed een stap naar achter om bij een computer te kunnen en drukte op een toets. Meteen verscheen er een foto op het scherm die onmogelijk te begrijpen zou zijn geweest als Callanach niet had geweten waar hij naar keek.

De huid aan weerszijden van de wond was grijs, de snede een zwarte lijn. De huid aan de rechterkant van de snede was glad, maar aan de linkerkant waren er op regelmatige afstanden minuscuul kleine rafeltjes langs de incisie te zien. Ailsa wees op die onregelmatige kant.

'Door het lemmet veroorzaakt,' zei ze. 'Het wapen was buitengewoon dun en scherp. Dit zou je met het blote oog nooit hebben kunnen zien. We merkten dit pas op nadat we het beeld flink hadden vergroot.'

'Waarom is dat alleen langs één kant van de wond?' vroeg Callanach, die van het scherm weer naar het stoffelijk overschot liep om te zien of hij het verschil ook op de huid zelf kon zien.

'Zie het als een kogel, waarop microscopisch kleine details kunnen uitwijzen dat hij door een specifiek vuurwapen is afgevuurd,' zei de patholoog. 'Zo hebben ook alle lemmeten hun eigen karakteristieken als je goed kijkt. Vind dat mes voor me en ik kan je vertellen hoe waarschijnlijk het is dat het voor deze incisie is gebruikt.'

'Dat kan in een rechtszaak nuttig zijn als bewijs, maar we kunnen er de moordenaar niet mee identificeren,' zei Callanach. 'Dus naar wie moet ik op zoek?'

'Naar iemand die vertrouwd is met het menselijk lichaam, en die absoluut niet teergevoelig is. Iemand die geniet van het spektakel. Maar dat is niet de reden waarom ik je heb gevraagd hierheen te komen. Kijk hier eens naar.' Ze drukte op een toets en een ander beeld verscheen op het scherm. Aan de ene kant liep dezelfde vloeiende lijn, met aan de andere kant microscopisch kleine rafels.

'Ik zie dezelfde kenmerken.' Callanach liep weer terug om het gezicht van Michael Swan van dichtbij te bekijken. 'Van welk deel van de incisie is die tweede foto?'

'Van geen enkele,' antwoordde Ailsa. 'Daarvoor zou je naar de verwondingen van Sim Thorburn moeten kijken.'

Callanach bleef staan en liet die informatie bezinken.

'Maar dat was een dubbel lemmet. Het kan niet hetzelfde wapen zijn dat bij Thorburn is gebruikt,' zei hij.

'Niet hetzelfde wapen, maar mogelijk wel een scalpel uit dezelfde partij met dezelfde minuscule productiefout. De eerste twee lemmeten zijn gebruikt om het wapen mee te fabriceren waarmee Thorburn is vermoord. Met het derde is een wat traditioneler mes gemaakt. Zonder de lemmeten zelf te zien zou ik er in de rechtszaal geen eed op durven zweren, maar onder ons gezegd: wie de een heeft vermoord, heeft ook de ander op zijn geweten. En er is nog meer. Kom eens hier,' zei ze, en ze gebaarde dat hij naast haar moest komen staan. 'De eerste incisie is in de linkeronderkaak gemaakt, en daarvoor moet het slachtoffer liggen. Zo'n mooie, vloeiende incisie heeft de moordenaar alleen maar kunnen maken als hij of zij achter het hoofd van het slachtoffer heeft gezeten, kijk zo.' Ailsa ging achter Swans hoofd staan en hield haar pen vast alsof het een mes was. 'Als je bij de linkerkaak begint en het mes naar achteren trekt, betekent dat dat de dader linkshandig is. Bij Thorburn was het me niet opgevallen, maar bij de sectie van vandaag besefte ik dat de snee bij Thorburn van rechts naar links is toegebracht. Op de videobeelden loopt de dader ook in die richting langs hem heen. Ik denk dat de moordenaar die looprichting met opzet heeft gekozen om de verwonding met zijn linkerhand toe te brengen.'

'Verder nog iets?' vroeg Callanach. In gedachten ging hij alle mogelijkheden na. Het verband tussen Thorburn en Swan. De dader op het festival was klein en tenger, niet echt een waarschijnlijke kandidaat om een volwassene omhoog te hijsen naar een stalen plafondbalk. Hij kreeg steeds meer het gevoel dat dit slechts het begin was en dat het alleen maar erger zou worden. 'Wat kan er nog erger zijn dan dit,' vroeg hij hardop.

'Als je het ergste wilt,' zei Ailsa, die dacht dat de vraag aan haar was gericht, 'dan is het maar het beste om het allemaal tegelijk te horen. Door het bloedverlies hielden de hart- en hersenfuncties van Michael Swan ermee op, net als bij Sim Thorburn. Swan leefde nog toen hij werd gevild, en het duurde een hele poos voordat hij dood was. Het was een marteling, zo onvoorstelbaar wreed dat ik het moeilijk vind die adequaat te beschrijven. Er zijn geen aanwijzingen dat Swan was verdoofd om hem gewillig mee te laten werken tijdens de uitvoering van de operatie, hoewel de uitslag van de toxicologietest nog een paar dagen op zich laat wachten. Wie is de vervanger van Begbie zolang hij met ziekteverlof is?'

'Voor de openstaande moordzaken vallen we nu direct onder commissaris Overbeck,' zei Callanach. 'Zij moet ook een kopie van het sectierapport krijgen.'

'Dat krijgt ze morgen. En jij moet je rug rust geven. Anders wordt het alleen maar erger.'

'Dus dit zou een seriemoordenaar kunnen zijn, Ailsa? Is dat wat je denkt?' vroeg hij zachtjes.

'Dat kunnen we niet uitsluiten. Jij en ik hebben genoeg gezien om de signalen te herkennen. Wanneer mensen zo intens genieten van het moorden, gaan ze vaak door tot ze zijn gepakt of dood zijn.'

'Ailsa, over dat lekken van het sectierapport van Helen Lott in de zaak die Ava onder handen heeft...' begon Callanach.

'Ik weet wat je wilt zeggen en het zou een ramp zijn als dat in deze zaak ook gebeurt. Maar het was niet iemand van mijn afdeling, Luc. Als blijkt dat ik ongelijk heb, neem ik de volle verantwoordelijkheid, maar mijn team gaat met de grootste zorg te werk, ook al maken ze lange dagen en zijn de omstandigheden vaak moeilijk. Niemand doet dit werk voor het geld of de eer, en degenen die het niks vinden, zijn verdomd snel weg. Iedereen is over het lek ondervraagd en onze procedures zijn tegen het licht gehouden om te zien of er zwakke plekken in zitten. Wij waren het niet.'

'Ik kan niet geloven dat het iemand op het bureau is,' zei Callanach. 'Zonder de vereiste bevoegdheden kan niemand erbij. En ik begrijp niet wat erbij te winnen viel.'

'Laat je daar nou niet te veel door afleiden,' waarschuwde Ailsa hem. 'Je hebt al meer dan genoeg op je bord, zou ik zeggen. Ik denk dat de twee moorden door dezelfde dader zijn begaan.'

'Maar dan nog, zou je je verslag alsjeblieft niet online willen zetten? Doe het op de ouderwetse manier. Geen verslagen e-mailen, alleen een papieren versie sturen. Ik kan het risico niet lopen dat dit op straat komt te liggen.'

'Als je dat zo belangrijk vindt, dan doe ik dat natuurlijk,' zei Ailsa. 'En ga nu de brave burgers van deze stad maar beschermen. Want die hebben het deze maand zwaar.'

11

'Tripp!' riep Callanach terwijl hij door de gang naar de briefingruimte strompelde. Hij bleef staan. Tripp was er natuurlijk niet, omdat hij als digitale speurhond was uitgeleend aan het team van Edgar. Hij trof rechercheur Salter en gebaarde dat ze naar zijn kamer moest komen zodra ze klaar was met haar telefoongesprek. Hij vouwde zijn jas op bij wijze van kussen en ging er heel langzaam op zitten. Er schoot een stekende pijn door zijn stuitje, waardoor hij zich moeilijk kon concentreren.

'Is er nog nieuws?' vroeg Salter toen ze binnenkwam.

'Alleen slecht nieuws. Er moeten bewakingscamera's staan tussen de bibliotheek aan McDonald Road en Regent Gardens, waar de spullen van Michael Swan zijn gevonden. Kijk of je beelden kunt vinden. Ik weet het, het was waarschijnlijk donker, maar ik wil dat je de beelden vergelijkt met die van de festivalmoord.'

'Maar dat was een heel ander verhaal, sir. U wilt toch zeker niet...' Salter zweeg en staarde Callanach aan. Die keek haar recht in de ogen. 'O shit. Goed, ik ga ermee aan de slag.' Ze keek gepijnigd. Callanach voelde zich net zo.

'Geen woord tegen wie dan ook, Salter. Doe het maar meteen. Ik organiseer een briefing voor vanmiddag, maar dit mag absoluut niet naar buiten komen.'

Net toen Salter zijn kamer uit liep, kwam hoofdinspecteur Edgar binnen.

‘Sir,’ begroette Salter hem met een knikje.

‘Haal een kop thee voor me als je het niet te druk hebt, agent. Sterk. Geen suiker,’ voegde Edgar eraan toe.

Callanach stond knarsetandend op en voelde meteen zijn stuitbeen weer opspelen. Hij weerstond de impuls Edgar te melden dat rechercheur Salter toevallig helemaal geen tijd had, en dat zo’n verzoek veel prettiger klonk als je er ‘alsjeblieft’ bij zei.

‘Kan ik u helpen?’ mompelde Callanach terwijl hij in zijn zak naar pijnstillers zocht.

‘Ik wil het even over rechercheur Tripp hebben. Hij heeft niet dezelfde training doorlopen als de leden van mijn team, maar hij werkt hard. Bedankt dat we hem tijdelijk mogen lenen.’

Callanach vroeg zich af wat hij geacht werd te antwoorden, en vooral wanneer hij weer kon gaan zitten.

Toen duidelijk werd dat Edgar niet van plan was te vertrekken, vroeg Callanach: ‘Hoe is de inval verlopen? Ik begreep dat u solide aanwijzingen hebt over de identiteit van de hacker.’

‘Het was een nuttige vingeroefening. We blokkeren zijn vluchtwegen en beperken zijn mogelijkheden. Hij weet dat we een van zijn bases hebben ontdekt. Het wordt nu steeds moeilijker voor hem om online te gaan zonder dat we dat merken en zijn spoor oppikken.’ Edgar plukte een denkbeeldig stofje van zijn mouw. ‘Weet u, ik denk dat u inspecteur Turner enigszins in verlegenheid brengt door haar te bellen wanneer ze geen dienst heeft. Ze moet de knop kunnen omzetten. Ik stimuleer mijn team om vrienden buiten het werk te zoeken.’

Callanach ging zitten. Het was duidelijk dat zijn meerdere geen aanstalten maakte hem daar toestemming voor te geven. Maar hij had geen zin om zich de les te laten lezen over hoe hij zijn vriendschappen moest kiezen terwijl hij in de houding stond.

‘Het verbaast me dat inspecteur Turner me dat niet persoonlijk kan vertellen,’ zei Callanach.

‘En het verbaast mij dat u van haar verlangt dat ze zich daartoe verlaagt,' zei Edgar en hij rechtte zijn rug. 'Zij en ik kennen elkaar al heel lang. We zijn buitengewoon goede vrienden. Intieme vrienden, zou je kunnen zeggen. Dus u begrijpt wel dat ze mij heeft toevertrouwd dat ze de behoefte voelt wat meer afstand te nemen van... bepaalde aspecten van haar werk.'

Callanach was niet in de stemming voor Edgars gesprekje, en hij had al helemaal geen tijd voor nog meer gedraai.

'Bedoelt u mij?' vroeg Callanach.

'Ava was bang dat u agressief zou reageren. Misschien wilde ze het u daarom niet zelf vertellen. Ik weet niet of het iets Frans is, inspecteur, of dat het misschien bij Interpol zo ging, maar hier willen vrouwen graag dat hun privacy wordt gerespecteerd.'

Nu ging het dus hard tegen hard. Callanach stond weer op, vastbesloten om de pijn die de beweging veroorzaakte niet op zijn gezicht te tonen.

'En ík weet niet of die opmerking voortkomt uit vreemdelingenhaat of jaloezie, hoofdinspecteur, maar ik heb niets dan respect voor inspecteur Turner en dat weet ze. Het komt me voor dat u op dit punt eerder uw eigen agenda volgt dan dat u voor haar spreekt.'

Edgar leunde naar voren over het bureau en bracht zijn gezicht dicht bij dat van Callanach. 'Oppassen, u wilt vast niet dat ik de behoefte voel uw opstandige gedrag met uw leidinggevende te bespreken.'

'Ga uw gang. Hoofdinspecteur Begbie kent me goed genoeg, ook al ben ik hier nog niet zo lang. En ik weet zeker dat hij de stationering van het team van Scotland Yard hier net zomin op prijs stelt als ik.'

'Dat zal wel, maar Begbie is er niet, en hij mag van geluk spreken als hij voor kerst weer aan het werk mag. Ik denk dat u zult zien dat commissaris Overbeck en ik over de meeste zaken hetzelfde denken. En ze wil zeker niet dat een van haar inspecteurs een aanklacht wegens ongewenste intimiteiten indient tegen een andere inspecteur. Kunt u zich voorstellen wat een publicitaire nachtmerrie dat zou betekenen?'

Callanach begon luidkeels te lachen. Edgar wachtte tot Callanach was uitgelachen en liep naar de deur. 'Lach wat u wilt, maar een man met uw verleden zou wat voorzichtiger met zijn toekomst om moeten springen.' Edgar wachtte tot zijn schimpscheut binnenkwam en richtte zijn blik op Callanachs handen, die zich onwillekeurig tot vuisten hadden gebald. Hij stond zichzelf een tevreden grijns toe voordat hij de deur uit liep.

Callanach staarde zwaar ademend naar de muur. Ava zou hem daar nooit van beschuldigen. Ze wist hoeveel pijn hem dat zou doen, en vooral als die beschuldiging van haar kwam, omdat hij haar volledig in vertrouwen had genomen over de valse aanklacht wegens verkrachting. Maar aan de andere kant had hij evenmin van haar verwacht dat ze die details met haar nieuwe vriend zou bespreken. Hij vroeg zich af hoe en waar dat onderwerp ter sprake was gekomen. Vast niet op het bureau. Eerder laat op de avond tijdens een op zachte toon gevoerd intiem gesprek. Hij greep een nietmachine en smeet die tegen de muur.

Een geüniformeerde agent kwam binnen met een grote, overdreven vrolijke wenskaart in de ene hand en een pen in de andere.

'Wilt u de chef ook beterschap wensen, sir?'

'Donder op!' riep Callanach, en hij liet zich in zijn stoel vallen. 'Fuck!' riep hij uit en hij stond meteen weer op toen de pijn als een vuurpijl door zijn achterste vlamde. Hij pakte de pijnstillers die hij had willen innemen, stopte ze in zijn mond en kauwde ze zonder water kapot. De bittere smaak deed hem goed.

Waarom had Ava uitgerekend Joseph Edgar over zijn verleden verteld? Callanach had haar nooit gevraagd om haar mond erover te houden, en de hoofdlijnen ervan waren sowieso al min of meer bekend op het bureau, maar normaal gesproken zou iedereen het allang vergeten moeten zijn. Zou het echt zo zijn dat ze het gevoel had dat hij achter haar aan zat? Naar zijn idee waren ze vrienden geworden, spraken ze regelmatig af, soms met anderen erbij, soms met z'n tweeën. Als Ava zich door hem geïntimideerd voelde, hoe kon het dan dat hij dat nooit had gemerkt?

Salter kwam binnen met een beker thee.

'O,' zei ze. 'De hoofdinspecteur wilde een kop. Weet u of hij hier nog terugkomt?'

'Niet in mijn kamer in elk geval,' zei Callanach. 'Ik drink die thee wel op.'

Salter gaf de beker voorzichtig aan en raapte vervolgens de kapotte onderdelen van de nietmachine op. 'Eh, wilt u er misschien een paar koekjes bij?' vroeg ze.

'Nee,' zei hij, en hij zette de beker met een klap op zijn bureau, 'maar dank je wel,' wist hij uit te brengen. 'Kom, Salter, laat iemand anders maar verdergaan met het bekijken van die camerabeelden waar jij bent gestopt. Jij gaat met mij mee naar de bibliotheek aan McDonald Road. En bel Ailsa Lambert om te vragen of ze tijd heeft daar af te spreken. Zeg maar dat het dringend is. Ik ben het wachten beu. Laten we maar eens kijken of we iets meer over onze moordenaar te weten kunnen komen.'

'Goed, sir. Geef me vijf minuten. Ik rij wel,' zei ze. 'Ik heb niet de indruk dat u in staat bent om de koppeling in te trappen.'

Callanach wierp een woeste blik op het scherm van zijn laptop. Hij was witheet. Doodziek van het gevecht met een verleden waar hij niet om had gevraagd, maar dat hem nog steeds achtervolgde. Misschien werd het tijd om er een streep onder te zetten. Misschien was dat wel nodig om verder te kunnen gaan met zijn leven. Hij had nog een paar minuten voordat Salter klaar was. Meer dan genoeg tijd om de e-mail te schrijven waarvan hij had gedacht dat hij er nooit de moed voor zou hebben.

Maman, begon hij. Hij schreef in het Frans, maar formuleerde zijn gedachten in het Engels om zichzelf te dwingen vooruit te kijken en zijn vaderland te kiezen als het land waar hij een toekomst wilde opbouwen. Hij stond zichzelf geen emoties toe bij het schrijven. Daar had hij al meer dan genoeg van gehad. Maanden van verdriet en spijt. Zijn moeder had zich langzaam teruggetrokken uit zijn leven in de maanden dat hij in Lyon zijn proces afwachtte. Uiteindelijk was ze enkele dagen voor de rechtszaak helemaal uit zijn leven verdwenen. Zijn pogingen om contact met haar te zoeken waren gestrand omdat ze een ander mobiel nummer had genomen en zijn brieven ongeopend terugstuurde. Ze had nooit een poging gedaan om haar redenen uiteen te zetten, maar alleen al het feit dat ze uit zijn leven was verdwenen, leverde genoeg materiaal voor een heel boek op. Ze had geen vertrouwen meer in hem. De hele zaak had haar moederliefde te zeer op de proef gesteld.

> Maman, het lijkt erop dat je hebt besloten dat je geen contact meer met me wilt. Ik laat je met rust. Luc.

Hij klikte op verzenden, sloot de laptop, en trok zijn jas aan.

12

Toen Callanach en Salter aankwamen bij de bibliotheek aan McDonald Road, ten noorden van het centrum van Edinburgh, stond Ailsa hen al op te wachten. Ze wierp een blik op haar horloge.

Ze begroette Callanach met een klopje op de schouder en zei: 'Ik wist niet zeker of je vandaag op je werk zou zijn. Doet het pijn?'

'Niks van gemerkt,' loog Callanach, en hij liet zijn ogen over de voorgevel van het gebouw glijden.

'Ik hou wel van een beetje creatief stoïcisme,' zei Ailsa glimlachend. 'Ik ben beneden in de kelder om te zien hoe het met de plaats delict is gesteld. Ik zie jullie daar straks wel, maar wacht niet te lang. Mijn cliënten kunnen dan wel niet klagen, maar ik laat ze toch niet graag wachten.'

De bibliotheek was een magnifiek gebouw van drie verdiepingen met een ronde toren op een van de hoeken. 'Geen van de ramen was kapot en er waren geen sloten geforceerd. De deuren op de begane grond zijn voorzien van een alarm. Dus hoe is de dader dan binnengekomen?' vroeg Callanach aan Salter.

'Misschien heeft hij zich laten insluiten en heeft hij zich verstopt,' zei Salter. 'En toen iedereen naar huis was, is hij tevoorschijn gekomen.'

Ze liepen langs agenten die de plaats delict bewaakten, doken onder het afzetlint door en liepen naar binnen. Callanach probeerde de indeling van het gebouw met een frisse blik te bekijken. Achter de voordeur lag een foyer met aan de rechterkant een trap die naar de vergaderruimten liep. De deur achter de trap leidde naar een grote studiezaal. Als je rechtdoor liep, kwam je in de centrale bibliotheekhal, een opvallend lichte ruimte met hoge glazen plafonds, leestafels en studieplekken. In het midden van de ruimte hingen bordjes waarop stond dat er bewakingscamera's waren geplaatst. Callanach riep een van de forensisch rechercheurs die daar aan het werk waren.

'Kun je me de laatste beelden van Michael Swan op de bewakingscamera's laten zien?' vroeg hij.

'Jazeker,' zei ze, en ze klapte een laptop open. Er verscheen een wazig zwart-witbeeld op het scherm. 'Dit is het slachtoffer. Hij loopt van de personeelskamer door de centrale bibliotheekruimte naar de hoofduitgang. We denken dat hij van plan was naar huis te gaan.'

'Spoel eens een stukje terug,' zei Callanach. De filmbeelden werden een paar seconden teruggespoeld en Callanach drukte op de spatiebalk om ze stil te zetten. 'Speel vanaf hier nog eens af.'

Op de camera achter in de ruimte was te zien dat Michael Swan naar de personeelskamer rechts in beeld liep. Hij bleef even staan en draaide zijn hoofd om. Verdween uit beeld, kwam toen meteen weer terug en liep naar de hoofduitgang. Daarna volgde het gedeelte dat ze de eerste keer al hadden gezien.

'Hij heeft niks bij zich,' zei Salter.

'Als je heel goed kijkt, zie je dat hij zijn sleutels in zijn hand heeft als hij naar de deur loopt. Daarom is het duidelijk dat hij van plan is naar huis te gaan,' zei de rechercheur met een zucht.

'Hoe vaak ga jij na het werk naar huis zonder dat je iets bij je hebt?' vroeg Salter.

'Het is zomer,' antwoordde de forensisch rechercheur op een toon die het midden hield tussen onbeschoft en defensief. 'Hij heeft geen jas nodig. Ik zie niet in waarom dit belangrijk is voor de bewijsvoering.'

Het was duidelijk dat Salter nog meer te zeggen had. Ze keek Callanach even aan voordat ze verderging. Het was niets voor haar om een woordenstrijd aan te gaan, maar hij zag dat ze nog niet klaar was.

'Heb je aan een ander personeelslid gevraagd om meneer Swans persoonlijke bezittingen te mogen zien?' vroeg Salter, die haar eigen gedachtegang volgde en niet inging op die provocerende opmerking.

'Natuurlijk. De gebruikelijke spullen voor op het werk: mokken, pennen, aantekeningen, een boek dat hij aan het lezen was. Verder nog wat persoonlijke correspondentie. We hebben de procedure gevolgd. Alles is verpakt en gelabeld.'

'Mogen we dat alsjeblieft even zien?' vroeg Salter.

De forensisch rechercheur riep een agent, die meteen wegliep en terugkwam met een grote, doorzichtige plastic zak waarin een heleboel andere, kleinere plastic zakjes zaten, die elk één voorwerp bevatten. Elk zakje was voorzien van een uniek verwijsnummer, tijdstip, datum en locatie. Callanach en Salter bekeken de voorwerpen stuk voor stuk.

'Hier,' zei Salter, en ze hield een zakje omhoog waarin een chic uitziend kaartje zat met een randje van bladgoud. In het midden stond Michael Swans naam in schuingedrukte letters. Salter las de tekst voor. '"Hierbij nodigen wij u uit voor de uitreiking van de Prijs voor Buitengewone Verdiensten van de stad Edinburgh." Die zou de ochtend na zijn dood plaatsvinden. En er staat duidelijk op dat je de uitnodiging bij de deur moest laten zien.'

De vrouw had haar arrogante houding laten varen en was opeens druk met haar laptop in de weer.

'Dan is hij die zeker vergeten,' zei ze kortaf.

'Dat denk ik niet,' zei Salter tegen Callanach. 'Zijn vrouw zei tegen ons dat hij daar erg naar uitkeek. Hij heeft er vast de hele dag aan gedacht. Ik denk dat hij niet van plan was om naar huis te gaan toen hij naar de deur liep.'

Salter spoelde de video weer terug en drukte op play.

'Ziet u dat, sir?' zei ze, wijzend op het gezicht van Michael Swan toen hij onder het lopen opzijkeek. 'Hij hoort iets of wordt ergens door afgeleid. We weten dat hij daarna zijn sleutels pakt en naar de hoofdingang loopt. Ik denk dat hij de deur opendoet om iemand binnen te laten. Niet om naar huis te gaan. Daarom had hij die uitnodiging nog niet bij zich gestoken.'

Callanach bekeek de beelden nogmaals en keek Salter vervolgens aan.

'Zeg nog eens waarom je bij die laatste ronde van de brigadiersexamens verstek hebt laten gaan, rechercheur Salter?'

'Ik was op huwelijksreis, sir,' zei ze.

'Zorg ervoor dat je er bij de volgende ronde wel bent. Dat is een bevel,' zei Callanach.

'Misschien heb ik het het komende halfjaar wel te druk,' zei Salter. 'Misschien word ik ontdekt door een castingbureau in Hollywood of doe ik mee aan *MasterChef* en open ik mijn eigen restaurant.'

'Dat lijkt me sterk,' zei Callanach. 'Ik heb je sandwiches een keer geproefd. Maar serieus, je zou echt geslaagd zijn. Wacht er niet te lang mee.'

'Inspecteur,' riep Ailsa Lambert vanuit de deuropening. 'Ik heb nog maar een paar minuten. Er wordt een incident aan de andere kant van de stad gemeld. Mijn team kan de plaats delict wel even voor me vasthouden, maar het is nu of nooit. Ik heb een drukke dag voor de boeg.'

Haastig trokken ze een witte overall, overschoenen en handschoenen aan en gingen de kelder in. De locatie zag er totaal anders uit dan Callanach zich herinnerde van het moment dat hij was uitgegleden. De kelder was nu van alle kanten verlicht. Swans lichaam was natuurlijk al afgevoerd, maar in Callanachs gedachten hing het daar nog steeds.

'Twee vragen,' zei Callanach. 'Hoe heeft de dader Swan zover gekregen om hierheen te komen, en hoe heeft hij hem aan die stalen balken kunnen ophangen.'

‘Als hij de dader uit vrije wil heeft binnengelaten, moet het een bekende zijn geweest of iemand die er niet bedreigend uitzag,’ zei Salter.

‘Goed, stel dat dat het geval was, dan heeft de dader Swan zover gekregen dat hij de kelder heeft opengedaan en met hem mee naar binnen is gegaan.’

‘Een koud kunstje als de dader gewapend was,’ zei Ailsa, en ze pakte een dikke stapel foto’s op A4-formaat uit een map. ‘Met een mes of pistool bereik je het gewenste effect. Maar dat verklaart niet hoe je iemand ruim twee meter omhoog kunt hijsen. De dader moest zijn wapen eerst neerleggen, want om dat soort knopen te maken heb je toch echt twee handen nodig.’ Ailsa liet hun de detailopname van de knopen zien. Die waren identiek, een om de enkels en een om de handen vast te binden. Dan was er nog een ander touw dat van de knoop bij de enkels door de knoop om de polsen liep en in een lus om zijn hals eindigde.

‘Hoeveel schade heeft dat touw om zijn hals aangericht?’ vroeg Callanach.

‘Eigenlijk vrij weinig, en hij is zeker niet door verwurging om het leven gekomen. Het touw heeft hem waarschijnlijk stilgehouden terwijl zijn gezicht werd gevild, maar toen lag hij natuurlijk op zijn rug. Afgezien daarvan heeft het touw zijn hoofd op z’n plaats gehouden nadat hij omhoog was gehesen. Zijn nek en hals vertonen vrijwel geen inwendige beschadigingen, we zien alleen wat oppervlakkige blauwe plekken en schaafwonden.’

Callanach ging op de plaats staan waar hij was uitgegleden, precies onder de plek waar Swans gezicht had gehangen.

‘Dus hij stond stil terwijl zijn handen en voeten werden vastgebonden, en de dader had op dat moment geen wapen in zijn handen. Vervolgens is Swan verder in toom gehouden door het extra touw dat van zijn enkels naar zijn nek liep, en is hij op zijn rug gelegd en bij zijn volle bewustzijn gevild.’

‘Geen drugs in zijn lichaam, geen klap op het hoofd. Ik weet vrijwel zeker dat hij bij bewustzijn was toen het begon. Ik vermoed dat hij op zeker moment door de shock en de pijn het bewustzijn heeft verloren, maar het kan best zijn dat hij weer is bijgekomen voordat zijn hart ermee ophield door het bloedverlies en zijn hersenen geen zuurstof meer kregen.'

'Hij moet dus omhoog zijn gehesen,' zei Callanach.

Ailsa liet hem een andere foto zien. Hierop hing Swan in de positie waarin hij was gevonden, met het gezicht naar beneden vastgebonden tussen de stalen draagbalken van het plafond. Op een of andere manier had de fotograaf een zo hoog standpunt in weten te nemen dat hij bij het nemen van de foto op gelijke hoogte met het lichaam stond. Het was een gruwelijke en misselijkmakende foto.

'Dus het uiteinde van het touw dat van zijn enkels naar zijn nek liep is over de stalen balken geslagen, is toen door de knoop bij zijn enkels gehaald om zijn benen van de vloer te krijgen, en is ten slotte vastgemaakt aan de onderkant van die stellingkast.' Callanach wees op een oude metalen stellingkast die waarschijnlijk een paar ton woog, gezien de gigantische hoeveelheid papier die erop lag. 'Meer dan genoeg tegenwicht om te voorkomen dat zijn lichaam op de grond zou vallen. Hoeveel woog Swan, Ailsa?' vroeg Callanach.

'Iets minder dan zeventig kilo. Hij was redelijk slank, maar toch is dat een behoorlijk gewicht om omhoog te hijsen,' zei ze.

'Dat hoeft niet,' mijmerde Callanach. 'Als de dader een gewicht aan het vrije uiteinde van het touw heeft bevestigd, kan dat als contragewicht hebben gediend zodat er minder trekkracht nodig was om het lichaam omhoog te hijsen. Iedere redelijk fitte volwassene zou hem zo omhoog kunnen hijsen. Slim bedacht.'

Ailsa haalde mopperend haar mobieltje tevoorschijn.

'Ik moet ervandoor. Ik wil alleen nog zeggen dat Swan is opgehesen zodra het snijwerk klaar was. Zijn benen hingen iets hoger dan zijn hoofd, waardoor de wonden in zijn gezicht bleven bloeden. Daarom lag er zoveel bloed recht onder zijn hoofd. Die foto's mag je wel houden.' Ze gaf ze aan hem terwijl haar telefoon maar bleef piepen. 'God mag weten wat er aan de hand is, er komen wel honderd berichten per minuut binnen.'

'Dankje, Ailsa,' mompelde Callanach, starend naar de foto's van Michael Swans gezicht. De patholoog was al bijna bij de deur toen Callanach haar nariep: 'Ailsa, is het mogelijk dat de dader de rand van de gezichtshuid heeft losgesneden, hem vervolgens aan het plafond heeft gehesen en toen op een stoel is gaan staan om de huid los te trekken terwijl zijn slachtoffer daar al hing?'

Ailsa bleef even staan. 'Heel goed mogelijk,' zei ze uiteindelijk. 'Dat zou kunnen verklaren waarom Swan relatief weinig bloed op zijn kleren en de rest van zijn lichaam had. Jammer genoeg betekent het waarschijnlijk ook dat hij bij bewustzijn was na de incisie en voordat hij omhoog werd gehesen. Het kan best dat hij op dat moment nog niet buiten westen was.'

'Dat zou kunnen betekenen dat Swan daar hangend aan die balken zijn eigen bloed misschien wel op de grond heeft zien druppelen, wachtend op de dood?'

'Degene die dit op z'n geweten heeft is in- en inslecht, en dat is niet een kwalificatie die ik lichtvaardig gebruik. Ik denk dat we van het ergste moeten uitgaan. Dat zou voor jou in elk geval een nog sterkere drijfveer moeten zijn om hem te pakken.'

'Ik vind dat beeld iets te veel van het goede als drijfveer om mijn werk goed te doen,' zei Salter terwijl Ailsa zachtjes de deur uit liep.

13

Callanachs telefoon ging, en er verscheen een onbekend nummer op het scherm. Hij liet het gesprek overgaan naar de voicemail terwijl hij langzaam rondliep in de kelder om een idee te krijgen van de bewegingen van de moordenaar en Michael Swan, en zich probeerde voor te stellen hoeveel voorbereiding het moest hebben gevergd om dit doorwrochte tableau te ensceneren. Want daar had het iets van weg. Het leek alsof de dader een soort installatie had willen creëren. Ontsproten aan een zieke, obscene geest, maar niettemin een installatie. Een groter verschil met een impulsieve moord was niet denkbaar.

Zelfs in het felle licht van de lampen die de technische recherche daar had neergezet, was het lastig om iets te kunnen zien onder de boekenkasten, tussen de stapels dozen en het opgestapelde meubilair aan de zijkanten van de ruimte. Callanach gebruikte zijn mobieltje als zaklamp en scheen ermee voor zich uit terwijl hij moeizaam over de vloer kroop met een van pijn vertrokken gezicht. Het was altijd mogelijk dat de scalpel was gevallen en nog niet was ontdekt of dat er een klein voorwerp uit de zak van de aanvaller was gevallen toen hij handschoenen of een mes tevoorschijn trok. De kelder was vergeven van de DNA-sporen die waren achtergelaten op geleende boeken, op de vloer, afkomstig van schoenen die meer dan een eeuw lang in en uit hadden gelopen, en op stoelen waar mensen ooit op hadden gezeten. De kans dat de technische recherche bewijs zou weten te isoleren dat naar de identiteit van de dader verwees, was vele malen kleiner dan dat je de jackpot zou winnen, maar misschien had de moordenaar juist om die reden de kelder als plaats delict uitgekozen.

Salter zag er moe en bleek uit. Er stond zweet op haar voorhoofd en ze had haar hand half voor haar mond geslagen. Het deed er niet toe hoelang je dit werk al deed: niemand was immuun voor de shock van zo'n gruwelijke, barbaarse moord.

Callanach stond weer op. Opeens kwam de gedachte dat hij uit het niets bewijs zou kunnen opdiepen hem belachelijk voor. Hij keek nog eens naar Salter, die niet de indruk wekte dat het al wat beter met haar ging. Hij wees op een oude stoel die tegen de muur stond.

'Ga daar maar even zitten,' zei hij. 'Begbie is voorlopig nog niet terug en ik ben ook niet veel waard. Dus ik neem geen risico's meer met mijn teamleden.'

Salter sleepte zich zwaar ademend naar de stoel. Callanach herkende dat geluid: iemand die zijn best deed om niet over te geven. Zijn telefoon begon weer te trillen.

'Sir,' zei Salter.

'Weer dat onbekende nummer. Wie heeft verdomme mijn mobiele nummer te pakken gekregen? Die sukkels van de receptie moeten –'

'Sir!' riep Salter weer, wijzend naar de muur.

Callanach keek op. Salter wees naar een oud prikbord dat tegen de muur stond. Er waren oude posters op geprikt over gezellige open bibliotheekdagen, een aankondiging van een lezing door een auteur en wat persoonlijke berichten, mensen die iets aanboden of zochten of diensten aanboden, en bijna bovenaan, een foto. Niets dramatisch, gewoon een vrouw die naar haar auto op de oprit liep. Callanach drukte het gesprek weg en bekeek de foto van dichtbij. Hij zuchtte toen hij de geelbruine bungalow met het gietijzeren hek herkende, en de wat oudere vrouw wier gezicht gedeeltelijk schuilging achter haar opzij waaiende grijze haar.

'De weduwe van Michael Swan,' fluisterde Salter.

'Ze had geen idee dat ze in de gaten werd gehouden. De dader kende het adres, wist wie zijn vrouw was en wie weet wat nog meer,' zei Callanach. 'Hier op het bord geprikt als dreigement voor het slachtoffer gedurende zijn hele beproeving. Nu valt wat makkelijker te begrijpen waarom hij zich niet heeft verzet.'

'Hij had kinderen en kleinkinderen,' zei Salter. 'Dat zal de moordenaar ook wel hebben geweten als hij Swan heeft nagetrokken. Hoe kun je iemand zoiets aandoen? Iemand niet alleen vermoorden, maar letterlijk zijn gezicht wegnemen?'

'Mevrouw Swan had geen idee dat ze in de gaten werd gehouden,' herhaalde Callanach, terwijl hij de foto aandachtig bestudeerde. 'Dat maakt het zo eng. De moordenaar kan daar uren hebben gestaan, of dagenlang bij het huis hebben gepost. Laat het registreren als bewijs, en laat dan een kopie maken. En ga dan meteen naar mevrouw Swan. Als ze ons kan vertellen wanneer die foto is genomen, komen we misschien te weten hoelang dit al aan de gang is.'

Salters telefoon ging. Ze liep een paar passen weg en nam het gesprek aan terwijl Callanach naar de uitgang liep om zijn overall uit te trekken.

Zodra hij buiten stond, ging zijn telefoon ook over.

'Ja?' snauwde hij.

'U spreekt met Lance Proudfoot, we hebben elkaar al eens gesproken. Ik ben van die nieuwsblog.'

'Ik dacht dat we waren uitgepraat, meneer Proudfoot. Ik ben bezig, dus –'

'Kunt u iets zeggen over de meest recente moord, inspecteur? We hebben de foto's al, dus kunt u me gewoon even in het kort uitleggen hoe de politie het onderzoek wil aanpakken, of hoe u het publiek denkt gerust te stellen?'

'Hoe komt u aan foto's van het lichaam van Michael Swan?' zei

Callanach bits. 'Als u die publiceert, laat ik u opsluiten nog voordat u uw eigen voordeur heeft bereikt.'

'Ik heb het niet over Michael Swan. Ik heb het over die jonge vrouw in die afvalcontainer. Ik kreeg vanmorgen een e-mail met een link naar een FTP-bestand met de foto's. De rest van de pers ook, dus het is niet bepaald een exclusieve tip. Wist u dat niet? Een enorm deel van de stad is afgezet. Overal is politie.'

'Salter, wat weet jij daarover?' schreeuwde Callanach.

'Vrouwelijk moordslachtoffer, blank, begin twintig, waarschijnlijk gewurgd. Lijk is gedumpt in een afvalcontainer. Daar moest de patholoog natuurlijk naartoe, sir,' antwoordde Salter met haar hand over de microfoon van haar mobieltje omdat ze nog in gesprek was. 'Inspecteur Turner is ter plaatse en heeft de leiding. Wij moeten terug naar het bureau. De commissaris heeft zelf een briefing aangekondigd.'

'Goed, meneer Proudfoot, geen commentaar, maar ik stuur een paar agenten naar uw kantoor om uw computer te onderzoeken. Ik wil die bestanden hebben. Maak een back-up van wat u nodig heeft. U hebt ongeveer tien minuten.'

'Verdomme! Geef me dan tenminste iets wat ik kan publiceren voordat jullie alles verpesten,' kreunde Proudfoot.

'Op dit moment heeft de Schotse politie geen commentaar,' zei Callanach. 'Publiceer dat maar.' Hij brak het gesprek af en gaf de geüniformeerde agenten genoeg informatie om Proudfoot op te sporen en zijn harde schijf in beslag te nemen. 'Haal de auto, Salter. We rijden op weg naar het bureau even langs de plaats delict.'

Twintig minuten later waren ze Valleyfield Street zo dicht genaderd als mogelijk was. Rond de plaats delict was de wijde omgeving afgezet. Behalve Valleyfield Street waren Leven Street en Glengyle Terrace allebei afgegrendeld, en aan de overkant van Leven Terrace, waar een voetpad naar The Meadows leidde, was een groot deel van het park afgeschermd door een politiekordon.

Salter ging op zoek naar de andere leden van het team. Callanach liep meteen naar Ava, die diep in gesprek was met Ailsa Lambert onder de luifel van een politietent, bedoeld om nieuwsgierige ogen buiten te houden. Niet dat dat er nog veel toe deed, als de foto's al naar de pers waren gelekt.

Ava zag hem en wenkte hem naar binnen. In de tent stond een blauwe afvalcontainer. Callanach kreeg beschermende kleding aangereikt.

'Doodsoorzaak?' vroeg hij aan Ailsa, terwijl hij langs haar heen schoof om een beter zicht te krijgen.

'Tenzij we bij de autopsie nog ander bewijs vinden, is het vrijwel zeker verwurging,' zei Ailsa.

'Ik heb hier meer agenten nodig, Luc,' zei Ava. 'Kun jij dat doorgeven aan de commissaris als je weer op het bureau bent? En de beperking op overuren moet worden opgeheven. Dit gaat meer manuren kosten dan ze willen betalen.'

Er klonk gegil aan het eind van Valleyfield Street, het geluid van voetstappen, en toen hoorden ze een mannenstem schreeuwen. Ava liep de tent uit om orde op zaken te stellen en Callanach wendde zijn blik af van de jonge vrouw in de container, wier onderlichaam nog in een jutezak stak.

'Ophouden, nu!' riep ze. 'Agenten, hou die mensen in bedwang.'

Een vrouw drong zich wanhopig jammerend door het kordon heen. Ava probeerde haar tegen te houden, maar de vrouw had te veel vaart. Ze duwde Ailsa opzij en rende op de container af, pakte de rand vast en keek erin. Ze stopte meteen met kabaal maken en zakte op de grond in elkaar. Een seconde later verscheen er een man achter haar. Hij wierp één blik op haar gezicht, struikelde en kwam toen hard op zijn knieën naast de vrouw op het plaveisel terecht. Daar bleven ze bevend en schommelend zitten tot Ava naast hen knielde.

'Kunt u me vertellen wie zij is?' vroeg Ava.

De vrouw probeerde iets te zeggen. Haar mond ging open en

dicht, maar ze kon niets uitbrengen. Er kwamen nu ook geüniformeerde agenten aanrennen en Ava wierp hun een blik toe die duidelijk maakte dat ze niet op promotie hoefden te rekenen nadat ze omstanders hadden toegelaten tot een plaats delict.

'Breng deze mensen naar een rustige, veilige plek. Zorg goed voor ze, regel indien nodig medische hulp en ga na wat hun relatie is met de overledene, alsjeblieft,' zei ze. De agenten sloegen een deken om de schouders van de twee duidelijk diepbedroefde mensen en leidden hen met zachte dwang naar een auto.

Ava zuchtte en kneep in haar neusbrug. 'Wanneer zit het ons verdomme nou eens mee? De lijken stapelen zich op en wij krijgen alles als laatsten te horen, lijkt het wel,' zei ze op bozige toon. 'Hoe wisten die mensen ons in vredesnaam te vinden?'

Callanach haalde zijn mobieltje tevoorschijn en zocht op internet naar de woorden 'moord', 'Edinburgh' en 'laatste nieuws'. Na enkele seconden verschenen er diverse pagina's met het verhaal. Tot nu toe was niemand zo stom geweest om eventuele vervolging te riskeren door de foto's te publiceren, maar ze gaven een duidelijke beschrijving van de plaats delict en van het meisje, tot en met de details van de kleren die ze droeg.

> Een jonge vrouw is dood aangetroffen in een afvalcontainer in Valleyfield Street.

Zo begon het eerste artikel.

> Ze is vermoedelijk begin twintig, heeft lang blond haar en ze draagt een padvindersuniform. Ze droeg een opvallende, veelkleurige gebreide sjaal om haar hals. De politie heeft nog geen verklaring afgegeven of haar identiteit bevestigd.

'Mevrouw,' zei een geüniformeerde agent die een eerbiedige afstand tot Ava bewaarde, 'dat zijn mevrouw en meneer Balcaskie.

Ze hebben net bevestigd dat de overledene hun dochter is, Emily. Ze is vierentwintig en heeft gisteravond in dat gebouw aan de overkant een bijeenkomst van de padvinderij bijgewoond. Toen ze niet thuiskwam, gingen ze ervan uit dat ze bij vrienden in de stad was blijven logeren. Door de beschrijving van de sjaal in de nieuwsberichten beseften ze dat zij het was.'

'Dank u wel, agent,' zei Ava. 'Ik kom zo naar ze toe om met hen te praten.'

Ailsa nam foto's terwijl Ava en Callanach naar het lichaam staarden. De gebreide sjaal was verschillende keren om de nek van het meisje gewikkeld en zo strak aangetrokken dat de vezels waren uitgerekt, en de uiteinden waren ruw in haar mond gepropt. Haar ogen puilden uit en het oogwit zag donkerrood door de bloeduitstortingen.

'Wat is er aan de hand, Luc? Vier moorden in twee weken tijd? Het lijkt wel of er een horde wilde beesten op de stad is losgelaten.' Ava veegde een traan weg, maar zorgde ervoor dat ze met haar rug naar haar team bleef staan. Callanach kende haar nog niet zo lang, maar hij had nooit gedacht dat ze emotioneel zou reageren als ze aan het werk was. Ze was een professionele, geharde politievrouw. Hij wilde zijn hand uitsteken om haar te troosten, maar de woorden van Joseph Edgar deden hem verkrampen. Misschien had Ava inderdaad wat ruimte nodig en wilde ze de grenzen van hun vriendschap duidelijk afbakenen.

'Soms gebeuren die dingen allemaal tegelijk. Daar valt zelden een verklaring voor te geven,' zei hij. 'Ik breng wel verslag voor je uit aan Overbeck. Er moet natuurlijk een persconferentie komen en we moeten zorgen dat de pers zich terughoudend opstelt. Hoe hebben ze die foto's trouwens zo snel te pakken gekregen?' vroeg hij.

'Heb je dat niet gehoord?' vroeg Ava. 'De pers heeft de vondst van het lichaam gemeld. Die hebben óns gewaarschuwd. Ze hebben ons zelfs het adres gegeven. Iemand wilde dat ze werd gevonden, en die persoon wilde een zo groot mogelijk mediacircus op gang brengen. Zeg tegen Overbeck dat ik haar later bel om haar persoonlijk de laatste stand van zaken te melden. En als je Edgar tegen het lijf loopt, wil je hem dan zeggen dat ik de komende vierentwintig uur druk bezig ben?'

'Natuurlijk,' zei Callanach, terwijl hij een stap naar achteren deed. Hij had een knoop doorgehakt over de vraag of het toelaatbaar was om zijn collega het soort steun te bieden dat verder ging dan procedurele en administratieve zaken. Het was duidelijk dat Edgar dat gat al had opgevuld. Hij liep weg terwijl Ava naar het echtpaar toe ging dat de tragische dood van hun dochter nooit op deze schandelijke manier via de media had mogen vernemen. Samen met Salter reed hij terug naar het bureau.

Hij liep direct door naar de kamer van Begbie, waar commissaris Overbeck tijdelijk haar intrek had genomen. Ze zat aan de telefoon toen hij binnenkwam, afwisselend 'ja sir' en 'nee sir' koerend op geruststellende toon. Vijf minuten later legde ze de telefoon neer en keek op.

'Ga zitten, Callanach. Er is tweeënhalve vierkante kilometer stad afgezet, de pers ruikt bloed en dan zit er nog een fucking team Amerikaanse documentairemakers achter me aan die een twee uur durende special willen maken over die golf van moorden die de straten van Edinburgh overspoelt.'

'Mevrouw, ik heb net –'

Ze haalde een spiegeltje en lippenstift tevoorschijn en zei: 'Zegt u maar niets, inspecteur. Op dit moment is het uw taak me te begeleiden en niks te verkloten. We gaan samen naar beneden om een persverklaring af te leggen. We moeten de dames en heren van de pers beschouwen als onze vrienden – het soort vrienden aan wie je kerstkaarten stuurt, maar die je nooit persoonlijk spreekt omdat je het te druk hebt. We doen net of we ze een dienst bewijzen, maar ondertussen maken we ze niks wijzer. Het kan met deze moordzaken twee kanten op. We lossen ze snel op, zodat we de families van de overledenen gerechtigheid en steun kunnen bieden en aan het eind van het verhaal als helden worden binnengehaald. Of ze brengen de Schotse politie blijvend schade toe, en in dat geval kunnen jij en inspecteur Turner eeuwig vakantie vieren in een godverlaten oord omdat ik jullie wegens incompetentie aan de schandpaal zal nagelen. Hoe dan ook, ik weiger als zondebok te fungeren voor de onvoorstelbare shitstorm die we over ons heen krijgen als we er niet in slagen de burger te beschermen tegen de krankzinnige moordenaars die momenteel ongestoord tekeer kunnen gaan. Begrepen?' Ze bracht een rijkelijke hoeveelheid lippenstift aan, en trok een wenkbrauw op terwijl ze zichzelf goedkeurend in de spiegel bekeek. 'Goed. Dan gaan we.'

Er klonk een opgewonden geroezemoes in de tjokvolle vergaderzaal. Er hadden onmogelijk nog meer camera's, microfoons en mensen in gepropt kunnen worden. In tegenstelling tot de persconferenties die werden geleid door de eenvoudig ogende hoofdinspecteur Begbie, viel de zaal onmiddellijk stil toen de ijzige, perfect gekapte Overbeck binnenschreed op haar naaldhakken. Na het voorstelrondje en de uitleg over het waarom van de bijeenkomst begon de commissaris met haar verhaal.

'Bij afwezigheid van hoofdinspecteur Begbie hou ik persoonlijk toezicht op de afdeling Zware Misdrijven, en ik leun zwaar op inspecteur Turner en inspecteur Callanach om deze zaken snel op te lossen. U kunt ervan verzekerd zijn dat ik mijn mensen niet zal toestaan ook maar een oog dicht te doen tot deze moordenaars achter de tralies zitten. Zoals u weet hebben we vier openstaande moordzaken, en ik zal ervoor zorgen dat ons werk aan de allerhoogste eisen voldoet. Dat zijn we verplicht aan de slachtoffers, hun familie en hun dierbaren, die constant in onze gedachten zijn. In de tussentijd rekenen we op uw niet-aflatende steun en zullen we zo nu en dan een beroep doen op uw begrip en discretie. Met velen van u heb ik al eerder nauw samengewerkt,' zei Overbeck met een gepast droevige glimlach op haar gezicht, 'en ik hoop dat u weet dat ik nieuwe informatie zal vrijgeven zodra dat mogelijk is.'

‘Commissaris, kunt u de identiteit van het meest recente slachtoffer bevestigen?’ De vraag werd over de zee van journalisten afgevuurd.

‘Emily Balcaskie is vanochtend dood aangetroffen. Zoals u ondertussen allemaal weet, is haar lichaam in Valleyfield Street gevonden. Ze was onderwijzeres aan de basisschool in Bonaly. Gisteravond woonde ze als lid van de scouting een vergadering bij en is daarna niet thuisgekomen. Hoewel het onderzoek nog in een pril stadium verkeert, denken we dat ze over The Meadows naar haar auto liep toen ze werd aangevallen. Het lijkt erop dat ze in het park is vermoord en dat haar lichaam daarna is teruggebracht naar Valleyfield Street.’

‘Zijn alle vier de moorden het werk van één seriemoordenaar, commissaris?’ schreeuwde iemand anders.

Overbeck knipperde niet eens met haar ogen, dat moest Callanach haar nageven. Ze liet ook geen stilte vallen voordat ze antwoordde met een zijdezachte stem, die niet zou hebben misstaan in een chocoladereclame.

‘De methoden die bij de moorden op Sim Thorburn, Helen Lott, Michael Swan en Emily Balcaskie zijn gebruikt lopen ver uiteen, net als de plaatsen en tijdstippen. We zien geen patroon in de vier zaken die we momenteel onderzoeken. Maak uw lezers niet nodeloos ongerust met verhalen over een seriemoordenaar. Er is een aantal mogelijke verklaringen voor de snelle opeenvolging van deze moorden. Zoals u weet spelen drugs vaak een rol bij moorden waarbij buitensporig geweld is gebruikt, en de vele feesten en festivals die ’s zomers in de stad worden gehouden, trekken nu eenmaal ook ongewenste elementen aan. We hebben nog niet kunnen uitsluiten dat sommige slachtoffers hun belagers kenden, wat volgens de statistieken het meest waarschijnlijke scenario in dergelijke zaken is.’

‘Waarom heeft de politie nog geen bijzonderheden verstrekt over de manier waarop Michael Swan om het leven is gebracht?’ vroeg een man vooraan. Callanach herkende hem op basis van zijn online zoektocht als Lance Proudfoot. Hij was kalend, lang, en droeg een T-shirt dat aangaf dat hij een enthousiaste Stones-fan was.

'We zijn nog in contact met de familie van meneer Swan, en we moeten nog een paar technisch ingewikkelde forensische problemen oplossen. We hopen in de komende achtenveertig uur met een verklaring te kunnen komen,' antwoordde Overbeck.

'Hield de inval in een magazijn in Newington verband met de moorden?' vroeg een vrouw. Callanach vroeg zich af hoeveel effectiever het onderzoek zou verlopen als alle journalisten voor de politie werkten in plaats van voor de media. Ze wisten in elk geval beter wat er op dit moment in de stad speelde dan hij.

'Ik kan u daar geen specifieke informatie over geven, maar ik kan u wel zeggen dat die inval onderdeel was van een lopend onderzoek door een specialistisch team van Scotland Yard, dat niets met de moorden te maken heeft.' Dat had vast iets met de hacker van hoofdinspecteur Edgar te maken, dacht Callanach. In die zaak leek ook niet veel schot te zitten. Hij wilde Tripp terug. Maar dat betekende dat Callanach met Edgar zou moeten overleggen wanneer hij zijn rechercheur eventueel terug kon krijgen. 'En nu is mijn aanwezigheid helaas elders gewenst,' ging Overbeck verder. 'Verdere vragen kunt u richten aan de afdeling persvoorlichting, en u heeft de telefoonnummers waarop mensen ons kunnen bellen als ze informatie hebben. Vergeet vooral niet die nummers in uw artikelen te vermelden. Veel dank voor uw geduld en uw inspanningen om ons bij te staan.'

Ze stond op, treuzelde een bijna onwaarneembaar moment terwijl ze de camera's haar beste kant toekeerde, en knikte toen naar Callanach, die achter haar aan naar buiten liep, zich afvragend waarom hij naar deze tijdrovende farce was meegetroond.

'Goed gedaan,' zei ze toen ze het voor het publiek toegankelijke deel achter zich hadden gelaten. 'Altijd goed om een gesloten front te presenteren en te laten zien dat we als team opereren.'

'Nu we het toch over het team hebben, we hebben meer mensen nodig. Kunt u de beperking op overwerk niet opheffen? Ik denk dat we het sporenonderzoek voor een deel zullen moeten uitbesteden. Het water staat Ailsa Lamberts team al tot aan de lippen. Als we geen andere middelen inzetten, duurt het te lang voordat we belangrijk bewijs terugkrijgen.'

'Schriftelijke verzoeken kunnen via de mail worden ingediend,' zei Overbeck, voordat ze wegliep. 'En ik wil elke twaalf uur een voortgangsrapport. Arresteer iemand, Callanach, of neem het vliegtuig terug naar Parijs. En zoek een excuus om het vrijgeven van details over de moord op Swan zo lang mogelijk uit te stellen, of alle hotelkamers in de stad zitten straks vol met schandaaljournalisten die Edinburgh tot horrorhoofdstad van de wereld proberen te bestempelen.'

Callanach liep terug naar zijn bureau. Het was een grote chaos, en dat sloeg niet op de concrete structuur van hout en metaal voor hem, maar op de willekeurige brokjes informatie die hij in het rond schoof. Hij pakte een leeg vel papier en een pen en schreef de namen van de vier slachtoffers op die ergens in het vagevuur van het mortuarium verbleven. Dood door wurging, het villen van de gezichtshuid, steekwonden en verplettering. The Meadows was de enige locatie die twee van de moorden met elkaar gemeen hadden, maar wel in verschillende delen van het park. Hij zette de leeftijd, het beroep en het adres van elk slachtoffer achter hun naam. Afgezien van de overeenkomst tussen de messen die bij de moorden van Thorburn en Swan waren gebruikt, was er geen duidelijk verband. Het leek of hij op een dood spoor zat. Als het sporenonderzoek hun geen aanknopingspunten kon bieden via de nationale database, zou hij een andere manier moeten zien te vinden.

14

Callanach koos het nummer van Lance Proudfoot uit zijn belgeschiedenis.

'Inspecteur! Nou, ik had niet verwacht dat u zou bellen. Of belt u om me nog een trap na te geven nadat mijn harde schijf in beslag is genomen? Mijn dag is toch al verpest.'

'Vertel me eens over die e-mail met de foto's van vanmorgen,' zei Callanach.

Proudfoot zuchtte. 'Die e-mail kwam vanmorgen vroeg. Ik dacht eerst dat het een spambericht was met een virus erin. Toen belde er een vriendin die bij een krant werkt om te vragen of ik dezelfde mail had ontvangen als zij. Tegen alle regels in had een van hun stagiairs de mail geopend, maar wat wil je met zeventienjarigen? Nou ja, die foto's zaten in een downloadbestand, en het antwoordadres was niet bereikbaar. Geen gegevens van de afzender. Het waren kleurenfoto's, en het lijkt erop dat ze met een telefoon zijn genomen. Gruwelijk. En ze zijn naar vrijwel alle persbureaus gestuurd. Drie foto's van het meisje vanuit verschillende hoeken, allemaal genomen toen ze al in de container lag, een foto van de container zelf en een van het straatnaambordje. Ze zijn overbelicht en de randen zijn donker, dus ik denk eerder dat ze vannacht met flitslicht zijn genomen dan vanmorgen vroeg.'

'Weet u wie als eerste ter plekke was?' vroeg Callanach.

'Geen idee. Ik niet, en ik weet zeker dat het ook geen agent was. De journalist die de foto's als eerste heeft gedownload, heeft het verhaal eerst gepubliceerd voordat hij de politie belde.'

'Bloedzuigers,' siste Callanach terwijl hij aantekeningen maakte.

'Mag ik dat citeren? Al zou uw verrukkelijke commissaris dat geen goed voorbeeld vinden van de goede samenwerking tussen politie en pers,' zei Proudfoot lachend.

'Wilt u uw harde schijf ooit nog terug hebben?' vroeg Callanach.

'Rustig maar, inspecteur, ik maakte maar een grapje. Voor wat het waard is, ik ben het eens met uw oordeel dat het gedrag van mijn collega's soms niet aan de ethische normen voldoet. Ik kies overigens een andere invalshoek. Ik heb het idee dat er vanuit het perspectief van het slachtoffer niet veel nieuws meer te melden is. Daar is iedereen al bovenop gedoken. Ik zet mijn kaarten op de graffiti als graadmeter van de publieke verontwaardiging. Ik heb die tags in de hele stad gefotografeerd. Wilt u commentaar leveren op de woorden die op de muur in High School Wynd zijn achtergelaten, vlak bij de kruising met Cowgate?' vroeg Proudfoot.

'Ik heb dringender zaken aan mijn hoofd dan graffiti, meneer Proudfoot. Bel de gemeente maar als u daar iets aan wilt doen,' zei Callanach.

'O? Ik vatte uw telefoontje eerlijk gezegd op als een wanhoopskreet.'

Daar had Callanach geen antwoord op, behalve dat hem weer te binnen schoot waarom hij doorgaans privégesprekken met journalisten uit de weg ging. Meestal had die confrontatie veel weg van een worstelpartij met een slang. Als Proudfoot niet bij het hele verhaal betrokken was geraakt door de e-mail met de foto's, had hij hem nooit gebeld.

'Ik was net op weg daarnaartoe om foto's van die graffiti te maken toen uw chef die persconferentie aankondigde. Na afloop ben ik alsnog naar High School Wynd gegaan, en wat ik daar aantrof vond ik heel verwarrend. Zorgwekkend zelfs. En ik denk dat het weleens belangrijk zou kunnen zijn. Zullen we elkaar daar treffen? Ik wil graag weten wat u ervan vindt.'

'Zeg me maar wat –'

De kiestoon gaf al aan dat het zinloos was om zijn zin af te maken. Callanach keek op zijn horloge. Hij kon er in een paar minuten zijn en zou op z'n hoogst een halfuur verliezen, en hoewel hij het niet wilde toegeven, was hij nieuwsgierig. Tegen beter weten in ging hij op zoek naar Lance Proudfoot.

Callanach had niet nagedacht over het adres voor hij erheen liep, maar nu snapte hij het. High School Wynd was de korte straat vanwaar je het parkeerterrein van het mortuarium op kon rijden. Cowgate liep een eind door de oude binnenstad, van Grassmarket naar Holyrood, en was een straat waar van oudsher immense rijkdom en diepe armoede naast elkaar bestonden. Sinds het begin van de moorden fungeerde deze muur als een van de vele plekken in de stad waarop maatschappelijk commentaar in de vorm van graffiti werd gegeven.

Terwijl hij eropaf liep, stopte er een aftandse motorfiets naast hem en stapte de bestuurder af. Hij zette zijn helm af die door stickers bij elkaar leek te worden gehouden en begroette Callanach met een onverwacht vriendschappelijke klap op de schouder.

'U bent gekomen,' zei Proudfoot. 'Ik moet zeggen dat ik dat niet helemaal had verwacht. Verfrissend om een ruimdenkende politieman te ontmoeten.'

'Eerlijk gezegd ben ik op weg naar The Meadows, dus ik kwam hier toch langs. Bovendien is dit voor het eerst en voor het laatst dat ik me soepel opstel. Ik heb een hekel aan mensen die zich mysterieus willen voordoen door op te hangen terwijl ik nog aan het praten ben,' zei Callanach. Hij voelde een steek van jaloezie toen hij naar de oude BSA Bantam keek. Hij had al jaren niet meer op een motor gereden en plotseling leek dat voor hem de ultieme definitie van vrijheid.

'Dan zal ik u laten zien waarom ik u hiernaartoe heb laten komen en als ik ongelijk heb, dan mag u me een eersteklas idioot noemen. Wat ziet u?' vroeg Proudfoot, en hij wees naar het midden van de bonte verzameling woedende commentaren.

'Nee, meen je dat nou?' vroeg Callanach.

'Kom op, man. Waarom wil je het gesprek niet met me aangaan? Oké dan. Zie je dat commentaar in het blauw, links van het midden?'

Dat was niet te missen. Het was het laatste commentaar in een rij verontwaardigde commentaren van mensen die het onbegrijpelijk vonden dat onschuldige slachtoffers ten prooi vielen aan dergelijke wreedheid. EEN BASISSCHOOLONDERWIJZERES! stond er in hoofdletters. De graffiti leek veel op de andere kreten op de muren van de stad: simpel, kort en woedend. En recht tegenover de plek waar de slachtoffers uiteindelijk terechtkwamen. Toepasselijk.

'Ja, en?' vroeg Callanach.

'Ik ben als een van de eersten weggegaan bij de persconferentie. Misschien waren een of twee journalisten me voor, meer niet. Ik ben hier meteen naartoe gegaan om een paar foto's te maken voor de blog van vandaag. Ik had het stuk al bijna af. Toen ik terugkwam op kantoor om het te plaatsen, zag ik deze tag.'

Callanachs hoofd zat vol met alles wat er die dag was gebeurd, maar desondanks begon de ongerijmdheid tot hem door te dringen.

'De graffiti stond er al,' zei Proudfoot nadrukkelijk. 'En voor zover ik weet, wist geen van de journalisten in die zaal dat het vermoorde meisje een onderwijzeres was, laat staan of ze in het basis- of middelbaar onderwijs lesgaf. Dat ze akela was bij de padvinderij kon je op die verschrikkelijke foto's wel aan haar uniform zien, maar dat was het. Dus ik ben nog eens gaan kijken om zeker te zijn van mijn zaak, en toen zag ik dit.' Proudfoot deed een paar stappen naar voren en wees omhoog, naar de muur. 'Hier, hier en hier. Andere mensen hebben op wel drie plaatsen over het woord "basisschoolonderwijzeres!" heen gespoten of geschilderd.'

'Het stond er al vóór de persconferentie,' zei Callanach, en hij pakte zijn mobieltje om foto's te nemen.

'Ik kan me vergissen,' vervolgde Proudfoot, 'maar als ik zie wat daaroverheen is geschreven, zou ik zeggen dat die tekst daar al een tijdje stond toen dat meisje gisteren haar uniform aantrok om naar die bijeenkomst te gaan.' Callanach keek of daar bewijs voor was. De journalist had gelijk. De graffiti die over de tekst heen was gespoten, was door verschillende mensen op verschillende momenten aangebracht, en de verf van sommige graffiti leek al enigszins af te bladderen. 'Dus hebt u hier nu wel commentaar op, inspecteur?' vroeg Proudfoot.

'Ik heb een vraag,' zei Callanach. 'Hoe krijg ik gedaan dat u dit onder de pet houdt?'

Proudfoot staarde hem aan. 'Er klopt iets niet, hè?' zei hij.

Callanach schudde zijn hoofd. Het sloeg nergens op. Als de moordenaar zijn volgende slachtoffer aankondigde om aandacht te trekken of angst in de gemeenschap te zaaien, waarom deed hij dat dan niet op een plek waar het meer opviel? Als die journalist het niet had gezien, was het hoogstwaarschijnlijk niemand opgevallen. En waarom zou je het risico lopen dat je werd betrapt, alleen maar omdat je je stempel wilt drukken?

'Ik moet deze plek een tijdje afgrendelen,' zei Callanach. 'En ik wil absoluut dat niemand doorheeft waarom. Kunnen we dat dan tenminste afspreken?'

'We zijn niet allemaal slechteriken, Callanach,' zei Proudfoot. 'Ik wil net zo graag als u dat die klootzak wordt opgepakt. Je weet nooit wie de volgende is. Natuurlijk hou ik het stil, maar mag ik als tegenprestatie om een gunst vragen? Het hoeft niet veel te zijn, maar gewoon iets wat ik kan publiceren. Ik verdien geld met mijn blog dankzij de advertenties die erop geplaatst worden, en dat betekent dat ik genoeg lezers moet trekken als ik niet aan de bedelstaf wil raken.'

'Ik geef u wel iets,' beloofde Callanach. 'Dat ben ik u verschuldigd. Wilt u me de foto's van de muur toesturen die u eerder heeft genomen? Gewoon voor het geval er sinds dat moment iets is veranderd. Ondertussen moeten we maken dat we hier wegkomen voordat iemand ons naar die muur ziet staren.' Hij liep met de journalist terug naar de motor en stak zijn hand uit. 'Ik ben u zeer dankbaar, meneer Proudfoot.'

'Zeg maar Lance, inspecteur,' zei hij, en hij schudde Callanach warm de hand. 'We houden contact.'

15

Een uur later was de plaats met pylonen afgezet terwijl een team redelijk geloofwaardige werklieden over de hele lengte van High School Wynd het trottoir en de afvoerputten inspecteerde. Agenten in burger vroegen alle medewerkers van het mortuarium of ze mensen hadden gezien die een ongewone belangstelling voor de muur hadden getoond. Er waren om veiligheidsredenen bewakingscamera's rond het mortuarium geplaatst, maar geen enkele camera stond op die specifieke plek gericht. Graffitispuiters moesten wel langs een deel van de straat dat door camera's werd bestreken, maar dan ging het om honderden, zo niet duizenden voorbijgangers, zonder dat je enig criterium had om eventuele verdachten eruit te kunnen pikken.

Er werden foto's genomen. Het deel van de straat vlak onder en naast de graffiti werd onderzocht op DNA, vezels en wat dan ook, wat Callanach het idee gaf dat ze zich aan een strohalm vastklampten. Er werden aantekeningen gemaakt over de lagen verf om meer te kunnen zeggen over de volgorde waarin de tags waren aangebracht. Daarna verdwenen de pseudowerklieden weer. Zonder drukte, zonder sirenes. En hopelijk zonder dat iemand iets in de gaten had gehad.

Callanach stuurde teams naar de twee andere bekende plekken in de stad waar vaak graffiti werd gespoten, om foto's te maken en de details van die andere muren ook in kaart te brengen. Bij terugkomst op het bureau bleek dat ze in de briefingruimte ongeduldig op hem zaten te wachten. Er waren nu vier afzonderlijke plekken ingericht voor Thorburn, Lott, Swan en Balcaskie, en de teams overlapten elkaar noodzakelijkerwijs. Zelfs Callanach wist niet meer precies waar de ene zaak ophield en de andere begon. Er waren agenten uit Glasgow en Aberdeen naar Edinburgh overgebracht om meer blauw op straat te hebben, de plaatsen delict te bewaken en mogelijke aanwijzingen na te trekken. Zodra Callanach binnenkwam, stond Ava op.

'Laten we beginnen,' zei ze. Het was Callanach nooit zo opgevallen, maar door de omgang met hoofdinspecteur Edgar kwam haar Britse accent meer naar voren. Ava klaagde altijd dat hoewel ze zo Schots was als de lochs, haar familie haar best had gedaan om ervoor te zorgen dat ze er nooit echt bij hoorde door haar in Engeland op een kostschool te doen. Ze duwde een weerbarstige lok achter haar oor en klapte haar laptop open. 'Nieuwe ontwikkelingen,' kondigde ze aan. 'Emily Balcaskie is meteen herkend door familie en vrienden toen de pers vanmorgen naar buiten bracht dat de overledene een padvindersuniform en een felgekleurde gestreepte sjaal droeg. De leerlingen van haar klas hadden die een poos geleden voor haar gebreid omdat ze door de bond van onderwijzend personeel was genomineerd voor een onderscheiding. Ze gaf pas twee jaar les en woonde nog bij haar ouders in Bonaly, dat ten zuidwesten van het centrum ligt. Ze hadden geen idee dat ze werd lastiggevallen of gevolgd. Volgens de school was ze vrolijk, klaagde ze nooit en ging ze in hun woorden "een geweldige toekomst tegemoet". Over het algemeen was Emily Balcaskie zelfverzekerd en populair, en ze hield van de vrije natuur. De patholoog heeft bevestigd dat ze door wurging om het leven is gekomen en dat de genoemde sjaal daarbij is gebruikt. Een van Emily's schoenen is in The Meadows gevonden, niet ver van het pad dat daar vanaf de oostkant van Valleyfield Street door het park loopt. Toen ze na de vergadering naar huis ging, was het al donker. Het was laat geworden omdat de groepsleiders nog moesten vergaderen en daarna nog iets met elkaar gedronken hebben. Niemand heeft haar zien weggaan, maar we kunnen ervan uitgaan dat haar aanvaller haar het park in is gevolgd en haar de bosjes in heeft getrokken en haar daar heeft vermoord. Hij heeft gewacht tot het rustig was en heeft haar toen in de zak waar ze in gevonden is terug gedragen naar de container.'

Brigadier Lively stak zijn hand op. Callanach had hem de laatste tijd niet vaak gezien. Hij was toegevoegd aan het team van Ava dat aan de moord op Helen Lott werkte.

'U zei "hij", mevrouw. Hebben we redenen om daarvan uit te gaan?'

'Drie redenen,' zei Ava. 'De kracht die ervoor nodig was om Emily met haar sjaal te wurgen, want de vezels waren helemaal uitgerekt. Haar luchtpijp was volledig platgedrukt, maar er waren geen vingerafdrukken. Het patroon van het breiwerk stond in haar huid gedrukt. Ten tweede de fysieke inspanning om haar terug naar de container te dragen. Emily was een meter zeventig. Het moet enorm veel kracht hebben gekost haar lichaam te verplaatsen. En tot slot hebben we godzijdank een getuige.'

Er ging een hoorbare zucht van verlichting door de zaal, gevolgd door geroezemoes. Ava wachtte tot het weer stil was voordat ze verderging.

'Rond twee uur 's nachts heeft iemand een forse gestalte met een zak op zijn schouders het park uit zien komen. De gestalte droeg donkere, versleten kleren en een hoed, zijn gezicht was omlaag gericht, vermoedelijk doordat hij die zware zak droeg. Geschatte lengte een meter negentig. Breed postuur. De getuige ging ervan uit dat het een dakloze was die op zoek naar onderdak met zijn slaapzak en bezittingen uit het park kwam. Hij kwam uit The Meadows lopen, stak Leven Terrace over en liep Valleyfield Street in, en vanaf dat moment heeft de getuige hem niet meer gezien. Ze was een avondje uit geweest en ging even verderop haar flat aan Leven Terrace binnen.'

'Dus die kerel heeft niet echt zijn best gedaan om niet gezien te worden?' vervolgde Lively. 'Hoe kunnen we er zeker van zijn dat hij het was?'

'Dat is de eenvoudigste verklaring, brigadier. Tenzij er die nacht rond dezelfde tijd twee mannen waren die een zak van dezelfde omvang voortzeulden. Tijdstip van overlijden wordt op 23.00 uur geschat, wat wil zeggen dat de dader zich een aantal uren in de bosjes verborgen heeft gehouden tot hij de kust veilig achtte. We kunnen dus rustig stellen dat hij wel degelijk zijn best heeft gedaan om niet gezien te worden,' rondde Ava af.

Lively speelde met zijn gebruikelijke charme en fijngevoeligheid voor advocaat van de duivel. Ava draaide zich om naar een kaart van de omgeving van Valleyfield Street en begon mensen aan te wijzen voor het buurtonderzoek.

Callanach glipte weg. Hij had het gevoel dat ze de greep op de werkelijkheid kwijtraakten. Ailsa's opmerking dat twee van de vier moorden waarschijnlijk waren gepleegd met scalpels uit dezelfde productierun bleef maar door zijn hoofd spoken. Iemand had foto's en een sectierapport naar de pers gelekt, en het onderzoek daarnaar had niets opgeleverd. De moorden verschilden stuk voor stuk van elkaar, en de personele en financiële middelen van de Schotse politie waren vrijwel uitgeput.

Callanach verschanste zich in zijn kamer door zijn deur niet alleen dicht te doen, maar ook op slot. Hij zette zijn laptop aan.

'Te veel doden,' zei hij tegen het lege scherm terwijl de computer opstartte. 'Dit is geen samenloop van omstandigheden, dit is een campagne.'

Hij typte Emily Balcaskies naam in het zoekveld van zijn browser. De eerste paar zoekresultaten hadden natuurlijk te maken met haar dood, maar op de derde pagina vond Callanach wat hij zocht. Daar stonden wat persoonlijke gegevens. Haar afstudeercijfers stonden op een pagina van de universiteit, en op de societypagina's van een tijdschrift stond een artikel over haar vader, een rijke bankier, waarin Emily ook werd genoemd, compleet met foto en al. Verder vond hij een link naar een video die geplaatst was door de school waar Emily werkte. Callanach klikte op play en wachtte.

De video was een beroerde kopie van een televisie-interview. Emily stond midden in haar klas, omringd door kinderen met engelachtige gezichtjes. Sommigen trokken aan haar armen of stonden achter haar en gluurden grijnzend in de lens, helemaal door het dolle heen vanwege de aanwezigheid van een camera in de klas.

'Ik vind het geweldig en ik voel me enorm vereerd dat mijn leerlingen een brief hebben geschreven om me te nomineren voor deze prijs,' zei Emily, wier ogen schitterden in de cameralampen.

'En we hebben gehoord dat ze nóg een verrassing voor je hebben,' zei de interviewer buiten beeld. 'Iets wat ze zelf gemaakt hebben.'

Een jongen en een meisje van een jaar of zes, zeven, kwamen met de sjaal het beeld in lopen. Aan Emily's gezicht te zien leek het of ze zojuist het winnende lot in een loterij had gekregen. De tranen sprongen haar in de ogen, precies zoals de interviewer waarschijnlijk had gehoopt, dacht Callanach. Ze omhelsde eerst alle kinderen voor ze de sjaal een paar keer om haar hals sloeg en aankondigde dat ze die elke dag zou dragen.

Callanach zette de opname op pauze. Emily Balcaskie was op gruwelijke wijze van het leven beroofd. Bovendien zouden de kinderen, die overduidelijk dol op haar waren, nooit kunnen begrijpen dat de wereld zo wreed en zo slecht kon zijn. De moordenaar had geen beter voorbeeld van een in- en ingoed mens kunnen uitkiezen.

Nu typte Callanach 'Michael Swan' in het zoekvak. Dit keer vond hij veel sneller waar hij naar op zoek was in de vorm van een artikel in een plaatselijke krant.

> De heer Michael Swan, uit de Craigentinny Avenue in Edinburgh, is genomineerd voor zijn jarenlange bijdrage aan het alfabetiseringsprogramma van de stad. Hij is vrijwilliger in de bibliotheek aan McDonald Road, en een enthousiast golfer. De heer Swan wordt in de nominatie omschreven als een van de meest toegewijde leden

van onze gemeenschap, een onvermoeibaar strijder voor de emancipatie van de allerarmsten.

Het artikel bevatte ook een foto van Michael Swan op de golfclub vlak achter zijn huis, met een arm om de schouder van zijn vrouw, en een zilveren beker in de andere hand.

Daarna typte hij 'basisschoolonderwijzeres Edinburgh' in, maar liet Emily Balcaskies naam achterwege. Nu kreeg hij als eerste de link naar het videofilmpje dat hij al had gezien. Hij was net bezig 'bibliotheekmedewerker Edinburgh' te typen, toen er op de deur van zijn kamer werd geklopt.

'Niet nu,' riep hij.

'Tripp hier, sir,' klonk een stem. 'De commissaris zei dat ik me bij u moest melden.'

'Goed, kom binnen,' riep Callanach, die een typefout had gemaakt en opnieuw moest beginnen. Tripp wilde binnenkomen, maar dat resulteerde alleen in wat gerammel aan de deurkruk. Callanach beende naar de deur om hem van het slot te halen.

'Pardon, sir, ik wist niet dat het zo slecht uitkwam,' zei Tripp.

'Blijf daar staan,' zei Callanach, en hij haastte zich terug naar het scherm. 'Ik héb het verdomme!' zei hij toen hij het eerste zoekresultaat las. Het was het artikel over de betrokkenheid van Michael Swan bij het alfabetiseringsprogramma voor kinderen dat hij zojuist al had gelezen. 'Tripp, wat deed Helen Lott ook alweer voor werk? Wat was haar verpleegkundige specialisatie?'

'Palliatieve zorg. Ze was verbonden aan een van de hospices in de stad, geloof ik. Met die zaak heb ik niet zoveel te maken gehad. Op dat moment werd ik overgeplaatst naar het team van hoofdinspecteur Edgar. Eigenlijk wilde ik het daarover hebben, sir...'

'Helen Lott had een medaille gekregen voor haar lange dienstverband. Als je haar beroep en het woord "Edinburgh" intikt, krijg je een paar vacatures en wat algemene informatie te zien, maar het eerste krantenartikel gaat over haar, zelfs zonder op haar naam te zoeken.'

Tripp liep naar het scherm waar Callanach op wees, en scande de zoekresultaten.

'En waarom is dat belangrijk?' vroeg Tripp.

'Dat geldt voor alle slachtoffers,' zei Callanach, 'behalve voor Sim Thorburn. Die heb ik nog niet geprobeerd. Maar Lott, Swan en Balcaskie zijn allemaal onlangs in het nieuws geweest. Makkelijk te vinden. Genoeg informatie om ze te kunnen vinden en stalken. Kinderlijk eenvoudig.'

'Goed, dat heeft te maken met het hoe, maar dat verklaart niet waarom ze als doelwit zijn uitgekozen,' zei Tripp. 'Zijn alle artikelen geschreven door dezelfde journalist, of in dezelfde krant verschenen? Gingen ze naar dezelfde uitreikingsceremonie?'

Callanach schudde zijn hoofd. 'Nee, maar het verband is de rol van de slachtoffers in de gemeenschap. Ze deden allemaal werk ten behoeve van anderen, werk waaruit een sociale betrokkenheid blijkt. Het waren allemaal lieve, goede mensen, en daarom hebben ze de aandacht van de media getrokken. Die moorden zijn niet impulsief begaan. De moordenaar moet kennis hebben gehad van hun dagelijkse routines, hun interesses, hun werk, hun huisadres. Niet één van hen is willekeurig van straat geplukt, ook Emily Balcaskie niet. De sjaal waarmee ze is gewurgd betekende veel voor haar. Het feit dat die is gebruikt om haar te vermoorden heeft een symbolische betekenis. Het maakte deel uit van de bezoedeling.'

'Wilt u dat ik ermee aan de slag ga, sir? Misschien zijn er nog meer artikelen die ons gedetailleerdere informatie geven...'

'Je bent uitgeleend aan hoofdinspecteur Edgar, Tripp. Daar heb ik niks over te zeggen. Ook al zijn we onderbezet, de commissaris wil toch dat Scotland Yard alle medewerking krijgt die ze willen.'

'De commissaris heeft me van die taak ontheven. Het cybercrimeteam heeft zoveel voortgang geboekt dat ze het idee hadden dat u mij meer nodig had. Ze hebben informatie verkregen over een bedrijf op het gebied van internetbeveiliging waar een hoofdverdachte werkzaam zou zijn. Hoofdinspecteur Edgar zei dat zijn team verder geen plaatselijke kennis meer nodig had, dus ben ik vrij om te gaan.'

'Arrogante klootzak,' mopperde Callanach, bozig op de toetsen van zijn laptop rammend.

'Ik weet niet zeker of ik daar commentaar op mag leveren, sir. Hij lijkt hier niet veel vrienden te hebben gemaakt. Behalve inspecteur Turner dan. Ze taaien bijna elke avond samen af na het werk.'

'Elke avond?' vroeg Callanach, en hij draaide zich om en keek Tripp aan.

'Nou ja, elke avond dat ik langer op het bureau bleef dan zij in elk geval...' De computer gaf een luid belsignaal. 'Zie je wel,' zei Tripp, meekijkend over Callanachs schouder. 'Precies wat u al dacht.'

Callanach richtte zijn aandacht weer op het scherm, waar het beeld van een regenboog verscheen met tekst in het midden. In een menu aan de linkerkant van het scherm waren meer titels van blogbijdragen te zien, samen met links naar een Twitteraccount, een Facebookpagina en Instagram. De schrijver voerde onverdroten campagne voor mensenrechten en goede doelen en streed tegen sociaal onrecht. Callanach scrolde omlaag. Helemaal onderaan stond een foto van een breed grijnzende jonge man in een Afrikaans dorp. Zijn bovenlijf was ontbloot, net als op het moment van zijn dood. De auteur was Sim Thorburn.

'Wat hebt u ingetikt?' vroeg Tripp.

'Welzijnswerker, Edinburgh,' zei Callanach, en hij pakte de stapel graffitifoto's op zijn bureau. 'Ik heb precies dezelfde woorden gebruikt als de graffiti die op de muur was gespoten. En de laatste blog ging over het muziekfestival waar hij naartoe zou gaan.'

16

Toen Callanach rond middernacht eindelijk aan de beurt was in de rij mensen die Ava wilden spreken, zat ze achter haar bureau. Tripp had haar al de relevante zoektermen en de graffitifoto's doorgespeeld. Ze had wallen onder haar ogen en haar kleren waren gekreukt. Callanach gaf haar een grote zak zoute popcorn die hij bij een kiosk in de buurt had gekocht, en ging zitten met een kop koffie.

'Vanwaar die popcorn?' vroeg ze. Zelfs daar leek ze niet om te kunnen glimlachen.

'Ik heb het vermoeden dat naar de film gaan er voorlopig niet inzit. Je zult ondertussen wel ontwenningsverschijnselen hebben.' Ava legde de zak naast zich neer zonder hem open te maken. Callanach zag dat de mouwen van haar overhemd rond haar armen flodderden en dat haar jukbeenderen en haar kaaklijn scherper uitkwamen in het schelle licht. 'Je bent afgevallen,' zei hij.

'Wie heeft er tijd om te eten?' vroeg ze, terwijl ze de graffitifoto's op het bureau naast elkaar legde.

'Je bent toch niet ziek?' vroeg Callanach.

'Nee, ik heb het druk. Vertel me maar over de foto's,' zei ze.

Callanach vatte zijn conclusies kort samen.

'Ik heb al contact opgenomen met een handschriftkundige over die graffiti, maar ze kunnen niets zeggen zonder een handgeschreven tekst op papier, en bovendien gaat het om hoofdletters die met een spuitbus zijn aangebracht, dus de normale regels zijn hier niet van toepassing. En die verfsoorten kun je in elke doe-het-zelfzaak vinden. Ik denk dat we het verband tussen de moorden moeten zoeken in de manier waarop de slachtoffers worden uitgekozen,' zei Callanach.

'Maar het is niet dezelfde dader,' antwoordde Ava. 'Sim Thorburn is neergestoken door een klein en tenger persoon, dat hebben we op de festivalbeelden gezien. De enige betrouwbare getuige in de zaak-Emily Balcaskie heeft verklaard dat we te maken hebben met iemand die langer is dan gemiddeld, zwaargebouwd en sterk. Je bent zeker nog niet zoveel verder gekomen met de zaak van Michael Swan?'

'Ailsa Lambert denkt dat het mes waarmee Sim Thorburn is vermoord afkomstig is uit dezelfde partij als het mes waarmee Michael Swans gezicht is gevild. Ze heeft overeenkomsten ontdekt in het snijpatroon aan de randen van de incisies.'

'Geweldig.' Ava schoof de foto's weg, gooide haar hoofd achterover en sloot haar ogen. 'Dus we hebben twee, of misschien wel drie daders. Dat weten we niet precies. Maar in elk geval niet één.'

'Zou één beter zijn?' vroeg Callanach, terwijl hij een slokje koffie nam.

'Je hoeft niet zo grappig te doen,' zei Ava. 'Je weet best dat ik dat niet bedoelde.'

Callanach haalde diep adem. Hij wilde geen ruzie met Ava. Ze streefden allemaal hetzelfde na, en toch leek het op dit moment of ze niet konden samenwerken om vooruitgang te boeken.

'Zijn we al iets opgeschoten met de foto's die naar de pers zijn gelekt? Die moeten door de moordenaar zijn genomen. Het opsporen van zijn telefoon of computer zou weleens onze enige rechtstreekse aanwijzing kunnen zijn,' zei Callanach.

'Je weet waar de politie staat op het gebied van digitale technologie. We lopen altijd achter de feiten aan omdat we niet de tarieven kunnen betalen die in de particuliere sector gangbaar zijn. De whizzkids die dit kunnen kraken, willen niet tegen een karig loon voor de overheid werken,' zei Ava zuchtend. 'Het was een versleuteld bestand dat langs ik weet niet hoeveel knooppunten is gegaan, ook buiten het Verenigd Koninkrijk. Meer zijn we niet te weten gekomen.'

'Dat is niet alles wat we hebben,' zei Callanach. 'We hebben ook nog dat gelekte autopsierapport van de moord op Helen Lott. Dat soort informatielekken laat sporen na. We moeten alleen iemand zien te vinden die dat spoor kan volgen. Bovendien lijkt het erop dat een van de graffitiboodschappen die betrekking hebben op Emily Balcaskie, geschreven is voordat haar lichaam werd gevonden.'

Ava keek beduusd. 'Dat kan niet.'

'Vlak nadat haar identiteit officieel bekend is gemaakt op de persconferentie zijn er foto's van genomen. Er was niet genoeg tijd om een graffitiboodschap achter te laten, waar anderen daarna nog eens overheen gesprayd hebben.'

'Wil je beweren dat de moordenaar van Emily Balcaskie meteen na zijn daad naar een muur is gelopen om haar beroep erop te spuiten? Als een soort trofee?'

'Het is allemaal indirect bewijs,' zei Callanach, 'maar ik denk eigenlijk dat die tag daar al is aangebracht vóór ze is vermoord. Een behoorlijke tijd daarvoor zelfs, als je naar de graffiti kijkt die er daarna overheen is gespoten.'

Ava rolde met haar schouders om de stijfheid van de vele uren achter haar bureau te verdrijven. 'Leg me je theorie eens duidelijk uit, Callanach, want het is laat en ik kan je niet volgen.'

'Ik denk dat de moordenaar van Emily Balcaskie een hint over zijn volgende slachtoffer heeft achtergelaten, mogelijk dagen van tevoren. Als we achter het hoe, wanneer en waarom kunnen komen, kunnen we hier misschien een eind aan maken.'

Ava's deur ging open en Edgar kwam binnen. Zonder een woord te zeggen liep hij langs Callanach naar Ava's bureau, zette een paar kartonnen doosjes met eten neer en pakte uit een andere tas een fles wijn.

'Ik zou u graag uitnodigen, inspecteur,' zei Edgar, 'maar ik weet zeker dat u liever ergens anders wilt zijn. Heeft die rechercheur zich al bij u gemeld? Ik heb hem van zijn taken ontheven. Het schijnt dat de afdeling Zware Misdrijven met de handen in het haar zit.'

'Kappen, Joe,' zei Ava, terwijl ze het deksel van een doosje haalde en aanviel op een dampende berg rijst.

'Sorry schat, maar zou je op het werk de rangorde in acht willen nemen?'

'Luc, het spijt me. Dat was heel nuttig. Kunnen we daar morgenochtend over verder praten?' vroeg Ava.

Callanach stond op en zei: 'Natuurlijk. We hebben intussen verborgen camera's geplaatst bij alle bekende graffitiplekken en die worden vierentwintig uur per dag bekeken. En hoe gaat het met het onderzoek naar de hacker, sir? Hebben de bankiers en aandeelhouders hun geld al teruggekregen van de goede doelen?'

Hoofdinspecteur Edgar had net een glas wijn ingeschonken en gaf het aan Ava.

'Over ongeveer twee weken kunnen we arrestaties verwachten. We hebben een paar contacten gelegd en undercoveronderzoek uitgevoerd. Mijn team is bezig onopvallend informatie te verzamelen. We gaan zorgvuldig, planmatig en professioneel te werk, inspecteur Callanach. We hebben te maken met de knapste koppen ter wereld. We kunnen niet zomaar ergens binnenstormen en er een potje van maken. Daarom ben ik hiernaartoe gestuurd. De plaatselijke politiemacht is gewoon niet toegerust voor werk op dit niveau,' zei Edgar, die nu ook was opgestaan en Callanach recht in de ogen keek.

'Dan heb je het dus ook over míjn plaatselijke politiemacht, en ik vind eerlijk gezegd dat die vrijwel alles aankan wat we op ons bord krijgen. Ik heb opeens geen trek meer,' zei Ava, en ze duwde de grotendeels onaangeroerde kartonnen doosjes van zich af en dronk haar glas leeg. 'Dus ik nok af. Ik vind dat ik vandaag wel even genoeg gezeik heb aangehoord.' Ze trok haar jas aan en pakte haar autosleutels. ‘Ik zie jullie morgen wel.’

‘Kom je niet bij me slapen?’ vroeg Edgar. ‘Ik heb speciaal de werkster laten komen.’

Ava bleef even bij de deur staan en keek vanuit haar ooghoeken naar Callanach. ‘Ik ben liever alleen,’ zei ze.

Toen Callanach om twee uur ’s nachts uitgehongerd en doodmoe thuiskwam, zat er een briefje op zijn deur. Hij deed de deur zo zacht mogelijk van het slot en ging eerst naar binnen voordat hij het briefje las.

> Hey Luc, ik heb wat vrienden uitgenodigd om pizza te komen eten en een wijntje te drinken. Ik zou het heel leuk vinden als je ook komt. Ze zijn heel nieuwsgierig naar je. xxx Bunny.

Hij verfrommelde het papiertje en mikte het weg. Hij was niet in de stemming voor zijn overenthousiaste buurvrouw, en hij had al helemaal geen zin haar vrienden te ontmoeten. Het was heel goed mogelijk dat ze nog bij haar zaten te borrelen, dus hij besloot het koken, het douchen en alle andere activiteiten die zijn aanwezigheid zouden kunnen verraden te laten zitten en meteen in bed te duiken.

Eenmaal in bed lag hij te draaien en te woelen, gooide de dekens van zich af en trok ze vervolgens weer over zich heen en realiseerde zich dat zijn geest nog lang niet zo moe was als zijn lichaam. Een poging om te lezen bleek zinloos. Zijn ogen dwaalden keer op keer over dezelfde woorden voor hij zich gewonnen gaf. Ten slotte pakte hij zijn telefoon en begon het internet weer uit te kammen, op zoek naar artikelen die hij wellicht over het hoofd had gezien en die de slachtoffers met elkaar in verband brachten.

Na een paar vergeefse zoekopdrachten stuitte hij op een artikel over de meest recente hack van The Unsung. Voor het grootste deel bevatte het feitelijkheden, maar een scherpzinnige journahst had aangeklopt bij een vooraanstaand internetbeveiligingsbedrijf, CyberBallista, met de vraag hoe zo'n hack in z'n werk ging en hoe ingewikkeld het was om de hackmethode te achterhalen om de daders te pakken te krijgen. Ralph Hogg, de CEO van het bedrijf, had zoals te verwachten was een met technische termen doorspekt, complex verhaal opgehangen dat als doel had zijn klanten te laten geloven dat ze waar kregen voor de enorme bedragen die ze betaalden om niet gehackt te worden. Hoewel de pogingen van hoofdinspecteur Edgar om stinkend rijke mensen hun geld terug te bezorgen hem hoegenaamd niet interesseerden, bracht het artikel Callanach wel op een idee. Hij belde Tripps nummer.

'Met Max,' zei een gedempte stem.

'Met Callanach,' antwoordde hij.

'O shit, ik bedoel, sorry, sir. God, hoe laat is het?' vroeg Tripp.

'Ga de kamer uit, Max. Ik moet over drie uur op,' bromde een andere, zwaardere stem op de achtergrond. Callanach had er geen moment bij stilgestaan dat het al laat was en dat Tripp een privéleven had.

'Luister Tripp, excuses. Het is drie uur. Ik bel je later wel terug.'

'Maakt niet uit,' fluisterde Tripp. Op de achtergrond hoorde Callanach voetstappen en een deur die open- en dichtging. Tripps stem klonk nu weer min of meer gewoon. 'Wat kan ik voor u doen?'

'Jij hebt in dat team van Edgar gewerkt. Ik wil in contact komen met iemand bij CyberBallista die de bron van die e-mail met de foto's van Emily Balcaskie en dat gelekte autopsierapport kan achterhalen. Kun je me een naam geven? Ik wil het morgenvroeg meteen aanpakken.'

'Ik mag met niemand over dat onderzoek praten, sir. Hoofdinspecteur Edgar heeft duidelijk te kennen gegeven dat dit veel verder gaat dan een normaal bevel tot geheimhouding. Geen e-mails of tekstberichten, niks wat online kan worden getraceerd voor het geval dat de hackers het politieonderzoek volgen. En vooral mondje dicht tegen wie dan ook op het bureau.'

'Dat is belachelijk. We dienen allemaal dezelfde zaak. Ik ben je meerdere en alles wat ik wil weten is de naam van degene met wie ik het beste kan spreken. Dat zul je toch wel weten?'

'Ik kan mijn baan kwijtraken, sir. Dat heeft hoofdinspecteur Edgar gezegd. Hij zei dat ik alle andere loyaliteiten moest vergeten en goed moest begrijpen waar we mee bezig waren.'

'Er zijn vier doden gevallen. Dan komt het beschermen van het internationale bancaire systeem door de regering toch op de tweede plaats. Het onderzoek zit compleet vast.'

Aan de andere kant van de lijn bleef het stil. Callanach kende Tripp als iemand die altijd klaarstond om te helpen. Zo zat hij nu eenmaal in elkaar: overenthousiast en volledig toegewijd aan zijn werk. Het was onvoorstelbaar dat hij nu niet wilde helpen.

'Sir, mijn situatie is al moeilijk genoeg. Ik probeer hard te werken. Ik wil niet meer aandacht dan nodig is en ik wil graag met rust gelaten worden.'

Het duurde even voor Callanach doorhad waar Tripp op doelde, maar toen herinnerde hij zich die zware stem op de achtergrond aan het begin van het telefoongesprek. Als homo had je het niet makkelijk bij de Schotse politie, of bij welke andere politiemacht dan ook. Ondanks de toegenomen tolerantie vergeleken bij voorgaande generaties kregen homo's elke dag nog een hoop stompzinnig machismo te verduren. Tripp sloeg zich erdoorheen door de rol van de enigszins sullige goeierd aan te nemen die zich altijd als eerste meldde als er werk aan de winkel was. Nu begreep Callanach waarom. Beter dat dan dat mensen zich op andere aspecten van je persoonlijkheid richttèn.

'Je hebt gelijk, Max,' zei Callanach. 'Als je opdracht tot geheimhouding hebt gekregen, moet je je daaraan houden. Probeer nog wat te slapen. Ik zie je wel op het bureau.'

'Sir,' fluisterde Tripp, 'CyberBallista is het beste bedrijf op dit terrein in Schotland, misschien wel van het hele Verenigd Koninkrijk, maar u mag niet met ze praten. Hoofdinspecteur Edgar wil absoluut geen contact tussen politiemensen en professionals uit de sector.'

'Ik begrijp het,' zei Callanach, en hij haalde zijn mobieltje al weg bij zijn oor.

'Nee sir, ik denk niet dat u –' was Tripp nog aan het zeggen toen Callanach het gesprek afbrak. Die Edgar was een fucking controlfreak. De enige manier waarop Callanach met CyberBallista in contact kon komen was met Edgars toestemming, en Callanach verrekte het voor hem op zijn knieën te gaan.

Hij opende de site van CyberBallista en doorzocht de rubriek 'Over ons' tot hij op de naam Ben Paulson stuitte, hoofd van de afdeling Deep Web Navigation Systems. Paulson had een indrukwekkend cv. Callanach herkende de meeste namen van de bedrijven waarvoor hij eerder had gewerkt, al was hij nooit ergens lang gebleven. Veelzeggender waren de kwalificaties die in de pers naar voren kwamen. Twee jaar geleden schreef een magazine voor professionals in de techsector over Paulson: *Een programmeur met een intellect dat maar eens in een generatie voorkomt, die de rest van het team tot een bijrol veroordeelt.* Toen hij nog maar negentien was hadden collega's in de branche hem uitgeroepen tot 'Gamechanger van de techwereld'. In een ander artikel werd gedetailleerd uit de doeken gedaan hoe Paulson een inbraak in de database van een farmaceutische multinational had voorkomen en de politie rechtstreeks naar de Russische bende had geleid. Nog voordat hij het einde had bereikt van de alinea waarin beschreven werd hoe dat kon, was Callanach de draad al kwijt, maar Paulson leek hem precies de figuur die hij nodig had. Iemand die zijn weg kon vinden in delen van het internet die voor de overgrote meerderheid verborgen bleven. Als hij Paulson niet rechtstreeks kon benaderen, zou hij wel een manier vinden om hem privé om hulp te vragen. Edgar zou er niets van hoeven weten, en dat betekende dat hij het Ava ook niet zou vertellen. Het zou niet eerlijk zijn om van haar te verlangen dat ze zaken geheimhield voor haar bedgenoot.

17

De volgende dag om negen uur begaf Callanach zich op weg naar Leith Street. Hij kende het gebouw dat hij zocht omdat het vlak bij Ava's favoriete bioscoop stond. In het moderne, uit glas en staal opgetrokken pand waren diverse bedrijven gevestigd. Maar op de prestigieuze hoogste verdieping, aan de voorkant uitkijkend over Leith Street en aan de achterkant over Greenside Row, zat Cyber-Ballista. Binnengaan door de hoofdingang stond gelijk aan vragen om moeilijkheden, dus reed Callanach de ondergrondse parkeergarage in en belde via de intercom de beveiliging, die zo plichtsgetrouw was om naar beneden te komen om zijn identificatie te controleren zodat hij meteen naar boven kon, naar de receptie.

Maar in plaats van zich te melden bij de receptioniste, ging Callanach naar de toiletten en belde daar het nummer van Cyber-Ballista met het verzoek Paulson te spreken. Het bleef even stil terwijl de receptioniste hem probeerde door te verbinden met Paulson, en toen weer bij hem terugkwam.

'De heer Paulson is momenteel niet beschikbaar. Als u mij uw nummer geeft, kan ik hem vragen u terug te bellen.'

'Ik moet hem onmiddellijk spreken,' zei Callanach. 'Het gaat om zijn auto. Als ik hem niet te spreken krijg, zal ik de politie moeten bellen om het verder af te handelen.'

'Blijft u aan de lijn,' zei ze.

'Ik ben niet bij een ongeluk betrokken geweest, dus ik raad je met klem aan me niet te belazeren. Want dan heb je de verkeerde gekozen,' luidde de openingszin. Ben Paulson was een Amerikaan, iets waar Callanach niet op had gerekend. De man sprak met een lijzig West-Amerikaans accent en had een enigszins gruizige stem. Hij klonk totaal anders dan de stereotypen die Callanach in zijn hoofd had zitten. Hij had eerder een zorgvuldig sprekend, academisch type aan de telefoon verwacht. Dat was misschien niet terecht, maar zo stelde hij zich een computerexpert voor.

'Meneer Paulson?' vroeg Callanach.

'Daar spreekt u mee,' was het antwoord.

'Ik sta op de begane grond bij de receptie in uw gebouw en ik moet met u praten. Er is geen probleem met uw auto, maar ik ben van de politie. Dit is niet officieel, dus ik meld me liever niet bij de receptie om naar boven te komen, als u het niet vervelend vindt.'

'Als dit met het bedrijf te maken heeft, moet u de CEO hebben. Alle informatieverzoeken lopen via hem.'

'Het gaat om een privékwestie,' zei Callanach, die al voelde dat Paulson hem wilde afpoeieren en zich schrap zette. Niemand wilde met de politie praten als dat niet nodig was. 'Ik heb uw hulp nodig bij een lopende zaak.'

'Dat verklaart nog niet waarom u zo geheimzinnig moet doen. Waarom komt u niet gewoon met de lift naar de bovenste verdieping?' vroeg Paulson.

'Internetbeveiliging komt er de laatste tijd niet zo goed af in de pers. Uw CEO is daarover in het nieuws geweest.'

'Twee minuten,' zei Paulson, en hij hing op.

Callanach had meer tegenstand verwacht, of in elk geval een verzoek om met overtuigender argumenten te komen. Precies twee minuten later ging zijn mobieltje. De nummerherkenning was uitgeschakeld.

'Parkeergarage, twee verdiepingen omlaag. Zilverkleurige Audi, helemaal in de hoek, tegenover de liften,' zei Paulson. Callanach vond de auto en zag dat er iemand achter het stuur zat. Toen hij op de bestuurderskant af liep, ging het raampje een stukje naar beneden. 'Laat me uw identificatie zien,' zei Paulson. Callanach haalde zijn badge tevoorschijn en hield die tegen het raam. Paulson nam er een foto van en trok Callanach online na. 'Stap in,' zei hij, en hij deed het portier aan de passagierskant van het slot.

Callanach ging zitten en voelde zich slecht op zijn gemak vanwege het wantrouwen waarmee Paulson hem bejegende. Als de man het idee had dat hij onder druk werd gezet, zou hij weleens een klacht bij de commissaris kunnen indienen.

'Ik neem dit gesprek op, inspecteur Callanach, en we stellen meteen vast dat u me geen aanhoudingsbevel onder de neus houdt, dat ik niet onder arrest sta en dat u me niet op mijn rechten hebt gewezen,' zei Paulson. De foto op de website was niet geflatteerd. Hij was blond, gebruind ondanks het Schotse weer en had een goede lichamelijke conditie. Al met al leek hij eerder thuis te horen op een strand met een surfplank, dan zich achter een bureau druk te maken om de beveiliging van bedrijfsgegevens.

'Dat klopt,' zei Callanach. 'Al het voorgaande is juist. Maar ik ben hier officieus en ik hoop dat u dit ook stilhoudt.'

'U bent hier dus niet vanwege vermeende hackactiviteiten? Dat wil ik even duidelijk hebben.'

Callanach vloekte inwendig. Het gesprek werd opgenomen, en hij ging zijn boekje ver te buiten. Alles wat het team van hoofdinspecteur Edgar deed, werd geacht strikt geheim te zijn. Het leek hem het beste om er helemaal niets over te zeggen.

'Ik ben hier vanwege de recente moorden in de stad. Daar hebt u vast wel over gehoord.'

'Zelfs mijn verre familie in San Diego heeft ervan gehoord. Nooit gedacht dat Amerika nog eens veiliger zou blijken te zijn dan Schotland.' Paulson maakte een grapje, maar zijn gezicht stond hard en er viel niets op af te lezen. 'Dus u bevestigt dat u niets zult vragen wat mij op enigerlei wijze in verband brengt met de recente beveiligingslekken op internet? Het lijkt me anders wel vreemd dat u hulp nodig heeft bij een moordzaak maar dat u CyberBallista niet rechtstreeks benadert.'

Callanach zat klem. Deze gast was slim en liet zich niks wijsmaken.

'Er loopt natuurlijk een onderzoek naar die hackeraanval, maar daar sta ik buiten. In onze moordzaken beschik ik over een paar aanwijzingen waar ik de hulp van een expert bij nodig heb, maar ik krijg op dit moment geen toestemming om CyberBallista in te schakelen. Meer kan ik op dit moment niet zeggen.'

'Hoe bent u bij mij uitgekomen?' vroeg Paulson.

'U bent hoofd van de afdeling Deep Web bij CyberBallista, en volgens mensen die het kunnen weten bent u de beste op dat terrein. Ik wil de route van een e-mail traceren en de afzender identificeren. De boel is zo goed versleuteld dat onze interne afdeling de code niet kan kraken. Ik denk dat ik bij u de meeste kans van slagen heb. Als ik ergens anders moet aankloppen kost dat meer tijd, brengt het kosten met zich mee waar we eigenlijk geen budget voor hebben en bureaucratische rompslomp om harde schijven met vertrouwelijk materiaal op te sturen.'

Paulson zei niets.

'Ik weet dat het veel gevraagd is. Ik kan u wel iets betalen, maar niet zoveel als uw bedrijf in rekening zou brengen, want ik betaal het uit eigen zak. Ik wil graag dat u naar twee afzonderlijke incidenten kijkt. U zult er niet veel tijd mee kwijt zijn.'

'U hebt geen idee hoeveel tijd het zou kunnen kosten,' zei Paulson, die de recorder van zijn telefoon uitzette en achteroverleunde in zijn stoel. Hij keek op zijn horloge. 'Geef me een samenvatting.'

Callanach haalde diep adem. Hij stond op het punt gevoelige informatie prijs te geven aan iemand met wie hij niet op voet van vertrouwen stond. Paulson was ongetwijfeld gescreend door CyberBallista omdat hij toegang had tot hoogst vertrouwelijke informatie, maar dat was geen garantie dat hij niet corrupt was. Maar feitelijk ging het om de vraag welke andere opties Callanach had. Er was geen geld om CyberBallista in te huren, iemand had informatie gelekt, wat betekende dat hij niet zeker wist wie hij nog kon vertrouwen, en alle andere onderzoeksrichtingen leken vast te zitten. Het was een afweging tussen stroperige procedures en een praktische oplossing. Hij koos voor het laatste.

'Dit is vertrouwelijke informatie,' zei Callanach. 'Ik wil dat u belooft dat ik die aan u kan toevertrouwen.'

'Ik zit hier nog steeds te luisteren,' zei Paulson. 'Maar stel m'n geduld niet op de proef.'

Callanach zuchtte. 'De moordenaar van Emily Balcaskie heeft foto's van haar lijk aan de pers gestuurd. Hij wilde dat de media die in handen kregen zodat we de boel niet meer stil konden houden. Wij konden het digitale spoor niet terugvolgen. Verder is er een sectierapport gelekt, maar ik kan niet geloven dat een medewerker van het mortuarium of de politie dat heeft gedaan, en ons interne onderzoek heeft niks opgeleverd. Ik denk dat iemand van buiten in ons computersysteem heeft ingebroken en het rapport illegaal in handen heeft gekregen.'

'Waarom zou ik u helpen?' vroeg Paulson, maar hij klonk niet afwerend. Hij was nu enigszins ontspannen en hij vroeg het op een vragende toon.

'Omdat u dat kunt,' zei Callanach. 'En omdat ik niet begrijp waarom iemand niet zou helpen als dat in zijn vermogen ligt. Wilt u het doen?'

'Hier kan ik het niet doen. Alles wat we doen wordt vastgelegd. En mijn huis is privé. Geef me toegang tot een van de e-mailaccounts waar de foto's naartoe zijn gestuurd. Dan beginnen we daarmee. Verwacht geen wonderen. Qua kennis en techniek lig ik een eind voor op de Schotse politie, maar er bestaan altijd waterdichte methoden om iedere tracering onmogelijk te maken.'

'Geef me uw mobiele nummer,' zei Callanach. 'Dan stuur ik u later een adres. Ik moet het eerst even navragen, maar ik ken iemand die ons misschien kan helpen.'

Paulson haalde een tweede mobieltje uit zijn zak en sloeg Callanachs nummer in het geheugen op. Een seconde later trilde Callanachs telefoon.

'Zo,' zei Paulson. 'Dat nummer kunt u gebruiken om me berichten te sturen. Ik gebruik dat nummer niet voor gesprekken of e-mails, dus dat heeft geen zin. En het toestel is niet traceerbaar; de driehoekspeiling is uitgeschakeld.'

Paulson was weer op zijn hoede. Hij had Callanach niet zijn gewone mobiele nummer gegeven, en dat kon Callanach hem niet kwalijk nemen. Het was voor Paulson nou niet bepaald een normale ochtend, nu hij opeens betrokken was geraakt bij de opsporing van een wereldwijd beruchte moordenaar. Daar zou iedereen achterdochtig van worden.

Een uur later kwam Callanach terug op het bureau en viel midden in een gesprek zoals alleen brigadier Lively dat kon voeren.

'O, dus hij is weer in het gebouw? 't Is een wonder dat hij überhaupt nog is komen opdagen...' hoorde hij Lively op smalende toon zeggen in de briefingruimte.

'Vlak achter u, brigadier,' zei Callanach, die maar al te goed wist dat het weinig zin had om de oudgediende, die een aanzienlijke fanclub had onder de oudere generatie politiemensen, tot de orde te roepen. 'En als u een mening hebt, kunt u die in uw vrije tijd spuien.'

'We zaten te wachten,' zei Lively, die er totaal niet mee leek te zitten dat Callanach het had gehoord.

'Mooi zo. Daar zal dan wel een reden voor zijn. Gaat u me die nog vertellen?'

'Camerabeelden van de route die de dader van de bibliotheek naar Regent Gardens heeft gevolgd, waar hij de spullen van Michael Swan heeft achtergelaten. Kijk.' Lively klikte op play en op het scherm was een vaag beeld te zien van iemand die de weg overstak en toen wegliep in de verte. De gestalte hield een groot pakket tegen de borst en droeg een grote hoed met een slappe rand die bijna het hele gezicht bedekte, op de neus en mond na. Het haar was onder de hoed weggestopt.

‘Hoe weten we dat dat de verdachte is?’ vroeg Callanach.

‘Krieken van de dag, het wordt net licht, loopt alleen. En dan is er nog dit,’ zei Lively. ‘Het beeld is niet best, maar toch kun je het goed zien.’ Hij klikte weer op play, en dit shot kwam van een andere camera, verderop in de straat, vanuit een andere hoek. Het gezicht van de wandelaar was vrijwel niet te zien, maar de gestalte liet iets vallen en bukte zich snel om het op te rapen. ‘We kunnen de resolutie van de beelden niet verhogen,’ zei Lively, ‘maar de technische jongens hebben het beeld wel kunnen vergroten. En hier kwamen ze mee op de proppen.’ Lively haalde een uitvergrote still van het gevallen voorwerp op het scherm. Het leek een boek. Op de omslag kon Callanach nog net een grote, groene kronkel onderscheiden met aan het eind een rode ovaal, en de letters ‘oitgenoeg’.

‘Zeg het maar,’ zei Callanach.

‘Het boek heet *Rupsje nooitgenoeg*, sir,’ zei Lively. ‘Misschien geen verplichte kost voor de genieën van Interpol, maar hier in Schotland heeft ieder kind het gelezen. Dat is een van de boeken die samen met de andere persoonlijke bezittingen van Swan in het park zijn gevonden.’

‘En het beste beeld van de dader?’ vroeg Callanach, die langs Lively heen reikte om het bewegende beeld van de camera’s nog eens te bekijken.

Lively duwde Callanachs hand weg en gromde: ‘Blijf van mijn computer af.’ Hij eiste het toetsenbord weer op. ‘We hebben geen scherp beeld van het gezicht. Geen haar zichtbaar, geen ogen, niks. Maar we hebben wel een behoorlijk goed beeld van het profiel.’ Een schermafdruk van een enkel filmbeeld liet een schimmig gezicht en profil zien. Het was duidelijk dat degene die de boeken droeg een boezem had. 'Het is een vrouw,' zei Lively nogal overbodig. 'De benen zijn ook slank. Het jasje bedekt de taille, dus daar kunnen we weinig aan zien, maar er is geen twijfel mogelijk.'

'En ze raapte dat boek met haar linkerhand op,' zei Callanach. 'Dit is onze moordzuchtige maniak. Kunnen we kijken of er tussen de andere filmbeelden nog iets bruikbaarders zit?'

'We moeten haar lengte kunnen schatten aan de hand van de gebouwen op de film,' zei Lively.

'Daar krijgt u een uur voor, brigadier, en vergelijk de opnamen dan met de beelden van Sim Thorburn. Ik wil de beste filmbeelden die u kunt vinden, en een analyse om vast te stellen of er overeenkomsten zijn. Ik ben op mijn kamer.'

Callanach haalde onderweg koffie uit de automaat en trok een vies gezicht toen hij een slok cafeïne met een vleugje gesmolten plastic nam. Hij ging achter zijn bureau zitten en belde het nummer van Lance Proudfoot, maar kreeg diens voicemail.

'Lance, met Luc Callanach. Ik heb je hulp vanavond nodig. Ik moet toegang hebben tot jouw werkmails en ik heb een ruimte nodig. Kan ik iemand meenemen naar jouw kantoor? Ik weet dat ik bij je in het krijt sta, maar ik heb ook een idee hoe ik dat ga oplossen. Bel me.'

Hij had het gesprek net beëindigd toen commissaris Overbeck binnen kwam lopen.

'Callanach, praat me bij,' zei ze terwijl ze ging zitten en haar lange, in een panty gestoken benen uitstrekte. Ideaal om me te laten struikelen, dacht hij.

'Michael Swans moordenaar is een vrouw. We vergelijken haar postuur met de beelden van Sim Thorburn. Het lichaamstype komt overeen, en de forensisch patholoog kwam al met de theorie dat voor beide moorden scalpels uit dezelfde productiepartij zijn gebruikt,' zei Callanach.

'Mooi, want ik wil de teams beter organiseren. Jij neemt de onderzoeken van Swan en Thorburn, en Turner leidt de zaken Lott en

Balcaskie. Hou het overwerk binnen de perken, Callanach. Ik wil niet lastiggevallen worden door bureaucraten omdat het budget is overschreden.'

'Dit is een ongebruikelijke zaak, mevrouw. We hebben zoveel mensen en uren nodig als –'

'Je bent ervoor opgeleid om dit soort zaken bekwaam op te lossen, dus doe nou niet alsof het allemaal zo vreselijk moeilijk is nu er echt iemand is vermoord. Bovendien is de zaak net veel eenvoudiger geworden omdat je nu tweemaal zoveel bewijs hebt dat naar één dader wijst. Hoor je de klok tikken, inspecteur? Want ik vind het geluid verdomd hard. En als de wekker afgaat voordat je je bed uit bent en klaarstaat met sensationeel nieuws, kun je je fucking biezen pakken. Je krijgt er geen mensen bij en beperk de overuren tot het minimum. En doe het werk waarvoor je betaald wordt.'

Ze liep zijn kamer uit. Callanach probeerde te bedenken welke kwaliteiten je nodig had om tot zo'n hoge rang op te klimmen. Nog voordat hij zijn kop koffie van zijn bureau naar zijn lippen had gebracht, realiseerde hij zich dat dat hem nooit zou lukken. Zijn telefoon trilde. Een tekstbericht van Lance Proudfoot.

> Kom vanavond om acht uur naar mijn appartement. St Thomas Road 7a. Neem wat bier mee. Ik verwacht een substantiële wederdienst. LP.

Callanach stuurde onmiddellijk een bevestiging en ging toen op zoek naar Ava, die in haar kamer op haar mobieltje in gesprek was. Hij wachtte tot ze klaar was.

'Hoe is het trouwens met Natasha?' vroeg Callanach. Dat was de enige vriendin van Ava die hij had leren kennen sinds hij in Edinburgh was komen wonen.

'Ze heeft het erg naar haar zin in New Orleans, misschien wel zo erg dat ze geen haast heeft om terug te komen,' zei Ava. 'Ze is vandaag jarig, wist je dat?'

Callanach schudde zijn hoofd.

'Normaal gesproken blijf ik bij haar logeren op haar verjaardag. Dat is een traditie van toen we nog kinderen waren. Dan bleven we de hele nacht op, en keken naar slechte horrorfilms met junkfood erbij. Dit is de eerste keer in tien jaar dat we niet bij elkaar zijn.'

'Zij zal jou ook wel missen,' zei Callanach.

'Ik ben blij dat ze niet hier is. Dan hoef ik me om haar in elk geval geen zorgen te maken.'

Voor Callanach lag dat anders. Sinds Ava hem aan Natasha had voorgesteld, had hij gezien hoeveel steun de twee vriendinnen aan elkaar hadden. Ze vulden de leemten op waarin hun familie en collega's niet konden voorzien. Ze gingen met elkaar om zoals alleen jeugdvriendinnen dat kunnen. Een vriendelijk woord, een omhelzing, eerlijk advies, een grap, en zelfs een terechtwijzing als dat nodig was. Hij had met Natasha te maken gekregen toen ze bij een vorige zaak betrokken was geraakt, en was toen onder de indruk geraakt van haar standvastigheid en stoïcijnse houding. Hij keek reikhalzend uit naar haar terugkomst, zodat zíj het gesprek met Ava kon hebben waar hij zo tegen aanhikte.

'Luister, je mag natuurlijk zeggen dat het mij helemaal niet aangaat, maar jij en hoofdinspecteur Edgar. Hij lijkt zo'n merkwaardige keus. Toen ik hier kwam was jij de enige die zich niet door rang of klasse liet leiden. Hij vertegenwoordigt alles waarvan ik dacht dat je er de pest aan had.'

'Uitgerekend jij zou moeten weten dat het leven niet zo simpel is als we maar al te graag geloven. Ik dacht dat je niet zo gauw met je oordeel zou klaarstaan,' zei Ava.

'Ik oordeel ook niet. Ik begrijp alleen niet wat je denkt dat hij je te bieden heeft, afgezien van het voor de hand liggende,' antwoordde Callanach.

'Het voor de hand liggende? Denk je dat ik wat met hem begonnen ben in de hoop dat dit me hogerop zal helpen? Jézus Luc, zo'n belediging had ik niet van je verwacht. Denk je echt zo over me?'

'Niet doen, Ava. Ik probeer het alleen maar te snappen, dat is alles,' zei Callanach.

'Oké, hij komt uit een rijke familie, hij heeft een goeie baan en hij kan bijna even goed van een Frans menu bestellen als jij. Hij is vroeger misschien geen model geweest en misschien doet hij niet aan skydiven, maar ik ben niet van plan hem daarom af te schrijven,' kaatste ze terug.

'Ik begrijp niet waarom je dit zo in het persoonlijke trekt,' zei Callanach. Voordat hij zeven jaar geleden bij Interpol kwam werken ging hij elk weekend met vrienden op stap en gaven ze bakken geld uit aan iedere vrijetijdsbesteding waar ze maar zin in hadden en die hun adrenalinebehoefte stilde. Het was een periode in zijn leven die hij als verspild beschouwde, omdat hij toen omringd werd door mensen die alleen met zichzelf bezig waren. Sindsdien had hij alleen nog aan sport gedaan om fit te blijven en even aan het leven van alledag te kunnen ontsnappen. Maar zijn laatste skydivetrip, nog maar een paar maanden geleden, had hem een sprongverbod opgeleverd omdat hij zijn parachute niet met de hand had geopend, maar erop had vertrouwd dat het automatische systeem hem zou redden. Hij maakte destijds een zware periode door, en Ava zou eigenlijk beter moeten weten dan hem daaraan te herinneren.

'Weet je wat? Vergeet het. Ik heb het bij het verkeerde eind.'

'Overal waar ik ga, moet ik aan verschillende verwachtingen van mensen beantwoorden. Ik probeer verdomme alleen maar wat rust te vinden. Is dat te veel gevraagd?'

'Helemaal niet.' Callanach stond op. 'Onze onderzoeken zijn uit elkaar getrokken. Ik heb Thorburn en Swan. Jij hebt Lott en Balcaskie. Ik wil Tripp en Salter graag in mijn team. Jij kunt jouw mensen kiezen. Het hoeft elkaar niet te overlappen. Ik bied mijn excuses aan als ik je heb beledigd.'

'Dan mag je je excuses ook aanbieden aan Joe Edgar. Je bent veel te ver gegaan,' beet Ava hem toe.

'Als jij samen met je vriendje hoger op de ladder wilt komen, Ava, dan moet je dat vooral doen. Maar je moet niet denken dat ik daaraan meedoe. Er zijn betere posities denkbaar om de top te bereiken dan op je rug.'

Ava schoot overeind. De klap kwam hard aan, en ze vertrok geen spier van haar gezicht toen ze die uitdeelde. Callanach gunde haar niet het genoegen dat hij met zijn hand over zijn gloeiende wang wreef.

'En nu onmiddellijk opdonderen uit mijn kamer,' fluisterde Ava.

'Met genoegen,' zei hij, en hij trok de deur open.

Lively stond op de gang, en deed geen enkele moeite om te verhullen dat hij daar al een tijdje stond.

'Wat is er, brigadier?' blafte Callanach hem toe.

'Zelfde vrouw in beide gevallen. Zelfde postuur en lengte. Geen duidelijke gezichtskenmerken, ze weet dingen waarvan ze niet wil dat ze gezien worden goed te verbergen. Gaat het goed met u, sir, afgezien van uw rode wang?' Lively grijnsde zelfgenoegzaam.

'Stel maar een verklaring op. Verzamel zoveel bijzonderheden als je kunt, maar zonder de boektitels te noemen, zodat we zo min mogelijk tijd verspillen aan loze tips. Bel de afdeling persvoorlichting en zeg dat ik aan het eind van de dag een persconferentie geef.'

'Zal ik eerst niet een ijskompres voor u halen, sir? Alleen ziet dat er op de tv wat raar uit. Het lijkt eerlijk gezegd net of iemand u een fikse dreun heeft gegeven. Gaat u een aanklacht indienen, sir?'

Callanach boog zich naar Lively en fluisterde hem in het oor: 'Als je niet als de sodemieter aan het werk gaat, geef ik jou een reden om een aanklacht tegen *mij* in te dienen, Lively. En dat zul je dan vanuit je ziekenhuisbed moeten doen.'

Lively begon te glimlachen, deed een stap naar achteren om Callanachs gezicht beter te kunnen zien, en koos er toen wijselijk voor geen verder commentaar te leveren.

Twee uur en twee ijskompressen later zat Callanach voor een luidruchtige meute journalisten met camera's en microfoons. Dit keer zat er nog een tweede groep mediavertegenwoordigers in de zaal. Overal waren vertalers druk bezig te vertalen, wat erop wees dat het nieuws over het snel toegenomen sterftecijfer in Edinburgh de wereld rond was gegaan. Callanach kwam meteen met de feiten.

'We hebben geen compositiefoto van het gezicht, maar we willen graag spreken met een vrouw van achter in de twintig of begin dertig, rond de een meter zeventig, slank postuur. Op de beelden die we hebben, draagt ze een hoed. We hebben twee beelden en profil die we willen laten rondgaan.' Onder het spreken verschenen de beelden op een projectiescherm. 'Straks krijgt u allemaal een exemplaar mee. Vergeet alstublieft niet het nummer van de tiplijn te vermelden. Dit is een grote doorbraak in het onderzoek.'

'Inspecteur, was deze vrouw een bekende van de slachtoffers of hun familie?' riep een journalist die de regel dat je wachtte tot je vragen mocht stellen aan zijn laars lapte.

'Voor zover wij weten niet,' antwoordde Callanach.

'Dus ze heeft ze willekeurig uitgekozen?' vroeg een ander. 'En welk advies kunt u de inwoners van Edinburgh voor hun veiligheid geven?'

Callanach zuchtte. Hij had liever niet gehad dat de vragen deze kant op gingen, maar hij moest ze beantwoorden. Het graffitispoor moest eerst nog verder worden nagetrokken, en hij wilde daar nu niets over zeggen.

'Ons advies is om niet alleen door de stad te lopen. Mijd The Meadows en ga 's avonds laat niet over straat. Zorg niet alleen in het openbaar voor uw persoonlijke veiligheid, maar ook thuis. Controleer of ramen en deuren op slot zijn. Als u een alarm heeft, gebruik dat dan.'

'Dat is het?' riep iemand. 'Dus u raadt de mensen aan om hun ramen dicht te houden? Er zijn vier mensen dood, inspecteur. Een thuis, een op zijn werk, een 's nachts en een ander op klaarlichte dag in een menigte. Is er op dit moment een plek in Edinburgh waar de mensen zich wel veilig kunnen voelen?'

De persvoorlichter stond op voordat Callanach in dat pr-moeras ten onder dreigde te gaan. 'Loop op weg naar buiten even bij me langs voor een persmap met de persverklaring, het nummer van de tiplijn en stills van de camerabeelden. Alle andere vragen kunt u op de gebruikelijke manier via e-mail stellen.'

Callanach maakte van dat moment gebruik om de conferentiezaal via de achterdeur te verlaten. Zijn mobieltje ging al over voordat hij weer terug was op zijn kamer.

'Ongelooflijke miskleun. Geen persconferenties meer zonder dat ik erbij ben. Laatste waarschuwing.' Wat een verrukking om voor commissaris Overbeck te mogen werken. Callanach griste een map van zijn bureau en liep naar zijn auto. Het was tijd voor een echte doorbraak.

Op weg naar het appartement van Lance Proudfoot kocht hij een paar Chinese afhaalmaaltijden en wat biertjes. Het was verstandig om mensen van wie je een gunst nodig had, te voeden en te laven.

Tot zijn verrassing was Ben Paulson al achter Lance' laptop aan het werk toen hij binnenkwam. Lance liep naar de keuken om borden en bestek te pakken. Callanach ging zitten en keek om zich heen.

'Ik ging ervan uit dat je buiten op me zou wachten,' zei Callanach tegen Ben, die als een bezetene op de laptop zat te typen die hij verbonden had met die van de journalist.

'Ik hang liever niet rond op straathoeken, als je het niet erg vindt,' zei Ben, terwijl Callanach een flesje bier openmaakte. 'En ik dacht dat je liever niet met mij samen gezien werd. Of is er hier iets anders aan de hand?'

Callanach bood Ben een biertje aan dat hij accepteerde, maar naast zich neerzette zonder ervan te drinken.

'Ik begrijp het niet,' zei Callanach. 'Wat zou er aan de hand moeten zijn, denk je?'

'Ik moet je e-mailwachtwoord hebben!' riep Ben naar Lance, die in de keuken aan het rommelen was.

'Mooncat129,' zei Lance op weg naar de woonkamer. 'Ik ga ervan uit dat ik deze man kan vertrouwen, inspecteur, want ik heb hem net de sleutel van mijn online kuisheidsgordel gegeven.'

'Ik ben binnen,' zei Ben. 'Het duurt even om die bestanden naar mijn computer over te brengen. Dus zeg het maar, Callanach. Waarom ik? Zonder gekheid. Daar was vast wel wat meer voor nodig dan een snelle blik op de site van CyberBallista.'

Callanach schepte een bord mie op, kiepte er wat ondefinieerbare vleessliertjes op en zei: 'Zo is het precies gegaan. CyberBallista is in Schotland de nummer 1 op dit gebied. Maar vertel eens, hoe is een jongen uit Californië hier eigenlijk terechtgekomen? Ik had gedacht dat Silicon Valley betere carrièreperspectieven bood, en dan hebben we het nog niet eens over het mooie weer en de auto's.'

'Moet ik dit gesprek soms ook opnemen, inspecteur, of zullen we gewoon doorgaan met ons werk? Trouwens, deze laptop is schoon. Alleen dit project staat erop. Niemand kan bij de rest van mijn bestanden,' zei Ben, en hij legde zijn ene hand op het scherm van zijn laptop, alsof hij die dicht wilde klappen.

Lance kwam tussenbeide. 'Inspecteur Callanach, mag ik je Luc noemen? Het lijkt erop dat je net als alle politiemensen de neiging hebt te veel vragen te stellen. Deze jonge vent wil ons helpen, dus waarom houden we het niet bij een veilig onderwerp? Ik heb nog steeds geen idee wat er aan de hand is. Kan iemand dat misschien uitleggen? En die wederdienst die ik van je tegoed heb, ben ik nog niet vergeten.'

'Ik probeer het traject te traceren dat die e-mail heeft afgelegd voordat die in je mailbox terechtkwam,' zei Ben.

'Maar dat heeft de politie toch ook al geprobeerd?' zei Lance. 'Ik vind het best leuk dat ik hier getuige van mag zijn, maar hebben jouw mensen mijn harde schijf niet precies om die reden in beslag genomen?'

'Onder ons gezegd en gezwegen, dat hebben ze geprobeerd en dat is niet gelukt. Ik dacht dat het de moeite waard was om iemand anders ernaar te laten kijken. Had ik gelijk?' vroeg Callanach aan Ben.

'Jullie ICT-team zou geen schijn van kans hebben gehad,' antwoordde Ben lachend. 'Hebben ze het uitbesteed?'

'Een bedrijf in Londen heeft ook een poging gedaan. Die lui kwamen wel iets verder, maar ze zeiden dat het onmogelijk was harde informatie te vinden vanwege het aantal keren dat die e-mail de wereld rond is gestuiterd. Ik heb om extra geld gevraagd, maar ik kreeg te verstaan dat dat tijdverspilling was.'

'In de informatica is niets onmogelijk,' zei Ben. 'Dat zou hetzelfde zijn als zeggen dat getallen eindig zijn. Er is er altijd nóg een. Maar dit is wel goed versleuteld, dat staat vast.'

'Dit vind ik fascinerend,' zei Lance, die zijn bord liet staan en naast Ben ging zitten. Hij boog zich voorover alsof het antwoord elk moment kon verschijnen. 'Leg eens uit wat je aan het doen bent?'

'Je mag mijn naam niet in je artikelen gebruiken,' zei Ben. 'En niet zeggen waar ik werk, niks. Begrepen?'

'Voor de duidelijkheid,' zei Lance, 'geen van jullie tweeën zit hier in mijn appartement een biertje met me te drinken, met me te praten en mijn computer te onderzoeken. En hoewel ik journalist ben, dachten jullie op een of andere manier toch dat ik te vertrouwen ben.'

'Als je daar een probleem mee hebt, ben ik weg,' zei Ben.

'Ik zit je maar te stangen, jongen,' mompelde Lance. 'Je bent hier nooit geweest. Leg me eens uit hoe het werkt.'

Ben drukte op een paar toetsen en plotseling scrolde er allerlei informatie over het scherm. Hij ging achterover zitten en vouwde zijn handen achter zijn hoofd terwijl het programma zijn toverkunsten vertoonde.

'Elk mailtje krijgt een markering, vergelijkbaar met het DNA dat je achterlaat als je een envelop dichtlikt. Het probleem is dat je tegenwoordig valse e-mailaccounts kunt aanmaken, een identiteit kunt stelen en wegwerptelefoons kunt gebruiken zodat je je sporen kunt uitwissen en vrijwel niet te achterhalen bent. Maar de e-mail zelf is uiteindelijk via een IP-adres, een uniek nummer, gekoppeld aan een specifieke computer, ongeacht hoeveel verschillende stations die e-mail heeft aangedaan voor hij op zijn bestemming aankwam. Zo weten we dat bepaalde zwendelmails uit bijvoorbeeld Rusland, Nigeria of Ierland komen, om maar wat te noemen.' De laptop liet een *ping* horen. Ben trok de verbindingskabel uit Lance' laptop.

'Welke software gebruik je?' vroeg Callanach.

'Niet iets wat je online kunt kopen of keurig verpakt in een winkel zult vinden,' antwoordde Ben. 'Deze vent is goed. Die e-mail is een hele poos de wereld rondgegaan voordat hij in uw mailbox terechtkwam, meneer Proudfoot. En hij is niet door een amateur verstuurd. De gegevens over de oorspronkelijke afzender zijn vernietigd op het moment dat het bestand werd geopend. Slimme truc.'

'*Fils de pute*,' vloekte Callanach. 'Klootzak. Dus het spoor loopt dood?'

'Dat hoeft niet,' zei Ben, al typend. 'Het kan zijn dat er geografische markeringen zijn. Ik kan je geen personalia geven, maar het mailtje is absoluut vanuit Schotland verstuurd.'

'Nou, dat is niet echt verrassend, want het gaat om foto's van een jonge vrouw die in Edinburgh is vermoord,' zei Callanach en hij legde zijn hoofd in zijn handen.

'Je had het nog over iets anders. Een ander aanknopingspunt dat we konden volgen,' bracht Ben hem in herinnering.

'Er is een autopsierapport gelekt,' zei Callanach. 'Maar dat kan iedereen zijn geweest, een ontevreden werknemer of een hacker.'

'Geef me even wat tijd,' zei Ben, die razendsnel begon te typen.

'Ik kan je geen toegang geven tot het intranet van de forensisch patholoog,' zei Callanach. 'Daarvoor zou ik toestemming van de hoogste baas nodig hebben.'

'Denk je nou echt dat ik toestemming nodig heb om door die

knullige firewall heen te komen?' vroeg Ben. 'Ik zit al in hun database.'

'Zijn die bestanden dan niet versleuteld?' vroeg Lance.

'Jawel, maar ze gebruiken een standaard versleutelingsprogramma. Dat is het probleem. Als er eenmaal een programma is geschreven om de versleuteling te kraken, hoef je er alleen maar het juiste programma op los te laten. Het kost maar een paar minuten om dit soort bestanden te openen. Overheidsinstanties gaan heel slordig om met de beveiliging van hun digitale informatie. Je moest eens weten hoeveel meer geld grote bedrijven aan hun beveiliging uitgeven. Kijk eens aan. Ik kan een lijst van alle sectierapporten van het afgelopen jaar inzien. Hoe heet het?'

Callanach aarzelde.

'Het is nu een beetje te laat om nog scrupules te hebben, inspecteur. Een kind van twaalf met een redelijk stel hersens had hier ook kunnen inbreken. Wiens rapport was het?'

'Helen Lott,' antwoordde Lance. 'Over haar zijn details bekend die ik bij geen enkel ander slachtoffer heb gevonden, dat klopt toch, Luc?'

Callanach knikte.

'Hier heeft iemand het bestand opgevraagd zonder dat de gebruikersnaam is geregistreerd. Geen wijzigingen aangebracht. Het ziet eruit als een computerstoring, maar zo moet het gebeurd zijn.' Ben begon weer te typen en Callanach ging naast de andere twee mannen zitten om op het scherm te kijken.

'Kijk. Het is niet zomaar een aanwijzing maar keihard bewijs. Hier is dezelfde methode gebruikt om de identiteit te verhullen. Volg het spoor terug en je bereikt een punt waarop alle markeringen in het bestand worden gewist, zodat je geen user-ID kunt achterhalen.'

'In gewoon Engels?' vroeg Lance.

'Het is geen toeval. Dat is bij programmeren op een zeker niveau vrijwel nooit het geval. Als je het oorspronkelijke IP-adres van de afzender van de foto's en van dat gelekte autopsierapport probeert te achterhalen, loop je op dezelfde manier vast. Op een zeker moment merkt de software dat hij wordt onderzocht en vernietigt hij zichzelf. Het is knap ontworpen. We hebben die trigger tot zelfvernietiging zelf geactiveerd door het spoor terug te volgen.'

'Hoeveel mensen kunnen zoiets in elkaar sleutelen?' vroeg Lance.

'Over de hele wereld? Heel veel,' zei Ben. 'Maar in Schotland? Je bent op zoek naar een moordenaar met het talent óf de connecties om dit voor elkaar te krijgen, en de drang en motivatie om te moorden. Dat kunnen er nooit veel zijn.'

'Ik moet met inspecteur Turner gaan praten,' zei Callanach. 'Deze twee zaken zijn vanmorgen aan haar toegewezen. Zou je haar willen uitleggen wat je mij net hebt verteld?' vroeg Callanach.

'Inspecteur Ava Turner?' vroeg Ben.

'Ken je haar?' vroeg Callanach op zijn beurt.

Ben klapte zijn laptop dicht, nam zijn eerste en laatste slok bier, en ritste zijn jas dicht.

'Weet je, ik ben hiernaartoe gekomen omdat ik echt wilde helpen. Ik heb je ondanks alle vragen het voordeel van de twijfel gegeven, en ik heb je nagetrokken. Interpol, een valse aanklacht wegens verkrachting, iemand die begrijpt dat het systeem zich tegen de kleine man keert. Ik dacht dat je misschien werkelijk oprecht was. Maar ondertussen gebruik je de moorden op onschuldige mensen om een paar gezichtloze hoge pieten te helpen. Nou, geluk ermee, Callanach. Zeg maar tegen hoofdinspecteur Edgar dat het is mislukt. Ik ga echt niet gezellig babbelen met zijn vriendin en ik laat me er niet bij betrekken. Je zult wat anders moeten verzinnen. En ik heb hier iemand van de pers als getuige voor het geval je gaat verdraaien wat ik vandaag heb gezegd, dus ik wens je veel geluk als je dat in de rechtszaal wilt proberen.'

Hij stormde naar buiten en smeet de deur met een knal achter zich dicht, Lance en Callanach met open mond achterlatend. Lance pakte een nieuw flesje bier en maakte het open.

'Ik moet zeggen dat je een bijzonder talent hebt om mensen over de rooie te krijgen, Luc,' zei Lance.

18

Callanach reed meteen door naar Tripps huis omdat hij hem een delicate vraag moest stellen. En wat veel belangrijker was: hij moest zien te voorkomen dat Tripp daar ook antwoord op gaf.

Het was na tienen toen hij aankwam. De deur werd opengedaan door een man van begin twintig, die misschien een paar jaar jonger was dan Tripp.

'Goeienavond, ik ben Luc Callanach...'

'Ik weet wie u bent,' zei de man. 'Kom binnen. Max! Je baas is hier.'

In een andere kamer liet Tripp iets uit zijn handen vallen en kwam tevoorschijn met een verlegen blik in zijn ogen.

'Sir, is er iets mis? Ik wist niet dat u me wilde spreken. Ik weet zeker dat ik mijn mobieltje aan had staan.'

'Ik heb niet gebeld. Excuses. Aan jullie allebei,' zei Callanach.

'O, dit is Duncan. Normaal gesproken deel ik het appartement met mijn broer, maar die is op zakenreis en daarom zit Duncan hier tijdelijk.'

'Je hoeft niks uit te leggen. Ik heb niet het recht om hier zomaar binnen te vallen.' Callanach keek naar Duncan, die naar hen stond te kijken en een beschermende houding aannam. 'En sorry dat ik het moet vragen, maar kan ik je even onder vier ogen spreken?'

'Natuurlijk. Duncan, sorry, maar kan dat even?' vroeg Tripp.

'Ik ging net even theezetten,' zei Duncan. 'Wilt u iets drinken?' vroeg hij aan Callanach.

'Nee, bedankt.' Callanach zweeg terwijl Duncan wegliep, en keek Tripp toen recht in de ogen. 'Je hebt me gewaarschuwd om met niemand van CyberBallista te spreken, maar ik was te druk bezig met die moorden om me af te vragen waarom je me daarvoor waarschuwde.'

'Dat moet u ook niet doen, sir. Het is een heel hecht wereldje waarin iedereen elkaar kent, en als de politie opduikt, raakt dat direct bekend...'

'Ben Paulson,' zei Callanach. Tripps ogen werden even groter. Callanach wist dat dat nou net de naam was die zijn rechercheur niet had willen horen. Tripp begon te stotteren. Callanach hief zijn hand op om hem te laten zwijgen. 'Geen woord. Je hebt niks verkeerd gedaan, maar ik moest het weten. Ik heb je niets gevraagd en jij hebt niets gezegd, behalve dat ik uit de buurt van CyberBallista moest blijven. Als er gedonder van komt, is dat helemaal mijn probleem.'

'Sir, misschien ga ik nu m'n boekje te buiten, maar hoofdinspecteur Edgar is een spijkerharde klootzak. Als hij erachter komt dat u contact hebt gehad –'

'Ik heb niks gedaan Max, dus maak je geen zorgen over Edgar. Vergeet dat ik hier ben geweest en breng mijn excuses over aan Duncan. Ik kom er wel uit.'

Callanach reed langzaam, omdat hij twijfelde of hij naar huis zou gaan of nog even bij Ava langs zou rijden om uit te leggen wat hij had gedaan, met het risico dat hij Edgar tegen het lijf zou lopen. Hij besloot uiteindelijk Ava erbuiten te laten, niet in de laatste plaats omdat hij op weinig begrip hoefde te rekenen. De klap die ze hem vandaag had gegeven was meer dan verdiend. Hij meende niet wat hij had gezegd. Maar hij ergerde zich nu eenmaal dood aan Edgar en dat had hij op Ava afgereageerd.

Thuisgekomen schopte Callanach zijn schoenen uit en maakte

een fles wijn open. Bij Lance had hij zich ingehouden omdat hij nog moest rijden, maar nu hoefde dat niet meer. Hij was eraan toe. Hij was stomweg midden in het onderzoek van Scotland Yard naar de hackers terechtgekomen en had uitgerekend de hulp ingeroepen van de man die boven aan het lijstje hoofdverdachten van de Cyber Crime Unit stond. Dat had hij duidelijk aan Tripps gezicht kunnen aflezen. Sterker nog, Ben Paulson was daar duidelijk ook van op de hoogte, hoe slim en voorzichtig Edgar en zijn team ook te werk dachten te zijn gegaan. Paulson hield het onderzoek en hoofdinspecteur Edgar nauwlettend in de gaten, en wist zelfs van diens hernieuwde relatie met Ava. Callanach vroeg zich af hoeveel meer Paulson van die relatie wist dan hij. Had hij hun e-mails en tekstberichten gelezen? Kon hij hun telefoongesprekken afluisteren?

Callanachs gedachten sloegen op hol en riepen beelden op van Joe Edgar met Ava. Hij duwde ze weg. Het ging hem niet aan wat Ava deed of met wie. Ook al was Edgar de laatste die hij als partner voor zijn vriendin zou hebben gekozen, dat was haar zaak. Callanach dronk het glas wijn leeg en schonk zich nog een glas in. Halverwege het tweede glas hoorde hij iemand roepen.

'Luc, ben je thuis? Ik ben het, Bunny. Ik dacht dat ik je deur hoorde dichtslaan. Ik heb een pakketje voor je aangenomen.'

Callanach klemde zijn tanden op elkaar en liep naar de deur. Bunny droeg een korte broek en een T-shirt dat ontworpen leek te zijn om stof te besparen. Ze glimlachte hartelijk.

'Ik heb je al in geen eeuwen gezien!' zei ze, en ze gaf hem een grote bruine envelop. 'Ik had een briefje op je deur geplakt dat ik een feestje gaf. Jammer dat je er niet was.' Ze keek over zijn schouder zijn appartement in. 'Kom ik ongelegen?' vroeg ze. 'Ik heb je vanavond op het nieuws gezien. Ik had met je te doen toen die verslaggevers je het vuur aan de schenen legden. Ze hebben écht geen idee hoe hard je werkt. Heb je al gegeten? Anders flans ik wel even iets voor je in elkaar. Het is echt geen moeite.'

'Ik was net van plan om te gaan slapen,' zei Callanach. 'Een andere keer misschien.'

'Ik heb geen plannen voor morgenavond,' zei Bunny, in de deuropening leunend. 'En ik vind het leuk om te koken. Waar hou je van? Ik maak heel lekkere biefstuk met frites.'

'Ik kan geen plannen maken als ik midden in een onderzoek zit,' zei Callanach met een blik op zijn horloge. Hij wilde weer terug naar zijn glas wijn. 'Ik weet nooit hoe laat ik thuiskom. Misschien wanneer dit allemaal achter de rug is.'

'Ja, dat is waarschijnlijk beter. Maar als je iets nodig hebt, ik kan altijd wat voor je meenemen van de supermarkt of even een stofzuiger door je huis halen. Als je wilt, kun je me een sleutel geven.'

'Ik ben erg op mijn privacy gesteld,' zei Callanach. Bunny bloosde. Het kwam eruit als een terechtwijzing, maar hij was niet in de stemming om het effect van zijn opmerking te verzachten. 'Dank je wel voor het pakketje. Ik zie je nog wel.'

Hij deed een stap achteruit en sloot de deur. Even later hoorde hij Bunny langzaam teruglopen naar haar appartement. Hij toetste Ava's nummer in, maar bedacht zich en verbrak de verbinding, pakte de fles wijn en nam die mee naar de slaapkamer. Hoe hard hij ook zijn best deed om de herinnering aan de ruzie met Ava weg te drinken, het lukte niet. Toen schoot hem te binnen dat Natasha jarig was en besloot hij het op een na beste te doen, en in plaats van Ava Natasha te bellen.

De kiestoon klonk anders dan hij had verwacht. Te laat realiseerde hij zich dat ze in New Orleans zat en dat hij geen idee had hoe laat het daar was.

'Luc?' zei Natasha. 'Wat is er aan de hand? Is alles goed met Ava?'

'Hoe wist je dat ík het was?' vroeg hij, terwijl hij zich afvroeg waarom het hem zoveel moeite kostte om te praten en rechtop te zitten.

'Jouw naam verscheen op mijn schermpje. Ik denk dat het op die van jou ook zo werkt,' zei ze lachend. 'In Schotland is het elf uur 's avonds. Alles goed met je?'

'Ik wilde je alleen even feliciteren,' zei hij, in zijn ogen wrijvend.

'Je praat met een dikke tong. Ben je dronken? Is Ava bij je?'

'Nee,' zei Callanach. 'Ava is bij hoofdinspecteur Eikel. Heb ik dat wel duidelijk uitgesproken?'

'Het schelden in het Engels gaat je al veel beter af,' zei Natasha. 'Ik was vergeten dat Joe er was. Je bent kennelijk geen fan?'

'Ik had hem niet eens opgemerkt,' zei Callanach, en hij dronk het laatste restje wijn op.

Natasha zuchtte. Hij hoorde dat ze diep ademhaalde.

'Heb je al met haar gepraat, Luc?'

'Niet sinds ze me vanmorgen heeft geslagen, nee. Ik denk niet dat ze op dit moment in de stemming is om met me te praten.'

'Ze staat onder zware druk. Ik denk dat dit gedoe met Joe daar gewoon een symptoom van is.'

'Vier dooien, Tasha. Afschuwelijke moorden. Ava heeft gelijk, ik ben ook blij dat je hier ver vandaan zit. Ik wilde je alleen feliciteren.' Callanach liet zich achterover op het kussen vallen, en voelde dat hij eindelijk in slaap kon vallen.

'Dat heb je al gezegd, maar luister naar me. Ik kan niet voor Ava spreken, die is altijd nogal gesloten over haar privéleven. Gun haar tijd. Ze heeft je nodig, Luc. En ik weet wat jij voor haar voelt.'

'Ze heeft me niet meer nodig, dat heeft ze vandaag wel duidelijk gemaakt. Vergeet het. Blijf maar weg tot dit voorbij is. Het is niet veilig in de stad.'

'Fijn dat je zo bezorgd bent, maar ik maak me eerder zorgen over jou. Wil je dat ik met Ava praat? Ze zou het vreselijk vinden als ze wist dat je je dit zo aantrekt.'

'Nee,' mompelde Callanach. 'Er valt niks uit te praten. Ik ben blij dat ze iemand heeft gevonden.' Hij brak het gesprek af, gooide zijn mobieltje op de vloer en draaide zich om. Naast hem lag de envelop die Bunny had gebracht. Nóg iemand aan wie hij morgen zijn excuses moest aanbieden. Hij maakte sneller vijanden dan dat hij opschoot met het onderzoek.

Hij scheurde de envelop open en trok er een dun kartonnen

doosje uit met langwerpige blauwe pillen in een blisterverpakking. Hij smeet ze tegen de muur en sloot zijn ogen. De pillen, een vertwijfelde poging om over zijn impotentie heen te komen, waren eindelijk aangekomen, maar hij had absoluut geen idee waarom hij de moeite had genomen ze te bestellen.

19

De volgende ochtend woedde de mediastorm nog op volle kracht en nam de druk van de publieke opinie alleen maar toe. Een man die een jonge vrouw zijn auto in had getrokken was ongenadig te pakken genomen door mensen die het gezien hadden, en was zwaargewond geraakt. Zijn aanvallers verklaarden dat de man beantwoordde aan het signalement van de moordenaar van Emily Balcaskie, en beweerden dat ze een nieuwe moord hadden voorkomen. Om eerlijk te zijn voldeed de zwaargebouwde man van een meter negentig inderdaad aan de omschrijving die de Schotse politie aan de pers had vrijgegeven, maar wat zijn aanvallers niet wisten was dat de man zijn stomdronken minderjarige dochter zijn auto in sleurde omdat ze er die avond vandoor wilde gaan met een vent die twee keer zo oud was als zij en bekendstond als pooier. Callanach vermoedde dat het laatste woord over het incident tussen het slachtoffer en zijn dochter nog niet was gezegd, als hij weer kon praten.

De hele dag door kwamen er paniekerige telefoontjes op het bureau binnen. Mensen dachten iemand met een mes te hebben zien lopen. Alleenwonenden hoorden geluiden in het nachtelijk donker. Mensen die tot 's avonds laat op kantoor werkten, zagen vreemde gezichten voor het raam. Omdat er geen patroon in de moorden viel te herkennen voelde niemand zich waar dan ook veilig, en het grote aantal spookmeldingen maakte de voortgang in het eigenlijke onderzoek nagenoeg onmogelijk. Er waren gewoon niet genoeg mensen om de telefoon aan te nemen en meldingen na te trekken.

Ook al wilde Callanach het liefst zo ver mogelijk bij Ava uit de buurt blijven, feit was dat hij door stom toeval op iets was gestuit wat haar bij haar onderzoek zou kunnen helpen. Toch stelde hij het gesprek zo lang mogelijk uit, maar rond elf uur kon hij er niet meer omheen. Hij klopte op haar deur.

'Binnen,' zei ze. Ze keek op, haar gezicht sprak boekdelen. 'Niet in de stemming,' zei ze. 'En als je excuses voor die klap verwacht, dan –'

'Ik zou je mee uit eten moeten nemen voor die klap,' zei Callanach. 'Ik had veel erger verdiend. Een vrouw met minder zelfbeheersing had me er een knietje achteraan gegeven.'

Ava keek hem kwaad aan, maar moest op haar lip bijten om te voorkomen dat haar mondhoeken omhoogkrulden.

'Dat zal ik onthouden voor de volgende keer,' zei ze.

'Ik weet niet meer wanneer we voor het laatst een fatsoenlijk gesprek hebben gevoerd, maar ik hoop dat we die gewoonte weer kunnen oppikken. Die moorden krijgen zo langzamerhand iedereen in hun greep. Mijn mensen zijn gespannen en stellen zich defensief op; het lijkt wel oorlog in de straten van Edinburgh. Ik heb Natasha gisteravond gebeld,' zei hij.

'En wat heeft ze je verteld?' Ava leunde naar voren.

'Alleen wat ik al wist. Dat je door deze moorden enorm onder druk staat. Om die reden ben ik hier. Ik heb een bron, een journalist die onderzoek naar de moorden doet en me informatie heeft gegeven. De software die het onmogelijk maakte om de afzender van de e-mail met de foto's van Emily Balcaskie te achterhalen, is geen standaardpakket maar zelfgeschreven, en heeft unieke kenmerken. Hetzelfde programma is gebruikt om het spoor te wissen naar degene die het sectierapport van Helen Lott heeft verspreid. En dat rapport is vrijwel zeker niet gelekt maar gehackt.'

'Hoe weet je dat allemaal?' vroeg Ava terwijl ze naar het whiteboard aan de muur liep.

‘Dat heb ik je verteld, ik ken een journalist...’

‘En van wie heeft die journalist het gehoord? Dat is geen informatie waar iedereen zomaar over beschikt.’

Callanach had van tevoren al besloten hoeveel hij wilde prijsgeven. Zonder blikken of blozen zei hij: ‘Zijn bron is anoniem en blijft dat ook, maar hij heeft het van een expert. Ik heb geen reden om aan zijn conclusie te twijfelen.’

‘We hebben dit laten analyseren, Luc. Niemand kon bevestigen dat dezelfde persoon bij beide incidenten was betrokken. Je moet je bron onthullen om dit te laten verifiëren.’

‘Ik beschik verder niet over informatie. Ik probeer alleen maar te helpen. Hoe gaat het trouwens met Edgars onderzoek naar die hacker?’ Hij had zichzelf bezworen dat hij daar niet naar zou vragen. Hij wist niet eens zeker of hij het wel *wílde* weten, maar nu had hij het eruit geflapt en kon hij het niet meer inslikken. ‘Hebben ze al een verdachte op het oog?’

‘Ik denk dat we Joe er beter buiten kunnen laten, vind je niet? Over hem verschillen we nou eenmaal van mening,’ zei Ava.

‘Ik heb me belachelijk gedragen. Ik denk dat ik je wilde beschermen. En misschien was ik een beetje jaloers omdat mijn drinkmaatje werd ingepikt,’ zei Callanach met een onechte glimlach. Ava glimlachte niet terug.

‘Wat Joe betreft, dat ligt ingewikkeld,’ zei ze. ‘Ik weet dat je vindt dat hij mijn type niet is, en het is volkomen onverwacht gebeurd, maar het kwam wel op het juiste moment. Hoe dan ook, Joe praat niet met me over zijn onderzoek, dus je hoeft je niet buitengesloten te voelen. De beveiliging rond zijn onderzoek is strenger dan bij de lijst van genodigden op een kerstborrel van MI5.’

‘Echt waar? Hebben ze hier een team gestationeerd zonder dat er een snipper informatie naar buiten is gekomen? Dat is best knap.’

‘De algemene informatie is wel bekend. Die hackers naar wie ze op zoek zijn, The Unsung, schijnen een internationale groep te vormen. Alleen hun leider zit hier in Schotland. Maar er circuleren nog geen namen. Joe is zo paranoïde dat hij denkt dat ze zelfs in staat zijn om de interne communicatie van de politie te lezen. Er is nog niemand gearresteerd, en dat had eigenlijk allang gebeurd moeten zijn.'

'Beroerd,' zei Callanach, maar op zijn gezicht stond onoprecht medeleven te lezen. 'Nou ja, het betekent in ieder geval dat hij nog een poosje bij je in de buurt blijft.' Hij stond op.

Ava krabbelde een paar aantekeningen op haar whiteboard, een ingekorte versie van wat Callanach haar net had verteld, en legde haar pen neer.

'Meen je dat?' vroeg ze. 'Want nou ja, ik dacht dat je misschien...' Ze maakte haar zin niet af en zweeg.

Callanach vroeg: 'Je dacht dat ik misschien wat?'

'Eh, ik dacht dat je misschien wel zin zou hebben in een nachtfilm. Omdat je het nu oké vindt dat ik met Joe omga. Ik laat je nog wel weten waar en hoe laat, goed?'

'Dat lijkt me leuk,' zei Callanach, en hij liep naar de deur. Toch had hij het gevoel dat Ava en hij een echt gesprek uit de weg gingen. Vroeger konden ze altijd goed met elkaar praten. Waren ze altijd open, rechtdoorzee tegen elkaar. Deden ze nooit stijf en onpersoonlijk. Maar de laatste tijd was er iets aan haar veranderd, zonder dat hij er precies de vinger op kon leggen. Misschien kwam het echt door de stress die het onderzoek met zich meebracht. Of misschien was Ava, sinds ze Joe weer had ontmoet, anders tegen haar eigen leven aan gaan kijken. Callanach kreeg nu in ieder geval de kans om te kijken of ze nog iets van hun vroegere vriendschap konden redden.

Een uur later stuurde Ava een sms'je waarin stond waar ze elkaar die avond zouden treffen. Callanach werkte zich moeizaam door een paar stapels papierwerk heen en gaf orders om de onderzoeken op gang te houden, maar iedereen wist dat het onderzoek langzaam doodbloedde. In de meeste moordzaken waren dader en slachtoffer bekenden van elkaar. Dat was bekend terrein, waardoor de politie meestal een arrestatie kon verrichten. Moordzaken waarin dader en slachtoffer vreemden voor elkaar waren, kwamen zelden voor, en tenzij er een ooggetuige was of een DNA-spoor dat een treffer opleverde in de database, waren dergelijke zaken lastig op te lossen.

Om elf uur 's avonds stond Callanach te wachten voor de bioscoop waar regelmatig oude films opnieuw werden vertoond. Alleen laat op de avond natuurlijk, als het grootste deel van het bioscooppubliek in bed lag of in het café zat. Vanavond stond *North by Northwest* van Alfred Hitchcock op het programma.

'Geen popcorn vanavond?' vroeg Callanach toen ze gingen zitten.

'Ik heb geen honger,' zei ze, en ze trok een heupflesje tevoorschijn met een dop die uit twee kleine metalen bekertjes bestond, waarvan ze er een aan Callanach gaf. Het was niets voor haar om doordeweeks te drinken, zeker niet als er een belangrijk onderzoek liep. Callanach had altijd versteld gestaan van haar zelfdiscipline. Vanavond vulde ze de metalen bekertjes met single malt, nam een slokje en zakte onderuit in haar stoel met haar voeten op de rugleuning van de stoel voor haar, wat ze ongestraft kon doen omdat er nauwelijks andere bezoekers waren.

Cary Grant was net getuige geweest van een moord in een restaurant, waardoor hij zonder het te weten zelf verdacht werd, toen Ava zich naar Callanach toe boog en in zijn oor fluisterde: 'Waarom worden die mensen vermoord?'

Even vroeg Callanach zich af of ze het over de film had of over hun eigen moordzaken. Ava hanteerde de gulden regel dat er onder de film niet gepraat mocht worden. Hij had nog nooit meegemaakt dat ze die regel overtrad, en zelf had hij een paar keer op zijn kop gekregen toen hij toch iets zei.

'Je bedoelt hier, in Edinburgh?' vroeg hij.

Ava knikte.

'Dat weet ik niet. Jouw dader is een man. Misschien is er een seksueel motief in het spel. Macht, dominantie, vrouwenhaat. De hoeveelheid kracht die hij gebruikt wijst op een psychotische dader.'

'Maar jouw dader is een vrouw,' zei Ava. 'Ze kiest uiteenlopende slachtoffers en verheft het moorden tot een soort kunstvorm. De graffititekst waarin werd gezegd dat het slachtoffer een basisschoolonderwijzeres was, stond er al voordat ze werd vermoord. Dus wat was het dan? Een executie? Het slaat nergens op. Als je iemand uit de weg geruimd wilt hebben, geef je iemand wiens identiteit je niet kent een envelop met gebruikte bankbiljetten en laat hem het vuile werk opknappen. Wilde de dader ons uitdagen, of wilde hij gepakt worden voor hij zijn daad kon uitvoeren?'

Ze liet zich weer achterover zakken. Callanach had geen antwoord. Dezelfde vragen speelden ook voortdurend door zijn eigen hoofd. Ze richtten hun aandacht weer op het scherm. Na een treinrit en een paar intieme momenten tussen Cary Grant en Eva Marie Saint schonk Ava de bekertjes weer in en nam een slokje.

'Twee moordenaars duiken tegelijk op en maken ieder twee slachtoffers. En die vervloekte graffiti maakt er een openbare vertoning van. Is dit een nieuwe vorm van terrorisme van eigen bodem? Is het bedoeld als provocatie? Om de binnenlandse veiligheid te ondermijnen?' vroeg Ava.

'Als het een georganiseerde groep was, had iemand de verantwoordelijkheid al opgeëist, maar het is wel psychologische terreur op z'n best. Mensen bellen met informatie die niks met de moorden te maken heeft, en we kunnen de telefoontjes niet meer aan,' zei Callanach.

Ava slaakte een moedeloze zucht. Callanach wenste dat hun last kon worden verlicht door hem samen te torsen, maar met vier lijken in het mortuarium kwam je met wensen niet veel verder.

Ava zette haar whisky neer, ging verzitten en legde haar hoofd tegen Callanachs schouder. Hij onderdrukte de impuls om terug te deinzen. Niet vanwege het lijfelijke contact, hoewel hij het lang na de valse aanklacht wegens verkrachting moeilijk had gevonden iemand fysiek dichtbij te laten komen. Nee, het kwam door

Ava zelf. Ava, toonbeeld van onafhankelijkheid en zelfbeheersing, had nooit op hem geleund, in letterlijke noch figuurlijke zin. Niet wanneer ze het moeilijk had op haar werk, niet toen ze in het kader van een disciplinaire maatregel was geschorst, en zelfs niet toen ze door een ontspoorde psychopaat was ontvoerd. Ze had zich door al die situaties heen geslagen door nog meer vastberadenheid, humor en autonomie aan de dag te leggen. Dit gebaar, hoe klein en onbeduidend ook, paste totaal niet bij haar. Callanach sloot zijn ogen. Ava's hoofd rustte zwaar op zijn schouder. Het was een raar gevoel, alsof er een last van hem afviel, maar er meteen een ander gewicht voor in de plaats kwam. Ze richtte haar hoofd op en keek hem aan.

'En dan de slachtoffers,' ging ze verder, alsof er geen stilte in het gesprek was gevallen. 'Stuk voor stuk voorbeeldige mensen die zelfs nog nooit een verkeersboete hebben gehad. Mensen die niets met elkaar gemeen hebben, tenzij ze allemaal lid zijn van een of andere bizarre sekte. De daders hebben hun uiterste best gedaan om de meest deugdzame mensen te kiezen, niet alleen om ze te vermoorden, maar ook nog eens op de gruwelijkst denkbare manier. Het lijkt verdomme wel of ze elkaar proberen te overtroeven.' In de stilte die daarop volgde probeerde Callanach het beeld van Ava's hoofd op zijn schouder van zich af te zetten. Ze pakte het bekertje weer op en sloeg het restje whisky achterover.

'Dus hoe moeten we die graffiti dan zien? Als aankondiging van hun nieuwe doelwit?' vroeg Callanach.

'Zou kunnen,' zei Ava. 'Ze onthullen het type slachtoffer waar hun keus op is gevallen, zodat er geen twijfel over kan bestaan wiens werk dit is. Kom mee, dat soort dingen kunnen we hier niet bespreken. Laten we naar mijn huis gaan.'

Ze liepen weg uit de bioscoopzaal op het moment dat James Mason zijn zelfbeheersing verloor. Na een korte taxirit waren ze bij Ava's huis. Ze liep meteen naar de keuken en schonk nog twee whisky's in. Callanach zette die van hem neer zonder ervan te drinken.

'Dus ze communiceren met elkaar of ze kennen elkaar persoonlijk,' zei Ava.

'Twee psychopaten die samen een plan smeden? Er moet een duidelijker verband zijn. Misschien hebben ze elkaar leren kennen via de reclassering? Of via een therapeut?' opperde Callanach.

'Dan zouden er dossiers moeten zijn, iemand die ze allebei kent. Als een reclasseringsambtenaar of een psychiater iets vermoedde, zou die zich zeker al gemeld hebben. En we hebben DNA van de moordenaar van Helen Lott, maar dat zit niet in de database van het Verenigd Koninkrijk. Hoe groot is de kans dat zo'n gewelddadige killer geen strafblad heeft?'

'Ongeveer even groot als de kans dat er twee moordenaars op hetzelfde moment in dezelfde stad rondlopen en contact met elkaar hebben,' zei Callanach.

'Zou het misschien een stel kunnen zijn? Een eigentijdse Brady en Hindley? Ik had niet gedacht dat ik zelf ooit getuige zou zijn van dat soort kwaad.' Ava schopte een paar oude gymschoenen opzij en verplaatste een stapel wasgoed zodat ze op de bank kon liggen. Het was een puinhoop in haar appartement. Niet dat orde en netheid normaal gesproken hoge prioriteit hadden in haar leven, maar het appartement zag eruit alsof het haar allemaal niet meer kon schelen. Alsof ze er alleen maar af en toe in en uit liep.

Misschien kwam dat doordat ze vaak bij hoofdinspecteur Edgar was, dacht Callanach. Haar nieuwe relatie en de huidige werkdruk in aanmerking genomen was het eigenlijk niet zo gek dat ze uit haar normale doen leek. Callanach voelde zich weer ongemakkelijk worden bij de gedachte aan Joe Edgar. Hij stond op.

'Blijf maar liggen,' zei hij, en hij pakte een deken van een luie stoel en gaf haar die aan. 'Volgens mij lig je daar lekker. Ik kom er wel uit. Laten we er nog eens over nadenken en kijken of we morgen iets verder komen. Ik vond die film wel mooi, trouwens, voor zover ik er iets van heb gezien.' Hij was al in de hal toen ze hem nariep.

'Maar we hebben het wel bij het juiste eind, hè? Dat de daders elkaar op een of andere zieke, verwrongen manier naar de kroon willen steken.'

'Ja,' zei Callanach. 'Ik denk dat je de spijker op de kop slaat. Slaap lekker, Ava.' Hij zorgde ervoor dat de deur in het slot viel, ervan overtuigd dat Ava in slaap zou vallen zonder op te staan en de deur dubbel op slot te doen.

Hij moest een taxi of een surveillanceauto zien te krijgen om hem op te pikken. Voorlopig kon hij toch niet slapen omdat zijn gedachten alle kanten op schoten, dus kon hij maar beter nog even teruggaan naar het bureau. En een afhaalmaaltijd zou ook geen kwaad kunnen, dacht hij.

De klap op zijn achterhoofd kwam zo hard aan dat hij op zijn benen stond te tollen. En hij zou met zijn gezicht op straat zijn gevallen als hij niet door twee paar handen was opgevangen. Callanach deed zijn best om weg te strompelen en op adem te komen zodat hij om hulp kon schreeuwen, maar hij kreeg iets zachts en sponzigs in zijn mond geduwd en meteen daarna werd er een zak over zijn hoofd getrokken. Zijn aanvallers draaiden zijn armen op zijn rug en trokken die stevig omhoog, zodat hij geen andere keus had dan naar voren te lopen toen ze hem een duw gaven. Er werd geen woord gesproken. Binnen een paar seconden werd hij in een busje geduwd en werd zijn hoofd naar beneden geduwd terwijl zijn enkels werden samengebonden. In gedachten zag hij het beeld van Michael Swans lijk al. Hij probeerde te schoppen en te slaan, maar besefte al snel dat hij daarmee zinloze energie verspilde en besloot af te wachten hoe erg het ging worden.

20

De tijd schoot voorbij of vergleed ondraaglijk langzaam, Callanach wist het niet meer. Hij wilde dat het rollen en bonken ophield en dat de zak van zijn hoofd ging. Tegelijkertijd wist hij dat hij aan het eind van de rit te maken kreeg met een onbekende vijand aan wiens genade hij was overgeleverd. Hij was machteloos tot hij wist of hij in een positie verkeerde om te onderhandelen. Zijn hoofd bonkte, maar de adrenaline begon zijn werk te doen en hij was al bezig om een soort plan te bedenken.

Hij zou zijn ontvoerders zeggen dat hij een politieman was en dat hij elk moment werd terugverwacht op het bureau. Hij kon een milde strafeis inzetten als wisselgeld bij de onderhandeling. Maar het was evengoed mogelijk dat hij alleen maar om zijn leven kon smeken.

Wanneer hij zich concentreerde, kon Callanach gefluister horen. Twee mannenstemmen, van wie de ene zo te horen orders gaf en de andere vragen stelde. Er leek geen vrouw bij te zijn, waardoor zijn eerste paniek wegebde: het betekende in ieder geval dat hij niet met de moordenaar van Michael Swan te maken had. Hij probeerde rustig adem te halen en de controle over zijn lijf en zijn alle kanten op schietende gedachten terug te krijgen. Hij moest nadenken. Dit was een goedgeorganiseerde overval. Dit waren profs. Hij had ze niet opgemerkt en geen verdacht voertuig gezien. En hij was er zeker van dat hij niet het toevallige slachtoffer van een straatroof was. Wie ze ook waren, ze hadden hem opgewacht.

Het waren dus mensen die hem kenden en wisten dat hij politieman was, maar die zich kennelijk niet lieten weerhouden door de mogelijke gevolgen van hun daden. Callanach ging in gedachten de jaren van onderzoeken na. De lijst van mensen die rancune tegen hem koesterden was ellenlang. Er waren genoeg criminelen die graag zagen dat hij de kogel kreeg, en een flink aantal zou met genoegen persoonlijk de trekker overhalen.

Toen het busje bruusk tot stilstand was gekomen, werd hij eerst op zijn knieën getrokken, en daarna overeind geholpen.

'Eruit!' blafte een man die zijn enkelboeien doorsneed en hem naar voren duwde. Iemand anders voorkwam dat hij uit het busje viel. Grind knerpte onder zijn schoenen. Wat hem opviel was de afwezigheid van geluid. Het constante zachte geruis van verkeer, bedrijvigheid en mensen in het centrum van de stad was weggestorven. Onder het lopen maakte het grind plaats voor een zachte en meeverende bodem, gevolgd door een stenen stoep en het geluid van een opengaande deur. Niet zomaar een deur, trouwens. Callanach kon het gewicht ervan inschatten aan de hand van het gepiep van de scharnieren. De echo van de klap waarmee de deur dichtviel klonk metalig. Nu was hij binnen en liep op beton. Het geluid van hun voetstappen weerkaatste van dichtbij tegen de muren, het plafond en de vloer. Callanach schatte dat er behalve hijzelf nog minstens drie anderen waren. Terwijl hij blind door een schuin aflopende gang schuifelde, ademde hij diep in, proefde de lucht, luisterde naar omgevingsgeluiden, probeerde geuren op te vangen. Hier binnen rook het vochtig en muf, en het was er aanmerkelijk kouder dan buiten.

Aan het eind van de gang ging weer een deur open. Dit keer hield iemand Callanachs hoofd omlaag toen hij binnenging, en sloeg de deur achter hem dicht. De kamer was ijskoud. Eindelijk werd de zak van zijn hoofd getrokken. Er was geen stoel waarop hij vastgebonden kon worden, geen fel licht dat in zijn ogen scheen. Bij het licht van een kleine zaklamp zag Callanach dat ze met zijn vieren waren, allemaal in het zwart, met handschoenen, soldatenkistjes en bivakmutsen om de uitmonstering compleet te maken. Hij leunde tegen een ruwe bakstenen muur in de lage, raamloze ruimte, en zweeg. Ze zouden hem wel laten weten wat ze wilden wanneer het hun uitkwam. Om te beginnen maakten ze hem duidelijk dat zij de baas waren en dat zijn lot helemaal in hun handen lag.

De eerste vuistslag deed hem naar adem happen. Hij sloeg voorover, en zijn plexus solaris trok zich ongecontroleerd samen. Er volgde een trap tegen de zijkant van zijn linkerdij die hard aankwam tegen zijn bot, waardoor de pijn omlaag schoot naar zijn enkel en omhoog naar zijn heup. De derde klap wist hij af te weren, wat hem een paar extra klappen in het gezicht opleverde.

'*C'est assez. Qu'est-ce que vous voulez?*' Callanach spuugde bloed uit. Zijn tong bloedde als een rund. Hij kreeg een harde klap op zijn achterhoofd, waardoor zijn nek een optater kreeg.

'Engels praten, jij smerige fransoos!' commandeerde een van de mannen.

Callanach was zich er niet van bewust dat hij op zijn moedertaal was overgeschakeld. Hij liet zich volledig door zijn instinct leiden.

'Ik heb de boodschap nu wel begrepen,' zei hij hijgend. 'Wat willen jullie? Waarom zeg je niet gewoon wat jullie van me willen?'

De drie mannen draaiden hun hoofd lichtjes naar de vierde man, degene die nog niet had geschopt of geslagen. Hij stond met de armen over elkaar in de verste hoek.

'Je houdt er vreemd gezelschap op na,' zei hij. 'Wil je ons daar misschien iets over vertellen?' Callanach kon zijn accent niet direct plaatsen. De man sprak vloeiend Engels, maar hij had een ongebruikelijk zangerig accent.

'Ik heb geen idee waar je het over hebt,' zei Callanach. 'Ik ben van de politie...'

De vierde man kwam op Callanach af, greep hem bij zijn haar, sleurde hem bij de muur vandaan en ging achter hem staan.

'Dat weet ik heus wel, jongen. Je hebt pasgeleden zelfs een ongelukje op het werk gehad, toch?' De man haalde uit en gaf Callanach een harde trap tegen zijn stuitbeen. Van de pijn kon hij geen woord meer uitbrengen. Voor zover er al iets hersteld was, werd dat nu geheel en al ongedaan gemaakt. Hij had het gevoel alsof zijn stuitbeen in tweeën was gebroken. Callanach viel op de grond en rolde zich op tot een balletje, wanhopig op zijn tanden bijtend om de aanzwellende golf van duisternis weg te duwen en bij bewustzijn te blijven.

De vierde man liep terug naar de hoek waar hij eerder had gestaan. 'Er zijn genoeg smerissen die zo nu en dan steekpenningen aanpakken om wat bij te beunen. Of ze worden gewoon corrupt. Dat heb ik vaak genoeg gezien. Hoe zit dat met jou, inspecteur?'

Het duurde even voordat Callanach de misselijkheid had bedwongen en iets uit kon brengen zonder over te geven.

'Wat lul je nou, man. Ik heb van niemand geld aangenomen.'

Na een knikje van de leider naar zijn mannen kreeg Callanach een foto onder zijn neus geduwd. Na een paar seconden zag hij pas waar die genomen was. Op de foto ging hij het huis van Lance Proudfoot binnen op de avond dat hij met Ben Paulson had afgesproken.

'Gaat er al een belletje rinkelen?' vroeg de vierde man.

'Dat is het huis van een journalist. Hij heeft me informatie toegespeeld. Dat heb ik gemeld. Waarom hebben jullie me geschaduwd?'

'Wie was er nog meer bij?' vroeg een van de mannen, die zich met geheven vuist over Callanach heen boog. De leider stak een hand op en de klap bleef uit.

'Wie denk je dat er bij me was?' vroeg Callanach, die rechtop probeerde te zitten zodat hij zich beter kon verdedigen.

'De man die meer miljoenen heeft gejat dan bij die overval op het depot van Securitas zijn buitgemaakt, jongen, dáár had je mee afgesproken.'

Hij kreeg nog een foto te zien. Daarop was te zien dat Paulson het huis van Proudfoot binnenging. Ze hadden hém dus gevolgd, niet Callanach. Deze mannen waren ook van de politie. Callanach wist niet of hij opgelucht moest zijn of juist nog banger moest worden. Deze mensen handelden in naam der wet, maar achtten zich er tegelijkertijd ver boven verheven.

'Dit is een samenloop van omstandigheden,' zei Callanach. 'Ik had er geen idee van dat deze man een verdachte is. Dit is allemaal een misverstand.'

'O ja?' zei de leider, die op hem af liep en zijn vingers diep in Callanachs keel boorde. 'Want we kunnen nauwelijks bijhouden wat de jongeheer Paulson allemaal uitvreet. Hij is nooit op de plek waar hij volgens zijn agenda zou moeten zijn en hij is ons altijd een stap voor. Komt dat misschien doordat hij stiekem hulp van binnenuit krijgt?'

'Dit ging alleen over míjn zaak, niet over die van jullie. Ik begrijp dat jullie een zwaar misdrijf onderzoeken, maar ik heb daar niks mee te maken. Ik had nog nooit van Paulson gehoord,' zei Callanach.

'O nee? Ook niet van die nicht in je team die zichzelf heel wat vindt?'

'Als je het over Tripp hebt, dan zit je ernaast. Die heeft nooit iets gezegd. Integendeel. Hij had strikte orders tot geheimhouding, zelfs tegenover mij.'

'O, dus je hebt wel met hem over ons onderzoek gepraat? Heb je hem naar Paulson gevraagd?' vroeg de leider.

'Tripp wilde er niks over zeggen,' schreeuwde Callanach.

'Weet u dat zeker, sír?' zei een van de onderknuppels met de nadruk op het laatste woord. 'Wij hebben namelijk begrepen dat rechercheur Tripp op mooie mannen valt. Hij zal wel als een blok zijn gevallen voor zo'n lekker Europees kontje als het jouwe. Hij wilde vast dolgraag een paar punten scoren bij zijn dierbare inspecteur. Jij bent toch ook een flikker? Motiveer je je mannen door ze een speciale traktatie te beloven?'

'Hij is geen flikker,' wierp de leider tegen. 'Het scheelde maar een haar of hij was veroordeeld wegens verkrachting, hè jongen?'

Callanach stond op. Zijn angst was verdwenen en maakte plaats voor een moorddadige of suïcidale woede, afhankelijk van hoe het gevecht zou aflopen.

'Wie heeft opdracht gegeven tot een onderzoek naar mijn team?' wilde Callanach weten. 'Jullie hebben verdomme het recht niet om in Tripps privéleven te poeren. En in dat van mij evenmin. Die aanklacht wegens verkrachting was vals, zoals je vast wel weet als je toegang hebt tot mijn dossier.'

De leider kwam zo dicht bij Callanach staan dat zijn adem recht in Callanachs gezicht blies. De man wilde een gevecht uitlokken, daar was Callanach zeker van. Alleen zou het geen gevecht tussen hen tweeën worden.

'Tripp heeft niks gezegd. Het is gewoon een ongelukkige samenloop van omstandigheden. Paulson onderzocht een hack om ons te helpen bij een moordzaak,' herhaalde Callanach, die kalm probeerde te blijven.

'En wat heb je Paulson in ruil toegezegd?' vroeg de leider.

'Niks,' beet Callanach hem toe.

'Dus hij heeft je gewoon uit de goedheid van zijn hart geholpen? En dat geloofde je?' vroeg een ander. Ze schoten allemaal in de lach. Callanach begon nu voor het eerst te twijfelen, nu hij zijn eigen argwaan jegens Paulson bevestigd zag. Waarom had Paulson erin toegestemd om te helpen als hij wist dat de politie hem in de gaten hield? Tenzij hij een gunstig moment afwachtte om een wederdienst te vragen.

'Goed zo, inspecteur.' De leider gaf Callanach een schouderklopje. 'Aan je gezicht te zien snap je nu eindelijk hoe de vork in de steel zit.' Hij legde zijn hand om Callanachs keel en duwde hem tegen de muur. 'Ik weet niet wat je wel hebt geflikt en wat niet, maar die Amerikaanse lamlul heeft een hoop centen van een stel machtige mensen gestolen. Hij kon bij hun rekeningen, hun e-mails en hun privécorrespondentie. Ik hoef je niet te vertellen dat dat soort mensen daar behoorlijk zenuwachtig van wordt. Hij gaat levenslang achter de tralies, begrepen? En als jij ons onderzoek verkloot, mag je een cel met hem delen. Blijf bij Ben Paulson vandaan. Geen telefoontjes, geen e-mails, geen sms'jes. Geen hulp.' Hij trok Callanach naar zich toe en gaf hem vervolgens een harde zet waardoor zijn toch al gehavende schedel met een klap tegen de bakstenen muur aan sloeg.

'We laten de deur voor je open. Ik raad je aan een dikke twintig minuten te wachten en je wonden te likken. Je moet misschien eerst maar het angstzweet uit je kleren laten wegtrekken voordat je naar huis loopt.'

Ze lieten allemaal een geforceerd gelach horen dat te lang duurde. Callanach realiseerde zich dat ze alle drie net zo bang waren voor de vierde man als hijzelf. Zo'n vent die het ene moment je beste vriend kon zijn en het volgende je grootste vijand. Dat je allemaal uiteindelijk voor hetzelfde team speelde, deed er niet toe.

Ze liepen naar de deur, en een van hen raapte de zak op die over Callanachs hoofd had gezeten en stak hem in zijn zak. Ze lieten geen bewijs achter. Het voetvolk ging eerst, en de vierde man bleef even achter om in het halfduister nog een laatste waarschuwing te geven.

'En geen afspraakjes meer met Ava Turner laat op de avond, anders stuurt hoofdinspecteur Edgar je de volgende keer een definitieve boodschap. En hou je kaken op elkaar, inspecteur Callanach. Joe Edgar heeft vrienden op zulke hoge posities dat het een week duurt voor je haar nat wordt als ze op je spugen. En als jij voor de bijl gaat, sleur je je hele team mee. Dat is een hele verantwoordelijkheid, jongen. Je kunt je pijn verzachten met de wetenschap dat je zwijgen je tot martelaar maakt.'

Het duurde een eeuw voordat de echo van zijn voetstappen in de gang was weggestorven. Pas toen hij er zeker van was dat ze allemaal weg waren, liet Callanach zich op de grond zakken om de fysieke schade op te nemen. Zijn kaak klopte, zijn achterhoofd deed vreselijk zeer. Hij was te trillerig om langer dan een paar minuten rechtop te staan, en bleef nog even zitten om zijn ontvoerders de gelegenheid te geven weg te komen.

Toen hij eindelijk de kamer uit hinkte, zag hij dat de gewelfde gang met metaal was bekleed en versterkt was met stalen ribben. De elektrische bedrading stak uit al lang geleden in onbruik geraakte schakelpanelen waarin zich ratten hadden genesteld. Hij schuifelde moeizaam omhoog in de richting van het vage licht buiten. Ze hadden in elk geval wel de deur open laten staan zoals beloofd.

Een wegwijzer in de buurt wees bezoekers de weg naar de ingang van de bunker. Nu begreep hij waar hij naartoe was gebracht. Hij volgde de borden naar de hoofdingang. De oude nucleaire schuilkelders van Edinburgh waren omgebouwd tot bezienswaardigheid, hoewel niet alle tunnels waren opengesteld. Sommige werden gebruikt voor minder educatieve doeleinden, hoewel hij in alle eerlijkheid moest toegeven dat hij veel geleerd had in de relatief korte tijd dat hij er binnen was geweest. Uiteindelijk kwam Callanach uit bij Clermiston Road, ongeveer vijf kilometer ten westen van het centrum, en niet ver van Murrayfield. Elke taxichauffeur zou na één blik op hem zijn doorgereden, en hij wilde sowieso niet het risico lopen dat hij zou worden herkend na zijn recente optreden op de televisie. En als hij zich liet ophalen door een surveillanceauto, zou de geruchtenmachine op hol slaan. Dus besloot hij te gaan lopen. Zijn been deed zeer, zijn hoofd klopte, zijn maag had zo'n opdonder gehad dat hij de eerste paar dagen niet aan eten hoefde te denken, maar de frisse lucht deed hem goed.

Hij wist natuurlijk wel dat veel succesvolle mensen in wezen goedgeklede psychopaten waren, of ze nu in de zakenwereld werkten of bij de politie zaten. Hun grenzeloze ambitie en intellect werden bevredigd door hun vermogen zich aan te passen en hun tegenstanders te overweldigen. Daarom begreep hij niet waarom het hem zo verraste dat er een bende van dat soort gasten op zijn eigen terrein opereerde. Scotland Yard had in ieder geval alles uit de kast getrokken om Ben Paulson uit te schakelen. Misschien hadden de rijke stinkerds die bestolen waren dat afgedwongen. En misschien had Joseph Edgar om die reden de leiding gekregen. Callanach vroeg zich af of Ava wist waar haar minnaar toe in staat was, maar verwierp die gedachte onmiddellijk. Ava mocht dan misschien verblind zijn door Edgar, maar als ze echt doorhad wat er achter dat charmante Engelse masker schuilging, zou ze hem meteen aan de kant zetten. Ze had er recht op om het te weten. Maar moest een goede vriend haar dat zelf laten ontdekken of moest hij het haar nu vertellen? Tot nu toe was geen enkel gesprek met Ava over Joe Edgar prettig geëindigd. En Callanach moest ook zijn team beschermen. Hij twijfelde er geen seconde aan dat het dreigement om zowel hem als zijn team in diskrediet te brengen serieus was. Hoe moest hij de verantwoordelijkheid voor zijn team en zijn vriendschap met Ava met elkaar in evenwicht brengen? Hij had het antwoord op die vraag nog niet gevonden toen hij zijn appartement binnenstrompelde. De zon kwam net op toen Callanach zich op zijn bed liet vallen en overmand werd door een duistere, onrustige slaap.

21

Er klonk een hamerend geluid, eerst binnen in zijn hoofd en, nadat hij bij zijn positieven was gekomen, ook van buiten zijn bont en blauwe, opgezwollen hoofd. Een blik op de klok zei hem dat het al na één uur in de middag was. Het gebonk werd gevolgd door geschreeuw, en hij schuifelde naar zijn voordeur nadat hij haastig een joggingbroek en een T-shirt had aangetrokken.

'Sir, sir, bent u daar? Is alles goed?' schalde de stem van Salter.

Callanach vertrok zijn gezicht van de pijn.

'Ik ben hier, Salter,' riep hij. 'En alles is oké. Wat is er aan de hand?'

'Eh, kunt u misschien opendoen? Anders sta ik hier in de gang te blèren.'

Callanach staarde in de spiegel naast de deur. Zijn gezicht leek op een mislukt stukje patchwork van paarse, rode en grijsgroene lapjes, met bloeduitstortingen die in het midden diepzwart werden. Hij kon het onmogelijk verbergen.

'Wat is er aan de hand, Salter?' riep hij door de dichte deur.

'Niemand kon u aan de telefoon krijgen. Commissaris Overbeck heeft opdracht gegeven u binnen het uur naar het bureau te brengen. Kunt u me binnenlaten? Als we u niet persoonlijk te spreken krijgen, rammen ze straks de deur misschien in.'

'*Merde!*' vloekte Callanach zachtjes. Hij opende de deur op een kier, zodat Salter kon vaststellen dat hij het was en dat hij geen ongewenste bezoeker achter hem had staan die hem een mes op de keel zette. Hij moest bijna lachen bij de ironie van die gedachte.

'Godallemachtig, sir,' riep Salter uit. 'Hebt u een dokter nodig?'

'Nee, niks aan de hand. Ik heb me verslapen, dat is alles.'

'U moet me binnenlaten. Meteen. Anders moet ik Overbeck verslag uitbrengen.'

Callanach probeerde met zijn ogen te rollen, maar besefte dat zelfs die handeling te veel pijn deed, en zwichtte.

Salter trok Callanach bij zijn mouw naar het raam om hem beter te kunnen bekijken. Ze floot even terwijl ze zijn verwondingen inspecteerde.

'U hebt een zware dosis arnica nodig, en hamamelis zou ook geen kwaad kunnen. Op weg naar het bureau kunnen we even langs een drogist rijden. En hebt u nog andere verwondingen?' Callanach lichtte zijn T-shirt op, meer omdat hij zelf nieuwsgierig was dan om Salter te laten kijken. Over zijn ribben liepen zwart-rode tramsporen, en op zijn buik was duidelijk de afdruk van de punt van een laars te zien. Hij probeerde niet te denken aan de pijn in zijn onderrug. Door de schop tegen zijn stuitbeen was de fractuur nog ernstiger dan eerst. 'Pijnstillers?' vroeg Salter. Callanach wees in de richting van de keuken. 'Als ik u een raad mag geven, sir, neem dan een douche. Dan zet ik even koffie en duikel ik wat paracetamol op.'

'Vraag je niet wat er is gebeurd, Salter?' zei Callanach.

'Dat gaat mij niets aan, sir. Tenzij u het wilt vertellen. Zolang u maar in orde bent.'

Callanach knikte.

'Ik ga wel even douchen,' zei hij. 'Wil je me ziek melden en zeggen dat ik vandaag thuis werk?'

'Ik denk niet dat de Opperheks dat pikt. Ze heeft me hier niet zonder reden naartoe gestuurd om u op te halen.'

Op weg naar de badkamer bleef Callanach staan.

'Er is nieuwe graffiti gevonden. Een agent van de uniformdienst heeft die vanmorgen vroeg op zijn vaste ronde gezien en heeft er melding van gemaakt.'

'Hoe luidt de tekst?' vroeg Callanach.

'"Klaar-overmoeder". Nu ga ik koffiezetten.' Salter liep naar de keuken.

Callanach had zich er al mee verzoend dat hij de komende uren allerlei leugens zou moeten ophangen, toen Salter met haar handtas kwam aanlopen terwijl hij zijn schoenveters aan het strikken was.

'Ik dacht dat u misschien wat hulp kon gebruiken met eh... uw gezicht,' zei ze.

'Sorry, Salter, maar waar heb je het over?' zei hij.

Ze hield een stel kwastjes en tubetjes omhoog.

'Denk je dat dat iets uithaalt?' vroeg hij.

'Erger dan u er nu uitziet kan het niet worden. Sorry.'

'Vooruit dan maar,' zei Callanach, die voelde dat de pijnstillers langzaam hun werk begonnen te doen. 'Doe maar. Als ik straks minder hoef uit te leggen, is het de moeite waard.' Hij liet Salter verschillende beigetinten op zijn gezicht aanbrengen.

'Meer kan ik er niet van maken,' zei ze. 'Weet u zeker dat het niet verstandiger is om bij een dokter langs te gaan?'

'Misschien wel, maar daar hebben we nu echt geen tijd voor,' zei hij.

Salter hield een spiegeltje omhoog zodat hij zijn gezicht kon inspecteren. Nu zou een verhaal dat hij een auto-ongeluk had gehad of in de sportschool van de loopband was gevallen in elk geval iets geloofwaardiger overkomen. Daarnet was het nog overduidelijk dat hij in elkaar was geslagen.

'Dank je,' zei hij. 'Een vrouw met verborgen talenten.'

'We kunnen maar beter gaan,' zei Salter glimlachend. 'De commissaris zal ondertussen wel razend zijn.'

'Overbeck laat me koud,' zei Callanach. 'Rij maar meteen naar die plek waar de nieuwe graffiti is gevonden. Ik wil het met eigen ogen zien. Is de technische recherche er al?'

'Nee, die wacht op uw orders. Inspecteur Turner dacht dat ze beter met u kon overleggen voordat we ermee aan de slag gingen.'

'Wordt de plek bewaakt?' vroeg Callanach.

'Vanaf een gebouw aan de overkant. De beelden van de bewakingscamera's in de buurt worden ook gecontroleerd. Het is een paar buurtbewoners wel opgevallen, maar het heeft nog geen ophef veroorzaakt, dus we denken dat het grote publiek nog niet in de gaten heeft wat het betekent. Maar als er een verband is tussen die tekst en het volgende slachtoffer, duurt dat niet lang meer. De muur waar de tekst op staat is verder schoon, dus dit keer is er geen kans dat de tekst minder opvalt doordat hij tussen allerlei andere tags staat. Als het publiek eenmaal doorheeft dat de berichten door de moordenaars worden aangebracht, is er een grote kans dat iedereen die in Edinburgh met een spuitbus op zak loopt, wordt gelyncht,' zei Salter.

Northumberland Place, een zijstraat van Nelson Street, lag in een relatief rustige woonwijk. Het was een doorgaande weg met de voor Edinburgh typerende kasteelachtige bruine bakstenen huizen van vier verdiepingen. Tegenover de graffitimuur was een eenvoudige bar, maar er waren geen getuigen van de ogenschijnlijk onbenullige overtreding, die waarschijnlijk 's avonds laat, na sluitingstijd was gepleegd. Het was geen druk gedeelte van de stad. Als de lichten eenmaal uit waren kwamen hier nog maar weinig mensen voorbij. Callanach begreep niet waarom de moordenaar deze plek had uitgekozen om zijn volgende moord aan te kondigen. Voor hetzelfde geld was de graffiti nooit iemand opgevallen.

'Hoe weten de moordenaars waar ze elkaars graffiti kunnen vinden?' mompelde Callanach. Ze waren er eerst een keer langsgereden in de auto, die ze nu een eind verder langs de weg hadden geparkeerd, en bleven op gepaste afstand van de muur staan met een reisgids in de hand die Salter had meegenomen als excuus om er even te kunnen rondhangen.

'Denkt u dat ze aan elkaar doorgeven wie hun volgende slachtoffer is?' vroeg Salter.

'Volgens inspecteur Turner hebben de moorden een competitief element. Dus zoeken ze naar het perfecte slachtoffer om zo veel mogelijk verontwaardiging bij het publiek los te maken. Ik denk dat die graffiti een manier is om het volgende doelwit te markeren,' zei Callanach.

'Dus ze communiceren om er extra bevrediging uit te putten. Een soort overwinningsgevoel,' zei Salter.

'Dat denk ik,' zei Callanach schouderophalend. 'Tenzij het ze alleen te doen is om een reactie van de pers. En nu de internationale media Edinburgh als de hel op aarde afschilderen, denk ik dat ze allebei het idee hebben dat ze aan de winnende hand zijn. Wil jij ervoor zorgen dat de handschriftkundige hier foto's van krijgt? Misschien blijft dat als bewijs in een rechtszaak niet overeind, maar ik wil weten of er overeenkomsten zijn met de graffiti op de andere plekken. En zorg ervoor dat deze plek de komende week dag en nacht in de gaten wordt gehouden. Ik wil weten wie er langskomt, wie het leest en wie er dingen aan toevoegt. Zorg voor de best mogelijke foto's. En mensen die voldoen aan het signalement van onze moordenaars moeten meteen worden gevolgd, maar vraag dan wel om assistentie.'

'Begrepen,' zei Salter. 'Sorry, maar ik sta op springen. Wilt u hier nog meer doen of gaan we terug naar het bureau?'

'Laten we maar gaan,' zei Callanach. 'Ik ben sowieso al veel te laat voor een disciplinair gesprek. Misschien kunnen we onderweg wat bonbons kopen om de commissaris wat milder te stemmen.'

'O, vindt u haar niet zoet genoeg?' grapte Salter.

Zelf had Overbeck geen tijd voor flauwe grappen. Ze hield een minutenlange tirade zonder zichtbaar adem te halen. Het enige pluspunt was dat ze zo geobsedeerd werd door haar eigen publieke status dat haar helemaal ontging hoe Callanach eruitzag. Hij voerde de langdurige pijn in zijn stuitbeen en de pijnstillers die hij daarvoor had moeten slikken aan als excuus voor het feit dat hij niet wakker was geworden en zijn telefoon niet had gehoord. Dat strookte in ieder geval enigszins met de waarheid.

'Dankzij uw gestuntel zijn we nu op het punt aanbeland dat het beroep van het volgende slachtoffer al is onthuld en we alleen maar kunnen afwachten tot er weer een moord wordt gepleegd. Wat is uw actieplan? Dat moet aan de volgende voorwaarden voldoen: waterdicht, snel en goedkoop. Ik luister.'

'Als we dit openbaar maken, slaat de paniek toe. Dan komen er nog meer valse meldingen binnen en worden er onschuldige mensen aangevallen. Maar als we niks doen en een klaar-overmoeder iets overkomt, worden we van incompetentie beschuldigd,' begon Callanach.

'Cijfers?' vroeg Overbeck.

'Er werken honderdachtenvijftig klaar-overs voor de gemeente Edinburgh, waarvan honderdtwee vrouwen,' zei Callanach, die blij was dat hij die informatie vóór het gesprek nog even had opgevraagd. 'We willen de potentiële slachtoffers discreet benaderen, maar vroeg of laat komt het toch naar buiten. Dan gaat iemand met de pers praten, ook al vragen we ze dat niet te doen. Daarbij komt nog het probleem dat mensen om bescherming zullen vragen, en eisen dat er dag en nacht een agent bij ze voor de deur staat. Met als gevolg dat het onderzoek volledig tot stilstand komt terwijl wij het te druk hebben met het voorkomen van de volgende moord.'

'Niet "wij", inspecteur. Laat mij alsjeblieft buiten uw logistieke nachtmerrie. Dit is úw onderzoek. Dat van u en inspecteur Turner. Weten we al wie van de moordenaars de graffiti deze keer op de muur heeft aangebracht?'

'Nee. Dat is nog altijd niet meer dan een theorie, en met uitzondering van de graffiti over de basisschoolonderwijzeres weten we niet welke andere teksten door een verdachte kunnen zijn gespoten. De handschriftdeskundige zegt dat er overeenkomsten zijn tussen de beide graffititeksten, maar het gaat hier om spuiten en niet om schrijven. We zullen nooit een rechtstreeks verband kunnen aantonen.'

'Honderdtwee potentiële slachtoffers. Bravo, Callanach. Je kunt de advocaten van de Schotse politie net zo goed meteen laten weten dat ze aanklachten wegens nalatigheid kunnen verwachten. Misschien kan ik mijn steentje bijdragen en de boulevardpers een paar pakkende krantenkoppen leveren over de incompetentie bij de politie. Dat zou iedereen een hoop tijd besparen. Wat een puinhoop. En waar is Turner?'

'Geen idee, mevrouw,' zei Callanach. Hij had zich hetzelfde afgevraagd, hoewel hij er niet op zat te wachten om Ava onder ogen te komen. Zij zou de make-up en de leugens onmiddellijk doorzien, en hij was niet van plan om haar de waarheid te vertellen. Dat had hij vannacht besloten.

'Zoek haar en duw haar wat peper in de kont. Dat kan ze evengoed gebruiken als jij. Ik wil arrestaties zien, Callanach, zodat je de zaak aan de officier van justitie kunt overdragen. Ik wil iemand voor deze moorden in de beklaagdenbank hebben vóór mijn volgende functioneringsgesprek, en dat is naar mijn zin al veel te snel.'

Brigadier Lively stond bij de koffieautomaat toen Callanach binnen kwam lopen, op zoek naar een opkikkertje.

'Krijg nou wat, meneer,' zei Lively. 'Draagt u nou make-up?'

'Waar is inspecteur Turner, brigadier?' vroeg Callanach.

'Ze is ongeveer een uur geleden weggeroepen naar het ziekenhuis. Hebben ze gisteren een ontgroening voor u op touw gezet? Uw gezicht ziet er een stuk beter uit dan anders.'

'Toch niet weer vanwege hoofdinspecteur Begbie?' vroeg Callanach, zonder in te gaan op zijn vraag.

'Denkt u dat ik hier had gestaan als dat zo was? Voor sommige van mijn meerderen heb ik heus wel respect, hoor,' zei Lively lachend. Callanach boog zich met een van pijn vertrokken gezicht voorover om zijn koffie te pakken. 'De baas is naar een zonnig oord gevlogen om te herstellen, heb ik gehoord. Zo te zien zou dat voor u ook geen gek idee zijn.'

'En dan jouw verrukkelijke gezelschap moeten missen, Lively?' vroeg Callanach, en hij nam een slok van het brouwsel dat naar warm, brak water met een vleugje cafeïne smaakte. 'Waarom zou ik dat willen?'

Callanach stuurde Ava een appje om haar van de stand van zaken op de hoogte te brengen en vlak daarna kwam er een hoge gemeenteambtenaar van Edinburgh zijn kamer binnenlopen.

Vier uur later stond Callanach voor een groep van achtenzestig vrouwelijke klaar-overs. Dat was geen slechte score voor de honderdtwee die ze hadden moeten opsporen. Sommigen waren op vakantie, anderen waren onbereikbaar. En agenten van de uniformdienst waren eropuit gestuurd om contact te leggen met de overige zestien.

'We hebben redenen om aan te nemen dat u het slachtoffer van een misdaad kunt worden,' begon Callanach. Hij negeerde het grappig bedoelde gefluit en ging verder. 'We hebben u gevraagd naar deze bijeenkomst te komen omdat er een verband zou kunnen zijn met de recente moorden in de stad.' Hij zweeg. Ditmaal bleven de grappen en vrolijke geluiden achterwege. Op de gezichten van de aanwezigen stond schrik te lezen. 'Misschien hebben we het bij het verkeerde eind, en we hopen dat het hier om een vergissing of een verkeerde interpretatie van de feiten gaat. Maar we zijn van mening dat we u beter kunnen waarschuwen.'

'Bedoelt u dat een van ons vermoord zou kunnen worden?' vroeg een vrouw op de eerste rij. Daarna volgde er een onvermijdelijke stortvloed van vragen. Callanach wist dat hij in hun plaats net zo zou reageren. Het enige wat hij kon doen, was de vragen voor zijn en de groep kalm houden. Kijkend naar de zee van gezichten bedacht hij dat er waarschijnlijk geen verzamelnaam voor potentiële moordslachtoffers bestond.

'Het gaat om een mógelijke bedreiging. Er zijn geen concrete aanwijzingen. Maar u moet wel waakzaam blijven. U moet nergens alleen naartoe gaan. Mijd openbare plekken waar u overvallen kunt worden. Zorg ervoor dat u altijd een mobiel of een persoonlijk alarm bij u hebt. Beveilig uw huis en houd de autoportieren onder het rijden op slot. Doe niet open voor onbekenden.'

'En hoelang gaat dit duren?' vroeg een ander die was opgestaan. 'Hoelang moeten we onderduiken? En is de rest veilig als een van ons is vermoord, werkt het zo?'

'Aye, is dat alles wat u te bieden heeft? Wat doet u om ons te beveiligen?' vroeg de eerste vrouw, waarna ze zich omdraaide en zich tot de anderen richtte. 'Dat kan toch niet, mensen? Waarom moeten we voor onze eigen veiligheid zorgen?' Daarop ontstond een tumultueus gejoel.

'We kunnen u niet allemaal beschermen,' zei Callanach. 'Ons advies is om de stad uit te gaan als u elders familie heeft wonen. De gemeente heeft verklaard dat niemand verplicht is naar haar werk te gaan. We vragen u alleen de voorzorgsmaatregelen te treffen die eigenlijk voor iedereen in de stad gelden sinds dit is begonnen. Het gaat er alleen om dat u buitengewoon goed moet opletten op wat er in uw omgeving gebeurt.'

'Dat is het?' riep een vrouw. 'We moeten buitengewoon goed opletten? Godallemachtig, moet mijn man soms ook thuisblijven om op me te passen?'

'Ik laat me niet bang maken,' zei een ander. 'Ze doen hun best maar. Ik weiger een gevangene in mijn eigen huis te zijn.'

'Het is belangrijk dat u hier met zo min mogelijk mensen over spreekt. Ik kan het niet afdwingen, maar als een van u met de pers praat, maakt dat de zaken alleen maar lastiger. De mensen die hierachter zitten zijn op zoek naar publiciteit. Als het even kan, geef ik ze liever geen podium.' Dat viel niet goed, zoals hij al had verwacht.

Callanach luisterde nog een uur lang naar hun boosheid, angst, verwarring en schimpscheuten, en beëindigde toen de bijeenkomst.

Hij belde Ava vanuit zijn auto en vroeg zich af waarom ze niet opnam. Hij liet een kort bericht achter over de verkeersbrigadiers en vroeg haar te bellen zodra ze kon. Vlak nadat hij het voicemailbericht had ingesproken, kwam er een appje binnen.

Broughton Street 30. 13.00 uur.

Callanach controleerde het nummer. Het was de telefoon van Lance Proudfoot. Even schoot de gedachte door hem heen dat hoofdinspecteur Edgar weer iets voor hem in petto had, maar dat leek onwaarschijnlijk op zo'n openbare plaats. Hij ging naar huis, kleedde zich om, en liep in twee minuten van zijn appartement naar het opgegeven adres. Het bleek een wijnwinkel te zijn waar Callanach vaak kwam, maar waarvan hij nooit het precieze adres had geweten. De winkel stond vol stellingen, zodat je er rustig een vertrouwelijk gesprek kon voeren zonder van buitenaf gezien te worden.

Lance droeg een hoodie, met de capuchon zo ver mogelijk over zijn hoofd getrokken, en hij had een bril op die Callanach niet eerder had gezien.

'Lance,' zei Callanach, op de ander toelopend. 'Ben je vermomd?'

De journalist wierp hem een behoedzame blik toe, controleerde de gangpaden aan beide kanten en overhandigde hem een envelop. Callanach maakte die open terwijl Lance de etiketten van de wijnen bestudeerde. In de envelop zat een wegwerptelefoon en een stukje papier met een telefoonnummer en een boodschap erop.

Ik heb u onderschat. Ik wist wat ze met u van plan waren en ik hoopte dat ze u niet te pakken zouden krijgen. Ik kon u ook niet waarschuwen, voor het geval dat ze uw gesprekken afluisterden. Vandaar het bijgesloten cadeau. Gebruik het alleen om het genoemde nummer te bellen. U hebt hulp nodig op IT-gebied, en de politie heeft de daarvoor vereiste kennis niet in huis. Vertel dit aan niemand. Vooral niet aan inspecteur Turner. Laat me weten wat voor bewijzen u hebt. Ik zal doen wat ik kan. Niet alle politiemensen zijn slecht. En dat geldt ook voor hackers.

Het was niet ondertekend, maar dat was ook niet nodig. Ben Paulson bewees hiermee dat hij veel dieper in de politiecommunicatie kon doordringen dan Joe Edgar voor mogelijk had gehouden, en dat hij dus ook toegang had gekregen tot hun telefoon- of e-mailverkeer, omdat hij had geweten wat Edgars mannen voor Callanach in petto hadden. Dat betekende dat er een digitaal spoor was, wat dus ook betekende dat hij kon bewijzen dat ze hadden samengespannen om hem te ontvoeren. Callanach overwoog om hiermee naar de commissaris te stappen en Edgar te ontmaskeren als maniakale vechtersbaas. Maar dat was natuurlijk wel het laatste waar Overbeck op zat te wachten: een schandaal rond het gouden team van Scotland Yard midden in een crisis rond een moordend duo. En dan was er nog de kwestie dat Callanach vertrouwelijke informatie aan onbevoegden had doorgespeeld. Dat zou absoluut onacceptabel zijn voor Overbeck. De kwestie zou zo snel mogelijk in de doofpot verdwijnen en Callanach zou waarschijnlijk worden overgeplaatst naar de Buiten-Hebriden. Edgar aangeven zou hem geen stap verder brengen en zou de hoofdinspecteur weleens in de kaart kunnen spelen. Callanach besloot af te wachten, en hij had trouwens wel andere dingen aan zijn hoofd. Hij keek Lance aan, die een blik op zijn horloge wierp.

'Hoe kom je aan die envelop?' vroeg Callanach.

'Die is door een koerier afgeleverd. Niet een bedrijf dat ik kende, overigens. Er zat ook een berichtje voor mij bij. Ben drukt me op het hart om voorzichtig te zijn. En jou ook. Hij schreef dat ze me in de gaten houden. Er blijkt de afgelopen vierentwintig uur voortdurend een onbekende auto door mijn straat te zijn gereden. En nu duik jij hier op met een gezicht alsof je auditie doet voor een rol in een soapserie over het gevangenisleven. Ik heb het gevoel dat ik bij toeval op het beste verhaal van mijn carrière ben gestuit, maar dat ik alles onder de pet moet houden. Dus, loop ik echt gevaar of houden die mensen mijn huis in de gaten om me te beschermen?'

'Ze zijn van de politie,' zei Callanach.

'O, goddank,' zei Lance met een diepe zucht. 'Ik begon me al echt zorgen te maken.'

'Nou, je hoeft je niet direct zorgen te maken,' zei Callanach, 'maar wees wel voorzichtig. We zijn altijd snel bereid om mensen in uniform positieve eigenschappen toe te schrijven, maar dat is niet altijd terecht.'

'Wat betekent dat in gewone taal?' vroeg Lance.

'Laat ze niet binnen. Vertel ze niks. En blijf bij Paulson vandaan.'

'Makkelijker gezegd dan gedaan. Hij heeft software op mijn laptop gezet die automatisch alles versleutelt wat ik verstuur. Vermoedelijk in jouw belang. Kennelijk ben ik de tussenpersoon. Ik hoop niet dat ik straks een verzonnen aanklacht aan m'n broek krijg...' Hij dempte zijn stem en ging langzamer praten. 'Zíj hebben je zo toegetakeld, hè? Sorry, het drong niet meteen tot me door, maar die politiemensen... zijn zij de reden waarom Paulson tegen me zei dat ik je beter niet in het openbaar kon ontmoeten?'

'Hoe minder je weet, hoe beter, dat zeggen ze toch altijd?' antwoordde Callanach. 'Lance, jij hebt dat patroon in die graffititeksten ontdekt. Er is er weer een opgedoken, op een nieuwe plek. We denken dat de moordenaars tegen elkaar opbieden over hun volgende doelwit, dat het een soort sadistisch spel is. Alsof ze hun prooi willen brandmerken. Snap jij daar iets van?'

'Ja en nee. Je wilt daarmee zeggen dat de twee moordenaars dit allemaal van tevoren hebben bedacht. Waarom zouden ze dan in het openbaar moeten communiceren, als ze gewoon om de beurt toeslaan?'

'Die nieuwe graffiti is in Northumberland Place aangebracht, vlak bij Nelson. Gedraag je onopvallend als je er wilt gaan kijken, want die plek wordt dag en nacht geobserveerd. Laat me weten wat je ervan vindt. Dit blijft trouwens onder ons, hè?'

'Je hebt de potentiële slachtoffers toch wel gewaarschuwd?'

'Jazeker,' zei Callanach.

'Dus wanneer dit naar buiten komt, en dat gaat gebeuren, dan krijg ik het exclusieve verhaal. Hoe het officiële verhaal van de politie ook luidt, ik krijg het als eerste te zien, afgesproken?'

'Daar heb ik geen bezwaar tegen,' zei Callanach. Zijn telefoon trilde in zijn broekzak. Hij werd gebeld door Tripp. De verbinding was slecht. Callanach ving alleen flarden van woorden op en op de achtergrond dacht hij geschreeuw en gegil te horen.

'Nu komen ... inspecteur Turner ... konden u niet te pakken krijgen ... Hemma ... Holyrood Road ...' Toen viel ook de slechte verbinding weg en het gesprek werd afgebroken. Callanach stak de envelop in zijn zak en richtte zich weer tot Lance.

'Er is iets aan de hand aan de andere kant van de stad. Bedankt, Lance. Blijf onder de radar, en ik neem wel contact met je op.' Callanach wachtte niet op antwoord. Hij rende naar zijn auto. Holyrood Road was maar een paar minuten rijden als het niet druk was. Hij gaf gas en reed weg.

22

Callanach had verwacht sirenes te horen, ruim voordat hij arriveerde, maar er was nergens een politieauto te zien. Wat er ook was gebeurd, de politie wenste haar aanwezigheid blijkbaar niet kenbaar te maken. Hij parkeerde om de hoek en liep terug naar Hemma, een Zweedse bar waar hij een paar keer langs was gekomen, maar nooit binnen was geweest. Het etablissement had een brede glazen pui, waarachter witte schuine pilaren zichtbaar waren. Hij vroeg zich af wat hier aan de hand kon zijn. Binnen zag hij een heleboel mensen en het lawaai was al van ver te horen, maar door de weerspiegeling op het glas kon hij niet goed naar binnen kijken. Niets wees erop dat het incident waarover Tripp hem had gebeld, hier had plaatsgevonden. Callanach hield zijn hoofd laag en stapte naar binnen, waarbij hij probeerde er zo min mogelijk als een politieman uit te zien, tot hij wist wat er aan de hand was.

Er ging een gejuich op toen hij binnenkwam. Het publiek bestond niet uit de doorsnee Edinburghse cafébezoekers die op de vrijdagavond een biertje kwamen drinken. Ongeveer het halve bureau was er: de uniformdienst, het ondersteunend personeel, zijn eigen team, en zelfs dat van hoofdinspecteur Edgar. Tripp wurmde zich door de menigte heen naar Callanach. De deuren gingen op slot en hij kreeg een glas champagne in de hand geduwd.

'Wat is hier aan de hand?' vroeg Callanach verbijsterd. 'Er lopen meer dan honderd potentiële slachtoffers rond en we komen al mensen tekort. Wie heeft dit in godsnaam georganiseerd?'

Tripp hoefde geen antwoord te geven. Hoofdinspecteur Edgar klom op een tafel en hield een fles champagne omhoog.

'Dank je wel dat jullie allemaal naar dit feest zijn gekomen dat we op de valreep hebben georganiseerd,' stak Edgar van wal.

'God, Tripp,' zei Callanach, en hij greep de rechercheur bij de arm. 'Zeg alsjeblieft niet dat ze Ben Paulson hebben gearresteerd. Hij zou weleens de enige kunnen zijn die ons kan helpen...'

'Onder merkwaardiger omstandigheden dan ik me ooit had kunnen indenken, wil ik jullie voorstellen aan mijn verloofde!' De mensen rond Ava deden ongevraagd een stap naar achteren en hieven het glas naar haar.

'We kregen een telefoontje, sir. Hoofdinspecteur Edgar stond erop dat iedereen wiens dienst erop zat hierheen zou komen. Ik dacht dat u het ook had gehoord,' zei Tripp.

Callanach staarde naar Ava, die ongemakkelijk glimlachte onder de plotselinge aandacht en de omstanders glazig aanstaarde, nippend van haar champagne. Ze tikte met de neus van haar ene schoen tegen de andere terwijl Edgar verderging met zijn zelfgenoegzame speech.

'Wilt u zitten, sir?' vroeg Salter.

'Zo geschokt ben ik nou ook weer niet, Salter,' reageerde Callanach.

'Ik bedoelde vanwege uw verwondingen,' zei ze. Ze stond tegen een tafel geleund met een glas cola in haar hand. 'Ik rij,' verklaarde ze. 'Hierna gaan we meteen terug naar het bureau. Ik weet niet wanneer ik mijn eigen bed weer zie.'

'Dit feestje moet afgelopen zijn. Ik ben het zat,' zei Callanach.

'Sir, doe nou geen overhaaste dingen,' zei Salter zachtjes.

Er verscheen een grimmige uitdrukking op Callanachs gezicht. Niet alleen had Joseph Edgar opdracht gegeven hem in elkaar te slaan en had hij Ava wijs weten te maken dat hij goed genoeg voor haar was, maar nu zette hij ook nog eens het leven van onschuldige mensen op het spel. Op het moment dat Edgar van de tafel sprong, liep Callanach met grote passen naar voren.

'Ik wil dat mijn team en alle mensen van de uniformdienst onmiddellijk teruggaan naar het bureau,' zei hij tegen de aanwezigen. 'Als je een glas in je handen hebt, zet je het maar neer. Meld je in de briefingruimte en –'

'Inspecteur Callanach,' riep Edgar. 'Iedereen gaat nu weer aan het werk. Ik heb deze bar maar een halfuurtje van een vriend geleend. Scotland Yard beseft maar al te goed hoe weinig schot er in het moordonderzoek zit en dat u alle hulp goed kunt gebruiken. Het moreel van uw team kon wel een oppeppertje gebruiken. En ze zijn allemaal nog steeds op afroep beschikbaar. Ik heb alles onder controle, maakt u zich geen zorgen.'

Er viel een ongemakkelijke stilte terwijl Callanach bedacht hoe hij moest reageren. Ava was al in geen velden of wegen meer te bekennen.

'Telefoon voor u, sir,' riep Lively, die helemaal achterin stond, zwaaiend met zijn mobieltje. 'Dringend. Sorry dat ik u stoor.'

Callanach baande zich een weg naar hem toe, griste de telefoon uit zijn hand en liep naar buiten. De telefoon was dood. Lively verscheen achter hem en stak zijn hand uit naar zijn telefoon.

'Wat heeft dat te betekenen, brigadier?' vroeg Callanach.

'Dacht dat u misschien wat frisse lucht kon gebruiken,' antwoordde Lively.

Callanach ademde een paar keer diep in om tot rust te komen. 'Bedankt,' zei hij ten slotte.

'Ik deed het niet voor u. Die vent is een regelrechte klootzak. U kunt hem maar beter de voet dwars zetten. Ik heb gehoord dat hoofdinspecteur Begbie niet meer terugkomt. Dan hebben we straks een vacature, en we willen toch niet dat Lord Edgar een overplaatsing naar de Schotse politie aanvraagt. Dat is misschien wel het eerste waar we het over eens zijn, sinds u hier bent komen werken.' Lively liep weg, en Callanach bleef staan en voelde zich eenzamer dan hij zich in lange tijd had gevoeld.

De baas ging weg, Ava begon een nieuw leven met een man die ervoor zou zorgen dat Callanach niet meer dan een vroegere vriend van haar was, zijn eigen moeder had niet op zijn laatste e-mail gereageerd en brigadier Lively bleek zijn reddende engel te zijn geweest. Callanach wierp nog een laatste blik op het feestje in de bar, dat al op z'n eind begon te lopen. Hij had zich belachelijk gemaakt en zich als een pedante, rancuneuze zeikerd gedragen. Edgar zou opgetogen zijn en Ava voelde zich vast vernederd. De hele afdeling Zware Misdrijven schaamde zich natuurlijk te pletter voor hem. Het was een ramp. Hij leek een spoor van aversie achter te laten, en er was maar weinig wat hij daaraan kon doen.

Hij reed harder naar huis dan verstandig was en probeerde het beeld van de diamant aan Ava's ringvinger uit zijn gedachten te bannen. In zijn flat aangekomen pakte hij zijn laptop en begon een document op te stellen met alle recente informatie over de moorden. Ze wisten zeker dat de man die Emily Balcaskie had vermoord en het sectierapport van Helen Lott had gelekt, zelf alles van computers en programmeren wist of hulp van een expert had gehad. En het stond als een paal boven water dat die moorden verband hielden met de moord op Thorburn en Swan. Als hij officieuze hulp nodig had om die zaken op te lossen, dan moest dat maar. En als Ben Paulson verdachte was in het onderzoek van Joe Edgar, kon Callanach daarmee leven.

Hij stuurde het document naar Lance Proudfoot met het verzoek het door te sturen, zonder erbij te zeggen aan wie. Lance zou wel weten wat hij moest doen. Vervolgens stuurde hij vanaf zijn wegwerptelefoon een appje naar Ben Paulson.

Document onderweg. Waardeer je hulp. Kan je geen wederdienst bewijzen.

Callanach vroeg zich opnieuw af wat voor motief de programmeur kon hebben om te helpen, en besloot toen dat dat er niet toe deed. Binnen een minuut trilde de telefoon ten teken dat hij antwoord had.

Zal kijken. Verwachtte geen wederdienst. Wees wat minder cynisch.

Callanach lachte hardop. Wees wat minder cynisch. Hoe moest hij dat doen? De enige mensen die hij in vertrouwen durfde te nemen waren een journalist en een verdachte. Ava's beoordelingsvermogen was volledig zoek. Ze was nu een vreemde voor hem geworden; zelfs de keuze van de bar voor het lastminuteverlovingsfeest viel niet te rijmen met haar voorkeur voor pubs met een open haard en versleten leren banken. Was ze opeens zo veranderd of had Callanach haar nooit echt goed gekend?

Hij probeerde tot rust te komen met een glas wijn en zette de tv aan om het lawaai in zijn hoofd te overstemmen, maar hij kon het beeld van Ava's hoofd op zijn schouder niet van zich afzetten. Flarden van gesprekken uit de tijd dat ze elkaar net kenden. De keren dat ze hem plagerig op de hak had genomen, en partij voor hem had gekozen. Die keer toen hij zich uiteindelijk voor haar had opengesteld en had ontdekt dat ze hem volkomen onbevooroordeeld tegemoet trad. Lange avonden waarop ze over van alles en nog wat praatten en gekoesterde jeugdherinneringen uitwisselden. Een dag uit vissen waarop ze hem had geleerd hoe hij zijn lijn moest uitwerpen. Door zijn onhandigheid was de lijn in haar haar verstrikt geraakt, en hij was wel een halfuur bezig geweest om het haakje eruit te krijgen en een pleister te plakken op de schram vlak onder haar oor. Hij herinnerde zich de slanke lijn van haar hals, haar licht gebruinde, gladde huid. En toen hij klaar was en zijn vingers over haar haar naar beneden liet glijden, vielen ze allebei stil vanwege dat onverwachte, intieme contact. Ava had even met haar hoofd geschud alsof ze net wakker was geworden, had de hengel gepakt en was de spullen gaan opruimen. Maar daarna had ze hem een paar minuten lang niet aangekeken.

Het wijnglas in zijn hand vloog door de lucht en spatte tegen de muur uit elkaar voordat hij zich had gerealiseerd dat hij het ging wegsmijten. Hij stormde door de kamer, weg van de scherven, en gaf met zijn vuist een harde dreun op het bureau. De doordrukstrip met blauwe pillen die hij eigenlijk had willen weggooien lag er nog. Hij drukte twee pillen uit de verpakking en nam die in.

Hij stapte onder de douche en het koude water kwam als een welkome schok. Hij was niet op zoek naar behaaglijke warmte. Hoewel hij wist dat het een slecht idee was, kleedde hij zich aan en liep naar de overkant van de gang. Bunny deed vrijwel meteen open.

'Luc, ik vroeg me net af of je al thuis was. Heb je honger? Ik heb massa's eten in de vriezer. En mijn nieuwe bank is gebracht. Laten we daarop drinken met wat bubbels. Gaat het goed met je?'

Callanach stapte naar binnen en keek Bunny strak aan. Ze droeg een bloesje van spijkerstof dat ze aan de onderkant in een knoop had gelegd, en een minirokje. Langzaam stak hij een hand uit, spande zijn kaakspieren en haalde diep adem toen de eerste golf van bevrijdende endorfine vrijkwam. Hij kromde zijn wijsvinger achter de knoop in haar shirt en trok er hard aan, waardoor die losschoot en hij Bunny tegelijkertijd naar zich toe trok. Haar wenkbrauwen schoten omhoog en ze lachte zenuwachtig, maar liet zich in zijn armen vallen.

'Ik dacht al dat je niet geïnteresseerd was,' zei ze, terwijl hij haar in haar hals begon te zoenen, met zijn handen door haar haar woelde en met de punt van zijn tong over haar sleutelbeen gleed. 'Zullen we niet even gaan zitten?' vroeg ze.

'Oké,' zei hij, en hij liet haar voorgaan naar de keuken, waar ze een fles prosecco uit de koelkast haalde en twee glazen pakte. Callanach schonk de glazen in, liep de woonkamer in en maakte het zich gemakkelijk op de bank. Bunny klonk glimlachend met hem en kwam naast hem zitten.

'Ik hoopte dat dit zou gebeuren,' zei ze. 'Maar ik vroeg me wel af wie die vrouw was die laatst bij je aanbelde. Dat kwam door de manier waarop ze keek toen ik het over je had. Ik dacht dat jullie iets hadden.'

Callanach realiseerde zich dat ze het over de dag had dat Ava naar hem op zoek was. Ze had nooit uitgelegd wat ze kwam doen.

Hij nam Bunny's glas uit haar hand, zette het neer en drukte zijn lippen op de hare om haar het zwijgen op te leggen en Ava uit zijn gedachten te verdrijven. Hij sloeg een arm om haar schouders. Ze hield haar hoofd schuin en liet haar tong over zijn lippen glijden. Hij maakte de knoopjes van haar bloes los, trok hem van haar schouders en liet hem op de grond vallen terwijl zij zijn overhemd uitdeed. Hij sloeg zijn benen om die van haar, waardoor ze schuin op de bank kwamen te liggen, en bewoog zijn hand naar haar kruis. Ze sloot haar ogen, hief haar kin op, liet haar hoofd op de armleuning van de bank rusten en kreunde zachtjes toen hij haar daar aanraakte. Hij voelde dat het medicijn z'n werk deed en de mannelijkheid die hij zo lang had moeten missen weer liet ontvlammen. Bunny liet haar hand over zijn jeans glijden en streelde de bobbel die daar zat. Dit keer zou het niet misgaan.

Bunny richtte haar hoofd op toen hij zijn broek los begon te knopen en legde haar hand lichtjes op de zijne.

'Zullen we het even wat kalmer aan doen?' vroeg ze. 'We hebben nog de hele avond en dit ligt niet echt gemakkelijk.' Ze pakte de glazen, reikte Callanach het zijne aan en nam een slokje uit haar eigen glas. Hij deed zijn best zijn frustratie te verhullen en nam glimlachend ook een slokje. 'En wat heeft je nou over de streep getrokken?' vroeg Bunny. 'Ik dacht al bijna dat je me niet zag staan. Die eerste avond, toen je mijn elektra weer aan de praat kreeg, kon ik bijna niet geloven dat ik tegenover je woonde. Mijn vriendinnen maken daar weleens grappen over: je verhuist naar een nieuw appartement en de man die tegenover je woont is waanzinnig aantrekkelijk en heeft een geweldige baan. En hij is single. Ik heb iedereen over je verteld.'

Callanach ging rechtop zitten en voelde dat zijn stuitbeen en zijn ribben protesteerden. Tot nu toe had hij de knarsende pijn in zijn onderrug en de stekende pijn rond zijn longen kunnen negeren.

'Denk je dat je vrijdag tijd hebt om te komen eten? Dan zijn we met z'n achten. We kunnen een afhaalmaaltijd bestellen en daarna naar een bar gaan.'

'Dat weet ik echt niet,' zei hij. Hij sloeg het veel te zoete drankje naar binnen en zette zijn glas op tafel. Zijn lid klopte als vanouds, alsof er een veer was opgedraaid waardoor zich een onstuitbare kracht begon op te bouwen. Maar zijn hoofd bonkte en vanbinnen voelde hij een groeiende onrust, die gepaard ging met een toenemend gevoel van paniek dat hij de boel straks niet meer in de hand zou hebben.

'Zal ik wat muziek opzetten?' vroeg ze. 'Waar hou je van?'

Hij wist dat hij weg moest. Bunny was een lieve meid. Niet zijn type, maar ze was lief en ze bedoelde het goed. Hij was hiernaartoe gekomen zonder er goed over na te denken. De beschamende waarheid was dat hij hier was gekomen om haar te gebruiken.

'Ik moet weg,' zei hij, en hij stond op. Zijn hoofd bonkte en hij voelde een pijnscheut door zijn onderrug gaan.

'Je mag hier vannacht wel blijven,' zei ze, en ze pakte zijn hand vast.

'Dat gaat niet. Ik moet morgen vroeg naar mijn werk.'

'Blijf nog even. Misschien kunnen we een film kijken?' vroeg ze. Callanach zag de smeekbede in haar ogen, de teleurstelling. Hij had zich gruwelijk misdragen. Hij wilde haar op z'n minst op een vriendelijke manier duidelijk maken dat hij niets met haar wilde.

'Ik had niet moeten komen,' zei hij. 'Het was een vergissing.'

'Vrijdag dan? Met m'n vrienden. Dat wordt lachen. Je zult ze vast aardig vinden.'

'Ik denk dat ik dan moet werken. Je weet hoe het gaat.' Hij trok zijn overhemd weer aan en nam niet de moeite het dicht te knopen. Zijn lijf stond in brand, alsof het één enkel pulserend orgaan was geworden dat op barsten stond. Hij kuste Bunny op de wang.

'Ik begrijp het,' zei ze zachtjes. 'Ik ben hier als je nog van gedachten verandert. Dat doen goede buren toch voor elkaar?' Ze deed een poging om te glimlachen, maar slaagde daar niet in en verborg haar tranen door zich nog een glas prosecco in te schenken. Callanach nam afscheid en ging weg.

In zijn appartement liep hij meteen door naar de douche en vervloekte zijn destructieve zelfzuchtigheid. Hij had Bunny niet mogen gebruiken om zijn eigen onvermogen te overwinnen. Dat verdiende ze niet. Ze had meer tact getoond dan hem toekwam. En nu had hij zijn leven in zijn eigen woonomgeving ook nog eens gecompliceerd. Nooit schijten waar je eet, was dat niet de gulden regel?

Ondertussen zat hij met het gevoel dat er een wezen in zijn lijf krioelde dat eiste gevoerd te worden. Dat zijn lichaam weer werkte zou een reden tot feest moeten zijn geweest, en toch kon hij de gedachte niet aan dat hij seks met Bunny zou hebben. Ze was aantrekkelijk, sprankelend en lief, maar niet wat hij wilde. Hij had gedacht dat het vooruitzicht van seks al genoeg zou zijn geweest. Maar het was een valse godheid. Hij had dit punt niet uit vrije wil en op eigen kracht bereikt. Hij had zijn lijf met chemische middelen overspoeld om zijn geest voor de gek te houden. En nu zat hij in het farmaceutische vagevuur af te wachten tot het middel was uitgewerkt voor hij kon gaan slapen. Zo gemakkelijk liet het probleem van zijn impotentie zich niet oplossen. Het medicijn had zijn disfunctionele lichaam weer op gang gebracht, maar de oorzaak ervan lag in zijn hoofd, en hij was nog geen stap dichterbij gekomen om daar een oplossing voor te vinden.

23

Hij werd de volgende dag om zeven uur wakker met een chemische smaak in zijn mond en ging meteen koffiezetten. De vorige avond was in zijn beleving een half afgemaakte schets, en hij koos ervoor om de leemten niet in te vullen. Sommige dingen kon je niet goedmaken.

Hij keek op zijn mobieltje om te zien of er de afgelopen nacht een moord was gepleegd. Het leek erop dat de klaar-overmoeders van Edinburgh in veiligheid waren. Er waren 's nachts extra eenheden ingezet voor het geval zich incidenten zouden voordoen. Commissaris Overbeck zou zich voor de overuren moeten verantwoorden, maar dat was haar probleem. Callanach had al besloten dat als de moorden eenmaal waren opgelost, en Begbie niet meer terugkwam, hij op zoek zou gaan naar een baan in een andere stad. Het maakte niet uit waar op de wereld. Behalve in Frankrijk natuurlijk.

Toen hij gezoem hoorde, was zijn eerste reactie om op zijn telefoon te kijken of er nieuwe berichten waren. Toen dat niet het geval bleek te zijn, herinnerde hij zich dat er een tweede telefoon in zijn appartement lag. Hij had zich niet gerealiseerd dat die nog steeds aanstond.

Heb iets gevonden. Bel je om 10.00. Zorg voor pen en papier.

Ben Paulson had kennelijk een productievere nacht gehad dan hijzelf. Hij keek op zijn horloge. Hij moest nog tweeënhalf uur wachten.

Het antwoord op hoe hij die tijd kon vullen diende zich aan in de vorm van een bijna woeste horde journalisten die hem voor het politiebureau stond op te wachten. De camera's begonnen te draaien toen hij naar binnen liep, er werden vragen geroepen en fototoestellen flitsten. Daarmee was de hoop dat ze voor de moordenaars verborgen konden houden dat ze de rol van de graffiti hadden begrepen, dus vervlogen.

Alle belangrijke kranten en televisiezenders waren vertegenwoordigd. Callanach werd ziek van het besef dat de media eigenlijk alleen nog een vermoorde klaar-over nodig hadden om hun verhaal af te ronden. Samen met de persvoorlichter stelde hij een verklaring op. Toen hij het kantoor uit liep en het aan het mediateam overliet om de journalisten te woord te staan, herinnerde hij zich dat hij Lance de primeur had beloofd als het nieuws bekend werd. Het was bijna tien uur. Lance zou nog even moeten wachten tot hij met Ben Paulson had gesproken. Callanach pakte een notitieboekje en ging in zijn auto zitten wachten tot de wegwerptelefoon overging.

'Waar ben je?'

'In mijn auto,' zei Callanach. 'Heb je iets?'

'Voorlopig alleen getallen,' zei Ben, 'maar het is een begin. Ik stuur je nu een afbeelding. Kijk maar even.'

Callanach opende de afbeelding, maar die zei hem niets.

55.957410754899O7, -3.19568574178561

Hij bracht de telefoon weer naar zijn oor. 'Ik heb hem ontvangen, maar ik heb geen idee waar ik naar kijk,' zei hij.

'Dat zijn gps-coördinaten. Precies op die plek verscheen de graffititekst over de klaar-over,' zei Ben. Callanach maakte een aantekening. Het was nooit bij hem opgekomen om naar de coördinaten te kijken. De plaats van de graffititeksten leek hem willekeurig gekozen te zijn. 'Ik heb alle mogelijke beschrijvingen van de graffitiplekken ingetypt en heb op internet gezocht naar straatnamen, gps-coördinaten en alle mogelijke zoektermen die ik kon bedenken, maar de coördinaten leverden de enige treffer op,' legde Ben uit.

'Voor alle graffitiplekken waar het beroep van de slachtoffers werd genoemd?' vroeg Callanach.

'Ik heb de coördinaten van vier graffitiplekken in de stad teruggevonden,' zei Ben.

'In welke context?' vroeg Callanach door. 'Op een website?'

'Zo eenvoudig ligt het niet,' lachte Ben. 'Ik heb allerlei verkeer op het darknet doorzocht. Dat is het deel van het internet voor mensen die zich met duistere zaken bezighouden. De meeste computergebruikers weten niet eens dat het bestaat, en er zijn maar heel weinig mensen die daarbij kunnen.'

'Heb je dan ontdekt dat er mensen zijn die die coördinaten uitwisselen?' Callanach was opgehouden met schrijven en sloot zijn ogen. Dit was het moment waarop hij had zitten wachten. Een echte doorbraak. Het moment waarop hij er eindelijk zeker van kon zijn dat er niet nóg meer mensen op de tafels van het mortuarium zouden belanden.

'Alles wat ik op dit moment heb is een zwaar versleutelde website met strenge beveiliging, waar je alleen op uitnodiging binnen kunt. De reden dat die coördinaten een hit opleverden was omdat ze numeriek zijn. Mijn software signaleerde dat die cijfers precies in dezelfde volgorde heen en weer gestuurd zijn. Ik heb meer tijd nodig om het volledig uit te zoeken.'

'Je moet me laten zien hoe dat werkt,' zei Callanach. 'Als dit het enige bewijs blijkt te zijn, moet ik het zelf kunnen volgen.'

'Te riskant,' zei Ben. 'Je weet dat ze me in de gaten houden en waartoe ze in staat zijn. Ik moet ook aan mijn carrière denken. Ik kan me niet voorstellen dat de jongens van Edgar je hebben laten gaan zonder een paar dreigementen te uiten.'

'Dat is niet belangrijk. Je moet me dit in detail uitleggen,' zei Callanach.

'Onder werktijd is het voor mij makkelijker om er ongezien tussenuit te glippen. Laten we elkaar over drie uur ontmoeten. Ik app het adres wel. En zeg tegen Lance dat hij zijn laptop meeneemt, dan kan ik jullie meteen alle bestanden geven die ik in de tussentijd nog vind.' Ben hing op. Het tekstbericht kwam vrijwel meteen. Het was een adres in het centrum, in een buurt die Callanach kende, hoewel het adres van het café hem niet bekend voorkwam.

Bij terugkomst in de briefingruimte zat Callanachs team voor de tv. Op het scherm was een oudere vrouw te zien die de verslaggever allerlei anekdotes vertelde over haar vroegere werk als klaar-over bij een van de grootste basisscholen van Edinburgh. Onder aan het scherm stond dat ze Gladys Talthwaite heette en tachtig jaar was. Ze was al jaren geleden met pensioen gegaan, maar haar geest was nog net zo scherp als die van een jonger iemand. De interviewster molk het onderwerp helemaal uit.

'En hoe denkt u dat ze zich nu voelen, die vrouwen die zich inspannen om de wegen van onze stad veiliger maken voor onze kinderen?' vroeg de verslaggeefster.

'Ik denk dat ze doodsbang zijn, liefje, wat denk je zelf?' antwoordde Gladys. 'Toen we in de oorlog met de vijand te maken hadden, sloegen we de handen ineen. Maar toen hadden we natuurlijk nog een gemeenschap waarin iedereen elkaar kende. Een vreemde zag je van kilometers ver aankomen. Tegenwoordig hebben we geen idee meer wat er in het huis naast ons gebeurt.'

'Hoe was het om klaar-over te zijn? Kunt u vertellen wat u het moeilijkst vond aan dat werk?' ging de interviewster verder, erop gespitst haar tranentrekker bij de les te houden. Als het mens nog langer doorzaagde over de oorlog, haakte de kijker af.

'De juiste term is trouwens verkeersbrigadier,' verbeterde Gladys de interviewster. 'Nou, de automobilisten konden nog weleens ongeduldig zijn. Sommigen wilden geen vaart minderen. Ik heb ooit gezien dat een vrouw een eend onder de wielen kreeg die het waagde met haar kuikens over te steken. Ze is niet eens gestopt.'

'En hebt u ooit het idee gehad dat iemand het vanwege uw werk op u gemunt zou kunnen hebben?'

'Nee, lieverd. Wie zou nou een klaar-over kwaad willen doen?' grinnikte Gladys.

'En wat zou u zeggen tegen de man of vrouw die een van uw vroegere collega's kwaad wil doen, als hij of zij nu zit te kijken?'

'Ik zou tegen ze zeggen dat ze zich moeten gedragen. Dat als ze bloed willen laten vloeien, ze dat maar met hun eigen bloed moeten doen. Dat ze zichzelf maar met hun eigen mes te lijf moeten gaan,' zei Gladys. De interviewer keek opzij, met één hand aan haar oortje.

'Dat antwoord had ze vast niet verwacht,' merkte een uniformagent op.

'Of hun pistool, of wat dan ook,' vervolgde Gladys. Callanach staarde naar het scherm. Gladys was piepklein, en in de enorme leunstoel leek ze nog kleiner. Ze was helemaal grijs, en haar knokkels stonden krom van de reuma. Haar venijnige woorden vormden een goede graadmeter voor wat er op dit moment onder het grootste deel van de Schotse bevolking leefde.

De interviewster onderbrak haar. 'En de politie? Hoe denkt u dat ze deze misdadigers zou moeten aanpakken? Inspecteur Luc Callanach heeft deze week nog een persconferentie gegeven. Welke adviezen heeft u voor hem?'

'O, schat, die ken ik wel, hoor. Hij is een Fransman. En moet je zien hoe die zich in de oorlog hebben gedragen. De meesten zijn op hun rug gaan liggen en lieten Hitler over zich heen walsen!'

Het scherm ging op zwart, en meteen daarna volgde een onverwachte reclameonderbreking. Je kon de paniek in de regiekamer bijna horen. Het advies aan de moordenaars om zich van kant te maken was al op het randje, maar het anti-Franse sentiment ging echt te ver. Tripp zette de tv uit.

Brigadier Lively stond op van het bureau waar hij op had gezeten.

'Ik vond haar wel goed,' grinnikte hij. 'Ik ga even koffie halen nu die watjes van Edgars cyberteam met hun inval bezig zijn. Vorige keer dat ik bij de koffieautomaat kwam stond er zo'n eikel kokosolie in z'n kopje te schenken. Toen ik vroeg of hij het bij wijze van laxeermiddel gebruikte, begon die kloothommel een hele verhandeling over vetabsorptie te geven.'

'Hoelang blijven ze hier nog, sir? De brigadier heeft gelijk. Het is een stel arrogante hufters,' zei Salter.

'Zo lang als nodig is, denk ik,' zei Callanach.

'Hooguit nog een week, heb ik gehoord,' zei een van de uniformagenten. 'Gisteravond belde een van die lui met het hotel waar ze logeren.'

'Maak je niet druk over die Cyber Crime Unit,' zei Callanach. 'Begin maar met zoeken naar klaar-overs die op een of andere manier opvallen. Iemand die een onderscheiding heeft gekregen, door haar buurt in het zonnetje is gezet, dat soort dingen.'

'Heb ik al geprobeerd, sir,' antwoordde Salter. 'Ik kreeg honderden treffers. Kinderen die meedoen aan een tekenwedstrijd met een tekening van de klaar-over bij hun school. Scholen die hun klaar-over voordragen voor de titel van buitengewoon lid van de gemeenschap. Vorig jaar werden alle verkeersbrigadiers die het werk tien jaar of langer deden uitgenodigd voor een speciale viering. Het is ongelooflijk hoe vaak de verkeersbrigadiers van Edinburgh worden geprezen.'

Callanach wreef in zijn ogen en vroeg: 'Dus er valt geen top 10 samen te stellen?' Niemand nam de moeite om antwoord te geven. Hij liet zijn team verder werken en liep terug naar zijn kamer.

Edgars team zat Paulson dus op de hielen, net nu de samenwerking met hem zijn vruchten begon af te werpen. Callanach moest een beslissing nemen. Hij kon Paulson waarschuwen over de ophanden zijnde inval – wat natuurlijk volkomen illegaal was – om zijn eigen onderzoek veilig te stellen, of hij hield het stil, waardoor zijn enige aanknopingspunt in rook zou opgaan. Hij probeerde zijn keuze niet te laten beïnvloeden door wat Edgar hem had aangedaan. In plaats daarvan vroeg hij zich af welk advies hij een collega zou geven die hem een soortgelijk dilemma voorlegde. Hij wist weinig van Paulson, en diens motief om hem te helpen was nog steeds in nevelen gehuld. Misschien was dit wel precies waar de hacker op gokte: dat Callanach zich geroepen zou voelen hem te helpen, of hij daar nu om had gevraagd of niet.

Nadat hij een uur lang naar papierwerk had zitten staren, orders had gegeven en het dilemma keer op keer had overdacht, deed Callanach iets wat hij bij zijn vertrek uit Frankrijk had gezworen nooit te zullen doen. Hij pakte de telefoon en koos het nummer van Interpol in Lyon.

Jean-Paul was ooit zijn beste vriend geweest. In hun tijd bij Interpol waren ze samen op vakantie geweest, hadden ze een tijdlang een flat gedeeld, was Callanach de tel kwijtgeraakt van de keren dat ze samen gegeten hadden en liepen de gezamenlijke herinneringen uiteen van het oprollen van een pedofielennetwerk in New York tot een trektocht door de Sahara om een weddenschap te winnen. Toen had Jean-Paul een afspraakje voor hem met Astrid Borde geregeld, waarmee hij een reeks gebeurtenissen in gang had gezet die resulteerde in een aanklacht wegens verkrachting. Jean-Paul had hem zoals veel anderen laten vallen. Van alle collega's en vrienden had de trouweloosheid van Jean-Paul het meest pijn gedaan. Maar voor hemzelf was het ongetwijfeld ook niet makkelijk geweest. Zijn beste vriend een verkrachter. Had de buitenwereld hen over één kam geschoren? Was Jean-Paul ook besmet geraakt doordat ze vrienden waren? Maar híj was in elk geval zijn baan en zijn land niet kwijtgeraakt, zoals Callanach. Toen Astrid Borde had besloten de rechtszaak niet door te zetten, was de vriendschap met Jean-Paul al zo verziekt dat het niet meer goed was gekomen. Nu wilde Callanach hem om een gunst vragen, en Jean-Paul stond dik bij hem in het krijt.

'Met J-P,' klonk het. Callanach had zich niet afgevraagd wat er door hem heen zou gaan wanneer hij zijn stem hoorde. Hij duwde de herinneringen weg en concentreerde zich op wat hij nodig had.

'Hallo, Jean-Paul,' zei hij. 'Je spreekt met Luc Callanach.' Hij koos ervoor om Engels te spreken omdat hij wist dat zijn vriend die taal vloeiend sprak. Callanach wilde de indruk wekken dat het nu vanzelfsprekend voor hem voelde om Engels te spreken, maar de werkelijke reden was dat hij Jean-Paul daarmee iets duidelijk wilde maken. Dat dit zijn nieuwe leven was. Dat zelfs zijn taal hem was ontnomen. Aan het andere eind van de lijn hapte zijn vriend hoorbaar naar adem.

'Luc,' zei Jean-Paul. 'Hoe is het met je?'

'Druk. We zitten hier in Edinburgh met een groot probleem. Vier moorden en we bereiden ons voor op nog meer.'

'Dat heb ik gehoord,' zei Jean-Paul. 'Dus dit is een officieel verzoek?'

'Niet helemaal,' antwoordde Callanach. 'Is dat nodig, na al die jaren?'

Er viel een lange stilte. Callanach hoorde een deur dichtslaan. Hij haalde zich Jean-Pauls kamer voor de geest, waar zijn vriend met de benen op het bureau zat te lezen of aantekeningen maakte. Als hij de deur dicht wilde doen, hoefde hij alleen maar zijn been uit te steken en de deur een zet te geven. Het was alsof hij daar bij hem in de kamer was.

'Zonder de juiste procedures kan ik niks doen. Je weet hoe het hier gaat.'

'Dat kun je wel als het je eigen onderzoek is in plaats van een verzoek om informatie. Je kunt vast wel iets verzinnen om de naam van degene om wie het gaat in verband te brengen met een van je eigen onderzoeken,' zei Callanach, die weigerde zich te laten afpoeieren. Hij hoorde de schaamte in Jean-Pauls stem. Hopelijk schaamde hij zich zo erg dat hij zou instemmen met een officieus antecedentenonderzoek.

'En als die naam nou ook opduikt in een grote zaak in Schotland?' vroeg Jean-Paul.

'Het gaat om een internationale figuur, geen Schots onderdaan. Ex-Silicon Valley. Zorg dat het lukt.'

'Waarom heb je me gebeld?' vroeg Jean-Paul met een klagerige ondertoon in zijn stem. Callanach voelde ergernis opkomen. Als iemand recht had op zelfmedelijden, was hij het, en niet zijn vroegere vriend.

'Misschien miste ik je. Of misschien wil ik iets gedaan krijgen omdat er hier levens op het spel staan. Maakt het wat uit? Ik wil een antecedentenonderzoek. Familie, werk, opleiding, strafzaken, zakenpartners.'

'En hoelang heb ik daarvoor?' vroeg Jean-Paul. Callanach was allang blij dat de ander niet verder inging op de redenen waarom hij mee zou moeten werken. Daarmee erkende zijn vriend toch min of meer dat hij zich enigszins schuldig voelde over wat er was gebeurd.

'Nu, aan de telefoon. Ik heb zo een belangrijke bijeenkomst,' zei Callanach.

'De naam?' vroeg Jean-Paul.

'Ben Paulson, Amerikaans staatsburger, woont momenteel in Edinburgh. Het kan zijn dat hij een aantekening heeft in verband met cybercriminaliteit.'

'Ik ben ermee bezig,' zei Jean-Paul. 'En waarom speel je dit niet officieel? Het had geen kwaad gekund de gebruikelijke procedures te volgen. Het lijkt mij een legitiem verzoek. Wat probeer je te omzeilen?'

'Het onderzoek naar cybercriminaliteit wordt door iemand anders uitgevoerd. Hij en ik hebben helaas tegenstrijdige belangen.'

'Je maakt het de mensen ook niet gemakkelijk, hè?' zei Jean-Paul met een lachje.

'De makkelijke weg is voor me afgesneden toen ik helemaal opnieuw met mijn carrière moest beginnen,' zei Callanach. Hij was niet van plan geweest daar iets over te zeggen, maar de bittere pil bleek nog altijd op zijn tong te liggen, ook al had hij zo lang zijn best gedaan om hem door te slikken.

'Luc, ik wist niet wat ik moest doen. Ik kon niet weten wat er die avond was gebeurd. Je hebt er nooit over gesproken. Hoe had ik kunnen weten dat je onschuldig was?'

'Hoe kon je ooit hebben geloofd dat ik daartoe in staat was?' kaatste Callanach terug.

'Luc, wat jij hebt moeten doormaken was afschuwelijk, maar je moet geloven dat ik er alles voor over zou hebben om de klok terug te draaien,' zei Jean-Paul. Callanach wilde dat best van hem aannemen, maar het was ook wel makkelijk om dat soort uitspraken over de telefoon en van zo ver weg te doen. Het was mosterd na de maaltijd.

'Ik wil alleen wat informatie. Probeer zelf maar een manier te vinden om ermee te leven. Ik heb al genoeg om me druk over te maken,' zei Callanach.

Er viel een stilte. Callanach zag het gezicht van zijn vriend bijna voor zich. Wanneer Jean-Paul het moeilijk had, pakte hij vroeger altijd een pakje shag uit zijn zak en rolde hij een sigaret. Dat deed hij geroutineerd, met de ogen dicht. Misschien beeldde hij het zich in, maar Callanach meende onder Jean-Pauls onregelmatige ademhaling het geritsel van een vloeitje te horen. Hij voelde zich verscheurd en vroeg zich af hoe het mogelijk was om zo'n woede en tegelijkertijd zo'n hevig verlangen te koesteren.

'Ik heb hem gevonden,' zei Jean-Paul zacht. 'Benjamin Samuel Paulson, geboren op 29 juli 1987, maakt vermoedelijk deel uit van een internationale groep hackers. Vader en moeder zijn overleden toen hij dertien was. Auto-ongeluk. Heeft op verschillende scholen gezeten, en woonde bij diverse familieleden van zijn ouders. Op zijn veertiende hackte hij de schoolcomputer en deletete de strafaantekeningen van de leerlingen. Hij had een uitzonderlijk hoog IQ, maar vertoonde problematisch gedrag. Op zijn zestiende werd hij gearresteerd bij een uit de hand gelopen vredesdemonstratie, maar kwam ervan af met een waarschuwing. Hij is gaan werken bij een start-up in Silicon Valley, en sloot zich daarna aan bij een stel Greenpeace-activisten. Verder geen criminele handelingen opgetekend. Heeft een tijd in New York gewoond en werkte daar voor techbedrijven. Het lijkt erop dat Paulson op zijn terrein bij de absolute top hoort. NASA heeft een antecedentenonderzoek naar hem gedaan omdat ze hem een baan wilden aanbieden. Hij heeft ervoor bedankt. Sindsdien heeft hij voor een aantal hoog genoteerde bedrijven gewerkt, allemaal in de techsector. Er wordt gesproken van een groep, The Unsung, maar in het dossier is daar verder niets concreets over te vinden. Onlangs heeft iemand anders hem laten natrekken; dat moet het onderzoek zijn waar je het over had. Hij onderhoudt contacten met andere hackers. Tegen een aantal van hen is een onderzoek ingesteld, maar de aanklachten konden niet worden bewezen. Ze zijn linksgeoriënteerd, anti-establishment.'

'Heb je nog meer over The Unsung?' vroeg Callanach.

'Er zijn aanwijzingen dat ze betrokken waren bij dat schandaal over de onkostenvergoedingen van Britse politici. Men vermoedt dat ze e-mails hebben gehackt en documenten hebben gelekt. Maar dat kon niet bevestigd worden.'

Dus daar ging het om. Degenen die druk uitoefenden op hoofdinspecteur Edgar om iemand te arresteren, hadden hun eigen agenda, en daarbij zou het weleens om een simpele wraakactie kunnen gaan. Een heleboel belangrijke mensen op hoge posities hadden nog altijd vuile handen, en het zou nog wel even duren voordat die weer schoon waren.

'Is er verder nog wat over Paulson te vinden op persoonlijk vlak?' vroeg Callanach.

'Niet veel. Hij is geboren in Californië. Hij had een zus, maar ik zie hier niet staan wat er met haar is gebeurd. Zijn moeder was onderwijzeres en was eenenveertig toen ze overleed. Zijn vader was een paar jaar ouder. Hij werkte bij de politie. Dat verklaart misschien waarom Paulson ervan afkwam met een waarschuwing na de ongeregeldheden tijdens die vredesdemonstratie. Die lui houden elkaar de hand boven het hoofd,' zei Jean-Paul. Hij zweeg toen de ironie van zijn eigen woorden tot hem doordrong.

'Dat is wel genoeg,' zei Callanach. 'Dank je, Jean-Paul. En maak je geen zorgen. Ik ben niet van plan hier een gewoonte van te maken.' Hij legde de hoorn neer.

De Below Par was ondergronds. Niet in de zin van geheimzinnig of clandestien, zoals de hackerswereld, maar letterlijk onder de grond. Op straat was het druk met mensen die lunchpauze hadden, winkelend publiek en toeristen, maar toch controleerde Callanach zorgvuldig of hij niet werd gevolgd. Hij liep tot twee keer toe langs de Below Par, stak de straat over en hield de bar vanuit verschillende winkels in de gaten voordat hij besloot naar binnen te gaan. Hij liep een paar oude stenen treden af, tuurde even door het stoffige, getraliede raampje en ging naar binnen. Het café zat onder een bruidswinkel en bleek alleen cafeïnevrije koffie en thee te serveren, een assortiment kruidendrankjes en een aantal biologische sapjes.

Callanach werd bij de deur tegengehouden door een meisje met meer piercings dan hij kon tellen en een overduidelijk Oost-Londens accent. Ze bekeek hem van top tot teen en vroeg toen pas wat hij wilde.

'Alleen koffie,' zei Callanach. Het café was slechts halfvol, voornamelijk met mensen die in hun eentje naar een scherm zaten te turen.

'Het is op dit moment wat druk,' zei het meisje. 'Misschien heeft een van die grote koffieketens wel wat je zoekt.'

Callanach realiseerde zich dat hem de toegang werd ontzegd door een jonge vrouw van net in de twintig die waarschijnlijk half zoveel woog als hij, en zei: 'Ik heb hier met iemand afgesproken.' Ze bleef beleefd glimlachen, maar het was duidelijk dat ze hem niet wilde binnenlaten. Hij vermoedde dat zich hier heel wat meer afspeelde dan het verstrekken van gezonde, klimaatneutrale drankjes.

'En wie mag dat dan wel zijn?' vroeg het meisje met een opgetrokken, met potlood bijgewerkte wenkbrauw.

'Ik geef liever geen naam, als je dat niet erg vindt,' zei Callanach.

'Dan spijt het me, maar we hebben het te druk om je te ontvangen.' Ze sloeg haar armen over elkaar.

Callanach had geen idee wat hij moest doen. Gezien de omstandigheden wilde hij zijn politiepenning niet trekken, en bovendien had het meisje niets misdaan.

'Luister, het is belangrijk. Mijn vriend heeft me de naam van deze tent gegeven. Als ik nu wegga, loop ik hem misschien mis,' zei hij.

Het meisje zette haar handen in de zij en keek naar een deur aan de andere kant van het café. De deur ging open.

'Je kunt binnenkomen,' zei het meisje. Callanach liep langs de bar naar de achterkant van het café. 'Wacht even, je moet je mobieltje hier laten. De volgende keer moet je vriend je de huisregels uitleggen voordat hij je uitnodigt.' Ze stak haar hand uit. Callanach aarzelde. Er zaten nummers en andere informatie in zijn telefoon die niet in verkeerde handen mochten vallen. Hij overwoog even om te protesteren, maar op dat moment stak Ben Paulson zijn hoofd om de hoek van de deur en knikte naar hem.

'Het komt goed,' zei hij. 'Polly is niet zo kwaad als ze eruitziet.' Een paar andere aanwezigen lachten. Polly negeerde hen, nam Callanachs mobieltje aan en legde het in een la onder de kassa.

'Dank je. Kan ik je iets inschenken?' vroeg ze, alsof er niets was gebeurd en hij net binnen was gekomen.

'Espresso alsjeblieft,' zei Callanach.

Het meisje draaide zich om, pakte een kan koffie, schonk een mok in en reikte die aan. 'Decafé is beter voor je,' zei ze.

Callanach wist dat tegensputteren geen zin had. Hij bedankte haar en liep naar de achterkant van de zaak.

Lance Proudfoot was er al. Ben en hij grijnsden toen Callanach binnenkwam.

'Je zult er wel verdacht uitzien,' zei Lance. 'Mij liet ze binnen zonder iets te vragen.'

'Polly houdt een oogje voor me in het zeil,' zei Ben terwijl hij Lance' laptop met die van hem verbond. 'Ze vond het helemaal geen goed idee dat ik hier iemand van de politie uitnodigde.'

'Is ze je vriendin?' vroeg Callanach.

'Alleen noodzakelijke informatie wordt vrijgegeven, als je het niet erg vindt. Ik word nerveus van persoonlijke vragen.' Ben keek op zijn horloge. 'Ik heb over een uur een afspraak met een klant op kantoor, dus ik heb niet veel tijd. Ik zal jullie laten zien wat ik heb ontdekt.' Hij tikte een reeks logins en wachtwoorden in, zo snel dat Callanach het niet kon volgen, en kwam terecht op een pagina met een groen knipperende tab in de linkerbovenhoek van het scherm. De enige andere afbeelding op de pagina was een piepklein geel flesje onderin. Het flesje verdween langzaam uit beeld. Toen het helemaal was verdwenen, ververste Ben het scherm, waarop het flesje opnieuw verscheen.

'Wat is dit?' vroeg Callanach.

'Dit is de pagina waar de gps-coördinaten van de graffitiplekken opdoken. Ik vermoed dat ze in chatmappen verstopt zijn, maar daar kan ik nu niet bij, dus ik kan jullie de context niet geven.'

'Welke website is het? Kun je ons niet gewoon het internetadres geven?' vroeg Lance.

'Dit is het darknet,' zei Ben. 'Net als Silk Road, die online marktplaats voor drugs die door de FBI uit de lucht is gehaald. Het is allemaal versleuteld. Je hebt de juiste software nodig en je moet weten hoe je die moet gebruiken. En de meeste mensen die een poging wagen, krijgen alleen voor elkaar dat hun computer wordt gehackt. De meeste sites op het darknet zijn valstrikken of zwendelpraktijken.'

‘Dus het is onmogelijk om erachter te komen wie er berichten op die site achterlaat en wie hem bezoekt?’ vroeg Callanach.

‘Niets is onmogelijk als je het over internet hebt. Het is alleen wel zo dat het soms langer duurt om de boel te kraken dan anders. Deze site is zo ingericht dat alleen bepaalde gebruikers toegang hebben van wie de identiteit van tevoren door een beheerder is gecontroleerd. Het punt is dat ik er niet achter kom met wat voor soort site we te maken hebben. Het zou een site voor porno kunnen zijn, pedofilie, drugs, of zelfs wapenhandel.’

‘Dus je moet een profiel aanmaken alsof je een smeerlap bent die echt in die rotzooi is geïnteresseerd? Een door en door gewelddadige, slechte viespeuk?’ zei Lance.

‘Precies,’ zei Ben. ‘Het probleem is dat je zo’n profiel niet zomaar uit je hoge hoed tovert. Een beheerder die in staat is om zo’n site te bouwen, heeft een nieuwe belangstellende in een paar minuten nageplozen. Een splinternieuwe nepidentiteit valt meteen door de mand.’

‘Niet als hij echt is,’ zei Callanach. ‘Stel dat we een bestaand iemand nemen, wiens achtergrond ik ken? Iemand die oprecht in dit soort materiaal is geïnteresseerd?’

‘Dat is identiteitsroof, inspecteur Callanach. Want dan moeten we echte informatie geven. Als je iemand in gedachten hebt, moet ik die eerst zien te hacken. Neem je daar de verantwoordelijkheid voor?’ vroeg Ben.

Callanach zakte achterover in zijn stoel en vouwde zijn handen achter zijn hoofd. ‘Ik speel vertrouwelijke informatie door aan een journalist, ik zit aan tafel met een...’ Hij maakte zijn zin niet af. ‘Ik ga mijn boekje toch al ver te buiten en ik volg aanknopingspunten waar mijn team niks van weet. Als dit allemaal uitkomt, is het lenen van de identiteit van een crimineel peanuts vergeleken bij de andere aanklachten die me te wachten staan.’

Ben grijnsde en opende een nieuwe pagina op zijn laptop. ‘Ik denk zomaar dat je iemand in gedachten hebt,’ zei hij.

'Absoluut,' mompelde Callanach, die zich zijn eerste zaak bij de Schotse politie herinnerde. 'Rory Hand. Hij is eerder veroordeeld voor een paar afschuwelijke seksuele misdrijven. De laatste tijd heeft hij zich koest gehouden, dus hij is momenteel op vrije voeten en heeft ongetwijfeld toegang tot internet. Vorig jaar heeft hij een valse getuigenis afgelegd en beweerde hij schuldig te zijn aan enkele moorden om de foto's van de autopsie en de plaats delict te kunnen zien. Dit gedoe sluit daar perfect bij aan. Als ze zijn identiteit controleren, slaagt hij met vlag en wimpel.'

'Ik heb gegevens nodig: geboortedatum, zijn meest recente adres, het nummer van zijn paspoort, als hij dat heeft, dat soort dingen,' zei Paulson.

'Geen probleem,' zei Callanach.

'Maar krijgt Hand dan geen e-mail met een toegangscode of een wachtwoord?' vroeg Lance. 'Als dat zo is, weet hij dat er iets aan de hand is.'

'Ik kan zijn e-mail onderscheppen; je moet je voorstellen dat ik alle ingaande mails opvang met een soort visnet. Wat we niet nodig hebben, laat ik gewoon afleveren. Wat voor ons van belang is krijgt hij nooit te zien,' zei Paulson.

'En zelfs als hij nattigheid voelt, is de politie wel de laatste bij wie hij aanklopt,' vervolgde Callanach. 'Hij staat op de lijst van zedendelinquenten en moet zich nog regelmatig melden bij de reclassering. Hand is geen probleem. Ik maak me meer zorgen over de timing. We zijn overgeleverd aan de genade van degene die de website beheert en we weten niet hoelang het duurt voordat hij Hand heeft gescreend. Er zitten meer dan honderd vrouwen te wachten tot er een moordenaar bij hen opduikt, en ik kom hem of haar liever zelf als eerste tegen. Kunnen we niet iets doen om de zaak wat te versnellen?'

'Eén ding tegelijk,' zei Ben. 'Eerst moeten we de identiteit van Rory Hand aannemen en zijn e-mailadres tikken in het knipperende vakje op die webpagina. Dan krijgen we geen toegang, maar de webmaster zal die poging om binnen te komen in elk geval natrekken, en vervolgens moeten we wachten op een uitnodiging. We kunnen jammer genoeg niks doen om de boel te versnellen.'

Polly stak haar hoofd naar binnen en gaf een blad aan met een schoteltje koekjes, drie kleine kopjes en een glazen theepot met een groene vloeistof erin.

'Kan ik nog iets anders voor je doen, Ben?' vroeg ze.

'Nee dank je,' zei Ben, en hij schonk een kopje kruidenthee in. Polly bleef staan toen Lance weer begon te praten.

'Sorry, maar dit gesprek is alleen voor ons drieën,' zei Callanach, die zijn best deed vriendelijk te klinken en het meisje niet aan te kijken.

'Polly is te vertrouwen,' zei Ben. 'Jij beschermt ons tegen nieuwsgierige oren en ogen, toch, babe?'

'Fucking Amerikanen!' zei Polly glimlachend. 'Denken dat ze me zomaar babe kunnen noemen. Ik ga al. Ik weet wanneer ik te veel ben.'

'Ik vermoed dat je vrijdagavond niet vrij bent?' riep hij haar na toen ze zich omdraaide om weg te gaan.

'Vermoeden is voor sufferds,' antwoordde ze en ze deed de deur achter zich dicht.

'Niet je vriendin, dus,' zei Lance met een glimlach. Ben keek hem kwaad aan en Lance slurpte van zijn thee voordat hij verderging. 'Ik heb zitten denken, die foto's van Emily Balcaskie die via de mail zijn verstuurd en dat gelekte sectierapport hebben een publicitaire storm veroorzaakt. Maar over de moord op Michael Swan heeft de politie bijna niks losgelaten.'

'Ik heb opdracht gegeven de documenten die met Swans moord te maken hadden offline te houden nadat het rapport van Helen Lott was gehackt,' zei Callanach.

'Precies,' ging Lance verder. 'Dat zou best eens de reden kunnen zijn waarom de moordenaar van Emily Balcaskie zelf foto's heeft genomen en ze via de mail heeft verstuurd.'

'We hebben de details over de moord op Swan ook om een andere reden stilgehouden,' zei Callanach. 'De moord was zo beestachtig wreed dat de bijzonderheden niet geschikt waren voor het grote publiek. Tijdens een rechtszaak komt het natuurlijk alsnog naar buiten, maar voor het moment wil ik zijn familie graag voor nog meer media-aandacht behoeden.'

'Ik bedoel ook niet dat je die stakkerds meer moet laten lijden dan ze al hebben gedaan. Ik ben wel journalist, maar ik ben geen sadist. Maar waarom zou je geen valse informatie naar buiten brengen? Je brengt via mij een officiële verklaring naar buiten waarin je meldt dat meneer Swan een snelle, pijnloze dood is gestorven en dat hij niet heeft gemerkt wat hem overkwam?'

'Dus je wilt de moordenaar uit de tent lokken om met zijn of haar versie naar buiten te komen?' vroeg Ben.

Lance knikte.

'Nou, je hebt wel lef, moet ik zeggen. Ik zou niet graag zien dat een van die lui mijn verhaal komt rechtzetten,' zei Ben.

'Maar het zou ons misschien een extra kans bieden om ze op te sporen terwijl we afwachten tot de webmaster reageert,' zei Lance.

'Misschien,' zei Ben. 'Maar ik kan niks garanderen.'

'Misschien is het beter dan wachten op het volgende lijk,' zei Callanach. 'Maar laat me eerst met mevrouw Swan overleggen over dit plan, Lance. En dan kunnen samen kijken hoe we het onder woorden brengen.'

De deur ging open, dit keer zonder waarschuwing.

'Ben,' zei Polly. 'Je kunt beter terug naar kantoor. We hebben een telefoontje gekregen. De politie is daar aan het rondvragen en jouw naam is gevallen.'

Callanach haalde een hand door zijn haar.

'Wist jij daarvan?' vroeg Ben aan Callanach. 'Ach, laat ook eigenlijk maar.'

'Ben, als ik het je had gezegd, had je toch niks kunnen doen. Als je begonnen was bestanden op je computer te wissen, dan waren ze daar toch achter gekomen...'

Ben boog zich voorover om iets in Callanachs oor te fluisteren. 'Inspecteur Callanach, ik vraag je niet om me te beschermen. Als die Edgar werkelijk denkt dat ik zo stom ben om behalve werk ook maar iets op mijn werkcomputers te laten staan, dan is hij nog imbecieler dan uit zijn schoolrapporten blijkt. Maar ze zullen me vandaag wel extra scherp in de gaten houden, wat betekent dat dit misschien niet de beste tijd was om met elkaar af te spreken, met name voor jou. Ik heb al mensen die me rugdekking geven, maar heb jij die ook?'

24

Callanach reed meteen naar Craigentinny om langs te gaan bij mevrouw Swan. Het viel niet mee om haar het doel van zijn komst uit te leggen – dat hij geen antwoorden had, maar het onderzoek een nieuwe wending wilde geven en dat hij daarvoor in het openbaar de waarheid geweld aan moest doen.

'En dan, inspecteur?' vroeg mevrouw Swan. 'Stel dat de moordenaar vindt dat de waarheid boven tafel moet komen? Geeft ze dan foto's vrij van wat ze Michael heeft aangedaan? Verwacht u dat dat gebeurt?'

Ze barstte in tranen uit, zoals Callanach al had voorzien. Het werken bij de politie hield niet altijd in dat je de mensen pijn kon besparen. Soms moest je doelbewust leed berokkenen als je dacht dat het doel de middelen heiligde. Callanach wachtte met antwoord geven tot ze weer was gekalmeerd.

'Ik denk niet dat de moordenaar foto's heeft genomen, anders had ze die nu allang verspreid. Het is waarschijnlijker dat ze met een geschreven verslag van haar daad komt. We willen graag dat ze dat doet, omdat we hopen dat we haar zo kunnen traceren. Ik hoop alleen dat de pers terughoudend is met het publiceren van de details, vooral omdat ze de bron van zo'n bericht niet kunnen traceren. Maar het is wel een risico. En ik wil dat u zich dat realiseert voordat we ermee aan de slag gaan.'

'En als ik nee zeg? Als ik nou vind dat het al erg genoeg is dat mijn man van ons is weggenomen en dat ik niet wil dat mijn gezin daar nog verder onder lijdt? Accepteert u dat dan en trekt u het plan in?'

'Mevrouw Swan, u hebt de kranten gelezen. Er worden nog steeds mensen bedreigd. De hele stad is in de greep van paniek,' zei Callanach.

'En terecht!' antwoordde ze. 'Wist u dat de patholoog denkt dat het wel een uur kan hebben geduurd voor mijn man stierf? Een uur! U zou huis-aan-huisonderzoek moeten doen om iedereen te vragen wat hij of zij die avond heeft gedaan. Maar een nieuwe persverklaring uitbrengen en dan maar hopen dat de moordenaar zichzelf blootgeeft? Mijn god, als dat uw beste idee is, dan zou de bevolking van Edinburgh zich werkelijk zorgen moeten maken! Dan zouden ze de stad uit moeten vluchten!'

Meer kon Callanach niet doen. Hij kon niets doen om de pil te vergulden. En mevrouw Swan had het goed gezien: Callanach zou niet van gedachten veranderen. Hij had geen keus.

Op de terugweg werd hij ingehaald door een snel rijdende politieauto. Callanach sloeg er geen acht op tot er nog een voorbijkwam, gevolgd door nóg twee auto's en een interventieteam in een busje. Hij keek op zijn telefoon, maar had geen berichten of telefoontjes gemist. Instinctief reed hij achter ze aan en volgde de zwaailichten en sirenes door het verkeer.

De colonne politieauto's stopte op de hoek van Findhorn Place en Grange Loan, in de wijk Blackford. Het was een rustige buurt met een mix van oude huizen en nieuwbouwwoningen met keurig gesnoeide heggen en op straat geparkeerde auto's. Het geheel ademde een alledaagse ordelijkheid. Op de hoek stond een jarenzeventigflat van drie verdiepingen die afgegrendeld was met afzetlint. Callanachs telefoon ging op het moment dat hij uit zijn auto stapte. Hij zag Lively al voor hij diens stem hoorde.

'Ik ben er al, brigadier,' zei Callanach, en hij dook onder het lint door en liet zijn penning zien aan de op wacht staande uniformagenten. 'Wat is er aan de hand?' vroeg hij, terwijl hij zijn mobieltje in zijn zak liet glijden.

'Een van de klaar-overmoeders, sir. Ze had vanmorgen een afspraak met een van de buurvrouwen op de begane grond. Ze gaan altijd samen met de bus naar de stad, zegt ze. Toen haar vriendin niet bij de bushalte stond, ging ze naar haar op zoek, en zag ze dat de voordeur was ingetrapt.'

'Waar is het lichaam?'

'Dat is het nou juist, sir. Geen lijk dit keer. Kom maar mee naar boven.' Lively was al bezig overschoenen en een overall aan te trekken. Callanach volgde zijn voorbeeld, meldde zich bij de technische recherche en griste een paar handschoenen mee.

'Hoe heet de vermiste vrouw?' vroeg Callanach.

'Julia Stimple, vierenzestig, alleenstaand. Een zoon en een dochter, maar die hebben we nog niet kunnen bereiken. Ze heeft geen mobiel. Het is een tweekamerwoning op de eerste verdieping.'

Callanach stond op de stoep voor het gebouw en keek om zich heen. Dit was het soort buurt waar mensen elkaar kenden. Achter het afzetlint verzamelde zich een groeiend aantal mensen, die allemaal zwijgend toekeken. Sommigen stonden arm in arm, anderen hadden het hoofd respectvol gebogen. Allemaal vreesden ze het ergste. De zwijgend toekijkende menigte vormde een schokkend contrast met de bedrijvigheid van het forensische team. De overige appartementen waren al ontruimd en de bewoners waren ergens anders heen gebracht om een verklaring af te leggen.

Callanach liep de trap op. Dit was een allesbehalve luxe flatgebouw. De verf op de oorspronkelijk blauwe toegangsdeuren naar de appartementen was verbleekt en zag nu vlekkerig grijs, en de muren waren nicotinegeel. Het gebouw had al in jaren geen opknapbeurt gehad en was niet zozeer gerieflijk als wel functioneel, maar de appartementen lagen wel binnen het bereik van een vrouw met een AOW'tje en wat extra inkomen van de paar uur dat ze mensen veilig over drukke wegen loodste.

De deur naar Julia Stimples appartement stond open. Callanach nam de tijd erdoorheen te lopen en probeerde zich voor te stellen hoe het eruitzag zonder de mensen in witte pakken die er nu als een processie mieren rondliepen. Er stond geen meubelstuk meer overeind. Een kleine eettafel lag op z'n kant, beide stoelen waren omvergegooid en van een ervan was een poot afgebroken. Niet bij elkaar passende, tot op de draad versleten leunstoelen lagen op hun kant en een salontafel was kapotgeslagen. Een gordijn was van de roede getrokken en het andere hing lusteloos aan een paar haken. Servies en glazen waren aan gruzelementen gesmeten en in de keuken lagen de gestolde resten van een half opgegeten maaltijd op het linoleum. Callanach ging naar de badkamer. Een roterende badstoel waarmee de bewoonster het bad in en uit kon, was vernield. De inhoud van de badkamerkast lag verspreid over de wasbak, de vloer en de vensterbank.

In de slaapkamer waren de lakens en een oude lappendeken van het bed gerukt en zaten alleen nog vast op de hoek waar ze waren ingestopt, alsof ze zich in doodsangst aan het bed hadden vastgeklampt. Laden waren omgekeerd, de deur van de klerenkast vol achtergelaten kleren stond open. Het was of er een tornado doorheen was geraasd. Niets was onaangeroerd gebleven.

Callanach liep naar het nachtkastje en pakte een omgevallen fotolijstje op. Op de foto stond een vrouw van een jaar of vijftig, met het soort hoed dat je eigenlijk alleen op een renbaan kon dragen en een glas champagne in haar hand, en ze glimlachte alsof ze de loterij had gewonnen. Ze droeg een wijd uitstaand kapsel met grote permanentkrullen. Maar dat werd weer tenietgedaan door de enorme omvang van de vrouw zelf, die bijna de hele foto vulde in een ensemble van roze en groen, dat als een waterval langs haar lichaam golfde. Met dat gewicht zou zelfs die ene trap naar haar appartement een dagelijkse marteling voor haar zijn. Het was een wonder dat ze überhaupt nog werkte. En afgaand op de badstoel was het sowieso al slecht gesteld met haar gezondheid.

Lively stak zijn hoofd naar binnen en zei: 'Bloed, sir.'

Callanach gaf hem de foto bij wijze van antwoord.

'Doe die foto maar in een zak en zeg tegen de technische jongens dat we hem willen meenemen nadat hij is geregistreerd. Als we niet snel een familielid te pakken kunnen krijgen, is dit alles wat we aan de pers kunnen laten zien. Waar is het bloed?'

'Keuken,' zei Lively, en hij griste een voorbijlopende technisch rechercheur een bewijszakje uit de hand.

Callanach volgde zijn eigen voetstappen terug naar binnen en sloeg de vorderingen van het sporenonderzoek gade. Het bloed bestond uit een reeks druppels in plaats van de spectaculaire bloedplassen die ze op de vorige plaatsen delict hadden aangetroffen. Het spoor liep van de eettafel naar de keuken, alsof ze had geprobeerd het bloeden onder het lopen te stelpen. Er werden monsters genomen en foto's gemaakt terwijl een bloedspetteranalist het bloedspoor markeerde en aangaf op een plattegrond.

'Is er al een wapen gevonden?' riep Callanach. Er klonk ontkennend gemompel. Dat was geen verrassing. Op de andere plaatsen delict was ook geen moordwapen gevonden, afgezien van de das van Emily Balcaskie, en die was achtergelaten vanwege het effect.

In de deuropening hing de veiligheidsketting los, en de schroeven die hem op zijn plaats hadden moeten houden lagen op de grond. Julia Stimple had zich laten overhalen de deur open te doen om te zien wat haar bezoeker wilde, maar had hem niet voldoende vertrouwd om de deur helemaal open te zwaaien. De vraag was wel hoe de indringer langs de hoofdingang was gekomen. Er was een zoemer, maar geen beveiligingscamera. De bezoeker had op haar ingepraat om hem binnen te laten, of hij had gewacht en was achter iemand anders aan naar binnen gelopen.

'Zijn er dingen die overduidelijk ontbreken?' vroeg Callanach aan de dichtstbijzijnde agent.

'Haar portemonnee zit niet in haar handtas en we kunnen hem

in de rest van het appartement ook niet vinden. Verder is het moeilijk te zeggen waar we naar op zoek zijn. Maar er heeft wel een enorme worsteling plaatsgevonden. Ik begrijp niet hoe iemand in alle kamers zoveel vernielingen heeft kunnen aanrichten,' antwoordde de technisch rechercheur.

Lively kwam weer binnenlopen toen Callanach op het punt stond om weg te gaan.

'Wat een godvergeten puinhoop,' zei hij. 'Je zou denken dat iemand wel wat gehoord moet hebben.'

Callanach staarde hem aan.

'Niks. Het is op kousenvoeten gebeurd. Iedereen was thuis, en dan bedoel ik ook iedereen. De bewoners van de appartementen boven, onder en aan de overkant van de hal. Niemand heeft een vreemde in het gebouw gezien, en niemand heeft gezien dat ze mee naar buiten is genomen.'

'Dat méén je niet,' zei Callanach. Hij strekte zijn nek en rolde met zijn schouders.

'Dat is zelfs voor een genie als u lastig te bevatten, hè sir?' zei Lively, hoewel hij zijn gebruikelijke grijns dit keer achterwege liet. 'Nou is het wel zo dat deze mensen vroeg gaan slapen, sommigen zijn hardhorend en hebben de tv waarschijnlijk keihard aanstaan. Maar dit...' Hij gebaarde om zich heen. De chaos was nogal een prestatie.

'We hebben twee moordenaars rondlopen,' zei Callanach. 'De ene is stil en lijkt wel een schim. Ze laat geen spoor achter, ook niet op klaarlichte dag. Ze doet haar werk met chirurgische precisie. Maar de moordenaar van Helen Lott is een en al kracht en beestachtigheid. Aan hem kunnen we niks subtiels ontdekken. Maar hoe kan het dat deze indringer niet is gezien of gehoord, terwijl hij of zij de deur zo'n trap heeft gegeven dat de veiligheidsketting is losgeschoten?'

'En dan heeft hij ook zijn voetafdruk nog eens weggeveegd,' hoorden ze iemand van de TR achter zich zeggen. 'Er is niks te zien.

Alleen de gebruikelijke verzameling vingerafdrukken rond het slot, maar daaronder is niks te zien wat op een voetafdruk lijkt.'

'Misschien heeft hij zijn schoenen uitgetrokken om zachtjes de trap op te lopen, en heeft hij de deur met zijn blote voeten opengetrapt,' zei Lively.

'En waarom zou hij het slachtoffer meenemen?' vroeg Callanach. 'Daar zie ik het nut niet van in. Door die vrouw door een flatgebouw vol bewoners te slepen heeft hij veel meer risico genomen dan tot nu toe.'

'Zo moeilijk is dat niet. Onder bedreiging van een mes, en de belofte haar geen kwaad te doen. Het is ongelooflijk hoeveel slachtoffers geloven wat ze wordt verteld. De vriendin die alarm sloeg zegt dat mevrouw Stimple lijdt aan vergevorderde diabetes type 2. Ze slikt medicijnen, heeft nierproblemen en haar zicht gaat achteruit. Dat klinkt alsof ze binnenkort sowieso met werken had moeten stoppen. Ze kon niet lang meer staan,' las Lively op uit zijn notitieboekje.

'Dus dit keer hebben ze de kwetsbaarste figuur gepakt die ze konden vinden. Ze werkte hier in de buurt, maar lichamelijk ging het niet zo goed meer en ze zou moeten stoppen met werken. Dat past in het patroon. Ik wil haar leidinggevende spreken. En waarschuw me zodra we contact met haar familie hebben gelegd. Geen woord tegen de pers tot we dit persoonlijk hebben afgehandeld,' instrueerde Callanach.

'Aye, en het gebruikelijke werk is al in gang gezet. Huis-aan-huisonderzoek voor het geval dat iemand hen heeft zien weggaan, of een verdacht voertuig heeft gezien. Er staan geen bewakingscamera's in de buurt, het zijn allemaal woonhuizen. Onze grootste kans is een getuige. U gaat zeker terug naar uw comfortabele werkkamer, sir?'

'Nee, Lively, ik dacht erover om eens lekker naar de sportschool te gaan, daarna misschien een massage en een zonnebank te nemen,' zei Callanach met een zucht. 'Zorg dat je de plaats delict afgegrendeld houdt en dat ik zo snel mogelijk foto's van het appartement krijg en dat er niets online wordt gezet. Geen lekken. En hou eens op met de idioot uithangen, man. Daar heb ik er al genoeg van in mijn leven.'

Lively's mond zakte open en Callanach liep weg. Dat de man geen weerwoord had was een kleine overwinning, maar daar moest Callanach het voorlopig mee doen.

Toen Callanach terug was op het bureau had Tripp de leidinggevende van Julia Stimple net aan de lijn. Hij gaf de telefoon door en Callanach zette zich al schrap voor de stortvloed van scheldwoorden.

'Hebt u haar al gevonden, inspecteur?' vroeg de manager. 'We worden overspoeld met vragen van de pers en ik heb geen idee wat ik moet zeggen.'

'Julia Stimple wordt vermist in haar woning, maar we hebben nog geen lichaam gevonden, dus we willen graag dat u zegt dat u geen commentaar kunt geven. We hebben op dit moment geen idee waar ze is of hoe ze eraan toe is. Kunt u mij wat meer over mevrouw Stimple vertellen, want we hebben nog geen contact met haar familie kunnen leggen. Ik probeer er ook achter te komen hoe ze de aandacht van de moordenaar kan hebben getrokken. Heeft ze misschien in de publiciteit gestaan, heeft ze onlangs een onderscheiding gekregen of iets dergelijks?'

Er viel een lange stilte, die slechts werd onderbroken door keelgeschraap.

'Ik weet niet hoeveel ik u mag vertellen,' zei de manager. 'We moeten de privacy van ons personeel natuurlijk beschermen, en ik zou niet graag zien dat dit naar buiten komt...'

Callanach rolde met zijn ogen en was blij dat hij niet in dezelfde ruimte zat als de vrouw aan de andere kant van de lijn. Alsof vier moorden en een ontvoering nog niet genoeg waren, moest hij nu een andere functionaris overreden informatie met de politie te delen.

'Wat u zegt wordt vertrouwelijk behandeld,' stelde hij haar gerust met opeengeklemde kaken.

'Nou, als u dat zeker weet, dan kan ik u wel doorgeven wat mij is verteld. We hebben mevrouw Stimple laten weten dat haar dienstverband aan het eind van de maand wordt beëindigd. Er is besloten haar te vervangen. Ze kon het werk niet meer aan,' zei de manager.

'Ik weet dat ze gezondheidsproblemen had,' zei Callanach, 'maar ik denk niet dat dat de aandacht heeft getrokken. Alle andere slachtoffers –'

'U begrijpt me verkeerd,' onderbrak de vrouw hem. 'Er zijn klachten van ouders binnengekomen over mevrouw Stimple. Ze kwam vaak te laat, ging eerder naar huis, en ze stond vaak tegen een muur geleund en wuifde de kinderen gewoon naar de overkant. Toen een van de ouders haar daarop aansprak, reageerde mevrouw Stimple niet eh... zoals de gemeente Edinburgh van haar werknemers verwacht. Er zijn krachttermen gebruikt, ziet u. Omdat ze sowieso thuisbleef vanwege uw onderzoek naar de bedreiging van klaarovers hoefden we geen drastischer maatregelen te nemen. Er heeft een functioneringsgesprek plaatsgevonden. Daar was ze niet blij mee.'

'Maar daar is geen ruchtbaarheid aan gegeven, neem ik aan,' zei Callanach, 'dus niemand wist dat ze ontslagen zou worden?'

'Hemeltje, nee, natuurlijk niet. We handelen dit soort zaken in alle discretie af. Mevrouw Stimple is met personeelszaken overeengekomen dat het werk fysiek te zwaar voor haar werd en dat het voor alle partijen beter zou zijn als ze zou opstappen.'

'Ik begrijp het,' zei Callanach. 'En is er voor zover u weet verder niets over haar in de pers gekomen waardoor ze als doelwit zou kunnen zijn aangemerkt?'

'Alleen de nieuwsbrief voor medewerkers van een paar maanden geleden,' antwoordde de manager. 'Toen is er een groepsfoto van alle verkeersbrigadiers gemaakt, mannen en vrouwen. Ik kan die wel e-mailen als u daar iets aan hebt.'

'Heel graag,' zei Callanach. 'Neemt u alstublieft contact op als u nog iets te binnen schiet. We laten het u weten zodra er nieuwe ontwikkelingen zijn.'

Daarna ging Callanach aan de slag om de gegevens van Rory Hand in het landelijke politiesysteem op te zoeken. Dat duurde niet lang. Hand was pas drie maanden geleden uit de gevangenis ontslagen. Hij had geen paspoort en moest zich tweemaal per week bij de reclassering melden. Callanach noteerde zijn adres, mobiele telefoonnummer, zijn sofinummer en geboortedatum, en stuurde de gegevens zoals afgesproken aan Paulson, zonder enige gewetenswroeging. Rory Hand verdiende wel erger dan dat zijn identiteit werd misbruikt.

Vijf minuten later gaf Tripp hem een afdruk van de foto met de klaar-overs. In het midden van de eerste rij zat Julia Stimple. Ze keek recht in de camera. De foto was een bijlage van een e-mail waarin stond dat de nieuwsbrief in vrijwel elk openbaar gebouw in de stad had gelegen, van arbeidsbureaus tot gerechtsgebouwen, instellingen voor volwassenenonderwijs tot bibliotheken. Je hoefde niet veel fantasie te hebben om je voor te stellen dat een voorbijganger die had meegenomen en Julia Stimple had uitgekozen, die juist vanwege haar omvang makkelijk was te identificeren en op te sporen. Een vrouw die er bovendien uitzag alsof ze niet veel tegenstand zou bieden.

Deel 2

25

De Moderator – in zijn gedachten altijd met een hoofdletter geschreven – controleerde of de deur van zijn kantoor op slot zat, liet zijn werkcomputer wat nieuwe programmacode uploaden en sloot zijn laptop aan. Hij had tegen zijn assistent gezegd dat hij in een telefonische vergadering zat en niet gestoord wilde worden. Dat was een plausibel excuus voor het feit dat hij zijn deur op slot had, mocht er iemand onaangekondigd langskomen.

Hij logde op zijn laptop in op de darknetsite waarvan hij de bedenker, ontwerper, webmaster en toezichthouder was, en controleerde of de versleuteling was ingeschakeld. Hij had zes verschillende beveiligingsniveaus ingericht, waaronder wachtwoorden van twintig tekens, persoonlijke vragen, een vingerafdrukscan en een wiskundige formule die binnen een gestelde tijd moest worden opgelost. Alles had hij zelf bedacht en gebouwd. De versleutelingssoftware kon je overal downloaden, maar hij moest er ook voor zorgen dat de doelgroep die hij wilde aantrekken, de site kon benaderen.

Vandaag waren er drie nieuwe verzoeken binnengekomen om toegang tot de site krijgen. Meer dan hij had verwacht. Kennelijk begon het te lopen. Hij had nu een wereldwijd publiek, zij het een publiek met bepaalde voorkeuren. Als dit in een nieuwere en onverschrokkener wereld een realityshow op tv was geweest, zou hij nu steenrijk zijn geweest.

Hij ging de namen van de aanvragers langs: Travis Stoppa uit Utah, Aksel Lund uit Denemarken en Rory Hand uit Schotland. Hij bleef even hangen bij de derde naam, voerde wat terloopse controles uit en vond binnen een minuut een bijbehorend adres. Was het toeval dat Hand uit Edinburgh kwam of was hij verhuisd om dichter bij het vuur te zitten? Hand had niet opgegeven door wie hij was geïntroduceerd. Dat vond de Moderator niet prettig. Liever wist hij welke gebruiker de informatie over de site had doorgegeven. Nu zou hij een veel grondiger antecedentenonderzoek moeten uitvoeren.

De standaard zoekmachines op internet waren altijd het eerste station, maar meestal leverden die niet veel info op. Maar dit keer was dat anders. Rory Hand was een druk baasje. Een verscheidenheid aan weinig indrukwekkende seksuele misdrijven had hem de gebruikelijke gevangenisstraffen opgeleverd. In de interessantere krantenartikelen werd nauwgezet verslag gedaan van Hands pogingen de verantwoordelijkheid op te eisen voor de moord op drie prostituees door dr. Reginald King verleden jaar. Daarmee had meneer Hand zich verzekerd van een zoveelste verblijf in Hare Majesteits Hotel voor diegenen die niet in staat waren een misdrijf te plegen zonder daarvoor gepakt te worden.

De Moderator trok Hands eerdere veroordelingen na en controleerde zijn persoonlijke gegevens aan de hand van gemeentelijke archieven. De perverseling was in elk geval gemotiveerd om zich bij de groep aan te sluiten, hoewel hij lang niet zulke goede papieren had als sommige andere leden. Het waren er nu honderden van over de hele wereld. Een flink aantal kwam uit Rusland, veel uit China en natuurlijk ook uit de Verenigde Staten – landen met een groot aantal inwoners, waar individuen in de massa konden opgaan en vrijwel onopgemerkt konden blijven. Zo leefden zijn volgers het liefst. Onder de radar, buiten het administratieve net, in hun eigen kleine wereld. En tegenwoordig wilden ze het liefst wonen in de wereld die de Moderator had gecreëerd.

Er gingen wat bitcoins heen en weer, want op het darknet gebruikte niemand echt geld. Normale geldtransacties waren gereguleerd en echt geld was te gemakkelijk te traceren. De site had zelfs meer bitcoins opgeleverd dan de Moderator had voorzien, maar daar ging het niet om. Het ging erom de juiste mensen op de juiste plek te krijgen. Heel even werd hij overvallen door een gevoel van schaamte om zijn eigen gewichtigdoenerij, maar hij duwde het meteen weer weg. Waarom zou hij niet trots mogen zijn? Hij had alles uitgedacht, ziek veel tijd gestoken in het leren programmeren, in het begin behoorlijk wat risico's genomen om in contact te komen met het soort mensen dat geïnteresseerd zou kunnen zijn. Hij had alle recht zelfgenoegzaam te zijn. Maar nu nog niet. Niet te snel. Er was nog een hele weg te gaan.

De Moderator stuurde Rory Hand een e-mail met een link. Wanneer Hand op de link klikte, kon de Moderator zijn e-mails napluizen, zijn internetgebruik controleren en kijken welke verborgen gruwelen er verborgen zaten in zijn verwijderde mappen. Daar vond je de meest relevante, interessante informatie. In de verborgen hoeken en gaten van de digitale wereld, op de plekken waar mensen dachten dat het onvindbaar was. Hij had ondertussen al honderden mensen kunnen chanteren met wat hij had gevonden. Of hij had de onlineversie van een stripheld kunnen worden die de wereld bevrijdde van een behoorlijke verzameling gestoorden, misbruikers en sadisten. Anderen zouden in zijn plaats misschien machtsdronken zijn geworden. Zwakkere types zouden het materiaal dat hij in de inboxen van zijn gebruikers had aangetroffen misschien hebben gebruikt om zichzelf seksueel te bevredigen. Maar hij streefde een praktischer doel na.

Hij was nog een kwartier in de weer met het natrekken van de andere twee aanvragers, en richtte zijn aandacht daarna op de site. De politie had de communicatie via de graffiti eindelijk ontdekt. Dat werd tijd. Hij had bijna het punt bereikt dat hij hun een anonieme tip wilde sturen om ze te helpen. De opzet was eenvoudig. Elk lid van de site mocht per moord een voorstel doen voor het beroep van het beoogde slachtoffer. Vervolgens bracht de Moderator een van de leden heimelijk op de hoogte van het gezamenlijke besluit, en hij of zij moest dan op een vastgestelde plek graffiti met het beroep plaatsen, waar zijn of haar tegenstander dan op kon reageren. Grom liet Sem Culpa weten wie haar volgende slachtoffer was, Sem Culpa deed hetzelfde bij Grom, enzovoort. Elk onderdeel van het proces diende een bepaald doel. Het idee dat ze hun stem konden uitbrengen maakte het voor de leden spannend en gaf hun het gevoel erbij te horen. De drijfveer voor Grom en Sem Culpa om te moorden was de andere leden te imponeren. Door de graffiti, bedoeld om zo veel mogelijk publiciteit te trekken, was de politie in staat een patroon te herkennen. En – dat was cruciaal – elk onderdeel van het draaiboek droeg bij aan de creatie van een wereld waarin twee psychopathische moordenaars de aandacht van de hele wereld op zich konden vestigen. De slachtoffers waren willekeurige ongelukkigen die werden uitgekozen om de wereldwijde online sensatiezucht te stillen. En daar zou de politie zich op concentreren. Niet dat die achterlijke rechercheurs van de Schotse politie de moordenaars ook maar een haar dichter op het spoor waren gekomen. Daar waren de twee geselecteerde spelers te slim voor. De Moderator had hen uit een groot aantal vrijwilligers gekozen op grond van hun staat van dienst en het feit dat ze nooit waren gepakt.

Gaandeweg was hij genoodzaakt geweest de regels van het spel aan te passen, maar ja, welk plan liep helemaal zoals bedoeld? Toen hij zijn keuze op hen had laten vallen, had hij gedacht dat Grom de juiste persoon was om de allerlaatste dramatische, gruwelijke moord te plegen, en daarbij alle remmen los te gooien. Maar uiteindelijk bleek Sem Culpa degene te zijn die bij het publiek het best in de smaak was gevallen. Ze had het lef gehad om iemand midden in een menigte te vermoorden en ongezien weg te dansen. Ja, Sem Culpa was verreweg de slimste van de twee. Er school iets poëtisch in het vernietigen van leven in een bibliotheek, waar het scherpen van de menselijke geest door literatuur het hoogste doel was. Als het erop aankwam was Grom niet te vertrouwen. Zijn stijl om alles kort en klein te slaan en plat te walsen had een zekere waarde, maar de Moderator moest er absoluut zeker van kunnen zijn dat het laatste doelwit met succes zou worden geëlimineerd. Daarvoor moest de orde der dingen enigszins worden opgeschud, maar dat was geen ramp. Waar het om ging was dat Sem Culpa op het juiste tijdstip op de juiste plek was. En wat Grom van nu af aan deed diende alleen maar om het publiek te vermaken en de politie bezig te houden.

Voordat hij uitlogde zette hij nog een paar artikelen online die wat tijd nodig hadden om bovenaan in de resultaten van de zoekmachines te verschijnen, zodat ze snel en makkelijk gevonden zouden worden als de tijd rijp was. Er viel altijd wel wat voorbereidend werk te doen. Niets kon aan het toeval worden overgelaten. Zijn telefoon piepte ten teken dat het tijd was om weer met zijn dagelijkse werk aan de slag te gaan. Dat zou hij nog wel even nodig hebben.

26

Inspecteur Ava Turner stond voor de deur van commissaris Overbeck eindeloos aan haar fonkelnieuwe gouden ring met de oversized diamant te draaien. Hij was iets te groot, maar daardoor kon je hem makkelijk afdoen, zoals ze gisteravond had gedaan toen Joe in slaap was gevallen. De ring was zo zwaar dat ze er last van had.

'Binnen!' riep Overbeck.

'Ga zitten, inspecteur Turner,' zei Overbeck vriendelijk, waardoor Ava's nekharen overeind gingen staan. 'Ik geloof dat een felicitatie op z'n plaats is. Een verstandig meisje sluit een goed huwelijk.'

Begbie mocht dan van de oude stempel zijn, hij had het nooit in zijn hoofd gehaald haar 'meisje' te noemen. En uit de mond van een politievrouw klonk het nog kwetsender. Of misschien werd het daardoor juist acceptabel. Ava probeerde gefocust te blijven. Ze was overgevoelig en uit haar doen.

'Wat wilde u weten, mevrouw?' vroeg Ava.

'Hoe loopt het onderzoek?' vroeg Overbeck. 'Zit er schot in?'

'We hebben een videoreconstructie gemaakt van de moord op Emily Balcaskie, die vanavond op tv wordt uitgezonden. We zijn overspoeld met zoveel valse meldingen en foutieve identificaties dat we onze eigen staart achterna hollen. Ik wacht op een bericht van Interpol over het DNA dat we op de plaats delict van de moord op Helen Lott hebben gevonden. De internationale database is zo groot dat het wel even duurt voordat die helemaal is doorlopen.'

'Over Interpol gesproken, ik heb een klacht gekregen over inspecteur Callanach,' zei Overbeck.

Dus daarom was ze op gesprek geroepen, dacht Ava. Lekker subtiel.

'Wie?' vroeg Ava.

'Pardon?' zei Overbeck, terwijl ze Ava een kop koffie aanreikte die ze niet wilde en waar ze niet om had gevraagd.

'Wie heeft de klacht ingediend?' vroeg Ava, die de kop koffie meteen terug op tafel zette.

'Dat is niet belangrijk. Waar ik nieuwsgierig naar ben is in hoeverre jij weet wat hij op dit moment uitvoert. Hij is nogal laks met verslag uitbrengen en ik maak me zorgen over zijn vorderingen.'

'Callanach heeft de rol van de graffiti ontdekt,' zei Ava, 'en die theorie is bevestigd door de ontvoering van Julia Stimple. Het is de grootste doorbraak in dit onderzoek tot nu toe.'

'Maar dat is dan ook alles. Een van de moorden die hij onder handen heeft is op klaarlichte dag gepleegd te midden van een menigte festivalbezoekers. Het is toch nauwelijks te geloven dat er in die zaak geen aanknopingspunten zijn.'

'Geen van deze moorden was onvoorbereid. Ze zijn professioneel gepland en uitgevoerd. Als Callanach geen enkele concrete aanwijzing heeft, dan is dat zo. Wat hield de klacht tegen Callanach eigenlijk in?'

'Verscheidene zaken. Ik zou het waarderen als je me vertelt wat je weet. Er zijn veranderingen op til en ik moet weten hoe alle puzzelstukjes in elkaar passen.'

Ava trok haar wenkbrauwen op. Het was niets voor Overbeck om niet meedogenloos direct te zijn. In haar vriendelijke pose was ze nog onaangenamer dan wanneer ze opzettelijk cru was.

'Neem me niet kwalijk, commissaris, maar dat moet u Callanach zelf maar vragen. Het is niet aan mij om daar iets over te zeggen. Was er verder nog iets?'

'Vanwaar die haast?' vroeg Overbeck met een opgetrokken wenkbrauw. 'Wat zijn de plannen als je straks getrouwd bent? Blijf je dan hier in Edinburgh of verhuis je naar Londen?'

'Zo ver heb ik nog niet vooruitgedacht,' zei Ava blozend. 'Het is allemaal nogal snel gegaan.'

'Hoofdinspecteur Edgar schijnt een mooie carrière tegemoet te gaan bij Scotland Yard. Ik zou denken dat je de kans om naar Londen te verhuizen met beide handen aan zou grijpen. Je vindt daar vast makkelijk een baan. En ik neem aan dat je ook over kinderen gaat nadenken.'

'Hebt u zelf kinderen, mevrouw?' vroeg Ava op scherpe toon, wat haar een bozige blik van Overbeck opleverde.

'Nee,' zei Overbeck, 'maar ik weet dat Joe graag een gezin wil stichten. Ik dacht dat jullie dat wel besproken zouden hebben.'

Ava stond op. Overbeck kon haar opdragen weer te gaan zitten en over het werk te praten, maar ze kon haar niet dwingen alles over haar privéleven te spuien.

'Ik moet naar de briefingruimte. We zijn al onderbezet. Als u niets anders te bespreken heeft?' zei Ava.

'Nog één ding over Callanach. Weet je met wie hij de laatste tijd omgaat, en welke aanknopingspunten hij natrekt?' vroeg Overbeck.

'Nee,' zei Ava. 'We communiceren beroepshalve, en dat is het.'

'O, ik dacht dat jullie ook buiten het werk met elkaar omgingen,' zei Overbeck. 'Sommige mensen trekken ook altijd narigheid aan, hè?'

'Is er iets naar voren gekomen wat met inspecteur Callanachs privéleven heeft te maken?' vroeg Ava.

'Ik dacht dat u haast had, inspecteur Turner. Uw team zit op u te wachten.'

Ava werd weggestuurd. Op weg naar de briefingruimte kwam ze langs de kamer van Callanach. Ze overwoog even om aan te kloppen, maar bedacht zich en ging haar eigen kamer binnen. Cal-

Callanach was de laatste tijd niet vaak op het bureau. Maar iemand had het op hem gemunt, en in zijn plaats zou Ava willen weten wie dat was.

Ze liet zich in haar stoel ploffen. Callanach had zich belachelijk gedragen op haar verlovingsfeest door binnen te stormen en iedereen terug naar het bureau te commanderen. Joe had zich na afloop erg mild over hem uitgelaten en gezegd dat het vast lastig was voor Callanach om te zien dat zij een nieuw leven begon, terwijl hij zijn leven in Frankrijk achter had moeten laten. Dat had hij waarschijnlijk goed gezien, maar toch vond ze dat Callanach kinderachtig had gereageerd.

Ava overwoog om Natasha in de Verenigde Staten te bellen. Ze had haar nog niet eens van de verloving verteld. Tasha had Joe jaren geleden leren kennen, en Ava had tot nu toe vermeden haar over hun hernieuwde relatie te vertellen omdat ze wist dat Natasha het nooit goed met Joe had kunnen vinden. Maar Joe was veranderd. Hij was wat Ava op dit moment nodig had. Dat zou Natasha wel begrijpen.

Een agent van de uniformdienst legde een briefje op haar tafel met daarop het logo van Interpol, in een piepklein lettertype. Ava begon te lezen. Er was een treffer gevonden voor het DNA van de moordenaar van Helen Lott in de internationale DNA-database. Maar haar aanvankelijke euforie sloeg al snel om in frustratie. Het was een loze treffer, wat betekende dat ze een DNA-match hadden gevonden met een andere moord, maar dat daar nooit iemand voor was aangehouden. Ze las de samenvatting van het gerelateerde misdrijf.

Ljubljana, Slovenië. 4 mei 2011. Lijk van een man, drieëntwintig jaar oud, gevonden in de kofferbak van een auto die drie weken onbeheerd op een openbare parkeerplaats had gestaan. Politie is gewaarschuwd door een voorbijganger die de stank uit de auto niet vertrouwde. Doodsoorzaak: zware hersenbeschadiging. Excessief geweld. Moordwapen: hamer, die ook in de kofferbak lag. DNA-monster afkomstig van huidresten onder de nagels van het slachtoffer. Andere verwondingen vermoedelijk veroorzaakt door afweer. Sectierapport telt vierentwintig klappen van de hamer op hoofd en bovenlijf. Geen overeenkomstig DNA in de database van de Sloveense politie. Motief onbekend. Geen mogelijke verdachten geïdentificeerd.

De moordenaar had dus al een keer in Slovenië toegeslagen, twee keer in Schotland, en wie weet waar nog meer. Zonder strafblad kon hij zich vrijelijk in een groot deel van Europa bewegen. Het geweldsniveau van de misdrijven kwam sterk overeen, maar in Slovenië had hij geprobeerd zijn sporen uit te wissen door het lijk te verbergen zodat hij meer tijd kreeg om te vluchten. En de enige reden dat hij tijd nodig had om te verdwijnen was dat hij daar banden had. Het was een aanname, maar wel een plausibele aanname, dat Ava op jacht was naar een Sloveen. Ze riep een brigadier bij zich.

'Trek dit Interpolrapport na. Ik wil weten of de Sloveense politie openbaar heeft gemaakt dat ze het DNA van de moordenaar hadden. Zo niet, dan doet de moordenaar geen moeite zijn nationaliteit verborgen te houden. Stuur me een sms zodra je meer weet. En zeg tegen de mediadesk dat ik vanavond misschien een persconferentie beleg.'

27

Grom zat tegenover de klaar-over. Hij had verwacht dat ze doodsbang zou zijn, maar ofwel begreep ze haar eigen situatie niet, ofwel was ze de moedigste persoon die hij ooit had meegemaakt. Het kon ook zijn dat ze dement was. Hij had haar niet vastgebonden, want wegrennen kon ze toch niet.

Zijn Engels was niet fantastisch, en het Schotse accent maakte het nog lastiger, maar hij was toch redelijk ingeburgerd. Edinburgh was gemoedelijker dan Londen. Hij had maar een paar maanden in de Engelse hoofdstad gewoond voor hij zijn biezen pakte. Na Slovenië was Polen de eerste halte geweest, maar daar zat hij te dicht bij huis, vond hij. Daarna had hij Parijs geprobeerd, maar daar kon hij niet over straat zonder dat hij werd aangestaard. Hij kon er niet opgaan in de menigte. Hij was te lang en te breed. En in Parijs viel hij op omdat hij geen Fransman was. Zelfs onder immigranten liep hij in de gaten. Maar het Verenigd Koninkrijk lag aan de overkant van een zee. Het was net alsof hij tijdens de overtocht met de veerboot zijn vroegere leven van zich af had geschud. Eindelijk hoefde hij niet meer te vluchten. En toen had deze kans zich voorgedaan. Hij woonde net in Birmingham toen hij een tip kreeg over die website. Birmingham was één grote menselijke smeltkroes waar iedereen met elkaar overweg kon, zich vermengde en bij elkaar kroop. Daar kon hij doen wat hij wilde, kon hij experimenteren.

Alfonz Kopitar, zoals hij heette, kwam oorspronkelijk uit de bergen. Op het platteland was hij opgegroeid met zijn vader en broer, en hij was altijd het mikpunt geweest van hun grappen en kreeg altijd de schuld als er iets misging. Konden ze hem nú maar zien, nu hij de wereld rondreisde, gevreesd door velen, vereerd door de weinigen die ertoe deden.

'Klaar-overmevrouw,' zei Grom, een broodje in zijn mond proppend, waardoor hij klontjes brood verzadigd van speeksel rondsproeide. 'Heb je honger?'

'Beest,' zei de klaar-over terug. Grom begreep haar beter wanneer ze maar één woord zei. In het begin had ze ellenlange zinnen tegen hem gesproken waar hij geen touw aan kon vastknopen.

'Jij eet als ik het zeg,' zei Grom, en hij gooide het laatste stukje van zijn broodje door de kamer. Het raakte de rand van de prullenbak en viel op de vloer. Hij hoefde niet op te ruimen. Voor de week om was zou hij er toch al een puinhoop van maken, dus waarom zou hij zich zorgen maken over een stukje brood? Hij was de baas. Niemand kon hem voorschrijven wat hij moest eten of hoe hij moest eten. Niet zoals zijn vader die hem over de vloer had gesleept als hij eten had gemorst en het hem als een hond van de vieze, gebarsten plavuizen had laten likken.

'Ik moet naar het toilet,' zei de vrouw.

'Je bent net geweest,' zei Grom tegen haar. Dat vond hij het irritante wanneer je een gevangene had. Dat je ze moest verzorgen, dat ze eisen stelden. Het was gemakkelijker om ze snel van kant te maken.

'Ik heb een zwakke blaas. En de medicijnen hebben een diuretische werking.'

'Begrijp niet,' zei Grom, en hij duwde zijn gezicht tegen dat van haar. Hij kon het zich nu niet veroorloven driftig te worden. Eén klap en het was voorbij, en hij had nog niet bedacht hoe hij haar zou vermoorden. Het moest spectaculair worden. Hij moest wat terrein terugwinnen dat hij aan die teef Sem Culpa had moeten prijsgeven.

Dat was haar gebruikersnaam. Doordat ze zo onvoorzichtig was geweest zich na de moord op de bibliothecaris door een bewakingscamera te laten betrappen, had hij een veel beter beeld van haar.

De gebruikersnaam van Kopitar was Grom. In het Sloveens betekende dat 'donder'. Die naam vond hij mooier dan zijn eigen naam. Grom was alles wat iemand over hem hoefde te weten. Hij was onstuitbaar, een donderslag van pure energie die over de hele wereld gehoord zou worden. En hij had het helemaal zelf bedacht.

'Ik... moet... pis-sen,' zei de klaar-over. 'Begrijp... je... me?'

Grom boog zich dicht naar haar toe en brulde in haar oor. Om eens te kijken hoe deze bijzondere soort donder haar beviel. Hij trok zijn hoofd weer terug om in haar ogen te kijken en van haar angst te genieten. Maar hij zag niets.

'Ik ben een beetje doof aan dat oor,' zei ze. 'Kun je me nu even naar het toilet brengen?'

Grom pakte haar bij de voorkant van haar trui en trok haar mee naar het toilet. De klaar-over rekte het toiletbezoek zo lang als ze kon, en ging toen weer op haar stoel zitten. Voorlopig hield Grom haar vast in de woonkamer. Hij wilde wachten tot de media-aandacht voldoende was toegenomen voordat hij zijn werk aan de wereld zou tonen.

Sem Culpa had het eerste slachtoffer te pakken genomen toen het festival in volle gang was, terwijl de zon scheen, voor het oog van duizenden mensen, en was er verdomme mee weggekomen. Het was zo volmaakt dat hij tranen in zijn ogen had gekregen. Daarna had hij de kans gekregen om zelf te schitteren door Helen Lott op de grond tot moes te pletten. Er kon geen botje meer heel zijn geweest. Hij was als een machine tekeergegaan. Meedogenloos, onvermoeibaar, beestachtig. En toch had Sem Culpa hem glansrijk overtroffen met haar volgende moord, misschien niet in de media, maar haar verslag ervan op de website had haar idioot veel lof opgeleverd. Het enige wat hem ervan had weerhouden op te geven en met de eerstvolgende ferry Schotland te verlaten, was dat de pers vrijwel geen bijzonderheden had vermeld. Sem Culpa moest haar beweringen nog maar zien te bewijzen. Zijn staaltje werk aan Emily Balcaskie was eenvoudig maar indrukwekkend geweest en joeg de inwoners van Edinburgh nu zoveel angst aan dat ze 's avonds niet meer over straat durfden. En nu diende zich deze onverwachte kans aan, nog voordat Sem Culpa haar volgende zet had gedaan, hoewel het niet veel meer uitmaakte hoe het spel nu werd georganiseerd. Het enige wat ertoe deed was dat hij gewonnen had. Psychologen zouden nog tientallen jaren discussiëren over zijn psychische toestand en motivatie.

'Waar kom jij eigenlijk vandaan?' vroeg de klaar-over.

'Slovenië,' antwoordde Grom.

'Nooit van gehoord,' reageerde ze glimlachend.

'Jij kent als Joegoslavië,' zei Grom, en hij pakte een notitieblok en probeerde zich te concentreren op de cruciale aspecten van een perfecte moord.

'Verdomde buitenlanders,' mompelde de klaar-over. 'Zal ik zelf dan maar een kop thee zetten?'

28

Sem Culpa, wat in haar moedertaal, het Portugees, 'zonder blaam' betekende, was aan het mediteren. Ze had een vast ochtendritueel dat bestond uit joggen, yoga, een zoutwaterbad, masturberen en tot slot mediteren.

Ze bracht zichzelf terug uit haar trance, rekte zich uit en keek in de spiegel. Haar haar was korter dan ze het meestal droeg, maar zo kon ze het makkelijker onder een hoed verbergen, kon ze verschillende pruiken dragen en zich overtuigend als man vermommen, mocht dat nodig zijn. Op het moment had het een weinig opwindende kleur bruin, maar die paste bij haar ogen, en al met al leek ze daardoor jonger dan haar achtentwintig jaar.

Er werd zachtjes op haar deur geklopt. Ze sloeg een handdoek om en deed een stap opzij om de piccolo binnen te laten met de lunch. Roerei met chilipeper en avocado, mineraalwater en verse granaatappel. Ze gaf hem een opgerold briefje van vijf pond en pakte een vork. Ze was uitgehongerd. Ze hoefde niet bang te zijn dat ze aankwam. Ze zorgde er elke dag voor dat ze in vorm bleef en sterk en soepel was, in topvorm, of ze nu moest vechten of vluchten. Ze zette de tv aan en zapte tot het Schotse journaal op het scherm verscheen.

Grom – wat was dat in godsnaam voor proleterige schurkennaam? – had blijkbaar eindelijk toegeslagen. Er werd een klaar-over vermist. Sinds ze het beroep van het volgende slachtoffer op de muur had gespoten, had Sem Culpa ongeduldig zitten wachten tot hij zou toeslaan. Maar er was nog geen lijk gevonden. Het was niks voor Grom om de tijd te nemen. Zijn vorige pogingen hadden veel weg gehad van tienerseks: verhit, zweterig, onhandig, zwoegend en grommend. Geen enkele finesse. Geen artistieke touch. En wat haar betrof zo volkomen risicoloos dat het totaal niet spannend was. Maar ze moest toegeven dat het wel aardig bedacht was om de Moderator zover te krijgen dat hij foto's van die brave Emily naar de pers lekte.

Ze was nijdig omdat de moord op Michael Swan haar zo weinig publiciteit had opgeleverd. In de vaste overtuiging dat de Moderator het dossier van de forensisch patholoog zou weten te hacken, had ze er niet aan had gedacht zelf een camera mee te nemen. Bovendien ging ze altijd obsessief professioneel te werk en camera's waren gevaarlijk. Geen enkel bewijs was zo vernietigend als foto's van de plaats delict die de politie op je telefoon of harde schijf vond. Maar ze bleef er kalm onder. Vroeg of laat zou de dam doorbreken en zou er door de media een zondvloed aan details worden uitgestort die zelfs de meest geharde lezers en kijkers de ogen zou doen sluiten.

Ondertussen kon ze alleen maar wachten op de aankondiging van haar allerlaatste doelwit, en waarschijnlijk kreeg ze dat pas te horen als Grom zijn meest recente taak had afgerond. Ze had nog tijd om een plan te maken. De precieze details waren afhankelijk van het uiteindelijke slachtoffer – man of vrouw, leeftijd en plaats – maar ze kon alvast heerlijk wegdromen bij het nadenken over de manier waarop ze het lijk zou presenteren. Daar wilde zij haar eer aan behalen. Het was Grom slechts te doen om stompzinnige beruchtheid. Haar doel was de ultieme gruwel op te wekken.

Ze zette de tv uit en pakte een schetsblok en een potlood. Tekenen was ook een van haar passies. Die donkere lijnen konden zoveel pijn, zoveel oneindige ellende uitdrukken, alsof ze door het papier heen naar boven werden gezogen in plaats van erop werden getekend. Omdat ze zich geen voorstelling kon maken van haar volgende meesterwerk, kraste Sem Culpa lijnen op het papier en vulde ze schaduwen op om de laatste ogenblikken van Michael Swan zo nauwgezet mogelijk weer te geven. Het resultaat was niet slecht, gezien de snelheid waarmee ze had getekend. Swans mond was een gapend gat van ondraaglijke pijn, zijn stollende bloed de zwanenzang van zijn verzwakkende lichaam om hem in leven te houden. De armen uitgeschakeld als de val van Icarus nadat die zich had gebrand aan de zon, zijn lange benen achter hem aan zwaaiend, elegant en soepel. Sem Culpa staarde ademloos naar de tekening en beleefde opnieuw hoe hij om zijn leven had gesmeekt, tot ze hem de foto van zijn vrouw had laten zien, die vlak voor hun truttige huis was genomen.

Daarna had Michael Swan zich als een brave man gedragen. Ze was tevreden geweest. Al die moeite die ze erin had gestoken zou voor niets zijn geweest als hij haar had teleurgesteld. Al die artikelen over zijn werk voor de gemeenschap, de onderscheiding die hij binnenkort zou krijgen, en zijn inzet voor de alfabetiseringscampagne voor kinderen. Toen hij eenmaal had begrepen dat ofwel hij het moest ontgelden of zijn liefhebbende – weerloze – vrouw, had hij geen woord meer gezegd. Hij had zich bereidwillig in het spreekwoordelijke zwaard gestort. Alleen zijn tranen hadden afbreuk gedaan aan het effect. Die weekheid. Die zwakheid.

Sem Culpa was niet zwak. Zij was de pijl die altijd doel trof. Portugal was te klein voor haar geweest. Haar ouders te onnozel en te vriendelijk om haar in het gareel te houden. Toen ze van de ene na de andere particuliere school werd getrapt hadden ze hun toevlucht genomen tot een reeks incapabele privéleraars. Uiteindelijk was er genoeg tijd voorbijgegaan en kwam het moment dat ze naar de universiteit zou gaan. De universiteit van Lissabon nam haar onmiddellijk aan. Gezien de schenkingen die haar familie in de loop der jaren had gedaan, zouden ze haar trouwens nooit hebben afgewezen. Dat was in haar jonge jaren, toen ze haar eerste, aarzelende stappen zette op weg naar haar werkelijke zelf. Destijds heette ze Amalia, wat ijverig betekent. In dat opzicht kregen haar ouders in elk geval gelijk.

De universiteit was dodelijk saai. Roosters, deadlines, onvolwassen kinderen die speelden dat ze volwassenen waren. Ze had er de pest aan gehad. De universiteit had de grote gelijkmaker moeten zijn. Samen wonen, samen studeren, ideeën uitwisselen en iedere dag genieten van het leven. Maar ze werd ziek van de idioten die haar onderwezen, bedienden, en aanstellerig giechelend en gestrest om haar heen woonden. Dat was zowel haar ondergang als het begin van haar nieuwe avontuur geweest.

Er was vergif aan te pas gekomen. Industrieel arsenicum, dat niet moeilijk te krijgen was, en de ratatouille in de kantine van de universiteit. Jammer genoeg was er niemand overleden, maar er was wel iets in haar ontwaakt. Haar eerste echte orgasme.

Vlak daarna was ze vertrokken, toen ze had ontdekt dat je in het digitale tijdperk geen universitaire opleiding of negen-tot-vijfbaan nodig had om geld te verdienen. Een jaar later dreef ze een succesvolle socialmediasite waarop ze producten promootte. Daarbij kon ze veilig afstand houden tot haar klanten, en hoefde ze geen persoonlijke details te geven. Het enige wat ze nodig had was een gedegen kennis van hoe internet werkte en wat mensen ervan verwachtten. Met de toelage van haar ouders en het geld dat ze met haar bedrijf verdiende kon ze zich overal in de wereld vijfsterrenhotels veroorloven.

Haar familie nam niet vaak contact met haar op. Ze stuurden berichtjes op haar verjaardag en met kerst, en iedere maand een update met wat oppervlakkige nieuwtjes. Maar nooit een verzoek om terug naar huis te komen, om elkaar weer eens te zien. Het leek alsof ze het eigenlijk wel best vonden dat ze voortdurend op reis was.

Jaren voordat dit spel was bedacht waarin ze nu een sterrenrol vervulde, had haar kennis van de digitale wereld haar naar de duistere, kronkelige stegen van het darknet geleid. Ze had er messen gekocht die op de open markt niet te koop waren, ze vond er seksspeeltjes die ook voor andere, meer sadistische scenario's konden worden gebruikt. Onlangs was er een marktplaats voor organen opgedoken. Daar was het echt grote geld te verdienen. Als ze ooit aan de grond kwam te zitten, zou dat een heerlijke manier zijn om geld te verdienen. Haar vaardigheden met een scalpel waren een lust voor het oog.

Toen was de Moderator haar op een andere website op het spoor gekomen, en had haar uitgenodigd lid te worden van zijn site. Aanvankelijk was ze ervan overtuigd dat het een val was. Daarna nam het ledental gestaag toe. Ieders identiteit werd gecontroleerd. Niemand kon op het forum komen zonder de juiste geloofsbrieven. Het darknet had even gehaperd toen de FBI en MI5 hun het leven zuur hadden gemaakt, maar de programmeurs waren de wet altijd een stap voor. De versleutelingssoftware was tegenwoordig behoorlijk betrouwbaar. Communicatie kon nooit tot een IP-adres worden herleid. Het was of je 's nachts op zee voer en van het ene onverlichte schip naar het andere riep, alleen of in gezelschap van anderen die ook opbloeiden te midden van de stampende, vernietigende golven die de meesten niet durfden te trotseren.

Sem Culpa dekte de rookmelder af en streek een lucifer af om haar schets toe te vertrouwen aan het domein van het geheugen, waar hij nooit gevonden zou worden en haar nooit kwaad zou kunnen doen.

29

Ava had meteen naar de afdeling chemotherapie moeten gaan. Ze vond het vervelend om haar moeder daar alleen te laten, maar ze maakte zich zorgen om Callanach. Die was weer eens niet op het bureau, en als ze hem op zijn mobiel belde, kreeg ze zijn voicemail. De enige plek waar ze hem nu nog kon zoeken was zijn appartement, maar ze achtte de kans klein dat ze hem daar zou vinden. Ze kon zich niet voorstellen dat hij thuis zou werken als zijn team in de briefingruimte zat. Maar ze moesten nog overleggen over de persconferentie. Er was misschien eindelijk een doorbraak in de zaak en dat wilde ze hem persoonlijk vertellen. En Ava voelde dat Overbeck op het punt stond om in te grijpen. De commissaris was opzettelijk vaag gebleven met haar vragen over Callanachs activiteiten en had ronduit geweigerd meer details prijs te geven over de zogenaamde klacht. Hoewel hun onderlinge contact de afgelopen tijd moeizaam was, wilde Ava hem niet laten vallen zonder hem te waarschuwen.

Ava belde aan bij zijn appartement. Geen reactie. Ze belde nog eens aan. Als hij al thuis was, wilde hij blijkbaar niet gestoord worden. Ava liep naar haar auto maar bleef staan toen ze haar hand op het portier legde. Als Callanach in appartement 2a woonde, dan woonde zijn babbelzieke buurvrouw in 2b. Misschien was er wel een reden waarom hij de telefoon niet opnam. Ze was het aan hem verplicht om dat grondig te checken. Ava onderdrukte het gevoel dat ze daarmee een grens overschreed en belde aan bij appartement 2b.

'Hallo, met Bunny,' klonk het opgewekt.

'Hi, sorry dat ik je lastigval, maar ik probeer Luc Callanach te pakken te krijgen. We hebben elkaar al eens bij hem voor de deur ontmoet.'

'Ik weet niet zeker of hij thuis is,' antwoordde Bunny, iets afstandelijker dit keer. Ze zag niet graag dat een andere vrouw naar Luc informeerde, vermoedde Ava. Misschien zou Bunny gerustgesteld worden als ze Ava's nieuwe verlovingsring zag. Dan kwam die toch nog goed van pas.

'Kun je me binnenlaten? Ik ben van de politie en ik moet hem dringend spreken.'

'Natuurlijk,' zei Bunny, en ze deed onmiddellijk open.

Ava liep de trap op.

'Ik heb hem de hele dag nog niet gezien of gehoord en ik heb aan één stuk door cliënten gehad,' riep Bunny nog voordat Ava boven was. 'Heb je zijn mobiel geprobeerd?'

'Ja,' antwoordde Ava terwijl ze een roffel op Callanachs deur gaf. Ze had toen eigenlijk weg moeten lopen, maar Bunny stond wat te dralen, waardoor ze moeilijk zomaar een eind aan het gesprek kon maken. 'Heb je hem de laatste tijd nog gezien?' vroeg Ava.

Bunny liet een geforceerd lachje horen en er verschenen tranen in haar ogen.

'Is alles goed met je?' vroeg Ava.

Bunny haalde haar schouders op, leunde tegen de muur en liet zich omlaagglijden tot ze op de grond zat.

Ava moest zich ervan weerhouden niet op haar horloge te kijken terwijl de seconden wegtikten en ze zich realiseerde dat het meisje behoefte had tegen iemand aan te praten.

'Ik ben al zo lang single, ik dacht dat ik nooit meer een leuke kerel tegen zou komen,' begon Bunny, 'en Luc is leuk, ja toch?'

'Ja, dat is hij zeker,' beaamde Ava, terwijl ze zich afvroeg of ze nog even zou wachten tot Luc kwam opdagen of toch maar beter kon gaan, want ze voelde zich een tikje schuldig bij de gedachte dat ze met de voortzetting van dit gesprek mogelijk inbreuk maakte op de privacy van haar collega. Maar aan de andere kant kon het zijn dat het meisje iets wist waardoor ze Luc kon opsporen.

'We hadden elkaar leren kennen en maakten weleens een praatje als we elkaar zagen. Ik heb ook een paar keer voor hem gekookt. Hij maakte een uitgeputte indruk, en hij leek dag en nacht in de weer.'

'Dat hoort erbij,' zei Ava. 'Heb je hem weleens met iemand gezien of iemand hier op bezoek zien komen?'

'Ik heb alleen jou die keer gezien en die andere agent. Max nog wat.'

'Tripp,' vulde Ava aan.

'Die ja. Verder niemand. Luc leek tamelijk eenzaam. Ik ben visagiste, dus ik heb altijd mensen om mij heen. Ik ben een echt mensenmens. Ik heb al eens aangeboden om hem aan mijn vrienden voor te stellen, maar hij had het te druk met zijn werk.'

Niet echt zijn soort mensen, vermoedde Ava, hoewel ze zich realiseerde dat die gedachte gebaseerd was op een vooroordeel, zij het niet helemaal onterecht. Luc was nogal eenzelvig, niet iemand die vaak in het café zat of naar feestjes ging. Net als zijzelf.

Natasha was naar Amerika vertrokken, haar moeder had kanker gekregen en toen was Joe op het toneel verschenen met in zijn kielzog allerlei borrels, feestjes en dinertjes die ze tot dan toe had gemeden. Sinds die tijd hadden Luc en zij elkaar amper gezien. Ava's telefoon ging.

'Sorry. Heb je even?' Ze nam het gesprek aan. 'Met Turner,' zei ze.

'Met brigadier Black. Interpol heeft antwoord gegeven op uw vraag. De Sloveense politie heeft de DNA-vondst nooit openbaar gemaakt. De moordenaar kan dus niet weten dat wij hem met Slovenië in verband kunnen brengen.'

'Mooi. Is er al een tijdstip voor de persconferentie vastgesteld?' vroeg Ava.

'Over twee uur. Persvoorlichting is ermee bezig. Ik heb commissaris Overbeck ook op de hoogte gebracht. Ze glimlachte zowaar.'

'Goed. Ik trek m'n uniform aan en kom zo snel mogelijk naar het bureau,' zei Ava, en ze beëindigde het gesprek. 'Sorry, hoor. Het werk blijft maar doorgaan. Je kent het wel,' glimlachte ze.

'Geeft vast een fijn gevoel, te weten dat ze je nodig hebben,' zei Bunny terwijl er nog meer tranen in haar ogen opwelden.

Ava waagde het eindelijk een blik op haar horloge te werpen. Ze had niet lang nodig om zich op de persconferentie voor te bereiden, ze was al te laat voor haar moeders chemotherapie en er bestond een kleine kans dat ze Luc alsnog zou treffen als ze bleef wachten. Bunny zag er echt ellendig uit. 'Ik heb wel een paar minuutjes voor een kopje thee, als jij dat voor mij wilt zetten,' zei ze, en Bunny's gezicht klaarde onmiddellijk op.

Callanach zette zijn auto op een openbare parkeerplaats en belde Lance.

'Ik heb met mevrouw Swan gesproken,' zei Callanach. 'Ze weet wat ik ga doen.'

'Aan je stem te horen was ze daar niet blij mee,' antwoordde Lance.

'Publiceer jij het?' vroeg Callanach.

'Ik ben journalist. Wat denk je?'

'Mooi zo,' antwoordde Callanach. 'Ik dicteer, jij schrijft op. Inspecteur Callanach heeft vandaag bevestigd dat de autopsie heeft uitgewezen dat Michael Swan, slachtoffer van de moord in de bibliotheek aan McDonald Road, niet heeft geleden. Aanhalingstekens openen – de dood trad vrijwel onmiddellijk in – aanhalingstekens sluiten, aldus Callanach. Hoewel het slachtoffer verwondingen heeft opgelopen, is hij de hele tijd buiten bewustzijn geweest. De politie is tot de conclusie gekomen dat de moordenaar meteen is gevlucht. Het lichaam van meneer Swan werd op de grond in het souterrain van de bibliotheek aangetroffen. Daarmee eindig je. Dat zou genoeg moeten zijn om de moordenaar laaiend te maken. Wil je Ben laten weten wanneer het stuk live gaat?'

'Ik stuur hem meteen een kopie,' zei Lance. 'Ben is je een stap voor. De webmaster heeft Rory Hands aanvraag al opgepikt om lid te mogen worden van die bizarre club. Hands computer is gehackt.'

'Vraag Ben te wachten tot de reacties op jouw persbericht loskomen. Als we informatie kunnen oppikken uit online chats, zou dat Julia Stimples leven kunnen redden,' zei Callanach.

'Je klaar-over. Bedankt nog dat je dat verhaal niet als eerste aan mij hebt doorgespeeld. Hoe zit het met onze afspraak elkaar de bal toe te spelen?' vroeg Lance.

'Als je met te veel primeurs komt, zouden lezers weleens achterdochtig kunnen worden. Het moet echt lijken.'

'Jij zit nooit om een antwoord verlegen, hè? Ik zet dit op mijn site en zorg ervoor dat de sociale media het oppikken, en dan moet ik ervandoor. Ik neem aan dat we op de persconferentie moeten doen alsof we elkaar niet kennen?' informeerde Lance.

'Welke persconferentie?' vroeg Callanach.

'Inspecteur Turner houdt een persconferentie.' Callanach reageerde niet. 'Goed, ik laat je. Ik zal tegen Ben zeggen dat hij je een berichtje stuurt als er iets te melden valt.'

Callanach beëindigde het gesprek en scrolde toen door de berichten op zijn telefoon. Bij mevrouw Swan had hij zijn mobiel op stil gezet en daarna was hij vergeten hem weer aan te zetten en zo had hij twee telefoontjes van Ava en eentje van het bureau gemist. Hij had ook een bericht van Tripp.

> Overbeck wil vanavond om 18.00 iedereen in uniform voor persconf. Inspecteur Turner heeft de leiding. Dan volgt u met info over J Stimple. Bel brigadier Lively voor update aub, sir.

Op een of andere manier wist Tripp zelfs beleefd te blijven als hij een sms'je stuurde. Callanach zuchtte en belde met het bureau.

'Vertel eens, brigadier,' zei Callanach.

'Huis-aan-huisonderzoek in het flatgebouw van Julia Stimple en in de straat heeft één buurman opgeleverd die gebonk heeft gehoord, hoewel het volgens hem eerder klonk als een doe-het-zelver dan als een gevecht, dus we weten niet zeker of er een verband is met de ontvoering. En er stonden die avond drie auto's op de weg geparkeerd die daar normaal niet staan.'

'Is dat ongebruikelijk voor die buurt?' vroeg Callanach.

'Niet echt,' zei Lively. 'Er komen ook bezoekers, vrienden die blijven logeren, bestelwagens. We zijn vooral geïnteresseerd in een busje. Het werd pas laat in de avond opgemerkt en stond beroerd geparkeerd. We hebben maar een deel van een kenteken, maar er zaten wel duidelijk herkenbare bumperstickers op de auto.'

'Dat is in ieder geval een begin,' zei Callanach. 'Geef de beschrijving van de stickers en het gedeeltelijke kenteken door aan alle agenten en waarschuw ook andere gemeentewerkers, parkeerwachten, handhavers, en mensen van de reinigingsdienst. Misschien heeft iemand de auto op een oprit zien staan of een garage in zien rijden. Zeg vooral dat niemand dichtbij mag komen.'

'Komt voor elkaar, sir,' zei Lively. Van zijn eerdere sarcasme was niets meer te bespeuren. Op een of andere manier deed dat Callanach des te meer beseffen hoe ernstig de situatie was. Hij reed naar huis om zijn uniform aan te trekken.

Twintig minuten later ging Callanach zijn appartementsgebouw binnen. Hij had net genoeg tijd om te douchen en wat te eten voor hij terug moest naar het bureau, en hij moest ook nog een verklaring opstellen over de ontvoering van Julia Stimple. Hij rende de trap op naar zijn verdieping en stak net de sleutel in het slot toen de deur van Bunny's flat openging.

'Daar ben je dan,' zei Bunny.

Callanach vroeg zich af hoe kort hij het gesprek kon houden. Hij had haar niet meer gezien sinds hij haar had laten zitten en naar zijn eigen appartement was gevlucht. Ze was toen behoorlijk van slag en hij had nog geen poging gedaan het recht te zetten.

Ava kwam achter Bunny vandaan. 'Je bent de laatste dagen moeilijk te bereiken,' zei ze. 'Bedankt voor de thee, Bunny. Leuk om je te leren kennen.'

'Geen dank. Jij bedankt dat je wilde luisteren. Ik weet dat jullie het druk hebben, dus ik laat jullie.' Bunny deed haar deur dicht en Ava bleef met de armen over elkaar in de gang staan.

'Hoelang ben je daar binnen geweest?' vroeg Callanach.

'Langer dan ik eigenlijk had gewild. Bunny had iemand nodig om tegenaan te praten,' zei Ava. 'Ik heb je een paar keer gebeld.'

'Ik heb een drukke dag gehad.' Callanach deed zijn deur open. 'Ik neem aan dat je even binnenkomt.'

Binnen bleef Ava bij de deur staan. 'Ik heb een persconferentie georganiseerd,' zei ze. 'Ik wilde dat even met je doorspreken en toen ik je niet te pakken kreeg, ging ik me zorgen maken.'

'Je had Lively kunnen bellen. Ik ben het grootste deel van de middag met hem samen geweest.'

'En daarna ben je weggegaan zonder iemand te vertellen waar je heen ging. Je hebt wel een verantwoordelijkheid. Je hebt ervaren mensen in je team, maar dat neemt niet weg dat je als leidinggevende zichtbaar moet zijn,' zei Ava, en meteen voelde ze de spanning tussen hen weer toenemen. De laatste tijd konden ze niet samen in een ruimte zijn zonder dat het tot een discussie kwam. 'Luc, ik ben hier niet naartoe gekomen om je een preek te geven.'

'Wat heeft Bunny allemaal gezegd?' vroeg Callanach. Hij had hun die vraag het liefst willen toeschreeuwen toen ze daar samen in de deuropening stonden, razend omdat Ava brutaalweg zijn privéleven was binnengedrongen. Zou ze zich door hoofdinspecteur Edgar hebben laten overhalen om hem te bespioneren? Callanach liep naar zijn slaapkamer, begon onderweg zijn kleren uit te trekken en liet haar in de gang staan.

'Waarom maak je je daar zorgen over? Is er iets wat je me wilt vertellen?' vroeg Ava terwijl ze achter hem aan liep.

'Gaan we het nu over mijn privéleven hebben?' vroeg Callanach. 'Ik zou denken dat je je misschien eerder zorgen zou moeten maken over de keuzes die jij op dit moment maakt.'

'Trek het niet in het persoonlijke,' zei Ava. 'Allemachtig! Wat zijn dat voor blauwe plekken op je ribbenkast?' Ze liep op hem af en liet haar vingers over de rood-zwarte strepen op zijn borst glijden. Hij was even vergeten dat zijn bovenlijf er nog verschrikkelijk uitzag. Zijn gezicht was sneller genezen. Het was niet de bedoeling dat ze zijn verwondingen zag. 'Wat voor problemen heb jij je op de hals gehaald, Luc? Zeg alsjeblieft iets. Wat er ook aan de hand is, ik kan je helpen.'

Luc pakte haar vingers vast terwijl Ava naar zijn lichaam staarde. Het liefst wilde hij alles opbiechten. Haar precies vertellen waartoe haar verloofde in staat was. Maar er was een kloof tussen hen ontstaan en dat wisten ze allebei.

'Maak je om mij geen zorgen,' zei hij, en hij liet haar hand los. 'En je verloofde zou het waarschijnlijk niet erg waarderen als hij wist dat je hier bent terwijl ik halfnaakt rondloop.'

Ava klemde haar kaken op elkaar en wendde haar blik af.

'Er is een klacht ingediend,' zei ze. 'Bijzonderheden weet ik niet. Overbeck vroeg waar je mee bezig was en ik heb gezegd dat ik het niet wist.'

'Dank je wel,' zei Callanach.

'Je hoeft me niet te bedanken. Het is de waarheid. Ik heb geen flauw idee wat er op dit moment bij jou speelt.'

Het was vreemd om haar in zijn slaapkamer te zien staan. Ze was hier al vaak genoeg geweest – voor een etentje of voor overleg, om iets te lenen of te brengen – maar ze had nog nooit zo dicht bij hem gestaan als nu. Hij voelde zich plotseling ongemakkelijk in haar nabijheid en veranderde van onderwerp. 'Waar gaat die persconferentie over, Ava?' vroeg hij.

'Ik denk dat de moordenaar van Helen Lott en Emily Balcaskie een Sloveen is. Hij heeft geen strafblad, maar Interpol beschikt wel over zijn DNA vanwege een andere moordzaak, waar nooit iemand voor is gearresteerd.'

'Dan boeken we vooruitgang,' zei Callanach. 'Mag ik nu gaan douchen?'

Ze sloeg de armen weer over elkaar en zei: 'Ik hou je niet tegen.' Ze werd weer de oude Ava. Te trots en te strijdlustig om zich opzij te laten schuiven.

Callanach maakte zijn rits los.

'Prima,' zei hij, en hij trok zijn spijkerbroek uit. Ava bleef onbeweeglijk staan en keek hem recht aan. Hij liep de badkamer in en liet de deur halfopen staan, gooide zijn ondergoed op de grond en stapte onder de douche.

'Denk je nou dat ik hard wegren omdat je in je nakie staat? We zijn bezig een gesprek te voeren, ja?' zei Ava, tegen de deur van de badkamer geleund.

Callanach staarde naar de muur en liet zich kalmeren door het warme water. Hij hoopte vurig dat Bunny Ava niets over hun rampzalige avond had verteld – niet dat het ook maar iets uitmaakte wat Ava wist of dacht te weten. Vooral omdat hij veel dringender problemen aan zijn hoofd had.

'Waarom heb je me niet meegevraagd naar de plaats delict van Julia Stimple? Het lijkt wel of je me opzettelijk overal buiten houdt. Heeft dat iets te maken met het feit dat ik met Joe verloofd ben?' vroeg Ava uiteindelijk.

Callanach lachte, draaide de douche dicht en pakte een handdoek. Ava draaide zich om en keek door het slaapkamerraam naar buiten terwijl hij zich afdroogde.

'Je maakt de laatste tijd een verstrooide indruk,' zei hij, terwijl hij wat kleren uit de kast pakte. 'Het was niet nodig dat we daar allebei waren. Waarom loop je me steeds achterna?'

'Ik loop je niet achterna. Sinds je hier bent komen werken, hebben we over elk onderzoek met elkaar gepraat en elkaar geholpen omdat het makkelijker is als je iemand aan jouw kant hebt staan. Maar nu we elkaar echt nodig hebben, kap je elk contact af.'

Callanach gooide zijn handdoek op de grond en begon zich aan te kleden. Ava's schouders gingen met iedere ademhaling omhoog en omlaag, ze had haar handen om haar bovenarmen geslagen en hij zag dat haar nagels zich in haar huid boorden. Hij trok zijn uniform aan, stopte zijn overhemd in zijn broek en ging op de rand van zijn bed zitten.

'Ava,' zei hij. 'Ik heb een contact dat jou zou kunnen schaden. Niet fysiek, bedoel ik. Maar het kan je carrière schaden en alles wat daarmee samenhangt.'

Ze draaide zich om en liet haar armen langs haar zij hangen.

'Als jouw contact mij kan schaden, kan het jou ook schaden. Zou Overbeck dat hebben bedoeld?'

'Dat weet ik niet,' zei Callanach. 'Maar we gaan het als volgt doen. Ik zal je vertellen wat je moet weten, maar tot het voorbij is, moet je bij me vandaan blijven. Ik wil je geen schade toebrengen.'

Ze ging naast hem zitten en speelde wat met een losse draad aan een knoop van haar bloes.

'Oké,' zei ze. 'En kun je dan blij zijn voor mij? Vanwege mijn verloving met Joe? Ik moet weten of dat voor jou oké voelt.'

'Hoezo?' vroeg hij.

Ze haalde haar schouders op. Hij zag dat ze op haar onderlip beet en nog steeds nerveus aan het draadje zat te friemelen, de schouders gebogen, wat niet bij haar paste.

'Natuurlijk,' zei hij. 'Ik ben blij voor je. Maar Overbeck zal minder blij zijn als we nu niet opschieten. Ik rij wel. We gaan even bij jou langs zodat je je uniform kunt pakken, en onderweg bedenken we wel wat we tegen de pers zeggen.' Hij stond op.

Ze stak haar hand naar hem uit en liet zich grinnikend door hem overeind trekken.

'Sorry dat ik je slaapkamer zomaar ben binnengedrongen,' zei ze, en ze probeerde niet te lachen. Op dat moment kon hij haar wel kussen. 'Maar als je je kleren nog eens uittrekt in mijn bijzijn, arresteer ik je.'

'Je zou me moeten betalen in plaats van me te arresteren,' zei Callanach en hij pakte zijn autosleutels.

'Als ik moet betalen om eens goed te kunnen lachen, ga ik wel naar een stand-upcomedian,' antwoordde Ava.

'Ik denk niet dat daar veel te zien valt,' reageerde Luc glimlachend.

'Goed om te horen dat je na al die jaren eindelijk grip op je gigantische ego hebt gekregen,' zei ze spottend. Ze wrong zich langs hem heen en liep de trap af terwijl hij de deur afsloot.

30

Sem Culpa hoorde dat er een bericht op haar telefoon binnenkwam, maar negeerde het omdat ze haar nagels zat te vijlen. Daarna hoorde ze het signaal weer een paar keer achter elkaar. Ze had haar apps zo ingesteld dat ze werd gewaarschuwd zodra er iets over de moord op Sim Thorburn of Michael Swan werd gemeld. Opeens gonsde Swans naam overal rond. Ze ging zitten om het eerste verslag te lezen, blij dat haar slachtoffer, dat zo weinig aandacht had gekregen, weer voorpaginanieuws was geworden, tot ze begreep waarom.

Haar ogen gleden razendsnel over de zinnen – 'heeft niet geleden', 'onmiddellijk', 'de hele tijd buiten bewustzijn', 'lichaam op de grond aangetroffen' – en ze schreeuwde het uit van woede. Het kon haar niets schelen dat ze in een hotel zat, dat de andere gasten haar konden horen, dat ze opschudding veroorzaakte en dat dat misschien ooit ergens geregistreerd zou worden.

Ze was genaaid!

Bij het doornemen van de berichten kwam ze steeds dezelfde naam tegen. Inspecteur Luc Callanach. Hij wist dat het niet waar was wat hij zei, dus hij wilde haar alleen maar uit de tent lokken. Dacht hij nou werkelijk dat ze zich nu zou blootgeven, na al die voorzorgsmaatregelen, vol trots dat ze geen sporen had achtergelaten, en zich steeds zo goed had weten te vermommen? Dit was geen gewone belediging meer. Het was respectloos.

Ze pakte haar laptop en stuurde een versleuteld bericht aan de Moderator. Daarna pakte ze haar schetsblok en potlood, bewoog haar hoofd van links naar rechts en van voor naar achter om de spanning in haar nek te verminderen, en begon te tekenen.

Grom werd doodziek van dat ouwe wijf. De afgelopen twee dagen had ze alleen maar zitten jammeren en had alles onder gepist. En nu had ze honger. Hij had gedacht dat eten wel het laatste zou zijn waar ze aan dacht. Ze had doodsbang moeten zijn. Hij had haar zelfs de foto's van Emily Balcaskies lijk laten zien. In plaats van te reageren had ze hem om een hoofdkussen gevraagd. Eerst had hij niet begrepen wat ze zei. Ze had steeds maar 'peluw' geroepen tot hij het woord met behulp van een vertaalapp had opgezocht. Hij was haar meer dan beu en snapte niet waarom ze was uitgekozen. Helen Lott was verpleegkundige, zij was een interessante prooi geweest, iemand die de moeite waard was. En Emily Balcaskie was verrukkelijk geweest in haar padvindersuniform. Hij was er zeker van dat ze nog maagd was ook. Een twintigjarige maagd – die kwam je tegenwoordig niet vaak meer tegen. Ze had gesoebat, geprobeerd op hem in te praten, hem gesmeekt op te houden. Daarna had Emily gevraagd of hij misschien wilde praten. En heel even, gedurende een kort, volmaakt moment, had hij haar om die reden liefgehad, los van het feit dat hij klaarkwam toen hij haar vermoordde. Ze was ongerept, zorgzaam, begripvol, vanbinnen en vanbuiten mooi. En even was ze helemaal van hem geweest. Emily was in zijn armen gestopt met ademhalen toen hij haar luchtpijp vermorzelde alsof ze een vogeltje was. Hij had geprobeerd het langer te laten duren, om zo lang mogelijk van het moment te genieten, maar hij bezat een kracht die hij niet kon intomen. Toen ze dood was, had Grom zich het gevaarlijke genot gegund nog even met haar op schoot in de struiken te blijven zitten, en toen had hij een rilling door zich heen voelen gaan. De sjaal die ze van de scholieren had gekregen was een beloning die alleen voor hem bestemd was geweest.

Hij zette zijn laptop aan en wachtte tot hij de recentste berichten van de Schotse politie op het scherm zag verschijnen. Ze hadden een persconferentie aangekondigd, wat altijd handig was om te weten hoe dicht ze hem op de hielen zaten.

De vrouw die de leiding had was lang en mager en leek op Groms fantasiebeeld van een dominatrix. Op het bordje voor haar op het bureau stond dat ze commissaris Overbeck heette. Ze droeg donkerrode lippenstift, precies de kleur die hij graag over het gezicht van vrouwen uitwreef. Hij zette het geluid harder.

'... de vermiste vrouw blijkt een klaar-over uit Edinburgh te zijn. We hebben redenen om aan te nemen dat de man die hiervoor verantwoordelijk is uit Slovenië afkomstig is. We vragen iedereen die een Sloveense man heeft gezien die voldoet aan het signalement contact op te nemen met de politie. Hij mag niet benaderd of vastgenomen worden. Wij wijzen er nadrukkelijk op dat hij gevaarlijk kan zijn.'

Grom stampte met zijn voet op de houten vloer. Hoe waren ze achter zijn nationaliteit gekomen? Hij had geen enkel spoor achtergelaten. In zijn vaderland was hij nooit gearresteerd en voor de moord in Parijs was een ander veroordeeld.

Hij legde zijn hoofd tussen zijn benen en haalde diep adem. Hij moest kalm blijven. Ze konden hem hier niet op het spoor zijn gekomen. Hij reisde op een vals Roemeens paspoort. En in Edinburgh had hij amper sociale contacten. Hij kocht 's avonds laat eten in de supermarkt en droeg altijd een capuchon. Zijn eigen naam had hij geen enkele keer gebruikt, en hij snapte niet hoe de politie kon weten waar hij vandaan kwam.

De journalisten begonnen nu vragen te stellen en staken hun hand op, als straathonden bedelend om een stuk vlees.

'Het onderzoek lijkt heel langzaam te vorderen, commissaris, en er wordt amper informatie vrijgegeven. Verwacht u dat het nu sneller zal gaan?' vroeg een journalist.

'Ik geef toe dat we stukje bij beetje verder komen,' zei de geüniformeerde dominatrix met een nijdige blik op de politiemensen naast haar, 'maar dat heeft met de zaak zelf te maken. Politiewerk is niet altijd even eenvoudig, en deze moordzaken zijn bijzonder lastig.'

Ze stond op, en ze was niet alleen lang, zag Grom, maar ze had ook een fantastisch figuur. Hij zou haar dolgraag eens persoonlijk willen ontmoeten. In het donker. Alleen zij tweeën. Hij zou zelfs eerst een tijdje met haar willen spelen voordat hij haar vernietigde. Het zou best kunnen dat ze dat lekker vond. Hij had diezelfde hautaine blik op het gezicht van andere vrouwen gezien en stuk voor stuk hadden ze opgebiecht dat ze hem begeerden voordat hij ze afmaakte.

Terwijl de politiemensen de vergaderzaal verlieten zocht Grom op wat 'stukje bij beetje' betekende. Het betekende zoiets als stapsgewijs. Dat idee beviel hem wel. Dat zou hen even bezighouden. Daardoor zou Sem Culpa in het vergeetboek raken.

Hij liep op de klaar-over af die opeens was stilgevallen. Iets in zijn houding had dat ouwe wijf eindelijk het zwijgen opgelegd. Ze keek naar hem op, grijnsde laatdunkend en spuugde hem in het gezicht. Deze keer kon het hem niets schelen. Binnenkort zou ze haar excuses aanbieden voor haar gedrag. Het speeksel dat van zijn gezicht droop was een symptoom van haar angst.

Grom greep haar hand. Ze probeerde zich uit alle macht los te rukken, maar niets kon hem van zijn voornemen afbrengen. Hij drukte haar hand stevig op de tafel, haalde een mes uit zijn zak en begon te snijden.

31

Ben had een drukke middag achter de rug. Polly van café Below Par had gelijk gehad. Bij aankomst op kantoor stond de politie binnen. Hoofdinspecteur Joseph Edgar was er natuurlijk niet bij. Die was veel te belangrijk om zijn handen vuil te maken aan een voorlopig onderzoek.

Ben was binnen komen lopen met een meeneemkoffie en een bagel in de hand en reageerde zo verbaasd als hij kon op de consternatie. Het was een stukje ouderwetse tactiek – stel de baas een paar suggestieve vragen over een paar werknemers, zorg dat er een gespannen sfeer ontstaat en maak de mensen bang voor corrupte collega's. Het gerucht dat de politie interesse had in CyberBallista zou sneller de ronde doen dan een joint in een gevangenis. Op dit moment hingen de accountmanagers van het bedrijf aan de telefoon met hun oppermachtige en invloedrijke cliënten om de situatie uit te leggen. Op hun beurt belden die bedrijven met hun eigen advocaten om ervoor te zorgen dat hun gegevens veilig waren. De ironie wilde dat de steenrijke banken en investeringsmaatschappijen die op dit onderzoek hadden aangestuurd, dezelfde waren die niet zouden willen dat hun eigen gevoelige informatie in een rechtszaak openbaar gemaakt zou worden, waardoor CyberBallista de veiligste plek was voor Ben om te werken.

Op de kop af drie uur later zat Ben weer achter zijn bureau op een nieuwe computer te werken, terwijl zijn manager de oude controleerde op ongebruikelijke activiteiten. Op weg naar huis ging hij nog even langs bij de Below Par om Polly te bedanken, die geheel in lijn met hun ontluikende relatie, op goedmoedige toon zijn dagelijkse poging afwees om wat met hem te gaan drinken of ergens een hapje te eten.

'Ik moet mijn haar wassen. Je weet dat ik er graag op mijn mooist uit wil zien voor de eerste ochtendklanten. Vooruit, wegwezen. Terug naar je hol.' Dat zei ze elke dag.

Ben werkte sinds januari in Edinburgh. Een vriend uit Glasgow had hem getipt over de Below Par. Polly was er drie maanden geleden komen werken; ze was gevat, had een scherpe tong en een apart gevoel voor humor waarmee ze in de buitenwereld problemen zou kunnen krijgen. Ben vond haar leuk, met haar Londense accent, haar ironische oogopslag en haar weerzin tegen alles wat burgerlijk was. Zijn gevoel zei hem dat ze hem ook leuk vond, maar wat hij ook probeerde, ze wilde niet met hem daten. Soms slaakte ze een zucht en glimlachte even als hij het weer eens vroeg, maar zei vervolgens toch weer nee. Maar die glimlach gaf hem wel hoop. Hij wilde niet opgeven. De juiste vrouw was een miljoen afwijzingen waard.

Ben had Rory Hands aanvraag bij de webmaster afgehandeld terwijl hij in de Below Par een kop koffie zat te drinken en zijn gedachten liet gaan over Polly's gebruikelijke weigering. Hij had al vrij snel een reactie gekregen. Hij had op de link geklikt die de webmaster had gestuurd, en wist dat die daardoor toegang kreeg tot Hands computer. En dat zat wel goed, want Hand had precies het soort materiaal op zijn computer staan dat de webmaster graag zag.

Lance waarschuwde hem in een e-mail alert te zijn op een reactie op hun vervalste berichtgeving over Michael Swans dood. Wat er binnenkwam was precies waar Callanach op had gehoopt, maar dan nog veel erger. Ben belde hem meteen op.

'Probeer zo snel mogelijk online te komen,' zei hij tegen hem.

'Ava, ik moet dit gesprek aannemen. Ik ga naar mijn kamer,'

zei Callanach met zijn hand op de luidspreker. Op de achtergrond hoorde Ben een ander mobieltje overgaan en een vrouwenstem antwoorden. Ze had net zo'n accent als Polly, honderd procent Engels, maar dan met ronde klinkers en scherpe consonanten. Dat moest inspecteur Turner zijn.

'Hoor ik nou een tweede mobieltje in je broekzak overgaan?' vroeg ze.

Callanach mompelde een antwoord en daarna hoorde Ben de echo van voetstappen en het geluid van een deur die open- en dichtging.

'Wat is er aan de hand?' vroeg Callanach. 'Je hebt me letterlijk uit de persconferentie gehaald.'

'Michael Swan wordt morgen voorpaginanieuws. Wat jullie op die persconferentie te vertellen hebben, doet er dan niet meer toe,' zei Ben. Hij voelde het bloed in zijn oren kloppen terwijl hij de gedownloade beelden op zijn scherm groter maakte. 'Het zijn tekeningen, en ze zijn op dezelfde manier verstuurd als de foto's van Emily Balcaskie, via een link in een e-mail die zijn eigen route vernietigt zodra hij wordt geopend. Ik heb ze al uit Lance' mailbox gehaald. Als de andere journalisten nog op de terugweg zijn van jullie persconferentie, heb je ongeveer tien minuten om een verklaring op te stellen, maar dit is gruwelijk. Echt fucking gruwelijk. Ik mail je nu de link.'

Callanach wachtte een paar seconden tot de e-mail binnenkwam. Er zaten vier documenten bij. Hij stond op en deed de deur op slot, ging weer zitten en maakte het eerste document open.

Het was een potloodschets waarvan een foto was gemaakt, en degene die dit had getekend was buitengewoon talentvol en tegelijkertijd compleet gestoord. Hij twijfelde er geen moment aan dat de kunstenares dezelfde persoon was die de moord had beraamd en uitgevoerd. Het perspectief was identiek aan wat Callanach had gezien toen hij onder Swan stond en naar boven keek in het gezicht dat geen gezicht meer was, en waaraan een bloederige lap huid zachtjes heen en weer zwaaide. Zelfs in zwart-wit was het een gruwelijk meesterwerk. Swans gezicht was uitvergroot, waardoor de indruk werd gewekt dat het naar de toeschouwer toe hing. Zelfs de details van het plafond waren weergegeven, zodat je geen moment hoefde te twijfelen aan de positie van het lichaam. Callanach vervloekte zichzelf omdat hij op het slimme idee was gekomen om bekend te maken dat het lijk op de grond was aangetroffen.

'Callanach, ben je daar nog?' Bens stem klonk blikkerig door de telefoon. Callanach was even vergeten dat hij nog aan de lijn was.

'Wacht even,' antwoordde hij. Hij deed de deur van het slot en keek de gang in. 'Tripp, ik heb een advocaat nodig. Nu!' schreeuwde hij. Hij wachtte niet op antwoord en liep terug naar zijn bureau om het tweede document open te maken. Een andere tekening, nu een close-up van Michael Swans gezicht halverwege het villen. Je zag de tranen in Swans ogen, zijn verkrampte spieren, de reeds losgetrokken huid, het druipende bloed – verschrikkelijk om aan te zien. Callanach had weinig verbeelding nodig om zich voor te stellen met wat voor geluiden die laatste momenten gepaard gingen. Hij wilde zijn blik afwenden, maar dat lukte hem niet. Het volgende moment voelde hij dat Tripp achter hem stond en over zijn schouder meekeek.

'Godallemachtig, sir. Wie heeft dat gedaan?' vroeg Tripp, en hij deed automatisch een stap achteruit voordat hij zichzelf weer onder controle had.

'Dit is al naar de pers gestuurd,' zei Callanach. 'Ik heb een gerechtelijk bevel nodig om te voorkomen dat dit op papier of online gepubliceerd wordt, en wel onmiddellijk. Stuur een auto naar het huis van mevrouw Swan en laat Salter meegaan om haar op te vangen. Ze moet gewaarschuwd worden.'

'Dus het is nog niet openbaar gemaakt?' vroeg Tripp.

'Nog niet, nee,' zei Callanach terwijl hij het derde document openmaakte en begon te lezen.

'Hoe hebben we dit dan in handen gekregen, sir?' vroeg Tripp.

Callanach wierp een blik op zijn telefoon.

'Door een tip,' antwoordde hij. 'Schiet nou maar op. En kijk of je inspecteur Turner kunt vinden. Zij moet dit ook weten.'

Tripp rende weg en Callanach las verder.

'Benodigdheden', luidde de titel. Boven aan de lijst stond 'vlugzout'. Zo had ze Michael Swan dus steeds bij bewustzijn weten te houden. 'Scalpel. Enkele paren wegwerphandschoenen (die worden snel bloederig en glibberig). Touw. Tiewraps. Een stanleymes. Ducttape om verstoring door geschreeuw te minimaliseren. Een oude bibliothecaris. Een visionair.'

'*C'est une putain de blague*,' fluisterde Callanach.

'Wat?' vroeg Ben.

'Ik zei, dit moet toch godverdomme een grap zijn. Hier had ik niet op gerekend. Kun je het traceren?'

'Nee. Maar ik kan je wel vertellen dat dezelfde code is gebruikt voor de e-mail aan Rory Hand waarin gereageerd wordt op zijn verzoek om lid te worden van die site op het darknet,' zei Ben.

'Dus de coördinaten voor de graffiti, de gemailde tekeningen van Michael Swans moordenaar en deze laatste e-mail komen allemaal van dezelfde plek. Wat is dat in godsnaam voor website, Ben?' vroeg Callanach.

'Dat weet ik nog niet. Maar als we succes hebben met onze aanvraag, kunnen we wat dieper gaan graven. Totdat we een wachtwoord hebben gekregen, kan ik niks doen,' zei Ben.

Terwijl Ben aan het praten was, klikte Callanach op het laatste document. Het was een gedicht.

Hij spreidde zijn vleugels alleen voor mij,
Mijn bloedrode Zwaan, mijn gapende muze.
Hij hield me gaande met zijn levenslust,
Verrijkte me met zijn smartelijke tranen.
Ik zocht zijn diepten op, nam zijn smetten weg,
Ofschoon oppervlakkig, zijn ze nu verdwenen.

Een man herinnerd door mijn hand,
onsterfelijk gemaakt door dit zoete mes.

'Ik moet ervandoor,' zei Callanach tegen Ben. Zijn keel voelde rauw aan.

Ben beëindigde het gesprek zonder nog een woord te zeggen. Hij had hetzelfde gevoeld toen hij de documenten onder ogen kreeg.

Ze hadden hier niet met een gewone psychopaat te maken. Dit was iemand met wanen, iemand die zich hoog boven gewone stervelingen verheven voelde en die na elke moord alleen maar in die overtuiging werd gesterkt.

Ben controleerde zijn bewakingscamera's nog eens. Ze hingen in de gang, in de woning zelf, en boven het raam was er een naar buiten gericht, hoewel zijn appartement op de bovenste verdieping lag. Verder had hij bewegingsmelders aangebracht die hem waarschuwden als er overdag iemand bij hem binnendrong. Buiten op straat zag hij de agenten in burger. Ze wisselden elkaar elke dag af, zaten steeds in een andere auto en deden soms alsof ze daar in de buurt aan het werk waren of zaten in de auto een krant te lezen, alsof ze zaten te wachten tot hun tienerdochter terugkwam van een date. Maar er zat altijd wel iemand op de uitkijk. Als ze ooit bij hem zouden inbreken, zouden ze niet blij zijn met wat ze binnen aantroffen.

Hij bakte een omelet van eiwitten voor zichzelf – hij was en bleef nu eenmaal een Californiër – en stelde een alarm af dat hem zou wekken als de webmaster besloot Rory Hand toe te laten tot zijn darknetkring.

32

De Moderator was moe. Na een lange werkdag had hij een to-dolijstje van zijn vrouw op de deur van de koelkast aangetroffen. Daarop stond dat hij moest koken (zij kookte alleen in het weekend, nu ze zulke lange dagen maakte), de was uit de machine moest halen (vooral haar wasgoed, dat vanwege de tere stoffen niet in de droogtrommel mocht) en de lakens moest verschonen (ze had het nieuwe beddengoed alvast klaargelegd, zodat hij niet de verkeerde kleur zou kiezen). En daarnaast had hij nog werk te doen. Slechteriken hadden nu eenmaal geen moment rust.

En nu speelde de politie ook nog eens een spelletje om Sem Culpa uit de tent te lokken en haar tot zo'n stomme openbare vertoning aan te zetten. Ze had volkomen voorspelbaar gereageerd, zij het met meer flair dan de Moderator had verwacht. Maar de Schotse politie zou niet meer te weten komen dan hij toestond. Niets wat hij deed was te traceren, en hij had de gebruikers van zijn site absoluut verboden rechtstreeks met de pers te communiceren. Als een van hen werd gepakt, hoefde die alleen maar zijn of haar wachtwoord prijs te geven, en dan was het spel al afgelopen voordat het zijn doel had gediend.

De Moderator leegde eerst de wasmachine en hing de kleren gekreukt en al aan het droogrek. Als zijn vrouw kreukloos wasgoed wilde, kon ze dat zelf strijken als het haar behaagde naar huis te komen. Voor het avondeten had hij kant-en-klare risotto gekocht die hij samen met een paar stukken kip in een ovenschaal opwarmde zodat het leek of hij het zelf had gemaakt. Toen het avondeten eenmaal in de oven stond (ze kon de pot op met de lakens verschonen) ging hij naar zijn werkkamer en zette een stoel onder de deurklink. Hij hoefde niet bang te zijn dat ze eerder thuis zou komen, maar het was nu eenmaal zo dat ze geheid vroeger thuiskwam als hij geen voorzorgsmaatregelen nam.

Hij logde in. Vandaag was het heel druk op de site. Iedereen was razend enthousiast over Sem Culpa's kinderlijke gekrabbel en haar huiveringwekkende gedicht, die hij aan de pers had gestuurd en tegelijkertijd beschikbaar had gesteld voor alle gebruikers van de site. Dat leek hem alleen maar eerlijk. En Sem Culpa had het recht zich te verweren tegen de reacties van gebruikers die vonden dat haar tekeningen slecht waren en van weinig talent getuigden. De politie had natuurlijk haar eigen redenen gehad om Sem Culpa erin te luizen, maar daarmee droeg ze ongewild ook een aardig steentje bij aan het uiteindelijke doel van de Moderator.

Zelfs Grom ging nu nog meer tekeer dan bij zijn eerdere moorden. Dat hij de verpleegkundige met haar eigen ladekast had geplet was al tamelijk gruwelijk, en de wurging van Emily Balcaskie had het hele land in tranen gedompeld. Maar deze ontvoering, waardoor hij een geschokt publiek (niet dusdanig geschokt dat het geen sappige details meer wilde horen) aan hun sociale media gekluisterd hield om maar vooral geen update te missen, was simpelweg briljant. Een publiek dat niet zat te wachten tot ze gevonden werd, tot ze bevrijd werd. Nee, het zat te wachten om te zien wat voor schokkende, misselijkmakende, afschuwwekkende methode zou worden gebruikt om de klaar-over af te slachten.

De Moderator voerde nog een paar trefwoorden voor de zoekmachines in, en uploadde een paar artikelen, een blog en enkele verwijzingen naar kranten. Ze zouden hun hoge positie in de zoekmachineranking maar heel kort behouden. Hij wilde niet dat het onderwerp van de artikelen al te lang de aandacht van te veel mensen zou trekken. Toen hij daarmee klaar was, keurde hij het lidmaatschap van een aantal aspirant-leden goed. Hoe meer hoe beter, zolang het maar de juiste mensen waren. Stuk voor stuk gooiden zij olie op het vuur van de noodzakelijke moorden, en geen van hen kon naar de politie stappen zonder van samenzwering te worden beschuldigd. Ze zaten allemaal klem en alleen hij kende hun ware identiteit tot in elk detail. Tot slot zocht hij op verzoek van Grom een huisadres op dat buiten de publiciteit was gehouden. God zij gedankt voor de krenterigheid van de overheid op het gebied van internetbeveiliging.

Toen hij klaar was, maakte hij een rondje door het huis. Ze woonden hier nog maar net, en het huis ademde nog een sfeer van nieuwigheid, in afwachting van een persoonlijke toets. Ze hadden hun eigen stempel nog niet op het huis gedrukt, maar dat zou nog komen. Geen kinderen. Zijn vrouw had gezegd dat ze kinderen wilde, maar dat betekende toch wel dat ze van tijd tot tijd seks zouden moeten hebben. Hij vermoedde dat ze dacht dat ze die gewoon op bestelling bij de deur kon laten afleveren, gezien haar inspanningen op dat vlak. Iedereen kreeg een deel van haar – van haar passie, haar toewijding, haar aandacht. Alleen hij niet. Maar hij had zijn eigen dromen. Jammer dat ze zijn potentieel nooit echt goed had ingeschat. Net toen hij boven aan de trap stond, ging de voordeur open. Het was al na achten en ze kwam binnenlopen alsof hij er totaal niet toe deed.

'Hoi schat, ik ben thuis. Zo, dat ruikt lekker! Heb ik nog tijd om even te douchen, lieverd?'

33

Overbeck zat aan haar nagels te pulken. De randen waren afgekloven en de nagellak was afgeschilferd. Als kind beet ze op haar nagels, en die gewoonte dreigde nu weer de kop op te steken. Vanmorgen hadden haar nagels er nog keurig netjes uitgezien, maar vervolgens was ze weer geconfronteerd met een dag waarop ze geen stap verder kwamen en alleen maar slecht nieuws te horen hadden gekregen. En toen kreeg ze ook nog een telefoontje van de hoofdcommissaris. Het was zo'n gesprek dat deed denken aan een soort potje ganzenbord voor professionals.

'Commissaris Overbeck,' begon hij. Hij tutoyeerde haar niet. Alleen op dagen dat er goed nieuws viel te melden, sprak hij haar met haar voornaam aan. De eerste nagel gleed al in haar mondhoek en haar tanden begonnen hun verwoestende werk te doen. 'Bel ik niet ongelegen?'

'Nee, sir. Beslist niet,' zei ze.

'Jammer. Ik had gehoopt dat u het te druk zou hebben om te praten. Als je het te druk hebt om de telefoon aan te nemen, betekent dat doorgaans dat het onderzoek vordert,' zei hij. In zijn stem klonk een glimlach door, om de toon van het gesprek luchtig te houden.

Ze begon aan haar tweede nagel. 'Nou ja, het is niet zo dat we geen vorderingen maken, sir, alleen...'

'Uitstekend! Ik hoopte al op goed nieuws. Wanneer kunnen we de resultaten verwachten?'

'Op dit moment kan ik nog geen concrete resultaten melden, sir. Het is eerder zo dat we nog bezig zijn om aanwijzingen na te trekken,' antwoordde Overbeck.

'Goeie genade, zitten we nog steeds in het stadium van aanwijzingen natrekken?' De derde nagel was aan de beurt. 'Hebt u soms hulp nodig?'

'Nee, sir. Ik heb het onderzoek volledig in de hand, maar het is vriendelijk van u om...'

'U hebt geen hulp nodig, maar u hebt ook geen enkel positief resultaat te melden? Dat heb ik altijd zo in u bewonderd, commissaris Overbeck. Uw onafhankelijkheid,' zei de hoofdcommissaris op luide toon. 'Ik zal het bestuur er zeker van op de hoogte brengen dat u hulp hebt geweigerd, hoewel die u is aangeboden. Ik ben er zeker van dat ze daar allemaal net zo van onder de indruk zullen zijn als ik.'

'Dank u, sir,' zei Overbeck, en haar vierde nagel ging er nu ook aan. 'Eigenlijk wilde ik graag de beperking op overuren met u bespreken.'

'Ja, dat weet ik,' fleemde de hoofdcommissaris, 'en ik ben van mening dat u wat dat betreft goed werk verricht. Ik weet dat u het allemaal in de hand hebt en ervoor zorgt dat de kosten niet de pan uit rijzen. Gelukkig hebben we dankzij u iemand aan het roer met zakelijk inzicht, die het haalbare goed weet te verenigen met de openbare veiligheid. Fijn dat u me in dat opzicht gerust weet te stellen. Tegen het eind van de week verwacht ik een voortgangsrapport met een datum waarop we het onderzoek kunnen afsluiten, afgesproken? Ik ben er zeker van dat u dat ook allemaal goed in de hand hebt. En trouwens, goede zet van u om uw gezicht overal in de media te laten zien. Altijd nuttig als het grote publiek weet wie uiteindelijk aansprakelijk is. U stelt zich heel verantwoordelijk op.'

En daarmee was het gesprek afgelopen, waren de nagels van haar rechterhand volledig afgekloven en had Overbeck het gevoel dat ze na jaren ganzenborden weer terug was bij Af. Stapels papierwerk, eindeloos veel telefoontjes en drie nicotinepleisters later was ze naar huis gegaan. En na een paar flinke gin-tonics leek de staat van haar nagels er ook niet meer toe te doen.

Ondanks de kater stond ze de volgende ochtend vroeg op om de schade aan haar nagels te herstellen. Een nieuwe dag. De hoofdcommissaris wilde resultaten en hij zocht een zondebok. Overbeck zou hem een van de twee leveren, maar ze was niet plan om zelf de rol van zondebok op zich te nemen.

Het pakje stak half in de brievenbus. Blijkbaar had ze het de dag daarvoor over het hoofd gezien. Ze griste het weg, gaf haar man een luchtkus in de buurt van zijn wang (hij wilde geen lippenstift op zijn wang en zij wilde haar make-up niet ruïneren) en manoeuvreerde voorzichtig op haar naaldhakken over de oprit vol kuilen. Ze had haar man al een paar keer gevraagd om er wat aan te laten doen, maar tot op heden zonder resultaat. Ze dacht weleens dat als zij niet voortdurend alles regelde, hij letterlijk zou sterven in zijn werkkamer tijdens het lezen van de krant of wat hij daar ook de hele dag uitvoerde.

Het pakje was aan mevrouw Overbeck gericht, en hun adres was met blokletters op de envelop geschreven. Het had ongeveer de grootte van een pakje sigaretten en was in bruin pakpapier gewikkeld. Die postbodes namen tegenwoordig niet eens meer de moeite om een pakje behoorlijk door de brievenbus te duwen. In de auto gooide ze het op passagiersstoel en schold ondertussen op de duiven die in de bomen langs hun oprit nestelden. Als ze daar niet snel iets aan deed, zou de lak op haar auto beschadigd raken.

Het ritje naar het bureau duurde niet lang, maar wel zo lang dat ze zat te vloeken tegen de tijd dat ze daar aankwam. Waarom konden mensen niet gewoon hun richtingaanwijzer aanzetten als ze afsloegen? En dan die moeders die hun kinderen maar over het trottoir lieten rennen zodat je er met een slakkengang langs moest rijden, voortdurend alert op kleuters die plotseling de weg op konden schieten – voor hen had ze een speciaal plekje in de hel voor slechte ouders in gedachten.

Overbeck had de persconferentie van de vorige avond keer op keer online bekeken. Ze hadden in ieder geval eindelijk iets te melden gehad over de nationaliteit van de persoon die Lott en Balcaskie had vermoord, hoewel dat natuurlijk weer zou resulteren in de zoveelste anti-immigratiebetoging die ze in goede banen moest zien te leiden. Deze zaak kon haar maken of breken en aan dat laatste wenste ze niet te denken.

Ze zette haar auto dwars over twee parkeervakken heen en beende naar haar kantoor. Het eerste punt op haar agenda was een update inzake de ontvoering van de verkeersbrigadier. Ze had gehoord dat de dochter van Julia Stimple bij de woning van haar moeder was aangetroffen toen ze erheen ging in de verwachting samen met haar moeder pizza te eten. Ze vond het onvoorstelbaar dat iemand in deze tijd de tv niet aanzette, niet naar de radio luisterde en niet online nieuws las, maar de veertigjarige vrouw was blijkbaar een dagje gaan winkelen in Glasgow en had haar mobieltje uitgezet.

De media zouden zich daar ongetwijfeld op storten met een tranentrekkend verhaal over de geschokte reactie van de dochter toen ze voor de met tape afgezette deur van haar moeder stond en door het versplinterde hout naar de ravage in het huis keek. Het leek wel een film. En als die mooie Franse jongen, Callanach, niet als de sodemieter in actie schoot, kon de regisseur die de ballen had om de gruwelijkste moordpartijen van Edinburgh te verfilmen, zich nu al op een Oscarnominatie verheugen. Overbeck had een hekel aan Callanach. Om persoonlijke redenen, dat moest ze wel toegeven. Vorig jaar had ze zelf iemand in gedachten voor zijn baan, maar toen was er van hogerhand ergens aan de touwtjes getrokken. Er waren een paar woorden in het juiste oor gefluisterd en het had wellicht een paar dinertjes gekost, maar toen was de man met het gouden accent opeens op het toneel verschenen. Bij Interpol waren ze ongetwijfeld dolblij dat ze van hem af waren na die verkrachtingsbeschuldiging. Niet dat ze geloofde dat hij het gedaan had. Uit ervaring wist ze dat mannen die eruitzagen als Callanach veel te arrogant waren om de moeite te nemen om iemand te verkrachten. Als je je niet onmiddellijk met je benen wijd achterover liet vallen, gingen ze ervan uit dat je lesbisch was. Dat was precies de reden waarom zij zo'n verstandig huwelijk had gesloten. Haar man zag er misschien saai uit en had weinig te melden, maar hij was wel betrouwbaar en totaal niet bedreigend.

Overbeck smeet haar tas op haar bureau.

'Liz, ik snak naar zwarte thee met citroen!' riep ze haar assistente toe. Het pakje rolde uit haar tas. Waarschijnlijk weer zo'n gratis monster van het een of ander. Daar werd ze mee overstelpt sinds dat weekendje in het wellnesshotel, waar ze zich allerlei nutteloze behandelingen had laten aanpraten. Het enige middel dat hielp om er minder afgepeigerd uit te zien, was valium. Als ze een pil had genomen, leek de spiegel altijd iets vergevensgezinder.

Ze pakte een zilveren briefopener en sneed het plakband door waarmee het pakje dicht was gemaakt. Er zat een tweede pakje in. Wat daarin zat was zo klein dat het amper de moeite waard leek om het op te sturen. Dat betekende waarschijnlijk dat het product zowel peperduur als nutteloos was. Ze werkte zich door de laatste laag heen, schopte haar schoenen onder het bureau uit en boog zich voorover om te zien of haar assistente al met de thee kwam. Nee, ze zat nog steeds met haar mail te klooien.

'Liz, ik moet nú thee hebben!' Zo hoorde ze haar ondergeschikten eigenlijk niet aan te spreken, maar godallemachtig, moest ze nou echt alles twee keer zeggen? En wie zou zich daarover durven beklagen? Ze waren allemaal als de dood voor haar.

Overbeck staarde naar het ding in haar hand. Het was grijzig, aan de bovenkant zat een harde rand en aan de onderkant een bruinige, aangekoekte substantie.

'O nee, godverdegod! Liz, kom achter die computer vandaan en bel de technische recherche. Onmiddellijk! En zeg dat inspecteur Callanach hierheen komt. Als hij hier niet over twee minuten staat, dan is hij ontslagen. Zeg hem dat maar!' Stoelpoten schraapten over de vloer en hoge hakken klikklakten door de gang. Overbeck staarde naar de halve vinger die ze boven op haar update voor de hoofdcommissaris had laten vallen, getypt en klaar om ondertekend te worden. En nu alweer verouderd.

Bij het tweede pakje zat een briefje waar een paar woorden op stonden. Het lag midden op het blad van haar dierbare, gepolijste notenhouten bureau. Een bureau dat ze zelf had laten plaatsen omdat ze geen zin had om dag in, dag uit te moeten staren naar het bureau dat haar door de Schotse politie was aangeboden.

Callanach verscheen in de deuropening.

'Blijf daar,' commandeerde Overbeck. 'Niemand komt hier binnen tot de technische recherche hier klaar is.'

'Wat is dat?' vroeg Callanach, en hij gebaarde met zijn hoofd naar het organische klompje op haar bureau.

'Dat is een vingerkootje, Callanach, en er zat een briefje bij.' Ze wees naar het stukje papier zonder het aan te raken. 'Als je het letterlijk leest, staat er "stukje bij beetje" op, maar de werkelijke boodschap luidt "jullie kunnen allemaal m'n reet likken!" Stuur een team naar mijn huis. Het pakje is bij mij door de brievenbus geduwd.'

'Ja, chef,' zei Callanach.

'En zorg dat je die klootzak vindt. Hij weet niet alleen mijn huisadres maar hij is ook van plan om ons de klaar-over bij stukjes en beetjes te serveren.'

34

Callanach gaf Overbecks instructies door aan zijn team en rende naar zijn kamer, deed de deur op slot en belde Ben op zijn mobiel. Geen antwoord. Hij zat nu vast op zijn werk te vergaderen over het politiebezoek van gisteren en over de inspanningen van Cyber-Ballista om hun reputatie bij hun klanten te herstellen.

Callanach zelf kon in geen geval het risico nemen weer bij Cyber-Ballista langs te gaan. De mannen van hoofdinspecteur Edgar hadden hem al eerder gevolgd en er was nu ook een klacht ingediend bij commissaris Overbeck. Lance zouden ze ondertussen ook wel kennen omdat ze foto's van Callanach en Ben bij het huis van de journalist hadden genomen. En Tripp had in Edgars team gezeten. Er bleven niet veel mogelijkheden over.

'Salter!' riep Callanach door de gang. De rechercheur stak haar hoofd om de hoek van de briefingruimte.

'Ik sta op het punt om naar het huis van commissaris Overbeck te gaan, sir. Ik bel u als we iets vinden,' zei ze.

'Stuur er maar een paar agenten van de uniformdienst naartoe. Ik heb jou hier nodig.' Hij stapte weer naar binnen en wachtte tot Salter eraan kwam. Ze was informeel gekleed, haar bloes hing los over haar broek en ze had haar haar vandaag niet opgestoken. Misschien maar goed ook. Ze mocht niet te veel opvallen.

'Sir?' vroeg ze toen ze binnenkwam.

Hij reikte achter haar langs, sloot de deur en deed hem op slot.

'Eh, alles in orde, sir?' vroeg Salter, met een blik op de deurklink.

Callanach ging zitten en staarde strak naar zijn tweede mobieltje, alsof hij het met zijn wilskracht over kon laten gaan zodat hij Salter hier niet bij hoefde te betrekken. De telefoon bleef stil, zodat hij geen andere keus had.

'Ga zitten Salter,' zei Callanach, terwijl hij een stuk papier van een blocnote scheurde en een pen pakte.

'Ik blijf wel staan, sir.' Salter klonk afwerend, zenuwachtig bijna.

'Ik heb de deur op slot gedaan omdat niemand dit gesprek mag horen. Ik probeer je te beschermen,' zei Callanach.

'Ik heb geen bescherming nodig, sir. En ik hoef geen voorkeursbehandeling te krijgen. Zodra ik klaar ben zal ik u –'

'Salter, luister goed, want ik wil dat je over vijf minuten hier de deur uit bent. Ga naar dit adres.' Callanach krabbelde het adres van CyberBallista haastig op en gaf het papiertje aan Salter. 'Vraag bij de receptie of je Ben Paulson kunt spreken.' Salter pakte een pen uit haar zak en begon de naam op te schrijven. 'Nee, nee, niet doen, onthoud het maar. En niet je naam zeggen. En geen identificatie laten zien. Als hij in een vergadering zit of als ze zeggen dat ze hem niet kunnen bereiken, zeg dan dat er iets met de familie is. Vraag hem of hij me onmiddellijk wil bellen.'

'Ben Paulson. CyberBallista. Komt in orde, sir.'

'Je mag niemand zeggen waar je naartoe gaat. Zeg maar dat ik je ergens heen heb gestuurd, geen vragen beantwoorden. En vernietig dat stukje papier zodra je het adres uit je hoofd weet.'

Er werd aan de deurklink gerammeld, gevolgd door een zacht gevloek en een voet die tegen de onderkant van de deur schopte.

'Callanach, kun je de deur even opendoen?' Ava klonk alsof ze haar best moest doen om niet te gillen.

'Een minuutje,' zei Callanach.

'Nee, nú,' zei Ava. 'Wat je ook doet, het kan wel wachten.'

Hij maakte de deur open.

‘Ik wil mijn gesprek met Salter even afronden,’ zei hij. ‘Kun je even wachten?’

‘Nee. Er ligt een afgesneden vingerkootje op het bureau van de commissaris en er loopt ergens een Sloveen rond die zit te wachten tot hij weer een stukje af kan snijden en naar ons kan opsturen.’

‘Dan ga ik nu, sir. Zal ik u bellen als ik klaar ben?’ vroeg Salter.

‘Nee, niet bellen. Kom maar meteen terug.’

‘Prima. Ik pak wel een auto uit het wagenpark,’ zei Salter.

‘Anoniem,’ zei Callanach. ‘Hij mag niet opvallen.’

Ava keek van Salter naar Callanach, en stak haar hand uit om de rechercheur de weg te versperren. ‘Waar gaat u precies heen, rechercheur?’

‘Dat is een privékwestie,’ zei Callanach. ‘Ga nou maar, Salter.’

‘Niets is privé als je met een politiezaak bezig bent. Als dit te maken heeft met het onderzoek, heb ik het recht om het te weten.’

‘Eh, sir?’ Salter keek Callanach vragend aan.

Hij zette zijn handen in zijn zij en keek naar het plafond.

‘Salter moet een aanwijzing natrekken waarbij absolute discretie is vereist. Als ik in dit stadium meer informatie geef, komt het onderzoek in gevaar.’

‘Ga je daar alleen heen, Salter?’ vroeg Ava haar.

Salter gaf geen antwoord.

‘Dat vat ik op als een ja. Heeft het te maken met het moordonderzoek?’

‘Ja, mevrouw,’ mompelde Salter.

‘Salter gaat nergens heen,’ zei Ava terwijl ze ging zitten, ‘tenzij je me vertelt waar je haar heen stuurt en ik het risico kan inschatten.’

‘Je moet je hier niet mee bemoeien, inspecteur Turner.’ Callanach boog zich over zijn bureau heen.

‘En jij moet beseffen dat een van je vrouwelijke agenten zwanger is, ook al is het absoluut begrijpelijk dat ze het niet heeft gemeld, met het oog op haar carrière. Zo is het toch, rechercheur?’

Salter boog het hoofd.

Callanach ademde diep in en uit.

'Klopt dat, Salter?' vroeg hij.

'Hoe weet u dat, mevrouw?' vroeg Salter.

'Je huid glanst, maar je ziet er afgepeigerd uit. Je draagt je bloes de laatste tijd over je broek heen en je hebt elke dag platte schoenen aan. En je drinkt geen thee meer. Het is overduidelijk. Je had het moeten zeggen. Je weet dat je risico loopt bij alles wat je doet. En al helemaal met betrekking tot dit onderzoek.'

'Het gaat om een kantoorbezoek. Ik loop geen gevaar,' zei Salter, en ze hield het papiertje omhoog om haar woorden kracht bij te zetten.

Ava had het al uit haar handen gegrist voordat Callanach haar zag opstaan.

Salter schrok en zette een stap naar voren.

'Mevrouw, alstublieft...' stamelde ze.

'Ga maar, Salter. Je hebt bureaudienst tenzij ik een goede inschatting kan maken van de risico's die je loopt als er een oproep binnenkomt. En gefeliciteerd trouwens,' zei Callanach met opeengeklemde tanden.

Salter glipte stilletjes de deur uit.

Ava stopte het stukje papier in haar broekzak.

'Wil ik dit lezen?' vroeg ze.

'Daarmee open je een deur die zich niet meer laat sluiten,' zei Callanach. Hij ging recht voor haar staan en sloeg zijn armen over elkaar.

'Is dat de reden waarom Overbeck me steeds vragen stelt? De reden waarom je er nooit bent?'

'Deels,' zei Callanach.

'Overtreed je de wet?' vroeg Ava op zachte toon en ze kwam een stap dichterbij.

'Ik probeer twee moordenaars te stoppen. Als ik een grens overschrijd om dat te kunnen doen, doet het er dan toe?'

'Hangt ervan af,' zei Ava. 'En als dit over de moord op Lott en

Balcaskie gaat, dan is het geen goed idee om informatie voor mij achter te houden.'

'Ik zal je de informatie geven,' zei Callanach. 'Maar je mag niet weten hoe ik eraan kom.'

Ava draaide zich om en staarde naar de foto's, notities, kaarten en schema's aan de muur van Callanachs kantoor, naar de gezichten van de vier slachtoffers voordat ze zich weer naar hem toe draaide.

'Julia Stimple is misschien maar enkele uren van haar dood verwijderd. Misschien is ze al dood. We weten dat ze gemarteld is. Waar je ook mee bezig bent, je moet het me vertellen, Luc,' zei ze.

Callanach sprak zo zacht als hij kon. 'Ava, dat ga ik niet doen. Vraag het me alsjeblieft niet.'

'Die beslissing is niet aan jou,' zei ze. Ze liep naar de deur en trok onder het lopen het papiertje uit haar zak.

'CyberBallista,' zei ze.

'*Mon Dieu, tu es têtue!*' zei Callanach. 'Niet zomaar koppig, maar om gek van te worden.'

'Waar heb ik die naam toch eerder gehoord?' mompelde Ava, en ze keek nog eens op het papiertje.

'Ava, je moet nu ophouden.'

'Is dat niet... hé, wacht eens, Joe heeft daar iets over gezegd...' Ze staarde Callanach aan. 'Dit verbeeld ik me toch, hè? Je staat toch niet echt in contact met iemand van een bedrijf dat in het middelpunt staat van een grootschalig onderzoek naar hackingpraktijken? Een onderzoek dat door Downing Street 10 is verordonneerd?'

'Ik zei toch dat je erbuiten moest blijven,' zei hij.

'Ik dacht dat je een beetje op eigen houtje onderzoek deed, dat je misschien informatie kreeg van een paar niet honderd procent betrouwbare ex-bajesklanten. Heb jij enig idee...' Ava gezicht kleurde dieprood.

'Niet zo hard praten. Dit gaat je niks aan. Het is de naam van een bedrijf op een stukje papier. Vergeet het en loop de deur uit. Misschien begrijp je nu waarom ik je er niet bij wilde halen.'

'Ja, het zal wel. Nou, help me herinneren dat ik je als dank een drankje verschuldigd ben als we allebei de zak hebben gekregen. Wat moest Salter daar van je doen? Heb je er eigenlijk wel over nagedacht wat voor consequenties dit voor haar had kunnen hebben? Was je eigenlijk überhaupt van plan om haar te waarschuwen? Je bent echt krankzinnig bezig. Ik hoop dat je dat snapt!'

Ze stormde naar de deur af en rukte die open. Hij pakte het papiertje op dat ze op de grond had laten vallen, scheurde het aan stukken en gooide het in de prullenmand.

35

Ava wist zonder het uit te schreeuwen van woede haar kamer te bereiken. Het mysterie rondom commissaris Overbecks vragen was opgelost. Die verdomde Callanach. Geen wonder dat er een klacht tegen hem was ingediend. Ze betrapte zich erop dat ze weer aan haar verlovingsring zat te draaien en vroeg zich af hoeveel Joe hiervan wist. Als hij wist waar Callanach mee bezig was, dan zou hij dat toch zeker wel ter sprake hebben gebracht? Haar hoofd bonkte. De laatste dagen leek het wel of ze constant hoofdpijn had. Was Natasha er maar, de enige die naar haar luisterde zonder te oordelen, die haar door de komende maand heen kon loodsen.

Callanach was te ver gegaan en de waarheid was dat er geen weg terug was. Ze kon het niet geloven. Hij was niet stom en niet roekeloos. Wat maakte dat hij niet alleen zijn carrière op het spel zette, maar ook nog eens het risico liep zich voor het gerecht te moeten verantwoorden? Joe was een gesloten boek als het om zijn onderzoek ging. Ze had één keer het woord CyberBallista opgevangen toen hij op een avond met iemand telefoneerde en zij stond te koken. Ze wist niet wat Callanach van het bedrijf wilde, maar hij vond het blijkbaar belangrijk genoeg om zijn baan voor op het spel te zetten. Ze slikte een paar aspirines, trok haar jas aan en liep terug door de gang. Deze keer nam ze niet de moeite om eerst te kloppen.

'We gaan een wandelingetje maken,' zei ze tegen Callanach. 'Ik wacht buiten op je.'

Ze rende met twee treden tegelijk de trap af en wenste toen ze buiten adem beneden stond, dat ze wat meer tijd had om te sporten. Callanach kwam twee minuten later met een strak gezicht naar buiten lopen. Ze slenterden zonder iets te zeggen weg van het bureau, tot ze geen mensen meer zagen, en gingen ergens op een grasveldje zitten.

'Je brengt jezelf in gevaar,' zei Ava, starend naar de lucht.

'Denk je dat ik dat niet weet?' Callanach haalde een pakje Gauloises uit zijn zak en stak een sigaret in zijn mond. Hij ging op zijn rug liggen en nam een trekje van de onaangestoken sigaret.

'Mag ik dat ook eens proberen?' zei Ava. Ze trok een sigaret uit het pakje en ging naast hem liggen. Ze rook eerst aan de tabak, en draaide de sigaret rond tussen haar vingers om aan het gevoel te wennen. 'Ik heb sinds mijn studententijd niet meer gerookt. En toen deed ik het alleen maar om cool te lijken. Ik heb het nooit echt lekker gevonden.' Ze stak de sigaret tussen haar lippen en nam een trekje. 'Waarom doe je dit nog steeds?'

'Het herinnert me aan eenvoudiger tijden,' zei Callanach en hij deed zijn ogen dicht.

Ava kwam overeind en steunde op haar ene arm terwijl ze hem aankeek.

'Welke informatie heeft jouw bron die we nergens anders kunnen krijgen?' vroeg ze.

'Ik wil het er niet over hebben,' zei Callanach.

'Jawel, je gaat het er wel over hebben. Daarom ben je met mij naar buiten gelopen. Je wist dat ik dat zou vragen. En bovendien, als je het niet doet, dan laat je me geen andere keus dan naar Overbeck te stappen en het hele verhaal uit de doeken te doen.'

'Dat doe je niet,' zei Callanach.

'Misschien heb je dan een te hoge dunk van me,' zei Ava. 'Stel me vandaag alsjeblieft niet op de proef. Kom op, Luc. Ik ken je. Je zou dit risico nooit durven lopen als er niet veel tegenover stond. Ik hoef niet alle bijzonderheden te weten. Ik wil er absoluut niet bij betrokken raken. Ik wil alleen weten of er levens mee gered kunnen worden. Ik wil het begrijpen.'

Callanach deed zijn ogen open, volgde met zijn blik een voortsnellende wolk in de lucht en draaide zich op zijn buik. 'Bij CyberBallista werkt een programmeur. Hij is bezig een website op het darknet te hacken waar beide moordenaars contact mee hebben. We hebben de identiteit aangenomen van iemand die in die moorden geïnteresseerd zou kunnen zijn en wachten nu tot we een wachtwoord krijgen om in te kunnen loggen.'

'Maar we hebben een van de beste IT-specialisten ernaar laten kijken en die zei dat het onmogelijk was. Dat er geen aanwijzingen waren,' zei Ava.

'Dat hangt van de hacker af. En de gast met wie ik nu samenwerk is een van de besten ter wereld.'

'Is hij ook degene die verantwoordelijk is voor die bankdiefstallen?' vroeg Ava. Ze wilde het antwoord niet horen, maar ze vond het laf om de vraag niet te stellen.

'Vraag je me nu of hij het heeft gedaan of dat je verloofde dénkt dat hij het heeft gedaan? Ik kan de eerste vraag niet beantwoorden en op de tweede wil ik geen antwoord geven.'

'Mijn god, Luc, wat heb je gedaan?'

'Mogelijk heb ik de enige persoon in dit hele land gevonden die deze killers kan opsporen. Ik doe mijn werk. We moeten terug. Als ik niet iemand anders in mijn plaats kan sturen om met hem te praten, ga ik zelf wel.' Hij stond op, stak zijn hand uit naar Ava en trok haar overeind.

'Doe niet zo stom. Er loopt al een klacht tegen je en die heeft duidelijk iets met deze zaak te maken. Wat heb je nodig?'

'Ik moet Ben Paulson uit zijn kantoor halen en hem zover zien te krijgen dat hij die website binnendringt. We zijn er bijna zeker van dat zijn werktelefoon niet veilig is en hij neemt zijn mobieltje niet op. Ik moet er zo snel mogelijk iemand heen sturen.'

Ze liepen terug, sloegen de grasprieten van hun rug en knippereen met hun ogen tegen het zonlicht. Zelfs de Edinburghse wind was gaan liggen in reactie op hun sombere stemming.

'Luc, luister. Zal ik eens met Joe praten? Als hij zou weten wat er op het spel staat, als ik hem dat duidelijk kan maken, dan snapt hij wel hoe belangrijk dit is.'

Callanach begon te lachen en kon niet meer stoppen. Ava zag hem dubbelslaan van de lach. Ze sloeg haar armen over elkaar en wachtte tot hij was uitgelachen.

'Dat was bot,' zei ze, en ze liep weg.

'Sorry hoor, maar je hebt echt geen idee wie Joseph Edgar is – wat hij is – en toch wil je de rest van je leven met hem doorbrengen? Hij hééft me al een waarschuwing gegeven. Als hij zijn zaak weet op te lossen, kan hij gegarandeerd een paar treden op de carrièreladder overslaan. En dat feestje laat hij door niets of niemand bederven. Ook niet door een paar lijken.'

Ava haalde adem om tegen hem in te gaan. Ze wilde Joe verdedigen, bestrijden wat Callanach zei, maar zelfs als ze iets had kunnen uitbrengen, was het beneden haar waardigheid om Joe beter voor te stellen dan hij eigenlijk was.

'Ik ga wel,' zei ze. 'Naar mij zullen ze niet uitkijken. Je kunt niet iemand van het team dat risico laten lopen. Als Joe erachter komt, zeg ik gewoon dat ik op eigen houtje een aanwijzing volgde en dat ik geen idee had van wat er bij CyberBallista speelde. Tegen mij zal hij toch geen aanklacht durven indienen?'

Callanach keek op zijn horloge. Allebei dachten ze hetzelfde. Ze hadden geen tijd meer. Julia Stimple zat te wachten.

'Ik ga erheen,' zei Ava terwijl ze haar autosleutels tevoorschijn haalde.

'Zou het wat uitmaken als ik nee zei?' vroeg Callanach.

'In zoverre dat ik met genoegen tegen je in zou gaan. Voor de rest maakt het niets uit. Geef me twintig minuten.'

Ava reed zo snel als ze kon zonder de wet te overtreden of de aandacht op zichzelf te vestigen. Ze zette de auto achter het grote kantoorgebouw, liep over de parkeerplaats naar de hoofdingang en vroeg of ze even mocht bellen.

'Ik moet meneer Paulson dringend spreken,' zei ze tegen de telefonist van CyberBallista die de telefoon aannam.

'Gaat niet gebeuren, mevrouwtje,' antwoordde hij een op aanmatigend, pedant toontje. 'Hij is in vergadering.'

'Alstublieft, ik ben zijn vriendin. Ik sta beneden bij de receptie.' Ava sprak met een lichte snik in haar stem. Ze kon kiezen tussen sympathie opwekken of dreigementen uiten. Ze besloot met de minst agressieve methode te beginnen.

'Dan had meneer Paulson u moeten vertellen dat privébezoek op het werk niet is toegestaan. Bedrijfsbeleid.'

'Maar er is...' Ava's stem stokte in haar keel. 'Ik vind het heel moeilijk om te zeggen.'

'Alles goed met u? Moeten we de politie voor u bellen?' zei hij.

'Nee, maar er is bij ons ingebroken, snapt u. De politie is geweest. Ik ben helemaal van slag en ik moet weten waar de verzekeringspapieren liggen zodat ik de voordeur kan laten repareren. Ik vind het eng om thuis te zijn als ik de deur niet goed af kan sluiten. Ik hoef hem maar heel even te spreken. Wilt u dat alstublieft aan hem vragen? En zeg vooral dat ik het heel vervelend vind.'

De telefonist klonk opeens wat vriendelijker. 'Ik zal kijken wat ik kan doen. Blijft u daar maar even wachten.'

Ava legde de telefoon neer en ging in het midden van de hal staan. Ze was blij dat het zomer was en dat ze een excuus had om een zonnebril en een hoed te dragen. In haar verschoten jeans en witte T-shirt leek ze op een toerist die wat liep rond te slenteren. Maar voor alle zekerheid bleef ze bij de grote ramen aan de voorkant van het gebouw vandaan.

Het duurde even, maar toen kwam er een man aangelopen. Hij was ergens in de twintig, gebruind, had lang haar en maakte een arrogante indruk. Ava stak haar hand naar hem op ter begroeting, zich ervan bewust dat de receptioniste haar larmoyante verhaal aan de telefoon had gevolgd.

Ben pakte Ava bij de arm en liep met haar naar buiten, naar de parkeerplaats.

'Tenzij ik me vergis,' zei hij, 'ben jij niet mijn vriendin. Eerlijk gezegd ben je een beetje te oud voor me.'

'Callanach vraagt of je hem belt,' zei Ava. 'Nu meteen. Het is dringend.'

'Ik heb geen flauw idee over wie je het hebt,' antwoordde Ben. 'En volgens mij hoor je je eerst keurig voor te stellen en uit te leggen wat je hier komt doen.'

Ava klemde haar kaken op elkaar. Callanach had niet gezegd dat deze jongen zo'n lastpak was.

'Ik heb de boodschap overgebracht en je weet heel goed over wie ik het heb. Dit is geen spelletje. Als je kunt helpen, hebben we je hulp meteen nodig.'

'Hoofdinspecteur Edgar gaat wel heel ver als hij jou wil gebruiken om mij erbij te lappen.'

'Wat?' zei Ava, en ze deed een stap achteruit. 'Dus je weet wie ik ben?'

'Voor de goede orde, want volgens mij neem je dit op of film je dit: ik ben niet op mijn rechten gewezen en ik heb geen idee wie Callanach is. Zeg maar tegen Edgar dat hij van beteren huize moet komen. Wil je me nu excuseren?'

'Ben,' zei Ava toen hij wegliep. 'Ik heb het begrepen. En ik heb helemaal geen zin om betrokken te raken bij wat je doet. Maar kijk even op je mobiel. Er zijn nieuwe ontwikkelingen en je hebt een paar gemiste oproepen. Als Edgar deze zaak succesvol weet af te sluiten, word je gearresteerd. Tot het zover is, kun je ons misschien blijven helpen – ter compensatie voor die diefstallen. Om een of andere reden vertrouwt Luc je. Daarmee heeft hij een enorm risico genomen. Verpest het alsjeblieft niet voor hem.'

'Het zal wel. Bedankt voor de peptalk, dame. En doe je verloofde de groeten van me.' Hij liep naar binnen en liet de deur met een klap achter zich dichtvallen. Ava vloekte. Dat had beter gekund. Ben Paulson was dan wel een computergenie, maar hij was ook een arrogante eikel.

36

Toen Callanach terugliep naar de briefingruimte, werd hij daar opgewacht door brigadier Lively.

'Er zit een vrouw op uw kamer,' zei hij.

'Graag iets meer informatie, brigadier, of moet ik ernaar raden?'

'Ze heet Leigh-Anne Hoskins, meisjesnaam Stimple, dan weet u genoeg. Ze wil weten of we haar moeder al hebben gevonden. En ze is behoorlijk overstuur.'

'Natuurlijk is ze overstuur,' zei Callanach. 'Laat iemand haar een kop thee brengen en vraag of Salter erbij komt zitten. Het lijkt me een goed idee om er een vrouw bij te hebben.'

'Ik haal wel thee voor haar,' zei Lively, en Callanach vroeg zich even af of hij het goed had verstaan. Lively stond erom bekend dat hij altijd alleen maar thee voor zichzelf haalde. Salter meldde zich bij hem met een notitieboekje in haar hand.

'Dat heb je niet nodig,' zei Callanach. 'Ik moet de dochter van Julia Stimple slecht nieuws brengen en ik dacht dat jij dan misschien... nou ja...'

'Haar hand kan vasthouden?' vroeg Salter.

'Precies,' zei Callanach, en hij liep naar zijn kamer.

Leigh-Anne Hoskins leek sprekend op haar moeder en was net als haar moeder niet alleen breed, maar ook lang. Ze zat daar met een strak gezicht en omklemde de tas op haar schoot. Callanach stelde Salter en zichzelf voor en ging zitten terwijl Lively binnen kwam lopen met de thee. De brigadier ging daarna niet de kamer uit zoals Callanach had verwacht, maar leunde met zijn rug tegen de muur en dronk zijn koffie op. Voor Callanach en Salter had hij natuurlijk niets meegebracht.

'Mevrouw Hoskins, we doen alles wat we kunnen om uw moeder te vinden,' begon Callanach.

'Dat is niet genoeg! Mijn arme moeder. God mag weten wat ze op dit moment allemaal doormaakt. Hebt u enig idee waar ze is?'

'Nog niet, maar we komen wel dichterbij. We denken dat de man die haar vasthoudt uit Slovenië komt, en we hebben een goed signalement van hem laten rondgaan.'

Leigh-Anne haalde een zakdoek tevoorschijn en begon in haar ogen te wrijven.

'Maar u weet dus niet waar hij haar vasthoudt. Klopt dat?'

'Helaas niet. Maar ik heb wel ander nieuws. Het spijt me om u te moeten zeggen dat de man die uw moeder vasthoudt actie heeft ondernomen om ons duidelijk te maken dat het hem ernst is.'

'Echt?' vroeg Leigh-Anne met wijd opengesperde ogen. Ze had net een slok willen nemen, maar de kop thee kwam niet verder dan halverwege haar mond. Ze keek van Callanach naar Salter naar Lively. 'Wat dan?'

'Ik moet het helaas zeggen zoals het is. Een deel van uw moeders vinger is verwijderd en naar ons opgestuurd. Er zat een briefje bij waarin haar ontvoerder verwijst naar onze persconferentie van enkele dagen geleden.'

'Waar hébt u het over?' vroeg Leigh-Anne. Er verscheen een gespannen uitdrukking op haar gezicht, haar wenkbrauwen waren hoog opgetrokken en haar mond viel open. Callanach wilde niet in details treden. 'Hoe kan dat nou?'

'Mevrouw Hoskins, is er iemand die we voor u kunnen bellen? U hebt steun nodig,' zei Salter, en ze legde haar hand zacht op de arm van de vrouw.

Leigh-Anne rukte zich los.

'Dit is gewoon niet oké,' gilde ze. 'Ik wil hier weg!' Ze stond abrupt op, waardoor haar theekop door de lucht vloog en de inhoud zich over Callanachs bureau verspreidde.

'Maakt u zich geen zorgen. Dat ruim ik wel op,' zei Salter. 'Zal ik voor u regelen dat u wordt thuisgebracht? U moet nu niet achter het stuur gaan zitten. We begrijpen dat dit een enorme schok voor u is.'

'Hoe zit het met uw broer?' vroeg Lively. 'We hebben hem nog niet kunnen spreken, maar als u ons zijn mobiele nummer geeft, kunnen we hem vragen om u op te komen halen.'

'Hij werkt ergens anders en hij wil geen contact. Dit heeft hem heel erg aangegrepen. Ons allemaal. Dus wat gaat er nou gebeuren?' vroeg Leigh-Anne.

'We zijn bezig een paar aanwijzingen op te volgen. Hopelijk weten we binnenkort meer. U wordt als eerste op de hoogte gesteld als er nieuws is,' zei Callanach.

'Ik ga met de pers praten,' zei Leigh-Anne. 'Jullie hadden het nooit zover mogen laten komen. Jullie wisten dat ze gevaar liep. Jullie hadden mijn moeder in een safehouse moeten onderbrengen.'

'Mevrouw Hoskins, als u in dit stadium een verklaring aflegt voor de pers, maakt dat de zaak alleen maar erger. En u moet vooral niets zeggen over de informatie die u zojuist te horen heeft gekregen. De moordenaar hunkert naar aandacht. Eén verkeerde zet kan hem tot drastischer daden aanzetten.'

'Het publiek heeft het recht om te weten wat er aan de hand is,' zei Leigh-Anne terwijl ze met veel lawaai haar neus snoot. 'Ik kom zelf wel thuis.' Ze liep de deur uit.

'Wilt u dat ik achter haar aan ga, sir?' vroeg Salter.

'Het is al goed, Salter. Ik doe het wel,' zei Lively. 'Ga jij maar met je benen omhoog zitten. Het is niet goed voor de baby om zo lang te staan.'

'Heb je het hun verteld?' vroeg Callanach, toen Lively de deur uit was.

'Aye. Ik vond dat het tijd werd. Ik heb ermee gewacht omdat ik niet de indruk wilde wekken dat ik een voorkeursbehandeling verwachtte of dat iedereen anders tegen me ging doen. Het is lastig. Ik hou van mijn werk. En de zwangerschap was niet echt gepland,' zei Salter.

'Misschien is dat nog wel het beste. Je wordt vast een geweldige moeder. En je carrière ligt op je te wachten als je weer terugkomt.'

'Het heeft wel even geduurd voordat ik aan het idee gewend was,' zei Salter, terwijl ze de thee begon op te deppen. Callanach moest zich inhouden om het vaatdoekje niet uit haar handen te trekken. Salter had gelijk: zijn eerste reactie was haar anders te behandelen. 'Maar nu denk ik iedere vrije minuut aan het moment waarop ik de baby voor het eerst in mijn armen zal houden, bedenk ik namen, maak ik me afwisselend zorgen en ben ik dolblij. Gek hoor, hoe gelukkig je al kunt worden van de gedachte aan een kind nog voordat je het kunt aanraken.'

Salter had tranen in haar ogen. Callanach kreeg onmiddellijk het gevoel dat hij haar moest beschermen en hij was blij dat Ava zich er op het juiste moment mee had bemoeid, ook al had dat de zaken alleen maar gecompliceerder gemaakt.

Hij hoorde een telefoon gaan – het toestel dat Ben hem had gegeven. Hij keek Salter aan.

'Het is goed, sir. Ik was toch al van plan op te stappen,' zei ze.

Callanach deed de deur achter haar op slot.

37

Ben Paulson was niet in de stemming om de politie te helpen. Callanach had verdomme Edgars vriendin naar zijn werk gestuurd. Alsof ze hem er van meet af aan al in hadden willen luizen. En daar kwam nog eens bij dat zijn baas bij CyberBallista razend op hem was. Hij had de hele ochtend vragen moeten beantwoorden, strategieën moeten uitdenken en hun interne beveiliging moeten resetten. Hij wist dat hij niet ontslagen zou worden. Hij was door CyberBallista gevraagd om bij hen te komen werken op voorspraak van een vroegere collega uit Silicon Valley, die Bens unieke talenten ter sprake had gebracht. Er waren maar weinig mensen die konden wat hij kon. Dat was het enige wat hem op dit moment kon redden.

En nu moest hij weer een uur lang tussen de middag verdwijnen terwijl hij eigenlijk achter zijn bureau hoorde te zitten om de chaos van gisteren weer recht te breien. De politie had niets gevonden. Zo slordig was hij niet. Om bewijs te kunnen vinden zouden ze zijn appartement moeten binnenvallen op het moment dat hij was ingelogd, en dat zou nooit gebeuren. Hij was zelfs voorbereid op een politie-inval. Als ze binnenstormden, hoefde hij maar op twee toetsen te drukken en alles zou gewist worden. Hij had een onfeilbaar systeem opgezet.

Hij was niet van plan om meteen na het bezoek van inspecteur Turner naar zijn appartement te gaan. Callanach mocht dan een idioot zijn omdat hij Turner vertrouwde, maar hij was wel een idioot met het hart op de juiste plaats, een politieman die goed werk wilde leveren, net als Bens vader indertijd. Een goede politieagent maalde niet om promotie, dus lapte hij soms ook de regels aan zijn laars. Het enige wat er voor hem toe deed was de slechteriken pakken en de onschuldigen beschermen. Zijn vader had altijd een simpele kijk op het leven gehad, en nu hij er niet meer was, leken de principes waar hij voor stond nog het enige te zijn wat ertoe deed. Rechtvaardigheid, gelijkheid, in opstand komen tegen de rijken die zo weinig deden voor degenen op wie zij neerkeken vanuit hun penthouses en wolkenkrabbers.

Ben pakte zijn laptop, herhaalde Ava's leugen dat er bij hem was ingebroken en liep naar café Below Par. Onderweg sms'te hij Callanach om daar een kop koffie te komen drinken. Callanach wist waar hij moest zijn. Polly begroette hem met een glimlach.

'Alles goed, Ben? Ik verwachtte je vandaag niet. Wil je in de achterkamer zitten of ben je hier vandaag om van mijn gezelschap te genieten?'

Ze droeg een afgeknipt T-shirt, een korte spijkerbroek en in haar opgestoken haar een roze sjaal. De navelpiercing met de smaragd wierp een groenige weerschijn op zijn eigen witte T-shirt. Hij wilde zijn hand uitsteken en het steentje aanraken, maar dan zou hij met zijn leven spelen. Hij had verscheidene keren meegemaakt dat Polly vrijpostige mannen op hun nummer had gezet. Ze schoot vanuit de heup. Dat was een van de redenen waarom hij haar zo leuk vond.

'De achterkamer alsjeblieft, Polly, als er tenminste niemand zit.'

'Zuurdesembrood met ham en een kop koffie?' vroeg ze glimlachend terwijl ze voor hem uit liep en de deur opendeed.

'Je bent een engel,' zei Ben. 'Ik verwacht een gast, dezelfde als vorige keer. Wil je hem dit keer meteen binnenlaten?'

'Jammer,' morde Polly. 'Het was juist zo leuk vorige keer. Maar oké dan, omdat je het zo vriendelijk vraagt.'

'Ik vraag het altijd vriendelijk, voor het geval je dat nog niet had gemerkt. Versta je me soms niet goed vanwege mijn accent? Misschien zeg je daarom altijd nee als ik je mee uit vraag.'

'Kwestie van volhouden,' kaatste Polly terug. 'Een meisje moet er zeker van zijn of ze een tussendoortje is of een blijvertje. Het lijkt erop dat je het al wilt opgeven.'

'Geen sprake van. En al helemaal niet omdat ik nu weer een beetje hoop begin te krijgen,' zei Ben glimlachend.

'Reken maar nergens op,' antwoordde ze lachend en ze liep licht heupwiegend weg. Ben keek haar na, zich ervan bewust dat ze wist dat hij haar nakeek. Toch kon hij zijn blik niet van haar losmaken. De Below Par was eigendom van een vriend van een vriend die sympathie had voor The Unsung en hun activiteiten. Het café was een ontmoetingsplaats, een safehouse waar je geen last had van nieuwsgierige blikken. Mensen kwamen en gingen en wat ze er hadden gedaan namen ze met zich mee. Sinds Polly er werkte, kwam Ben er vaker. Hij was zo gewend aan de inwisselbare Californische meiden – gebruind, witte tanden, maatje nul, blond – dat Polly voor hem een medicijn leek tegen alles waar hij zo'n hekel aan had. Het establishment. Conformisme. De samenleving was een roddelaar die bij de buren door de ramen naar binnen gluurde, jaloers was op andermans succes en er als de kippen bij was om anderen op hun falen te wijzen. De aardsheid van Schotland werkte als een tegengif voor al die dingen.

Ben logde in op zijn laptop zodat hij meteen aan de slag kon als Callanach kwam. Nadat hij de vijf minuten durende beveiligingsvolgorde had afgewerkt, opende hij de mail die de webmaster aan Rory Hand had gestuurd. Er zaten instructies bij. Je kon de site alleen maar benaderen als je je pc met encryptiesoftware had beveiligd. De standaardprocedure op het darknet. Er werd een gebruikersnaam gegeven die Ben kon veranderen nadat hij toegang had gekregen. Het wachtwoord bestond uit een willekeurige reeks van eenentwintig getallen, hoofdletters en kleine letters.

Callanach deed de deur open en kwam binnen zonder iets te zeggen. Polly kwam achter hem aan en zette de koffie en de beloofde sandwiches op de tafel.

'Als je me nog een keer zoiets flikt, dan zijn we klaar,' zei Ben.

'Het lag nogal ingewikkeld,' zei Callanach. 'Het had te maken met de diefstal van een stukje papier, een zwangerschap en een dreigement.'

'Ik hoef het niet te horen,' antwoordde Ben. 'Ik neem aan dat er nieuwe ontwikkelingen zijn?'

'Een pakketje van de moordenaar. We hebben geen tijd meer,' zei Callanach. 'Wat hebben we?'

'De webmaster is er door de achtergrond van Rory Hand van overtuigd dat hij geschikt is als lid van de club. Ik voer nu het wachtwoord in.' Ben typte een paar seconden en wachtte. Er verscheen een keuzemenu op het scherm.

'Waar kijken we eerst?' vroeg Callanach.

'Het gebruikersprofiel laten we zitten, we willen geen details toevoegen. Hoe minder we de aandacht trekken, hoe beter. Verder kun je kiezen uit polls, forum en galerij.'

'De galerij lijkt me de meest voor de hand liggende plek om te zien of we goed zitten,' zei Callanach, en hij schoof zijn stoel dichter naar de tafel toe.

Onder het kopje 'Galerij' konden ze kiezen uit vier rubrieken: Thorburn, Lott, Swan en Balcaskie. Callanach wilde op geen van de vier klikken. Niet omdat hij bang was voor wat hij te zien zou krijgen – waarschijnlijk zaten er geen verrassingen bij. Maar hij had het gevoel dat hij daardoor een wereld zou betreden waar hij altijd tegen gestreden had, en besmet zou raken met de bloeddorstigheid van mensen voor wie in de samenleving geen plaats was. Ben klikte op de eerste optie.

Er stonden foto's op van Sim Thorburn die van de sociale media waren gekopieerd; een symptoom van een tijdperk waarin de mensen zo verslaafd waren aan het vastleggen van alles wat los- en vastzat, dat enkelen zelfs foto's hadden genomen terwijl de jongen lag dood te bloeden. Verder een kopie van het autopsierapport, krantenartikelen, links naar videoberichten. Het verschilde niet echt van wat er aan de muur in de briefingruimte hing, alleen diende dit een heel ander doel. Callanach wist al wat ze op de andere pagina's te zien zouden krijgen. Het had geen zin om zichzelf er nog eens aan te herinneren hoe bloederig die andere moorden waren geweest.

'Ga eens naar het forum,' zei hij tegen Ben. Er kwam een lijst met threads tevoorschijn, met gebruikersnamen en de datum van het meest recente commentaar. Sommige discussies gingen over de moorden, andere gingen meer in het algemeen over technieken om iemand te vermoorden, over seriemoordenaars in de verschillende landen en over samenzweringstheorieën. Er was een thread met aanbevelingen voor de beste snuff-films en een waarop informatie werd uitgewisseld over wapens, variërend van messen en pistolen tot verschillende soorten gif en chemicaliën. 'Hoeveel gebruikers heeft hij, denk je?' vroeg Callanach terwijl hij door de lijst van posts scrolde.

'Honderden. De site is al een tijd actief en heeft vast al wereldwijd de aandacht getrokken.'

'En we kunnen die gebruikers niet opsporen?' vroeg Callanach, terwijl hij zijn best moest doen om zich niet op de details te fixeren van wat hij las. Hij was bang dat hij niet meer kon ophouden als hij daarmee begon.

'Nee, daarvoor is de encryptiesoftware te goed,' zei Ben.

'Dus waar moeten we dan in godsnaam beginnen?'

Ben klikte op polls. Er verscheen een menu met twee keuzes. De eerste was getiteld 'Volgende moord', maar er stond geen verdere informatie bij.

'Die is niet actief op het moment,' zei Ben. 'Ik zou op dat vakje moeten kunnen klikken en iets typen, maar dat lukt niet. Ik denk dat er nu geen peiling wordt gehouden. We zullen die andere eens proberen.' Hij klikte op 'Rapportcijfers'.

Er opende een venster met instructies. Ben las hardop voor.

'"Eén stem per gebruiker per moord. Stem kan niet meer worden gewijzigd na invoer." Ik snap het niet.' Hij scrolde naar beneden en zag de namen van de slachtoffers staan. Toen hij met zijn muis over een naam gleed, verschenen er drie vakjes aan de zijkant. 'Vakkundigheid. Originaliteit. Angst. Daar kun je een getal van 1 tot 100 invullen.'

Callanach zette zijn kopje neer. Het bloed klopte in zijn slapen. 'Is deze site daarom opgezet? Om de moorden een cijfer te geven?' Hij boog zich voorover om de duizeligheid te verdrijven en de bloedtoevoer naar zijn hoofd te stimuleren, maar dat lukte niet.

Ben zweeg en staarde naar het scherm.

'Hoe kunnen we ze te pakken krijgen, Ben? Nu weten we precies waar ze mee bezig zijn. Dit is godverdomme een spel! Maar wat hebben we eraan als we geen stap verder komen?'

'De moordenaars zitten ergens op deze site,' zei Ben. 'Zo krijgen ze hun instructies. Ik moet al die threads doorspitten, kijken wat ik te weten kom. Maar vanmiddag moet ik terug naar kantoor. Ik begin er vanavond aan zodra ik thuis ben.'

'Je hebt hulp nodig,' zei Callanach. 'We zouden het Lance kunnen vragen.'

'Ik bel hem wel,' zei Ben. 'Je ziet er beroerd uit. Kan ik iets voor je doen?'

'Je kunt het adres voor me opsporen waar Julia Stimple wordt vastgehouden,' antwoordde Callanach. 'Want zodra haar ontvoerder heeft bedacht hoe hij zo veel mogelijk punten kan scoren door haar te vermoorden, zijn we te laat.'

Callanach verliet het café als eerste, een paar minuten later gevolgd door Ben. Geen van beiden zag Ava Turner aan de overkant van de straat staan. Maar zij zag hen wel. Ze zag dat Callanach er ongerust en afgepeigerd uitzag, en daarna zag ze Ben haastig naar buiten lopen en op zijn horloge kijken. En ze zag ook het meisje dat vlak daarna een bordje GESLOTEN voor het raam hing.

38

Lance belde Callanach. Zijn handen trilden nog steeds. Hij wist niet precies waar hij naar keek, maar hij voelde dat het niet goed was. De ochtend was veelbelovend begonnen. Voordat hij naar zijn werk ging had hij een stukje gejogd om het hart flink aan het werk te zetten, wat aanknopingspunten voor een nieuw artikel nagetrokken en een kaart van zijn zoon gekregen die een jaar op reis was maar toch aan zijn verjaardag had gedacht. Het ritje naar zijn piepkleine kantoor was ontspannen – weinig verkeer, de fiets liep als een zonnetje, geen regen. Toen was de post bezorgd en was hij zo stom geweest het pakketje open te maken terwijl hij zat te lunchen.

'Hallo Lance,' zei Callanach. 'Ik wilde je net bellen. Ik heb je hulp nodig vanavond. Ben neemt nog contact met je op om –'

'Iemand heeft mij een stukje van iets opgestuurd,' zei Lance. 'Sorry, dat klinkt onduidelijk. Ik bedoel dat ik zojuist een pakje heb opengemaakt en daar zit iets in wat op mensenvlees lijkt. Een zacht stukje weefsel van iets, maar ik weet niet wat het is.'

'Julia Stimple,' zei Callanach. 'Waar zit je?'

'Op kantoor. Ik weet niet wat ik moet doen.' Lance keek nog eens naar het klompje vlees dat ooit roze en gezond was geweest en nu op een rauwe garnaal leek.

'Blijf zitten waar je zit. Je mag letterlijk geen vin verroeren. Ik stuur een TR-team naar je toe. Niks aanraken, vooral het pakje niet. Ik kom eraan.'

Normaal gesproken was Lance echt niet teergevoelig. In de loop der jaren had hij al heel wat vrienden opgelapt, als jonge vent had hij andere rugbyspelers het veld af gedragen en bij ongelukken de helpende hand geboden. Hij had zelfs zijn tweede kind ter wereld geholpen toen het allemaal wat sneller ging dan zijn vrouw en hij hadden verwacht. Maar dit was ontegenzeggelijk veel erger. Het was het besef dat iemand had moeten lijden terwijl er een stuk van hem of haar werd afgesneden.

Het eerste lid van het forensisch team droeg al een beschermend pak toen ze binnenkwam. Lance had het idee dat hij midden in een sciencefictionfilm zat. Hij werd onderzocht en gefotografeerd met het stukje vlees dat op zijn schoot was gevallen. Het klompje werd onderzocht, in een zak gestopt en gelabeld, en daarna werd het hele proces voor elk onderdeel van de verpakking herhaald. Uiteindelijk mocht Lance de kamer verlaten, werden er vingerafdrukken van hem genomen om zijn vingerafdrukken op het pakketje te kunnen uitsluiten, en werd hij naar een rustige plek gebracht om een verklaring af te leggen.

Callanach kwam net binnen toen Lance een kop thee van een agent kreeg. 'Lance, wat is er gebeurd?'

'Iemand moet de envelop in de brievenbus hebben geduwd. Dit zijn verzamelkantoren. Er komen elke dag honderden poststukken binnen en die worden na de lunch rondgebracht.'

'Ik vind het heel erg dat jou dit is overkomen,' zei Callanach.

'Daar kan jij niets aan doen,' antwoordde Lance.

'Als ik jou niet had gebruikt om dat fakebericht over Michael Swans dood te lekken, zou de moordenaar een andere weg gekozen hebben. De patholoog zegt trouwens dat het een stuk van een oorlel is, niets levensbedreigends dus, als dat je enigszins geruststelt.'

'Ach god, die arme vrouw toch,' zei Lance.

'Ik wist niet dat je kantoor hier zat, Lance,' zei Lively achter Callanachs schouder. 'Ik zou je graag een drupje whisky inschenken, maar ik vermoed dat de inspecteur al gaat steigeren als hij zou zien dat ik dat spul onder werktijd aanraak. Gaat het een beetje?'

'Ze hebben gezegd dat ik mocht gaan, maar ik weet niet of ik nu op de fiets moet stappen. Kan iemand me misschien even naar huis brengen?' vroeg Lance.

'Ik vind het best, als de baas niet moeilijk doet over de risico's voor de gezondheid en de veiligheid. Je weet hoe die leidinggevenden zijn, jongen. Ze hebben me gevraagd om u terug naar het bureau te rijden, sir, voor een briefing. Dan kunnen we Lance onderweg afzetten,' zei Lively.

'Is er iemand in Edinburgh die jij niet kent, brigadier?' vroeg Callanach.

Lively haalde zijn schouders op. 'Lance en ik zaten vroeger in hetzelfde rugbyteam toen ze alleen wat koud water over een gebroken bot lieten lopen en je weer het veld op stuurden. Tegenwoordig word je doodgeknuffeld door een fysiotherapeut.'

'Ik moest ermee stoppen na de geboorte van mijn zoon,' zei Lance tegen Callanach. 'Er gingen te veel zondagen heen met zware katers na een wedstrijd. Je hoeft me geen lift te geven, hoor, als het lastig is.'

'Natuurlijk zetten we je even af,' zei Callanach beleefd. 'Waar gaat die briefing over, Lively?'

'Er is een busje gesignaleerd dat voldoet aan de beschrijving van het voertuig dat voor het huis van Julia Stimple is gezien op het tijdstip dat ze verdween. Een surveillanceauto heeft de bestuurder proberen aan te houden, maar hij ging ervandoor. De eenheden moesten de achtervolging staken omdat het een druk voetgangersgebied was. We zijn het busje kwijtgeraakt, maar er is een team bezig met het napluizen van de camerabeelden aan de rand van de stad, en we hopen het daar weer op te pikken.'

'Snel dan maar,' zei Callanach.

Lance ging achter in de auto zitten en sloot zijn ogen. 'Dus is er een doorbraak?' vroeg hij.

'Misschien is het niks,' zei Lively. 'Ik hoop alleen dat we niet onze enige kans hebben verspeeld om dat stuk vuil op te pakken.'

'Mag ik je citeren?' vroeg Lance.

'Ik was even vergeten dat je journalist bent. Jullie zijn bijna net zo erg als die vervloekte advocaten. Als je me citeert, kun je nooit meer ergens in de stad parkeren zonder te worden weggesleept, gesnopen?'

De radio kwam een seconde eerder tot leven dan Callanachs mobieltje.

'Alle beschikbare eenheden naar Moffat Road, Ormiston. Voorzichtig naderen. Agenten zijn al ter plaatse en wachten op ondersteuning. Geef je positie door.'

Lively keerde de auto, zette de zwaailichten aan en ging harder rijden terwijl Callanach met Tripp belde.

'Ik probeerde u net te bellen, sir,' zei Tripp.

'Ormiston, hè? Lively en ik zitten in een dienstwagen en zijn op weg. Wat is er gebeurd?' vroeg Callanach.

'We hebben de route van het busje opgepikt dat waarschijnlijk voor het huis van Julia Stimple heeft gestaan. Het is eerder gezien toen het bij een slijterij wegreed. We zijn het even kwijt geweest, maar de camera's hebben het weer opgepikt. We hebben er een anonieme wagen achteraan gestuurd en die heeft het busje gevolgd naar een verdacht uitziend pand,' zei Tripp.

'Waar ligt Ormiston?' vroeg Callanach aan Lively.

'Een paar kilometer ten oosten van het centrum. Het is vooral een woonwijk,' antwoordde hij.

Callanach richtte zich weer tot Tripp. 'Beschrijf wat de agenten hebben waargenomen.'

'Een blanke man heeft het busje geparkeerd en is een huis binnengegaan. Het viel de agenten op dat de gordijnen zowel boven als beneden waren dichtgetrokken. De man droeg een doos drank en wat eten naar binnen. Ondanks de warmte droeg hij handschoenen en had hij zijn capuchon op. En het kenteken hoort niet bij het voertuig.'

‘Wat weten we over het huis?’ vroeg Callanach terwijl hij ondertussen een sms’je aan Ava stuurde.

‘Het is eigendom van een mevrouw Ellen Lavery, maar die woont sinds vier maanden in een bejaardenhuis, dus staat het leeg. Er staat een Te Koop-bord in de voortuin. Er zou dus niemand horen te wonen,’ zei Tripp.

‘En het busje?’ vroeg Callanach.

‘Niet geregistreerd, geen wegenbelasting, geen verzekering. Het lijkt of er met het kenteken is geknoeid.’

‘We hebben hem,’ zei Callanach. ‘Waar is het arrestatieteam?’

‘Twee straten verderop, en ze wachten op u of op inspecteur Turner – wie er het eerst is. De ambulances staan klaar. Alle eenheden hebben hun zwaailichten en sirenes uitgezet,’ zei Tripp. ‘Op uw bevel komen ze in actie.’

39

Grom verschoonde het verband om de hand van de klaar-over. Hij had haar vinger zo netjes mogelijk afgesneden – het was niet de bedoeling dat ze doodbloedde – maar de wond liet overal een plakkerig spoor van half geronnen bloed achter en begon nu zelfs te stinken. Wat stank aanging had hij met haar toiletgewoonten al genoeg te stellen. Hij was er nog steeds niet helemaal zeker van of ze de wc echt niet op tijd wist te halen of dat ze hem met opzet kwelde door haar urine te pas en te onpas te laten lopen. Het rook in huis ondertussen net zo zwaar en vochtig als vroeger in de stallen van zijn vader. Als de lucht hier een kleur kon hebben, zou die okergeel zijn.

Terwijl ze een glas water naar binnen slurpte, waarbij het grootste gedeelte in haar schoot terechtkwam, kookte hij water en gooide een handvol zout in een beker. Ook dat had hij in de stallen geleerd. Het leek erop dat hij bijna alle levenslessen daar had geleerd. Alles over seks, geboorte en dood. Hoe je een leven zo pijnloos mogelijk kon beëindigen. En hoe je het zo lang mogelijk kon rekken zodat het einde, als het dan eindelijk zover was, als een bevrijding voelde. Het paard van zijn vader was het eerste levende wezen waarvan hij wonden had verzorgd. De merrie had tijdens de jacht geweigerd over een rivier te springen, waarop Groms vader zo razend was geworden dat hij een tak van een boom rukte en haar achterbenen afranselde. Twee dagen later kon ze niet meer lopen. Grom had toen opdracht gekregen om de wonden schoon te maken en te verzorgen. Hij was van plan om de oude vrouw op dezelfde manier te behandelen als het paard indertijd, alleen had hij met het paard veel meer medelijden gehad.

Hij wachtte tot het hete, zoute water voldoende was afgekoeld voordat hij het stompje van haar vinger in de zoutoplossing hield. Het oudje kreunde en probeerde zich los te rukken, maar hij hield haar in een ijzeren greep. Daarna wikkelde hij haar vinger stevig in een schoon verband dat hij in een badkamerkastje had gevonden. Het paard had nog een jaar geleefd, wat een beter lot was dan wat de oude vrouw te wachten stond. Diezelfde merrie had zijn vader toen hij haar op een decemberochtend uit de stal trok, tegen zijn borst getrapt. Een seconde lang had Grom iets van opgetogenheid gevoeld toen hij zag dat de grote man hulpeloos door de lucht vloog en hard op de grond neerkwam, waar hij roerloos bleef liggen met zijn hand tegen de borst gedrukt. Een paar heerlijke momenten lang dacht hij dat zijn vader dood was, tot de schoft begon te kreunen en zijn arm uitstak en Groms wereld weer net zo vreugdeloos werd als daarvoor. Zijn vader had het overleefd, en had er een hoefijzervormige blauwe plek op zijn borstbeen aan overgehouden. Het paard was het slechter vergaan.

Zijn vader had de merrie mee naar het bos genomen en haar aan drie bomen vastgebonden – een strop om haar hals, een touw aan elk van haar achterbenen – zodat ze zich amper kon bewegen. Daarna had hij een vuurtje onder haar buik aangestoken. Het begon heel onschuldig, een beetje rook, het geknetter van brandende takjes, en de wind dreigde de vlammen te doven zodat Grom er zeker van was dat het vuurtje uit zou gaan en zijn vader weer bij zinnen zou komen. Maar de oude man had nog meer hout op het vuur gegooid en daarna een boomstam, en plotseling begon het paard te bokken en omhoog en opzij te springen, hoewel het dier geen kant op kon om de hitte te ontwijken. De merrie sloeg met haar hoofd tegen de boomtakken, trapte met haar hoeven tegen de stammen. Het duurde even voor het vuur hoog oplaaide en de ijzige winterlucht verdreef, en de rook kringelde langs de heuvel omlaag zodat de merrie niet de kans kreeg om bewusteloos te raken voor de vlammen aan haar vlees begonnen te likken. Het was vooral de geur die Grom altijd was bijgebleven. De scherpe, bijtende lucht van brandend haar, enkele seconden later gevolgd door de geur van verkoold vlees, roet en koper, drijvend in een saus van bloed. En zijn vader had erbij staan bulderen van de lach.

Grom staarde naar de oude vrouw. Hij wist nu wat hij zou doen, en het was een geniaal idee. Daarbij vergeleken zouden Sem Culpa's prestaties op kindertekeningen van een Halloweenfeestje lijken. Hij zou het ouwe wijf levend cremeren, met haar armen en benen uitgestrekt boven een vuurtje. Hij moest alleen de ideale locatie nog zien te vinden. Een plek waar hij het tafereel ongestoord kon filmen tot de taak was volbracht. Hij had een paar dagen nodig om een plek te zoeken en de nodige spullen te kopen, meer niet.

Een beweging buiten op straat trok zijn aandacht. Hij schoof de gordijnen opzij om te kijken. Het ouwe wijf riep dat ze weer moest pissen. Hij trok zijn hoofd terug en kwam even in de verleiding om zijn vuisten te gebruiken en haar voorgoed het zwijgen op te leggen. Maar hij moest wachten. De overwinning was nabij nu hij wist hoe hij zijn meesterwerk zou realiseren.

40

Ze reden een straat in die evenwijdig liep aan Moffat Road. Terwijl Lively nog bezig was de auto in te parkeren, stapte Callanach al uit en werd onmiddellijk omringd door een paar mannen en vrouwen. Een van hen reikte hem een steekwerend vest en een helm aan, een ander gaf hem een microfoontje. Tegen een muur stond een fikse stormram waartegen slechts weinig deuren bestand waren. De directe omgeving was afgezet en er mochten geen auto's de straat in of uit.

'Jij blijft in de auto,' zei Lively tegen Lance. 'Maak je klein en verroer geen vin. Je bemoeit je nergens mee en je maakt geen foto's. Zodra de situatie onder controle is, zorgen we dat je thuiskomt.'

'Begrepen,' zei Lance, om zich heen kijkend terwijl Lively in het gedrang verdween.

De hele omgeving zag er grauw en deprimerend uit, niet alleen de straten en de stoepen, maar ook de halfvrijstaande, met grindsteen afgewerkte huizen. Alles ademde verval. Het was de ideale plek om je in het volle zicht te verbergen. En dicht genoeg bij de stad voor de moordenaar om zijn pakjes te kunnen afleveren. Lance hoopte aan de ene kant dat de politie de schoft helemaal aan gort zou slaan. Maar zijn rationelere ik, die zo nu en dan meeliep in mensenrechtendemonstraties en over sociaal onrecht schreef, besefte dat een eerlijke rechtspraak en een levenslange gevangenisstraf de enige dingen waren waarin mensen zich van beesten onderscheidden.

Lance maakte wat notities, haalde zijn mobieltje tevoorschijn en schreef een voorlopig persbericht. Er was hem niet gezegd dat hij niets mocht opschrijven en hij had Lively alleen maar beloofd dat hij hem niet zou citeren en geen foto's zou maken. Hij hielp Callanach dan wel bij zijn onderzoek, maar hij bleef journalist, en het publiek hoorde hiervan op de hoogte te worden gesteld. En des te beter als hij hier als eerste mee kwam.

Lively had het raampje opengelaten en Lance stak zijn hoofd zo ver naar buiten als hij durfde, zonder op te vallen, en luisterde naar de briefing.

'We breken tegelijkertijd de voordeur en de achterdeur open. We hebben agenten bij de naastgelegen huizen geposteerd zodat hij daar niet naar binnen kan en nieuwe gijzelaars kan nemen. Scherpschutters houden alle ramen en deuren onder schot, dus trek de gordijnen open als je de kamers doorzoekt.' Lance vermoedde dat de agent die aan het woord was bij het gewapende interventieteam hoorde. Callanach hield zich voorlopig op de achtergrond. Lance had een zekere sympathie opgevat voor de inspecteur: ondanks het feit dat hij waanzinnig aantrekkelijk was, ondanks zijn Franse accent dat vooral bij vrouwen in de smaak viel, en ondanks zijn afstandelijke manier van doen – stuk voor stuk redenen om een hekel aan Callanach te krijgen – vond hij hem oké. Ook al werkte hij bij de politie.

'Ik klop op de deur en maak onze aanwezigheid kenbaar,' hoorde Lance Callanach zeggen. 'Eerst en vooral moeten we het slachtoffer in veiligheid brengen. De verdachte is gewapend, dus stel hem zo snel mogelijk buiten gevecht. Julia Stimple verkeert waarschijnlijk in shock. We weten dat ze aan haar hand en oor gewond is, en mogelijk nog ander letsel heeft. Geen heldendaden. Deze kerel is een ongelooflijke krachtpatser, dus reken erop dat hij moeilijk in bedwang is te houden.'

Lance bleef typen en gaf een korte beschrijving van de situatie. Overal stonden auto's en er waren zeker twintig gewapende agenten op de been; verontruste bewoners werden vriendelijk maar dringend gemaand binnen te blijven. Met al die druk bewegende gordijnen leek het of de huizen vanbinnen tot leven waren gekomen. Hij sloeg de tekst op om later, als alle bijzonderheden bekend waren, verder te schrijven, en leunde toen achterover om het drama te volgen dat zich voor zijn ogen afspeelde.

'Oké, neem je positie in,' riep Callanach. 'We komen in actie op mijn bevel.' Hij trok zijn vest aan en rende met het interventieteam naar het betreffende huis. Het pand was vervallen, de verf bladderde af en de ramen waren smerig. Voor zover hij kon zien brandde er geen licht. De agenten met de stormram liepen voorop en hielden de paal ieder aan een kant vast. Iedereen stond op zijn plek. Het bleef even stil.

'Politie, doe open!' riep Callanach.

Binnen schreeuwde een vrouw, meteen daarna hoorden ze het lawaai van meubels die omver werden gegooid, en een deur die dichtsloeg.

'Naar binnen. Alle eenheden naar binnen,' zei een stem in zijn headset. De mannen met de stormram haalden uit naar achteren en ramden met kracht tegen de deur. Het hout versplinterde, maar de deur gaf niet meteen mee. Bij de tweede poging bezweek het slot en de deur vloog open. Callanach hoorde dat de achterdeur op hetzelfde moment werd opengebroken. Van beide kanten stormden agenten naar binnen. Er klonk geschreeuw van boven, een vrouw begon hysterisch te gillen en te snikken. De agenten schreeuwden bevelen. Callanach was in een paar stappen boven, duwde een paar mensen van het interventieteam opzij en zag Julia Stimple op een bed liggen. Ze had haar gezicht met een kussen bedekt.

Heel even voelde iedereen alleen maar opluchting dat het leven van deze vrouw in ieder geval was gered, dat ze haar op tijd hadden gevonden. Ze had weliswaar verschrikkelijk geleden, maar het ergste was haar bespaard gebleven.

Hij liep naar de volgende kamer en zag drie agenten met getrokken wapen boven op een grote man zitten, die op de grond lag te kronkelen.

'Is hij gewapend?' vroeg Callanach.

'We hebben nog niets gevonden, sir,' was het antwoord.

'Oké. Breng eerst het slachtoffer naar de ambulance, kom dan met het busje voorrijden en breng hem naar buiten. Met een deken over zijn hoofd. Ik wil niet dat er foto's van hem op internet opduiken. We moeten dit stilhouden tot we met een officiële verklaring naar buiten kunnen komen. En Julia Stimples kinderen moeten als eersten op de hoogte worden gebracht.'

'Ik bel haar dochter wel even,' riep Lively vanuit de gang.

Callanach liep achter het groepje agenten aan dat een hysterische Julia Stimple veilig de trap af hielp.

'Je bent nu veilig, Julia,' zei een agent. 'Buiten staat een ambulance te wachten. Je ontvoerder wordt in bedwang gehouden door onze collega's en hij komt van zijn leven niet meer vrij.'

Op dat moment stootte Julia een langgerekte gil uit en begon ze te jammeren en onsamenhangende klanken uit te stoten. Terwijl ze naar buiten werd begeleid, keek Callanach om zich heen. Het huis was goed verwarmd en alles leek op zijn plaats te staan. Op een tafel in de keuken lagen uitgeknipte krantenartikelen over de verdwenen klaar-over. Op een kleine tv speelde een soapserie. Het zag er bijna huiselijk uit. Op het aanrecht lagen de restanten van een paar pizza's en in de gootsteen lag vuile vaat.

Callanach besloot buiten te wachten. Hij kon verder niets doen tot de moordenaar gearresteerd en gedagvaard was.

'Eentje gepakt, op naar de volgende, sir,' merkte Lively op. 'Ik kreeg de dochter aan de lijn en heb haar het goede nieuws verteld, maar ze hing meteen op. Ik wacht tot ze terugbelt zodat ik haar kan laten weten waar haar moeder naartoe is gebracht.'

Vanuit de auto zag Lance hoe de ondertussen vertrouwde gestalte van Julia Stimple in een rolstoel vanuit het huis naar de ambulance werd gereden, nog steeds krijsend en snikkend. Hij voorzag het artikel van een pakkende titel, waarbij hij iets sensationelere bewoordingen gebruikte dan normaal, en drukte op verzenden. Edinburgh kon vannacht wat rustiger slapen nu er één psychopaat minder rondsloop.

Het moment was aangebroken. De Moderator had er lang op gewacht, maar nu kon hij eindelijk met de poll voor het volgende slachtoffer beginnen. Het startsein daarvoor was de bevestiging dat Groms rol was uitgespeeld, en wat dat betreft hadden de nieuwszenders zich zeer mededeelzaam getoond. Het was weliswaar niet gelopen zoals hij had verwacht, maar dat maakte nu niet meer uit. De oliedomme Sloveen was in handen van de politie gevallen en zijn klaar-over had het blijkbaar overleefd. Als je op de berichten in de media afging leek het alsof de politie een heldendaad had verricht. Maar de waarheid was dat Grom gewoon ongelooflijk stom was geweest door zich naar Ormiston te laten volgen en zich te laten betrappen terwijl de klaar-over nog in leven was. Reden te meer voor Sem Culpa om haar drietal moorden vol te maken en zich als de ultieme moordenaar te bewijzen. De angst zou haar nu niet om het hart slaan, daar was hij zeker van. Dat verknipte wijf had ongetwijfeld iets nog gruwelijkers in gedachten dan anders, al was het maar om Grom in zijn cel te tergen. Juist door hun ego waren ze allebei zo makkelijk te manipuleren. Voor de meeste moordenaars was hun moordlust een privéaangelegenheid, maar sommigen hunkerden ook nog eens naar een publiek dat hen om hun daad bewonderde. De Moderator had ontdekt dat er veel meer kandidaten waren voor zijn competitie dan hij had verwacht.

Het eerste dat hij deed was Grom de toegang tot de website ontzeggen en zijn wachtwoord opheffen. Daarna scrolde hij door de gegevens van alle leden en wiste elke vermelding van Groms naam

– zijn aanvraag, zijn e-mailadres, en alle communicatie die tussen hen had plaatsgevonden. Niet dat hij zich zorgen maakte dat Grom de politie ook maar iets zou vertellen – gezien de omstandigheden zou dat zeker niet tot strafvermindering leiden – maar hij nam het zekere voor het onzekere. Wat de nieuwe stemronde betrof: die zou hij zo kort mogelijk houden. Het had geen zin nog langer te wachten. Hij had nu lang genoeg geduld gehad. De maandenlange voorbereidingen, de vele uren die hij erin had gestopt om iedereen op het juiste moment bij elkaar te brengen. Het enige wat er nog te doen viel was de leden een e-mail sturen waarin de allerlaatste stemronde werd aangekondigd.

Nu Grom uit beeld was, kon de graffiti dit keer achterwege blijven, en dat was maar goed ook. Het was een nuttige tactiek gebleken – waarbij Sem Culpa en Grom her en der in de stad boodschappen voor elkaar achterlieten om elkaar te melden wie het volgende slachtoffer was – die de competitie had aangewakkerd en voor de nodige publiciteit had gezorgd. Maar bovenal had de graffiti die knoeiers van de Schotse politie duidelijk gemaakt wat er nou precies gaande was, en dit keer kon hij het risico niet lopen dat het volgende slachtoffer de stad plotseling verliet. Dat zou hem slecht uitkomen. De naam van dit slachtoffer zou maar aan één persoon worden doorgespeeld.

Hij keek op zijn horloge. Als hij nu boodschappen deed, kon hij terug naar zijn mooie huis om er nog een paar uurtjes helemaal alleen van te genieten voordat zijn vrouw thuiskwam en de zoveelste avond verpestte. De Moderator zette de nieuwe stemronde online en ging toen de deur uit om gerookte zalm te kopen.

41

Ava had het niet op tijd gered om bij de inval te kunnen zijn, maar ze stond bij de ingang van het ziekenhuis op Julia Stimple te wachten. De ambulance kwam aanrijden, geëscorteerd door een paar politieauto's. Nog voordat de deuren van de ambulance opengingen, hoorde ze al de stem van een vrouw die luidkeels aan het blèren was.

'Ik wil mijn zoon zien! Ik moet m'n jongen bellen!'

Ava zette zich schrap voor een lange avond. Het zou wel even duren voordat ze Julia Stimple voldoende had weten te kalmeren om haar een verklaring af te nemen. Het betekende in ieder geval dat de moorden op Helen Lott en Emily Balcaskie nu waren opgelost en dat ze niet langer hoefden samen te werken met de crimineel die het doelwit van Joe's onderzoek was. Ben Paulson had haar een heel ongemakkelijk gevoel gegeven. Al dat stiekeme gedoe, en dat café en dat meisje dat daar werkte: een twintiger van het type 'lik m'n reet', die de tent had dichtgegooid zodra Paulson en Callanach vertrokken waren. Het maakte op Ava allemaal een net iets te professionele indruk. Callanach zat er tot zijn nek in, maar dat wist hij zelf ook wel.

Eindelijk gingen de ambulancedeuren open en werd de rolstoel naar buiten gereden. Ava liep recht op Julia Stimple af, toonde haar legitimatie en deed haar best om gezaghebbend en tegelijk geruststellend te klinken.

'Ik ben inspecteur Ava Turner. Bent u Julia Stimple, woonachtig in Findhorn Place?'

'Ja,' snotterde de vrouw en ze hield haar hoofd in haar handen. Ze trilde en had duidelijk een kalmerend middel nodig.

'Het is goed, mevrouw Stimple. We brengen u meteen naar een arts en er blijft een agent bij u. We zullen een verklaring moeten afnemen, maar pas later, als u tot rust bent gekomen.'

Ava keek naar de handen van de vrouw waarmee ze voortdurend door haar haar woelde. Het drong niet meteen tot haar door waar ze naar keek, maar toen besefte ze het opeens.

'Wilt u uw beide handen even uitsteken?' vroeg Ava.

De vrouw deed wat haar gevraagd was en haar handen trilden zo erg dat Ava ze vastpakte.

'En nu uw hoofd eerst naar rechts draaien en dan naar links,' droeg Ava haar op. De vrouw gehoorzaamde, en was duidelijk doodsbang. Opeens kwam bij Ava de gedachte op dat Julia Stimple misschien om een heel andere reden bang was dan zij dachten.

'Mevrouw Stimple, de man die bij u in huis was, is gearresteerd. Kunt u mij zeggen wie dat is?'

'Dat probeer ik de hele tijd al te zeggen!' schreeuwde ze. 'Dat is m'n zoon. Hij had geen kwaad in de zin! We zouden daar gewoon een poos blijven en daarna zou hij me weer naar de stad brengen.'

'Dus u bent vrijwillig uit uw huis vertrokken?' vroeg Ava ijzig. Ze was zich ervan bewust dat ze niet veel moeite deed om haar toenemende woede te verbergen. Een van de ambulancemedewerkers probeerde tussenbeide te komen. Ava stak haar hand omhoog en maakte duidelijk dat dat een heel slecht idee was.

'Ze wilden me ontslaan!' krijste Julia Stimple. 'Een of ander bemoeiziek wijf beklaagde zich over mijn taalgebruik en zei dat ik tegen een muur leunde terwijl ik op de kinderen lette, godsamme nog aan toe! Ik heb een berisping gekregen! En met mijn gezondheidsproblemen kan ik een andere baan wel vergeten.'

'Dus u hebt geen enkel contact gehad met iemand die u bedreigde of u kwaad wilde doen?' vroeg Ava, en haar vingers balden zich tot een vuist.

'Nee, dat probeerde ik ze daar in het huis ook al te zeggen, hij heeft me niets aangedaan. We hadden gewoon wat geld nodig. Die tijdschriften betalen een fortuin voor een smeuïg verhaal. En niemand is gewond geraakt, toch? Heb je gezien hoe ze mijn jongen hebben behandeld? Alsof-ie een crimineel was. Ze hadden geweren bij zich. Echte geweren. Ik dacht dat ze ons zouden doodschieten!'

'En u hebt geen lichamelijk letsel opgelopen?' vroeg Ava.

'Nee, dat zeg ik toch. Mijn jongen zou me nooit iets aandoen. We hebben iedereen gewoon een beetje voor de gek gehouden.'

Ava moest zich enorm beheersen, maar voelde haar wangen gloeien en kreeg een galsmaak in haar keel. Ze moest Callanach bellen, maar eerst moest er iets worden gedaan wat ze persoonlijk wilde afhandelen.

'Julia Stimple. U staat onder arrest,' zei ze.

Een paar minuten later droeg Ava de jammerende vrouw over aan politieagenten die haar terug naar het bureau brachten. Mevrouw Stimple had nog steeds een verhaal te vertellen aan de tijdschriften. Alleen zou ze daarmee moeten wachten tot ze uit de gevangenis kwam.

Callanach nam het gesprek aan op weg naar het cellenblok. Hij had bijna niet opgenomen, maar de gevangene had tijdens het opmaken van het proces-verbaal besloten te zwijgen, waardoor het allemaal veel langer duurde.

'Met mij,' zei Ava voordat Callanach een woord had gezegd. 'Verspil je tijd maar niet met een verhoor. Laat het maar aan Lively over. Dit is niet onze moordenaar.'

'Wat? Hoe weet je –'

'Julia Stimples vingers en oren zijn nog intact. Ze heeft het hele verhaal samen met haar zoon verzonnen. Ze dachten dat de publiciteit hun een hoop geld kon opleveren, alleen hadden ze niet gevonden mogen worden.'

'Jezus! Dat betekent dat we –' Callanach liet zich op een stoel vallen.

'Nog steeds niet weten wie de gegijzelde is,' maakte Ava de zin voor hem af. 'Ik laat het team checken of er nog andere klaar-overs worden vermist. We moeten de echte gijzelaar zien te vinden. Want die heeft niet veel tijd meer.'

'Ik moet ophangen,' zei Callanach. 'Waar is Lively?' vroeg hij aan een voorbijlopende agent.

'Die zit al in de verhoorkamer, sir. De verdachte is net naar binnen gebracht.'

'Oké,' zei Callanach en hij rukte de deur van de verhoorkamer open. Lively wilde net beginnen. Julia Stimples zoon zat te snotteren. 'Verkeerde man,' kondigde hij aan. 'Dit is Stimple junior, die de boel voor een paar rotcenten heeft belazerd. Klaag hem aan omdat hij onze tijd heeft verspild en verder voor alles wat je maar kunt vinden.'

'Ik wíst het wel,' zei Lively. 'Je zus zat ook in het complot, hè? Je had haar gezicht moeten zien toen we vertelden dat haar moeder een vinger kwijt was. Ze had geen idee waar we het over hadden! Huil maar 's lekker uit, vriend. Als je straks drieëntwintig uur per dag in een cel zit, heb je daar alle reden toe.'

'We hadden geen kwaad in de zin,' blèrde Stimple junior.

'Jaja, en het was zeker ook niet de bedoeling dat het huis van je moeder er als een plaats delict uitzag en dat je de politie van het werkelijke onderzoek afhield,' antwoordde Lively.

'Ik wil de gevangenis niet in. Het was niet eens mijn idee,' jammerde Stimple junior.

'Nu moet je ophouden,' zei Callanach, 'anders wordt de gevangenis nog de minste van je problemen.'

Teruggekomen op zijn kamer werd Callanach overspoeld met vragen over Julia Stimple en haar ontvoerder. Het ergste was nog dat er al contact was opgenomen met de ouders van Emily Balcaskie en de familie van Helen Lott. De media waren hun weer een stap voor, alleen hadden ze deze keer een desastreus verhaal opgepikt. Hoe ze dat geflikt hadden was hem een raadsel, omdat hij zelf nog maar drie kwartier geleden uit Ormiston was weggereden.

'Lance,' zei Callanach. 'Shit.'

De journalist was thuis afgezet terwijl Callanach snel naar het bureau was gereden. Het was niet in hem opgekomen om de journalist te vragen niets over de inval te berichten, hij was ervan uitgegaan dat Lance dat niet zou doen. Zijn fout. Een journalist meenemen naar een plaats delict was vragen om problemen.

Hij koos Lance' nummer, maar kreeg iemand anders aan de lijn.

'Hi,' hoorde hij iemand met een Californisch accent zeggen. 'Ik zit bij Lance thuis. Hij is bier aan het halen. Het lijkt erop dat jullie één gek minder hoeven op te sporen. Goed werk!'

'Ben, je moet iets weten te vinden. Dat verhaal van Lance klopt niet. Ik leg het nog wel uit, maar je moet boven op die website blijven zitten. Spit alsjeblieft zo veel mogelijk threads door. We zijn weer even ver als eerst en ik kan alleen maar wachten tot er nog meer lichaamsdelen worden afgeleverd.'

'Ik ben er al mee bezig,' zei Ben. Hij klonk opvallend onaangedaan. Callanach hoorde het getinkel van bierflesjes in de buurt van de telefoon. 'Zodra Lance het artikel over die arrestatie online had gezet, verscheen er een nieuwe poll op de website. Ik kreeg een e-mail waarin stond dat ik twee uur had om te stemmen. Ik zal het je voorlezen. Lance, hou de telefoon eens vast,' zei Ben.

'Ben je niet aan het feestvieren, Luc?' vroeg Lance.

'We hebben de verkeerde opgepakt, Lance, en jij had dat bericht al gepost voordat we dat in de gaten kregen.'

Het bleef heel lang stil aan de andere kant.

'Het is afgelopen met me,' zei Lance.

Er klonk wat geritsel toen Ben de telefoon overnam en begon voor te lezen.

'Oké, de stemprocedure gaat als volgt. Elke gebruiker mag één keer stemmen. Zodra de termijn is gesloten, kun je geen stem meer uitbrengen. Je moet stemmen op iemand die het qua beroep of status waard is om geslachtofferd te worden. Iemand wiens dood echt een verlies voor de samenleving is. Je mag geen namen noemen. De identiteit van het slachtoffer wordt door de moordenaar zelf gekozen. Alle voorstellen moeten in het Engels worden ingediend. Het voorstel dat het vaakst is genoemd, wordt geselecteerd en aan de speler bekendgemaakt.'

'Is dat alles?' vroeg Callanach.

'Er is een tekstvak waar je iets kunt invoeren,' zei Ben. 'Je begrijpt toch dat we daar iets moeten invullen, hè? Ik heb ingelogd en dat wordt geregistreerd. We hebben ons aangemeld en als we nu geen keuze invoeren, weet de moderator onmiddellijk dat er iets niet in orde is met Rory Hand.'

'Vul een beroep in dat niemand anders ooit zal noemen,' zei Callanach.

'Heb je een voorkeur?' vroeg Ben.

'Neem gewoon een beroep waar normale mensen een pesthekel aan hebben.' Hij hoorde dat Ben begon te typen. 'Hoelang duurt het nog voordat de poll sluit?' vroeg Callanach.

'Zeventig minuten,' antwoordde Ben.

'Blijf erbovenop zitten,' zei Callanach. 'En kijk of je nog iets kunt vinden wat ons naar de werkelijke dader leidt. Hij is nog steeds op vrije voeten en hij houdt iemand gegijzeld. Op dit moment heb ik geen flauw idee wie dat is en waar hij zit.'

'Doe ik. Er komt een ander telefoontje binnen. Ik bel je terug.' Ben beëindigde het gesprek met Callanach en nam het andere gesprek aan. 'Hallo?'

'Ben, met Polly. Ik weet dat je het druk hebt, maar Big Dave gaf me je nummer en vroeg of ik je wilde bellen. Hij zei dat je morgen niet naar het café moet komen. Het wemelt hier van de politie, de hele stad is gek geworden. Ik moest je ook zeggen dat het hem spijt.'

'Geen probleem, Pol. Bedankt voor je telefoontje. En ik vind het niet erg dat je mijn nummer hebt,' zei Ben. 'Het zou leuker zijn geweest als je het had gebruikt omdat je me graag wilde spreken, maar ik neem genoegen met het op een na beste.'

'Echt waar?' lachte ze. 'En je gaat me niet eens mee uit vragen nu je me eindelijk aan de telefoon hebt?'

Ben typte ondertussen zo snel verder dat Lance het nauwelijks kon volgen, en stopte pas toen hij zich realiseerde dat Polly haar woorden deze keer niet liet volgen door een grap of een stekelige opmerking. 'Goed dan, kan ik je misschien tot een afspraakje verleiden? Zonder café, zonder klanten, niemand. Alleen wij, een paar flesjes bier en wat te eten?'

'Oké dan. Ik ben vanavond vrij,' zei Polly.

Ben werd rood toen hij Lance' vragende blik zag.

'Vanavond? Eh, ja leuk. Ik ben nu iets aan het afmaken en dan kun je naar mijn huis komen. Ik stuur je het adres.'

'Prima. Bij jou thuis. En haal je niks in je hoofd, hè? Ik zeg alleen maar ja omdat je me uiteindelijk hebt weten te vermurwen,' zei ze lachend.

'Ik zou geen enkele andere reden kunnen bedenken. Tot over een uurtje.' Ben hing op en grinnikte, en ging daarna verder met typen. 'Ik moet opschieten, Lance. Ik moet zo direct ergens zijn.'

42

De media hadden het alleen maar over Groms catastrofale mislukking en arrestatie. Typerend voor iemand die zo onbeholpen te werk ging dat hij de moord niet eens had kunnen uitvoeren. Sem Culpa had gewonnen. Nu moest ze alleen haar laatste opdracht nog uitvoeren en op vrije voeten zien te blijven. Niet dat haar lotsbestemming achter de tralies lag. Ze was een vrije geest. Iemand die vrij in de wereld stond, wars was van maatschappelijke dwang en van de gewetensvragen en angsten die lagere wezens aan wetten en regels onderwierpen. Ze zou haar vleugels nooit laten kortwieken.

Ze opende haar mail en liet haar ogen slechts lichtjes verrast over de regels glijden. Dit doelwit was aanmerkelijk interessanter. Ze voerde de juiste zoekterm in haar browser in en begon te lezen. In Edinburgh woonden opvallend weinig doelwitten die aan de beschrijving voldeden. Het was regelrecht lachwekkend hoe Grom erin geslaagd was om er een puinhoop van te maken terwijl hij juist zoveel keuzemogelijkheden had. Dat zij uit een beperkt aantal mogelijkheden kon kiezen, betekende ook dat ze minder tijd kwijt was aan onderzoek en haar volgende slachtoffer sneller kon vinden. Sem Culpa had schoon genoeg van Schotland en verlangde naar eindeloze witte stranden en naar maaltijden waarin de proteïnen wat subtieler werden gepresenteerd.

Het kostte haar precies een uur om de perfecte prooi te vinden en erachter te komen waar de persoon in kwestie werkte, woonde en bij voorkeur uit eten ging. Het enige wat haar nu nog te doen stond, was een passende dood bedenken die de mensen versteld zou doen staan van haar vindingrijkheid en wreedheid, terwijl zij op datzelfde moment op het vliegtuig stapte naar een wat minder dichtbevolkte plek op de wereld. Nadat ze alle noodzakelijke artikelen had gelezen, websites had doorzocht en adressen uit het hoofd had geleerd, richtte ze haar aandacht op het kiezen van haar volgende bestemming. Zuid-Amerika leek haar wel wat, en ze koos een paspoort en de daarbij passende creditcard uit voor de boeking. Binnenkort moest ze weer een andere identiteit aannemen om in alle rust te genieten van de herinnering aan haar overwinning.

Grom staarde vol ongeloof naar het scherm. Hij had het artikel keer op keer gelezen in de stellige overtuiging dat zijn Engels hem in de steek liet. Hij was niet gepakt. De klaar-over was helemaal niet gered. Wat zou de Moderator hiervan denken? En dat arrogante kreng, Sem Culpa, dacht natuurlijk dat ze had gewonnen. Hij probeerde op de site van het darknet in te loggen om de Moderator te laten weten dat het een vergissing was. Zijn wachtwoord werd tot twee keer toe niet herkend. Hij typte het nog eens, laadde de site opnieuw, controleerde zijn netwerkverbindingen. Hij was natuurlijk buitengesloten. De Moderator ging ervan uit dat hij vastzat.

Hij ging bij het raam staan en keek naar buiten. Het was riskant om in het huis van de oude vrouw te blijven zitten, maar hij had het adres twee dagen geobserveerd voor hij tot actie was overgegaan, en er had al die tijd niemand aangebeld. Er was geen melk gebracht, geen post bezorgd, en er waren geen familieleden of vrienden langsgekomen. Een keer had ze de bus genomen en was twee uur later met een tas vol boodschappen thuisgekomen, maar het personeel van de supermarkt zou haar niet missen. Haar bungalow lag buiten de stad, aan de rand van een dorp, en er kwam amper verkeer langs. Zelfs nu lag de kruising achter de verwilderde tuin er verlaten bij. Haar overbrengen naar een andere locatie leek hem zelfs nog gevaarlijker nu de hele stad naar hem op zoek was. Hij had tijd nodig gehad om te plannen, na te denken, de moord te perfectioneren. Nu had hij spijt dat hij niet gewoon de snelweg op was gereden en haar afgehakte ledematen onderweg uit het raam had gesmeten, voor de wielen van andere auto's.

Toen hij terugkwam in de keuken, zat de klaar-over witte bonen in haar mond te proppen. Ze deed geen moeite meer om tegen hem te praten en daar was hij blij om. Ondertussen moest hij haar wel in leven zien te houden omdat hij er stomweg van uit was gegaan dat hij de zaak naar zijn hand kon zetten. Maar nu begon de tijd te dringen. Nu was onmiddellijk actie nodig om te bewijzen dat hij de situatie nog volledig onder controle had.

'Bord wegzetten,' zei Grom, en hij pakte zijn favoriete mes.

De klaar-over negeerde hem en lepelde kleine, oranje, eivormige dingen in haar mond terwijl uit haar mondhoeken rode saus droop, die zich in de rimpels in haar kin nestelde. Hij sloeg met zijn vuist op het bord, waardoor het over de vloer vloog en een rotzooi achterliet die hij later zou moeten opruimen. Maakte niet uit. Binnenkort viel er nog wel meer op te ruimen.

Ze keek naar hem op en spuugde een nog niet doorgeslikte mondvol bonen in zijn gezicht en ogen. Daarna staarde ze hem aan en begon hard te lachen terwijl ze opgetogen met haar handen wapperde, en op dat moment ving hij de eerste vleug urine op. Ze had niet eens de moeite genomen om te zeggen dat ze naar het toilet moest. Hij had het kunnen weten. Het was zeker een uur geleden dat ze voor het laatst was geweest. Haar bekkenbodemspieren waren niet opgewassen tegen het verouderingsproces en lieten het steeds vaker afweten. Hij greep haar bij haar haar en trok haar met een van afkeer verwrongen gezicht uit de stoel omhoog. Ze bungelde daar voor hem als een natte, verschrompelde marionet, en depte zich droog met haar rok, kakelend ondanks de brandende pijn aan haar hoofdhuid.

‘Armen uitsteken,’ commandeerde hij, en hij liet haar op de grond vallen.

‘Dwing me maar,’ zei ze terug.

Dat deed Grom.

43

Ava wilde met Joe praten. Het begon ondertussen steeds zwaarder op haar te drukken: de eindeloze gesprekken met artsen, de uren in wachtkamers, de manier waarop de tijd leek te vervloeien en elke druppel langzaam opzwol tot hij te zwaar werd en viel. Net als het infuus dat chemicaliën in haar moeders arm druppelde in een uitzichtloze poging om haar leven te redden. Een levensbekortende cocktail van gêne en trots had haar moeder er in een eerder stadium van weerhouden om hulp te zoeken, en nu had de verwoestende kanker in haar ingewanden zijn giftige leger naar andere plekken gedirigeerd waar het zich nooit meer zou terugtrekken. Tijdrekken was het enige wat ze nog voor haar konden doen.

Spijt was naar Ava's bescheiden mening weliswaar een veel te zwakke omschrijving van wat ze voelde, maar een beter woord kon ze niet bedenken. Ze had geen wroeging over de jaren dat haar moeder en zij niet close waren geweest. Het lag niet in Ava's aard om de geschiedenis te willen herschrijven. Haar moeder had haar eigen agenda gehad en gedurende het grootste deel van haar jeugd had Ava daar geen deel van uitgemaakt. Het was dan ook niet zo vreemd dat haar dochter al vroeg zelfstandig was geworden en latere toenaderingspogingen van haar moeder had afgewezen. Smart was daarentegen weer te sterk uitgedrukt. Ava was ook niet iemand van wie je dramatische scènes hoefde te verwachten of die in tranen uitbarstte bij de gedachte aan het naderende verlies. Wat ze voelde was gewoon, heel simpel, spijt. Voornamelijk spijt dat ze niet een betere dochter was geweest. En ook spijt dat het haar niet gelukt was haar moeder te vergeven dat ze als moeder had gefaald. Vooral spijt dat ze op haar eigen familie niet dezelfde speurdersvaardigheden had weten toe te passen als op de zaken waar ze elke dag mee te maken kreeg. Daardoor had ze geen verband kunnen leggen tussen haar moeders eigen jeugd en haar daaruit voortvloeiende onvermogen om met haar dochter de hechte band te krijgen waar Ava zo naar had gehunkerd.

De afstandelijke relatie met haar moeder had geresulteerd in een carrière bij de politie. Die keuze werd deels ingegeven door rebellie en deels door het verlangen om haar handen vuil te maken na de jaren in het steriele Engelse internaat waar haar was geleerd hoe ze haar accent, haar goede smaak en haar nagels kon perfectioneren. Haar ouders hadden liever gezien dat ze een kleurloos beroep zou kiezen dat bij haar klasse paste. Ze zouden er nog wel vrede mee hebben gehad als ze modeontwerpster was geworden, van chique kleding natuurlijk. Of dat ze dan op zijn minst bedrijfsjurist was geworden als ze haar neiging om altijd maar de confrontatie aan te gaan echt niet kon onderdrukken. Haar vader had haar gestimuleerd om in diplomatieke dienst te treden, een carrière die in de ogen van haar moeder een uitgelezen kans bood om het soort huwelijk te sluiten dat ze vol trots in de landelijke kranten kon aankondigen.

Ava had hun suggesties laatdunkend van de hand gewezen en het als haar levenstaak beschouwd om het tegenovergestelde te kiezen van wat haar ouders voor haar in gedachten hadden. Werken bij de politie betekende urenlang in ruig gezelschap verkeren, en geconfronteerd worden met het bloedvergieten en de menselijke ellende waarvan ze altijd afgeschermd was geweest. Maandenlang hadden haar ouders haar ervan af proberen te brengen, eerst door met haar te praten, en toen praten niet meer hielp door het haar te verbieden. In haar wanhoop had haar moeder gedreigd de geldkraan dicht te draaien en Ava zo de dure auto's en luxeappartementen te ontzeggen. Maar Ava was de deur uit gelopen, bereid om zelf de eindjes aan elkaar te knopen. Ze had de band met haar familie nooit verbroken en had altijd contact gehouden. Ze koesterde geen rancune of wrok. Maar er gold wel één onuitgesproken regel: in haar moeders aanwezigheid werd er niet gesproken over de verdorvenheid van de wereld. Ava moest het politiewerk buiten de deur houden. In een poging haar leven op dat van andere mensen te laten lijken had ze een bedrieglijke relatie met haar ouders opgebouwd. En nu lag haar moeder op sterven. Al die vermorste jaren hadden ze een spel gespeeld waar geen van beiden baat bij had.

Maar nu wilde Ava het goedmaken. En ook haar moeder was milder geworden. De afgelopen weken had ze haar moeder leren vasthouden, haar hand op de hare leren leggen als ze trillerig maar stoïcijns de chemotherapie onderging, en had ze een echte band met haar gevoeld. Verschrikkelijk eigenlijk dat pas nu ze besefte dat ze haar moeder zou verliezen, ze uit haar arrogantie was wakker geschud. Maar het was niet te laat. Nog niet. Ze kon ophouden met spelletjes spelen en beginnen met eerlijk zijn. Tegenover haar moeder, tegenover zichzelf en vooral tegenover Joe.

Ze stond op het punt een nieuw leven te beginnen met een man die ze nu al bedroog. Joe zou het begrijpen als ze uitlegde hoeveel goeds Ben Paulson deed zonder in ruil daarvoor om een gunst te vragen. Ze moest haar verloofde gewoon op een geschikt moment spreken, als hij even bevrijd was van de stress van het onderzoek waarin hij van bovenaf zo onder druk werd gezet dat hij ongetwijfeld het gevoel had vermorzeld te worden.

Op de universiteit was Joe ook al zo geweest. Altijd wilde hij de leider zijn. Hij wilde absoluut aanvoerder van het rugbyteam en voorzitter van de debatclub worden. Hij ging graag met Ava uit winkelen zodat ze op elk bal of feest de mooiste jurk droeg. Hij had altijd zo ongelooflijk veel aandacht voor detail dat het haar op den duur te veel werd en ze het had uitgemaakt. Maar haar moeder mocht hem graag, en Ava's besluit om de relatie te verbreken was de zoveelste doorn geweest in het toch al tere vlees van de moeder-dochterrelatie. Joe was altijd al ambitieus, zowel in sociaal als in professioneel opzicht. En net nu ze beloofd had om met hem te trouwen, bracht Ava zijn hele onderzoek in gevaar door dingen voor hem te verzwijgen.

Ze reed naar Joe's tijdelijke appartement en zag hem net wegrijden in de richting van het centrum. Ze overwoog even om hem te bellen, maar wist dat het gesprek alleen maar onaangenamer werd als ze hem niet in de ogen kon kijken en kon uitleggen wat er was gebeurd. Ook al had ze een hoop werk te doen, dit gesprek kon niet wachten. Ava hield zijn auto in de gaten en volgde hem naar Murrayfield, waar hij Roseburn Street in reed en vaart minderde. Ava ging ook langzamer rijden. Ze voelde zich ongemakkelijk bij het idee dat ze hem volgde, maar toch niet in die mate dat ze rechtsomkeert maakte. Voor zover ze wist kende Joe niemand in dit deel van de stad. Hij had er ook niets over gezegd toen ze aan het ontbijt hun dag doorspraken, niet dat ze altijd wist waar hij uithing, maar vreemd was het wel. Joe zette zijn auto in een parkeervak en Ava wilde ook parkeren. Ze zag niet meteen een plek en reed langs Joe om de auto verderop neer te zetten.

Op het moment dat ze langs de achterkant van zijn auto reed, zag ze een gestalte uit een andere auto springen, bliksemsnel voorin naast Joe in de auto kruipen en het portier dichtslaan. De figuur had een zonnebril op en droeg een dichtgeknoopte jas, met de kraag omhooggeslagen. Ava reed door en wenste dat ze terug kon draaien wat ze had gezien. Ze was razend op zichzelf en parkeerde de auto niet, maar reed in plaats daarvan door naar het stadion, sloeg links af bij de kruising met West Approach Road en reed terug naar het centrum.

Onderweg zette ze de radio aan in de hoop het kabaal in haar hoofd met het lawaai van buitenaf te overstemmen. Ze had Joe's bezoeker herkend, ook al had ze maar glimp opgevangen. Ava ramde vloekend met haar vuist op het stuur.

44

Een probeerde Lance er een uur lang van te overtuigen dat die vanwege zijn journalistieke uitglijer niet van de allerhoogste hoge toren af hoefde te springen, en ondertussen doorzocht hij de duistere krochten van het internet met stukjes zelfgeschreven programmacode. Maar in gedachten was hij ergens anders, en de reden daarvan zou over dertig minuten bij hem op de stoep staan. Vanuit Lance' appartement controleerde hij op zijn laptop de camera's in zijn huis, en hij wenste in stilte dat hij minder tijd had besteed aan programmeren en meer aan de inrichting van zijn huis. Hij kromp in elkaar toen hij de vuile borden in de gootsteen zag liggen en de kleren op de sofa. Hij was het zo gewend om zijn privéleven voor andere mensen af te schermen dat hij er eigenlijk niet op voorbereid was bezoek te ontvangen.

Een kwartier later had hij alles gedaan wat hij kon doen, nam afscheid van Lance, en reed naar huis. Het appartement was niet luxueus – hij hield niet van uiterlijk vertoon en probeerde eenvoudig te leven – maar wel warm, schoon en behaaglijk. Hij schakelde de plafondverlichting uit en deed een paar sfeerlampjes aan, besloot toen dat dat te suggestief werkte en deed de plafondlampen weer aan, en bedacht vervolgens dat hij de wijn niet koud had gezet en geen ijsblokjes had. Er werd aangebeld. Ook al verwachtte hij iemand, toch keek hij eerst op de beveiligingscamera's voordat hij opendeed. Die ingebakken gewoonte kwam zelfs terug in zijn dromen.

Polly klopte op de deur van zijn appartement. Ben veegde het zweet van zijn voorhoofd en deed open.

'Eindelijk!' zei Polly en ze liep langs hem heen naar de woonkamer. 'Ik heb biertjes meegebracht, biologisch natuurlijk, en mijn sprankelende gezelschap. Zal ík ze dan maar openmaken?'

'Ja, wauw, sorry,' zei Ben en hij haastte zich om de flesjes van haar aan te nemen. 'Wil je er nu een?' vroeg hij.

'Dat is het idee,' lachte Polly. 'Wel grappig. Ik heb je al zo vaak in het café gezien, en al die tijd leek niets jou van je stuk te kunnen brengen.'

'Ik heb dit soort dingen al een tijdje niet meer gedaan. Niet dat we nu iets doen of zo. Shit. Wacht, ik maak die biertjes open en dan drink ik eerst minstens de helft van mijn flesje leeg voor ik weer wat probeer te zeggen, oké?'

Polly liep achter hem aan naar het keukentje en leunde tegen de deuropening terwijl Ben een flessenopener pakte.

'Wat was dat nou met de politie?' vroeg ze.

'Niks, natuurlijk. Ze hebben er alleen voor gezorgd dat mijn baas razend werd en dat onze klanten nerveus zijn geworden.' Ben gaf Polly een flesje en tikte met zijn eigen flesje tegen het hare. 'Cheers.'

'Cheers? Gaan we nou Brits doen?' Polly liep terug naar de woonkamer.

'Ik ben niet de enige die naar een ander land is verhuisd. Hoe ben jij in Schotland terechtgekomen?'

'Dat is een saai verhaal,' zei Polly terwijl ze zich in een leunstoel liet vallen. 'Mijn ouders zijn gescheiden, moesten het huis verkopen en hebben daarvoor in de plaats twee kleine flats gekocht. Voor mij was er geen plek meer. En het was eigenlijk wel tijd om eens verder te kijken. Ik voelde me aangetrokken tot de lochs en de highlands. Alleen zet ik geen stap buiten Edinburgh om daar ook echt naartoe te gaan. Zeg, nemen we de hele avond ons verleden door of ga je me wat te eten aanbieden?'

'Ik moet iets bestellen, als je dat oké vindt. Eerlijk gezegd gaan mijn culinaire skills niet verder dan ontbijt maken,' zei Ben.

Polly lachte. 'Dat zal ik onthouden, maar vanavond heb ik wel zin in chinees, als je een goeie weet. Kun je mij even wijzen waar het toilet is voordat je bestelt?'

'Tuurlijk, tweede deur links. Het slot werkt niet echt lekker.'

Polly giechelde en stond op, en Ben begon in een la met afhaalmenu's te rommelen. Zijn mobieltje trilde terwijl hij zich probeerde te herinneren of Polly nou vegetarisch of veganistisch was en zich afvroeg wat hij in het laatste geval moest bestellen.

Hij pakte zijn telefoon, en was zich ervan bewust dat hij eigenlijk niet eens moest kijken en gewoon zou moeten genieten van een leuke avond met een meisje. Maar zijn vinger was sneller en tikte al op het knipperende icoontje. Ben las het bericht. Er was informatie beschikbaar waar Callanach misschien iets aan had. Hij zou maar een paar minuten nodig hebben om de informatie te checken en dan kon hij de avond voortzetten alsof er niets was gebeurd. Polly was nog op het toilet, en hopelijk zat ze daar niet een plan te bedenken om hem pijnloos te dumpen. Ondanks het feit dat hij er goed uitzag, had hij nooit veel succes gehad bij de meiden. De meesten zagen alleen de computernerd, en ook in sociaal opzicht was hij niet bepaald handig. Met zijn laptop had hij tot nu toe zijn langste en gelukkigste relatie gehad. Deze kans wilde hij niet verknallen, dus toen Polly de badkamer uit kwam besloot Ben dat hij geen enkel risico zou nemen. Hij reageerde niet op het bericht, belde een restaurant en bestelde een paar groente- en noedelgerechten.

'Dat klinkt goed,' zei Polly terwijl ze ging zitten en haar flesje bier naar haar mond bracht. Ze pakte Bens iPod en scrolde met een scheef lachje en opgetrokken wenkbrauwen door zijn muziekbibliotheek.

Hij probeerde te ontspannen en iets te bedenken om over te praten, maar slaakte een zucht en boog zich voorover om Polly recht in de ogen te kijken. 'Pol, sorry, maar ik móét even iets doen wat niet kan wachten. Over twintig minuten wordt het eten bezorgd. Ik heb maar vijf minuten nodig. Ga alsjeblieft niet weg. Beloofd?'

'Is goed, maak je niet druk, natuurlijk ga ik niet weg. Kan ik helpen? Ik bedoel... ik vind het wel interessant. Ik vind jou interessant, je leven, wat je doet.' Polly glimlachte, en al haar piercings glinsterden, waardoor ze eruitzag als een prinses in een modern sprookje.

Ben wist dat hij niemand in zijn werkkamer moest laten. De dingen die hij daar deed en de informatie waarover hij beschikte waren alleen voor zijn ogen bestemd. Maar Polly had haar loyaliteit in het café al bewezen. En Big Dave, al jaren een vriend van The Unsung, was niet gek. Hij had haar aangenomen, en haar daarmee lid gemaakt van hun kringetje. En het piepkleine hoekje van het universum waar Ben woonde begon troosteloos te voelen, alsof hij in een eenpersoonsruimteschip door het leven reisde en uitsluitend met het controlecentrum communiceerde en nooit lichamelijk contact met iemand maakte. Het werd tijd om iemand in zijn leven toe te laten.

'Kun je even wachten terwijl ik inlog?' vroeg hij. 'Daarvoor moet ik alleen zijn.'

'Yes sir!' Polly salueerde spottend en stak haar hand naar hem uit om zich omhoog te laten trekken. Hij pakte haar hand en overwoog even om de kans aan te grijpen om haar te kussen, maar liet het moment voorbijgaan omdat hij niet wist hoe ze zou reageren. 'Ga jij maar voor. Ik blijf hier op wacht staan tot je het sein geeft.'

Ben liep naar de gang, pakte een sleutel die om zijn nek hing en maakte de deur van zijn werkkamer open. Polly deed een stap achteruit om hem de ruimte te geven en keek naar een zwart-witfoto van Big Sur.

'Is dit Californië?' vroeg ze, terwijl hij de sleutel uit het slot haalde en een zescijferige code op een paneeltje intoetste.

'Ja, niet ver van Carmel. De rit langs de kust verveelt me nooit. Ik roep je zo binnen.' Voor het eerst sinds Polly was binnengekomen kon hij ontspannen.

'Schiet dan maar op, anders komt het eten al voordat je klaar bent, en als er één ding is waar ik een hekel aan heb, is het koud eten.'

Ben deed de deur achter zich dicht. Hij kon zijn computer pas aanzetten als hij de deur goed dicht had gedaan. Alweer zo'n obsessieve beveiligingsmaatregel van hem. Hij logde in en liet Polly toen pas binnenkomen. Er stond maar één stoel in het vertrek – hij had nooit een tweede nodig gehad. Polly ging op de armleuning zitten.

'Ziet er helemaal niet zo interessant uit,' zei ze. 'Ik dacht dat het er hier binnen uit zou zien als de Starship Enterprise.'

'Alle magie vindt daarin plaats.' Ben wees naar een rij computers op de grond.

'En ik maar denken dat het allemaal hier gebeurde,' zei Polly en ze gaf met haar wijsvinger een tikje op Bens voorhoofd. Hij werd rood en voelde plotseling hoe klein en raamloos het vertrek was. Hij zette snel de airco aan terwijl hij zich herstelde van zijn belachelijke, puberachtige reactie op haar aanraking.

Ben klikte op een bestand, in de verwachting er alleen een data dump aan te treffen. Eigenlijk wilde hij alleen maar de mogelijkheid uitsluiten dat er iets nuttigs tussen zat. Hij typte een paar regels code, scrolde door de op het scherm verschijnende symbolen, fronste zijn wenkbrauwen en voelde dat hij kostbare seconden verspilde terwijl hij probeerde te begrijpen waar hij naar keek.

'Opzij!' riep hij. Hij wilde Polly uit de weg hebben zonder haar te laten merken hoe panisch hij was. 'Ik moet de kamer uit. Nú!'

Polly schoot door de deur naar buiten en hij rende de gang door zonder de computer uit te zetten. Wat hij nu moest doen, kon absoluut niet wachten. Ben griste zijn mobieltje van de tafel en rende naar de badkamer, sloeg de deur achter zich dicht, en liet zich op zijn knieën vallen.

'Callanach,' zei de stem aan de andere kant.

'Met mij,' zei Ben. 'Het is helemaal fout gegaan. Ik had niet gedacht dat ze het zouden doen, maar ze hebben het toch gedaan en ik heb de gegevens teruggekregen. Ik kreeg een berichtje en...'

'Ben, rustig. Ik snap er geen bal van. Haal eerst eens even diep adem,' zei Callanach.

Ben haalde een paar keer diep adem en probeerde de reflex van zijn maagspieren te onderdrukken om te voorkomen dat het bier omhoogkwam.

'Ik heb berichten van de webmaster aan de andere gebruikers weten te ontcijferen. Er worden herhaaldelijk twee mensen genoemd en ik weet alleen hun gebruikersnaam, maar uit de context kan ik duidelijk opmaken dat zij de twee moordenaars zijn. De een heet Grom en de ander Sem Culpa. Ik heb verder geen bijzonderheden over ze, maar ik weet wel wie het volgende doelwit wordt. Sorry, Luc. Ik wou dat ik het kon terugdraaien.'

'Ik begrijp er helemaal niets van. Zal ik naar je toe komen?' vroeg Callanach.

'Daar is geen tijd voor,' zei Ben. 'Je moet haar zien tegen te houden, wie die Sem Culpa ook is. Je moet het doelwit zien te vinden. Ik had nooit gedacht dat ze daarvoor zouden kiezen.'

'Ben, geef me die info nou maar. Ik moet aan de slag.'

'Het is het beroep dat ik had voorgesteld, Luc. Jij zei dat ik een beroep moest kiezen waar de meeste mensen juist een hekel aan hebben, maar zij hebben het voorstel overgenomen en er iets aan veranderd.'

'*Baise-moi*,' mompelde Callanach. Fuck. 'Ben, wat heb je geschreven?'

'Sorry, ik had nooit kunnen denken... advocaat. Ik heb advocaat voorgesteld. En Sem Culpa gaat er eentje uitzoeken om te vermoorden, als je haar niet snel vindt. Je moet haar tegenhouden, Luc. Ik wil niet verantwoordelijk zijn voor wat die doorgedraaide heks allemaal doet.'

'Je zei dat ze er iets aan veranderd hadden. Wat hebben ze dan gedaan?'

'Ze hebben het enige type advocaat gekozen waar de meeste mensen juist wél sympathie voor hebben. Een mensenrechtenadvocaat. En je hebt niet veel tijd meer. In de e-mail aan Sem Culpa staat dat ze slechts vierentwintig uur de tijd krijgt om de moord te plegen.'

45

De redacteur van de nieuwsafdeling, die door haar collega's Eddie werd genoemd, rende letterlijk van het ene naar het andere bureau. Zo ging het al vanaf het moment dat de eerste moord was gepleegd. Vrijwel elk bericht en elke uitzending ging over de moorden. Elke verklaring van een familielid, analist of potentiële getuige werd opgeschreven, naar buiten gebracht en nog eens herkauwd. De waarheid luidde dat Eddie – mensen dachten vaak ten onrechte dat haar bijnaam een afkorting was voor het soort werk dat ze deed, maar ze heette eigenlijk Edwina, en daar had ze een hekel aan – er schoon genoeg van had. Niet omdat ze geen empathie voelde, maar omdat ze ervan walgde. Eigenlijk droomde ze ervan over politieke, economische of filosofische onderwerpen van maatschappelijk belang te debatteren. Ze had al een indrukwekkende carrière achter de rug, maar toch waren er dagen waarop ze het gevoel had dat ze haar werk niet goed had gedaan als er niet minstens één schokkend nieuwsbericht te melden viel. Het putte haar uit.

Het pakketje zag er tamelijk onschuldig uit toen het werd binnengebracht: een licht opbollende bruine envelop, met het adres in drukletters en ter attentie van mevrouw E. Kitt. Ze kreeg elke dag wel een paar pakketjes toegestuurd. Sommige mensen stuurden foto's van hun kind als het een turnwedstrijd had gewonnen. Maar de meesten waren uit op gratis reclame voor hun pas geopende restaurant, bar of club. Negentig procent verdween meteen in de prullenbak.

De receptioniste riep haar naam en gooide haar het pakketje toe. Eddie ving het met één hand op, iets waar ze trots op was omdat ze in haar andere hand een kop dampende chocolademelk hield. Eén keer per dag stond ze zichzelf die suikerzoete zonde toe, maar altijd na acht uur 's avonds, als de ergste drukte achter de rug was.

Eddie zat te luisteren naar het vrolijke geklets om haar heen terwijl ze zich op de avonduitzending voorbereidde, en had spijt dat ze zo stom was geweest haar nieuwe schoenen aan te trekken en met online dating had geëxperimenteerd. Het leven was zoveel makkelijker als je op vertrouwd terrein bleef. Dan liep je veel minder kans op blaren of ongewenste aandacht.

'Waar beginnen we mee?' riep iemand, met zijn ene hand over de hoorn van een telefoon.

'Met de arrestatie van Julia Stimple en dat de politie de echte dader nog altijd niet heeft opgepakt,' antwoordde Eddie. 'En dan gaan we zoals gewoonlijk voorbij aan de duizenden doden in Afrika, de honderden mensen in Azië die zonder proces in de gevangenis zijn gegooid en de schandalige mensenhandel in Zuid-Amerika,' mompelde ze, terwijl ze met haar ene hand de envelop openritste, die ze tussen haar benen had geklemd, en met de andere hand een slok nam. De opening van het pakje was te klein om haar vingers erin te kunnen steken en de inhoud eruit te peuteren, maar het bijbehorende briefje kon ze er zo uit trekken.

Jullie klaar-over praat niet meer. Grom.

'Godver, wat ís dit?' zei Eddie en ze hield de envelop ondersteboven om de inhoud eruit te schudden. Die viel op haar schoot. Om precies te zijn op haar crèmekleurige broek. Die had ze net laten stomen, dat was het eerste waar ze aan dacht. Op Eddies dijen lagen twee identieke rondjes verschrompeld vlees, de randen zwart van het geronnen bloed, elk met een doorsnee van ongeveer twee centimeter en met in het midden een duidelijk kuiltje. Ze prikte met haar vingernagel in een van de rondjes en realiseerde zich te laat dat ze meteen iemand had moeten roepen zodra ze het briefje gelezen had. Er trok een onwillekeurige schokbeweging door Eddies lijf en ze kon het niet helpen dat de beker hete chocomel door de lucht vloog en in haar schoot terechtkwam, op de vleesrondjes, en haar dijen verbrandde, waardoor de eerdere zorgen over haar broek er totaal niet meer toe deden. 'Shit, nee!' gilde ze. 'Haal weg, haal die troep weg!'

Ondertussen stond het hele team al om haar heen. Iemand raapte de beker op, een ander depte haar verbrande dijen, maar niemand zag wat zij had gezien en iedereen trapte op de stukjes vlees die de politie nodig zou hebben als bewijs.

'Raap op,' schreeuwde ze. 'Ze liggen op de vloer, jullie staan erbovenop. Och, jezus, mijn benen!' Ze trok haar broek omlaag zonder zich er iets van aan te trekken dat iedereen haar goedkope ondergoed of haar ongeschoren benen zag.

'Bel de politie. Haal inspecteur Callanach of Turner hierheen. Zeg dat een van de moordenaars stukjes vlees van zijn slachtoffer heeft opgestuurd. Doe allemaal een stap achteruit. Kijk om je heen of je iets op de grond ziet liggen.'

Haar collega's deden wat hun gezegd werd en hun journalistieke instinct werd weer wakker geschud. Zij maakten nu deel uit van het verhaal, en dat verhaal was zojuist veel groter geworden.

'Wat zoeken we eigenlijk, Eddie?' vroeg de receptionist terwijl hij het nummer van de afdeling Zware Misdrijven intoetste.

'Dat,' antwoordde Eddie, wijzend naar een platgetrapt grijsroze vleesklompje op de grond, waarop duidelijk de afdruk van een hak zichtbaar was. 'Alleen waren het er twee. En ik ben er bijna zeker van dat het de huid van iemands ellebogen is.'

Callanach belde Ava zonder erop te rekenen dat ze op zou nemen. Maar ze nam wel op, en niet op fluistertoon, wat hij zo laat op de avond wel verwacht had. Blijkbaar was Joe niet bij haar.

'Er is een pakje afgeleverd bij BBC Scotland van iemand die Grom heet. Weer een lichaamsdeel, of delen om precies te zijn,' zei hij.

'O god,' zuchtte Ava. 'Wat is het deze keer?'

'Het forensisch team heeft bevestigd dat er een stuk huid van ellebogen is verwijderd, allebei van dezelfde persoon. We gaan ervan uit dat het bloeden is gestelpt, en dan zijn de wonden zeer pijnlijk, maar niet levensbedreigend. Er bestaat wel een groot gevaar op infectie, maar gezien de positie van de gijzelaar is dat op dit moment niet onze grootste zorg. Bovendien hebben we informatie over het volgende slachtoffer. Waar zit je? Ik kan je wel oppikken.'

'Hoeft niet,' zei Ava. 'Mijn auto staat voor de deur. Ik kom naar het bureau. Ga je een persverklaring afleggen?'

'Nee,' zei Callanach. 'Ik denk dat dat een heel stomme zet zou zijn. Ik heb Overbeck erbij gehaald. Kun je hier over een kwartier zijn?'

'Ja,' antwoordde Ava. 'Voordat je ophangt, Luc, hoe kom je aan die info over het nieuwe slachtoffer?'

'Ben je bij Joe?' wilde Callanach eerst weten.

'Hij is aan het werk. Ik heb de indruk dat zijn team op het punt staat om toe te slaan. Ze lijken zeker van hun zaak te zijn.'

'Ben Paulson,' zei Callanach.

'Je weet dat ik je niet kan zeggen om wie het gaat,' zei Ava.

'Ik vroeg je ook niks. Ik noemde de naam van mijn informant. Ben heeft een deel van de website weten te hacken. Hij is erin geslaagd hun communicatieportal binnen te dringen. Daar heb ik die informatie over het volgende slachtoffer vandaan. En die informatie is betrouwbaar en recent. Ik zie je zo op het bureau.' Hij hing op.

Callanach kon weinig voor Ben doen als het team van inspecteur Edgar op het punt stond hem te arresteren. Als hij schuldig werd bevonden kon zijn hulp bij de moordzaken eventueel tot strafvermindering leiden – hoewel dat waarschijnlijk niet veel zou uithalen: de mensen die door The Unsung gehackt en vernederd waren, hadden behoorlijk wat politieke invloed. En als Callanach Ben nu waarschuwde, zou het spoor onherroepelijk naar Ava terugvoeren. Dat kon hij haar niet aandoen.

Hij parkeerde zijn auto en liep het bureau binnen. Zijn team was er al, maar hij moest eerst Overbeck en Ava op de hoogte brengen. Wat hij niet zeker wist, was wanneer de vierentwintiguurstermijn precies was begonnen en waar de geografische grens voor de moorden was getrokken. Er liepen nog steeds twee moordenaars rond. Grom hield een slachtoffer vast dat waarschijnlijk in shock verkeerde of al dood was. De andere, Sem Culpa, bleek tot gruweldaden in staat die hij nog nooit van zijn leven had gezien. Als ze weer een slachtoffer maakte, zou ze slechts willen excelleren in haar vaardigheden op een manier die ieders voorstellingsvermogen te boven ging. Salter stond hem op te wachten bij de deur van de briefingruimte en gaf hem een vel papier.

'Alstublieft, sir. De namen van alle mensenrechtenadvocaten in de stad. Het zijn er ongeveer twintig, dus niet zoveel,' zei Salter.

'Maar toch te veel om ze allemaal te kunnen beschermen,' antwoordde Callanach. 'Ik kom zo met de commissaris en inspecteur Turner. Zorg dat iedereen er is voor de briefing en dat we genoeg auto's hebben. En ik wil ook meer politie op straat hebben.' Hij liep naar Overbecks kantoor en wist dat hij niet met open armen ontvangen zou worden, maar daar begon hij aan gewend te raken.

'Stuur Callanach en Turner naar binnen,' snauwde Overbeck door de speaker op het bureau van haar assistent. De hoofdinspecteur wachtte niet eens tot ze zaten en stak meteen van wal. 'Dus jullie hebben een gijzelaar op een onbekende locatie, die gemarteld is en verscheidene verwondingen heeft, en er is ook een nieuw doelwit waarvan je de identiteit niet precies kent. Hoe zeker weet jouw informant dat het om een mensenrechtenadvocaat gaat?'

'Heel zeker,' antwoordde Callanach.

Er viel een lange stilte.

'Als je denkt dat ik je om nadere info ga smeken, Callanach, dan heb je de verkeerde voor. Ik wil meer concrete informatie hebben voordat we weer voor niks in actie schieten. Ik krijg nog steeds gezeik over me heen vanwege die vreselijke miskleun met Julia Stimple.'

'Ik kan de naam van mijn informant niet noemen, mevrouw. Die moet geheim blijven. Maar ik twijfel absoluut niet aan de juistheid van de informatie,' zei Callanach.

'Je bent verdomme geen journalist, inspecteur. Bij de politie bestaat er geen geheimhouding. Bij ons gaat het om bewijzen en meldingsplicht en regels. Dus je vertelt het me of je moet vandaag maar zien hoe je aan de nodige mankracht komt.'

'Dan zal de advocaat sterven en hebben wij niets gedaan om dat te voorkomen,' zei Callanach.

'Het was een anonieme tip,' zei Ava. 'Via de telefoon. Ik heb het gesprek aangenomen.'

Overbeck staarde haar met grote ogen aan en beet op haar onderlip. 'Dus gaan we het zo spelen? Jullie zitten me te belazeren terwijl we in deze stad met de ernstigste moordzaken sinds mensenheugenis te maken hebben?' zei ze.

Callanach en Turner zwegen.

'Jullie beseffen zeker wel dat dit grenst aan chantage, hè? Als ik jullie nu geen toestemming geef en er sterft iemand, krijg ik het op mijn dak. En als dit weer een miskleun blijkt te zijn en we weer een hoop tijd verspild hebben, krijg ik het ook op mijn dak. Dus ik zeg dit maar één keer. Wegwezen! En zorg er godverdomme voor dat er niet weer iemand vermoord wordt!'

Ze zwegen tot ze in Callanachs kamer stonden.

'Paulsons informatie deugt toch wel, hè? Want ik heb net tegen een leidinggevende gelogen en we spelen Russische roulette met onze carrière,' zei Ava.

'Het zijn data. Die liegen niet,' antwoordde Callanach, vurig hopend dat hij gelijk had.

'Is Paulson echt zo goed dat hij een versleutelde site op het darknet kan hacken?' vroeg Ava.

'Dat schijnt jouw verloofde te denken,' zei Callanach. 'Doe jij de briefing. We moeten Sem Culpa deze keer te pakken krijgen. Overbeck heeft gelijk. Er mogen niet nog meer mensen sterven.'

46

De briefingruimte barstte bijna uit zijn voegen. De geüniformeerde politie was erbij geroepen om de gelederen te versterken, en iedereen die dacht dat hij de volgende dag vrij had, werd ruw uit de droom geholpen. Ava nam het woord.

‘We hebben informatie gekregen dat het volgende slachtoffer een mensenrechtenadvocaat is. We weten niet of het om een man of een vrouw gaat of van welke leeftijd. We weten alleen dat die persoon in Edinburgh woont of werkt. Er gaat nu een lijst rond en jullie krijgen elk een partner toegewezen. Voor de goede orde: jullie mogen alleen observeren. We nemen geen contact op met de mensen op de lijst. Jullie moeten ervoor zorgen dat de aan jullie toegewezen advocaat de dag levend doorkomt.’ Iedereen begon door elkaar heen te praten. Ava was hun vragen voor en gaf meteen een uitleg. ‘De aanslag zal worden uitgevoerd door een vrouw die op het internet de naam Sem Culpa gebruikt.’

‘Heeft die gebruikersnaam een bepaalde betekenis, inspecteur?’ vroeg Tripp.

‘We weten alleen dat Sem Culpa in het Portugees “onschuldig” betekent, wat een aanwijzing kan zijn voor haar nationaliteit of voor iets wat met haar verleden heeft te maken. We denken dat ze ook verantwoordelijk is voor de moorden op Sim Thorburn op het rockfestival en Michael Swan in de bibliotheek aan McDonald

Road. We hebben al foto's van haar in omloop gebracht, maar daar is haar gezicht nauwelijks op te zien. Ze is waarschijnlijk tussen de zesentwintig en tweeëndertig, slank, en een meter zeventig lang. Ze is gevaarlijk en onvoorspelbaar. Als ze in het nauw wordt gedreven, is er grote kans dat ze gijzelaars neemt, omstanders vermoordt en alles wat ze te pakken kan krijgen als wapen gebruikt. Onderschat haar niet. Ze is een psychopaat die alles te verliezen heeft als ze wordt gepakt.'

'Alle andere slachtoffers leken uitgekozen te zijn vanwege de media-aandacht voor hun werk. Kunnen we op basis daarvan niet het meest waarschijnlijke slachtoffer identificeren?' vroeg een agent.

'Daar hebben we al een team op gezet. Als we de lijst kunnen inkorten, horen jullie dat meteen,' zei Ava.

'Waarom mogen we de potentiële slachtoffers niet op de hoogte brengen? Eigenlijk wel heel gek om ze niet te waarschuwen,' riep iemand. Ava zag niet wie het was en het deed er ook niet toe. Het hele team dacht duidelijk hetzelfde.

'De vorige keer hebben we de potentiële slachtoffers wel gewaarschuwd en dat heeft toen niet geholpen. Het kan de moordenaar zelfs in de kaart hebben gespeeld. Als we ze wel op de hoogte brengen, veranderen ze hun dagelijkse routine. Dan gaan ze misschien niet naar hun werk of nemen ze een andere route. Op dit moment maken we de meeste kans om Sem Culpa te pakken door haar te betrappen tijdens het stalken of als ze iemand probeert te ontvoeren.'

'En als ze nou een scherpschuttersgeweer gebruikt of iemand gewoon aanrijdt? Daar kunnen we de doelwitten niet tegen beschermen en dan kunnen we nog altijd geen arrestatie verrichten,' zei Lively.

'Ik begrijp je zorgen en deze methode is ook niet waterdicht, maar we hebben redenen om aan te nemen dat Sem Culpa haar slachtoffer op een ingewikkelde manier wil vermoorden en daar heeft ze tijd voor nodig. Als Sem Culpa deze keer weer weet te ontsnappen, krijgen we misschien geen nieuwe kans meer. Als alle doelwitten zich opeens anders gaan gedragen, weet ze meteen dat we haar op het spoor zijn. Dan kiest ze een ander doelwit en zijn we weer terug bij af. Ik wil dat jullie over een halfuur op straat staan en reken er maar op dat je de komende achttien uur niet wordt afgelost, want we hebben echt geen mensen meer tot onze beschikking. Eet en drink nu iets. Iedereen gaat in burger. En hou contact. De gewapende eenheden staan paraat. En laten we vooral niet vergeten dat er nog een ander slachtoffer is bij wie nu ook nog eens een stuk huid is weggenomen. De forensische dienst onderzoekt het weefsel op dit moment om te kijken of het nog nieuwe aanwijzingen oplevert. Zodra er meer bekend is brengen we jullie op de hoogte, maar blijf op je hoede. Er moeten twee levens worden gered en op dit moment zijn we in beide gevallen geen stap dichterbij gekomen. Oké. Aan het werk.'

Salter kwam naast Ava staan. 'Ik sta niet op de lijst, mevrouw,' zei ze.

'Dat klopt. Iemand moet hier blijven om de boel te coördineren,' antwoordde Ava.

'Ik ben zwanger. Niet nutteloos. U hebt iedereen nodig die inzetbaar is. De communicatie kan ook door burgerpersoneel worden afgehandeld.'

'Rechercheur Salter, op het gevaar af dat je me van seksisme beticht, ik wil niet dat je de baby in gevaar brengt. Sommige dingen in het leven zijn te kostbaar om aan onnodig gevaar te worden blootgesteld. Al is de kans dat er iets misgaat maar een op de duizend, dan nog wil ik het risico niet nemen.'

Salters hand gleed naar haar buik. Ze wist het nog goed te verhullen, maar binnenkort zou ze de bobbel onder haar ruimvallende bloes niet langer kunnen verbergen.

'Wordt het een jongen of een meisje?' vroeg Ava.

'Een meisje,' fluisterde Salter. 'We willen het liever geheimhouden. Het is toch leuk als het een verrassing blijft?'

'Natuurlijk,' zei Ava.

'Denken hoofdinspecteur Edgar en u erover om een gezin te beginnen? Ik denk dat u een geweldige moeder zou zijn.'

'Zo ver heb ik nog niet vooruitgedacht,' zei Ava. 'Ik moet maar eens aan de slag. Zorg dat iedereen aan het werk gaat en neem dan wat rust. Je hebt een lange dag voor de boeg.'

Ava haalde Callanach in toen hij het bureau uit liep. Het begon net licht te worden, overal in de stad ging de verlichting in de winkels weer aan en er reden nog amper auto's op straat. Edinburgh mijmerde nog even over de nieuwe dag. Straks zouden er weer toeristen over de Royal Mile slenteren, joggers zich afpeigeren op de heuvels rond de stad en ouders hun kinderen meenemen naar het park om te picknicken en te voetballen. Ondertussen zou de Schotse politie ruim twintig onschuldige mensen observeren en kwam voor een van hen het noodlot met de seconde dichterbij.

'Heb je die redacteur nog gevraagd om dat verhaal over het pakketje lichaamsdelen niet openbaar te maken?' vroeg Callanach.

'Ik heb de redactiechef gebeld om ervoor te zorgen dat ze niet zouden uitzenden. Het strekt hem tot eer dat de gedachte alleen al hem deed gruwen. Heb je trouwens nog iets van Ben Paulson gehoord?'

'Nog niet,' zei Callanach. 'En ik denk dat we het beter niet over hem kunnen hebben. Je zit sowieso al in een lastige positie.'

'Ik mocht hem niet,' zei Ava. 'Maar dat neemt niet weg dat ik hem dankbaar ben voor wat hij doet.'

'Hij mag jou ook niet, maar dat weerhoudt hem er niet van om ons te helpen. Misschien moeten jullie allebei je mening over de ander opschorten.'

'Hoor wie het zegt,' zei Ava. 'Jij hebt zo ongeveer iedere regel overtreden en nog een paar regels waar niemand ooit van gehoord heeft.'

'Dat heb ik deze keer zeker gedaan. We moeten dat wijf te pakken zien te krijgen. Ik weet niet zeker of ik hier kan blijven werken als dat niet lukt,' zei Callanach.

‘Wat bedoel je?’ vroeg Ava.

Callanach bleef stilstaan en kneep met zijn wijsvinger en duim in zijn neusbrug.

‘Er moest gestemd worden over het volgende doelwit. Ik heb Ben onder onze gebruikersnaam een beroep laten invullen waar niemand sympathie voor zou hebben.’

‘O, god,’ zei Ava.

‘En nu staan we hier en moeten we maar afwachten hoe slim Sem Culpa te werk gaat.’

‘Het is niet jouw schuld,’ zei Ava. ‘Je kon niet weten welke andere voorstellen er waren ingediend. En het is ons niet gelukt om via internet een shortlist van waarschijnlijke doelwitten samen te stellen. Het probleem met advocaten zijn hun casusverslagen: daarvan zijn er karrenvrachten op internet te vinden. Voor bijna iedere mensenrechtenadvocaat in de stad hebben we hits. Er is niemand die er speciaal uitspringt. Het kan zijn dat jouw voorstel enige impact heeft gehad, maar je bent absoluut niet verantwoordelijk voor de uiteindelijke keuze van het slachtoffer.’

‘Dank je, maar ik weet niet zeker of jij en mijn geweten het daarover eens zullen worden,’ zei Callanach terwijl hij het portier van zijn auto opendeed. ‘Pas goed op jezelf.’

Ze wachtte tot hij was ingestapt en gebaarde dat hij het raampje omlaag moest draaien.

‘Luc, waarom mag je Joe niet?’ vroeg Ava, terwijl hij de motor startte.

‘De veel relevantere vraag luidt, denk ik: wat vind jíj zo leuk aan hem?’

Hij reed langzaam weg. De jacht was begonnen.

47

De wekker gaf vier uur aan en Alexina O'Rourke lag al meer dan een uur wakker met het soort hoofdpijn dat langzaam begon en zich daarna hardnekkig achter haar ogen nestelde. Ze had haar best gedaan om haar man niet wakker te maken, maar op een gegeven moment moest ze toch opstaan om water te drinken en de sterkste pijnstiller in te nemen die ze in huis had.

'Gaat het, lieverd?' vroeg hij toen ze uit bed gleed, haar ochtendjas pakte en op haar tenen naar de slaapkamerdeur liep.

'Gewoon hoofdpijn. Sorry dat ik je wakker heb gemaakt. Ga maar weer slapen,' zei ze.

Hij wist haar vingers vast te pakken toen ze langs hem heen liep en trok haar zachtjes terug naar het bed.

'Geen sprake van,' zei hij. 'Ga jij maar weer liggen. Ik ga wel. En ik wil geen nee horen. Wanneer is het begonnen?'

'Een uur geleden,' zei ze en ze ging dankbaar terug in bed liggen.

Hij drukte een kus op haar voorhoofd, streek het haar uit haar gezicht en dekte haar toe. 'Ben zo terug.'

'Wes?' mompelde ze terwijl hij een T-shirt aanschoot. Hij boog zich over haar heen. 'Dank je wel.'

Twee uur later werd Alexina wakker met pijnlijke steken in het hoofd die vanuit haar rechteroog naar haar schedel uitstraalden en een kloppende pijn in haar slapen veroorzaakten. Ze rende naar de badkamer, probeerde over te geven boven het toilet, maar kwam niet verder dan kokhalzen. Daarna slofte ze terug naar bed met een glas water en gaf zich over aan de migraine die de komende twaalf uur of langer niet van wijken zou weten. Ze kreunde. Waarom kon die hoofdpijn niet wachten tot het weekend, als ze de tijd had om vol zelfmedelijden in bed te blijven liggen? Nee, het moest natuurlijk een werkdag zijn, net nu ze een nieuw processtuk op haar bureau had liggen en er een afspraak met een cliënt op de agenda stond. Wesley was al opgestaan. Typisch Wesley. Als hij eenmaal wakker was, kon hij niet meer in slaap komen.

Alexina stapte uit bed en liep zachtjes naar beneden op zoek naar een ijskompres en meer water. Wesley zat achter zijn computer. Hij ging altijd werken als hij niet kon slapen. Ze hoorde hem in zijn werkkamer typen. Ze keek naar de witte muren om zich heen. Komend weekend, beloofde ze zichzelf, zouden ze allebei hun laptop en mobieltje in een kast opbergen en die tot maandagochtend niet meer aanraken. Er werd vast wel ergens een antiekmarkt of een veiling gehouden, iets wat hen weer bij elkaar bracht en waardoor ze weer alle aandacht voor elkaar hadden, net als toen ze elkaar pas hadden leren kennen. Ze voelde Wesleys warme armen om haar middel en zijn hoofd op haar schouder.

'Je had me moeten roepen,' zei hij. 'Dan had ik ijs voor je gehaald.'

'Ik wilde je niet storen,' zei ze, terwijl ze haar ogen sloot en achteroverleunde tegen zijn sterke borstkas. 'Ik ga me ziek melden.'

'Ja, goed idee,' zei Wesley, en hij stak zijn hand uit naar de ketel. 'Ze moeten het maar een dag zonder jou stellen. Zal ik je een kop earl grey komen brengen?'

'Ik hou het bij water,' zei ze. 'Zeg, zullen we dit weekend iets leuks gaan kopen voor het huis? Een schilderij voor in je werkkamer of een salontafel voor de zitkamer? Iets wat we allebei mooi vinden. Dat lijkt me leuk.'

'Ik ben je al voor geweest,' zei Wesley glimlachend. 'Wat dacht je ervan als we daarna een hotelletje zoeken en 's avonds in een pub gaan eten, en de rest van de wereld even laten voor wat hij is?'

Alexina draaide zich om en sloeg haar armen om zijn brede rug. 'Ja, heerlijk, laten we dat doen.' Ze kromp in elkaar en sloot haar ogen.

'Oké, naar bed jij. Ik wil dat je zaterdagochtend fit genoeg bent om je eens goed te laten verwennen. Ik sluit de boel wel af als ik wegga. Probeer maar wat te slapen.' Hij gaf een kus op haar hoofd, duwde het ijskompres in haar hand en dirigeerde haar naar de trap.

Hij was al aangekleed en klaar om naar zijn werk te gaan. Hij kon maar beter vroeg beginnen, flink wat werk verzetten en dan weer vroeg thuis zijn. Hij maakte snel een sandwich met kipfilet en mayonaise en zette het bord afgedekt met plasticfolie in de koelkast met een briefje erbovenop.

Lexy, probeer wat te eten. De migraine wordt erger als je niks eet.
En NIET werken vandaag. Liefs, W xxx.

48

Ben draaide zich om en keek naar de vrouw die naast hem lag. Polly sliep nog. Haar haar viel over haar gezicht en stofdeeltjes dansten om haar heen in het zonlicht. De vorige avond was zowel afschuwelijk als verrukkelijk verlopen. Hij had verwacht dat ze weg zou gaan na zijn uitbarsting en zijn weigering om nader uitleg te geven over het telefoongesprek met Callanach, niet alleen uit schaamte maar ook omdat hij heel goed besefte dat niemand mocht weten wat de inspecteur en hij hadden gedaan. Maar Polly was gebleven, had koffiegezet en had erop aangedrongen dat hij wat zou eten van de maaltijd die hij in alle consternatie vergeten was. Met een paar biertjes en Polly's verhalen over haar reizen en de bijna-rampen die ze had meegemaakt had hij enigszins kunnen ontspannen. Maar uiteindelijk was hij stilgevallen en had ze gevraagd of het wel goed met hem ging. Toen hij geen antwoord gaf, had ze haar koele hand in zijn nek gelegd en hem gekust, zijn lippen met haar tong beroerd, en was ze bij hem op schoot gekropen. De rest was – onverwacht en ongelooflijk – geschiedenis. En Polly was blijven slapen – dat was nog het beste. Het was allemaal niet te snel gegaan en het voelde niet ongemakkelijk. Ze had hem er zelfs aan moeten herinneren de deur van de werkkamer weer op slot te doen.

Ben gleed zachtjes uit bed om te checken of er iets in de koelkast lag wat voor een ontbijt kon doorgaan. Op zijn mobieltje stond maar één sms'je van Lance dat hij een halfuur geleden ontvangen had. Ben was blij dat hij niets van Callanach hoorde. Geen nieuws was goed nieuws. Blijkbaar was Lance niet op de hoogte van de laatste update. Ben belde hem terug.

'Hé jongen,' zei Ben.

'Ben? Alles goed? Je klinkt een beetje...' Lance zweeg.

'Ja. Of nee. Ik heb een rare avond achter de rug. Heb je Luc nog gesproken?' vroeg Ben.

'Ik heb hem een paar keer gebeld op zijn mobiel, maar hij drukt me steeds weg. Ik vroeg me af of er iets was gebeurd, vandaar mijn sms'je. Sorry als ik je wakker heb gemaakt.'

'Je hebt me niet wakker gemaakt. Wacht even.' Ben deed de keukendeur dicht. 'Luc krijgt het druk vandaag. Het voorstel dat ik op de website had gezet... ik had "advocaat" opgegeven, Lance. Dat wordt hun volgende doelwit. Ik had echt geen idee...'

'Je hebt gedaan wat Luc je vroeg. Als je daar een slapeloze nacht van hebt gehad, dan heb je je tijd verspild. Maar het is wel gek, het was toch de bedoeling dat het meest sympathieke beroep gekozen zou worden? Ik snap waarom jij advocaat hebt ingevuld, maar waarom zouden de andere mensen daarop hebben gestemd? Dat slaat nergens op.'

'Het doet er niet meer toe. Ik ontdekte het gisteravond pas. De webmaster heeft de moordenaar slechts vierentwintig uur gegeven om de moord te plegen. Daarom antwoordt Callanach niet. Ik denk dat ze iedereen hebben ingezet.'

'Toch is het wel raar, Ben. Een advocaat? Serieus?' zei Lance.

'Een mensenrechtenadvocaat om precies te zijn. Ik vermoed dat zelfs de webmaster vond dat een gewone advocaat als doelwit niet sympathiek genoeg was om de aandacht van het grote publiek te trekken,' zei Ben.

'Ik ben je heel dankbaar voor wat je tot nu toe gedaan hebt, maar zou je misschien hierheen kunnen komen?' vroeg Lance.

'Eerlijk gezegd heb ik andere plannen. Een beetje zon pakken, wat dieper nadenken over iets, of nou ja, eigenlijk over alles behalve dit.'

'Ik kan dit niet alleen, Ben, dat weet je. En na die blunder met dat stuk waarin ik schreef dat ze die andere moordenaar te pakken hadden, vind ik dat ik Callanach iets schuldig ben. Eén uurtje maar. Als ik tegen die tijd niets gevonden heb, mag je gaan en doen wat je wilt.'

'Goeiemorgen knapperd,' zei Polly. Ze kwam de keuken binnenlopen in een boxershort van Ben en verder niets.

'Sorry, Ben. Je hebt bezoek. Hoe laat is het eigenlijk?' Ben hoorde dat Lance zijn mouw omhoogschoof. 'Het is pas halfzeven. Ik had geen flauw idee van de tijd. Zeg, over vanmorgen, ik zou het je echt niet vragen als...'

'Ik snap het. Ik wil hem ook helpen. Ik sta om halfacht bij je voor de deur, oké? En ik hoop dat je weet hoe je eieren moet klaarmaken,' zei Ben.

'Dat kan ik, jongen. Op alle mogelijke manieren.' Lance hing op.

Het team van inspecteur Edgar was gebriefd en stond in de startblokken. Die avond zouden ze hun beslissende inval doen, en deze keer zouden ze al het bewijsmateriaal vergaren dat nodig was om de leider van The Unsung zo lang achter slot en grendel te zetten dat er bij zijn vrijlating niets meer over was van zijn Californische accent. Of van zijn knappe uiterlijk en arrogantie. De gevangenis wist een mens wonderbaarlijk tot zijn allerlaagste niveau te reduceren. Daar kon je je niet verschuilen achter een uitzonderlijk hoog IQ of met dat belachelijke Robin Hood-achtige excuus aan komen om je misdaden te vergoelijken.

Toen de briefing om acht uur was afgelopen werd het tijd om ervoor te zorgen dat er niets meer verkeerd kon gaan. En daarvoor moest hij nog één laatste gesprek voeren, maar dat gesprek kon niet op het bureau plaatsvinden. Hij wist maar al te goed dat Callanach zijn duidelijke waarschuwingen in de wind had geslagen en nog steeds contact had met Ben Paulson. Edgar had ook niet anders verwacht. Na zich een avond lang in Callanachs dossier te hebben verdiept, inclusief de documenten over de verkrachtingsaanklacht, had hij alle achtergrondinformatie die hij nodig had. Callanach was roekeloos, een individualist, iemand die zich meer op zijn gemak voelde bij zijn ondergeschikten dan bij zijn superieuren. De idioot koesterde blijkbaar al jaren een doodsdrift, of hij wilde de held uithangen – voor Joe Edgar maakte het niet uit. Rond dezelfde tijd dat Paulson zijn eerste gevangenismaaltijd kreeg voorgeschoteld zou het met Callanach ook zijn afgelopen. Maar wat nog veel interessanter leesmateriaal had opgeleverd, was het rapport dat een psycholoog bij Interpol over Callanach had geschreven. Het verslag was opgesteld als onderdeel van een verplichte procedure na het sepot van de rechtszaak tegen Callanach, voordat hij naar de Schotse politie werd overgeplaatst. De voormalige Interpolagent zag er nog steeds uit als een filmster, maar hij was er niet ongeschonden van afgekomen. Edgar had natuurlijk nooit toegang mogen hebben tot die persoonlijke informatie, maar tijdens de sollicitatieprocedure was het verslag ook aan de Schotse politie doorgestuurd, en Ben Paulson was niet de enige die de hand wist te leggen op goed afgeschermde informatie. Het leven was een stuk makkelijker als je vrienden in hoge kringen had.

Om tien uur liep Edgar de Augustine United Church in de oude stad binnen. Hij wierp even een bewonderende blik op de zwart geworden bakstenen gevel en de imposante boogramen, maar hij was hier niet naartoe gekomen om te bidden of de architectuur te bestuderen. Elk jaar in augustus, tijdens het Fringe Festival, onderging de kerk een metamorfose en bood hij ruimte aan twee podia en een drukbezochte, anonieme koffiebar. Edgar had geen tijd voor het Fringe Festival. Ooit was hij er een keer geweest, toen hij begin twintig was, samen met Ava. Ze hadden een theaterbezoek gecombineerd met een bezoek aan haar ouders, en hij had drie uur lang een slaapverwekkend toneelstuk over het feminisme moeten aanzien dat bedoeld was als komedie, maar erbarmelijk slecht bleek te zijn. Daar kwam nog eens bij dat het merkwaardig uitgedoste, weinig veeleisende publiek er geen moeite mee had om zo ongeveer op zijn schoot te gaan zitten. Het aangenaamste van die hele ervaring was dat hij na afloop weer naar buiten kon. Vreemd genoeg had Ava het geweldig gevonden.

Zijn contactpersoon arriveerde kort daarna.

'Alles klaar voor vanavond?' vroeg Edgar.

'Alles is in orde,' luidde het korte antwoord.

'De computer moet aanstaan en de beveiliging moet omzeild zijn. Als Paulson de kans krijgt om hem af te sluiten...'

'Dat hebben we al besproken.'

'We bespreken het nu nog een keer,' zei Edgar. 'Als hij het systeem afsluit, krijgen we het nooit meer aan de praat. En als hij op de noodtoetsen drukt, wordt alles gewist. Hij moet niet in de buurt van de computer zijn als we binnenvallen. Zo nodig hou je hem met geweld tegen.'

'Ik doe dit niet voor het eerst. Zorgen jullie nou maar dat je op tijd bent. Ik ben op de hoogte van de technische details.'

'Ben je er ook van op de hoogte dat mijn carrière staat of valt met de afloop van vanavond?' vroeg Edgar, terwijl hij met een vies gezicht een slok van de waterige koffie nam. 'We hebben verscheidene andere mogelijke leden van The Unsung in observatie. Twee in het Verenigd Koninkrijk, drie in China, en twaalf in de VS. De CIA kijkt ons op de vingers. Als dit misgaat, word ik door iedere grootmacht op de wereld aangewezen als zondebok.'

'Dat weet ik allemaal wel. Weet je nog dat ik degene was die jullie als eerste betrouwbare info over The Unsung leverde? Tot dat moment moesten jullie het doen met geruchten en vermoedens. Als je je man hebt gepakt, verwacht ik dat ik voor de helft meedeel in de eer. Zorg dat het team daar om klokslag zeven uur staat. En hou Callanach uit de buurt.'

'Die heeft het voorlopig te druk met andere zaken. Daarom hebben we besloten het vanavond te doen. Er kan elk moment een nieuwe moord worden gepleegd in de reeks die onlangs in het nieuws is geweest. Callanach heeft geen flauw idee van wat Paulson boven het hoofd hangt. Zo zie je maar weer: de een zijn dood is de ander zijn brood.'

'En je belooft op je erewoord dat ik erkenning krijg voor mijn aandeel in deze zaak?'

'Natuurlijk,' zei Edgar, en hij zette zijn zonnebril op voordat hij de zonneschijn van de veel te korte Edinburghse zomer in stapte. Niet dat hij bang hoefde te zijn dat hij ook de herfst in Schotland zou moeten doorbrengen. Als Ava's moeder eenmaal was overleden, en lang zou dat niet meer zou duren omdat ze snel achteruitging, was Joe er zeker van dat hij zijn verloofde kon overhalen naar Londen te verhuizen. Hijzelf piekerde er in ieder geval niet over om ergens anders te gaan wonen.

49

Tegen elf uur hadden alle teams op twee na zich gemeld om over hun potentiële doelwit te rapporteren. Vijf teams hadden navraag gedaan en vastgesteld dat hun doelwit zich niet in Edinburgh bevond. Twee mensen zaten in Straatsburg, een bezocht een cliënt in de gevangenis in Spanje, en twee anderen waren voor langere tijd op vakantie. Het verkleinde de groep potentiële slachtoffers enigszins, maar niet genoeg om extra bescherming te kunnen bieden, en los daarvan waren er zo veel mogelijk agenten ingezet om persoonlijk langs te gaan bij alle bekende klaar-overs om te checken of alles in orde was. Alle politiemensen in de stad probeerden drie klussen tegelijk te klaren en nog steeds kwamen ze mensen tekort.

Callanachs telefoon ging. 'Sir, met agent Singh. Advocaat Richard Blaines heeft vakantie maar verblijft in de stad en logeert bij zijn vriendin in Murrayfield. We zijn op weg daarnaartoe.'

'Blijf voor het huis posten tot jullie bericht krijgen dat het voorbij is,' zei Callanach. 'En volg Blaines als hij van huis gaat.' Callanach beëindigde het gesprek en belde het enige andere team dat zich nog niet gemeld had. 'Met Callanach. Hoe staat het bij jullie?'

'Niet veel aan de hand, sir,' antwoordde agent Rivers. 'Alexina O'Rourke had vanmorgen normaal gesproken naar haar werk moeten gaan, maar om tien uur stond haar auto nog voor de deur. Haar man is om halfnegen de deur uit gegaan, dus hebben wij haar werk gebeld. Ze heeft zich ziek gemeld en blijft vandaag thuis.'

'En jullie hebben niemand anders naar binnen zien gaan sinds haar man weg is?' vroeg Callanach.

'Geen enkele beweging, sir.'

'Hebben jullie überhaupt een glimp van haar opgevangen?'

'We hebben haar boven langs een raam zien lopen, heel even maar en van een afstandje. Het is een groot huis met een lange oprit. Zo'n nieuwe stadsvilla met minstens zes slaapkamers. Het huis heeft een alarmsysteem en een beveiligingscamera die op de oprit staat gericht, dus ik denk dat ze daar wel veilig zit,' zei Rivers.

'Blijf observeren en als jullie tegen de middag nog geen beweging zien, laat iemand dan bij haar aanbellen. Om de weg te vragen of weet ik wat, maar maak haar vooral niet bang. Alleen even contact maken.'

Callanach bracht verslag uit aan Overbeck, die voor de verandering eens geen krachttermen gebruikte. Daarna belde hij Ava.

'Niets?' vroeg ze.

'Nog niets,' beaamde hij. 'Het wachten is altijd het ergst. Heb je Tripp bij je?'

'Ja,' antwoordde Ava. 'Hij loopt over van energie en enthousiasme. Hoe hou je het met hem uit?' vroeg ze.

'Ik geef hem gewoon veel te doen. Tot nu toe heeft hij nog niet geklaagd. Maar vergis je niet. Onder die opgewekte, niet in te tomen façade zit een brigadier Lively te wachten tot hij naar buiten kan komen. Nog een paar decennia bij de politie en hij is zover,' zei Callanach.

'Misschien moet ik hem eens aan Natasha voorstellen. Zij is zo nuchter dat ze ieders enthousiasme weet te smoren.'

Callanach schoot in de lach. 'Heb je Natasha je nieuwtje al verteld?'

'Ik wacht tot ik het haar persoonlijk kan vertellen. Ze komt binnenkort terug. Dan moeten we maar eens wat met elkaar gaan drinken. Een datum prikken.'

Callanach beet op zijn tong. Als het aan Joe Edgar lag, was Callanach de laatste die daarvoor uitgenodigd zou worden.

'Ik krijg een ander gesprek binnen. Hou me op de hoogte.' Callanach stopte het gesprek en nam de tweede oproep aan. 'Met Callanach.'

'Luc, met Lance.'

'Lance, ik kan nu niet praten. Ik moet alle lijnen vrijhouden.'

'Dat dacht ik al. Ik heb vanmorgen een uur met Ben gesproken. Hij vertelde me wat er is gebeurd. Daarom bel ik je. Ben is nu naar zijn werk, maar ik zie hem vanavond weer. Ik kan hem niet op zijn gewone mobiele nummer bellen. Weet jij hoe ik hem kan bereiken?'

'Nee, tenzij je naar zijn kantoor gaat, wat ik je sterk afraad. Hij wordt nog steeds geobserveerd. Is het echt zo dringend?' vroeg Callanach.

'Dat hele verhaal met die advocaat voelt verkeerd voor mij. Ik bedoel, waarom zou meer dan één persoon zo'n onpopulair beroep kiezen? Ben heeft geprobeerd toegang te krijgen tot de data om te kijken hoeveel stemmen er naar het beroep van advocaat gingen en die verder uit te splitsen. Hij kon zijn laptop niet meenemen naar zijn werk, maar heeft de e-mails van de darknetsite naar mij doorgesluisd. Ik heb een paar alerts binnengekregen waar ik helemaal niets van snap.'

'Lance, ik weet dat je je schuldig voelt omdat je die informatie over Julia Stimple naar buiten hebt gebracht, maar je mag nu stoppen. We zitten erbovenop, dat verzeker ik je. Ben is vaak moeilijk bereikbaar op zijn werk. Wacht tot vanavond. Hij leest zijn mails wel als hij thuiskomt. Ik weet niet in hoeverre we ermee geholpen zijn als we weten hoeveel mensen op een advocaat hebben gestemd, maar ik waardeer je inspanningen,' zei Callanach.

'Oké. Als jij daar zo zeker van bent,' zei Lance. 'Als dit allemaal achter de rug is, neem ik je mee voor een ritje op de motor. Om eens te kijken of we nog iets anders gemeen hebben behalve menselijke ellende.'

50

Sem Culpa was klaar. Ze had geluk: ze had een verlaten leerlooierij gevonden waar nog kuipen en machines stonden die ze nodig had. Nu moest ze nog zorgen dat ze voldoende tijd inplande. Gisteravond had ze een nieuwe webcam, een paar lampen en een generator gekocht. Jammer genoeg waren de vroegere eigenaars niet vergeten de stroom af te sluiten. Maar er was wel water en ze had er een uitstekend bereik, zodat ze een livestream van de moord kon uitzenden. Het enige wat ze nodig had was een vat met water, een haak en een takelsysteem, en die had ze in de leerlooierij gevonden. Honderden jaren geleden was het levend koken van mensen een regelrechte kunst geweest. Wat was het toch jammer, dacht ze, dat de wereld veel van die oude tradities had opgegeven. Die inventieve bestraffingen waren in wezen een kunstvorm. Daarbij stelden tekeningen, foto's en gelekte autopsierapporten niets voor. De enige manier waarop ze haar plekje in de geschiedenis zeker kon stellen was door haar werk in uitvoering met de hele wereld te delen. Mét geluid natuurlijk – zodat haar publiek het slachtoffer kon horen smeken, argumenteren, slijmen en haten. En krijsen. Als alles gezegd was, zouden ze alleen nog het gekrijs horen. Bij de gedachte alleen al kreeg Sem Culpa het zo warm dat haar gezicht rood aanliep en haar handen klam werden.

Het enige wat ze nu nog moest doen was het slachtoffer naar

buiten lokken, de achtertuin in. Daar had ze een even simpel als flexibel plan voor bedacht. Ze laadde het pistool, pakte een steen en gooide die vanuit haar plek in de struiken door het glazen dak van de plantenkas.

Een paar seconden later werd zoals verwacht het gordijn een stukje opzijgeschoven, ging het raam open en tuurde er iemand naar buiten. Sem Culpa kon de gelaatsuitdrukking niet zien, maar stelde zich een frons voor, gevolgd door een rollen met de ogen. Nog iets wat afgehandeld moest worden op de nooit eindigende to-dolijst van het leven.

Ze wachtte, met het pistool in de aanslag, haar lijf gespannen om de terugslag op te vangen, maar de achterdeur bleef dicht. Dit was onaanvaardbaar. Dit mocht nu niet mislukken. Niet nu ze het tot in de puntjes gepland had. Het was allemaal niet eenvoudig geweest, vooral het vinden van een vluchtweg, omdat ze tot vanmorgen niet wist dat Alexina O'Rourke vandaag niet naar haar werk ging. Sem Culpa was aanvankelijk van plan om mevrouw O'Rourke in haar auto te volgen, haar onderweg ergens in te halen en dan op de rem te trappen zodat de advocate tegen haar op zou botsen. Daarna zou ze Alexina hebben gevraagd om bij haar in de auto te komen zitten of was zij bij haar in de auto gestapt om de verzekeringspapieren in te vullen. En dan zou ze het pistool hebben getrokken. Het had een simpele ontvoering moeten worden. En nu dit. Anderzijds voegde het ook iets toe aan het verhaal. Daarmee kon ze laten zien hoe snel ze reageerde, ongeacht de situatie. Hoe onverstoorbaar ze te werk ging. Hoe superieur ze was. En ze had hier al te veel werk in gestopt om de boel nu in het honderd te laten lopen.

Sem Culpa pakte een zware tak en gooide die door dezelfde ruit in de kas waardoor het gat nog groter werd, wat gepaard ging met zoveel lawaai dat niemand dat nog kon negeren. Deze keer werd er geen gordijn opzijgeschoven. Maar ze wachtte.

Het duurde maar een paar seconden – misschien was Alexina ondertussen al naar beneden gegaan – maar dit keer kwam de vrouw des huizes de tuin in lopen. Sem Culpa aarzelde geen moment. Ze wachtte tot Alexina buiten stond, ademde diep uit en in en weer uit en haalde toen de trekker over. Het was een voltreffer. Recht in haar dij zoals gepland, de pijl boorde zich diep in het vlezigste deel van de spier om zijn verlammende werking te verrichten. Het middel werkte ook op de stembanden, zodat ze vrijwel onmiddellijk niet meer in staat was om te schreeuwen.

Alexina slaakte een kreet toen de verdovingspijl doel trof – aanvankelijk meer van schrik dan van pijn – en daarna verliep alles in een verrukkelijke slow motion. Haar hand gleed elegant naar beneden, haar vingers tastten naar de pijl en verspilden kostbare seconden terwijl haar brein zich afvroeg of ze de pijl er nu wel of niet uit moest trekken. Ondertussen keek ze om zich heen om te zien waar de aanval vandaan kwam, begon ze met haar hoofd te knikken en zakte ze langzaam in elkaar. Het leek op een tragisch ballet.

Sem Culpa kwam in actie. Het huis was enorm, de tuin ontworpen voor het soort feestjes dat alleen succesvolle, gemotiveerde mensen organiseerden. Als Sem Culpa niet tussenbeide was gekomen, zou deze tuin het toneel zijn geweest van met veel drank besproeide party's, van pogingen om de jeugdjaren te doen herleven met vuurtje stoken, van idioten die dachten dat ze zo goed waren op de gitaar dat ze er een publiek mee konden boeien, van cateraars die discreet in de keuken stonden te wachten tot ze nodig waren. Nu zou deze tuin voor altijd de plek zijn waar iemand verdwenen was. Waar een tragedie had plaatsgevonden. Een mysterie. Een vernietiging.

Alexina's ogen staarden haar aan, verward, vragend. Sem Culpa rolde haar op haar zij en bereidde zich voor om haar af te voeren. Het zou toch wel heel ironisch zijn als de vrouw onderweg in haar eigen tong zou stikken terwijl ze verlamd was en naar haar executieplek werd vervoerd. Ze had een kruiwagen in de schuur zien staan – niet dat Alexina met haar glansrijke carrière of haar niet minder glansrijke, aktetasdragende man die ook maar met één vinger zouden aanraken. Die schuur was het domein van de tuinman. Dat was het enige waarover Sem Culpa zich zorgen had gemaakt: dat er plotseling een tuinman zou kunnen opdagen. Maar vandaag niet. Vandaag waren de goden haar goedgezind.

Ze pakte Alexina onder haar armen vast en zorgde ervoor haar geen pijn te doen. Door het spierverslappende middel kon Alexina zich niet bewegen, maar ze voelde nog wel pijn, en dat wilde Sem Culpa voor later bewaren. Toen Alexina na wat duwen en vouwen in de kruiwagen lag, gooide Sem Culpa een zeil over haar heen, legde het wapen erop, duwde de kruiwagen naar de zijkant van het huis en liep daarna terug om de achterdeur dicht te doen. Hoe meer tijd ze kon winnen, hoe beter, voor het geval iemand later op de dag zou opduiken.

Het was te riskant om de poort aan de zijkant te nemen omdat daar een steeg liep die met de buren werd gedeeld, maar achter in de tuin was een omheining waarachter een andere tuin lag. Via de achterpoort in die tuin kon Sem Culpa de kruiwagen naar buiten rijden. Ze had al gecontroleerd of de achterburen naar hun werk waren. Met het oog op de veiligheid was de omheining vrij hoog, maar ijzerdraad kon worden doorgeknipt en zo was Sem Culpa die ochtend ook binnengekomen. Ze trok het ijzerdraad opzij, duwde de kruiwagen erlangs en legde wat takken zorgvuldig terug op hun plaats. Ze legde zelfs een hoopje bladeren op het zeil om de contouren van het lichaam enigszins te verhullen. Sem Culpa trok haar muts stevig over haar oren. Haar gehuurde fourwheeldrive stond twee tuinen verder geparkeerd. Onderweg hoorde ze in de verte een paar keer een deurbel overgaan, maar tegen die tijd had ze de kofferbak al opengemaakt en de inhoud van de kruiwagen naar binnen geschoven, als een doodgewone tuinman die tuinafval wegbrengt.

51

Callanach wist dat er iets mis was toen hij een trilling in Rivers' stem bespeurde die hij eerder op de ochtend niet had gehoord.

'Nog eens met agent Rivers, sir. We hebben bij Alexina O'Rourke aangebeld en ze doet niet open. We hebben haar privénummer opgevraagd en ze neemt de telefoon ook niet op.'

'Heb je haar mobiele nummer?' vroeg Callanach.

'Iemand belt op dit moment met haar werk om daarachter te komen.'

'Laat maar,' zei Callanach. 'Ga meteen naar binnen. Sla een ruit in als het moet. Het is nu 12.13 uur. Bel me over tien minuten terug voor een update.'

'Komt in orde, sir,' zei Rivers.

Callanach stapte in zijn auto en reed weg.

Toen hij bij het huis van de familie O'Rourke arriveerde, dat ongeveer een kilometer ten noorden van de golfbaan van Murrayfield lag, stonden er twee politieauto's voor de deur en een busje van de technische recherche. Het was een nieuw huis, dat samen met een paar andere huizen op een stuk land was gebouwd waar vroeger een veel ouder gebouw had gestaan dat met de grond gelijk was gemaakt. Het huis straalde een sober vormgegeven luxe uit die erop duidde dat de bewoners geen last hadden van kinderen, hobby's of slordigheid. Callanach trof Rivers in de keuken aan de achterkant van het huis.

'Wat weten we?' vroeg Callanach.

'Ze is er niet, sir,' zei Rivers.

'Ja, zover was ik ook al,' zei Callanach. 'En verder?'

Rivers wees naar een beker die naast de waterketel stond. Er hing een theezakje in, en daarnaast lag een lepel klaar. Callanach legde zijn hand op de zijkant van de ketel. Die voelde lauwwarm aan, ten teken dat het water al een tijdje geleden had gekookt. Daarnaast lag een broodje kip dat uit de folie was gehaald en waar een hap van was genomen. En naast het broodje lag een stukje papier. Callanach vouwde het open en las het briefje dat alleen maar afkomstig kon zijn van O'Rourkes man. Hij legde het weer voorzichtig op tafel, en had er eigenlijk spijt van dat hij het gelezen had. Het zou al moeilijk genoeg worden om meneer O'Rourke het nieuws te moeten vertellen zonder hun misschien wel laatste liefdevolle bericht te hebben gelezen.

'Haar mobiel?' vroeg Callanach.

'Naast haar bed. Haar laptop lag op het dekbed en stond aan. Het lijkt alsof ze naar beneden liep om thee te zetten en toen is verdwenen,' zei Rivers.

'Niets wat op een worsteling duidt?' vroeg Callanach.

'De mensen van de technische recherche maken nu een rondje door het huis, maar we hebben niets kunnen vinden.'

'Deuren, ramen?'

'Niets gebroken of beschadigd. Alle deuren waren dicht, hoewel de achterdeur niet op slot zat. We hebben de echtgenoot gevraagd naar huis te komen. Hij kan hier elk ogenblik zijn,' zei Rivers.

Callanach liep naar boven. De echtelijke slaapkamer was reusachtig. De vloerbekleding zag eruit alsof er amper over gelopen was en de betegelde aangrenzende badkamer had vloerverwarming waarvan Callanach de warmte langs zijn benen voelde opstijgen. Eén muur werd in beslag genomen door een televisie met een beeldscherm dat zo groot was dat je er een heel gezelschap aan kon laten dineren als je het horizontaal zou leggen. Op de kaptafel stond prominent in het zicht een foto van een lachend, pasgetrouwd stel. Alexina O'Rourke keek verrukt naar haar echtgenoot die het glas hief met een onzichtbare vriend of kennis. Het was typisch zo'n perfect plaatje dat recht uit een fotocatalogus leek te komen.

Callanach liep naar het raam dat uitkeek op de achtertuin. Aan de tuin was minder aandacht besteed dan aan de inrichting van het huis, en de planten waren nog lang niet volgroeid. Er waren wat bomen en struiken geplant, de aarde in de bloembedden was nog vrijwel zwart, afgezien van een stengel hier en daar, en er stond een kas. Hij deed het raam verder open om meer te kunnen zien en staarde naar het dak van de kas.

'Rivers!' riep hij. 'In de tuin.'

Rivers stond al buiten voordat Callanach beneden was, en gaf opdracht om de glasscherven op de patio te laten liggen waar ze lagen.

'Geen bloed, sir,' zei Rivers. 'Ik zie wel een steen en een tak op de vloer van de kas liggen. Het lijkt alsof die dwars door het dak zijn gevallen.'

'Waarvandaan?' vroeg Callanach, omhoogkijkend. De dichtstbijzijnde boom stond een eind verder halverwege de tuin. 'Dat was geen ongeluk en misschien is mevrouw O'Rourke erdoor gestoord toen ze thee aan het zetten was.' Hij liep verder de tuin in. De grond was hard geworden door de zomerzon en een voor Schotland opvallend gebrek aan regen. 'We zullen geen voetafdrukken vinden,' zei Callanach. 'Laat het team de omgeving controleren. Leveren de camera's iets op?'

'De afspeelfunctie is beveiligd met een wachtwoord. We hopen dat de echtgenoot ons straks kan helpen.'

De voordeur viel met een klap in het slot en snelle voetstappen weerklonken door het huis.

'Waar is ze?' riep een stem. 'Wat is er met mijn vrouw gebeurd?'

Voordat Callanach er was stond er al een agent op rustige toon tegen de echtgenoot te praten en vroeg of hij uit de buurt wilde blijven van de delen van het huis waar de forensische recherche nog bezig was.

'Meneer O'Rourke, ik ben inspecteur Callanach. Hebt u enig idee waar uw vrouw onverwacht naartoe zou kunnen zijn gegaan? Naar een buurvrouw misschien? Of ergens anders waar ze de auto niet voor nodig heeft?'

'Nee, we wonen hier nog niet zo lang. Wat doet u hier? Ik snap het niet. Door wie bent u gebeld? Alexina voelde zich vandaag niet zo lekker. Ze wilde thuis werken.'

Callanach ging met hem naar de zitkamer en vroeg of Rivers een kop thee wilde zetten.

'Op dit moment hebben we nog geen duidelijk beeld van wat er is gebeurd. We zouden ermee geholpen zijn als u ons wilt laten zien wat er op de bewakingscamera's staat. Staan ze aan?'

'En geeft u daarna antwoord op mijn vragen?' vroeg O'Rourke. Hij trilde en maakte krampachtige slikbewegingen. Callanach was in tweestrijd: hij wilde niet onsympathiek overkomen, maar moest tegelijkertijd enige dwang uitoefenen om zo snel mogelijk resultaten te boeken.

'Ja, natuurlijk. En ik heet Luc. Ik weet dat dit heel moeilijk voor u is, maar hoe sneller we erachter komen waar uw vrouw is, hoe beter.'

'Ik heet Wesley,' antwoordde hij en hij kwam overeind. 'De camera's worden vanuit mijn werkkamer bediend.' Hij liep door de hal naar een deur tegenover de zitkamer. Aan de muur hing een toetsenpaneeltje en daarboven een monitor met een zwart scherm. 'Hij staat uit,' zei hij. 'Heeft een van jullie hieraan gezeten?' vroeg hij beschuldigend en over z'n toeren.

'Nee. We zaten te wachten tot u thuiskwam om ons met het systeem te helpen.'

'Verdomme, Lexy!' schreeuwde hij en hij sloeg met zijn vuist op een mahoniehouten dressoir. 'Zij heeft het uitgezet. Ze had er een hekel aan; ze zei altijd dat we niet voortdurend door camera's bekeken hoefden te worden. Ik durf te wedden dat ze het systeem heeft uitgezet zodra ik de deur uit was.'

'Kunt u mij zeggen wanneer de laatste beelden zijn opgenomen?' vroeg Callanach.

Wesley O'Rourke startte het systeem weer op en speelde de opnamen af. Op het scherm werden beelden van vier verschillende camera's zichtbaar: drie waren buiten het huis op verschillende punten opgehangen en één camera toonde de gang op de benedenverdieping waar ze zojuist doorheen waren gelopen.

'Daar, 8.30 uur,' zei O'Rourke, wijzend naar de cijfers rechtsonder op het beeld. 'Daarna is er niets meer.'

'Zijn er verder nog mensen die wisten dat uw vrouw een hekel heeft aan bewakingscamera's? Kan het zijn dat ze daarover heeft gesproken met een schoonmaker bijvoorbeeld, of een tuinman? Of met een familielid?'

O'Rourke schudde zijn hoofd. Hij liet zich in een leren fauteuil zakken en sloeg zijn handen voor zijn gezicht.

'We hebben hier weinig sociale contacten, eerlijk gezegd. We hebben dit huis nog niet zo lang geleden gekocht. Alexina is erg ambitieus en werkt zestig uur per week. En ik ben niet veel beter. Onze familie woont hier ver vandaan en we hebben geen hulp in de huishouding. We zijn gewoon niet vaak genoeg thuis om rommel te maken. Wat denkt u dat er gebeurd is, inspecteur? Dat zou ik graag willen weten.'

Callanach probeerde het zo beknopt mogelijk uit te leggen. O'Rourke zat zwijgend in zijn stoel, keek Callanach niet aan en knikte zo nu en dan terwijl zijn handen zich om de armleuning klemden.

'Waarom hebt u dat ons niet verteld?' vroeg O'Rourke. 'Ik bedoel, u zat hier vlak voor de deur. U had haar kunnen waarschuwen. Ik zou anders thuis zijn gebleven. Om haar te beschermen. Als ze dit had geweten, had ze echt niet de camera's uitgeschakeld.'

'We hadden agenten voor uw huis staan, net als bij de andere potentiële slachtoffers, en we wilden de mensen niet bang maken. De lijst van mogelijke doelwitten was nogal lang,' zei Callanach.

'We zouden dit weekend weggaan,' mompelde O'Rourke. 'Ik heb een kamer geboekt in de Buccleuch Arms in St Boswells. Als haar iets overkomt...'

'Sir, de omheining achter het huis is doorgeknipt,' riep Rivers vanuit de gang. Callanach vervloekte diens timing en gebrek aan tact, liep de kamer uit en vroeg een andere agent om zich om Wesley O'Rourke te bekommeren terwijl hij zelf poolshoogte nam.

Een deel van de omheining, een stuk van 1,20 meter hoog en een meter breed, was zodanig doorgeknipt dat je de afrastering alleen maar op hoefde te tillen om eronderdoor te kunnen. Aan de andere kant van de omheining lag de tuin van de buren. Callanach stapte eronderdoor en betrad hun groene, fris ogende gazon dat blijkbaar uitstekend onderhouden werd zonder ook maar enigszins rekening te houden met het tekort aan water in de zomer.

'Ze hebben een sprinklerinstallatie,' zei Callanach terwijl hij de tuin in liep. 'Blijf daar staan,' zei hij tegen de anderen, en hij deed voorzichtig een stap opzij, en bleef van de kortste route naar de tuinpoort vandaan. Vanaf de zijkant was goed te zien dat het gras onlangs was geplet, en vanaf de omheining tot aan de tuinpoort zag hij een duidelijke streep door het gras lopen. 'Iemand heeft hier kortgeleden gelopen. Zo kortgeleden dat de grashalmen nog niet teruggesprongen zijn.'

'Dat is het spoor van een kruiwagen, sir. De deur van de schuur is opengebroken. Nu wordt duidelijk waarom,' zei Rivers.

'Regel een huis-aan-huisonderzoek, agent. De ontvoerder van mevrouw O'Rourke, en we moeten er nu van uitgaan dat het de moordenaar is, heeft haar niet in een kruiwagen door de straten gereden. Iemand moet een auto hebben zien staan. Haal zo veel mogelijk mensen bij de andere teams weg en laat één agent per potentieel doelwit ter plekke blijven. De rest moet hiernaartoe komen. Ik wil dat iedereen in de buurt ondervraagd wordt. Sem Culpa is door deze straten gereden, heeft haar auto vlakbij geparkeerd en heeft godbetert een kruiwagen met een lichaam erin naar buiten gereden. Iemand moet iets gezien hebben.'

Callanach belde Ava. Het was een kort gesprek: geen van beiden had de tijd of behoefte om lang uit te weiden. Alle potentiële doelwitten bleven onder bewaking voor het geval Sem Culpa nog meer plannen had of als het toch niet haar werk bleek te zijn. Na het debacle met Julia Stimple wilde Callanach noch Turner het risico lopen dat ze net de andere kant op keken en daardoor een ander doelwit kwetsbaar achterlieten. Door Grom en Sem Culpa moest de politie van Edinburgh alle zeilen bijzetten, en nog steeds wisten die twee hun te slim af te zijn.

Salter belde terwijl Callanach de agenten bij het huis van O'Rourke instructies gaf om Wesley O'Rourke niet alleen te laten en iemand bij de telefoon te zetten voor het geval zijn vrouw of de ontvoerder contact opnamen.

'Sir, ik heb informatie opgezocht over de ontvoerde vrouw en kreeg een paar hits. Een paar berichten over haar laatste zaak. Bovendien schijnt ze onlangs begonnen te zijn met een blog over mensenrechten en is ze genomineerd voor een of andere prijs. Sem Culpa kan die artikelen moeiteloos hebben gevonden op internet, hoewel een paar andere mogelijke doelwitten veel prominenter zijn en eigenlijk veel eerder in aanmerking zouden komen. Het lijkt erop dat ze gewoon pech heeft gehad.'

'Je hebt zeker niks gevonden wat erop wijst dat mevrouw O'Rourke om een andere reden zo plotseling verdwenen zou kunnen zijn?' vroeg Callanach.

'Nee. Meneer O'Rourke en zij zijn vier jaar getrouwd en onlangs vanuit een andere buurt in Edinburgh naar hun nieuwe woning verhuisd. Hun financiële situatie is stabiel. Hoge hypotheek, maar ze zijn allebei nog jong, werken allebei, hebben een goed inkomen. Zij komt uit een rijke familie. Heeft op een privéschool gezeten, moeder leeft nog, vader is overleden. Hij was rechter. Dus blijkbaar zet zij de familietraditie voort,' zei Salter.

'Haar man is behoorlijk van slag. Ik heb een agent bij hem achtergelaten, maar ik ben bang dat hij gekke dingen gaat doen.'

'Wilt u dat ik erheen ga en bij hem blijf, sir? Dat doe ik graag.'

'Word je nu al ongedurig, Salter? Ik denk dat je beter kunt blijven zitten waar je bent. Ik wil dat iemand die ik kan vertrouwen de zaak van daaruit blijft coördineren.'

Aan de andere kant van de lijn klonk een diepe zucht.

Callanach dempte zijn stem. 'Salter, is inspecteur Edgar daar nog of is hij al de deur uit met zijn team?'

'Nog steeds in het gebouw. Wilt u dat ik u bel als de situatie verandert?'

'Zou je dat willen doen? En hou het maar voor je. Zeg het maar tegen niemand anders,' zei Callanach.

'Akkoord, sir. Ik ben allang blij dat ik vandaag in ieder geval iets zinvols doe,' zei Salter.

'Voor je baby zorgen is pas zinvol. We hebben allemaal iets nodig om naar uit te kijken als dit achter de rug is. Jij bent de eerste in het team die een baby krijgt. Ik verwacht op zijn minst dat je het kind naar mij noemt.'

'Dat wordt lastig als het geen jongen wordt, sir.'

'Dan plak je er gewoon een "y" achter. Bel me als er ander nieuws is.'

52

Ava kreeg het telefoontje vlak nadat Callanach haar op de hoogte had gebracht van de verdwijning van Alexina O'Rourke. Een paar seconden later zat ze in haar auto en scheurde zonder zich iets aan te trekken van de snelheidslimiet naar de Royal Infirmary. Haar nagels boorden zich in het stuur en ze concentreerde zich uitsluitend op haar ademhaling.

Ze zette de auto schuin over twee parkeerplekken heen en rende naar binnen. Op de afdeling spoedeisende hulp was het opvallend rustig. Ava kon meteen doorlopen, maar moest eerst wachten op het verslag van de arts voordat ze haar moeder kon zien. Dokter Nkiru Adisa was lang, elegant en heel donker. Ze deed Ava denken aan een krijgsvrouw, wachtend tot de storm losbarstte. Terwijl de dokter Ava liet plaatsnemen en uitlegde wat er aan de hand was, voelde Ava zich nietig en kinderlijk, niet op haar gemak. Ze kon niet stilzitten en kon zich niet concentreren. De arts moest zichzelf tot drie keer toe herhalen, maar dat deed ze heel rustig, alsof het altijd zo ging.

'Wilt u misschien op de andere familieleden wachten, en dan samen naar binnen gaan?' vroeg ze.

'Mijn vader is onderweg, maar hij is gisteravond naar Newcastle gegaan voor een vergadering. Hij doet iets voor een liefdadigheidsorganisatie. Ik weet niet hoelang hij erover doet om hierheen te komen. We dachten dat we nog veel meer tijd hadden,' zei Ava.

'Dat begrijp ik. Dit soort dingen valt helaas niet te voorspellen. De specialist van uw moeder kan dit niet hebben zien aankomen,' zei dokter Adisa. 'Ik zorg dat er een verpleegkundige in de buurt is voor het geval u iets nodig heeft.'

Ava wachtte tot de arts vertrokken was. Toen schoof ze het gordijn om haar moeders bed opzij en slikte haar tranen weg voordat ze begon te praten. De machines aan weerszijden van het bed spuugden zinloos nieuws uit. 'Hoi, mam, hier ben ik,' zei ze. 'Kun je me horen?'

Een paar seconden lang knipperde Ava's moeder rusteloos met haar ogen en haar hand trilde onder die van Ava, alsof ze naar de oppervlakte probeerde te zwemmen. Toen werd ze wakker.

'Ava, lieverd. Ben je al klaar met je paardrijles?'

'Nee, mam. Je ligt in het ziekenhuis. De dokter belde me. Kun je je herinneren dat je hier in de ambulance naartoe bent gebracht? Je werd niet goed toen je in de stad liep te winkelen,' zei Ava.

'Ach, gekkie. Ik werd gewoon een beetje duizelig. Niks aan de hand. Is mijn jas vies geworden toen ik viel?'

'Nee, helemaal niet,' zei Ava terwijl ze het haar uit haar moeders gezicht streek. 'Met je jas is niets aan de hand. Hoe voel je je?'

'Ik heb barstende hoofdpijn. Eigen schuld. Ik heb gisteravond kaas gegeten. Moet ik niet doen, want dan krijg ik geheid migraine. Moet jij niet werken, schatje?'

'Ik heb vandaag vrij,' loog Ava. Ze voelde het gewicht van het mobieltje in haar zak en bad in stilte dat de telefoon niet zou gaan en ze weer weg moest. 'Kan ik iets voor je halen?'

'O, Ava, kijk nou toch. Wat een mooie ring!' zei haar moeder, en ze streek met haar vingers over de nieuwe verlovingsring. 'Dat heb je me helemaal niet verteld.'

Ava wilde haar herinneren aan de avond dat ze haar verloving hadden gevierd, en dat Joe had beloofd dat het huwelijk in Schotland zou plaatsvinden. En dat ze het met haar moeder over de trouwjurk had gehad en waar ze die zouden kopen. Maar een bloedpropje in haar moeders hersenen, een zeldzame maar bekende bijwerking van de chemotherapie, had haar op straat in elkaar doen zakken en niet alleen de herinnering aan die avond weggenomen, maar ook een golf van pijn met zich meegebracht.

'Ja, ik ben verloofd,' zei Ava. 'Je moet nog een nieuwe jurk uitkiezen voor de bruiloft.' Ava glimlachte tegen haar en streek met de rug van haar hand langs haar moeders gezicht.

'O ja, we moeten nog een hoop inkopen doen. Ik heb kanker, hè?' vroeg haar moeder.

'Ja, je hebt kanker,' zei Ava. De woorden bleven in haar keel steken. 'Maar je doet het goed. Je, eh... bent echt moedig geweest.'

'Niet huilen, liefje,' zei haar moeder en ze kneep even in Ava's vingers tot de inspanning haar te veel werd. 'Het is niet zo heel erg, weet je.'

'O god, mam. Het spijt me. Ik ben zo koppig geweest. Ik heb je van me afgeduwd toen ik je het meest nodig had, en nu...'

'Weet je nog dat je als zevenjarige een solo voor de hele school gezongen hebt? En dat die kleine rotzak, Jock Young, achter je ging staan en je rokje omhoogtrok? Ieder ander kind was huilend weggerend. Jij keek hem aan alsof hij iets was wat onder een steen vandaan was gekropen, trok je rokje naar beneden en gebaarde naar de muziekleraar dat hij opnieuw moest beginnen. De directrice belde me later op om te zeggen dat Jock een blauw oog had, maar niet durfde te vertellen wie het had gedaan.'

'Dat je dat nog weet!' riep Ava uit, en ze liet haar tranen de vrije loop terwijl ze naar haar moeders glimlachende gezicht keek.

'Dat was de dag waarop alle andere mensen beseften wat ik allang wist. Jij bent iemand die niet onderschat mag worden, Ava Turner. Die dag heb je me de adem benomen, en dat is altijd zo gebleven. Ik heb altijd een rustiger leven voor je gewild, maar ik had het verkeerd: jij bent uit veel sterker hout gesneden. Ik ben trots op je. Niet om mij huilen, lieverd. Het leven gaat door.'

Haar vingers kromden zich en haar mond verslapte heel even voordat hij weer zijn normale vorm aannam. De machine gaf een waarschuwingssignaal en zoemde toen weer verder.

'Ik ga de dokter halen, mam,' zei Ava.

'Je bent toch met die aardige man verloofd?' vroeg haar moeder en ze pakte Ava's hand weer vast.

'Ja, mam,' zei Ava. 'Hij is aardig.'

Haar moeder haalde nu sneller adem, haar schouders verstrakten en de pezen in haar hals leken net spankabels tussen haar hoofd en lichaam.

'Laat me los, mam,' fluisterde Ava en ze probeerde haar hand zachtjes weg te trekken. 'Ik moet dokter Adisa waarschuwen.'

'Ze kan niets doen,' antwoordde haar moeder. 'Wil je mijn jas naar de stomerij brengen, liefje?'

'Doe ik,' beloofde Ava, terwijl ze haar moeder onder haar handen voelde trillen.

'Ik ben zo blij dat je niet met die Joe trouwt. Die verwaande kwast. Ik heb hem nooit gemogen. Goed dat je voor die andere hebt gekozen. De manier waarop hij naar je keek.'

'Dokter Adisa,' riep Ava. Haar moeders ogen draaiden weg, haar borst ging snel op en neer terwijl ze naar adem hapte. 'Ik heb hier hulp nodig.'

Het gordijn ging opzij en dokter Adisa kwam binnenrennen, gevolgd door twee verpleegkundigen, die Ava met een geroutineerd gebaar opzijschoven terwijl er een stroom van medische termen over hun lippen kwam. Ava bleef in het gangpad wachten, luisterde naar de geluiden van de machines, het drukke heen-en-weergeloop, de instructies die over en weer werden geschreeuwd. De laatste klap, toen die kwam, was de stilte. Toen noemde een stem het tijdstip en schoof de eerste verpleegkundige het gordijn opzij en kwam naar buiten lopen. Ava zakte in elkaar.

Hoofdinspecteur Joe Edgar zat in een telefonische vergadering met de openbaar aanklager in Londen, vooruitlopend op de arrestatie die die avond zou plaatsvinden. Daarna had hij nog een gepland telefonisch overleg met een adviseur van Downing Street 10. De premier wachtte gespannen op nieuws waarmee hij een groepje rijke donateurs gerust hoopte te stellen wier geld was weggesluisd door The Unsung. Iedereen zat te wachten tot Joe het verlossende woord zou spreken. En dan moest er ook nog wat publiciteit aan de inval gegeven worden. Een van zijn mensen had ervoor gezorgd dat er op het juiste moment 'toevallig' een fotograaf ter plaatse was. Joe Edgar was van plan om zelf degene te zijn die Ben Paulson geboeid zou afvoeren.

Ava belde. Hij overwoog even om het gesprek aan te nemen. Hij had nog een paar minuten voordat hij het volgende telefoontje moest plegen, maar ze wilde vast even kletsen en dat vond hij lastig. Hij had er een hekel aan om uit zijn concentratie te worden gehaald als hij aan het werk was. Hij schakelde het gesprek door naar zijn voicemail. Vanavond zou hij haar terugbellen en haar mee uit nemen om het te vieren. Hij nam het volgende telefoontje aan en verzekerde een korzelige adviseur van de premier dat alles op rolletjes liep. Daarna begaf hij zich naar de briefingruimte om instructies te geven aan zijn technische team en luisterde onder het lopen zijn berichten af. Een van de problemen waarmee je te maken kreeg als je leiding gaf aan het cybercrimeteam van de politie, was dat je niet simpelweg de aanwijzingen opvolgde en de slechterik achter slot en grendel kon zetten. Als je de slechterik te pakken had moest je de data boven water zien te krijgen, in staat zijn om die te interpreteren en ze op een begrijpelijke manier te presenteren zodat ze als bewijs konden dienen en er een veroordeling uit zou rollen. De technici in zijn team konden een zaak maken of breken. Het deed er niet toe hoe goed het politieonderzoek was als je uiteindelijk met lege handen stond. Er waren twee berichten van mensen in zijn team die meldden dat ze hun taak hadden uitgevoerd en hun posities hadden ingenomen. Het laatste bericht was van Ava.

'Joe,' zei ze en haar stem klonk zo schor dat hij haar amper verstond. 'Het gaat om mijn moeder. Ze is vanmiddag overleden. Ik weet dat het beroerd uitkomt, maar wil je me alsjeblieft terugbellen?' Joe hoorde dat ze huilde en hoe haar stem wegstierf toen ze het gesprek beëindigde.

Hij wierp een snelle blik op zijn horloge terwijl hij de telefoon in zijn zak stopte. Hij had nu geen tijd om Ava terug te bellen. Ze moest nu toch allerlei formaliteiten afhandelen en de andere familieleden waren vermoedelijk al op weg naar het ziekenhuis. Als hij haar nu terugbelde, zou het een lang gesprek worden. Bovendien kwam de dood van haar moeder nou niet echt als een verrassing. Wat eerder dan verwacht, maar het had er wel aan zitten komen. En het betekende ook dat Ava nu weg kon uit Edinburgh en met hem een nieuw leven kon beginnen. Hij haalde zijn mobieltje weer uit zijn zak en vroeg zich af of hij even kort zou bellen om de situatie uit te leggen, maar besloot het toch maar niet te doen. Ava's moeder zou aan het eind van de dag nog net zo dood zijn en dan kon hij Ava de troostende schouder bieden waarop ze kon uithuilen. Op dit moment had hij belangrijker zaken aan zijn hoofd.

53

Callanach rende de afdeling spoedeisende hulp binnen. Ava had twintig minuten geleden gebeld. Hij had geen woord verstaan van wat ze zei, alleen dat ze in de Royal Infirmary was. Van het team waar hij op dat moment instructies aan gaf, had hij een politieauto geleend, en hij was met loeiende sirene en zwaailichten aan door de stad geraasd.

'Inspecteur Ava Turner?' riep hij tegen de receptionistes, en een van hen bracht hem naar de behandelkamer. 'Is ze gewond?' vroeg hij.

'Ze is hier. De arts wilde haar een kalmerend middel geven, maar dat wilde ze niet.'

'Dank u wel,' zei Callanach en hij liep een dagverblijf binnen, dat eerder iets weg had van een kleine wachtkamer, ingericht met pasteltinten en niet bij elkaar passende afwasbare stoelen. 'Ava,' zei hij. Ze zat op een gele plastic stoel en keek naar hem op, haar ogen stonden glazig en haar behuilde gezicht vertelde het hele verhaal.

Ze stak haar handen naar hem uit. Hij knielde voor haar neer en liet toe dat ze haar armen om zijn hals sloeg en zich tegen hem aan liet vallen. Hij was zo verstandig om niets te zeggen tot ze was uitgehuild. Een jaar geleden zou hij zijn teruggeschrokken voor iedere vorm van lichamelijk contact en kromp hij in elkaar zodra een vrouw hem ook maar even aanraakte. Hij had een barrière opgetrokken die hij onneembaar achtte. Maar Ava had hem weer zachter weten te maken met haar vriendschap, haar oprechtheid en haar koppigheid. Na een tijdje richtte ze haar hoofd op en pakte een papieren zakdoekje uit een doos op tafel.

'Mijn moeder is overleden,' zei ze. 'Hier. Vanmiddag.'

'Heeft ze een ongeluk gehad?' vroeg hij.

Ze schudde haar hoofd, snoot haar neus en trok een nieuw zakdoekje uit de doos voordat ze antwoord gaf.

'Ze had kanker. Er is een bloedpropje in haar hersenen terechtgekomen. Dat kan gebeuren als je chemo krijgt.'

'Wat erg. Ik wist helemaal niet...' zei Callanach, en hij realiseerde zich dat Ava nu misschien Joe liever bij zich had en dat hij beter haar verloofde hierheen kon halen. 'Ik bel het bureau wel om Joe Edgar op te roepen. Dat duurt niet lang.'

'Hij zit in een overleg,' zei Ava. 'Ik heb anderhalf uur geleden een bericht achtergelaten op zijn mobiel. Het is vandaag een belangrijke dag voor hem.'

Een paar verschillende antwoorden streden erom hardop uitgesproken te worden, maar uiteindelijk beperkte Callanach zich tot het simpelste antwoord.

'Ja, dat is het zeker.'

'Ik moet naar haar toe. Om afscheid te nemen. Ze hebben haar lichaam naar beneden gebracht, maar ik mag nog een laatste blik op haar werpen. Wil je met me meekomen, Luc? Ik denk dat ik dit niet alleen kan.'

Hij pakte haar hand. Ze volgden de bordjes naar een deur waar een onbewogen kijkende verpleger hen binnenliet. Callanach liet het aan Ava over in hoeverre ze hem erbij wilde hebben. Hij vond het prima als ze hem daar op het laatste moment achterliet en alleen naar binnen ging om afscheid te nemen, maar ze trok zijn arm om haar middel en leunde onder het lopen tegen hem aan.

Ze hadden dit allebei al vaak meegemaakt. De stalen karren, het lichaam afgedekt door een laken, de kou om het ontbindingsproces te vertragen, de airconditioning om het werken in de ruimte draaglijk te maken. En ze hadden veel ergere dingen gezien dan een natuurlijke doodsoorzaak. Maar hier speelde de liefde mee, en liefde maakte je kwetsbaar, daar was Callanach zich scherp van bewust. En wanneer die liefde je zomaar ontglipte, veroorzaakte dat verdriet, de wreedste, meest destructieve emotie die er bestond, een regelrechte kwelling, ongeacht de omstandigheden.

Ava streek met haar vingers zachtjes over haar moeders gezicht en deed haar best om het gesnik, waardoor ze over haar hele lichaam trilde, te onderdrukken. Callanach herkende haar moeder nauwelijks. Hij had haar maar één keer gezien op een feestje waar Ava hem mee naartoe had gesleept. Ter bescherming, had ze gezegd. Toen hij vroeg tegen wie, had ze geantwoord dat hij haar de rijke vrijgezellen van het lijf moest houden waar haar moeder haar aan wilde koppelen. Callanach had zich die avond prima vermaakt, hoewel het hele feest ook iets weg had van een spektakelstuk. Er waren heel wat speculatieve blikken op hem geworpen, maar Ava's moeder was vriendelijk geweest en hij had een leuk gesprek met haar gevoerd. Hij had weinig over zijn werk verteld en gevoelige onderwerpen vermeden. Het eten was prima, de wijn vloeide rijkelijk en Ava was het stralende middelpunt geweest ondanks het feit dat ze geen zin had gehad om erheen te gaan. Ze had met iedereen gepraat zonder ook maar iets van onzekerheid te tonen. Callanach had haar geobserveerd terwijl ze daar rondliep en oude vrienden begroette en met nieuwe mensen kennismaakte, tot ze op hem af liep en aankondigde dat het tijd was om ervandoor te gaan. De vrouw die hier nu lag was uitgeteerd, de kanker had haar vrijwel volledig opgeslokt en de behandeling bleek niet opgewassen tegen zijn gulzige vraatzucht.

'We kunnen nu wel gaan,' zei Ava, en ze vlocht haar vingers zo stevig door de zijne dat het leek of ze over een koord boven een afgrond liep tot ze achter de klapdeuren de veiligheid van de gang had bereikt. 'O, god,' riep ze opeens en ze sloeg haar handen voor haar gezicht. 'Luc! Wat doe je hier? Ik was het vergeten. Ik was helemaal vergeten wat er aan de hand is. Je moet weg. Je moet Alexina O'Rourke zien te vinden.'

'Alle agenten van Edinburgh zijn naar haar op zoek. Jij had mij hier nodig,' zei Callanach.

'Als Overbeck dit hoort...' zei Ava.

'Overbeck kan doodvallen,' viel Callanach haar in de rede. 'Jij bent belangrijker dan mijn carrière.'

Ava staarde hem aan, haar vingers waren nog steeds met de zijne verstrengeld, tot een portier beleefd kuchte en wachtte tot ze in beweging kwamen.

'Je moet nu gaan. Ik kan de gedachte niet aan dat je hier bij mij blijft terwijl je iets kunt doen. Mijn familie is onderweg. Ik wacht hier op ze en daarna rij ik terug naar de stad en dan zie ik je daar wel.'

'Dat is nergens voor nodig,' zei Callanach. 'Ga naar huis. Neem alle tijd die je nodig hebt.'

'Ik wil me nuttig maken. Daar heb ik voor gekozen. En mijn moeder heeft gezegd dat ze trots op me is. Ik kwam in ieder geval op tijd zodat ze dat nog tegen me kon zeggen. Ik denk dat ze het meest trots op me zou zijn als ik nu doorga en mijn plicht doe. Oké, wegwezen jij! Dat is een bevel.'

'Ik wist niet dat jij mijn baas was,' zei Callanach en hij drukte een zachte kus op haar wang.

'Mocht je willen!' Ava wist een glimlachje op te brengen. 'Maar ik denk dat we aan Overbeck vastzitten.'

Callanach keek op zijn horloge terwijl hij terugrende naar de auto en met slippende banden wegscheurde door de modder waarin hij had geparkeerd, en ondertussen de sirene en de zwaailichten weer aanzette. Het was vijf uur en er stonden geen berichten op zijn mobiel. Er was geen enkel spoor meer. Hopelijk was Alexina O'Rourke nog in leven.

54

Lance liep de hele dag al rond met een knoop in zijn maag. Sinds hij Ben die ochtend had gesproken, zat hem iets niet lekker, maar hij kon niets doen tot de werkdag van het Edinburghse legertje witteboordenwerkers erop zat en ze met hun sporttassen, skinny lattes en veel te dure wijn voor bij het avondeten huiswaarts gingen. Om halfzes belde Ben hem pas terug.

'Jezus, Lance, wat is er aan de hand? Ik heb twaalf gemiste oproepen van je,' zei hij.

'Sorry. Ben je al thuis om die info te checken waar we vanmorgen naar op zoek waren?'

'Over drie minuten,' antwoordde Ben, in de maat hijgend met zijn voetstappen. Lance moest zich enorm inhouden om niet te zeggen dat hij sneller moest lopen. 'Ik bel je terug zodra ik thuis ben. Dat is handiger. Ik heb even tijd nodig om de beveiligingsroutine af te werken. Relax, man, oké?'

'Godallemachtig,' riep Lance vertwijfeld uit. 'We hebben al onze hoop gevestigd op een gast die "relax" zegt. Ik hoop van harte dat dit geen verschrikkelijke vergissing blijkt te zijn.'

Lance schakelde de waterkoker in maar zette hem weer uit en pakte in plaats daarvan een biertje uit de koelkast. Hij had het flesje bijna leeggedronken toen de telefoon ging.

'Heb je het gevonden?' vroeg Lance voordat Ben iets kon zeggen.

‘Ik heb even een minuutje nodig, goed? Ik heb wat data teruggekregen, maar die zijn nog versleuteld. Wat wil je hier precies mee?’

‘Geef me de individuele stemmen nou maar. Die moeten voor zich spreken.’

Hij hoorde wat piepjes, het geklik van Bens razendsnelle typen, en het gezoem van de computerventilators. Lance begon met zijn voet op de grond te tikken en telde de seconden af.

‘Ik heb het. Alleen de moderator kan deze lijst zien; de andere gebruikers niet. De volgorde is chronologisch gerangschikt op het tijdstip van stemmen. O, ik zie dat er een heleboel verschillende voorstellen zijn ingediend. Greenpeace-activist, medewerker in de gehandicaptenzorg, therapeut, kantinedame, chiropodist, maar dat is verkeerd gespeld, dus misschien wordt er iets anders bedoeld, pleegouder, hulpverlener voor alcohol- en drugsverslaafden, bejaardenverzorgster, reclasseringsambtenaar, tuinman, prothesetechnicus – daar heeft iemand echt goed over nagedacht –, soldaat, politieagent, hoewel die maar één stem heeft gekregen...’

‘Stop ’s,’ zei Lance. ‘Zoek eens op advocaat. Hoe vaak zie je dat staan?’

Ben mompelde wat in zichzelf terwijl hij over het scherm scrolde. ‘Eén keer,’ zei hij. ‘Dat kan niet kloppen. Dat is beslist onze stem. Ik zie het tijdstip ernaast staan en ik weet nog dat wij toen online waren.’

‘Heeft een van de andere voorstellen meer dan één stem gekregen?’ vroeg Lance.

‘Sommige wel,’ zei Ben. ‘Pleegouder is door minstens vier verschillende mensen voorgesteld. Therapeut kreeg drie stemmen. Er zitten er ook een paar tussen met twee stemmen. Dus ik snap niet waarom de webmaster ons voorstel eruit heeft gepikt, tenzij hij ons doorheeft. Misschien heeft hij contact gehad met de echte Rory Hand en wilde hij ons een lesje leren.’

‘Ockhams scheermes,’ zei Lance. ‘De simpelste verklaring is dat het niks met ons heeft te maken en alles met de persoon die aan de knoppen zit. Want waarom zou hij iets aan het voorstel veranderen en specifiek een mensenrechtenadvocaat uitkiezen als hij ons een lesje wilde leren? Voor hetzelfde geld waren we er nooit achter gekomen dat wij de enigen waren die dat hadden voorgesteld.'

'Ik snap niet waar dit heen gaat,' zei Ben.

'Ik neem contact op met Callanach,' zei Lance. 'Blijf jij zitten waar je zit. Misschien kunnen we nog meer doen. Het is nu bijna zes uur. Geef me een uur – dan kom ik bij je langs. Probeer jij of je nog meer info op die website kunt vinden. We moeten bij de browsergeschiedenis van de webmaster zien te komen. Hij heeft een heleboel gedetailleerde gegevens over Rory Hand verzameld voordat hij hem lid heeft gemaakt. Hij moet ook ergens informatie over de moordenaars hebben opgeslagen.'

'Dan zijn die gegevens aan alle kanten versleuteld, als hij die informatie tenminste na screening van de kandidaten niet heeft weggegooid. We hebben niet veel tijd meer, dus kunnen we beter niet al onze kaarten op mijn hackerskills zetten,' zei Ben.

55

Salter zat in de briefingruimte, waar ze de hele dag alle telefoontjes had afgehandeld. Callanach kwam als eerste binnenstormen en wilde de laatste stand van zaken weten. Ze had hem liever beter nieuws verteld, maar degene die een grote terreinwagen achter het huis van de O'Rourkes had zien staan, was niet zo wantrouwig geweest dat hij het kenteken had genoteerd of het merk of het model had onthouden. Een donkere terreinwagen in Edinburgh opsporen was zo'n beetje hetzelfde als een vis in een meer zien zwemmen en dan proberen uit te vissen welke kant hij op was gezwommen.

Callanach legde uit waarom inspecteur Turner er niet was, gaf Salter opdracht om haar zo lang mogelijk met rust te laten, en verdween toen naar zijn kamer. Hij had geen zin om de boze opperheks Overbeck tegen het lijf te lopen, en daar kon Salter hem geen ongelijk in geven. De commissaris was die dag al een paar keer binnen komen vallen, steeds kwader, en had volstrekt nutteloze brokjes informatie geëist alsof ze Salter er persoonlijk voor verantwoordelijk stelde dat ze geen vooruitgang boekten.

Een uur na Callanachs plotselinge terugkeer kwam er een andere man de gang in rennen vergezeld door, of liever gezegd hijgend achternagezeten door agent Biddlecombe van de balie, die hem probeerde in te halen.

'Hij heeft zich aangemeld en ik heb zijn legitimatie gecheckt,' riep Biddlecombe, 'maar hij is van de pers.'

Het klonk alsof de man een besmettelijke ziekte bij zich droeg, dacht Salter.

'Ik neem het wel over,' riep Salter en ze kwam overeind om de man de pas af te snijden. 'Kan ik u helpen, meneer?' vroeg ze.

'Waar is Callanach?' vroeg de man. 'Ik ben Lance Proudfoot. Hij neemt zijn telefoon niet op. Ik heb hem op zijn mobiel gebeld, maar toen kreeg ik zijn voicemail.'

'Dat komt omdat hij het nogal druk heeft, en eerlijk gezegd staat hij niet te trappelen om met journalisten te praten. Misschien kunt u mij vertellen wat er aan de hand is, dan kan ik...'

Salter had het idee dat ze na al die jaren bij de politie niet gauw meer ergens van opkeek. Ze had eigenlijk verwacht dat de man erop zou staan Callanach persoonlijk te spreken, dat hij arrogant zou weigeren met een ondergeschikte te praten. Maar in plaats daarvan pakte hij haar vriendelijk maar stevig bij de schouders vast, keek haar recht in de ogen en zei: 'De mensenrechtenadvocaat is niet gekozen omdat daar de meeste stemmen naartoe gingen. Degene die de website runt had een motief om dit specifieke doelwit naar voren te schuiven. Als Callanach het slachtoffer wil vinden, moet hij eerst achterhalen wie het doelwit heeft gekozen.'

Salter stond hem even aan te staren en rende toen weg.

'Daar blijven, meneer Proudfoot. Blijf waar u bent,' riep ze.

Een paar seconden later kwam Callanach door de gang aanrennen.

'Lance, weet je dat zeker?' vroeg hij.

'Aye. Ben heeft de data binnengehaald,' zei Lance.

'Sst,' zei Callanach en hij duwde Lance de briefingruimte in. Hij gebaarde dat Salter mee naar binnen moest komen en sloot de deur.

'Niks zeggen en geen namen noemen,' zei Callanach, terwijl hij naar de gangramen keek en hoopte dat niemand van Edgars mensen net voorbijliep. Ze hadden Ben Paulson samen met Callanach Lance Proudfoots flat zien binnengaan. Lance kon nu maar beter niet op het politiebureau worden gezien.

'We hebben de lijst gevonden met alle voorstellen die bij de webmaster zijn ingediend,' fluisterde Lance. 'Advocaat was beslist niet het populairste beroep. Pleegouder kreeg vier stemmen. En het beroep van mensenrechtenadvocaat is zelfs geen enkele keer genoemd.'

'Dus wat je eigenlijk wilt zeggen is dat het doorgestoken kaart is?' vroeg Callanach. 'Maar die andere slachtoffers, die hele wedstrijd tussen Sem Culpa en Grom, dat was toch geen vooropgezet spel? Bij die advocaat zal er wel iets met de stemuitslag mis zijn gegaan.'

'Nee, het zat me de hele dag al niet lekker. En de gegevens die wij in handen hebben zijn niet gemanipuleerd, daarvoor waren ze te goed versleuteld. Van die andere slachtoffers durf ik niet te zeggen of ze willekeurig door iemand zijn uitgekozen of dat daar zogenaamd over gestemd is, maar dit specifieke slachtoffer is doelbewust uitgekozen. Dat heeft helemaal niets met die stemronde te maken.'

Callanach keek peinzend naar zijn schoenen, koortsachtig op zoek naar een verklaring. Het sloeg nergens op. Het was al erg genoeg toen het een ziek spel leek te zijn, maar de gedachte dat het allemaal een vooropgezet plan was...

'Salter,' zei Callanach. 'Jij hebt op internet een paar artikelen over Alexina O'Rourke gevonden die haar in beeld brachten als potentieel slachtoffer. Ik wil die even zien.' Salter haalde ze op het scherm. 'Kijk, Lance. Dit hebben we gevonden. Zelfs als het beroep mensenrechtenadvocaat doorgestoken kaart was, hebben déze artikelen Sem Culpa doen besluiten Alexina O'Rourke uit te kiezen. Het is hetzelfde als met de andere slachtoffers. Iemand die werkzaam is in een specifiek beroep, en die bij het grote publiek opvalt omdat hij of zij goed werk heeft gedaan. Misschien heeft degene die de website runt een beetje gesjoemeld en heeft hij een voorstel uit de lijst geplukt zonder zich iets aan te trekken van het aantal stemmen. Daar kunnen allerlei verklaringen voor zijn. Misschien leek advocaat hem een beroep dat meer in het oog springt, dat het beter doet in de media. Maar ook al zou het idee om een mensenrechtenadvocaat te kiezen van hemzelf komen, dan nog heeft hij geen naam genoemd en komen we dus geen stap verder om haar te vinden. Er waren nog andere advocaten die minstens evenveel media-aandacht hebben gekregen als mevrouw O'Rourke, dus zij lijkt bij toeval te zijn uitgekozen. Misschien was zij stomweg degene die het makkelijkst kon worden gelokaliseerd.'

Lance wreef over zijn slapen en ging zitten.

'Sorry, Luc. Je hebt gelijk. Ik zit hier je tijd te verspillen terwijl je genoeg andere dingen te doen hebt. De webmaster heeft die Alexina O'Rourke niet bij naam genoemd. Ik laat jullie nu met rust.'

'Soms passen de puzzelstukjes niet helemaal in elkaar,' zei Callanach, 'maar we zouden hier niet zitten als jij in het begin die graffiti niet had gezien.'

'Ik hoop dat je succes hebt,' zei Lance met een klopje op Callanachs schouder. 'En u ook bedankt, rechercheur Salter. Sorry voor alle commotie.'

'Geen probleem, meneer Proudfoot. Prettig om met u kennisgemaakt te hebben,' antwoordde Salter.

Lance glimlachte naar haar en zei: 'Ouderwets goede manieren in tijden van crisis. Dat is de rots waarop Schotland is gebouwd.' Hij stak zijn hand op en slofte weg.

De telefoon ging. Callanach gebaarde naar Salter dat hij terugging naar zijn kantoor en zij nam het gesprek aan.

'Salter, afdeling Zware Misdrijven,' zei ze.

'Met Biddlecombe. Er heeft net een dame gebeld die zich zorgen maakt over haar bejaarde buurvrouw. Ze wonen nogal afgelegen. Ze zegt dat ze haar meestal een keer per week ziet, maar de buurvrouw neemt de telefoon niet op. Ze is naar haar huis gelopen en heeft aangebeld, maar de buurvrouw deed niet open en ze heeft voor zover bekend ook geen familie. Ik kan niemand te pakken krijgen. De meeste geüniformeerde agenten zijn in de stad ingezet vanwege die ontvoering en hoofdinspecteur Edgar heeft de agenten die we verder konden missen, meegenomen. Ik heb letterlijk geen agenten meer over. Ik zag je daarnet en ik vroeg me af of je je telefoon kunt doorschakelen naar de balie en dan...'

'En dan kan ik kilometers rijden om oude dames wakker te schudden die hun deurbel niet meer horen,' zei Salter zuchtend. 'Prima, als ik hier maar even weg kan.'

'Ik mail je mijn aantekeningen en het adres door. Sorry dat ik je hiermee opzadel, maar ik kan de balie niet onbemand laten,' zei Biddlecombe.

'Alleen wij muurbloempjes blijven nog over,' zei Salter. 'We kunnen onszelf troosten met een stuk taart. Op de terugweg haal ik wel wat. Nog wensen?'

'Ik heb liever een vleespasteitje als je toch langs de bakker komt. Maakt niet uit wat voor pasteitje, als er maar eiwitten in zitten,' zei Biddlecombe lachend.

'Gelijk heb je. Je e-mail komt net binnen. Ik ga erlangs en laat wel weten hoe en wat.'

Salter pakte haar badge en een stel sleutels van een anonieme politiewagen. Ze kon rustig aan doen, de ramen omlaag draaien en even van de zon genieten.

Ben zat tv te kijken en wachtte of een van de bots waarmee hij het communicatienetwerk van de webmaster had bestookt hem toegang zou verlenen. De klok tikte verder. Lance had hem per sms bevestigd dat er weer een vrouw was ontvoerd. Als hij een e-mailadres of mobiel nummer van Sem Culpa kon opduikelen, maakte de politie veel meer kans om het laatste slachtoffer levend te vinden.

Om 18.47 uur werd er aangebeld. Lance stond voor de deur met een zak in zijn hand met fish-and-chips erin, zo te ruiken.

'Avondeten,' zei Lance, en hij hield de zak omhoog.

'Kom binnen. Er staat bier in de koelkast. Eet jij je vis met of zonder vork?' vroeg Ben.

'Zonder,' antwoordde Lance. 'En maak je geen zorgen over de bots. Ik heb Luc gesproken. Ze hebben die ontvoerde vrouw gegoogeld en kregen meteen een paar hits over haar en haar werkzaamheden, en die informatie was ruim voldoende om haar bij de moordenaar in beeld te brengen. Niemand had de keuze voor dit specifieke slachtoffer kunnen manipuleren door alleen een mensenrechtenadvocaat voor te stellen.'

'Hoe weet je dat?' vroeg Ben, terwijl hij warme, in krantenpapier gewikkelde pakjes uit de zak haalde.

'Ik heb die artikelen gelezen. Die gingen duidelijk over haar en er stonden allerlei bijzonderheden in over haar werkadres en de mensen die ze vertegenwoordigt. Ik denk dat de moordenaar haar adres en telefoonnummer in een halve minuut heeft gevonden. Die arme vrouw maakte geen enkele kans,' zei Lance. Hij maakte een blikje bier open en liet zich in een stoel vallen.

Ben zette de tv uit en pakte zijn mobiel, scrolde door de schermen en typte wat met een hand. 'Bij het eerste artikel dat ik hier zie, is geen auteur vermeld,' zei hij.

Lance leunde met gesloten ogen achterover en nam een slok bier, zonder de fish-and-chips op zijn schoot aan te raken. 'Het is niet zo vreemd dat er geen auteursnaam staat bij internetartikelen. Die zijn vaak gewoon gelinkt aan een website,' antwoordde hij.

'Ja, maar dit lijkt niet afkomstig te zijn van een krant of een bekende blogger of een advocatenkantoor,' zei Ben. 'En het staat pas halverwege de eerste pagina met zoekresultaten. Ik snap niet waarom dat nou de aandacht van Sem Culpa heeft getrokken.'

'Wat wil je daarmee zeggen?' vroeg Lance. Hij deed zijn ogen weer open en pakte een klein stukje friet met een heleboel zout erop.

'Wat ik daarmee wil zeggen is dat het maar al te gemakkelijk is om alles te geloven wat je op internet leest. Kom 's mee,' zei Ben, en hij liep naar de gang.

'Mag ik nu voor het eerst de Geheime Kamer betreden?' vroeg Lance.

'Je moet me al die artikelen laten zien,' zei Ben, terwijl hij de toegangscode op het paneeltje naast de deur intoetste nadat hij de sleutel in het slot had omgedraaid. 'En laat je biertje in de kamer staan. Ik wil geen vloeistoffen in de buurt van mijn harde schijven.'

'Geldt dat ook voor ketchup?' vroeg Lance terwijl hij achter Ben aan liep.

Voordat hij nog snel een frietje in zijn mond kon stoppen, werd er weer aangebeld. 'Ik doe wel even open,' zei Lance.

'Nee, ik verwacht niemand. Ik vind het niet prettig als mensen onaangekondigd voor de deur staan. Blijf jij hier binnen, maar hou de deur dicht. Ik roep wel als je weer open kunt doen,' zei Ben.

Lance keek naar het computerscherm waarover een zee van steeds veranderende diagrammen bewoog.

'Je hebt je computer al aangezet, zie ik. Ik vraag me af of ik nou iets moet aanraken of niet...'

'Niet als je leven je lief is,' zei Ben. 'Blijf hier nou maar wachten.'

56

Alexina O'Rourke moest overgeven. Het gebeurde terwijl ze op haar rug lag en het braaksel smaakte naar de dood. Over je nek gaan terwijl je op je rug lag was misschien wel de beste metafoor voor hopeloosheid. Wachtend tot het kokhalzen begon, kon ze nauwelijks geloven dat het nooit bij haar was opgekomen dat het zo erg zou zijn. Haar eerste reflex was zich op haar zij te willen draaien, maar ze kon zich niet verroeren. Ze probeerde de opwaartse druk vanuit haar maag en slokdarm te weerstaan, maar wist dat er geen ontkomen aan was. Ze probeerde haar keel af te sluiten voor deze indringer van binnenuit, maar de impuls van haar maag om zich te legen was te sterk. Toen het zover was raakte ze zo verschrikkelijk in paniek dat ze bang was buiten westen te raken en te stikken. Ze rook de gal al voordat die in haar mond kwam, bitter, zoetig, met een bijsmaak van bedorven melkproducten. Het volgende moment zat haar mond vol braaksel. Ze kon niet inademen om het uit te spugen en kon het niet met haar tong naar buiten duwen, want als ze dat deed, gleed het weer haar keel in. Het was alsof ze gorgelde met kots, dat was haar laatste gedachte voordat alles voor haar ogen zich in kronkelige grijstinten hulde en haar lichaam het door het zuurstofgebrek begon op te geven. Ze werd gered doordat haar maag zich in een laatste heftige kramp samentrok, waardoor de inhoud van haar mond met zoveel kracht de lucht in werd geslingerd dat ze nog net tijd had om haar kaken op elkaar te klemmen en haar ogen te sluiten voordat de warme, stinkende maaginhoud recht in haar gezicht kwam.

Haar handen waren achter haar rug vastgebonden en het touw om haar enkels was zo strak aangetrokken dat haar knokkels tegen elkaar schuurden. De angst die door elke porie naar binnen kroop, haar spieren verkrampte en haar deed verschrompelen, was overweldigend. Alexina verlangde al lang voordat ze haar ontvoerder in de ogen keek naar vergetelheid.

Haar gezicht brandde onder de laag maagzuur, haar ogen prikten en haar neusgaten zaten nog vol kots. Pas toen ze uit de achterbak van de auto werd getrokken en met een klap op een provisorisch karretje werd gekwakt, kwam het laatste restje maaginhoud naar buiten. Opeens begon ze hevig te rillen en te klappertanden. Ruwe stof schraapte over haar gezicht, waardoor haar huid pijnlijk aanvoelde, maar alles was beter dan de laag kots die daarvoor over haar gezicht had gelegen.

Vingers drukten hard tegen de binnenkant van haar pols, daarna werd haar hoofd rechtop gehouden en kreeg ze wat water te drinken.

'Over een minuutje voel je je beter,' zei de stem. 'Probeer rustig adem te halen. Die misselijkheid is een bijwerking van de tranquillizer.'

Alexina nam nog een paar slokken en kwam weer enigszins tot zichzelf. Opluchting stroomde door haar heen en de vriendelijke woorden deden de angst wegvloeien.

'Dank je, heel erg bedankt,' zei ze. 'Ik was doodsbang. Kun je mijn polsen losmaken? Ik weet niet zo goed wat er is gebeurd.'

'Dat kan ik jammer genoeg niet doen. Ik heb geen tijd om achter je aan te gaan als je probeert te ontsnappen. Ik zal je op je zij leggen voor het geval je weer misselijk wordt. Dat zou moeten helpen.'

'Ben jij dan niet... Ik snap het niet. Je moet me losmaken. Iemand heeft op me geschoten en toen viel ik...'

De vrouw hurkte naast haar neer en streek met rubberachtige blauwe vingers het plakkerige haar van haar voorhoofd.

'Ik heb je neergeschoten. Het was niet persoonlijk bedoeld. Ik heb de artikelen over je werk gelezen. Je komt op voor de rechten van gevangenen. Dat is volkomen misplaatst. Als ze zo stom zijn om zich te laten pakken, verdienen ze tijdens hun rechtszaak geen medeleven.'

'Jij wilt me helemaal niet redden,' zei Alexina. De vrouw was ondertussen in de weer met een statief waar ze een kleine camera op vastklikte die verbonden was met een laptop. 'Als je geld wilt, dan kan ik mijn moeder bellen. Mijn vader is vorig jaar overleden, en hij heeft me genoeg nagelaten om je te kunnen geven wat je wilt. Dat is zo geregeld.'

'Geld heb ik genoeg,' zei Sem Culpa, terwijl ze naar een hoek van de ruimte liep en een generator verplaatste. 'Maar ik heb niet genoeg tijd. Vierentwintig uur is echt te kort om dit allemaal voor elkaar te krijgen.'

'Vierentwintig uur? En dan wat? Wie ben jij? Is dit wraak vanwege een zaak die niet goed is afgelopen? Ik kan er nog eens naar kijken, nog een keer beroep aantekenen. Zeg alsjeblieft wat je van me wilt!'

'Bewaar je stem maar voor later. Ik neem het op met geluid. Maar nu moet ik even door. Het heeft al te lang geduurd om dit allemaal klaar te zetten en de generator heeft veel minder vermogen dan ik had gehoopt,' zei Sem Culpa.

Ze liep weer terug naar Alexina en haar kortgeknipte haar waaide op door de wind die door de gebroken ramen naar binnen blies. Alexina probeerde te focussen op haar omgeving. Ze was in een oude fabriek, waar ooit volop bedrijvigheid had geheerst maar die nu leegstond. Op weg hiernaartoe was ze bewusteloos geweest en ze had dan ook geen enkel besef van de tijd of hoe ver ze van de stad af zaten. Ze hoorde in ieder geval amper geluid – geen verkeerslawaai en al helemaal geen voetstappen. Het enige andere wat haar opviel was de geur, die zelfs de stank van haar eigen huid en natte haar overheerste. Het rook naar zwavel en ook naar vlees, een zware en tegelijkertijd zurige lucht.

'Wil je weten wat er aan de hand is?' vroeg Sem Culpa.

'Ja,' fluisterde Alexina.

'Oké. Ik heb een jongen vermoord tijdens een rockconcert, op klaarlichte dag, midden in een menigte met duizenden mensen. Hij heette Sim Thorburn. Daarna heb ik een oude man in het souterrain van een bibliotheek vermoord. Die heette Michael Swan. Hem heb ik levend gevild. Heb je daar genoeg aan of wil je dat ik doorga?'

Alexina O'Rourke begon te krijsen. Het gevoel van wanhoop dat daarop volgde werd veroorzaakt doordat Sem Culpa geen enkele poging deed om haar het zwijgen op te leggen. Ze zei zelfs niet dat ze moest ophouden. Dat was het moment waarop Alexina zeker wist dat niemand haar te hulp zou schieten.

57

Polly stond bij Ben voor de deur met in haar ene hand een fles wijn en in haar andere een klein plastic zakje.

'Cabernet sauvignon uit Californië om je een thuisgevoel te geven, en de beste wiet die je hier in Schotland kunt krijgen. Ik dacht dat je na je overhaaste vertrek vanmorgen en het feit je me vandaag niet in de Below Par bent komen opzoeken, wel een opkikkertje kon gebruiken.'

'Absoluut,' zei Ben, 'maar ik heb iemand op bezoek. Sorry, Pol. Kun je misschien later terugkomen?'

'Natuurlijk. Ik laat de rode wijn hier, maar ik neem de wiet weer mee. Ter compensatie. Bel me maar als je klaar bent.'

Ze deed een stap naar voren en kuste hem, waarbij ze het puntje van haar tong langs zijn onderlip liet glijden, en drukte zich even tegen hem aan. Ben voelde dat ze geen bh droeg en dat hij niet wilde dat Lance nog lang bleef hangen.

'Weet je wat, we zijn zo klaar. Kom anders binnen en zet de tv aan. Er is eten en bier. Ik pak wel even een kurkentrekker...'

'Het is een schroefdop, maar ik wil je niet storen,' zei Polly.

'Moet ik je nou smeken?' vroeg Ben. 'Twintig minuten, op zijn hoogst. Zeg dat je blijft.'

Polly rolde met haar ogen, liep langzaam naar binnen en trok een pakje vloei uit haar zak.

'Wil je ook?' vroeg ze, en ze begon een sigaret te draaien.

'Straks misschien,' zei hij. 'Ik moet dit even afhandelen. Schenk maar alvast een glas wijn voor me in,' riep hij terwijl hij de gang in liep. 'Hé, Lance, wil je een glas wijn of hou je het bij bier?'

Lance keek hem vragend aan terwijl hij de deur opendeed om Ben weer binnen te laten.

'Wie is daar?' vroeg hij.

'Polly,' antwoordde Ben.

Lance trok zijn wenkbrauwen op.

'Die ken je toch wel? Ze werkt bij de Below Par. Ze was hier vanmorgen toen jij belde...'

'Aha,' zei Lance. 'Weet je zeker dat dat een goed idee is? Dit kan nog wel even duren. Het is misschien beter als we met zijn tweeën zijn.'

'Polly is oké,' zei Ben. Hij pakte een stapel tijdschriften van een kruk en ging naast Lance voor het scherm zitten. 'We gaan verder. Kijk, bij geen van deze artikelen kun je zien waarvandaan ze zijn geüpload.'

'En wat kunnen we daaruit afleiden?' vroeg Lance.

'Daaruit kunnen we afleiden dat de auteur van die artikelen niet gevonden wil worden,' zei Ben, terwijl hij een browser opende en begon te typen.

'Wat is dat?' vroeg Lance.

'Dit is de longlist van mensenrechtenadvocaten die in aanmerking komen voor een onderscheiding, en daar zou Alexina O'Rourke dus tussen moeten staan.' Ze begonnen allebei te lezen.

'Ze staat er niet bij,' zei Lance. 'Misschien is er een fout gemaakt of misschien hebben ze het overwogen maar haar toch niet op de lijst gezet.'

'O ja? Wat is er met die man van dat scheermes gebeurd?'

'Ockham,' zei Lance. 'Confronteer een journalist nooit met zijn eigen woorden. Dat is onwaardig. Maar dat verklaart nog niet waarom Alexina is uitgekozen. Deze artikelen staan allemaal ergens halverwege de lijst met zoekresultaten. Een paar staan er zelfs op de tweede pagina. Als iemand de moeite heeft genomen om nepartikelen te schrijven, dan kan hij of zij er nog niet zeker van zijn dat dat genoeg is om Sem Culpa op het spoor van mevrouw O'Rourke te zetten en haar als slachtoffer uit te kiezen.'

Ben typte zwijgend verder terwijl Lance zich op de fish-and-chips concentreerde.

'Rankinggeschiedenis,' zei hij. 'Jezus, dit is...wauw, Lance, je weet niet half hoeveel gelijk je had. Moet je kijken. Gisteravond had elk van deze artikelen een uur lang een heel hoge ranking. Ze stonden stuk voor stuk helemaal bovenaan in de lijst met zoekresultaten. En dat uur ging in vanaf het moment dat de stemming over het volgende slachtoffer was gesloten. Na dat uur heeft iemand de relevante trefwoorden veranderd, waardoor ze lager op de lijst terechtkwamen.'

Lance zei niets. Het frietje dat hij in zijn mond wilde steken bleef halverwege hangen en hij keek Ben niet-begrijpend aan. 'Waarom zou... Sorry, ik ben een beetje traag van begrip...'

'Gisteravond, toen Sem Culpa te horen kreeg dat ze een mensenrechtenadvocaat moest vermoorden, is ze gaan googelen en zag ze de artikelen over Alexina O'Rourke als eerste bovenaan op het scherm verschijnen. Daarmee werd een voor de hand liggend spoor gelegd naar een heel specifiek doelwit. En omdat ze maar vierentwintig uur had, moest Sem Culpa snel beslissen. Ze heeft haar research gedaan, Alexina O'Rourke meteen uitgekozen en haar voorbereidingen getroffen. Later op de avond waren die artikelen alweer een heel eind gezakt op de lijst...' legde Ben uit.

'Dus voor mensen die pas later informatie over Alexina O'Rourke zochten, sprongen die artikelen er niet echt uit. Rechercheur Salter is Alexina O'Rourke pas gaan googelen nadat ze was ontvoerd. Daardoor leek haar ontvoering op het eerste gezicht op al die andere ontvoeringen – er moesten een paar geloofwaardige nieuwsberichten over haar beschikbaar zijn – maar de politie had op geen enkele manier kunnen voorzien dat zij degene was die ontvoerd zou worden, en had het dus nooit kunnen tegenhouden. Als we gelijk hebben, waren al die andere moorden alleen maar een afleidingsmanoeuvre om deze moord de zoveelste in een reeks te laten lijken. Vier onschuldige mensen zijn vermoord om ervoor te zorgen dat Alexina O'Rourke niet te veel zou opvallen. We moeten Callanach te pakken zien te krijgen,' zei Lance, en hij pakte zijn mobiel en koos diens nummer.

'Goed, we weten nu dat iemand met een hoop technische kennis een darknetsite heeft gebouwd. Die kennis heeft hij ook gebruikt om artikelen hoog in de resultaten van de zoekmachines te krijgen, zodat de moordenaar naar een specifiek doelwit werd geleid, en daarna heeft hij ze weer verplaatst om het spoor uit te wissen. Zou het iemand zijn die rancune koestert?' vatte Ben samen.

'Of iemand die er iets bij te winnen heeft,' voegde Lance eraan toe, terwijl hij wachtte tot er werd opgenomen. 'Ik leg het Luc wel uit. Zoek jij intussen alles op wat je over Alexina O'Rourke te weten kunt komen.'

Lance had maar twee minuten nodig om Callanach bij te praten.

'Dus er is nog iemand anders bij betrokken. God, Lance, sorry. Als ik eerder naar je had geluisterd, hadden we haar misschien al gevonden. Ik rij nu terug naar het huis van de O'Rourkes. Misschien weet haar man of er iemand is die haar dood wilde hebben. Ik weet niet hoe ik die arme man moet vertellen dat zijn vrouw de reden was voor al die eerder gepleegde moorden,' zei Callanach.

'Degene die hierachter zit heeft ons allemaal besodemieterd,' zei Lance. 'En als Ben er niet was geweest...'

'Ik weet het,' zei Callanach. 'Bedank hem namens mij. En blijf vooral verder zoeken. We zijn nu misschien een stap dichter bij Alexina O'Rourke gekomen, maar we hebben niet veel tijd meer. En die Grom zit daar ook nog ergens met een slachtoffer dat allang alle hoop heeft opgegeven.' Hij verbrak de verbinding.

Er werd zacht op de deur geklopt. 'Mag ik binnenkomen?' riep Polly.

‘Dat is niet zo’n goed idee, denk ik,’ zei Lance.

‘Jawel, het is oké,’ antwoordde Ben, terwijl hij ondertussen geconcentreerd bezig was om alle informatie over Alexina O’Rourke op te zoeken.

‘Ben, we moeten dit eerst afmaken. Je mag je nu niet laten afleiden,’ zei Lance.

‘Ik wil ook leven, hè. Het gevoel hebben dat een computer niet het enige is dat op mijn aanraking reageert. Het is goed. Doe maar open,’ zei Ben.

Lance deed de deur open en probeerde te glimlachen naar Polly, die met een halflege fles wijn en een joint voor de deur stond.

‘Wat zijn jullie allemaal aan het doen?’ vroeg ze.

‘We zijn op jacht naar motieven,’ mompelde Ben. ‘Sorry, ik heb niet genoeg stoelen. Pak die krat maar om op te zitten als je het niet al te ongemakkelijk vindt.’ Hij wees achter zich. ‘Leg die harde schijven maar op de grond in de hoek. Oké, Lance, waar beginnen we?’

‘Met haar e-mails,’ zei Lance zacht en hij keek over zijn schouder naar Polly. ‘Ze moet een privéaccount en een werkaccount hebben. Ze werkt voor een advocatenkantoor, dus haar e-mailadres zal wel goed beschermd zijn.’

‘Tss,’ mompelde Ben. ‘Het lijkt wel of je me helemaal niet kent. Ik zit allang in haar mailbox. Niks versleuteld. Antieke beveiliging. Eenvoudig wachtwoord en dat gebruikt ze ook voor haar privéaccount. Ik snap niet dat mensen dat nog steeds doen na al die waarschuwingen.’

‘Voor ons gewone stervelingen is het wat te veel gevraagd om voor elk account een ander wachtwoord te onthouden, of het nou om je mail gaat, om Facebook, om bankzaken of wat dan ook. Je gaat me toch niet vertellen dat je voor alles wat je online doet een ander wachtwoord hebt?’ zei Lance.

Ben keek hem aan en trok zijn wenkbrauwen op.

‘Oké, ja, jij natuurlijk wel. Waar zijn we eigenlijk naar op zoek?’

'Ik ben op zoek naar eventuele sleutelwoorden, maar dat wordt een hels karwei. Doorgaans vind je niet veel beledigende taal in iemands e-mails, maar in haar mails staan verklaringen, pleidooien, allerlei teksten met betrekking tot rechtszaken die over behoorlijk ernstige strafzaken gaan. Het lukt me nooit om dat allemaal door te pluizen.'

'En als we nu eens op de datum van vandaag zoeken?' stelde Lance voor. 'Misschien heeft iemand geïnformeerd waar ze was, waar ze mee bezig was, voorgesteld om met haar af te spreken? Iemand die haar gangen probeerde na te gaan?'

Ben zat te typen terwijl Polly haar hoofd op zijn schouder legde en naar het scherm keek.

'Heb ik iets gemist?' vroeg ze. 'Wiens mailbox is dit trouwens?'

'We zijn een vriend aan het helpen,' zei Lance, en hij boog zich voorover om een e-mail aan te wijzen. 'Ze zou vandaag gaan lunchen met haar moeder, maar heeft die afspraak verleden week blijkbaar afgezegd omdat ze in plaats daarvan een afspraak met een klant wilde maken.'

'Denk je dat haar moeder er iets mee te maken heeft?' vroeg Ben. 'Dat lijkt me sterk.'

'Kijk maar naar de statistieken,' antwoordde Lance. 'Ik heb daar verleden jaar een artikel over geschreven. Gemiddeld wordt maar een op de acht vrouwen door een onbekende vermoord. Als je dat gegeven combineert met het feit dat alles erop wijst dat de dader iemand is die belang heeft bij haar dood, moeten we eerst en vooral naar de mensen in haar directe omgeving kijken. Haar e-mails omvatten een te groot netwerk. Ik stuur Callanach toch even een sms'je over dat afgelaste lunchplan. Het is sowieso goed om hem op de hoogte te houden.'

Callanach las Lance' berichtje en belde toen de agenten op die net een bezoek brachten aan een huis in Aberdeen.

'Met Luc Callanach. Ik leid het onderzoek naar de ontvoering van

Alexina O'Rourke. Zijn jullie nu bij haar moeder?'

'Ja, meneer,' antwoordde de vrouwelijke agent. 'Maar we hebben het haar net verteld en ze is erg van slag. Mogen we u over een kwartiertje terugbellen nadat we haar een kop thee hebben gegeven en ze de tijd heeft gehad om het nieuws te verwerken?'

'Als een auto gemiddeld honderd kilometer per uur rijdt, hoever komt die auto dan in een kwartier?' vroeg Callanach haar.

'Eh, ik snap niet zo goed wat dat te maken heeft met –' stamelde de agent.

'Vijfentwintig kilometer. Zoveel verder weg komt een psychopaat met Alexina O'Rourke in de kofferbak terwijl ik wacht tot haar moeder het een beetje verwerkt heeft. En dan moeten wij vijfentwintig kilometer verder rijden om haar te redden, gesteld dat we erachter kunnen komen waar ze is. Dus zal ik dan wachten?'

'Ik geef haar aan de lijn,' zei de agent en hij hoorde haar op gedempte toon uitleggen wie Callanach was. Het bleef even stil en toen kwam er een andere stem aan de lijn.

'Het spijt me dat ik u op zo'n moeilijk moment vragen moet stellen, maar we proberen ons een duidelijker beeld te vormen van de dagelijkse bezigheden van uw dochter. We hadden begrepen dat u vandaag eigenlijk met haar zou lunchen,' zei Callanach.

'Dat klopt. Een paar dagen geleden belde ze me op om het af te zeggen. Ik geloof dat er een dringende rechtszaak tussen kwam,' zei haar moeder.

'En van wie kwam het voorstel om te lunchen?' vroeg Callanach.

'Dat weet ik niet meer. Is dat zo belangrijk? Ik snap niet hoe dat kan helpen om Alexina terug te vinden,' zei haar moeder, en aan het eind van de zin stokte haar stem. Er klonk geritsel door de telefoon, waarschijnlijk van een zakdoek, dacht Callanach.

'Ik moet weten of zij degene was die de plannen had gemaakt en toen weer veranderd heeft, of dat ze daar geen controle over had. Is er een restaurant geboekt?'

'We gaan altijd naar een tapasbar tegenover haar kantoor. Daar hoef je niet te reserveren. Het is een heel informeel gebeuren daar. Hebt u enig idee waarom dit haar is overkomen? Alex is een schat. Iedereen is dol op haar. Ze werkt keihard, heeft hart voor haar cliënten...' Haar stem brak en op de achtergrond hoorde Callanach de agent troostende woorden fluisteren.

'Een laatste vraag. Ik weet dat het een lastige vraag is. Is Alexina's leven onlangs ingrijpend veranderd? Neem me niet kwalijk dat ik het vraag, maar had ze misschien een minnaar? Was ze de laatste tijd teruggetrokken? Denkt u dat ze iets voor u verborgen hield?'

'Nee, absoluut niet. Ze was natuurlijk ontzettend verdrietig toen haar vader overleed, maar zelfs daar heeft ze een positieve draai aan weten te geven. Al het geld dat ze heeft geërfd wordt in een liefdadigheidsfonds gestort. Alex was elk vrij moment bezig om dat allemaal te regelen. En het past niet bij haar karakter om ook maar te denken aan een affaire. Ze had loyaliteit en oprechtheid hoog in het vaandel staan.'

'Goed. Dank u. We zullen alles doen wat in ons vermogen ligt om uw dochter zo snel mogelijk te vinden. De agenten blijven bij u. Als u nog iets te binnen schiet wat zou kunnen helpen, laat ze dan bellen,' zei Callanach.

'Dus Alexina's echtgenoot werkt fulltime en zou vandaag niet thuis zijn,' zei Ben. 'Er is aardig wat media-aandacht geweest voor hun huwelijk. Het lijkt een belangrijke gebeurtenis te zijn geweest. Ze is aantrekkelijk. Zou het een afleidingsmanoeuvre kunnen zijn, om een ontvoering te verhullen? Iets met een stalker, misschien, of een ex-vriend?'

'Zou kunnen,' zei Lance. 'Maar zou ze het niet gemerkt hebben als iemand haar volgde, haar opbelde, vooral als het om een halsstarrige ex ging?' Zijn mobiel gaf een signaal dat er een sms'je binnenkwam. 'Dat is Callanach,' zei hij. 'Mevrouw O'Rourke blijkt geld te hebben geërfd dat ze in een liefdadigheidsfonds wilde onderbrengen. Hij wil dat we daar meer over te weten komen.'

Er gingen twee minuten voorbij tot Ben weer begon te spreken. Hij had razendsnel zitten typen en al die tijd zijn adem ingehouden. 'Ze heeft bijna elf miljoen geërfd.' Ben floot even. 'Het geld is afkomstig van een paar slimme vastgoedprojecten waarin haar vader een paar decennia geleden geïnvesteerd heeft. Alles wijst op Wesley O'Rourke. Ze hebben geen kinderen. Niemand anders zal profiteren van haar dood.'

'Maar dat verklaart het nog niet,' onderbrak Lance hem. 'Haar man had toch gewoon van haar kunnen scheiden en de helft van de erfenis kunnen incasseren? Misschien waren ze nog niet lang genoeg getrouwd en zou hij wat minder dan de helft krijgen, maar dan zou hij alsnog steenrijk zijn geworden. Het is helemaal niet nodig om zo'n dramatische stap te nemen en een moord te beramen.'

'Alexina O'Rourke was bezig een stichting in het leven te roepen om genitale verminking te bestrijden. Het plan stond nog in de steigers, maar er was al e-mailverkeer tussen de betrokken partijen. Misschien zou een scheiding te veel tijd hebben gekost,' zei Ben.

'Zolang hij de scheiding in gang zette voordat het geld naar de stichting zou worden overgeheveld, zou Wesley O'Rourke recht blijven hebben op zijn deel. Hij heeft wat dat betreft de wet aan zijn kant staan. Hij had de scheiding vandaag kunnen aanvragen en dan zou zij geen stuiver van dat geld in de stichting mogen steken. We zijn weer op een dood spoor beland,' zei Lance. 'Ik breng Luc op de hoogte. Ga nog eens terug naar die site op het darknet. Het ziet ernaar uit dat we Alexina O'Rourke via die weg moeten zien op te sporen.'

Lance liep de kamer uit om Callanach te bellen. Polly ging op zijn stoel zitten en schoof dichter naar Ben toe. 'Waar ging dat nou over?' vroeg ze.

'Ach, ik draag mijn steentje bij aan de samenleving,' zei Ben. Hij leunde opzij en drukte een kus op haar lippen. 'Ik moet deze software nog even laten draaien – om te kijken of we misschien nog meer info over Sem Culpa boven water kunnen halen. Over tien minuten ben ik geheel en al de jouwe,' zei hij.

Lance kwam weer binnenlopen en sleepte de krat waar Polly op had gezeten naar de zijkant van het bureau, dicht bij de deur. 'Ik heb Luc te pakken gekregen,' zei hij. 'Ik heb hem het weinige verteld dat we weten. Volgens mij heeft hij het gevoel dat hij zijn eigen staart achternazit.' Hij keek Ben en Polly aan, die elkaars hand onder het bureau vasthielden. 'Ik denk zomaar dat jullie voor vanavond plannen hebben. Heb je nog tijd om wat meer over Alexina te weten te komen?' vroeg hij.

'Ik laat het programma draaien. Voorlopig kan ik verder niet veel doen. Sorry dat ik je de deur uit zet, Lance, maar Polly en ik...' In de zitkamer ging een mobieltje. 'Ik moet dat gesprek even aannemen,' zei Ben. 'Een momentje.'

'Moet je niet...' zei Lance, terwijl Ben langs hem heen schoot en de gang op liep.

'Hoe heb jij Ben eigenlijk leren kennen?' vroeg Polly, terwijl ze op Bens stoel ging zitten en haar voeten op het bureau legde. In de zitkamer hoorde Lance dat Ben opeens zachter ging praten. 'Ik vraag het omdat jullie niet echt bij elkaar lijken te passen.' Ze liet haar vingers over het toetsenbord gaan.

'Dat kun je beter niet doen,' zei Lance, en hij stond op en keek de gang in.

'Jeetje, deze fles is al leeg. Zou jij zo lief willen zijn om voor mij een biertje uit de koelkast te pakken?' vroeg Polly.

'Ik denk dat ik beter bij de computer kan blijven. Misschien komt er iets binnen,' zei Lance.

'Ik let wel op. Je bent maar een paar seconden weg. Weet je, ik heb al de hele dag moeten staan in het café.'

Ben brulde iets onverstaanbaars vanuit de zitkamer. Opeens klonk er een heleboel geschreeuw en het gebonk van iets zwaars en massiefs tegen de houten voordeur.

'Ben! Wat is er aan de hand?' riep Lance.

'Doe de deur op slot en laat niemand...' schreeuwde Ben, en op datzelfde moment werd de voordeur opengebroken.

Lance sprong achteruit de werkkamer in en botste tegen Polly op, die de deur net dicht wilde gooien maar dat niet kon omdat hij in de weg stond. Hij liet zich opzij vallen, schopte de deur dicht en reikte toen omhoog om de deur aan de binnenkant te vergrendelen. Hij liet zich tegen de extra dikke houten deur vallen en had het gevoel dat zijn longen zouden barsten.

58

Callanach parkeerde de auto voor het huis van de O'Rourkes en vroeg zich af wat Ava op dat moment deed, en of zij misschien met betere ideeën zou komen dan hij. Het kleine beetje informatie dat Lance over Alexina O'Rourke had gegeven, bracht het onderzoek geen stap verder. Het enige wat hij kon doen was checken of de forensisch onderzoekers iets nuttigs op de plaats delict hadden aangetroffen en Wesley O'Rourke verzekeren dat ze al het mogelijke deden om zijn vrouw te vinden.

Een agent deed de deur pas open toen Callanach op het punt stond om achterom te lopen.

'Waar is meneer O'Rourke?' vroeg Callanach.

'In zijn werkkamer, sir,' antwoordde de agent.

Callanach klopte aan en duwde de deurklink naar beneden, maar voelde dat er geen beweging in zat. 'Meneer O'Rourke,' riep Callanach. 'Kunt u de deur alstublieft opendoen?'

Binnen klonk wat geschuifel, de klik van een laptop die werd dichtgeklapt en toen het geluid van voetstappen in de richting van de deur.

'Inspecteur Callanach,' zei O'Rourke, en hij deed de deur verder open. 'Hebt u Lexy al gevonden?'

'Helaas niet. We doen navraag in de buurt, checken alle camera's in de omgeving om te kijken of we de auto kunnen identificeren aan de hand van de beschrijving en het tijdstip, en ik heb mensen die Sem Culpa's online spoor volgen om erachter te komen waar ze naartoe kan zijn gegaan,' zei Callanach.

'En hoe zit het met de media? Kunt u die niet inzetten om, nou ja, mensen op te roepen om te bellen als ze ergens een fourwheeldrive hebben gezien met een vrouw achter het stuur, of een auto die op een gekke plek staat geparkeerd. Gewoon iets... u moet toch meer kunnen doen,' zei hij en hij liet zich weer in zijn bureaustoel vallen.

'We doen al het mogelijke. Wat ik nu wil doen, is de gebeurtenissen van vandaag nog eens helemaal nalopen zodat ik zeker weet dat ik niets over het hoofd heb gezien. Vindt u het goed als ik de camerabeelden nog een keer bekijk? Misschien staat daar iets op. Ik heb vanmorgen maar heel even kunnen kijken.'

'Daar zult u niets aan hebben. We weten dat die allang waren uitgeschakeld toen Lexy werd ontvoerd. Is dat nou echt het beste waarmee u kunt komen? Beseft u eigenlijk wel wat dat monster met haar van plan is?'

'Mogelijk kunnen de camerabeelden ons toch helpen. Misschien zien we iemand langslopen of de auto eerder op de dag langs de oprit rijden,' zei Callanach. 'En we hebben hoe dan ook een kopie nodig als bewijs.'

'Uw mensen hebben de beelden al ettelijke keren bekeken. Ze waren het er allemaal over eens dat er niets op staat wat de moeite waard is. Ik zou het op prijs stellen als u verder geen tijd verspilt. Hoe zit het met Lexy's mobiel? Heeft u haar sms'jes gelezen? Het is nog altijd mogelijk dat de dader een bekende is. Misschien een cliënt die door haar geobsedeerd raakte. Ze heeft genoeg psychopaten verdedigd om een hele gevangenis mee te vullen. Moet u daar niet eens naar kijken?'

'Zeker,' zei Callanach. 'Absoluut. Ook om die reden wil ik graag met de camerabeelden beginnen. De dader heeft uw huis in de gaten gehouden en zich ervan verzekerd dat u naar uw werk bent gegaan. De kans is groot dat de dader er al was toen u van huis ging, vooral omdat ze verwachtte dat uw vrouw ook naar haar werk zou gaan. Kunt u mij de beelden nog één keer laten zien?'

Wesley O'Rourke rolde met zijn ogen en klemde zijn kaken op elkaar. Callanach had begrip voor zijn frustratie. Aandacht besteden aan de piepkleine details leek altijd tijdverspilling, maar vaak vormden die ook de sleutel waardoor een zaak weer aan het rollen kwam. O'Rourke spoelde de beelden terug, deed een stap naar achter en speelde ze weer af. Hij draaide zich om en staarde door het raam naar buiten terwijl Callanach de laatste seconden bekeek voordat de camera werd uitgezet. Daarna bekeek hij de opnamen nog een keer en bestudeerde de lege oprit, de verlaten tuin en de hal op de benedenverdieping waar geen enkele beweging was te zien.

'Bedankt, meneer O'Rourke,' zei Callanach. 'Ik zal u met rust laten en ga nu kijken of de technische recherche iets in de tuin heeft gevonden.'

Callanach glipte de werkkamer uit en haalde in de hal zijn mobiel tevoorschijn. Terwijl hij door de ramen aan de achterkant van het huis naar het forensische team stond te kijken, belde hij de moeder van Alexina O'Rourke weer.

Tien minuten later klopte Callanach weer op de deur van O'Rourkes werkkamer. Op het bureau was de laptop weer dichtgeklapt, maar nog steeds warm toen hij zijn hand eroverheen liet glijden.

'Hebt u al met de moeder van uw vrouw gesproken?' vroeg Callanach.

'Nee,' zei O'Rourke. 'Ik wilde haar niet ongerust maken totdat vaststaat dat...'

'Ik snap het,' zei Callanach. 'Ik vroeg me namelijk af of u net bezig was haar een e-mail te sturen. Hebt u uw laptop uitgezet vlak voordat u de deur opendeed?'

'Uit gewoonte,' zei O'Rourke. 'Op de bank moet ik me aan zeer strenge veiligheidsvoorschriften houden. Ze hameren erop dat ik eerst de deur op slot doe voordat ik in het systeem inlog.'

'Dus u was aan het werk?' vroeg Callanach.

'Ik probeer wat afleiding te zoeken,' antwoordde O'Rourke en hij wendde zijn hoofd af. 'Hebben uw mensen nog iets gevonden?'

'Zou u uw laptop weer aan willen zetten?' vroeg Callanach. 'Voor het geval de ontvoerder zijn eisen per e-mail kenbaar maakt.'

Wesley O'Rourke staarde Callanach aan, schudde zijn hoofd en zei op zachte toon: 'Dat kan ik niet doen. Ik heb u al uitgelegd dat ik van mijn werkgever strenge veiligheidsvoorschriften moet naleven.'

'Ik had me niet gerealiseerd dat ze zo streng waren,' zei Callanach. 'Laten we de bank even bellen. Ik weet zeker dat ik ze op andere gedachten kan brengen als ik uitleg dat een vermiste persoon mogelijk in gevaar verkeert.'

'Ik wil mijn werk hier niet bij betrekken,' zei O'Rourke. 'Ik werk op contractbasis voor ze en heb geen vast dienstverband. Als hier gedoe over ontstaat, dan loop ik het risico dat ze mijn contract niet verlengen.'

'Wat voor werk doet u precies op de bank?'

'Godsamme! Mijn vrouw verkeert in levensgevaar en dan vindt u het nodig om mijn cv door te spitten? Ik wil uw leidinggevende spreken. Iemand moet hier de verantwoordelijkheid nemen.'

'U hebt helemaal gelijk. Uw vrouw verkeert in levensgevaar,' zei Callanach. 'Is dat contract dan belangrijker?' Callanach legde zijn hand op de laptop. O'Rourke deed een stap naar voren en toen weer naar achteren. 'We moeten de laptop sowieso als bewijs in beslag nemen voor het geval uw vrouw hem ook heeft gebruikt. Misschien levert het een aanwijzing op. Het kan zijn dat haar ontvoerder haar via de sociale media heeft gevolgd of contact met haar heeft gezocht.'

'Mijn vrouw heeft deze laptop nooit aangeraakt. Ze wist het wachtwoord niet eens. Ik geloof dat ik Alexina's moeder nu maar even moet bellen. Zou ik misschien een minuutje privacy mogen hebben om rustig te kunnen bellen?'

‘Voordat u dat doet, zou ik u willen vragen om mij nog één keer het laatste beeld op de bewakingscamera te laten zien. Vlak voordat de camera werd uitgezet,’ zei Callanach.

Wesley O’Rourke fronste zijn voorhoofd en liep langzaam naar het bedieningspaneel. ‘Bent u op zoek naar iets specifieks?’ vroeg hij.

‘Ik heb alleen het tijdstip van het laatste beeld nodig om er zeker van te zijn dat we bij het doorzoeken van de andere camerabeelden uit de buurt binnen het juiste tijdvenster werken,’ zei Callanach.

‘Juist, ja,’ zei O’Rourke en hij scrolde door de tijdlijn. ‘Ik kan hier een kopie van maken als u wilt, maar ik denk niet dat dat iets toevoegt.’

‘U hebt gelijk. Het voegt niets toe,’ zei Callanach. Hij liep naar de deur en wenkte een agent. ‘Klopt het dat u op de bank verantwoordelijk bent voor de internetbeveiliging? Voor zaken als gegevensbescherming, websitebeveiliging, internationale routing en codering? De hele bups.’

‘Ja, maar ik snap niet waarom u...’

‘En klopt het dat u een akte van huwelijkse voorwaarden hebt ondertekend waardoor u in geval van echtscheiding geen recht kan doen gelden op het eventuele vermogen dat uw vrouw zou kunnen ontvangen, zoals bijvoorbeeld een erfenis?’

Het bleef lang stil. Wesley O’Rourke zette zijn handen in de zij. ‘Dit is schandalig. Ik snap al waar dit heen gaat. U probeert mij als verdachte naar voren te schuiven om uzelf in te dekken. Uw mensen hebben er een zootje van gemaakt. Ze hebben niet kunnen voorkomen dat mijn vrouw vlak voor de deur is ontvoerd. Nu hebt u geen idee waar ze is, dus wordt het tijd om de echtgenoot dan maar te beschuldigen. Ik hou van mijn vrouw, inspecteur. Bel de Buccleuch Arms maar op. Ik heb daar vanmorgen een kamer geboekt voor het weekend. Ik heb de lunch voor haar klaargezet zodat ze het zelf niet hoefde te doen omdat ze niet lekker was. Ik heb zelfs een briefje achtergelaten...’ Zijn stem stokte en hij wendde zijn blik af. De agent stak haar hand uit en zette onwillekeurig een stap in zijn richting tot ze Callanachs gezicht zag.

'U hebt precies de juiste dingen gedaan om ervoor te zorgen dat wij u er niet van zouden verdenken dat u iets met haar ontvoering hebt te maken,' zei Callanach. 'U hoeft niet toe te geven dat er een akte van huwelijkse voorwaarden is opgemaakt. Uw schoonmoeder heeft een kopie in haar bezit. U gaat miljoenen mislopen als de erfenis in een liefdadigheidsfonds wordt gestort en in geval van een scheiding kunt u evenmin aanspraak maken op het geld vanwege de overeenkomst die u hebt ondertekend. Maar als Alexina overlijdt voordat de stichting is opgericht, dan is het geld voor u.'

'Dus u bent tot de conclusie gekomen dat u alleen maar een motief nodig hebt om me te arresteren? Mijn vrouw is dan wel advocaat, maar ik ken de wet ook goed genoeg om te weten dat u toch eerst bewijs moet hebben voor mijn betrokkenheid.'

'Daar hebt u helemaal gelijk in,' zei Callanach en hij pakte een paar handboeien van de agent aan. 'Uw vrouw heeft de bewakingscamera's niet uitgezet,' vervolgde hij. 'Als ze dat wel had gedaan dan had u op de allerlaatste beelden ofwel in de hal of op de oprit moeten staan, maar u bent nergens te zien. Draait u zich maar om.' Er werd aangebeld. Callanach hoorde Ava vanaf de voorkant van het huis iets roepen. 'Laat inspecteur Turner binnen,' zei hij tegen de agent.

O'Rourke draaide zich om. Callanach duwde hem met zijn gezicht tegen de muur terwijl hij hem de handboeien omdeed.

'Weet u, u hebt gelijk. Door alle commotie van vanmorgen was ik helemaal vergeten dat Alexina me iets nariep toen ik de deur uit wilde lopen. Ze vroeg of ik de camera's voor haar uit wilde zetten.'

'Vanmorgen hebt u me iets anders verteld,' zei Callanach.

'Vanmorgen? Toen we met elkaar stonden te praten zonder getuigen erbij? Toen ik niet op mijn rechten was gewezen en geen schriftelijke verklaring had ondertekend?' O'Rourke richtte zijn hoofd op zodat zijn mond heel dicht bij Callanachs oor kwam en fluisterde: 'Dat denk ik niet, inspecteur. Ik denk niet dat dat zelfs maar voldoende grond is om mij naar het bureau te brengen, laat staan om me te verhoren.'

'U beschikt over de technische knowhow om de website op te zetten waardoor de ontvoering van uw vrouw georganiseerd kon worden,' zei Callanach. 'En ik heb uw laptop. Denkt u nou echt dat een man die zich doodongerust maakt over zijn vermiste vrouw, gaat werken om zijn zinnen te verzetten? Ik laat hier zo direct technische specialisten naartoe komen. Ik laat elk snippertje gegevens grondig analyseren, en ik zal bewijzen wat u en ik allang weten.'

'Mijn advocaat heeft me binnen een paar uur weer vrij,' siste O'Rourke.

'Meer tijd heb ik niet nodig,' zei Callanach. 'En in uw plaats zou ik vurig hopen dat we uw vrouw voor die tijd vinden.'

'U hebt geen enkel bewijs tegen me,' zei O'Rourke. 'U gokt maar wat in het wilde weg en hoopt dat het wat oplevert.'

'Ik heb ook de beschikking over een van de beste hackers ter wereld, die trouwens het wachtwoord voor uw darknetsite heeft,' zei Callanach. 'En ik denk dat dat voldoende is.'

59

Lance keek naar Polly, die een houding had aangenomen die je meestal in actiefilms zag. Op datzelfde moment vulde Bens scherm zich met een stroom aan gegevens, alsof de computer een eigen leven was gaan leiden. Lance wierp er een snelle blik op zonder van zijn plek tussen Polly en de deur te komen. Het scherm liep vol met gebruikersnamen, wachtwoorden en e-mails.

'Ben!' schreeuwde Lance. 'We zitten in de bestanden van de webmaster!'

'Ik ben van de politie,' zei Polly. 'Ga bij die deur vandaan. Nu!'

Lance maakte zijn blik los van de informatie op het scherm en staarde Polly aan, terwijl hij zijn ene hand op de grendel legde.

'Zeg alsjeblieft dat dat niet de reden is waarom je met Ben naar bed bent gegaan,' zei hij.

'Ik heb je net gezegd dat je bij de deur vandaan moet gaan,' herhaalde Polly, en ze deed een stap naar voren.

'Hoe kón je zoiets doen? Hij vond je echt leuk. En is dat niet tegen de regels als je undercover werkt?'

'Sinds wanneer maken journalisten zich druk over ethische vraagstukken en werken ze keurig volgens het boekje? Jij hebt niet over mij te oordelen. Denk je soms dat het zo makkelijk is om je als vrouw in een cybercrimeteam staande te houden? Het doet er niet toe of ik beter ben dan welke man dan ook, zodra er koffie moet worden gezet, kijken ze mij allemaal aan.'

'Als dat het geval is, dan snap ik niet dat het bevorderlijk is voor je professionele imago als je met een verdachte naar bed gaat,' antwoordde Lance, terwijl hij zijn mobieltje tevoorschijn trok en een nummer koos.

'Ik doe alles wat nodig is,' antwoordde Polly. 'En nou leg je je telefoon neer en je gaat opzij, anders moet ik geweld gebruiken.'

'Sorry, dat kan ik niet doen. Wat wij doen is oneindig veel belangrijker dan wat jij op de agenda hebt staan,' zei Lance. Hij trok een stoel tussen zichzelf en Polly en probeerde het gekkenhuis aan de andere kant van de deur te negeren. Callanach nam op. 'Luc, we hebben de gegevens,' schreeuwde Lance tegen het oorverdovende lawaai in dat vanuit de hal kwam.

'Leg onmiddellijk die telefoon neer!' schreeuwde Polly.

'Lance?' vroeg Callanach. 'Wat is daar aan de hand?'

Een zware klap tegen de andere kant van de deur dreunde zo hard door Lance' rug dat hij er zeker rugletsel aan zou overhouden. Hij deed een stap naar voren, dichter naar Polly toe.

'De politie doet een inval,' schreeuwde Lance. 'Sem Culpa's e-mailadres is rainhadador@bmail.com.' Lance spelde het voor hem en moest schreeuwen om boven het lawaai uit te komen.

'Leg die telefoon neer of ik pak hem met geweld af,' riep Polly.

'Heb je dat, Luc? Callanach, ik versta je niet!' schreeuwde Lance.

Polly stormde naar voren om zijn mobieltje te pakken en ramde haar elleboog in zijn zij, waardoor de lucht uit Lance' longen werd geperst en hij op de grond viel. Hij sloeg met zijn hoofd tegen de zijkant van het bureau en op datzelfde moment vloog de deur open en kwamen er een paar agenten binnenrennen.

'Plaats delict veiligstellen!' riep een agent.

'Zijn computer staat aan, sir,' zei Polly. 'We zijn al door de beveiliging heen. U kunt de harde schijf kopiëren.'

Ben verscheen in de deuropening met de handen op de rug, geflankeerd door twee agenten. Hij keek Polly strak aan, die zich omdraaide en zich op het scherm concentreerde. Lance werd op zijn buik gerold en kreeg ook handboeien om. Alleen zijn voet bewoog nog, en die wikkelde zich om de kabels van de verschillende computers die op een stekkerdoos met een verlengsnoer waren aangesloten. Ben zag het en schudde zijn hoofd.

'Je hebt genoeg gedaan, Ben,' hijgde Lance, terwijl hij met de zijkant van zijn hoofd tegen de grond werd gedrukt.

'Inspecteur Edgar, de verdachte is geboeid. Zullen we hem naar het busje brengen?' vroeg een van de agenten die Lance vasthield.

'Lance, niet doen,' riep Ben.

'Kan iemand ervoor zorgen dat die twee ophouden met hun geheimtaal en als de sodemieter worden afgevoerd?' brulde Edgar. De agenten die Ben vasthielden sleepten hem naar de hal terwijl Lance op zijn buik lag te kronkelen, met zijn hoofd op de vloer bonkte en luid begon te schreeuwen. 'Ik zei,' herhaalde Edgar, 'als de sodemieter.' Hij liep op Lance af, greep hem bij de armen en trok hem met een ruk omhoog.

Edgar gaf nog een keer zo'n keiharde ruk aan Lance' armen dat hij eigenlijk over de drempel de hal in gekatapulteerd had moeten worden. Maar in plaats daarvan klonk het gekraak van een bot dat uit de kom schoot of brak, gevolgd door een vonkenregen onder het bureau en het gegil van Lance die zich op zijn rug rolde en zijn hoofd oprichtte om te zien of al die pijn de moeite waard was gebleken.

'Eh, sir...' stamelde een van Edgars assistenten.

'Wat is er godverdomme gebeurd?' vroeg Edgar.

'Ik heb niks gedaan,' zei de man. Ondanks de pijn moest Lance grinniken toen hij aan zijn eigen zoontje dacht dat ongeveer dezelfde woorden zei als er iets kapot was.

'Zet die computer weer aan,' snauwde Edgar, en hij wierp Lance, die snakkend naar adem op de grond lag, een vuile blik toe. Lance kromp in elkaar toen de hoofdinspecteur naar zijn enkel keek, die in een onnatuurlijke hoek lag en verstrengeld was met een kleurige wirwar van snoeren, met aan het uiteinde een losse, nutteloze stekker. 'Wat heb je gedaan?' schreeuwde Edgar.

'Jouw schuld,' wist Lance uit te brengen. 'Mijn voet kwam vast te zitten toen ik viel. Als je niet zo hard aan me getrokken had...'

Edgars gezicht veranderde van lijkbleek in paarsrood. Tot twee keer toe deed hij zijn mond open om iets te zeggen, maar hij wist niets uit te brengen en leek net een vis die op het droge naar lucht hapte. Toen zwaaide hij zijn voet naar achteren, mikte zorgvuldig, en het laatste wat Lance voelde was een keiharde trap.

60

Salter parkeerde in de buurt van de vervallen bungalow, meldde aan agent Biddlecombe dat ze er was, en stapte uit. Het huis lag aan een kruising aan de rand van een klein dorpje en de bewoner had het tuinieren, ramen wassen en verder onderhoud al lang geleden opgegeven. De voorkant van het huis had een standaardindeling met twee ramen en een voordeur, de gordijnen waren dichtgetrokken, en er stond geen auto op de oprit. Salter zag geen sporen van braak – de ramen zaten stevig dicht en aan de voordeur was ook niets te zien.

Ze klopte aan, kreeg geen reactie, drukte toen op de bel en legde haar oor tegen de deur om te horen of die het deed. In de verte klonk een zwak gerinkel alsof de bel er zelf ook geen zin meer in had, en daarna bleef het stil.

'Hallo, mevrouw Talthwaite? Ik ben rechercheur Salter. Kunt u me horen? Mevrouw Talthwaite?' Er kwam geen antwoord. Salter liep langs de zijkant van het huis en baande zich voorzichtig een weg door het hoog opgeschoten gras om de achtergelaten stukken gereedschap te vermijden die klaarlagen om de argeloze bezoeker te laten struikelen. De vuilnisbakken waren niet buitengezet om geleegd te worden, zag ze toen ze er een opendeed. Vliegen streden om de inhoud van de vuilniszakken en zwermden omhoog. De ondertussen vertrouwde druk op haar blaas nam toe en herinnerde haar eraan dat ze een uur geleden voor het laatst naar de wc was geweest en dat ze niet meer te lang mocht wachten omdat haar blaas zich anders spontaan zou legen.

De achterdeur zat ook op slot, de ramen waren intact en er werd nog steeds niet gereageerd op haar gebonk. Salter realiseerde zich dat haar dienst er straks op zat en dat ze geen tijd meer had om terug te rijden naar het bureau, maar ze had nog een paar minuten. Net lang genoeg om langs te gaan bij de buurvrouw die Gladys Talthwaite als vermist had opgegeven, voor ze naar huis kon. Over een paar uur begon haar zwangerschapsyoga, en die wilde ze niet graag missen. Ze maakte er nieuwe vriendinnen, kon met hen over de opwinding en de angst praten, en werd ingewijd in de smerige details waar niemand je voor waarschuwde tot het te laat was om van gedachten te veranderen. Vastbesloten om het bezoek zo kort mogelijk te houden, reed Salter de paar honderd meter naar het volgende huis. Mevrouw Talthwaites bezorgde buurvrouw deed al open toen Salter nog maar halverwege het pad was en was duidelijk in haar nopjes met het bezoek en alle commotie eromheen. Tegen het eind van het gesprek had Salter spijt dat ze erheen was gegaan.

'Goed, mevrouw Scott,' zei ze, en ze begon in de richting van de voordeur te lopen. 'Ik begrijp het helemaal. Zoals ik al zei, zag ik geen sporen van braak bij het huis van mevrouw Talthwaite en de vuilnisbak wordt gewoon gebruikt, dus ik denk dat uw vriendin er pasgeleden nog is geweest.'

'Maar je gaat toch nog even terug, hè, om nog een keertje te kijken?' bleef mevrouw Scott aandringen.

Salter zuchtte. Ze deed altijd haar best om niet te liegen. Dat vond ze te gemakkelijk: iemand geruststellen en dan verdwijnen. Maar ze had niet veel tijd meer en wilde nog even wat eten voor de yogales. De laatste tijd leek ze alleen maar honger te hebben of naar het toilet te moeten, en op dit moment voelde ze allebei. Ze zuchtte nog eens. Ze had helemaal geen zin om weer terug te gaan en nog eens aan te kloppen.

‘Natuurlijk doe ik dat, maakt u zich geen zorgen,’ zei ze glimlachend ondanks haar vermoeidheid, die begon in haar enkels en gedurende de dag naar haar rug trok tot ze zich ’s avonds uitgeput in bed liet vallen. ‘En zou ik alstublieft even gebruik mogen maken van uw toilet? Ik ben zwanger.’

‘O, maar natuurlijk. Tweede deur aan je linkerhand.’

Salter liep snel naar de badkamer, terwijl mevrouw Scott achter haar aan liep en tot haar ergernis voor de deur bleef staan en door bleef praten terwijl zij haar blaas leegde.

‘Normaal gesproken zou ik me er niet zo druk om maken, weet je, maar ik heb al vijf dagen niets van haar gehoord. Ik zei nog tegen Gladys dat ze niet mee had moeten doen aan dat tv-programma waarin ze over haar tijd als klaar-over vertelde. Ik zei nog: “Gladys, zo breng je mensen alleen maar op gekke gedachten. Je bent dan wel met pensioen, maar...”’

Salter hield halverwege op met plassen, haar spieren verkrampten en trokken zich samen. Ze waste snel haar handen terwijl ze een passend antwoord probeerde te bedenken.

‘Is ze klaar-over geweest?’ vroeg Salter.

‘Ja, en nou ja, met al die gebeurtenissen van de laatste tijd... en dat verhaal over die andere dame die door haar zoon was ontvoerd...’

‘Hij had haar eigenlijk niet... laat maar. Blijf binnen, doe de deur op slot en bel de politie. Vertel ze alles wat u nu net tegen mij hebt gezegd. Doe het meteen!’

Salter rende naar de auto, terwijl ze haar broek probeerde dicht te knopen en naar haar sleutels tastte. Ze reageerde overdreven, was haar eerste gedachte. Gladys Talthwaite was al jaren geleden met pensioen gegaan. Ze herinnerde zich nu dat ze haar op televisie had gezien, maar de naam had te laat een belletje doen rinkelen. Binnen dertig seconden had ze de auto al slingerend tot stilstand gebracht voor het huis van Gladys Talthwaite. Ze pakte de radio en wilde om versterking vragen, maar bedacht zich. Ze was er niet honderd procent zeker van dat er echt iets aan de hand was en de politie had al amper mankracht over. Bovendien zou de buurvrouw ondertussen wel gebeld hebben. Ze kon op zijn minst proberen uit te zoeken of er iets niet in orde was voordat ze haar collega's erbij riep.

In plaats van weer bij de voordeur aan te bellen, rende ze door de tuin meteen door naar de achterdeur. Ze hoorde nu een kletterend geluid binnen en hoorde iemand vloeken. De stem van een man die rauw en agressief klonk.

Salter bukte zich en sloop naar het keukenraam, terwijl ze haar hoofd laag hield en ervoor zorgde dat haar radio niet ging kraken en haar aanwezigheid verried. Ze hoorde iemand schreeuwen, gedempt maar toch schril, en het geluid van iets zwaars dat tegen hout sloeg. Ze wierp een snelle blik door het raam en zag een klein, oud vrouwtje in elkaar gedoken op een stoel zitten, met haar hoofd op de keukentafel. De vrouw verroerde zich amper, het enige wat op een levensteken wees was haar piekerige haar dat op en neer bewoog in de maat met haar snelle ademhaling. Wat haar ontvoerder ook met haar van plan was, het was duidelijk dat de vrouw niet lang meer te leven had. Haar tot nu toe taaie lichaam kon niet veel meer aan voordat het de strijd definitief zou opgeven. Salter wilde net naar haar auto lopen om daar op versterking te wachten, toen de achterdeur openging.

61

Ava keek toe terwijl Wesley O'Rourke een politiebusje in werd geduwd en naar het bureau werd afgevoerd voor verhoor. Haar moeder zou de volgende ochtend vroeg door de begrafenisonderneming worden opgehaald. Vanwege haar ziekte hoefde er geen autopsie te worden verricht en had een arts al een officiële overlijdensakte opgesteld. Ava's familie kwam nu bij elkaar om samen te rouwen, elkaar te steunen en de begrafenis te regelen, maar Ava hoorde hier te zijn. Eindelijk wist ze dat dat precies was wat haar moeder gewild zou hebben. Alexina O'Rourkes leven kon misschien toch nog gered worden. Niet dat haar echtgenoot, die schoft, van plan was om hun ook maar iets te vertellen wat hen bij hun zoektocht zou kunnen helpen. Callanach belde met het bureau om de weinige informatie door te geven die hij had weten te vergaren, terwijl agenten O'Rourkes huis overhoophaalden op zoek naar meer bewijzen.

'Mag ik Salter even aan de lijn?' zei Callanach. Het bleef even stil. 'Ze hoort op haar plek te zitten, en niet ergens anders te zijn.' Het bleef weer stil terwijl hij naar de excuses aan de andere kant luisterde. 'Nou, zeg maar tegen agent Biddlecombe dat ik niet wil dat mijn mensen bij oude dametjes gaan kijken die niet zijn komen opdagen op het wekelijkse theekransje. Geef Tripp 's aan de lijn.'

'Waar is Salter naartoe?' vroeg Ava.

Callanach legde zijn hand op zijn mobieltje. 'De ene buurvrouw heeft de andere als vermist opgegeven. Er wordt niet opengedaan. Waarschijnlijk iemand die medische hulp nodig heeft. Er was niemand anders beschikbaar omdat iedereen met deze zaak bezig is.' Hij hield de telefoon weer tegen zijn oor. 'Tripp, Callanach hier. Ik heb je een e-mailadres ge-sms't. Check of je een verband kunt vinden met alle andere gegevens die we tot nu toe hebben, en kijk of we in Sem Culpa's e-mails kunnen komen.'

'Is er geen e-mailadres bekend van Grom, sir?'

'Blijkbaar niet. Zijn naam stond niet op de lijst. We zijn nog geen stap verder gekomen in onze zoektocht. Ga jij maar aan het werk met Sem Culpa en laat iemand anders bij de technische recherche informeren of ze al iets meer weten over dat stukje ellebooghuid,' zei Callanach.

Ava hoorde Callanach de ene na de andere instructie via de telefoon afvuren. Hij ging voortvarend te werk. Niet bazig of arrogant, maar volledig gefocust op zijn taak. Hij werkte nog maar negen maanden bij de Schotse politie, maar in die tijd had ze de kleine signalen leren herkennen die erop duidden dat hij bezorgd was, gestrest, moe of geamuseerd. Dat zijn ene mondhoek even vertrok vlak voor hij een grapje maakte, dat hij zijn vingers strekte en boog als hij nadacht over een probleem, wat ook betekende dat hij snakte naar een sigaret. Het viel haar allang niet meer op hoe aantrekkelijk hij was, en tegenwoordig zag ze het eigenlijk vooral aan de reacties van anderen. Serveersters deden er wat langer over om de bestelling op te nemen als ze met hem uit eten ging en op straat keken mensen soms nog even om. In een bar wist hij met een glimlach te bereiken dat mensen voor hem opzijgingen. Maar wat ze vooral leuk vond aan hem, was dat hij zich er amper van bewust was. Zijn buurvrouw Bunny was smoor op hem, maar een beetje gekrenkt omdat het niet wederzijds was. Ava voelde zich rood worden toen ze terugdacht aan hun gesprek waarbij de jonge vrouw haar veel meer had verteld dan ze had willen horen. Maar terwijl Bunny beschreef hoe Callanach haar had vastgepakt en haar had aangeraakt, had ze ook iets anders ervaren. Een knagend gevoel in haar maag, iets wat ze helemaal niet kende, en waar ze ook geen naam aan wenste geven.

'Ava,' zei Callanach. Ze realiseerde zich dat hij haar erop betrapte dat ze hem stond aan te staren. Hij legde zijn hand op haar schouder en ze kromp even in elkaar. 'Alles goed met je?' vroeg hij.

'Ja, ja,' zei ze. 'Ik was even mijlenver weg. Wat is er?'

'Tripp is ermee bezig. Hoe gaat het daar binnen in het huis?'

'Er is een IT-specialist gearriveerd die gaat kijken wat we van O'Rourkes laptop kunnen halen. We moeten weer naar binnen,' zei Ava.

De IT-specialist zag eruit of ze vijftien was. O'Rourkes laptop werd op een pc van de politie en op een klein, compact kastje aangesloten, een harde schijf, zoals hun op een neerbuigende toon werd uitgelegd.

'Niks aanraken,' zei de IT-specialist. 'Ik start hem nu op.'

Ze zette O'Rourkes laptop aan. Callanach verwachtte half en half dat hij zou ontploffen of dat er een soort James Bond-achtige countdown zou beginnen. Maar er gebeurde niets, ze hoorden alleen een piepje en daarna verscheen er een invoerveld waarin om een wachtwoord werd gevraagd.

'Shit,' mompelde de vrouw, en ze begon razendsnel te typen, drukte keer op keer op de entertoets en haalde daarbij zwaarder adem dan gezond was.

'Wat is er aan de hand?' vroeg Ava.

'Er zit geen limiet op het aantal keren dat ik het wachtwoord kan invoeren – als dat het geval was, had ik de wachtwoordbeveiliging wel kunnen omzeilen. Ik denk dat de beveiliging op toetsherkenning is gebaseerd...'

'En dat betekent?' vroeg Callanach.

'Dat betekent dat je weleens een foutje mag maken bij het intikken van je wachtwoord, maar als je bijvoorbeeld een paar keer achter elkaar met de verkeerde letter begint, dan...' De vrouw zuchtte.

Het scherm werd zwart. De ventilator in de computer viel stil.

'Het zit toch allemaal in de cloud?' vroeg Ava. 'Ik bedoel, het maakt niet uit waar de website is, de informatie blijft er staan. We moeten alleen een andere ingang zien te vinden.' De IT-vrouw staarde Ava aan alsof ze zojuist had uitgelegd dat het ontwerp van het wiel ook toegepast kon worden op een vierkant. 'Oké, ik begrijp dat dat niet het geval is,' zei Ava.

'Ava, ik moet je om een grote gunst vragen.' Callanach pakte haar bij de arm en liep een eindje met haar weg. 'Zou jij met Joe willen praten? Wil je hem vragen of Paulson bij zijn computer mag? Toen Lance me belde, deed de politie net een inval in Bens woning. Lance wist me nog op het laatste nippertje Sem Culpa's e-mailadres te geven. Als Ben dat heeft weten te achterhalen, is de kans groot dat hij nog meer informatie heeft. Zonder Ben maken we geen enkele kans.'

'Hij is ondertussen gearresteerd, Luc,' zei Ava. 'Joe laat echt niemand bij hem in de buurt.'

'Ava, ik weet dat ik hiermee een grens overschrijd, maar er hangt een mensenleven van af.'

Ze dacht erover na en vroeg zich af waarom dit haar zo'n onmogelijke opgave leek. De treurige waarheid luidde dat haar instinct haar zei dat ze ervoor moest zorgen dat ze niet te veel bij haar verbofde in het krijt kwam te staan.

'Ik zal het proberen,' zei ze. 'Geef me vijf minuten. Dan bel ik hem even.'

62

Sem Culpa was bezig de takel op te hangen. Dat was zwaarder werk dan ze had gedacht en haar rug deed nu al pijn, en bovendien moest ze het gegrien van de vrouw op de achtergrond tolereren. Ze was niet gewend aan dat soort ongemak. Sim Thorburn had niet eens de tijd gehad om zelfs maar een kik te geven, Michael Swan had geen problemen meer opgeleverd vanaf het moment dat ze hem die foto van zijn dierbare echtgenote voor hun huis had laten zien. Maar Alexina O'Rourke bleek een huilebalk.

'Kop houden,' schreeuwde Sem Culpa terwijl ze de touwen aantrok en vastzette.

'Zeg alsjeblieft wat je van plan bent,' snikte Alexina. 'Waar dient dat voor?'

'Het is een cadeau,' glimlachte Sem Culpa terwijl ze een groot net aan de haak hing en controleerde hoe ver ze dat met behulp van de takel kon laten zakken en weer omhoog kon hijsen.

'Ik wil geen cadeau,' gilde Alexina kwijlend. De verdoving was nog niet helemaal uitgewerkt. Ze lag nog steeds slap en krachteloos op de grond, wat Sem Culpa de moeite bespaarde haar in het laatste stadium vast te ketenen. Maar dat weerhield de vrouw er niet van om een hoop lawaai te maken en Sem Culpa was het zat om voortdurend afgeleid te worden. Ze liep op haar slachtoffer af en trok ondertussen een rol ducttape uit de zak van haar overall.

'Het is een cadeau voor mij, sufferd. Een cadeau om mijn vertrek te vieren. Iets passends om mijn vakantie mee te beginnen. En jij kunt me helpen om in de juiste stemming te komen voor wat rust en ontspanning door braaf te zwijgen.' Ze scheurde een lang stuk zilverkleurige tape af, plakte het over Alexina's mond en wikkelde het tweemaal om haar hoofd.

Sem Culpa gaf Alexina een bemoedigend klopje op haar hoofd en liep weer weg, terwijl haar slachtoffer piepend ademhaalde door haar neusgaten, die nog verstopt zaten met braaksel. Sem Culpa rekte haar nek en schouders om zich op de allerlaatste taken voor te bereiden. Er moest een vat met water worden gevuld en het zou wel even duren voordat het vol genoeg was voor wat ze van plan was. Daarna moest ze de generator aan de praat zien te krijgen. Zonder stroom kon ze haar plan niet uitvoeren.

63

'De politie is onderweg,' zei Salter. 'Ze kunnen hier elk moment zijn. Je kunt het mes maar beter neerleggen.' Salter wierp een snelle blik op Gladys Talthwaite, bang dat het keukenmes elk moment door de flinterdunne huid van haar hals zou snijden.

'Zij moet dood,' zei Grom. 'Zij kreunt, zij spuugt naar mij. Zitten blijven!' schreeuwde hij toen Salter aanstalten maakte om op te staan.

'Oké, oké,' zei Salter zonder haar stem te verheffen. 'Ik ga weer zitten. Hoe kan ik je helpen? Zeg het maar, dan regel ik het voor je.'

'Alles al kapot. Alles verloren,' zei hij, terwijl hij in de richting van de hal liep en het mes tegen Gladys' keel hield zodat Salter zich maar al te goed bewust was van zijn dreigement.

'Er is altijd iets,' zei Salter. 'Je bent hier met een bepaald doel. Ik zal je niets doen. Ik wil alleen een manier zien te vinden om dit op te lossen. Ik heet Christie. De mevrouw die je daar vasthoudt heet Gladys. Hoe zal ik jou noemen?'

Hij was enorm groot, zag Salter, toen hij de deuropening van de keuken met zijn reusachtige gestalte blokkeerde. Ze begreep nu veel beter hoe Helen Lott letterlijk was doodgedrukt. Terwijl ze naar hem keek, verbaasde het haar dat hij de moeite had genomen om het meubilair te gebruiken. Hij had haar makkelijk met zijn blote handen kunnen vermoorden. Waarschijnlijk zelfs met één hand.

Salter keek om zich heen. In de hal lag een berg hout slordig opgestapeld. Vier opgerolde stukken touw waren aan kledinghaken aan de muur opgehangen en op de grond stond een supermarkttas waar een jerrycan benzine half uitstak. Brandstichting zou sowieso een effectieve manier zijn om zijn DNA-sporen uit te wissen en daarmee alle andere bewijzen dat hij hier ooit geweest was. Maar in het slechtste geval was het vuur ook voor iets anders bedoeld dan alleen maar het vernietigen van bewijsmateriaal.

'Meekomen, politievrouw,' zei Grom. In de gang pakte hij een rugzak waar hij wat kleren in propte nadat hij Gladys als een zoutzak op de grond had laten vallen. Salter stak haar hand uit naar Gladys, maar Grom maakte een snelle zwaaibeweging met het mes. 'Nee, niet aanraken.'

'Ze verkeert in shock,' zei Salter. 'Het is beter voor jou als ze niet sterft. Mag ik een deken om haar schouders leggen? Of doe het anders zelf als ik niet in haar buurt mag komen.'

'Zij moet dood,' schreeuwde Grom en hij gaf een schop tegen haar benen. 'Bitch,' zei hij erachteraan.

Salter vond het zorgelijk dat de oude vrouw amper reageerde. Haar ogen stonden halfopen en haar hoofd hing slap voorover. Ze had een groot verband om haar beide armen en een kleiner verbandje om haar rechterhand. Het verband was smerig en met bloed besmeurd, maar het was beter dan niets. Er was in ieder geval een poging gedaan om het bloeden te stelpen. Er hing ook een ranzige, scherpe geur in huis die verried dat niemand zich hier de afgelopen vijf dagen gewassen had of schone kleren had aangetrokken.

Het enige waaraan Salter kon denken was dat er nog geen sirenes waren te horen, en Grom stond op het punt om te vertrekken. Ze probeerde zich niet voor te stellen waartoe deze man in staat was. In plaats daarvan dwong ze zichzelf haar aandacht op de keuken te richten en te kijken of ze een nuttig wapen zag. Maar al het bestek was allang weggestopt en er was zelfs geen koekenpan te zien.

Grom was lawaaierig in de weer in de zitkamer en wierp om de paar seconden een snelle blik over zijn schouder naar de gang. Hij was druk bezig zijn rugzak in te pakken, wat gepaard ging met het metalige geluid van gereedschap.

Salter benutte dat moment om haar arm om Gladys heen te slaan en haar toestand in te schatten. 'Gladys,' fluisterde Salter, 'Gladys, als je me kunt horen, draai je hoofd dan naar me toe. Probeer maar niet op te staan. Het komt goed. Er komt zo hulp aan.'

Gladys draaide haar hoofd een beetje en Salter zag haar verminkte oor, dat met een korst opgedroogd bloed was bedekt en waar waterige, gele pus uit sijpelde die zich in haar witte haar had vastgezet. Het was een wonder dat Gladys nog leefde. Of misschien was ze gewoon een taaie. Net als haar eigen grootmoeder, dacht Salter, behoorde Gladys tot een generatie die geleerd had de armoede met een glimlach te dragen en te vechten als een leeuw als het nodig was.

'Ik moet naar de wc,' zei Salter, en ze vroeg zich af of er in de badkamer misschien iets te vinden zou zijn wat ze als wapen kon gebruiken.

'Doe wat oude vrouw doet,' zei Grom, die met zijn jas aan de keuken in liep. 'Pis waar je zit.'

'Maar ik moet niet alleen plassen,' legde Salter uit.

Grom keek haar kwaad aan, wierp een blik op zijn horloge en stormde op haar af. Hij greep haar bij haar arm en zei: 'Deur niet op slot doen. Snel!'

Salter had een paar stappen in de badkamer gezet toen ze in de verte een zwak geluid opving, het was amper hoorbaar en klonk als mechanisch vogelgezang. Ze wierp een snelle blik op Grom voordat ze de deur dichtdeed, vurig hopend dat hij het niet had gehoord, maar ze zag zijn gezicht verstrakken.

'Later poepen,' zei hij, en hij duwde de deur helemaal open en trok Salter bij haar haar naar buiten. Hij hing zijn rugzak wat rechter, pakte met zijn vrije hand een gereedschapstas op en rende naar de achterdeur. In haar handpalm had Salter een metalen nagelvijl verstopt die ze onder de wastafel had gevonden en die ze zo ver mogelijk in haar mouw had geschoven. Het was niet veel, maar het was het enige wat ze in de gauwigheid had kunnen vinden.

Terwijl Grom door het raam naar buiten keek om te zien uit welke richting ze zouden komen, probeerde Salter niet aan haar baby te denken. Ze wilde niet dat Groms handen haar zouden aanraken en bacteriën en smerigheid op haar huid zouden overbrengen. Ze overwoog een seconde lang om hem om het leven van haar dochter te smeken, maar verwierp die gedachte vrijwel onmiddellijk. Een man die zo ver van de rest van de mensheid af stond zou niets geven om het onschuldige leven dat in haar groeide. Maar haar grootste angst was nog dat hij de baby opzettelijk pijn zou doen omdat het hem een perverse kick gaf. Salter bood de god waar ze al heel lang niet meer in geloofde in stilte een deal aan en wachtte op een kans om Gladys Talthwaite, haar ongeboren baby en zichzelf hier levend uit te krijgen.

64

'Ik begrijp dat hoofdinspecteur Edgar het heel druk heeft,' zei Ava, en ze hoorde de onvermijdelijke verdere suggesties aan. 'En ja, ik heb zijn mobiel ook al geprobeerd.' Ze zat in haar auto voor het huis van Wesley O'Rourke en wenste dat ze niet had gebeld. En dat ze zich niet zo stom voelde omdat ze het toch had gedaan. 'Nee, het punt is dat ik wéét dat hij op dit moment niet bereikbaar is, dus het heeft geen zin om een voicemail achter te laten. Ik wil dat u nu naar binnen gaat en hem aan de telefoon roept.'

'Sorry, maar dat kan ik echt niet doen,' antwoordde een bordkartonnen versie van Joe. 'En om eerlijk te zijn,' zei de man en hij dempte zijn stem, 'denk ik dat u hem op dit moment niet graag aan de lijn zou willen hebben.'

'Goed, ik snap het,' zei Ava. 'Hij heeft het druk. Maar ik zit hier met een vermiste vrouw die waarschijnlijk zeer binnenkort sterft als we niks doen, dus ik wil dat u hoofdinspecteur Edgar nú aan de lijn roept.'

Het werd stil, toen het geluid van een deur die openging en stemmen. De microfoon was afgedekt, maar niet zo goed dat de stroom van verwensingen niet te horen was, daarna hoorde ze Joe's stem. Ava haalde diep adem.

'Joe,' zei ze. 'Ik weet dat je druk bezig bent, maar ik heb begrepen dat je een zekere Ben Paulson in hechtenis hebt genomen.'

'Ik kan nu niet praten,' zei Edgar, en er klonk woede door in zijn stem.

'We hebben hem nodig, Joe. Hij kan zich misschien toegang verschaffen tot bepaalde bestanden op een website die ons kunnen helpen om een vermiste vrouw op te sporen...' drong Ava aan.

'Heb jij enig idee wat ik hier op dit moment doormaak? Interesseert het je eigenlijk wel?'

'Dit gaat niet over jou, Joe. De man die jij vasthoudt is de enige die in staat is om haar leven te redden.'

'En nu wil jij dat ik hem achter een pc zet zodat hij bij zijn eigen bestanden kan en al het bewijs kan deleten dat er eventueel nog over is?'

'Dat had ik ook liever anders gezien, maar denk je niet dat dat risico opweegt tegen de kans om een leven te redden?'

'Met andere woorden, mijn carrière en mijn onderzoek zijn minder waard dan die van jou. Het gaat maar om gegevens en getallen en dat vind jij minder belangrijk, zo is het toch?'

'Ik vind dat je een hersenloze eikel bent, als je het echt wilt weten. Je weet wat er op het spel staat. Iedereen had gepakt kunnen worden, om het even wie. Zou je ook zo star zijn als ik daar zat te wachten tot ik uit de klauwen van een doorgedraaide moordenares werd gered?'

Het bleef maar heel even stil, maar toch... Daar was het, die piepkleine glassplinter die ze nooit meer uit haar vinger zou kunnen krijgen, dacht Ava. Het zou altijd pijn blijven doen, hoeveel jaren er ook zouden verstrijken.

'Natuurlijk niet.' Joe's stem klonk nu veel zachter. 'Maar Ava, je begrijpt het niet. Ik word zwaar onder druk gezet door mensen die er weinig begrip voor zullen hebben dat ik Paulson weer bij een computer laat. En als hij eenmaal achter de pc zit en op allerlei toetsen begint te drukken, kunnen wij niet meer controleren welke bestanden hij aanklikt. Er heeft trouwens een incident plaatsgevonden tijdens de arrestatie, we hebben eerlijk gezegd een paar blunders gemaakt. Dus het is heel goed mogelijk dat...'

'Joe,' viel Ava hem in de rede. 'Ja of nee. Mag Paulson ons helpen of niet?'

'Zodra we alle bewijzen van zijn pc hebben gedownload, overal een back-up van hebben gemaakt en alles gecheckt hebben, dan mag je bij hem. Dan mag je hem vragen wat je wilt.'

'Dan heb je het over uren, hè? Niet over vijf minuten?' wilde Ava weten.

'Natuurlijk heb ik het over uren,' snauwde Joe. 'Het gaat om heel ingewikkelde materie. Heb je eigenlijk wel geluisterd naar wat ik zei?'

'Alexina O'Rourke sterft binnen een paar uur, misschien al eerder. Ben jij bereid om dat te laten gebeuren terwijl wij wachten tot jij de informatie krijgt die je nodig hebt?'

'Ava, je moet zelf de verantwoordelijkheid nemen voor je eigen onderzoek. Je moet de schuld niet op mij proberen af te schuiven. Als Ben Paulson je laatste hoop is, dan moet je je misschien eens afvragen hoe het komt dat het team Zware Misdrijven zo weinig aanwijzingen heeft.'

Ze hing op.

Rechercheur Tripp deed zijn best om de gesprekken op de gang tussen de leden van het cybercrimeteam te negeren en zich op zijn eigen taak te concentreren. De enige informatie die hij had was een e-mailadres en vage beschrijvingen van een vrouw die in een nieuw uitziende fourwheeldrive was gezien toen ze de buurt uit reed waar Alexina O'Rourke woonde. Brigadier Lively kwam binnenlopen.

'Sir, hoeveel autoverhuurbedrijven zijn er in de stad, denkt u?' vroeg Tripp.

'Een stuk of tien misschien,' zei Lively. 'Hoezo?'

'Want als het inderdaad de moordenaar was die in die fourwheeldrive reed, dan denk ik niet dat ze daarin naar Schotland is gereden. Ze heeft moeten improviseren omdat ze niet wist waar ze heen moest en wat ze allemaal mee moest nemen,' antwoordde Tripp, terwijl hij al bezig was een lijst van autoverhuurbedrijven te doorzoeken.

'En als ze hem bij een dealer heeft gekocht, dan had ze meerdere legitimatiebewijzen moeten laten zien en over een bankrekening moeten beschikken. Ze zouden achterdochtig zijn geworden als ze cash over de toonbank had geschoven,' vulde Lively hem aan.

'Er zijn niet zo heel veel terreinwagens te huur. Meestal gaat het om sedans of nog kleinere auto's. We gaan ze bellen.'

Tien minuten later hadden ze een complete lijst van verhuurde terreinwagens. Tripp ging in de gegevens op zoek naar het e-mail-adres dat Callanach hem had gegeven, maar vond niets. Geen van de namen klonk buitenlands en ze hadden geen mobiel nummer van Sem Culpa, dus dat gaf ook geen houvast. Tripp legde zijn hoofd op het bureau.

'Nou, dat was dus tijdverspilling,' zei Lively. 'Ik ga weer naar het huis van de O'Rourkes. Bel me als je nog iets anders vindt.' Hij was nog bezig om zijn jasje aan te trekken toen agent Biddlecombe binnen kwam rennen, uitgleed toen ze de hoek om kwam en tegen Lively's benen aan viel. 'Godver!' riep hij, en hij hielp haar op de been. 'Kan je niet uitkijken, slome...'

'Het gaat om Christie Salter!' gilde Biddlecombe. 'Ik heb het gesprek niet aangenomen. Er zijn al agenten onderweg. Ik wist het niet toen ik haar daarheen stuurde.'

Lively pakte haar bij de schouders en hield haar vast tot ze wat gekalmeerd was.

'Rustig, agent,' zei Lively. 'Waar is Salter en wat is er gebeurd?'

'Ik vroeg of ze een vermissing wilde natrekken omdat alle andere agenten bezet waren. Nu is er zo-even een telefoontje binnengekomen van een mevrouw die een eindje verder aan diezelfde weg woont. Ze had een vaag verhaal. Ze zei alleen maar dat een politieagent haar had gevraagd om hulp te halen.'

'Maar er is al een politiewagen onderweg, toch? En we hebben geen informatie dat er iemand is gewond of in gevaar verkeert. Er is niks aan de hand met Salter,' zei Lively en hij liet Biddlecombes schouders los. Maar Biddlecombe liet zich niet zo makkelijk afschepen en pakte Lively bij de mouw van zijn jasje vast, toen hij zich omdraaide om weg te lopen.

'Nee, sir. Ik heb teruggebeld. Toen ze de eerste keer belde had de buurvrouw het niet gezegd, maar hoofdagent Salter had om versterking gevraagd toen ze hoorde dat de vermiste vrouw een gepensioneerde klaar-over is.'

De stilte begon bij Lively en verspreidde zich van daar als een virus naar de anderen tot het in de hele kamer doodstil werd en iedereen haar aanstaarde. Tripp was de eerste die de stilte verbrak.

'Adres,' riep hij naar Biddlecombe. Ze stak hem een stuk papier toe. Hij griste het uit haar hand. Lively stond vlak achter hem. 'Bel Callanach,' riep Tripp. 'En stuur hem het document dat op mijn scherm staat.'

Ze vlogen weg.

Ava stak net hollend de weg over toen Callanach het telefoontje kreeg. Na haar gesprek met Joe was ze in de auto blijven zitten en herinnerde ze zichzelf eraan dat haar moeder vandaag was overleden en waarom ze aan het werk was in plaats van bij haar familie te zijn. Ze vermeed zorgvuldig zichzelf de vraag te stellen waarom Joe – ook al was het een gekkenhuis bij hem op het bureau – helemaal niet had gevraagd hoe het met haar ging. En nu moest ze aan Luc vertellen dat haar verloofde er meer op gebrand was een veroordeling in een diefstalzaak rond te krijgen dan het leven van een vrouw te redden. Ze voelde zich misselijk worden.

Callanach riep een agent en gaf hem een paar korte instructies, waarop de man meteen het huis binnenrende, terwijl Callanach zijn gesprek voortzette. Ava ging wat sneller lopen en bedacht onderweg hoe ze het nieuws zou brengen.

'Luc,' zei ze, 'ik heb met Joe gesproken...'

'Geen tijd,' antwoordde Callanach. 'Instappen. Salter schijnt de moordenaar van Helen Lott en Emily Balcaskie te hebben gevonden.' Hij startte de auto en trapte het gaspedaal helemaal in.

'Salter?' zei Ava. 'Die moest toch op het bureau blijven?' De agent kwam weer naar buiten rennen, zwaaiend met een vel papier, terwijl Callanach met gierende banden de auto keerde. Ava draaide haar raampje omlaag en trok in het voorbijrijden het papier uit zijn hand. 'Hij gaat haar vermoorden.'

'Neem die lijst door,' zei Callanach. 'Het zijn terreinwagens die qua leeftijd en beschrijving overeenkomen met de auto die mensen uit de straat achter Alexina O'Rourkes huis hebben zien wegrijden.'

Ava wist dat het niet zijn bedoeling was om neerbuigend of bot te klinken en ze besefte ook dat ze haar energie nu het beste constructief kon gebruiken door zich op haar taak te concentreren, maar de woorden zwommen voor haar ogen. Ze haalde diep adem, dwong zichzelf weer bovenaan te beginnen en elke regel goed te lezen.

Het begon ergens in haar achterhoofd, die eerste aanwijzing dat er iets niet klopte, maar ze moest de lijst met e-mailadressen nog vijf keer doornemen voordat het tot haar doordrong.

'Punt pt,' zei ze, en ze begon razendsnel te typen op het schermpje van haar mobiel.

'Wat?' vroeg Callanach, maar Ava was aan het bellen en legde haar vinger op haar lippen ten teken dat hij moest zwijgen.

Nadat ze zich had voorgesteld en wat inleidende vragen had gesteld, begon ze aantekeningen te maken.

'En wanneer heeft ze de auto opgehaald?' vroeg Ava. 'Gisteravond. Ik neem aan dat uw auto's een gps-tracker hebben? Lokaliseer die auto onmiddellijk en bel me dan terug.' Ze keek Callanach aan. 'Je leest er eerst overheen omdat die naam er niet uitspringt. Ik denk dat het e-mailadres dat Sem Culpa gebruikt paula@brisket.pt is. Die pt aan het eind duidt erop dat de e-mailprovider in Portugal zit. Paula blijkt de achternaam te zijn waaronder ze de auto heeft gehuurd, het is geen voornaam. Komt veel voor in delen van Europa.'

Ava's telefoon ging weer over en ze noteerde de gps-coördinaten terwijl Callanach de auto aan de kant zette.

'Heb je een locatie voor de auto?' vroeg hij.

'Ja, maar Salter is vrijwel zeker in handen van een monster gevallen. En ik heb alleen maar een onderbuikgevoel dat me zegt dat dit het Portugese e-mailadres van Alexina O'Rourkes ontvoerder is. Ik kan er ook volledig naast zitten. Jij moet maar beslissen wat we gaan doen. Ik heb geen enkel vertrouwen meer in mijn eigen oordeel.'

65

Gladys was op de grond blijven liggen terwijl Grom Salter naar het raam aan de voorkant sleepte om te zien of de politie er al was. Maar de sirene was nog maar heel vaag in de verte te horen. Salter wist niet goed of ze zich nu opgelucht of juist moedeloos moest voelen. Grom hield haar in ieder geval niet meer zo stevig vast toen hij er eenmaal zeker van was dat ze nog niet ontdekt waren. Hij keek nog eens om zich heen, liet Salter los en pakte haar bij haar pols. Ze raakte heel even in paniek, maar hij koos de hand zonder de nagelvijl. Ze kon er niet veel schade mee aanrichten, maar als ze de vijl recht in zijn oog, neus of oor kon steken, zou dat toch zoveel pijn doen dat zij en Gladys misschien net genoeg tijd hadden om weg te komen. Daarna had ze geen plan. Daarna moest de adrenaline het maar overnemen.

'Sleutels,' zei Grom, terwijl hij door de achterdeur de omgeving verkende. 'Waar?'

'In mijn zak,' zei Salter, en ze besefte dat daarmee één vluchtkans al verkeken was, tenzij ze de sleutels kon afpakken als ze hem wist te overrompelen. Grom stak zijn hand in haar zak en pakte de sleutels.

Hij deed de deur open. 'Wij gaan,' zei hij. Gladys was naar de keuken gekropen en lag in elkaar gedoken op de grond, met haar handen tegen haar buik gedrukt. 'Jij, oude vrouw, ik laat jou leven. Is leuker dan jou doden.'

Gladys spuugde naar hem. Een mondvol speeksel kwam op de rechterpijp van zijn broek terecht, alsof ze het speciaal voor dat moment had opgespaard. Een seconde lang liep hij door, toen schudde hij zijn hoofd, draaide zich om, deed een stap in de richting van Gladys en sleurde Salter mee. Hij hief zijn vrije linkervuist hoog boven zijn hoofd, mikte zorgvuldig en maakte aanstalten om grommend uit te halen met die gigantische hamer van vlees en botten.

Salter besefte dat die klap een eind zou maken aan het leven van de ernstig verzwakte vrouw. Ze wachtte tot hij zijn vuist neer liet komen, draaide haar rug naar hem toe zodat haar buik uit de gevarenzone was, gooide haar schouder tussen Grom en Gladys en zette zich schrap om de klap op te vangen. En het lukte haar. Salters lichaam vulde de ruimte tussen de aanvaller en het slachtoffer precies op het moment waarop Gladys Talthwaite de aanval pareerde.

De arm van de oude vrouw schoot sneller naar voren dan Salter kon zien, en met meer kracht dan ze voor mogelijk had gehouden van iemand die er zo breekbaar uitzag. In haar hand hield Gladys de langwerpige scherf van een gebroken aardewerken kattenvoerbakje.

Door de kracht van Groms vuistslag werd Salter naar voren gekegeld. Ze kwam boven op Gladys terecht en viel met haar volle gewicht in de scherpe punt. Salter deed haar best om niet boven op de oude vrouw te vallen, maar toen ze zijdelings tegen de muur terechtkwam wist ze dat er iets mis was, maar niet wat. Haar eerste gedachte was dat Gladys toch gewond was geraakt ondanks haar poging de vrouw te redden, omdat Gladys' gezicht rood zag van het bloed en de muren aan weerszijden ook rood kleurden. De straal bloed had een kaarsrechte streep op de muur achtergelaten die pas uitliep toen het bloed begon te druipen. Gladys begon te krijsen en Grom liet Salter nu helemaal los. Ze zakte door haar benen en haar handen gingen naar haar buik in plaats van haar gezicht af te schermen tegen de onvermijdelijke botsing met de muur.

'Idiote bitch,' schreeuwde Grom, en hij gaf Gladys zo'n harde schop dat Salter het dijbeen van de vrouw hoorde knappen. 'Ik had haar nodig. Nu niet goed meer.'

En nog steeds snapte Salter niet wat er aan de hand was. Haar benen waren warm en nat. Ze zag de gezichten van Gladys en Grom boven zich en aan de rand van haar gezichtsveld flitsten donkere sterren aan en uit. Het volgende moment was Grom verdwenen en begon de kamer om haar heen te draaien. Buiten hoorde ze een auto starten. En toen kwam de pijn.

Gladys lag naast haar op de grond. Haar gezicht op de harde, smerige linoleumvloer leek in het daglicht te vervagen. De oude vrouw hield haar hand tegen haar borst, haar gezicht was pijnlijk vertrokken en ze zag lijkbleek. Salter vroeg zich af waarom ze de naam van de vrouw niet meer wist. Ze had verschrikkelijk veel pijn. Haar arme buik. Er was iets wat ze moest onthouden. Iets wat ze moest beschermen. Maar het was al te laat.

Ze probeerde iets te zeggen. Er was een naam die ze nog hardop wilde zeggen voor het te laat was. Een naam die zij en haar man in de vroege ochtenduren hadden gekozen, hand in hand in het donker fluisterend over die ongelooflijke liefde die ze voelden voor dat piepkleine leven dat nog niet helemaal af was. Maar Salters lippen konden het woord niet vormen. Ze kon alleen maar ademhalen.

'Christie,' zei een man van mijlenver weg, en tegelijkertijd verscheen er een gezicht vlak voor haar. 'Ik heb hier medische hulp nodig, nu!' En toen waren er handen die over haar lichaam gleden, die haar kleren opzijschoven en haar buik aanraakten, en ze hoorde iets wat op een snik leek. Iemand pakte haar hoofd vast en schoof zijn benen eronder zodat ze op zijn schoot lag.

'O, o, Salter, wat had ik nou gezegd, meisje?' Ze dwong zichzelf haar ogen open te doen en zag vaag het gezicht van brigadier Lively.

'Is het zo erg?' fluisterde ze.

'Waar heb je het over, agent? Morgen zit je weer op je werk,' zei hij glimlachend.

Ze schudde haar hoofd terwijl de wereld om haar heen weer wegviel en ze alleen nog maar de golven bloed in haar oren hoorde aanzwellen en breken.

'Je bent nog nooit zo aardig tegen me geweest, brigadier,' wilde ze zeggen. Maar het enige wat ze uit wist te brengen was een zachte, langzame uitademing, en zelfs dat kostte te veel moeite. Haar hoofd viel opzij. 'De baby...'

'Salter, Christie... blijf bij me, lieverd!' riep Lively. De nagelvijl gleed ongemerkt uit haar mouw op de grond.

Te midden van het lawaai en het tumult in de vervagende keuken noemde een ambulancebroeder een tijdstip van overlijden.

66

'Het stratenplan lijkt in de verste verte niet op wat we op de navi zien,' verzuchtte Ava terwijl Callanach een ruk aan het stuur gaf en keerde.

'Dit is voornamelijk industrieterrein. Als de gps-positie van de huurauto van Sem Culpa klopt, is ze van de weg af gegaan,' zei Callanach. Hij zette de auto aan de kant om het schermpje te bestuderen en keek om zich heen. 'Haar auto moet ergens rechts van deze weg staan. Als we links afslaan, komen we op een snelweg uit, en daar zijn geen afslagen. En als ze langs deze weg had geparkeerd, hadden we haar auto al zien staan.'

'Daar boven,' zei Ava, wijzend op het scherm. 'Daar zie je de contouren van gebouwen, maar er leidt zo te zien geen weg naartoe.'

Callanach zette de auto knarsend in de eerste versnelling en reed met piepende banden weg. Een paar honderd meter verder sloegen ze rechts af, een in onbruik geraakte weg in. Uit het gebarsten asfalt groeiden onkruid en wortels. Een oude wegwijzer was onleesbaar vanwege de roest die alle letters had weggevreten. Ze reden al hobbelend langzaam verder naar een groepje gebouwen dat vanaf de weg vrijwel niet te zien was.

'Dit moeten de juiste coördinaten zijn. Het verhuurbedrijf controleert de gps-zenders na elke huurperiode om diefstal te voorkomen. Het moet hier ergens in de buurt zijn,' zei Ava.

‘We moeten lopend verder. Als Sem Culpa hier inderdaad is, dan hoort ze de auto als ik dichterbij kom. Ik geef onze positie even door,’ zei Callanach.

‘Je moet wel bedenken dat we voor niks eenheden bij Salter weghalen als ik ernaast zit,’ zei Ava.

‘De rest van het team komt Salter wel te hulp. Ze laten haar niet in de steek. En als je wel goed zit, hebben we versterking en een ambulance nodig,’ antwoordde Callanach. Hij belde, gaf het bevel om geen zwaailichten en sirenes te gebruiken en vroeg om aan alle eenheden door te geven dat ze achter de moordenaar van Thorburn en Swan aan zaten. Iedereen die op de plaats delict aankwam moest ervan doordrongen zijn dat het doelwit uiterst gevaarlijk was. Daarna liepen ze op een sukkeldrafje naar het dichtstbijzijnde gebouw van het uitgestrekte complex.

‘Ik zie de auto niet staan.’ Ava keek om zich heen.

‘Die zou ze ook nooit in het volle zicht neerzetten, en we moeten trouwens twee gebouwen verder zijn. In haar plaats zou ik de auto achter het complex neerzetten, zelfs als ik niet zou weten dat de auto een gps-tracker had.’

Ze renden naar een hoog gebouw van rode baksteen dat deels aan het oog werd onttrokken door recentere maar eveneens leegstaande gebouwen. Er was ooit een begin gemaakt met de sloop, maar die was kennelijk halverwege afgeblazen, waardoor een wirwar van staal en betonpuin achter was gebleven. Het eerste teken van leven was het gebrom van een generator.

‘Er is iemand,’ zei Ava. Ze zette haar telefoon op stil en haalde een taser uit haar zak. Ze sloegen de laatste hoek om en zagen de fourwheeldrive staan. Hij stond met de achterkant tegen het gebouw aan, met de achterklep open, en op de grond lag een groot stuk zeil waardoor het leek alsof de kofferruimte haastig was leeggehaald.

‘Je zat er dus niet naast,’ zei Callanach. ‘Blijf jij hier. Ik ga kijken of ik er via de voorkant in kan. Geef me exact twee minuten en kom dan in actie. Oké?’

Ava knikte. Het volgende moment was Callanach verdwenen en hield ze de tijd bij op haar horloge terwijl ze langs de zijkant van het gebouw schuifelde. Binnen klonk een geluid of er iemand in een werkplaats bezig was – gerinkel, een zacht gebrom, gesleep – en toen een stem. De stem van een vrouw met een intonatie die een beetje op die van Callanach leek, en een lach waardoor Ava moest terugdenken aan een verklaring die iemand had afgelegd na de moord op Sim Thorburn. Een Nederlands meisje in het publiek had iemand horen lachen en gezegd dat het – Ava moest even nadenken om zich het juiste woord te herinneren – boosaardig klonk. Dat was het. En hier, daar was Ava zeker van, was de vrouw die zich dansend door de menigte had bewogen met een mes dat net zo scherp was als de geest die de moord had beraamd.

Nog dertig seconden. Ava bukte zich en sloop naar de achterdeur, liet zich op een knie zakken en tuurde naar binnen door de spleet naast een gat waar een dikke slang doorheen was geleid die was aangesloten op een waterpunt buiten het gebouw. De slang lekte op een paar plaatsen, waardoor er kleine plassen waren ontstaan die weer snel droogden in de late avondzon. Het begon al te schemeren, en terwijl de laatste seconden vergleden tot Callanach zijn positie had ingenomen, floepte er plotseling een fel licht aan in het gebouw waardoor Ava even werd verblind en niet goed zag wat zich daar binnen afspeelde. Ze zette haar linkervoet tegen de deur, hield de taser in haar rechterhand en ging naar binnen.

Ze bleef als aan de grond genageld staan toen ze Callanach zag, of liever gezegd de uitdrukking van puur afgrijzen op zijn gezicht.

'Blijf staan!' schreeuwde Ava terwijl ze probeerde te begrijpen waar ze precies naar keek in het verblindende licht.

Sem Culpa zelf – en zij was het beslist, gezien de omstandigheden – had zich al duidelijk hersteld van de schok dat ze ontdekt was. De glimlach op haar gezicht verried hoe het nu verder zou gaan.

'Zo, dus jullie zijn met zijn tweeën,' zei Sem Culpa. Ze hield een touw in haar hand, en Ava's ogen volgden het touw naar boven naar een takel aan een ijzeren balk, en daarna weer omlaag, waar een groot net aan een haak was bevestigd. Sem Culpa liet het touw in haar hand een stukje vieren, waardoor het net lichtjes heen en weer begon te zwaaien. Ava deed een stap naar voren en keek ingespannen naar het net om te zien wat erin zat. 'Wil je het van dichtbij zien? Kom maar.' Sem Culpa, in een legerbroek en een zwarte top met spaghettibandjes, haalde haar pistool uit de holster en gebaarde dat Ava naar voren moest komen en in de lichtkring moest stappen. Toen ze daar eenmaal stond, werd het allemaal duidelijk. In het net zat een vrouw die tot een naakte, trillende bal was samengebonden. Onder haar stegen stoomwolken op uit een kuip kokend water, een overblijfsel uit de tijd dat hier nog leer werd gelooid. Diezelfde lucht hing er nog steeds: hij had zich voor altijd in de stenen van het gebouw genesteld en was door de waterdamp weer tot leven gewekt.

'We hebben al om versterking gevraagd,' zei Callanach. 'Je staat onder arrest. Stop hiermee. Maak het niet nog moeilijker voor jezelf.'

'Ach, sodemieter toch op,' zei Sem Culpa. 'De camera loopt en ik heb niet veel tijd meer, dus bel je vrienden en zeg dat ze weg moeten blijven, anders schiet ik jullie allebei dood en die huilebalk daar boven ook.'

Om haar dreigement kracht bij te zetten, liet ze het touw nog iets verder vieren. Alexina schreeuwde het uit en begon heftig te kronkelen in het net. Ava noch Callanach greep naar hun radio en ze staarden elkaar aan door de ring van licht.

'Goed, dit gebeurt telkens als jullie niet doen wat ik zeg,' zei Sem Culpa, en ze richtte het pistool op Callanachs hoofd. 'Kijk maar.'

Ava deed onwillekeurig een stap naar voren toen Sem Culpa het touw door haar hand liet glijden. Alexina begon weer te gillen en snikte toen het net tot stilstand kwam.

'Niet doen!' zei Ava. 'Ze hebben je belazerd. De beheerder van de website heeft dit allemaal uitgedacht. De vrouw in dat net is zijn vrouw. Je hoeft hem niet te geven wat hij wil.'

'Wesley?' riep een zwakke stem schor vanuit de wirwar van menselijke ledematen die boven de kuip bungelde.

'Ze liegen,' riep Sem Culpa in de richting van het wriemelende net. 'Jouw man? Die keurige meneer in een burgerlijke buitenwijk met een vrouw en een plantenkas en bloemetjesgordijnen voor de ramen, godbetert? Dit heeft jouw man niet bedacht.'

Callanach deed een stap naar voren en zei: 'Het ging hem alleen om het geld. In de huwelijkse voorwaarden van de O'Rourkes staat dat hij bij een echtscheiding niets krijgt. Alexina stond op het punt om een miljoenenerfenis in een liefdadigheidsfonds onder te brengen. Haar man wilde haar uit de weg hebben voordat dat rond was. Hij had een alibi voor de moord nodig en hij heeft het allemaal zo gearrangeerd dat we nooit op het idee zouden komen zijn privéleven onder de loep te nemen. Hij heeft jou en Grom gebruikt om er zeker van te zijn dat de politie hem nooit als verdachte zou aanmerken.'

Zonder een spier te vertrekken richtte Sem Culpa het pistool op Callanach en schoot een paar centimeter voor zijn voeten in de betonnen vloer. Door de inslag vlogen er brokstukken omhoog en in zijn gezicht. Hij struikelde, verloor zijn evenwicht en viel hard achterover op zijn rug. Hij schreeuwde het uit. Sem Culpa hield het pistool op zijn hoofd gericht, zette het touw vast en liep op Callanach af, die lag te kronkelen van de pijn.

'Opstaan,' zei ze. 'Ik heb een onderpand nodig en jij schijnt gewond te zijn. Dat komt me goed uit.'

Ze hield het pistool op zijn voorhoofd gericht en schopte tegen zijn ribbenkast. Callanach rolde om en kwam half overeind. Een vlammende pijn schoot vanuit zijn stuitbeen langs zijn hele ruggengraat omhoog. Hij kon alleen maar strompelen.

'Oké,' zei Ava. Ze stak de hand waarin ze de taser vasthield omhoog, haalde met haar andere hand langzaam haar radio uit haar zak en drukte op de sneltoets voor het bureau. 'Inspecteur Turner hier. Alle eenheden afstand houden,' zei ze. 'We hebben hier een acute gijzelingssituatie. Niemand mag dichterbij komen. Bevestig bericht.' Ze kreeg bevestiging vanuit de meldkamer.

'Mooi zo,' zei Sem Culpa, en ze dwong Callanach tussen de camera en de looikuip op zijn knieën te gaan zitten. 'En nu gooi je je mobieltje in het water,' zei ze tegen Ava. Het water begon te bruisen toen het apparaat erin plonsde en er een wolk van kokendhete spetters en stoom ontsnapte. 'En de taser ook.'

'Geen denken aan,' zei Ava. 'Als ik die in het water moet gooien, kan ik net zo goed eerst schieten en kijken wat ik raken kan.'

Sem Culpa lachte en keek in de camera, waarop een rood lampje aangaf dat alles werd opgenomen en live werd uitgezonden. Terwijl ze het pistool tegen Callanachs hoofd hield, begon ze het touw los te wikkelen en liet het net weer een stukje zakken.

'Nee, nee, nee,' begon Alexina O'Rourke te krijsen, en haar handen klauwden in de bovenste mazen van het net in een vergeefse poging zich tegen de zwaartekracht te verzetten die haar naar het kokendhete water daaronder trok.

'Hou dat touw vast of ik gebruik de taser,' schreeuwde Ava.

'Doe maar, dan verkrampen mijn spieren en laat ik het touw helemaal los. En bovendien haal ik dan ook onwillekeurig de trekker over. Dan vermoord je je eigen collega, en ik zou niet graag zo'n lekker ding beschadigen. Doe je het met hem?' vroeg Sem Culpa, terwijl ze het touw nog een eindje liet vieren voordat ze het weer straktrok. 'Zou ik doen als ik jou was.'

'Alsjeblieft, ik smeek je. Niet doen,' krijste Alexina.

'Natuurlijk is het ook mogelijk dat het net in het water valt en jij je doel mist. Ik vraag me af wat er gebeurt als de taser en die vrouw tegelijk in het water terechtkomen. Daar had ik nog niet aan gedacht...'

'We kunnen je hieruit krijgen,' zei Ava. 'Een veilige aftocht, een helikopter die je overal naartoe kan brengen.'

'Weet je waar ik nou echt een hekel aan heb?' zei Sem Culpa met een glimlach. 'Dat mensen tegen me liegen.'

Ze liet het touw weer slippen. Ava liet de taser vallen, rende naar voren en boog zich wanhopig over de rand van de kuip. Callanach hief zijn hoofd op om te zien wat er gebeurde en kreeg een harde klap tegen zijn jukbeen met de loop van het pistool.

Ava hield haar adem in. De daaropvolgende momenten werden gevuld met geluiden die in een keuken thuishoorden: rauw vlees dat in contact kwam met een gloeiendhete vloeistof. Alexina O'Rourke gaf een stem aan de gruwelijke pijn die haar benen wegvrat.

Ava moest een stap achteruit doen. Alexina trappelde wanhopig met haar benen waardoor het water opspatte en de kokendhete spetters op Ava's gezicht en handen terechtkwamen.

'Niet te snel, we willen wel beeld hebben,' zei Sem Culpa, en ze trok aan het touw, waardoor Alexina's benen weer uit het water kwamen. Die zagen vuurrood en gloeiden bijna in het felle licht; haar huid was aan flarden. Ava was blij dat Alexina nu bewusteloos was. Haar hoofd hing slap opzij, en haar lippen werden geplet tegen een stuk touw waardoor haar bloedende, gezwollen tong zichtbaar was. Ze had erop gebeten.

'Haal haar eruit,' zei Ava. 'Je hebt laten zien wat je kunt. Laat het hierbij.'

'Eén stap dichterbij, en ik schiet hem door zijn kop. Zij gaat sowieso dood en jij verveelt me.' Sem Culpa keek in de camera. 'Veel plezier,' fluisterde ze. Ze liet voor de allerlaatste keer het touw vieren en hield het alleen nog vast met haar vingertoppen terwijl ze een stap naar achteren deed en haar gezicht afwendde om de kokendhete spetters te vermijden.

Vanuit het niets dook er een man op uit het duister achter de kring van licht en schoot naar voren. Sem Culpa struikelde, haar knieën bonkten tegen Callanachs rug aan en ze botste tegen de zijkant van de kuip, waardoor het pistool op de grond kletterde. Het touw gleed uit haar handen en Alexina O'Rourke begon aan een vrije val, haar onvermijdelijke dood in het water tegemoet. Callanach sprong omhoog en greep het uiteinde van het touw, terwijl Ava naar voren schoot om het pistool in handen te krijgen. Het touw gleed te snel door Callanachs vingers en hij zette zijn ene voet tegen de zijkant van de kuip als tegenwicht en hield het touw krampachtig vast. Aan zijn voeten lagen Sem Culpa en de onbekende man nog steeds te worstelen.

'Ik hou het niet!' riep Callanach naar Ava. Ze liet het pistool voor wat het was en rende naar Callanach, sprong op de rand van de kuip en greep het touw. Hij hield haar benen vast en was zich er scherp van bewust dat Ava maar een paar centimeter had om zichzelf in evenwicht te houden terwijl ze ook nog werd belemmerd door het gewicht van het net.

'Laat me niet los, Luc,' zei Ava hijgend.

'Wie is die kerel?' riep Callanach, starend naar de kronkelende lichamen op de grond.

De man was gigantisch. Zijn rug golfde op en neer als een stier die zijn berijder wil afwerpen. Toen hij zich omdraaide, zag Callanach dat de man verscheidene steekwonden in zijn gezicht en borst had, en Sem Culpa had de dolk in haar hand waarmee die waren toegebracht.

'Luc, ik kan haar niet langer houden,' riep Ava.

Plotseling slaakte de man, die Sem Culpa nu bij haar voeten vasthad, een brullende kreet. Hij sleepte haar naar de kuip, brabbelend in een voor Callanach onverstaanbare taal, en keek recht in de camera terwijl hij haar tegenspartelende lichaam voorttrok.

'Dat is Grom,' zei Callanach. 'Je moet haar nog even vasthouden, Ava. Nog tien seconden.'

'Nee, Luc. Laat me niet los...' Ava's bovenlichaam helde naar voren toen Callanach haar benen losliet en de duisternis in rende. Het touw begon door haar vingers te glijden toen ze haar gewicht verplaatste om een beter evenwicht te vinden. Op dat moment ramde

Grom met zijn schouder tegen haar onderbenen en zakte Alexina verder naar beneden, het kokende water in.

Ava sprong omhoog van de rand en wist het uiteinde van het touw met haar glibberige handen vast te grijpen, waarbij ze haar huid verbrandde aan de ruwe vezels, en klampte zich uit alle macht vast om Alexina's leven te redden.

Het net hing nu half in de kuip, waardoor Alexina weer bij bewustzijn kwam, en gillend in het net omhoogklom in een poging haar lichaam uit het water te houden terwijl ze bijna stikte in de kokendhete stoom.

Druipend van het bloed pakte Grom Sem Culpa bij haar haar vast en duwde haar hoofd in het water terwijl hij tegen de camera schreeuwde.

'Jij wil show? Hier – sterkste wint altijd – ben ik! Ik win!' brulde hij, terwijl hij Sem Culpa's hoofd even uit het water haalde en daarna weer onderdompelde, waarbij hij de klus deze keer helemaal afmaakte door zijn elleboog in haar nek te planten.

Ava zwaaide heen en weer in de lucht. Ze klampte zich vast aan het touw, maar met haar lichaamsgewicht wist ze het net amper een meter boven het water te houden. Sem Culpa's armen en benen maakten wilde bewegingen, trilden nog even krampachtig, en bleven toen stil en levenloos liggen.

'Handen langzaam omhoogsteken en je voeten stilhouden,' zei Callanach en hij hield een pistool tegen Groms hoofd. 'Je staat onder arrest.'

'Niet bang zijn. Ik vecht niet meer,' zei Grom. Allebei hoorden ze de glimlach in zijn stem. 'Ik win van haar.'

'En nu op je knieën,' zei Callanach, nadat Grom zijn handen op zijn hoofd had gelegd. Hij riep de gereedstaande eenheden op, die door het duister met huilende sirenes aan kwamen rijden. 'Hou vol, Ava,' zei Callanach. 'Niet bewegen.'

'Kan ik ook helemaal niet,' fluisterde Ava.

Opeens waren ze omringd door agenten.

'Haal inspecteur Turner naar beneden en zorg dat dat touw wordt vastgezet. De vrouw in het net heeft dringend medische hulp nodig.'

'Ambulance is onderweg, sir,' zei een agent terwijl hij Grom de handboeien omdeed. Een andere agent trok Sem Culpa's hoofd uit het vat, maar het had al geen zin meer om haar pols te voelen. Ze was alleen nog maar een gezichtsloze massa vlees. Ondanks alles wat ze had gedaan, ondanks het onmenselijke geweld en lijden dat ze had veroorzaakt, moest Callanach toch zijn blik afwenden. Het net waar Alexina in zat werd met een zwaai veilig op de grond gezet en de generator werd uitgeschakeld om het water te laten afkoelen. De lichten doofden tegelijkertijd.

In het donker zocht een verbrande hand die van Callanach en kneep in zijn vingers.

'Waar is Salter?' vroeg Ava aan niemand in het bijzonder.

'Lively en Tripp zijn ter plaatse,' antwoordde iemand. 'De patholoog is daar ook, maar we hebben gevraagd of ze zo snel mogelijk deze kant op komt.'

Het licht ging weer aan en Ava trok haar hand terug. Ambulancebroeders tilden Alexina O'Rourke op een brancard en droegen haar naar buiten. Grom werd omringd door agenten naar een politieauto gebracht. Callanachs hand tastte naar zijn mobiel, maar hij durfde niet te bellen om te horen hoe Salter eraan toe was.

67

Ava en Callanach werden vlak na Alexina O'Rourke naar het ziekenhuis gebracht. Commissaris Overbeck stond erop dat ze zich zouden laten onderzoeken en had min of meer gedreigd hen wegens insubordinatie te schorsen als ze weigerden. Toen Callanach eindelijk de moed had opgebracht om te bellen, werd er niet opgenomen, en de agenten die hen naar het ziekenhuis reden wisten ook niets. Ava zat voorin met haar bloedende handen in haar schoot en staarde uit het raam.

Callanach had geprobeerd om gewoon op de achterbank te gaan zitten, maar moest uiteindelijk op zijn zij gaan liggen. De eerdere schade aan zijn stuitbeen stelde helemaal niets voor vergeleken bij de pijn die hij nu doormaakte. Ze werden via de ambulance-ingang naar de spoedeisende hulp gebracht en meteen onderzocht. Callanach hoorde Ava's stem in het hokje naast hem terwijl hij pijnstillers kreeg toegediend en het vernederende ziekenhuishemd aan moest trekken.

'Niemand komt aan mijn handen tot ik weet wat er met rechercheur Salter is gebeurd,' zei ze.

'Ik ben rechercheur Tripp,' hoorde Callanach iemand vanuit de gang roepen, 'en ik weet zeker dat inspecteur Callanach me wil spreken, ook al wordt hij op dit moment behandeld.'

'Laat hem binnen,' riep Callanach. 'Tripp, ik zit hier!'

Het gordijn werd opzijgeschoven en een bleke Max Tripp kwam binnenlopen. Zijn kleren zaten onder het bloed en de eerste paar seconden staarde hij alleen maar naar de vloer.

'Vertel,' zei Callanach.

'Salter kon absoluut niet weten waar ze in verzeild raakte,' mompelde Tripp. 'Toen ze eenmaal doorhad dat Gladys Talthwaite in groot gevaar verkeerde, kon ze haar niet alleen laten. De buurvrouw had om versterking moeten vragen, maar ze heeft de omstandigheden niet helder genoeg uitgelegd, waardoor er geen prioriteit aan werd gegeven. Tegen de tijd dat we ter plaatse waren, was Grom al gevlucht en lagen Salter en mevrouw Talthwaite op de grond.'

'Hoe is ze gestorven?' vroeg Callanach.

'Aan een hartaanval,' zei Tripp. 'Ze kon het niet meer aan.'

'Een hartaanval?' vroeg Callanach. 'Maar ze was nog jong en gezond, ook al was ze zwanger...'

'Ik had het over mevrouw Talthwaite, sir, de arts heeft het overlijden ter plaatse vastgesteld.'

'Godallemachtig, Tripp, hoe is het met Salter? Niemand heeft ons iets verteld.'

'Ze wordt op dit moment geopereerd, daarom ben ik hier. Brigadier Lively en ik zijn met haar meegegaan. We hadden geen flauw idee van wat u allemaal hebt meegemaakt,' zei Tripp. Hij ging op de stoel naast Callanachs bed zitten en legde zijn hoofd in zijn handen. 'Christie heeft de baby verloren. Ze had een buikwond – ik wist niet dat een mens zoveel bloed kon verliezen – we dachten dat ze het niet zou halen.'

'Dat moet ik aan inspecteur Turner vertellen,' zei Callanach. Hij kwam met een pijnlijk vertrokken gezicht overeind en duwde Tripps hand van zijn arm. 'Weet commissaris Overbeck het al?'

'Ze is net aangekomen. Ze ging meteen op zoek naar een chirurg om de laatste stand van zaken te weten.'

Callanach schuifelde naar het hokje waar Ava midden in een telefoongesprek zat en uitgebreide instructies gaf over wat er met Grom moest gebeuren tot ze zelf naar het bureau kon komen. Ze wierp een korte blik op Callanachs gezicht en brak het gesprek af.

'Salter leeft nog, maar ze wordt nu geopereerd. Het is kantje boord,' zei hij.

'En de baby?' vroeg Ava.

Callanach schudde zijn hoofd.

'Deze klotebaan pakt je echt alles af,' fluisterde ze. 'Ik had duidelijker tegen haar moeten zijn. En ik had tegen de anderen moeten zeggen dat ze haar niet mochten inzetten. Als ik nou maar iets...'

'Ze zit in mijn team, Ava. Als jij het niet had gezegd, had ik niet eens geweten dat ze zwanger was. Het is gewoon een opeenstapeling van gebeurtenissen. Niemand van ons had kunnen weten hoe dit zou uitpakken,' zei Callanach.

Commissaris Overbeck rukte het gordijn opzij, stapte naar binnen en bekeek hen beurtelings van top tot teen.

'De toestand van rechercheur Salter is kritiek. Haar familie is op de hoogte gesteld. Ik heb gehoord dat u een röntgenfoto moet laten maken, inspecteur Callanach. Ik heb tegen de arts gezegd dat hij u boven aan de lijst moet zetten. Handen, inspecteur Turner?' Ava stak haar handen uit alsof ze voor een schooljuf stond die haar handen voor de lunch inspecteerde om te zien of ze wel schoon waren. 'Dat zijn akelige brandwonden en ik heb nog nooit zulke opgezwollen vingers gezien. Ik heb jullie allebei weer zo snel mogelijk nodig op het bureau. Aanvaard elke behandeling die jullie wordt aangeraden – ik wens als gevolg hiervan geen aanklachten op mijn bureau aan te treffen – en kom dan terug om Alfonz Kopitar te verhoren.'

'Sorry, wie?' vroeg Ava.

'De moordenaar van Helen Lott en Emily Balcaskie,' zei Overbeck.

'Grom,' mompelde Callanach. 'Ik was bijna vergeten dat hij een mens is. Wel gek eigenlijk dat hij een gewone naam heeft.'

'Hij is nog de minste van onze problemen,' antwoordde Overbeck. 'Wesley O'Rourke zit vast. Hij heeft al een advocaat in de arm genomen en stelt zich buitengewoon hautain op. Ik heb begrepen dat jullie tot de conclusie zijn gekomen dat hij hier op een of andere manier voor verantwoordelijk is.'

'Dat is hij zeker,' zei Callanach.

'Dan zou ik maar snel een manier vinden om het te bewijzen, want we staan onder tijdsdruk. Zijn advocaat zegt dat we hem moeten aanklagen of moeten vrijlaten.' Callanach zuchtte. 'Afgezien daarvan moet ik jullie allebei bedanken dat jullie de zaak niet zodanig verprutst hebben dat Alexina O'Rourke ook nog is gestorven. Meer complimenten zitten er helaas niet in. Zorg dat je snel weer de oude bent en sluit deze zaak dan af. Het bureau lijkt verdomme wel een slagveld.'

68

Tripp was koffie aan het zetten toen hoofdinspecteur Edgar hem sommeerde naar de briefingruimte van het cybercrimeteam te komen. Er was verder niemand in het vertrek. Tripp bleef staan omdat hem niet was verzocht om plaats te nemen, terwijl Edgar rondliep en de rolgordijnen voor de ramen aan de kant van de gang liet zakken.

'Rechercheur Tripp,' zei Edgar op zo'n zachte toon dat hij amper verstaanbaar was. 'Ik geef je de kans om de verantwoordelijkheid te nemen voor wat je hebt gedaan. Als je me nu de waarheid vertelt, neem ik genoegen met je badge en het einde van je carrière. Maar als je me nog een seconde langer probeert te belazeren, dan laat ik je in staat van beschuldiging stellen.'

'Beschuldiging waarvan, sir?' vroeg Tripp.

'Het is een lange lijst. Ik ben er niet zeker van of je van begin tot eind aan die samenzwering hebt deelgenomen of dat je alleen maar het onderzoek moest belemmeren. Hoe dan ook, dit wordt je laatste dag bij de politie. Dus vertel eens, heb je de informatie vrijwillig gegeven of heeft inspecteur Callanach je ertoe gedwongen?'

'Sir, ik heb geen idee waarover u...'

'Hou maar op met die lulpraat, Tripp.' Edgar pakte een stoel en smeet die door de kamer. De stoel draaide om zijn as, knalde tegen een raam en trok het rolgordijn voor de helft mee naar beneden.

'Iemand heeft Ben Paulson getipt. Polly zei dat Paulson vlak voor onze inval een telefoontje kreeg. Paulson riep tegen zijn journalistenvriend dat die de deur dicht moest doen, nog voordat we zelfs maar hadden aangeklopt. Hij kon op geen enkele andere manier hebben geweten dat we eraan kwamen. Alleen jij kon dat weten. Geen enkele andere agent van dit bureau was erbij betrokken. Ik heb je van het begin af aan gezegd wat er zou gebeuren als je daar niet vertrouwelijk mee omging...'

'Ik was het niet, sir. Ik wist dat u een undercoveragent had ingezet, maar die heb ik nooit gezien, en ik heb zeker Ben Paulson niet gebeld,' zei Tripp, die zich ervan bewust was dat er mensen op de gang liepen die probeerden te zien wat al dat geschreeuw te betekenen had.

'Jij was aanwezig bij de besprekingen, je had toegang tot de dossiers, je was op de hoogte van café Below Par. Wie zou het anders kunnen zijn?'

'Ik,' zei Ava terwijl ze binnenkwam en naar het raam liep om het rolgordijn weer recht te hangen. Callanach kwam achter haar aan en sloot de deur. 'Ik heb Paulson gebeld om hem te waarschuwen. Over de inval, over Polly, over alles. En jij moet wat zachter praten, hoofdinspecteur Edgar. De hele verdieping kan je horen en Tripp verdient het niet zo behandeld te worden.'

'Hou je erbuiten, Ava, en waag het niet om de schuld op je te nemen voor die nicht. Mijn hele onderzoek is naar de kloten. Iemand zal daarvoor boeten en als dat toevallig een van jouw collega's is, dan is het maar zo.'

'Als iemand het wordt, dan ben ik het,' zei Ava. Ze ging zitten en praatte zachtjes verder. 'Ik heb jou met Polly gezien, Joe. Ik wilde met je praten en daarom ben ik vanaf het bureau achter je aan gereden. Je reed naar Murrayfield, en toen werd ik achterdochtig en zag dat meisje in jouw auto stappen. Ik herkende haar van het café, dus toen werd het me wel duidelijk. Zo moeilijk was het niet.'

'Geef je toe dat je mijn onderzoek willens en wetens achter mijn rug om hebt gesaboteerd? Waar ben je in godsnaam mee bezig? Gaat het soms om hem?' Edgar wees naar Callanach, die zich op de achtergrond hield en zweeg. Hij was niet van plan om ook maar enig machogedrag te vertonen en daarmee Ava tegen de haren in te strijken.

'Het ging me om Ben Paulson. Op dat moment was hij ons beste aanknopingspunt en ik reed achter jou aan om dat te bespreken. Paulson deed zijn best om ons te helpen twee moordenaars op te pakken. Hij verdient het niet om de bak in te draaien, Joe.'

'Ben je nou helemaal stapelgek geworden? Komt dat door verdriet, ga je dat als excuus aanvoeren als ik dit meld? Ik meen me anders te herinneren dat je het grootste deel van je leven schijt had aan je moeder, dus het komt niet echt geloofwaardig over om nu opeens die kaart te spelen.'

Ava stond op. Tripp keek de andere kant op. Callanach balde zijn vuisten in zijn zakken.

'Als je dit wilt melden, Joe, moet je dat vooral doen. Maar weet wel dat alles naar buiten komt als je besluit die weg te bewandelen. Ik heb je hulp ingeroepen. Ik heb je gebeld en gevraagd of ik Paulson om hulp mocht vragen omdat het leven van een vrouw op het spel stond, en jij besloot op dat moment dat jouw eventuele promotie meer waard was.'

'O ja?' zei Edgar en hij deed een stap naar Ava toe, zodat hun gezichten elkaar bijna raakten. Ze bleef staan waar ze stond. 'Alleen kan ik me dat niet herinneren. We hebben wel met elkaar gesproken. Je huilde en je klonk warrig. Ik zei dat ik me zorgen over je maakte en dat ik vond dat je je taken voorlopig moest neerleggen. Jij verzekerde me dat het goed met je ging en toen heb je opgehangen.' Hij grijnsde, boog zich voorover en bracht zijn gezicht nog dichter bij het hare. 'Je moet bij mij nooit meer met dreigementen aankomen.'

'Ach, Joe,' verzuchtte Ava. 'Ik heb het opgenomen. Ik denk dat ik al wist hoe je zou reageren voordat ik je belde. Ik wilde het gesprek later nog eens in alle rust afluisteren als ik weer wat helderder kon nadenken. Om uit te zoeken of jij en ik...' Ze legde een hand op zijn schouder. 'Het is geen dreigement, Joe. Als je mij probeert te beschadigen of Tripp of Callanach in diskrediet probeert te brengen, dan stuur ik die opname naar de kranten. En ik aanvaard alle consequenties daarvan. Dan raak ik mijn baan kwijt en waarschijnlijk draai ik de gevangenis in omdat ik de naam van je undercoveragent heb prijsgegeven, maar jij krijgt de media over je heen. En niemand zal je nog een openbare functie geven. Het is over, Joe. Tussen jou en mij, en met deze zaak. Concentreer je op de volgende zaak, dan komt het wel goed met je carrière.'

Edgar duwde Ava's hand vol walging van zijn schouder, alsof ze een besmettelijke ziekte had. Hij deed een stap naar achter en keek om zich heen alsof hij zich nu pas realiseerde dat er nog andere mensen in het vertrek waren.

'Verkies jij die twee boven mij? Boven ons? Ik dacht dat je meer in je mars had. Deze rechercheur hier is gay en die knapperd daar in de hoek kan hem met geen mogelijkheid omhoog krijgen. Wie van de twee gaat je hand vasthouden op je moeders begrafenis en je daarna warm houden in bed?'

Het werd doodstil in het vertrek.

'Ga je het nou over die boeg gooien?' vroeg Ava.

Er kwam geen antwoord. Edgar staarde met gebalde vuisten en trillende neusvleugels naar de grond, en haalde zwaar adem. Callanach haalde zijn handen uit zijn zakken en deed een stap naar voren. Het enige waar hij bang voor was, was dat als hij nu begon te slaan, hij niet meer zou weten wanneer hij moest ophouden.

'Mijn beste vriendin is gay. Daar heb je nooit moeilijk over gedaan,' zei Ava.

'Bij vrouwen is het anders, dat is eigenlijk best leuk. Voor mannen is het onnatuurlijk.' Joe glimlachte. 'Maar ik was meer geïnteresseerd in inspecteur Callanach. Dacht je soms dat ik geen toegang kon krijgen tot je dossier?' vroeg hij aan Callanach. 'Die verplichte sessies met die psycholoog van Interpol waren bijzonder interessant leesvoer. Het lijkt erop dat die vrouw die je hebt verkracht, letterlijk tussen je oren is gaan zitten.'

'Nou is het genoeg, Joe, we zijn uitgepraat.' Ava ging tussen hen in staan.

'Ik zou niet voor hem in de bres springen als ik jou was. Dat is pure tijdverspilling,' zei Joe honend. 'Een impotente verkrachter lijkt me niet echt jouw type.'

'Van zijn buurvrouw heb ik een ander verhaal gehoord,' antwoordde Ava. 'Dus ik weet niet wat je gelezen hebt, maar het klopt niet. En nu wil ik dat je deze kamer, dit bureau en deze stad verlaat. Voordat er dingen gebeuren die niet onder het tapijt kunnen worden geveegd.'

'Dan moeten we het nog even over onze verloving hebben, voor het geval je dat vergeten was. En over die ring, die me evenveel heeft gekost als een aanbetaling op een nieuwe Porsche.'

'Shit. Ja, dat is waar ook,' zei Ava en ze begon in haar zakken te graven. Ze hield een verwrongen stukje metaal omhoog, met een dofe steen die nog slechts door een paar klauwtjes op zijn plek werd gehouden. 'Mijn handen zijn flink verbrand door het touw en de hitte. Ze waren zo gezwollen dat de arts de ring heeft moeten doorzagen. Maar gelukkig heeft de steen zijn waarde behouden en het goud kun je vast laten omsmelten. Mijn excuses.' Ze pakte Joe's hand en duwde de verfrommelde ring erin. 'Je bent een misogyne, homofobe, arrogante, egoïstische debiel. Voel je vrij om aan al onze kennissen te vertellen dat ik jou niet waard was. Het kan me echt geen barst schelen. Zolang ik maar nooit, nooit meer iets van je hoef te zien of te horen.'

'Meen je dat nou? Wat dacht je van nog één neukpartijtje voordat ik ga?' vroeg Joe.

Callanach hief zijn arm, stormde op Edgar af en wilde zijn vuist in zijn gezicht rammen. Maar Ava draaide zich om en weerde de klap af, waardoor Callanach zijn evenwicht verloor. Er trok een pijnscheut door zijn stuitje toen hij op de vloer belandde.

'Ik zou denken dat hij zijn lesje wel had geleerd nadat mijn jongens hem een pak slaag hadden gegeven,' zei Edgar lachend. 'Wilde je niet dat hij zijn perfect gemanicuurde handen op mij kapotsloeg, Ava? Is dat het?'

'Nee, dat is het niet,' zei Ava. 'Maar ik vind eerder dat het nu mijn beurt is.' Ava negeerde haar pijnlijk kloppende handen, balde haar vuist voor zover het verband dat toeliet en haalde uit. Ze raakte Edgar precies op zijn zonnevlecht, waardoor alle lucht uit zijn longen werd geperst en hij een stoel moest vastgrijpen om niet te vallen.

'Wegwezen, Joe,' zei Ava. 'En prijs jezelf gelukkig dat Alexina O'Rourke nog leeft. In ieder geval kleeft haar bloed niet aan jouw handen.'

69

Ava was nergens te bekennen, dus was Callanach teruggelopen naar zijn kamer en naar zijn voorraad pijnstillers.

'Mogen we binnenkomen?' vroeg Ben vanaf de gang. Lance en hij stonden bij Callanachs deur. Ze hadden het groezelige, ongewassen uiterlijk van mensen die onlangs in een politiebusje waren geduwd en opgesloten hadden gezeten in een cel die doorgaans bezet werd door lieden die niet veel met hygiëne ophadden. Lance balanceerde op één been, en zijn andere enkel zat dik in het verband.

'Dat zou ik maar doen,' zei Callanach. 'Als jullie daar zo verdacht blijven staan, worden jullie zo weer opgepakt.' Ze deden de deur zachtjes achter zich dicht. 'Ik dacht dat jullie nog vastzaten. Wat is er gebeurd?'

'Ze hebben niets kunnen vinden in mijn bestanden. Toen Edgar Lance meesleurde, zijn alle kabels uit mijn computer getrokken. Ik had mijn computer zo ingesteld dat de harde schijf werd gewist als de pc niet correct werd afgesloten. Er was geen bewijs tegen mij, dus ook geen bewijs tegen mijn vermeende medesamenzweerder hier,' zei Ben met een blik naar Lance.

'Kun je nog iets terughalen van die site op het darknet, Ben? Iets waarmee we Wesley O'Rourke veroordeeld kunnen krijgen?' vroeg Callanach.

'Die site is allang uit de lucht,' zei Ben hoofdschuddend. 'Om diezelfde reden moest Edgar mij zien te arresteren op het moment dat ik bij mijn systeem was aangemeld. Als de computer eenmaal is afgesloten, kun je niet meer bij het bewijs. Dan wordt de website vergrendeld.'

'Sorry, Luc,' zei Lance.

'*Vous aviez pas le droit*,' zei Callanach. Hij viel automatisch terug op zijn moedertaal, en het kostte hem moeite om zijn stem niet te verheffen. 'Daar had je het recht niet toe.'

Ben liep op Callanach af. 'Dat is niet eerlijk,' zei hij. 'Als je íémand de schuld wilt geven, moet je mij aankijken. Als ik me niet bij The Unsung had aangesloten...'

'Ik wist van het begin af aan wat jij had gedaan,' zei Callanach en hij richtte zich toen tot Lance: 'Maar ik had verwacht dat jij beter had nagedacht over de consequenties. Wesley O'Rourke heeft de gruwelijke dood van vijf volstrekt onschuldige mensen op zijn geweten.'

'En Ben zou jarenlang achter slot en grendel zijn gegaan omdat hij ons heeft geholpen. Maar als Ben het digitale spoor van O' Rourke niet had gevolgd, zou zijn vrouw nu waarschijnlijk dood zijn geweest. Had jij de komende tien jaar op bezoek willen gaan bij de man aan wie je zoveel te danken hebt?'

'Straks komt er een moordenaar op vrije voeten. Op zijn laptop hebben we niets kunnen vinden en verder hebben we alleen een motief. Het ging hem om het geld, Lance. Hij heeft al dat bloed uit pure hebzucht vergoten. Het stempel psychopaat doet die man nog tekort,' schreeuwde Callanach.

'Denk jij soms dat ik me niet realiseer wat voor prijs ik daarvoor moet betalen?' beet Lance hem toe. 'Ik moet daar de rest van mijn leven iedere dag mee dealen. Maar morgen zou ik dezelfde keuze maken, want op mijn leeftijd besef je pas wat loyaliteit is. Het juiste doen heeft zijn prijs. Ik behoor tot de generatie die zijn vrienden niet in de steek laat, dus zie maar iets anders te vinden wat je tegen O'Rourke kunt gebruiken.'

'Denk je dat dat zo makkelijk is?' zei Callanach. 'Dat we ergens op een gevalletje belastingontduiking stuiten of dat zijn DNA toevallig opduikt in verband met een onopgeloste moord? Zo werkt dat niet.'

'Waar is hij nu?' vroeg Ben.

'Hij zit nog vast,' zei Callanach. 'We hebben nog een paar uur over voordat we hem aanklagen of hem moeten vrijlaten.'

'Ik heb nog het een en ander te doen.' Ben stond op. 'Zullen we een keer een biertje gaan drinken wanneer dit achter de rug is? Met z'n allen? En bedank inspecteur Turner van me, Luc. Als zij me niet had gebeld om te waarschuwen voor Polly en de inval, dan had ik een lange gevangenisstraf voor de boeg. En het gaat niet alleen om mij. The Unsung heeft overal op de wereld mensen zitten en het enige wat we willen, is een beetje goed doen. Als Polly toegang had gekregen tot mijn systeem zouden een heleboel andere mensen in de problemen zijn gekomen. Het bewijst wel wat een sukkel ik ben geweest om me zo in de luren te laten leggen.'

'Was het niet Jane Austen die schreef: "We zijn allen dwazen in de liefde"? Ik geloof van wel. Jammer voor je dat het zo uitpakte met Polly. Je verdient beter,' zei Lance. 'Ik loop met je mee.'

Callanach haalde diep adem. 'Bedankt, allebei,' zei hij. 'Ik waardeer het enorm dat jullie ons hebben willen helpen.'

Lance strompelde op hem af en sloeg zijn arm om Callanachs schouder. 'We hebben allemaal ons best gedaan. Jij, Ben en ik. En uiteindelijk hebben we een leven gered. Je moet het van de positieve kant zien.' Hij liet Callanach los en hobbelde terug naar Ben, die zijn arm vastpakte om hem te steunen. Zwijgend liepen ze weg.

Callanach ging zitten en had spijt dat hij zich niet vergevensgezinder had opgesteld, en hij vroeg zich af wat hij in Lance' plaats had gedaan. Er werd geklopt en Lively stak zijn hoofd om de hoek van de deur.

'Christie Salter is geopereerd. Ik dacht dat u dat wel wilde weten,' zei hij.

'Is ze stabiel?' vroeg Callanach.

'Ze maakt een goeie kans om het te overleven,' zei Lively. 'Haar man is bij haar. Dat is een goeie vent. Ik durf te wedden dat ze het gaat redden. Ze is een taaie.'

Callanach legde het hoofd in de handen.

Lively liep naar binnen, schopte de deur achter zich dicht en zette zijn handen in de zij. 'Soms lopen zaken fout af. Zo gaat dat nu eenmaal. Je kunt niet iedereen redden, kunt niet overal op tijd zijn. En niemand krijgt een extra portie geluk toebedeeld omdat hij toevallig een gezicht heeft dat eigenlijk thuishoort in een aftershavereclame.'

'Bedankt, brigadier,' zei Callanach en hij vroeg zich af hoe alles zo verschrikkelijk fout had kunnen lopen dat zelfs zijn verbitterde, sarcastische brigadier hem moest opbeuren.

'Ik wil maar zeggen: zet u eroverheen, sir. Eén moordenaar is dood, de andere zit vast. Als Salter niet naar het huis van Gladys Talthwaite was gereden, had Grom haar auto niet gestolen en had hij uw locatie niet via de radio doorgekregen. Als hij er niet was geweest, was het heel anders afgelopen. U hebt het leven van mevrouw O'Rourke gered. Uw team heeft zich vierentwintig uur per dag uit de naad gewerkt. Als u het mij vraagt, moet u ons allemaal op een drankje trakteren.'

'Ik begrijp het, Lively. En ik neem aan dat je niet weet waar inspecteur Turner is?'

'Die is met verlof, hoorde ik. Haar moeder schijnt overleden te zijn.'

'Ach ja, natuurlijk,' zei Callanach. 'Trommel iedereen even op als je wilt. Je hebt gelijk wat dat drankje betreft.'

70

Op een zondag belde Ava hem om te vragen of ze langs kon komen. Ze klonk matter dan anders en hij moest zich inhouden om niet te vragen of het wel goed met haar ging. Hoe zou het goed met haar kunnen gaan? Ze had net haar moeder in besloten kring begraven. Callanach was weggebleven en had Ava de ruimte gegund die ze duidelijk nodig had. Zelfs hij had een paar dagen vrij genomen en was alleen langsgegaan bij de families van de slachtoffers om hen op de hoogte te brengen van de afloop en zijn deelneming te betuigen. Over Wesley O'Rourkes rol werd niet gesproken, die verdween in het rijk van onbevestigde verdenkingen en speculaties. Daarna had hij een bezoek gebracht aan Alexina O'Rourke, die midden in een sessie met een psycholoog zat die haar moest helpen om greep te krijgen op haar nieuwe leven. Ze zou nooit meer kunnen lopen. Haar huid, spieren en pezen waren zo ernstig beschadigd dat ze zelfs na een huidtransplantatie haar benen niet zou kunnen strekken en veel pijn zou hebben, waardoor iedere beweging onmogelijk werd. Een leven lang pijn. Die gedachte viel amper te bevatten. Haar verminking was ernstiger dan de meeste mensen konden verdragen. Ze had slechts één vraag gesteld nadat Callanach haar het verhaal over Sem Culpa en Grom uit de doeken had gedaan. Hij had verwacht dat ze iets over haar echtgenoot of over de rechtszaak wilde weten. Maar ze had hem een vraag gesteld die hij niet had zien aankomen.

'Hulp bij zelfdoding zal in Schotland voorlopig niet gelegaliseerd worden, vermoed ik. Maar kan mijn moeder met me meegaan naar Zwitserland zonder risico op vervolging?'

Callanach had haar zo goed mogelijk antwoord gegeven en geprobeerd daarbij zo neutraal mogelijk te klinken, maar toen hij daarna naar buiten liep, zag de wereld ondanks de zonneschijn grauw, en had hij het koud ondanks de warmte.

Stemmen in de gang verrieden Ava's komst. Hij deed de deur open en zag haar in geanimeerd gesprek met Bunny.

'Ik laat je,' zei Bunny tegen Ava. 'En stuur me maar een sms'je als je eens een visagiste nodig hebt. Dan maken we er een meidenavond van.'

'Dat zou leuk zijn, dank je,' zei Ava. Callanach deed een stap naar achter om haar binnen te laten en bleef even staan om iets tegen Bunny te zeggen.

'Voordat je naar binnen gaat,' zei hij, 'wil ik mijn excuses aanbieden. Ik heb me schandalig gedragen. Weet je...'

'Niet nodig,' zei Bunny. 'Het was toch niks geworden – ik haat de Franse keuken.' Ze wist een vrolijke glimlach op haar gezicht te toveren en gaf hem een kus op zijn wang. 'Maar mag ik wel bij je aankloppen als de elektriciteit weer eens uitvalt?'

'Je mag altijd aankloppen,' zei Callanach.

Ava was al bezig koffie te zetten in een cafetière toen hij weer naar binnen liep. Hij bleef in de deuropening staan en zag hoe ze in minder dan dertig seconden een puinhoop van zijn keuken had weten te maken.

'Je hebt vandaag je berichten niet gelezen, hè?' zei ze terwijl ze hem twee bekers overhandigde die hij blijkbaar naar binnen moest brengen.

Callanach was naar de sportschool geweest, maar had zich strikt beperkt tot het trainen van zijn armen tot zijn stuitbeen volledig was genezen. Zijn mobiel had de hele ochtend op stil gestaan.

'Niemand heeft me op de vaste lijn gebeld,' zei hij en hij zette de bekers op tafel terwijl Ava volgde met suiker en melk. 'Dus zo urgent kan het niet zijn geweest.'

'Nou, het gaat dus over Wesley O'Rourke,' zei Ava. 'Hij is gearresteerd voor het in bezit hebben en verspreiden van pornografisch materiaal. Ze hebben het op zijn werkmail aangetroffen. Blijkbaar gaat het om behoorlijk ernstige feiten. Hij zou weleens voor vijf jaar achter de tralies kunnen gaan, en hij zal het niet makkelijk krijgen als in de bajes bekend wordt waarvoor hij moet zitten. Hij ontkent alles, zegt Lively. Hij beweert dat hij erin is geluisd, niet dat iemand dat ook maar gelooft. Maar persoonlijk had ik hem daar niet voor aangezien.'

Callanach zweeg. Ben Paulson kon als geen ander op afstand een computer hacken. En wat belangrijker was: daarmee vereffende hij een schuld, waardoor Lance in het reine kon komen met zijn beslissing. Callanach wist dat hij het hun kon vragen, maar dat ze hem nooit de waarheid zouden zeggen. Vrienden beschermden elkaar. Hij realiseerde zich dat het tijd werd om de telefoon te pakken en Lance zijn excuses aan te bieden.

'Heb je nog iets van Joe gehoord?' vroeg hij.

'Nee,' zei Ava, 'en dat verwacht ik ook niet. Het was net zo goed mijn fout als die van hem. Ik heb hem gebruikt om vrede te sluiten met mijn moeder toen ik hoorde dat ze niet lang meer te leven had. Ik heb een relatie nieuw leven ingeblazen waarvan ik wist dat die niet goed voor me was, om de dochter te zijn die ik dacht dat zij wilde hebben. Ik snap niet hoe ik me zo heb kunnen vergissen.'

'Ik zou me maar niet te schuldig voelen tegenover Joe,' zei Callanach. 'Hij kan wel voor zichzelf zorgen. Wat je hebt gedaan is begrijpelijk. Iedereen doet wel ondoordachte dingen als hij verdriet heeft.'

'Eigenlijk heb ik altijd geweten dat Joe me zo kon laten vallen. Daarom heeft het me niet echt pijn gedaan. Maar van jou heb ik altijd gedacht dat je mijn vriend was.'

Callanach was bezig om koffie in te schenken. Hij zette de cafetière terug op tafel en richtte zich op om Ava aan te kijken.

'Wat bedoel je?' vroeg hij.

'Ik heb het over die keer dat Joe's mensen jou hebben afgetuigd. Dat heb je me niet verteld. Is de gedachte niet bij je opgekomen dat ik er recht op had om te weten met wat voor soort man ik de rest van mijn leven dacht door te brengen?'

'Denk je dat je naar me zou hebben geluisterd? Ik meen me te herinneren dat je toen niet erg openstond voor redelijke argumenten, en al helemaal niet als het om je relatie ging.'

'Mijn moeder had niet lang meer te leven,' zei Ava. 'Natuurlijk reageerde ik niet rationeel. Ik had nog maar een paar maanden om al die jaren goed te maken waarin ik haar van me af had geduwd.'

'Dat begrijp ik,' zei Callanach. 'Wat ik niet snap, is waarom je me niet vanaf het begin hebt verteld over je moeder. Ik had je kunnen steunen.'

Ava stond op. 'Hoe had ik jou nou kunnen vragen om me te helpen om die idiote breuk tussen mij en mijn moeder te lijmen als jouw moeder jou in de steek heeft gelaten toen je haar het hardst nodig had? Telkens als ik overwoog om er met je over te praten, voelde ik me een verwend nest. Ik heb jarenlang niet datgene gewaardeerd waar jij zo naar snakt.'

Callanach stak zijn hand naar haar uit, maar Ava deed een stap naar achteren. 'Dus eigenlijk beschermde je me door het in je eentje op te lossen? Niemand is daar sterk genoeg voor. Zelfs jij niet.'

Ava beet op haar lip om de tranen tegen te houden, maar tevergeefs.

'Ik ben een keer langs geweest om eens te praten,' zei ze. 'Maar toen kwam ik Bunny tegen en kreeg ik het gevoel dat je er eindelijk aan toe was om een volgende stap te zetten –'

'Er is niets tussen ons gebeurd,' zei Callanach. Hij liep om de bijzettafel heen, sloeg zijn arm om Ava's schouders en trok haar hoofd tegen zijn borst. 'Niets wat iets te betekenen had. Het was een vergissing. Ik had net kennisgemaakt met Joe en ik dacht dat als jij probeerde een leven buiten het werk op te bouwen, ik dat misschien ook maar moest doen.'

'Wat Joe zei over die sessies met die psycholoog die hij gelezen had – sorry. Hij was ervan overtuigd dat er iets speelde tussen jou en mij. Het was pure jaloezie.'

Callanach sloot zijn ogen en hield Ava vast terwijl zij haar tranen wegveegde. En voor het eerst voelde hij een rust over zich komen die hij de afgelopen anderhalf jaar niet gevoeld had. Het gevoel dat hij thuis was gekomen, dat hij eindelijk was waar hij wilde zijn.

'Ava,' zei hij. 'De reden waarom ik met Bunny ben gestopt en waarom ik jou heb gemeden sinds je met Joe was...'

Ava's mobieltje ging. Ze pakte het uit haar zak en keek met gefronste wenkbrauwen op het scherm.

'Het is Overbeck,' zei ze. 'Sorry, Luc, ik moet dit gesprek even nemen.'

Ze liep naar de keuken. Callanach liep naar het raam en keek naar de straat beneden. Het normale leven. Mensen die uit eten gingen of naar huis, naar hun geliefde. Mensen die een reden hadden om van hun werk snel naar huis te gaan. Misschien werd het tijd dat hij zichzelf toestond gelukkig te worden. Tijd voor de waarheid en tijd om wat risico's te nemen. Ava kwam met wijd opengesperde ogen de kamer binnenlopen.

'Alles in orde?' vroeg Callanach.

'Eh, ja,' antwoordde ze. 'Ze hebben besproken wie hoofdinspecteur Begbie gaat vervangen. Overbeck belde me net om te laten weten wat ze besloten hebben.'

'Iedereen is goed, zolang het Edgar maar niet is,' zei Callanach lachend. 'Vergeleken bij hem is ieder ander een godsgeschenk.'

'Fijn dat je er zo over denkt,' zei Ava, 'want ik ben het geworden. Ik heb geen idee waarom, maar dat hebben ze besloten. Ze hebben gevraagd of ik nu naar het bureau kan komen om de paperassen in te vullen.'

Callanach bleef staan waar hij was, met de handen in de zakken, zoekend naar de juiste woorden.

'Sorry – je was net iets aan het zeggen toen ze belde – wat was dat?' vroeg Ava.

'Niets belangrijks,' zei Callanach. 'Dat is geweldig nieuws, hoofdinspecteur Turner. Je verdient het. Ik zou je graag willen omhelzen om je te feliciteren, maar ik ben er niet zeker van of dat gepast gedrag is tegenover een meerdere.'

'Nee,' lachte Ava. 'Dan krijg ik al een klacht wegens seksuele intimidatie aan mijn broek voordat ik zelfs maar mijn nieuwe uniform heb gepast.' Ze keek op haar horloge. 'Luc, ik moet gaan. Ze wachten op me. Dat koffiedrinken doen we een andere keer, oké?'

'Dat doen we zeker, mevrouw,' zei Callanach, terwijl hij de deur voor haar opendeed. 'We doen alles een andere keer.'

Dankwoord

Laat me om te beginnen de fijne inwoners van Edinburgh bedanken. Vergeef me dat ik jullie stad in dit boek een warme zomer lang tot moordhoofdstad van Europa heb gemaakt. De waarheid is dat ik me zelden veiliger heb gevoeld in een stad. Ook wil ik de mensen van de Schotse politie bedanken, die zulk fantastisch werk doen en die mijn vele vragen met eindeloos geduld hebben beantwoord. Dat geldt ook voor de mensen die bij de gemeente Edinburgh werken; ik denk niet dat het mogelijk is om waar ook ter wereld een vriendelijker groep mensen te vinden die aan de telefoon vragen beantwoorden. Dank je, Paul Murrell, voor je hulp bij de research naar de klaar-overs van Edinburgh om de feiten op een rij te krijgen. Dank ook aan BBC Scotland en de aardige man die de telefoon opnam toen ik iets wilde weten over het nieuwsteam dat een kleine, maar onvergetelijke rol in dit boek speelt: je hebt me aan het lachen gemaakt, je luisterde en je gaf zoveel steun dat ik vergat dat we elkaar nooit in het echt hadden gezien.

En de mensen zonder wie deze bladzijden niet meer dan het product van mijn (nogal overactieve) verbeelding zouden zijn, ben ik nog elke dag dankbaar. Caroline Hardman, mijn agent, en Joanna Swainson voor de ruggensteun. Als jullie niet in me hadden geloofd, zou ik nog steeds aan het schrijven zijn, maar met lang niet zoveel plezier als nu (en niemand zou er een letter van gelezen hebben). Verder wil ik graag Emily Hayward-Whitlock noemen van The Artists Partnership, met wie ik altijd kan lachen en die voor een fantastisch resultaat heeft gezorgd.

Helen Huthwaite, egotemmer, zenuwenkalmeerder, woordverfraaier en allround sterspeler: jij hebt het schrijven van dit boek tot een feest gemaakt. En wat kan ik over het team van Avon zeggen? Helena Sheffield, Phoebe Morgan, Rosie Foubister, Hannah Welsh, Rachel Faulkner-Willcocks, Oli Malcolm, Victoria Gilder (geleend) en Louis Patel (tot voor kort), met jullie is het nooit saai. Ook dank aan het moederschip, HarperCollins, voor de marketing, het ontwerp, de verkoop en de ondersteuning. Dankzij jullie komen de boeken in de winkel en bij de lezer, en ik waardeer jullie inzet meer dan jullie beseffen.

Het maken van een boek is een non-stop proces. Wanneer ik dit manuscript uit handen geef, gaat het naar de eerste lezers. *Perfecte prooi* heeft zijn aarzelende eerste stapjes gezet in de verbeelding van Andrea Gibson, Allison Spyer, Jessica Corbett en Amanda Patchett. Zij hebben mij behoed voor talloze typefouten, zwakke punten in het plot en de personages. Maar bovenal hebben ze me gezegd wat ik graag wilde horen: dat het goed zou komen. Dit is het soort vrienden dat kritiek weet te verzachten met vriendelijkheid, en dat is geen geringe prestatie.

Mijn dank gaat ook uit naar de medewerkers van de McDonald Road Library in Edinburgh: zij hebben al mijn belachelijke vragen beantwoord en me rondgeleid in hun prachtige gebouw. Wat een wezenlijk en fantastisch werk verrichten jullie allemaal.

Dank aan de mensen bij Banshee: Emma Bailey, Gareth Hollingsworth, Joe Marston, Nick Pritchard, Federico Rea, Andrej Srebrnjak en Katy Ward voor de film, de website, het goedmoedig dollen en omdat jullie allemaal geweldig zijn. Ik trakteer op donuts.

Dan het volgende. Mijn familie heeft me ondanks alles geestelijk gezond weten te houden. Mijn moeder, Christine Fields, die mijn boeken nog steeds niet van me mag lezen (gewoon niet gepast):

dank je voor je niet-aflatende emotionele en praktische steun. En Gabriel, Solomon en Evangeline: blijf je vuile was, borden en klokhuizen overal in het huis rondstrooien. Dat hoort nu eenmaal bij een gezin, ook al klaag ik steen en been. Ik weet dat deze jaren maar al te snel voorbij zullen zijn. Als jullie deze woorden ooit lezen, weet dan dat elke seconde die ik kon schrijven een cadeau van jullie was. Ik ging niet met jullie naar het park. Ik las jullie niet voor, bakte geen cupcakes met jullie en vroeg niet of je een fijne dag had gehad. Woorden schieten hier tekort.

En dank aan David Baumber, voorvechter van mijn boeken en verjager van mijn onzekerheid. Ik weet niet of je me nog een seconde meer van je tijd, je steun of een onsje meer van je enthousiasme had kunnen geven. (En veel, heel veel koppen thee.) Kus me.